작품

작품

L'ŒUVRE

에밀 졸라 지음 · 권유현 옮김

❀ 을유문화사

옮긴이 권유현

서울대학교 인문대학 불어불문학과를 졸업한 후 이화여자대학교에서 『졸라의 L'œuvre와 인상파 회화의 기법』이라는 논문으로 석사, 『마담 드 스탈과 독일체험』의 논문으로 박사의 학위를 취득하였다. 서울대 · 이화여대 · 가천대 · 아주대 · 세종대 에서 강사를 역임했다.

저서로는 『마담 드 스탈 연구-마담 드 스탈과 독일체험』(2000년, 서울대학교출판부)이 있으며, 번역서로는 장 그르니에와 조르주 페로스의 서간집 『편지 · I』을 비롯해 다니엘 미테랑 『모든 자유를 누리며』, 알랭 핑켈크로트 『사랑의 지혜』, 장 기통 『나의 철학 유언』, 마담 드 스탈 『독일론』 및 『코린나』, 테오필 고티에 『모팽 양』, 토마스 뢰머 『모호하신 하느님』, 알프레드 막스 · 크리스티앙 그라프 『제사-하느님을 만나는 자리』, 알렝 마르사두르 · 다비드 노이하우스의 『약속의 땅-성경과 역사』가 있다.

을유세계문학전집 97
작품

발행일 · 2019년 5월 30일 초판 1쇄 | 2023년 3월 30일 초판 3쇄
지은이 · 에밀 졸라 | 옮긴이 · 권유현
펴낸이 · 정무영, 정상준 | 펴낸곳 · (주)을유문화사
창립일 · 1945년 12월 1일 | 주소 · 서울시 마포구 서교동 479-48
전화 · 02-733-8153 | FAX · 02-732-9154 | 홈페이지 · www.eulyoo.co.kr
ISBN 978-89-324-0479-0 04860 978-89-324-0330-4(세트)

차례

1장

클로드가 시청 앞을 지날 때 종탑의 시계가 새벽 두 시를 알렸다. 그때 소나기가 퍼붓기 시작했다. 밤의 파리를 사랑하여 산책을 즐기던 예술가는 무더운 7월의 그날 밤, 정신없이 시장 안을 헤매고 있었다. 갑자기 빗방울이 굵어지면서 빗줄기가 세차게 내리치자 그는 뛰기 시작했다. 그는 그레브 부두를 따라 휘청거리며 미친 듯이 달렸다. 그러나 루이 필립교(橋)에서 숨을 헐떡이다가 화가 난 그는 그 자리에 멈추었다. 비에 젖는 것을 두려워하다니, 자신이 어지간히 어리석게 여겨졌다. 그래서 그는 짙은 어둠 속에서 가스 등불을 적시는 세찬 빗발의 매를 맞으면서도 두 손을 내저으며 천천히 다리를 건넜다.

생 루이섬으로 들어와 부르봉 부두를 지나기까지 막 몇 걸음 떼지 못했을 때였다. 번쩍 하며 번개가 내려치는 순간, 좁은 제방을 따라 센강을 마주 보고 나란히 줄지어 서 있는 오래된 저택들이 환하게 모습을 드러냈다. 덧문이 없는 높은 창문의 유리가 반사되면서 묵직하고 우중충한 낡은 건물의 정면과 함께 돌로 된 발코니, 테라스의 난간, 건물 입구의 삼각형 아치에 조각된 화환들의 세부가 매우 뚜렷이 나타났다. 화가가 아틀리에를 갖고 있는 곳은 바로 그곳, 팜므 상 테트가(街)* 모퉁이에 있는 오래된 마르투아 저택의 꼭대기였다. 한순간 환하게 보이던 부두가 다시 어둠 속에 잠겼고, 이어 무시무시한 천둥이 모두가 잠든 동네를 뒤흔들었다.

쇠로 테두리를 두른 구식의 둥글고 낮은 대문 앞에 다다른 클로드는 쏟아지는 비 때문에 앞이 잘 보이지 않자, 초인종을 찾기 위해 더듬거리다 말고는 흠칫 놀랐다. 나무 벽 구석에 무언가가 붙어 있다가 꿈틀거리는 것 같아서였다. 연이어 친 갑작스러운 두 번째 번개 덕분에 클로드는 비에 흠뻑 젖어 두려움에 떨고 있는, 검은색 옷차림의 젊은 키 큰 아가씨를 알아보았다. 번개에 이어 천둥이 두 사람을 뒤흔들고 지나가자 그는 크게 소리를 질렀다.

"세상에! 깜짝이야……. 누구시오? 대체 무슨 일이오?"

여자의 모습은 어둠에 가려 보이지 않았고, 단지 흐느끼며 중얼거리는 소리만 들려왔다.

"아, 저에게 화내지 마세요……. 역에서 마차를 탔는데 마부가 저를 이곳에 버리고 가 버렸어요. 욕설을 퍼부으면서요……. 사실은, 느베르 부근에서 기차가 탈선을 하는 바람에 네 시간 늦게 도착했고, 저를 마중 나오기로 한 사람을 찾을 수 없었어요. 어떡하지요! 파리는 처음인데, 저는 여기가 어딘지도 모르겠어요."

눈을 멀게 할 것 같은 기세로 번개가 그녀의 말을 끊었다. 그러자 그녀는 질겁하여 눈을 크게 뜨고 이 낯선 도시의 한 모퉁이를 훑어보았다. 그것은 그녀에게 보랏빛이 도는 환상적인 도시처럼 보였다. 비가 그치고, 센강의 맞은편 오름 부두를 따라 늘어선 회색의 작은 집들이 보였다. 그 집들 아래로 판자 가게들이 잡다하게 늘어서 있었고, 그 위로는 높낮이가 고르지 않은 지붕이 능선을 이루고 있었다. 넓은 지평선이 밝게 빛나면서, 왼쪽으로는 시청의 푸른색 돌 기와지붕까지, 오른쪽으로는 생 폴 교회의 납을 입힌 둥근 지붕까지 모두 환하게 보였다. 그러나 무엇보다도 그녀를 놀라게 한 것은 센강 양변의 가파른 암벽, 마리교의 육중한 교각에서부터 새로 지은 루이필립교의 경쾌한 아치까지 검게 괴었다가 흐르는 센강이었다. 이상한 물체들이 물 위에 가득 떠 있었다. 움직이지 않는 보트와 요트, 또 부두에 정박해 있는 세탁선과 준설선도 있었다. 그리고 저 아래 다른 쪽 둑에는 석탄을 가득 실은 거룻배와 규석을 잔뜩 실은 짐배가 주철로 된 기중기의 거대한 팔에 묶여 있었다. 이내 이 모든 광경이 사라졌다.

'흥! 이야기를 잘도 꾸며 대는군.' 클로드는 생각했다. '보나마나 남자를 꾀려고 거리를 헤매는 여자겠지.'

클로드는 여자들을 믿지 않았다. 늦게 도착한 기차에 난폭한 마부라니, 그녀가 당했다는 사고가 우스꽝스럽기 짝이 없게 꾸며낸 이야기로 들렸다. 젊은 아가씨가 천둥소리에 기겁하여 구석에 몸을 더 깊이 웅크리자, 그는 큰 소리로 외쳤다.

"아가씨, 그렇다고 해서 거기서 잘 수는 없소!"

그녀는 더 크게 흐느끼며 더듬거렸다.

"제발 저를 파시로 데려다주세요……. 파시에 가야 해요."

그는 어깨를 으쓱하였다. 나를 바보로 아는가? 무의식적으로 그는 몸을 돌려 마차 정류장이 있는 셀레스탕 부두를 바라보았다. 불빛 한 점 찾아볼 수 없었다.

"이봐요, 왜 하필 파시예요? 베르사이유는 아니고 ……이 시각에, 게다가 이런 날씨에 어디서 마차를 잡겠소?"

번개가 다시 한번 번쩍하는 순간 그녀의 눈엔 아무것도 보이지 않았고, 그녀의 입에선 비명이 새어 나왔다. 그러자 이번에는 핏물을 뒤집어쓴 것 같은 슬픈 도시가 나타났다. 강의 양끝은 이미 시야에서 완전히 사라져 없었고, 세상은 마치 새빨갛게 타오르는 불길 한가운데 찢어진 하나의 거대한 틈새처럼 보였다. 아주 미세한 부분들까지 모습을 드러냈기 때문에 오름 부두의 닫혀 있는 작은 덧문들과 건물의 정면을 가로지르며 기다랗게 이어진 마지르가와 파옹 블랑가까지 구별이 되었다. 마리교 주변으로 거대한 푸른 숲을 이루고 있는 큰 플라타너스의 잎들을 하나하나 셀 수 있을 정도였다. 한편, 건너편 루이 필립교 아래에는 노랑색 사과를 산더미처럼 실어 삐거덕거리는 바지선들이 산책로를 따라 네 줄로 늘어서 있었는데, 불길에 휩싸여 불타오르고 있었다. 이어 소용돌이치는 물과 세탁선의 높은 굴뚝, 준설선에 고정된 사슬, 항구에 적재되어 있는 모래더미들이 모습을 드러냈다. 또한 정면에 쌓여 있는 기이한 물건들과 거대한 흐름으로 가득 찬 세상, 그리고 한쪽 지평선과 다른 쪽 지평선 사이에 움푹 팬 구덩이가 차례차례 그 모습을 드러내고 있었다. 하늘이 깜깜해지며 깨질 듯한 천둥의 포효 아래 강에는 짙은 어둠 외에 아무것도 보이지 않았다.

"이런, 맙소사! 이제 끝이야……. 아, 하느님! 전 이제 어떡하면 좋아요?"

비가 다시 내리기 시작했다. 마치 하늘에 구멍이라도 뚫린 듯 강풍을 동반한 억센 빗줄기가 세차게 부두를 휩쓸고 있었다.

"자, 들어갑시다, 안 되겠어요." 클로드가 말했다. "더 이상 버틸 수가 없군요."

두 사람은 모두 젖어 있었다. 팜프 상 테트가의 한쪽 구석에 희미하게 켜 있던 가스 등불이 대문으로 들이치는 비에 옷이 흠뻑 젖어 살에 달라붙어 있는 그녀의 모습을 비추었다. 그 모습을 보자 그는 갑자기 연민의 감정이 들었다. 폭풍우가 쏟아지는 어느 날 밤, 길에서 떨고 있는 강아지 한 마리를 주운 셈 치자! 하지만 그는 이런 식으로 마음이 약해지는 자신에게 화가 났다. 이제까지 단 한 번도 집에 여자를 데려온 적이 없는 그였다. 고통스러운 수줍음을 감추기 위해 허세와 거친 태도로 남자를 대하듯 여자를 대해 왔다. 자신이 꾸며낸 뻔한 이야기에 내가 걸려드는 것을 보면 이 여자가 얼마나 비웃을 텐가. 하지만 결국 그는 이 말을 하고 말았다.

"자, 이제 그만. 들어갑시다……. 우리 집에서 하루 묵고 가시오."

그녀는 당황스러움에 더욱 몸부림을 쳤다.

"어머! 선생님 댁에서 묵다니요, 말도 안 돼요. 세상에! 아니에요, 안 돼요. 그럴 순 없어요……. 선생님, 제발 저를 파시까지 데려다주세요. 이렇게 두 손 모아 빌게요."

이번에는 그도 짜증이 났다. 재워 주겠다는데 무슨 말이 이렇게 많은가? 벌써 두 번이나 그는 대문의 초인종을 울리고 있었다. 마침내 문이 열렸고, 그는 모르는 여자의 등을 떠밀었다.

"안 돼요, 안 돼. 선생님, 안 된다고 말씀드리잖아요."

그러나 다시 한번 번개가 번쩍 하며 천둥이 으르렁거리자 그녀는 그만 혼비백산하여 단숨에 집 안으로 들어가고 말았다. 육중한 대문이 다시 닫히고, 그녀는 아무것도 보이지 않는 넓은 현관 앞에 서 있었다.

"조제프 부인, 저예요!" 클로드가 관리인에게 외쳤다.

그리고 작은 소리로 여자에게 말했다.

"내 손을 잡으시오. 마당을 질러갈 거니까."

그녀는 그의 손을 잡았다. 기운이 다 빠진 그녀는 영문도 모른채 그가 시키는 대로 할 뿐이었다. 그들은 온힘을 다해 억세게 퍼붓는 비를 뚫고 나란히 뛰어갔다. 아주 크고 호화로운 마당에는 어둠 사이로 몇 개의 돌 아치가 흐릿하게 보였다. 곧이어 그들은 문이 없는 좁은 현관에 들어섰다. 클로드는 잡고 있던 아가씨의 손을 놓았다. 성냥불을 붙이려던 그가 욕하는 소리가 들려왔다. 성냥이 모두 젖은 것이다. 그들은 할 수 없이 더듬거리면서 어두운 계단을 올라가야 했다.

"난간을 잡아요. 조심하시오, 층계가 가파르니까."

3층이나 되는 긴 계단은 하인들이 사용하는 것으로 매우 비좁았다. 그녀는 상처로 불편해진 다리를 이끌고 이리저리 부딪히며 계단을 기어올랐다. 계단을 다 오르자 이번에는 긴 복도가 나왔고, 그녀는 남자의 뒤를 따라 벽을 손으로 더듬으며 걸어가야 했다. 얼마나 걸었는지 끝도 없이 걷다 보니 복도는 다시 부두를 향해 있는 건물의 정면으로 통했고, 이번에는 또 다른 층계가 나타났다. 그 층계 꼭대기에 삐거덕거리는 나무 계단이 하나 있었는데, 그것은 난간이 없는 나무 계단으로 마치 방앗간에서 사용하는, 거칠게 깎아 만든 흔들거리고 가파른 사다리와 비슷했다. 꼭대기의 층계참이 너무 좁아 그녀는 열쇠를 찾고 있는 남자와 부딪치고 말았다. 그리고 마침내 문이 열렸다.

"들어오지 말고 거기서 기다리시오. 지금 들어오면 또 부딪칠 테니까."

그녀는 꼼짝 않고 서 있었다. 어두운 길을 올라오느라 숨이 찼고, 가슴이 뛰었다. 귀에서는 윙윙거리는 소리가 들려왔고, 마치 이 미로 같은 곳에 올라온 지 몇 시간이나 된 듯이 느껴졌다. 기억할 수도 없이 많은 계단과 구불구불한 길을 지나왔기 때문에 이제 다시는 그곳을 찾아 돌아갈 수 없을 것만 같다. 아틀리에 안에서는 성큼성큼 걷는 발소리, 손을 휘젓는 소리, 희미한 외침과 함께 물건들을 치우는 소리가 들려왔고, 이내 문이 환해졌다.

"들어와요, 이제 다 됐으니까."

그녀는 안으로 들어섰다. 앞이 잘 보이지 않았다. 5미터 정도 높이의 다락방을 초 하나가 희미하게 밝혀 주고 있었다. 이곳에 가득한, 뭔지 알 수 없는 물건들이 회색 칠을 한 벽면에 커다랗고 이상한 그림자를 비추고 있었다. 그녀는 아무것도 분간할 수가 없어 눈을 들어 유리창 쪽을 바라보았는데, 유리에 부딪혀 굴러 떨어지는 빗소리가 마치 북치는 소리처럼 요란했다. 바로 그때 하늘이 번쩍 하더니 뒤이어 아주 가까운 곳에서 천둥이 울리는 바람에 지붕이 깨지는 듯한 소리가 났다. 얼굴이 새하얘진 그녀는 그만 말문이 막혀 의자에 털썩 주저앉고 말았다.

"젠장!" 그 역시 얼굴이 창백해져 중얼거렸다. "이번엔 멀리서 치는 게 아니군……. 하마터면 큰일 날 뻔했잖소. 아무려면 이곳이 길거리보다야 낫지 않겠소?"

여자에게 이 말을 던진 그는 문 쪽으로 가서 쾅 소리가 나게 문을 두 번이나 닫았다. 그러는 동안 그녀는 어안이 벙벙해지는 그의 행동을 가만히 지켜보고 있었다.

"자, 여기가 내 집이오."

멀리서 치는 천둥소리가 간간이 들릴 뿐, 그렇게 요란하던 날씨도 이제 잠잠해지고 있었다. 얼마 지나지 않아 소나기도 그쳤다. 자리가 불편해진 그는 곁눈질을 하면서 그녀의 모습을 살펴보았다. 그녀는 기껏해야 스무 살 안팎의 앳된 모습으로 그다지 나쁜 사람 같아 보이지는 않았다. 그렇게 느껴지자 그의 마음도 조금 누그러졌다. 내심 미심쩍은 의심을 떨쳐 버릴 수는 없었지만, 어쩌면 저 여자가 하는 말이 아주 거짓은 아닐지도 모른다는 믿음이 어렴풋이 들었다. 어쨌든 그녀가 아무리 잔꾀를 써 봐도 소용없다. 자기를 꾀었다고 생각한다면 착각일 테니까. 그는 일부러 퉁명스러운 태도를 과장하며 거칠게 말했다.

"이제 됐소? 그만 잡시다. 그러다 보면 옷도 마르겠죠."

그녀는 불안한 생각이 들어 몸을 일으켰다. 그녀 역시 그의 얼굴을 똑바로 쳐다보지 않았지만, 나름대로 눈치껏 그의 모습을 살펴보았다. 마른 몸의 이 젊은 남자는 뼈마디가 튀어나왔고, 수염이 난 강한 인상이어서 그녀에게 무서운 느낌을 주었다. 검은색 펠트 모자와 비에 젖어 초록빛으로 보이는 낡은 밤색 윗도리를 입은 그의 모습은 영락없이 악당 이야기에 나오는 주인공 같았다. 그녀는 중얼거렸다.

"고맙습니다. 하지만 전 괜찮아요. 그냥 옷 입고 잘게요."

"아니, 그렇게 물이 뚝뚝 떨어지는 옷을 입고 자다니요! …… 바보같이 굴지 마시오. 어서 옷을 벗으세요."

그는 의자들을 옮긴 다음 반쯤 찢어진 칸막이를 펼쳐 놓았다. 그 뒤로 화장대와 작은 철제 침대가 보였다. 그는 침대 시트를 벗기기 시작했다.

"정말 그러실 필요 없어요. 그냥 여기서 자겠어요."

그러자 갑자기 그는 격렬하게 주먹을 침대에 두드리며 화를 냈다.

"됐으니까 제발 날 귀찮게 하지 마시오! 내 침대를 주겠다는데, 무슨 불평이오? 그리고 그렇게 겁먹은 표정 짓지 마시오. 난 소파에서 잘 테니까."

그가 위협적인 태도로 그녀에게 다가왔다. 충격을 받은 그녀는 그가 손찌검이라도 할까 봐 떨리는 손으로 모자를 벗었다. 그녀의 스커트에서 바닥으로 물이 뚝뚝 떨어졌다. 그는 계속 투덜거리다가 조금 미안한 마음이 들었는지, 선심이라도 쓰듯이 태도를 누그러뜨렸다.

"당신이 불쾌할까 봐 시트를 바꾸는 거요."

이미 그는 헌 시트를 벗겨 내고 아틀리에 다른 한쪽 끝에 있는 소파로 던졌다. 그리고 장롱 서랍을 잡아당겨 이런 일에 아주 익숙한 젊은 남자의 능숙한 솜씨로 손수 침대를 정돈했다. 그는 한 손으로 꼼꼼히 침대 시트 가장자리를 벽 쪽으로 밀어 넣고, 베개를 탁탁 치고는 시트를 펼쳤다.

"자, 이제 자면 됩니다!"

그녀가 아무 말 없이 꼼짝 않고 서서 윗도리의 단추를 끄를 엄두를 내지 못하고 만지작거리고 있자, 그는 그녀를 칸막이 뒤에 혼자 있게 내버려 두었다. 쳇! 수줍음은! 그는 황급히 잠자리로 돌아갔다. 그는 소파에 시트를 펴고 옷을 작업대에 던진 후, 바로 드러누웠다. 촛불을 불어 끄려는 순간, 그는 그녀가 아무것도 보지 못할 것을 염려해 잠시 기다리기로 했다. 처음에는 아무런 소리도 들려오지 않았다. 그녀는 꼼짝 않고 침대 앞에 계속 서 있는 듯했다. 그러다 잠시 지나자 옷들이 서로 스치는 희미한 소리와 몸이 굳어 뻣뻣해진 몸짓으로 천천히 옷을 벗는 소리가 들려왔다. 불이 꺼지지 않아 불안한 그녀도 주변 소리에 귀를 기울이면서 머뭇거리며 옷을 벗고 있는 듯했다. 얼마가 흐른 후, 침대 밑 스프링이 약하게 소리를 냈다. 그러고 나서 무거운 침묵이 흘렀다.

"잠자리는 편하시오, 아가씨?" 클로드가 부드러운 목소리로 물었다.

그녀는 여전히 마음을 진정시키지 못한 채 들릴락 말락 한 떨리는 목소리로 대답했다.

"네, 아주 편해요."

"그럼, 잘 자요."

"안녕히 주무세요."

촛불을 끄자 주위는 더욱 고요했다. 클로드는 몹시 피곤한데도 잠이 오지 않았다. 눈을 뜨고 허공을 응시하다가 창문을 바라보았다. 비구름이 걷히고 맑게 갠 뜨거운 7월의 밤하늘에 별들이 초롱초롱 빛나고 있었다. 소나기가 한바탕 지나갔는데도 더위는 한풀 꺾일 줄을 모른 채 여전히 기승을 부리고 있었다. 이불 밖으로 내놓은 그의 두 팔이 활활 타오르는 듯했다.

아가씨의 존재가 그의 마음을 차지하고 있었다. 은밀한 갈등이 그를 어지럽혔다. 그는 스스로 으스대던 여자에 대한 경멸과 만약 여기에서 굴복하면 인생이 복잡해질 것 같은 공포, 그러면서도 이렇게 굴러들어 온 기회를 이용하지 않는다면 자신이 바보같이 보일 거라는 갈등 사이에서 싸우고 있었다. 그러나 결국 경멸 쪽이 승리하였다. 그는 자기 스스로 매우 강하다는 자부심을 가졌다. 그녀가 자기 마음을 어지럽힐 음모를 꾸몄다고 상상하면서 유혹을 물리친 사실에 득의의 미소를 지었다. 숨 막히는 더위에 그는 두 다리를 이불 밖으로 내놓았다. 반쯤 잠이 든 환각 상태에서 머리가 묵직해진 그는 반짝이는 별들 사이로 여자들의 벌거벗은 관능적인 몸, 자신이 흠모하는 여인의 살아 있는 육체를 뒤따라갔다.

그러자 그의 머릿속이 혼란스러워졌다. 지금 그녀는 무슨 생각을 하고 있을까? 오랫동안 그녀의 숨소리조차 들리지 않자 그는 그녀가 잠들었다고 생각했다. 그런데 이제 보니 그녀도 그처럼 몸을 뒤척이고 있는 것이 아닌가. 다만 너무 조심스러운 나머지 숨을 제대로 쉬지 못하고 있을 뿐이었다. 그는 여자 경험이 없었기 때문에 그녀가 한 이야기를 이성적으로 추론해 보기 시작했다. 납득이 되지 않는 몇몇 세부 사항을 곰곰이 따져 보았다. 그러나 아무리 생각해 보아도 이해되지 않기는 마찬가지였다. 쓸데없이 고민해 봐야 무슨 소용이 있는가? 그녀가 진실을 말했든 자기를 유혹하려고 거짓말을 했든 상관없는 일 아닌가! 이튿날 그녀는 다시 다른 대문을 찾아 나서면 그만이었다. "안녕히 주무셨어요?" "안녕히 계세요"라는 인사와 함께 모든 것은 끝날 테고, 다시 만날 일도 없을 것이다. 새벽이 되어 별빛이 희미해지고서야 그는 잠이 들었다. 칸막이 뒤에 누운 그녀는 여행으로 몸이 으스러질 듯이 피곤했지만, 뜨겁게 달아오른 양철 지붕의 육중한 열기 때문에 끊임없이 몸을 뒤척이며 괴로워했다. 크게 걱정할 정도는 아니지만, 바로 옆에서 남자가 자고 있다는 사실이 불편하여 돌연 몸을 벌떡 일으키기도 하였고, 날카로운 아가씨의 한숨을 내쉬기도 했다.

아침에 눈을 뜬 클로드는 눈이 부셨다. 시간이 꽤 흐른 모양이었다. 큰 창문으로 해가 엄청 쏟아져 들어오고 있었다. 그는 야외에서 직접 자연을 관찰하며 그림을 그리는 젊은 화가라면 학술원의 화가들이 꺼리고 있는, 햇빛이 강하게 드는 아틀리에를 빌려야 한다는 소신을 갖고 있었다. 그러나 잠에서 깨어나자 어안이 벙벙해진 그는 바지를 입을 생각도 않고 소파에 주저앉았다. 내가 왜 소파에서 자고 있는 거지? 아직 잠이 덜 깬 눈을 두리번거리던 그는 칸막이 뒤에 반쯤 가려진 여자의 옷을 발견했다. 아! 그랬지. 그제야 비로소 아가씨 생각이 났다. 가만히 귀를 기울여 보니 아기가 편안하게 잠들어 있을 때 내는 길고 규칙적인 숨소리가 들려왔다. 그렇지! 아직 자고 있구나. 저렇게 곤히 자는데 깨우기는 곤란한 일이었다. 그는 이런 상황이 당황스러웠고, 이것 때문에 오전 작업을 망쳤다는 사실에 약이 올랐다. 온화했던 그의 마음에 화가 치밀어 오르기 시작했다. 빨리 그녀를 깨워 쫓아내는 수밖에 없었다. 그렇게 생각하면서도, 그는 조용히 바지를 걸치고는 실내화를 신은 다음 발끝으로 소리 나지 않게 살금살금 걸어 다녔다.

뻐꾸기시계가 아홉 시를 알리자, 클로드는 초조해졌다. 여자는 아직 움직일 기척이 없었고, 그저 작은 숨소리만이 계속 들려왔다. 그는 그녀가 일어날 때까지 기다리느니 요즘 작업중인 대작을 시작하는 게 낫겠다는 생각이 들었다. 자유롭게 돌아다닐 수 있게 되면 그때 좀 늦은 식사를 하면 될 것이다. 그러나 일이 손에 잡히질 않았다. 어지간히 어질러진 집에 살고 있는 그였건만, 바닥에 떨어져 있는 여자의 옷이 눈에 거슬렸다. 옷은 여전히 젖어 있었고, 물이 계속 흘러나오고 있었다. 화가 나는 것을 꾹 참고, 그는 그것을 집어 들어 햇볕이 잘 드는 의자 위에 하나씩 널었다. 마음 같아선 그냥 내버려 두고 싶었지만, 그러면 옷이 언제 마를지 모르고, 그녀 또한 그때까지 떠나지 않을 것 아니겠는가! 그는 여자의 옷가지들을 서툴게 이리저리 뒤집었다. 특히 검은색 모직 상의를 어떻게 처리해야 좋을지 몰라 쩔쩔맸고, 오래된 캔버스 뒤에 떨어져 있는 양말을 찾느라 몸을 구부리기도 했다. 양말을 줍기 전에 꼼꼼히 살펴보니, 회색 스코틀랜드산 실로 짠 고급스러운 긴 양말이었다. 원피스 가장자리에서 떨어지는 물이 양말까지 적시고 있었다. 그녀를 한시 빨리 돌려보내기 위해서 그는 여자의 양말을 잘 펴서 따뜻한 두 손으로 비볐다.

몸을 일으키자 이번에는 칸막이를 걷고 그녀의 모습을 보고 싶은 충동이 일었다. 그러자 어리석은 자신의 이런 호기심에 심기가 더욱 불쾌해졌다. 그는 평소 습관대로 어깨를 으쓱하며 붓을 움켜쥐었다. 이 구겨진 속옷더미 속에서 그가 투덜거리고 있을 때, 다시 한번 고른 숨소리가 들려왔다. 이번에는 자신도 어쩔 수 없이 붓을 내던지고 자고 있는 그녀의 얼굴을 훔쳐보았다. 그녀의 모습을 본 순간 그는 몸이 얼어붙는 듯했다. 그는 고통스러운 황홀함에 중얼거렸다.

"아, 이럴 수가! ……아, 아! 이럴 수가!"

젊은 아가씨는 유리창으로 떨어지는 더운 온실의 열기 때문에 이불을 걷어내고 있었다. 잠 못 이루는 고통스러운 밤을 지낸 뒤, 그녀는 이제 밝은 태양빛 아래에서 세상모르고 잠에 빠져 있었다. 그녀의 알몸 위에는 그림자 하나 어른거리지 않았다. 더위로 잠을 못 이루고 뒤척이는 동안 속옷의 어깨끈이 풀어진 듯, 왼쪽 소매가 흘러내려 와 가슴이 그대로 드러나 있었다. 그것은 고운 비단결 같은 황금빛 살결, 그야말로 봄의 육체였다. 수액으로 부풀어 올라 빳빳해진 두 개의 작은 젖무덤 위에는 옅은 빛깔의 장밋빛 봉오리 두 개가 봉긋 솟아 있었다. 오른팔을 목뒤로 젖히고 잠이 덜 깬 얼굴을 뒤로 돌린 채, 방치된 그녀의 경탄할 만한 곡선 안에서 젖가슴이 아무런 조심 없이 노출되어 있었다. 반면, 풀어진 검은색 머리카락이 어두운 외투처럼 육체를 감싸고 있었다.

"이런, 세상에! 놀라워라……."

그것은 그가 그리고 있는 그림을 위해 그토록 찾아 헤매던 바로 그 모습이었다. 포즈마저도 거의 같았다. 약간은 마르고 어린아이처럼 호리호리한, 그러면서도 그토록 신선하고 유연한 젊음을 지닌 육체! 게다가 이미 성숙한 가슴도 지니고 있지 않은가. 어젯밤에는 저 가슴이 대체 어디에 숨어 있었기에 내가 눈치채지 못했을까? 이것은 정말 대단한 발견이 아닐 수 없었다.

클로드는 종종 걸음으로 단숨에 파스텔 상자와 커다란 종이를 가져왔다. 그리고 낮은 의자 가장자리에 쪼그리고 앉아 두 무릎 위에 마분지를 펼쳐 놓고 깊은 행복감에 잠겨 그녀를 그리기 시작했다. 그의 머릿속을 어지럽히던 상념들과 육체적 호기심, 격렬하게 싸우던 욕망은 결국 예술가로서의 경탄, 그리고 아름다운 색조와 잘 맞물린 육체에 대한 열광으로 바뀌었다. 그는 이미 젊은 아가씨의 존재를 잊은 채, 은은한 호박 빛 어깨를 환히 비추는 눈같이 흰 가슴에 매혹되어 있었다. 불안한 마음의 겸손이 자연을 앞에 대하고 있는 그를 위축시켰다. 그는 팔짱을 낀 채, 매우 신중하고 주의 깊은, 공손한 어린 소년으로 돌아가 있었다. 그렇게 한 15분 정도를 계속 바라보다가 이따금씩 눈을 깜빡이며 멈추곤 하였다. 그러나 그녀가 움직이기라도 하면 어쩌나 하는 두려움에 재빨리 하던 일을 계속했다. 행여 그녀가 깨어나면 어쩌나 하는 걱정에 숨도 제대로 쉬지 못할 지경이었다.

일에 전념하면서도 그의 마음속은 여전히 이런저런 추측으로 어지러웠다. 저 여자는 누구일까? 처음에 짐작했던 매춘부는 분명 아니었다. 이렇게 청순한 여인이 매춘부일 리 없었다. 그런데 그녀는 왜 그런 얼토당토않은 이야기를 꾸며낸 것일까? 그러자 이번에는 다른 이야기가 상상되었다. 애인과 함께 파리에 왔다가 도착하자마자 그 애인에게 버림받은 이야기, 혹은 친구의 꾐에 넘어가 부모에게 돌아갈 엄두를 내지 못하는 타락한 하층 부르주아 계급의 아가씨를 상상해 보았다. 그게 아니라면 어쩌면 더 복잡한 사정일지도 모른다. 상상도 못할 만큼 심각한 탈선으로 세상 물정 모르는 아가씨가 그로서는 결코 알 수 없는 어떤 무서운 일에 휘말린 건 아닐까. 이런 여러 억측은 그의 궁금증을 더욱 가중시킬 뿐이었다. 클로드는 주의 깊게 그녀를 관찰하며 얼굴을 스케치하기 시작했다. 얼굴 윗부분은 뛰어나게 아름다웠다. 매우 부드러운 윤곽의 투명한 이마가 맑은 거울처럼 연결되어 있었고, 작은 코의 콧날은 날카롭고 섬세했다. 그녀의 감긴 눈꺼풀 아래로 느껴지는 희미한 미소가 얼굴 전체를 환하게 해 줄 것 같은 모습이었다. 다만 얼굴 아랫부분이 이 은은한 광채를 변질시키고 있었다. 턱뼈는 앞으로 튀어나와 있었으며, 단단한 흰색 이를 내보이는 지나치게 두꺼운 입술은 새빨간 빛을 띠고 있었다. 그 때문에 연약하고 앳된 그녀의 모습 가운데에 자기도 모르게 폭발하려는 성숙미와 분출하는 정열이 보였다. 그녀의 부드러운 살결 위로 갑자기 물결 같은 파도가 일었다. 마침내 자기 몸을 샅샅이 훑고 있는 남자의 시선을 느낀 것인지, 그녀는 눈을 크게 뜨고 비명을 질렀다.

"오! 하느님!"

깜짝 놀란 그녀는 몸이 얼어붙었다. 대체 이곳은 어디이며, 타오르는 눈으로 자기를 응시하고 있는 저 청년은 누구인가. 그녀는 얼른 두 팔로 이불을 목까지 끌어올리며 몸을 가렸다. 그녀는 너무도 수치스러운 나머지 피가 거꾸로 솟아 얼굴이 새빨갛게 되었고, 가슴까지 분홍빛 강물이 되어 흘렀다.

"아니, 왜 그러시오?" 불만에 찬 클로드가 연필을 내던지며 소리쳤다. "무슨 생각을 하는 거예요?"

그녀는 아무 말 없이 꼼짝 않고 이불을 목까지 끌어올려 꽁꽁 감싸더니 몸을 구부려 간신히 침대에서 일어났다.

"잡아먹지 않을 테니까…… 자, 얌전히 있어요. 조금 전의 자세만 취해 주면 돼요."

이번에는 그녀의 귀가 빨갛게 물들었다. 그러더니 겨우 더듬더듬 말했다.

"아! 안 돼요. 아니, 그럴 수 없어요."

천천히 약이 오르기 시작하던 그는 평소의 습관처럼 갑자기 분노가 솟구쳤다. 그녀가 엉뚱한 생각으로 고집을 부리는 것이 그에게는 어리석은 행동으로 느껴졌다.

"생각해 보시오. 그렇게 하면 당신이 어떻게 되는지? 내가 당신 몸이 어떻게 생겼는지 좀 본다고 무슨 큰일이 나나요? 나는 다른 사람들의 몸도 보았소."

그러자 그녀는 울기 시작했다. 클로드는 그리다가 만 그림 앞에서 절망했다. 자신이 이 그림을 끝내 완성하지 못하리라는 예감과 이 아가씨의 조심성 때문에 훌륭한 그림을 그릴 수 있는 기회를 놓쳤다는 판단에서 완전히 정신을 잃고 울컥 화가 치밀어 올랐다.

"그렇게 할 수 없다, 이거요? 하지만 그런 바보짓이 어디 있소! 당신은 나를 뭐로 보는 것이오? 말해 봐요, 내가 당신을 만졌소? 내가 그 짓을 하려고 했다면, 지난밤에도 할 수 있었소……. 아! 아가씨, 난 그런 것엔 관심이 없어요. 당신이 내게 당신의 몸을 다 보여 줘도 아무 일 없을 거요…… 그리고 생각해 봐요. 내가 당신을 데려와 내 침대에서 재워 주기까지 했는데, 나에게 그림을 그리지 못하게 한다면 도리가 아니지 않소?"

그녀는 베개에 머리를 파묻더니 더 크게 흐느꼈다.

"맹세코, 나에겐 당신의 몸이 필요하오. 그렇지 않다면 당신을 괴롭히지도 않을 거요."

그녀가 흐느껴 우는 것을 보자 당황스러워진 그는 자기가 그녀에게 너무 거칠게 말한 것이 부끄러워, 입을 다문 채 그녀가 진정이 될 때까지 기다렸다. 그런 다음 그는 부드러운 목소리로 다시 말했다.

"자, 당신이 정 거북하다면, 그만둬요. ……단지, 당신이 내 사정을 알아주었으면 하오. 내가 그리는 그림 중에 얼굴 하나가 영 진전되질 않고 있소. 그런데 당신이 그 느낌에 딱 들어맞는 거요. 나는 그림을 위해서라면 부모의 목까지도 조를 수 있는 사람이오. 알겠소? 그러니 나를 용서하시오. 당신이 잘 참아 주면 몇 분이면 끝나오. 그러지 말아요. 그러지 말고 제발 가만히 있어요! 가슴은 괜찮소. 가슴을 보여 달라고 하지는 않겠소! 얼굴만, 얼굴만 그리겠소! 얼굴만이라도 끝낼 수 있다면! ……제발 좋은 일을 해 주시오. 당신의 팔을 아까 있던 위치로 다시 갖다 놓아요. 그렇게만 해 준다면, 아! 정말 평생 이 은혜는 잊지 않겠소!"

이제 클로드는 애원을 했다. 그리고 주체할 수 없는 예술가로서의 커다란 야망에 연필을 애절하게 흔들어 댔다. 게다가 그는 그녀에게서 멀리 떨어진 낮은 의자에 쭈그리고 앉아 꼼짝도 하지 않고 있었다. 그의 그런 모습에 그녀는 그의 말을 한 번 믿어 보기로 마음먹고 얼굴을 진정시켰다. 그녀로서 달리 무슨 방도가 있겠는가? 게다가 크게 신세도 진 데다 그가 저토록 절망스러운 모습을 하고 있으니! 막상 그렇게 하려고 마음을 먹어도 여전히 거북하기는 마찬가지였다. 잠시 망설이던 그녀는 말없이 벗은 팔을 천천히 이불 밖으로 내놓았다. 그리고 다시 그것을 머리 뒤로 가지고 갔다. 다른 한 손은 여전히 이불 속에 감춘 채, 목 주위를 둘둘 말고 있는 이불을 놓치지 않으려고 꼭 쥐었다.

"아! 당신은 정말 좋은 사람이에요! ……서두르겠소. 금방 끝날 것이오."

클로드는 그림을 그리기 위해 몸을 구부렸고, 오직 화가의 날카로운 눈으로 그녀를 바라볼 뿐이었다. 이제 그의 앞에 여자의 모습은 사라지고, 그림의 모델만이 있었다. 그녀는 또다시 발그레 상기되었다. 무도회에서는 아무렇지도 않게 노출하는 몸의 아주 작은 부분에 불과한 이 벗은 팔에 대한 생각으로 그녀는 영 거북했다. 하지만 이 젊은 남자의 말은 이치에 맞았다. 어느 정도 마음이 진정되었고, 그녀의 상기된 두 볼은 냉정을 되찾았다. 긴장을 푼 입가엔 신뢰의 엷은 미소까지 지어 보일 수 있게 되었다. 그러고 나니 이번에는 반쯤 감은 눈꺼풀 사이로 그녀가 그를 관찰하기 시작했다. 덥수룩한 턱수염에 큰 머리, 그리고 난폭한 태도, 이런 것들이 어젯밤 얼마나 그녀를 무섭게 했던가! 그런데 지금 다시 보니 그렇게 못생긴 얼굴은 아니었다. 그녀는 그의 갈색 눈 속에 배어 있는 아주 따뜻한 마음을 느낄 수 있었다. 반면 입술 위쪽으로 거슬러 난 털 속에 감추어진 여성스러운 코의 모습에는 그녀도 깜짝 놀랐다. 신경을 곤두세운 긴장감에서 오는 미세한 떨림이 그의 몸을 흔들고 지나갔다. 그림을 향한 끊임없는 열정이 그의 가느다란 손가락 끝의 연필을 움직이게 하는 것 같았다. 그녀는 왠지 그런 그의 모습에 매우 감동했다. 이런 사람은 절대로 나쁜 사람일 리 없다. 다만, 수줍음을 이렇게 거칠게 표현할 뿐이다. 그녀가 그를 썩 잘 분석했는지는 모르겠으나 이런 모든 느낌 안에서 그녀는 마치 친구 집에 있는 것 같은 편안한 마음이 들었다.

사실 이곳 아틀리에는 아무리 살펴보아도 어딘가 섬뜩한 데가 있었다. 그녀는 기가 찰 정도로 어질러져 모든 게 뒤엉켜 있는 주변을 조심스럽게 둘러보았다. 벽난로 앞에는 지난 겨울에 태우다 남은 재가 그대로 쌓여 있었다. 침대 쪽에 작은 화장대와 소파가 놓여 있었고, 가구라고는 낡고 부서진 떡갈나무 농과 전나무로 만든 커다란 책상뿐이었다. 책상 위에는 붓들과 물감들, 더러운 접시들, 에틸알코올 램프가 빼곡했다. 국수 면발이 지저분하게 묻어 있는 냄비가 흩어져 있었으며, 속이 비죽이 삐져나온 의자들 또한 삐거덕거리는 화판 받침대 사이에서 여기저기 나뒹굴고 있었다. 소파 가까이 전날 밤 타다 만 초가 한 달에 한 번이나 닦을까 말까 한 마루 구석의 바닥에 방치되어 있는 가운데 빨간 꽃들로 장식된 커다란 뻐꾸기시계만이 맑은 소리로 똑딱거리며 밝고 깨끗한 모습을 유지하고 있었다. 무엇보다도 그녀가 놀란 것은 액자에 끼우지 않은 채 벽에 걸어 놓은 스케치들과 아무렇게나 던져 놓은 다량의 스케치 더미였는데, 그것은 무너져 내려 바닥에 흩어져 있었다. 그녀는 이렇게 끔찍한, 거칠고도 강렬한 그림은 이제껏 한 번도 본 적이 없었다. 마치 여관 문 앞에서나 들을 법한 마부들의 욕설과도 같이 난폭한 색조였다. 마음이 불편해진 그녀는 눈을 내리깔았다. 하지만 곧 뒤집어 놓은 또 다른 그림에 관심이 쏠렸다. 그것은 클로드가 최근 그리고 있는 대작으로 다음날 잠에서 깨었을 때 처음 바라보는 신선한 눈으로 그림을 더 잘 관찰하기 위해 매일 저녁 벽 쪽으로 밀어 놓은 것이었다. 그는 왜 이 그림을 보이지 않게 내버려 두었을까? 아무런 차양도 쳐 있지 않은 유리창으로 곧장 떨어지는 빛나는 햇살이 가구의 구석구석을 금빛 물결과도 같이 흐르며 넓은 방 전체를 비추었다. 덕분에 가구의 비참한 모습들이 적나라하게 드러났다.

이윽고 클로드는 무거운 침묵이 방 안 가득히 감돌고 있음을 깨닫고, 예의상 어떤 말이라도 해 보려고 했다. 무엇보다 그녀로 하여금 포즈를 취하는 노고를 잠시 잊게 해 주고 싶었다. 그러나 아무리 궁리해 보아도 이 말밖에는 생각이 나지 않았다.

"이름이 뭐예요?"

그녀는 마치 잠자는 듯이 감고 있던 눈을 떴다.

"크리스틴이예요."

그러자 그도 아직까지 자기 이름을 밝히지 않았다는 사실에 놀랐다. 전날 밤부터 그들은 서로 인사도 없이 나란히 한 방에 있었던 것이다.

"나는 클로드라고 해요."

그 순간 그는 그녀가 유쾌한 웃음을 터뜨리는 것을 보았다. 아직 장난기가 가시지 않은 다 큰 처녀의 즐거워하는 모습이었다. 그녀로서는 이렇게 때늦은 인사가 우스웠다. 그리고 다른 또 하나의 생각이 그녀를 즐겁게 했다.

"어머나! 클로드, 크리스틴. 이름이 똑같이 C로 시작하는군요."

또다시 침묵이 흘렀다. 그는 눈을 깜빡이며 자신의 상상력을 발휘하면서 일에 몰두했다. 그러나 그는 그녀가 조바심을 내며 불편해하는 것이 느껴져서 그녀가 혹시라도 움직일까 봐 다시 아무 말이나 꺼내기 시작했다.

"좀 덥죠."

그녀는 웃음을 터뜨렸다. 불안감이 없어진 그녀는 타고난 밝은 성격을 되찾았고 자기도 모르게 그것을 그대로 드러냈다. 너무 더워서 침대에 드러누워 있는 것이 마치 욕조 안에 들어앉아 있는 것 같았다. 피부는 축축하고, 핏기 없는 우윳빛 동백꽃처럼 창백했다.

"네, 좀 덥네요." 그녀는 장난스러운 눈으로, 그러나 진지하게 대답했다.

그러자 클로드가 친절하게 설명해 주었다.

"햇빛이 들어오기 때문에 그래요. 하지만 오! 참 좋군요. 햇살이 피부에 와 닿는 모습이……. 지난 밤 우리가 대문 아래 있을 때도 날씨가 이랬으면 얼마나 좋았겠소."

두 사람 모두 유쾌하게 웃었다. 마침내 대화의 주제를 찾은 것이 기뻐서, 그는 별로 궁금하지 않았지만 그녀에게 무슨 일이 있었는지 물었다. 오로지 그림을 그릴 수 있는 시간을 연장하기 위해서였다. 사실 어제 있었던 일의 진실 따위에는 관심이 없었다.

크리스틴은 길지 않게 그때의 상황을 설명했다. 그녀는 전날 파리에 오기 위해 클레르몽을 떠났고, 파리에서 방자드 부인이라는 장군 미망인의 책 읽어 주는 사람이 되어 그녀의 집으로 갈 예정이었다. 미망인은 파시에 살고 있는 매우 부잣집 노인이었다. 시각표에 따르면 기차는 아홉 시 십 분에 도착할 예정이었고, 그에 맞추어 모든 일정이 짜여 있었다. 하녀 한 명이 역에서 그녀를 기다리기로 되어 있었는데 그들은 편지를 통해 서로 알아볼 수 있게 검은색 모자에 회색 깃털을 꽂도록 약속을 해 두었다. 그러나 그녀가 타고 있던 기차는 느베르 조금 위쪽에서 화물열차에 걸려 전복되고 말았다. 탈선하여 산산조각이 된 화물열차가 철도를 가로막고 있었기 때문이다. 뜻하지 않게 생긴 사고 때문에 기차는 당연히 지체될 수밖에 없었다. 처음에 그녀는 꼼짝도 하지 않는 열차 안에 오랫동안 앉아 있었다. 그 후 승객들은 하는 수 없이 짐을 열차 뒤 칸에 둔 채 3킬로미터를 걸어 역까지 가서 구조 열차를 만들어 보려고 하였다. 그러기까지 두 시간이 걸렸고, 열차가 전복된 철도에서 사고를 수습하는 데 두 시간이 더 소요되었다. 그렇게 해서 네 시간 늦게, 겨우 새벽 한 시가 되어서야 역에 도착할 수 있었던 것이다.

"그러니까 한마디로 운이 없었군요." 클로드가 도중에 끼어들었다. 그는 그녀의 이야기가 여전히 믿기지 않았다. 거기다 이렇게 복잡한 이야기가 너무 쉽게 배열되는 사실이 놀라웠다. "그러니까 당연히 당신을 기다리는 사람도 없었겠군요?"

크리스틴은 기다리다 지쳐 떠난 방자드 부인의 하녀를 만나지 못했다. 그리고 그녀는 그토록 늦은 시각에 머지않아 아무도 남지 않게 될 어둡고 썰렁한, 이 낯선 거대한 리용 역에서 자신이 얼마나 불안했는지에 대해 이야기하기 시작했다. 처음에 그녀는 마차를 탈 엄두를 내지 못하고 누군가를 만나길 기대하며 작은 손가방을 들고 걸었다. 그러다 마차를 타야겠다는 생각이 들었지만, 이미 때가 너무 늦었다. 그곳에는 술 냄새를 풍기는 더러운 마부 한 명만이 남아 있었는데, 그는 그녀의 주위를 왔다 갔다 하면서 빈정거리는 태도로 자기의 마차에 탈 것을 권유했다.

"음, 부랑자군요." 마치 클로드는 이 황당무계한 이야기 속의 주인공이라도 된 듯이, 이제야 흥미를 느끼며 말을 받았다. "그래서 그 마차를 탔소?"

크리스틴은 천장을 바라보며 포즈를 풀지 않은 채 이야기를 계속했다.

"마부가 저를 무작정 마차 안으로 밀어 넣었어요. 저를 애인이라고 부르는데, 무서웠어요……. 제가 파시에 간다고 했더니 막 성을 내며 마차를 어찌나 빨리 몰던지, 문을 꼭 붙들고 있어야 했어요. 그러다가 마차가 밝은 길로 나와 천천히 달리기 시작했기 때문에 조금 안심이 되었어요. 거리에 나온 사람들도 볼 수 있었고요. 그러다 센강이 보이기 시작했어요. 파리는 처음이지만 지도에서 본 적이 있거든요. 그리고 부두를 따라 쭉 달렸는데, 다리를 지날 때부터 마부가 다시 무섭게 변했어요. 바로 그때 비가 오기 시작했고, 그는 아주 컴컴한 구석으로 마차를 돌리더니 갑자기 멈추는 거예요. 그러더니 자기 좌석에서 내려와 제가 있는 마차 안으로 들어오려고 하잖아요. 비가 너무 많이 온다고 하면서……."

클로드는 웃기 시작했다. 이제 그에게서 의심은 사라졌다. 그녀는 그런 마부의 모습을 꾸며 낼 수 없었다. 그녀가 당황하여 아무 말도 하지 않자 클로드가 말했다.

"됐어요, 됐어! 마부가 농담을 한 거겠지요."

"저는 황급히 마차의 다른 문을 통해 길로 뛰어나갔어요. 그러자 그는 욕을 하면서 다 왔으니 돈을 내지 않으면 모자를 빼앗겠고 했어요. ……비는 세차게 퍼붓는데, 부두에 보이는 사람이라곤 한 명도 없었어요. 저는 정신없이 5프랑짜리 지폐를 꺼냈는데, 그 순간 그가 말에 채찍질을 하더니 제 손가방을 빼앗아 달아나 버렸어요. 다행히 그 가방 안에는 손수건 두 개와 먹다 남은 브리오슈 반 조각, 열차에 두고 온 트렁크 열쇠뿐이었어요."

"마차의 번호를 적을 수도 있었잖소!" 화가 난 클로드가 소리를 질렀다.

이제야 클로드는 자기가 비를 맞으며 루이 필립교를 지날 때 쏜살같이 달려와 옆을 스쳐 가던 마차가 기억났다. 그는 엄연한 사실이 자주 사실같이 보이지 않는 것에 놀랐다. 그가 분명하다고 생각하는 것, 또 논리적이라고 생각하는 것이 인생에서 자연스럽게 일어나고 있는 일들과 비교해 볼 때 틀릴 때가 많았던 것이다.

"제가 이 댁의 대문 아래에서 얼마나 마음이 불편했을지 짐작이 가시죠!" 크리스틴은 말을 마쳤다. "저는 여기가 파시가 아니라는 걸 알고는 파리에서 밤을 지낼 일이 끔찍했어요. 게다가 천둥과 번개는 왜 그리 심하게 치는지요. 오! 그 시퍼렇고 시뻘건 번개 때문에 모든 사물이 흔들려 보였어요!"

그녀의 눈이 다시 잠겼다. 가느다란 경련이 그녀의 얼굴을 창백하게 했다. 그녀는 비극적인 도시를 다시 한번 보았다. 벌겋게 타오르는 불가마 속에 잠겨 있는 부두와 부두 사이로 난 구멍들, 시퍼런 물이 괴어 흐르는 강의 심연, 그곳에 가득 찬 거대한 검은 물체들, 죽은 고래처럼 보이는 짐배들과 부동의 자세로 줄지어 서 있는 기중기들, 그리고 마치 교수형틀처럼 직각으로 달려 있는 기중기의 팔들, 이 모든 것이 과연 파리가 그녀를 환영한다는 징표일까?

침묵이 흘렀다. 클로드는 다시 그림을 그리기 시작했다. 그녀가 몸을 움직였다. 팔이 저려 오기 시작했다.

"미안하지만, 팔꿈치를 조금 더 구부려 봐요."

그러고 나서 미안한 마음에 관심을 표명했다.

"이번 사고를 부모님께서 아신다면 슬퍼하시겠소."

"저에겐 부모님이 안 계셔요."

"아니, 아버지도 어머니도 안 계시고……. 그럼 당신 혼자란 말이오?"

"네, 완전히 혼자죠."

그녀는 열여덟 살이며 스트라스부르 태생으로 아버지 알레그랭 대위가 새 주둔지로 옮기는 도중에 우연히 태어났다. 몽토방 출신의 가스코뉴 사람인 대위는 다리가 마비되자 은퇴하여 클레르몽에서 지내다 딸이 열두 살이 되는 해에 사망했다. 파리 출신인 그녀의 어머니는 거의 5년 동안 그곳 시골에서 빈약한 연금과 부채 위에 그림 그리는 일을 하면서 근근이 생활을 꾸려 가며 딸을 숙녀로 키웠다. 일 년 삼 개월 전에 이번에는 어머니가 세상을 떠났고, 그녀는 돈 한 푼 없이 세상에 홀로 남겨졌다. 그녀가 알고 있는 사람이라고는 오직 성모방문회 수도원의 원장 수녀뿐으로, 그 원장 수녀는 그녀를 기숙사에 넣어주었다. 이어 크리스틴은 수녀원에서 곧바로 파리로 온 것이었다. 원장 수녀가 그녀에게 마침 일자리를 찾아주었기 때문인데, 거의 눈이 보이지 않게 된 옛 친구인 방자드 부인의 집에 가서 책을 읽어 주는 일이었다.

클로드는 새롭게 알게 된 그녀의 사연을 듣고 기가 막혔다. 그는 그녀가 들려준 수녀원 이야기나 그녀가 잘 자란 고아라는 사실, 그리고 이상하게 방향을 튼 간밤이 당황스러웠고, 무슨 말을 해야 할지 몰라 거북했다. 그는 눈을 내리뜨고 자기가 그린 크로키를 바라보며 작업을 중단했다.

"클레르몽은 아름답소?" 마침내 그가 입을 열었다.

"별로예요. 음울한 도시죠……. 게다가 잘 몰라요. 거의 외출을 하지 않았거든요."

그녀는 팔을 괴고, 사별의 슬픔이 아직 남아 있는 듯한 낮은 목소리로 혼잣말을 하듯이 이야기를 이어 나갔다.

"몸이 약한 엄마는 죽도록 일만 하다 돌아가셨어요……. 엄마는 저를 많이 아끼셨죠. 저에게 좋다는 것은 뭐든지 다 해 주셨어요. 제가 배우는 과목마다 개인 교사가 있었으니까요. 하지만 저는 뭐든지 열심히 하지 않았어요. 원래 아프기도 했지만, 말을 잘 안 들었어요. 얼굴이 빨개지도록 웃기만 하고. ……음악을 싫어했고, 피아노 연습을 하면 팔에 쥐가 나서 뒤틀곤 했어요. 그나마 나은 것이 미술이었어요."

그는 고개를 들고 감격하여 말을 가로막았다.

"당신이 그림을 그릴 줄 안단 말이오?"

"아! 아니오, 아무것도 몰라요……. 엄마는 그림에 소질이 많으셨는데, 저에게 수채화를 조금 가르쳐 주셨어요. 그래서 저도 가끔 엄마를 도와 부채에 바탕색을 칠하곤 했어요. 엄마는 부채에 정말 아름다운 그림을 그리셨어요!"

그녀의 시선이 자기도 모르게 아틀리에 주변에 널려 있는 무시무시한 스케치들 위에 머물렀다. 아틀리에의 벽들이 불타오르고 있었다. 그러자 그녀의 맑은 눈에 이 난폭한 화가에 대한 곤혹스러움으로 인해 불안해하는 눈빛이 다시 나타났다. 그가 자신을 모델로 하여 그리는 그림이 멀리 종이 뒤편으로 비쳤는데, 그녀는 강렬한 색조와 그림자를 과감히 삭제한 파스텔의 굵은 선에 놀라 그림을 가까이에서 보여 달라는 말을 할 엄두를 내지 못했다. 게다가 그녀는 찜통같이 더운 이 침대 안이 불편하여 견딜 수가 없었다. 그녀에게는 이곳에서 나가고 싶은 생각과 꿈만 같이 느껴지는 어젯밤의 일에서 한시바삐 해방되고 싶은 바람밖에 없었다.

당연히 클로드도 아가씨의 신경이 예민해진 것을 느낄 수 있었다. 갑자기 수치심과 후회가 몰려와 그는 그림을 완성하지 않은 채 포기하고 서둘러 말을 꺼냈다.

"호의를 베풀어 줘서 고마워요, 아가씨. 내가 너무 심했군요……. 일어나요. 이제 일어나서 당신의 일을 보러 가시오."

그가 그녀에게 일어나라고 반복하여 말을 하면 할수록, 왜 그런지 얼굴이 빨개진 그녀는 벗은 팔을 이불 속으로 더 틀어박으며 일어날 생각을 하지 않았다. 그러자 그는 격렬한 동작으로 칸막이를 아틀리에의 끝까지 다시 펼쳤다. 그는 지나치게 신경을 쓴 나머지 그녀가 침대에서 내려와 옷을 입는 소리가 들리지 않도록 그릇을 덜거덕거리며 정돈했다.

그가 내고 있는 소란스러운 소리 때문에 머뭇거리며 말하는 그녀의 소리가 들리지 않았다.

"저어, 저어……."

드디어 그는 귀를 기울였다.

"저, 죄송하지만……, 양말을 찾을 수가 없네요."

그는 서둘렀다. 정신을 어디에 두고 있었던가? 양말과 스커트를 햇볕에 널어 둔 채, 그녀를 속옷 바람으로 칸막이 뒤에 세워 두면 어쩌겠단 말인가? 양말은 다 말라 있었다. 그는 양말을 부드럽게 비벼 보고 다 마른 사실에 안심했다. 그리고 그것을 얇은 칸막이 위로 넘겨주었다. 그는 어린아이의 살결같이 신선하고 둥그스름한 매력적인 팔을 마지막으로 보았다. 그러고 나서 스커트를 침대 발치로 던진 후 반장화를 밀어 주었다. 다만, 받침대에 걸어 둔 모자만은 그대로 남겨 두었다. 그녀는 고맙다는 인사를 했고, 그런 다음에는 아무 말도 없었다. 옷이 부딪치는 바스락거리는 소리가 들려왔고, 물소리도 다시 조심스럽게 들렸다. 그러나 그는 여전히 그녀에게 신경을 쓰고 있었다.

"비누는 책상 위 컵받침 위에 있어요……. 서랍을 열어 보시오, 알겠죠? 거기에 깨끗한 수건이 있으니까……. 물, 더 필요해요? 자, 물병 여기 있소."

그녀가 불편해할 거라는 생각이 다시 들자, 그는 갑자기 짜증이 났다.

"내가 또 귀찮게 하는군요! 집이라고 생각하고 편하게 사용해요."

그는 하던 일을 계속했다. 그러다 그녀에게 아침식사를 주어야 할지 고민이 되었다. 이렇게 그녀를 또다시 혼자 떠나보낼 수는 없다. 하지만 아침식사를 차려 주려면 그릇을 꺼내야 하는 번거로움뿐만 아니라 오전 시간을 손해 보게 될 것이었다. 아무 결정도 못 내린 채, 그는 알코올램프에 불을 켜고는 냄비를 씻어 초콜릿차를 만들기 시작했다. 자기가 만든 버미첼리와 프로방스식으로 빵을 썰어 기름과 함께 구운 파이를 내놓을 일이 은근히 부끄러워, 그는 차를 대접하는 편이 낫겠다는 생각이 들었다. 그가 미처 냄비에 초콜릿을 다 풀기도 전에 자기도 모르게 탄성이 터져 나왔다.

"아니, 벌써!"

크리스틴이 칸막이를 걷고, 깨끗하고 단정한 검은색 옷차림으로 모습을 나타낸 것이다. 그녀는 옷을 죄고, 단추를 채우며, 눈 깜짝할 사이에 몸단장을 마쳤다. 분홍빛으로 상기된 얼굴에는 물기 하나 없었고, 묶어서 틀어 올린 머리는 목덜미 뒤로 붙였는데 머리카락 하나 비어져 나와 있지 않았다. 클로드는 이 기적에 가까운 신속함과 빠르고 훌륭하게 옷을 갈아입는 능숙한 아가씨의 솜씨에 놀라 입이 벌어졌다.

"아! 놀랐소, 이렇게나 빨리!"

그녀는 생각했던 것보다 키가 더 컸고, 아름다웠다. 무엇보다도 그를 놀라게 한 것은 그녀의 평온한 태도였다. 이제 그녀는 그를 무서워하지 않았다. 그녀는 스스로 방어할 길이 없다고 느꼈던 지난 밤의 잠자리를 빠져 나오면서 장화와 원피스로 다시 무장한 듯했다. 그녀는 그의 눈을 똑바로 쳐다보고 미소를 지었다. 그러자 그는 그때까지 망설이고 있던 말을 꺼냈다.

"함께 아침 식사라도 하고 가면 어떻겠소?"

하지만 그녀는 그의 제안을 거절했다.

"아니에요, 감사합니다. 빨리 역으로 가서 트렁크를 찾고, 파시로 가야죠."

그냥 가면 시장할 테고 빈속으로 가는 것은 좋지 않다고 아무리 이야기해 보아도 소용이 없었다.

"그럼 내가 내려가서 마차를 잡아 주겠소."

"아니에요. 제발 그런 수고를 하지 마세요."

"자, 봐요. 당신은 그 길을 걸어서 갈 수는 없잖소. 당신은 파리를 전혀 모르니까, 마차 정류장까지라도 데려다주겠소."

"아니에요, 괜찮아요. 데려다주지 않으셔도 혼자 갈 수 있어요. 저에게 친절을 베푸신다면, 그냥 혼자 가게 해 주세요."

그것은 확고한 의지였다. 아무리 모르는 사람들일망정 자신이 남자와 만난 사실을 알리고 싶지 않다는 분명한 태도였다. 그녀는 간밤에 그의 집에서 지낸 사실을 다른 사람이 알지 못하도록 거짓말을 할 테고, 뜻밖의 사건에 대한 추억을 혼자서 간직할 것이다. 클로드는 화가 나 그녀에게 가라는 몸짓을 했다. 속 시원히 잘되었네! 내려가지 않아도 된다니, 더 잘된 일 아닌가. 그런데도 그는 마음에 상처를 입었다. 그녀가 괘씸했다.

"그 편이 좋다면, 강요하진 않겠소."

이 말에 크리스틴의 얼굴에 환한 미소가 번졌다. 그녀는 가느다란 입술 끝을 살짝 내리면서 웃었다. 그녀는 아무 말 없이 모자를 집었다. 눈으로 거울을 찾다가 찾지 못하자 팔꿈치를 올리고 손가락으로 능숙하게 천천히 리본 모양을 만들어 잡아맸다. 그녀의 얼굴은 금빛으로 빛나는 햇빛을 받고 있었는데, 그 모습에 클로드는 놀랐다. 자기가 그렸던 어린아이 같은 연약한 모습은 이미 찾아볼 수가 없었다. 얼굴의 윗부분, 투명한 이마라든가 부드러운 눈매는 모자 속에 파묻혔고, 완강해 보이는 턱과 빨간색 입술, 고르게 난 치아 등 아랫부분이 두드러져 보였다. 이 젊은 아가씨가 짓고 있는 묘한 미소가 어쩐지 자기를 놀리는 것만 같았다.

"어쨌든." 그는 짜증이 나서 말했다. "당신이 내게 비난할 일은 없소."

그러자 그녀는 미소를 짓다가 말고, 대신 긴장을 하며 살짝 웃었다.

"비난이라니요, 무슨 말씀을요. 조금도 그렇게 생각하지 않아요."

그는 그녀를 계속 바라보았다. 소심함과 여자에 대해 무지함이 교차되면서 그는 혹시 자기가 우습게 보인 것은 아닐까 두려워졌다. 이 키 큰 아가씨는 남자에 대해 무엇을 알고 있을까? 다른 아가씨들처럼 기숙사에서 전부 배웠든지, 아니면 전혀 무지하든지 둘 중 하나일 것이다. 육체와 정신의 오묘한 개화란, 어느 누구도 그 깊이를 알 수 없는 것이다. 어쩌면 이 수줍은 아가씨도 예술가가 살고 있는 자유로운 환경에 들어 와 남자에 대해 궁금해하고 또 두려워하면서 서서히 관능에 눈뜬 것은 아닐까? 이제 두려울 이유가 없어진 그녀는 아무것도 아닌 일로 괜히 무서워했다고 약간은 경멸하며 놀라는 것은 아닐까? 이게 뭐야! 친절한 한마디 말도, 손등에 하는 가벼운 입맞춤도 없다니! 그녀는 이 젊은 남자의 퉁명스러운 무관심을 느끼고, 그녀 안에서 피어나려고 하는 여인이 상처받은 것 같았다. 그래서 그녀는 딴사람이 되어 신경이 날카로워져 그의 경멸 속에 꿋꿋한 체하며 아직 자기는 경험하지 못했지만 미지의 끔찍한 일들에 대한 무의식적인 아쉬움을 갖고서 떠나갔다.

"혹시……." 그녀가 다시 심각해져서 물었다. "마차 정류장이 저 맞은편 부두의 다리 끝에 있나요?"

"네, 나무숲이 있는 곳에 있어요."

그녀는 모자 끈을 매고 장갑을 끼고 떠날 준비를 다 마친 후에, 두 손을 흔들면서도 바로 떠나지 않고 정면을 응시했다. 그녀의 눈은 벽에 뒤집어 세워 둔 대작에 머물렀고, 그것을 보여 달라 말하고 싶었지만 차마 그러지 못했다. 아무것도 그녀를 붙잡는 것이 없었는데도, 여전히 무엇인가를 찾는 듯한, 뭐라고 딱히 말할 수는 없지만 무엇인가를 그곳에 놓아 둔 것 같은 태도였다. 마침내 그녀가 문 쪽으로 몸을 돌렸다.

클로드가 문을 열자, 문 위에 놓여 있던 작은 빵 조각이 아틀리에로 떨어졌다.

"보세요." 그가 말했다. "당신이 나와 아침을 먹고 가면 좋았잖소. 관리인 아줌마가 매일 아침 나에게 빵을 올려다 주거든요."

그녀는 다시 한번 고개를 흔들어 거절의 뜻을 밝혔다. 층계에서 몸을 돌려 잠시 그대로 있더니, 다시 유쾌한 미소를 지으면서 처음으로 손을 내밀었다.

"고마웠어요. 정말 감사합니다."

그는 파스텔이 묻은 커다란 손으로 장갑을 낀 그녀의 조그만 손을 잡았다. 두 사람은 손을 꽉 쥐고 우정 어린 악수를 나누면서 잠시 그렇게 서 있었다. 아가씨는 여전히 미소를 띠고 있었다. 그의 입에선 "언제 또 볼 수 있을까요?"라는 질문이 맴돌았다. 하지만 부끄러움이 그 말을 하는 것을 막았다. 잠시 기다리더니 그녀가 손을 뺐다.

"안녕히 계세요."

"잘 가요, 아가씨."

어느새 크리스틴은 고개를 숙이고 삐거덕거리는 가파른 계단을 내려가고 있었다. 그것을 본 클로드는 자기 집으로 돌아와 거세게 문을 쾅 닫고는, 큰 소리로 고함을 질렀다.

"에잇! 여자들은 꺼져 버려!"

그는 자기 자신을 향해, 또 다른 사람들을 향해 격분하여 욕을 했고, 닥치는 대로 가구를 발로 차면서 연방 큰 소리를 질러 대며 화풀이했다. 그동안 아틀리에에 여자를 한 명도 들이지 않았던 것은 얼마나 잘한 일인가! 그 갈보들은 우리를 멍청이로 만들어 놓을 뿐이다! 그러니 그 여자도 천진한 태도를 취하면서 자기를 끔찍하게 갖고 놀지 않았다고 누가 장담할 수 있는가? 그런데도 자기는 그 말도 안 되는 시시한 이야기를 어리석게 믿었다니, 모든 것이 다시 의심되었다. 장군의 미망인, 열차 사고, 게다가 마부 이야기는 도저히 곧이들리지 않았다. 그런 일이 일어날 수 있는가? 게다가 그녀는 그 일에 대해 너무 장황하게 설명했고, 빠져나갈 때의 태도도 조금 우스웠다. 더 기가 막힌 일은 그녀가 왜 거짓말을 했는지 그 이유를 모른다는 것이다! 절대 그럴 리가 없어. 설명할 수 없고 목적도 없는 거짓말, 예술을 위한 예술! 아! 지금쯤 그녀는 웃고 있겠지!

그는 세차게 칸막이를 걷어 구석으로 밀었다. 보나마나 난장판을 만들어 놓았겠지! 그런데 세면대, 수건, 비누 등 모든 것이 깨끗하게 치워져 있었다. 그러자 이번에는 침대를 정돈해 놓고 가지 않은 사실에 화가 났다. 그는 과장된 노력으로 그 일을 하기 시작했다. 온기가 가시지 않은 매트리스를 두 팔로 감싸 안고, 냄새가 남아 있는 베개를 두 손으로 두들겼다. 그는 천에서 올라오는 젊은 아가씨의 체온과 체취에 숨이 막혀 왔다. 침대를 정리한 후, 그는 관자놀이를 식히기 위해 수돗물을 세게 틀어 놓고 세수를 했다. 그러자 축축한 수건에서 그는 똑같이 숨이 막혀 옴을 느꼈다. 아틀리에에 퍼져 떠도는 아가씨의 부드러운 숨결이 그를 압박했다. 그는 욕설을 내뱉으며 냄비에 만들어 놓은 초콜릿을 먹었다. 그림을 그리고 싶은 격렬하고도 열광적인 욕구에 그는 빵을 입 안 가득히 물었다.

"미치겠군!" 그가 갑자기 소리를 질렀다. "이놈의 더위 때문에 병이 나고 말 거야."

이윽고 해가 비껴갔고, 더위가 좀 가셨다.

클로드는 지붕 가까이로 난 작은 창을 열고, 그리로 들어오는 불붙는 듯한 더운 바람을 들이마시며, 깊은 안도의 한숨을 쉬었다. 그는 크리스틴의 얼굴을 그린 그림을 꺼내어 오래도록 멍하니 바라보았다.

2장

정오가 되었다. 클로드가 그림을 그리고 있는데, 문을 크게 두드리는 귀에 익은 소리가 들려왔다. 크리스틴의 얼굴 스케치를 참고로 해서 작품 속 커다란 여인의 모습을 손보고 있던 그는 자기도 모르게 본능적으로 그녀의 얼굴을 작품집 안에 감추었다. 그런 후에야 그는 문을 열러 갔다.

"피에르!" 그가 소리쳤다. "벌써 왔어?"

피에르 상도즈는 스물두 살의 청년으로 클로드와는 어릴 때부터 친구 사이였다. 짙은 갈색 머리에 둥글고 단호한 의지가 엿보이는 얼굴, 각진 코에 온화한 눈매를 지닌 그는 표정에 생기가 있었고 턱수염이 목 언저리를 따라 나고 있었다.

"점심을 좀 일찍 먹었거든." 그는 대답했다. "그래서 자네에게 포즈를 취해 주려고…… 아! 맙소사! 벌써 시작을 했군!"

그러고는 그림 앞에 가 서더니 대뜸 말했다.

"아니! 자네, 여자를 바꾸었네."

긴 침묵이 흘렀다. 두 사람은 꼼짝 않고 서서 그림을 쳐다보았다. 그것은 5미터, 3미터 크기의 캔버스로 전체적으로 색이 칠해져 있었으나 몇몇 부분들은 밑그림을 겨우 면한 정도였다. 이 밑그림은 한눈에 보아도 난폭하기 짝이 없었고 색채는 타오르듯 생생했다. 담장처럼 빽빽하게 둘러쳐진 초록빛 나뭇잎들 사이로 햇빛이 소나기처럼 쏟아져 내렸다. 다만 왼편 숲 속으로 나 있는 어두운 오솔길은 저 멀리 한 점의 빛으로 처리되어 있었다. 유월의 초목들 사이로 펼쳐진 풀밭 위에, 벌거벗은 한 여인이 한쪽 팔을 베고 가슴을 부풀리며 누워 있었다. 그녀는 미소를 지으며 그 어디에도 시선을 두지 않은채 눈꺼풀을 내리고 있었다. 금빛 햇살이 그녀의 벗은 몸을 가득 적시고 있었고, 그림 뒤편에는 갈색과 금발 머리의 키 작은 두 여인이 역시 벗은 채로 웃으면서 장난을 치고 있었다. 초록빛 나뭇잎들 가운데서 두 여인의 살결이 아름답게 두드러졌다. 그런데 화가는 전경에 검은색의 대비를 넣을 필요를 느끼고 그 자리에 단순히 벨벳 윗도리를 입은 신사를 그려 넣었다. 신사는 등을 돌리고 앉아 풀을 짚고 왼손을 내보일 뿐이었다.

"꽤 아름다운데, 이 여인 말이야!" 마침내 상도즈가 말문을 열었다. "제길! 이걸 다 마치려면 자네 고생 좀 하겠는걸."

클로드는 자기 작품을 지켜보다가 자신에 찬 몸짓을 했다.

"흠! 살롱전에 출품할 시간은 충분해. 여섯 달 동안 죽어라고 그리면 돼! 이번에야말로 내가 바보가 아니라는 걸 보여 주겠어."

그는 크리스틴에 관한 이야기는 친구에게 하지 않았지만, 벅

찬 희망에 가슴이 부풀어 기분이 좋아져 휘파람을 불기 시작했다. 하지만 이 잠깐의 희망은 다시 자연을 향한 정열에 탈진되는 예술가의 고뇌로 급격히 바뀌었다.

"자, 빈둥거릴 때가 아니야! 자네가 왔으니 시작하세."

상도즈는 클로드와의 오랜 우정에서, 또 친구의 모델 비용도 아껴 줄 겸해서 그에게 전경에 그려질 신사의 포즈를 취해 주겠다는 제안을 했다. 그는 일요일 외에는 시간이 없었으므로 4주나 5주 후에야 신사의 형태가 잡힐 것 같았다. 그는 벨벳 윗도리로 갈아입은 후 갑자기 생각난 듯 물었다.

"그러고 보니 자네, 계속 일을 하고 있었으니 아직 점심을 먹지 않았겠군. 내려가서 커틀릿이나 먹고 와. 난 여기서 기다리고 있을 테니."

클로드는 시간을 낭비한다는 생각에 화가 났다.

"아니, 점심 먹었어, 냄비를 봐! ……그리고 여기 이렇게 빵 조각도 남아 있잖아. 난 이걸 먹으면 돼. 자, 자, 어서 포즈를 취하라고, 게으름 피우지 말고!"

그는 씩씩하게 다시 팔레트를 손에 잡고, 붓을 적시면서 말했다.

"뒤뷔슈가 오늘 밤에 온다고 했던가?"

"그래. 다섯 시쯤 온다고 했어."

"어, 그래? 잘됐네, 그럼 함께 저녁을 먹으러 내려가자……. 자, 준비됐어? 손을 좀 더 왼쪽으로 하고, 머리를 좀 더 기울여 봐."

쿠션을 정돈한 다음 상도즈는 포즈를 취하기 위해 소파에 앉았다. 등을 돌리고 있었지만, 두 사람의 대화는 한순간도 그치지 않았다. 바로 오늘 아침 상도즈는 플라상에서 편지 한 장을 받은 참이었다. 플라상은 시골의 작은 마을로, 상도즈와 클로드는 그곳에서 8학년,* 그러니까 그들이 처음으로 반바지를 입고 같은 학교의 의자에 앉고 나서부터 서로 알고 지내는 사이였다. 곧이어 두 사람은 침묵에 빠졌다. 클로드는 시간을 잊은 채 일에 전념했고, 피에르는 오랫동안 부동자세를 취하느라 나른하고 피곤한 와중에 몸이 굳어져 왔다.

클로드가 파리를 떠나 자기가 태어난 프로방스 지방의 마을로 돌아갈 수 있는 행운을 얻은 것은 아홉 살 때였다. 세탁부였던 그의 어머니는 부지런한 여자였다. 하지만 게으름뱅이였던 아버지가 그녀를 버렸고, 그 후 고운 피부와 금발 머리를 가진 그녀에게 반해 사랑에 빠진 사람 좋은 노동자와 재혼했다.* 그들은 정말 열심히 살아 보려고 노력했지만 늘 적자를 면치 못했다. 그때 한 노신사가 나타나 클로드를 데려가겠다고 했다. 클로드를 학교에 보내 주겠다는 그의 제안에 클로드의 부모는 기꺼이 그것을 수락했다. 본래 마음씨는 좋았지만 괴짜였던 이 노인은 그림 애호가로, 클로드가 어린 시절 서투르게 그린 인물화에 감동을 받은 적이 있었다. 그의 설득에 감화된 클로드는 7년 동안 프랑스 남부에 남아 있었다. 처음에는 기숙사에 있다가 나중에는 후견인의 집에서 통학했다. 어느 날 아침, 클로드는 침대 위에 쓰러져 급사한 노인을 발견했다. 노인은 죽기 전에 1천 프랑의 연금을 이 젊은이에게 양도하며, 클로드가 스물다섯 살이 되는 해에 그 재산을 처분할 권리를 준다는 유서를 남겼다.

이미 화가가 될 꿈에 불타고 있었던 그는 대학 입학시험을 치러 볼 시도도 하지 않고 즉시 학교를 나와 친구 상도즈가 앞서 와 있던 파리로 달려왔다.

플라상에서 학교에 다니던 시절, 8학년 때부터 단짝이었던 세 명의 친구가 있었다. 클로드 랑티에, 피에르 상도즈, 그리고 루이 뒤뷔슈였다. 단지 몇 달 차이로 같은 해에 태어난 그들은 각각 출신지도 다르고 성격도 달랐지만, 그들이 공통적으로 품고 있는 막연한 야심과 가슴속에 지닌 불안으로 인하여 은근히 서로에게 친근감을 느끼게 되었다. 그리고 그들이 학급에서 마주쳐야 했던 끔찍스러운 저능아들과 상스러운 무리 가운데 자기들은 무언가 다르다고 느끼기 시작한 우월한 어린 시절의 자의식은 대번에 그들을 영원한 친구로 맺어 주었다. 상도즈의 아버지는 정치적인 격변을 피해 프랑스로 피신해 온 에스파냐 사람으로, 플라상 근처에 제지 공장을 차리고 그곳에 자신이 발명한 기계를 설치했다. 그러나 그는 악의에 찬 지역적 편견의 희생양이 되어 끝까지 괴롭힘을 당하다가 죽었다. 미망인에게는 너무나 복잡하고 어려운 일련의 법률 소송을 남겨 놓았을 뿐이었다. 이런 참담한 상황 속에서 그의 모든 재산은 결국 다 날아가 버리고 말았다. 이후 부르고뉴 출신이었던 상도즈의 어머니는 프로방스 지방 사람들에 대한 원한의 감정을 삭이지 못했다. 그녀는 서서히 진행되는 마비 증세로 괴로워했는데, 병이 생긴 원인도 역시 그들 탓이라 여기고 아들을 데리고 파리로 도망 와 버렸다. 상도즈는 머릿속으로 문단에서 영광을 차지해 보겠다는 꿈에 꽉 차 있었지만, 빈약한 보수를 받고 일하면서 어머니를 부양했다. 플라상의 제빵업자 맏아들인 뒤뷔슈는 모질고 욕심이 많은 어머니에게 등이 떠밀려 친구들이 있는 파리에 뒤늦게 합류했다. 미술학교에 입학한 그는 건축학 과정을 밟고 있었다. 그는 부모가 그에게 투자한 돈을 모조리 소진하면서 초라하게 지냈는데, 그의 부모는 인색한 유대인들처럼 나중에 그들이 아들에게 투자한 100수*를 300수로 돌려받게 되길 기대를 하는 사람들이었다.

"아, 지겨워!" 무거운 침묵을 깨고 상도즈가 중얼거렸다. "자네가 취하라는 포즈가 불편해 죽겠어! 손목이 끊어질 지경이야⋯⋯. 좀 움직여도 되겠나?"

클로드는 대답하지 않고 그가 팔을 펴도록 내버려 두었다. 그는 큰 터치로 벨벳 윗도리를 칠하느라 바빴다. 그는 지긋이 눈을 감고 뒤로 물러서서 그림을 바라보다가, 갑자기 어떤 추억이 떠오르자 큰 소리로 웃음을 터뜨렸다.

"상도즈 생각나? 6학년 때 푸요가 랄뤼비 선생 책장에 촛불을 켜 놓았던 일 말이야. 아! 그때 랄뤼비 선생이 놀라는 모습이라니, 강의 들어가기 전에 책을 꺼내려고 책장을 열었는데 자기의 빈소가 차려진 걸 보게 된 거잖아! 학급 전체에 오백 행의 시를 옮겨 써 오라는 벌을 내렸지!"

상도즈는 너무 웃느라 소파 위에서 데굴데굴 굴렀다. 그는 다시 포즈를 잡으며 말했다.

"아! 푸요 자식! ⋯⋯그러지 않아도 오늘 아침에 녀석이 보낸 편지를 읽어 보니 랄뤼비 선생이 결혼을 한다더군. 그 늙은 고약한 선생이 예쁜 아가씨하고 말이야. 왜 자네도 알잖아, 잡화상 하는 갈리사르의 딸 말이야. 우리가 곧잘 세레나데를 부르러 가곤 하던 작은 금발의 아가씨!"

추억이 봇물 터지듯 쏟아져 나와, 클로드와 상도즈는 끝없이 그것들을 퍼냈다. 한 친구는 흥분하여 더욱 열정적으로 붓칠을 하였고, 다른 친구는 여전히 벽을 바라본 채 등을 돌리고 있었지만, 그의 양 어깨는 신이 나서 들썩거렸다.

처음에 그들은 학교 이야기부터 시작했다. 학교는 예전에 수도원이었던 곰팡이가 핀 건물로, 도시의 성벽까지 펼쳐져 있었고 두 개의 운동장에는 거대한 플라타너스들이 심어져 있었다. 그들은 초록색 이끼가 낀 진흙탕 연못에서 헤엄치는 법을 배웠다. 벽의 석고가 떨어져 나간 아래층 교실, 언제나 기름 찌꺼기의 악취가 코를 찌르고 그릇 씻는 물소리로 시끌벅적하던 구내식당, 수많은 유령 이야기가 난무했던 저학년용 기숙사, 침대 시트를 저장했던 방, 검은색 치마와 흰색 모자를 쓴 순하고 우아한 수녀들이 많았던 양호실! 얼굴이 성모마리아를 닮아 상급생들의 마음을 울렸던 앙젤 수녀가 어느 날 아침에 수사학급*의 뚱보 에르블린과 사라진 사건은 또 어떤가! 수녀와 사랑에 빠진 그는 스스로 자기 손에 칼로 상처를 내 양호실에 올라갔고, 그러면 그녀가 영국산 타프타 붕대로 그의 손을 싸매 주었다.

그리고 학생 전원이 참석한 행진도 결코 잊을 수 없었다. 그것은 일그러지고 고통스러운 표정이 가득한 한심하고 우스꽝스러운 행렬이었다. 교장은 딸들을 결혼시키기 위해 파티를 여느라 파산할 지경이었고, 아름답고 우아했던 그의 장성한 두 딸은 학교의 모든 벽을 채우고 있는 모욕적인 그림과 낙서의 주인공이었다. 뱀같이 생긴 긴 컬버린총 모양의 코를 가진 피파르 학생주임은 문 뒤에 잠복해 있었지만, 멀리서도 그의 모습은 다 보였다. 모든 교사에게는 각각 욕에 가까운 별명이 붙었다. 절대로 웃지 않고 엄격하다고 하여 '라다만티스*', 또 머리를 끊임없이 교단 의자 뒤에 문질러서 새까맣게 해 놓아 '때더께', '아델, 네가 날 속였지?'라는 별명으로 통하던 물리 선생, 그의 아내는 다른 남자와 바람이 났는데, 10년에 걸쳐 개구쟁이들은 그를 부인의 이름으로 부르고 있었다. 소문에 의하면, 그의 부인은 전에 어떤 기병의 품에 안겨 있다가 남편에게 들킨 적이 있다고 했다. 다른 이름들도 많았다. '스폰티니'라고 불리던 악랄한 자습 감독, 그는 언제나 세 명의 사촌의 피가 묻어 있다는 녹슨 코르시카 단도를 보여 주곤 했다. 어린 샹트카유는 산책 중에 담배를 피우게 해 주는 착한 아이였다. 심지어 이야기는 '파라볼로므노스'와 '파랄르뤼카'라는 별명으로 통하던 취사장의 조리사 견습생과 접시닦이 여자에까지 미쳤는데, 그들은 야채 쓰레기 더미 속에서 목가적인 사랑을 나눈다고 전해지고 있었다.

두 사람은 쉬지 않고 농담을 주고받으며 몇 년이 지나도 아직까지 그들의 배꼽을 잡게 만드는 짓궂은 장난들을 떠올렸다. 오! 어느 날 아침엔 '말라깽이 통학생'으로 통하던 '뒈진 고양이'의 구두를 난로 속에 태운 일도 있지 않았던가! 그는 교실 학생들에게 피워 보라고 몰래 담배를 가져오던 깡마른 소년이었다. 겨울밤에는 갈대로 엮어 만든 파이프에 밤나무 마른 잎사귀를 태워서 피우려고 야간 당직자의 눈을 피해 성당으로 성냥을 훔치러 가곤 했다. 그 임무를 맡은 사람은 상도즈였다. 이제야 그는 그 당시 깜깜한 성가대석을 기어오르면서 얼마나 식은땀을 흘리며 공포에 떨었는지 고백했다. 또 언젠가 클로드는 누군가에게 들은 대로 책상 속에 풍뎅이를 넣고 구우면 맛이 좋은지 알고 싶었다. 그랬더니 책상 밖으로 짙은 연기가 새어 나오는 데다 어찌나 냄새가 독했던지, 자습 감독이 불이 난 줄 알고 물을 들이부은 적도 있었다. 그리고 학교 밖에 있던 양파 밭에서 양파 서리도 했다. 유리창에 돌을 던져 그것이 눈에 친숙한 지도의 모습으로 금이 가면 스스로를 똑똑하다고 생각했다. 그리스어 수업은 교사가 눈치채기 전에 칠판에 미리 큰 글씨로 읽는 법을 써 놓아 공부를 못하는 학생들까지 유창하게 읽을 수 있었다. 또 운동장 벤치를 톱으로 잘라 연못 옆에다가 폭도들의 시체처럼 길게 늘어놓고 장송곡을 불러 댄 적도 있었다. 그래! 맞아, 그 사건은 꽤 웃겼다. 사제 역을 맡은 뒤뷔슈가 그의 모자 속에 '성스러운' 물을 담기 위해 연못 속으로 들어갔었다. 하지만 뭐니 뭐니 해도 제일 웃겼던 일은 방학이 시작되는 전날 밤에 푸요가 기숙사 침대 밑에 끈을 연결해 침실의 모든 요강을 한 줄로 묶어 놓고, 그 끈을 잡아당겨서 기숙사를 뛰쳐나간 일이었다. 그 뒤를 따라 4층 복도에서부터 각 층의 계단에 부딪히고 깨지던 요강들의 행진이란!

클로드는 붓을 공중에 둔 채 껄껄 웃으며 큰 소리로 말했다.

"푸요 자식, 어지간히 개구쟁이였지! ……그런데 그가 자네에게 편지를 썼다고? 지금 뭐 하고 산대?"

"뭐, 특별히 하는 일도 없어!" 상도즈가 쿠션 위로 다시 올라가며 말했다. "정말 웃기는 편지야! 법 공부를 마쳤는데, 자기 아버지가 하는 소송대리인 공부를 다시 시작할 거라나. 자기가 벌써 뭐라도 된 듯이 썼더군. 그 말투를 자네가 봤어야 해. 아주 틀에 박힌 부르주아 바보들의 말투야!"

잠깐의 침묵이 흐른 뒤 상도즈가 덧붙였다.

"아! 생각해 보면 그때는 정말 아무 걱정도 없던 시절이었어."

그러자 또 다른 추억이 밀려왔다. 학교 밖에서 프로방스 지방의 상쾌한 공기와 햇빛을 듬뿍 받으며 지낸 아름다운 날들의 추억은 두 사람의 가슴을 쿵쿵 뛰게 했다. 비록 어린 학생들이었지만, 6학년 때부터 이 세 명의 단짝 친구들은 멀리 원정 가는 재미에 푹 빠져 있었다. 아주 짧은 휴가라도 생기면 세 사람은 여기저기 돌아다녔다. 나이가 들면서 점점 더 대담해져서, 그 고장 전체를 돌아다니는 여행은 종종 며칠이 걸리곤 했다. 그들은 길이나 동굴 속, 어디에서든 닥치는 대로 잤다. 아직 뜨거운 열기가 남아 있는 타작마당의 돌바닥 위에서는 새로 타작한 밀짚더미가 부드러운 잠자리를 제공해 주었고, 버려진 오두막에서 그들은 스스로 엮은 백리향과 라벤더를 덮고 잤다. 그것은 세상으로부터의 탈출이었으며, 자연의 품을 향한 본능적인 몰입이었다. 홀가분한 느낌과 자유의 기쁨을 만끽하기 위해 이 개구쟁이들은 나무와 시내, 구릉을 아무 이유 없이 무작정 좋아했다.

기숙사에서 지내던 뒤뷔슈는 휴일에만 이따금 이 원정에 참가할 수 있었다. 게다가 그는 다른 두 친구보다 걸음이 빠르지 못했다. 공부를 열심히 하는 모범생들이 대개 그렇듯이 그의 근육은 날렵하지 못했다. 반면에 클로드와 상도즈는 지칠 줄을 몰랐다. 그들은 매주 일요일마다 새벽 네 시에 일어나 서로의 유리창 덧문에 조약돌을 던져 신호를 보냈다. 특히 여름이 오면 그들은 비오르느 여울을 꿈꾸었다. 좁은 강에서 떨어지는 세찬 물살이 플라상의 야트막한 초원 지대를 적셨다. 그들은 겨우 열두 살이었고, 수영을 즐길 줄 알았다. 깊은 물에서 신나게 다이빙하고, 하루 종일 홀딱 벗은 채 뜨거운 모래 위에서 몸을 말렸다. 그러다가 다시 물속에 몸을 담그며 강가에서 뒹굴거렸다. 또 어떤 때는 귀까지 덮는 해초를 헤치고 다니며 몇 시간씩 뱀장어가 숨어 있는 곳을 찾아다니기도 했다. 강렬한 햇빛 아래 그들의 몸을 적셔 주던 그 맑은 물의 흐름은 언제까지나 그들의 어린 시절을 연장시켜 주었다. 이미 청년이 된 뒤에도 7월의 무더운 저녁에 고향에 돌아가면, 그들의 귀에는 여전히 개구쟁이들의 해맑은 웃음소리가 들리는 듯했다. 시간이 지나 그들은 사냥에 매료되었다. 그러나 사냥감이 많지 않은 지역에서의 사냥이란 여섯 마리 참새를 잡기 위해 6마일을 걸어야 하는 고행이었다. 그들은 온종일 탐험 끝에 빈 망태를 들고 돌아오기 일쑤였는데, 마을 입구에 다 와서 탄약을 빼기 위해 공연히 쏜 총에 재수 없이 맞은 박쥐 한 마리를 망태 속에 넣어 오기도 했다. 그 무지막지하게 걷던 추억에 젖어 그들의 눈에는 눈물이 괴었다. 눈앞에 흰색 먼지가 뽀얗게 이는 길이 다시 나타났다. 그들은 쿵쿵거리는 무거운 구둣발 소리를 행복한 마음으로 들으며 그 길을 따라 끝없이 걷다가, 다시 벌판을 가로지르고, 철분이 함유된 녹슨 붉은 땅을 걸어 다녔다. 하늘에는 구름 한 점 없었고, 그늘이라고 해야 왜소한 올리브나무 한 그루와 잎이 듬성듬성 난 편도나무 한 그루뿐이었다. 그들은 달콤한 나른함에 지쳐 지난번보다 더 많이 걸었다는 자랑스러운 마음을 안고, 또 감각이 마비되어 자기들이 걷고 있는 것도 모른 채 저절로 앞으로 가고 있는 듯한 짜릿한 황홀감을 맛보며 집에 돌아왔다. 그들은 정신이 번쩍 드는 군가를 부르며 스스로를 채찍질하기도 했지만, 그 노래 역시 그들에겐 자장가로밖에 들리지 않았다.

그때부터 벌써 클로드는 탄약과 화약통 사이에 스케치북을 넣고 다니며 멀리 보이는 지평선을 스케치하곤 했다. 반면, 상도즈의 주머니 속에는 언제나 시집이 꽂혀 있었다. 그들은 낭만적 광기 같은 것에 사로잡혀 경쾌한 시구들과 주둔 부대 병사들의 음담패설을 번갈아 낭송하는가 하면, 타는 듯한 여름날의 빛나는 허공에 송가를 읊어대기도 했다. 또 그들은 태양 광선이 내리쬐는 땅 위에 버드나무 네 그루가 회색의 그림자를 던지는 샘이라도 발견하는 날이면, 별이 뜨는 한밤중까지 시간 가는 줄 모르고 자기들이 암송하고 있는 연극을 상연하느라 정신이 없었다. 그럴 때 그들은 영웅 역할을 하면서 목소리를 높였고, 여왕이나 순진한 아가씨 역할을 할 때에는 피리 소리같이 가늘고 작은 소리를 내었다. 그런 날은 참새가 보여도 잡을 생각도 하지 않았다. 이렇게 해서 그들은 열네 살 때부터 교양이라곤 찾아볼 수 없는 나른한 소도시에 살면서 세상으로부터 탈피하여 조용한 시골을 돌아다니며 오로지 문학과 예술을 향한 정열에 사로잡혀 자신을 불태웠다. 빅토르 위고의 장대한 무대와 끊임없는 대립의 상충 속에서 전개되는 거대한 상상력은 그들을 완전히 서사시의 세계에 빠져들게 했다. 그들은 폐허의 저쪽에 지는 저녁 해를 보러 가서는 감동에 몸을 떨었고, 연극 마지막 장의 부자연스러울 정도로 거창한 조명 아래에서 인생이 흘러가는 것을 바라보았다. 그다음에는 시인 뮈세가 나타나 열정과 눈물로써 그들을 매료했다. 그들은 뮈세의 가슴에서 자기네들의 뛰는 가슴을 느꼈으며, 좀 더 인간적인 새로운 세계가 그들 앞에 열리게 되었다. 그 세계는 연민과 그들이 앞으로 도처에서 듣게 될 고통의 영원한 외침으로 그들을 사로잡았다. 대체로 그들은 책을 고르는 데 그리 까다롭지 않았다. 그들은 젊은이의 대식가적인 면모를 보여 주었고, 이러한 왕성한 식욕으로 좋은 작품이나 형편없는 작품을 가리지 않고 닥치는 대로 읽었다. 또 그들은 모든 작품에 열광했기 때문에 최악의 작품도 순수한 걸작과 다름없이 찬탄의 대상이 되는 일이 종종 있었다.

지금도 상도즈는 되뇌곤 하지만, 실제로 두 사람이 처해 있던 환경에서 누구나 젖어들 수밖에 없는 우매함으로부터 그들을 구해 준 것은 바로 이 뻐근한 산책과 왕성한 독서욕이었다. 그들은 그곳에 가면 새장 안에 갇힌 독수리처럼 거세되고 말거라고 큰소리를 치면서, 이미 학교의 다른 친구들이 카페의 작은 대리석 탁자에 앉아 음료수 내기를 하며 카드놀이를 하느라 교복 소매가 닳고 있는 동안 카페에는 발도 들여놓은 적이 없었다. 또한 거리에 대한 혐오감을 공공연히 말하곤 했다. 지방에서의 생활은 어린 학생들을 일찍부터 톱니바퀴같이 돌아가는 생활 속으로 밀어 넣었다. 매일 드나드는 사교 클럽이라든지 광고문 하나도 빠뜨리지 않고 샅샅이 다 읽는 신문, 끝도 없이 계속되는 도미노 게임, 그리고 같은 시각에 같은 거리를 지나는 판에 박힌 산책 등 모든 사람의 뇌를 뭉그러뜨리고 마는 맷돌 같은 일상 아래에서 살았다. 결국 모두가 바보가 되고 말것에 분개한 그들은 반항했다. 그래서 세상을 피해 고독을 맛보기 위해 근교의 산등성이를 등반하였고, 도시에 대한 혐오로비 피할 곳을 찾아보려고도 하지 않은 채 쏟아지는 비를 맞으며 고래고래 시를 낭송하기도 했다. 그들은 비오르느 강변에서 하루 종일 수영하는 즐거움에 젖어 원시적인 생활을 하며 야영할 계획을 세우곤 했다. 그런 생활을 하는 데는 5~6권의 책만 있으면 충분했고, 다른 그 무엇도 필요 없었다. 그들의 생활 속에 여자는 존재하지 않았다. 그들은 스스로의 수줍음과 불편함을 우수한 남자들의 금욕주의로 추켜세웠다. 그렇지만 클로드는 2년 동안 모자 제조공 견습생 아가씨를 짝사랑한 적이 있었다. 하지만 매일 밤 그녀 뒤를 따라다녔을 뿐 말을 걸지는 못했다. 상도즈 역시 꿈을 지니고 있었는데, 이를테면 여행 중에 만난 귀부인과의 사랑이라든가 혹은 미지의 숲 속에서 불쑥 나타나 하루 동안 그의 것이 되었다가 황혼이 되면 연기같이 사라지는 아름다운 아가씨들에 대한 몽상 같은 것이었다. 그들에게 있었던 유일한 연애 사건이라고 해 봤자 지금 생각하면 너무나 어처구니가 없어서 웃음밖에 나오지 않는 일이다. 그들은 학교의 기악반에서 활동했는데, 그때 그들은 두 아가씨에게 세레나데를 연주해 주었다. 그들이 창 밑에서 클라리넷과 코넷을 불며 밤을 새우자, 그 소름끼치는 불협화음에 이웃 주민들이 질겁하였고, 결국 어느 날 밤 화가 머리끝까지 난 아가씨의 부모가 그들에게 집에 있는 항아리의 물이란 물은 모조리 붓는 잊지 못할 소동이 벌어지고 나서야 그 연주는 중단되었다.

아! 행복한 시절이여. 그 시절을 추억할 때면 언제나 그들의 눈가에 눈물이 핑 돌았고 입가엔 미소가 번졌다! 마침 아틀리에의 벽은 화가가 최근에 프로방스 지방을 방문해 그린 일련의 스케치들로 가득했다. 그들 주위에 예전의 지평선이 다시 펼쳐지는 듯했고, 적갈색의 들판 위로 드리운 짙푸른 하늘이 보이는 듯했다. 저쪽에는 은회색의 키 작은 올리브나무 밭이 거품이 이는 파도처럼 저 멀리 장밋빛 능선이 물결치는 언덕까지 펼쳐졌다. 이쪽에는 태양열에 타서 붉은 갈색이 되어 버린 산등성이 사이로 메마른 비오르느 강줄기가 흙먼지를 하얗게 뒤집어쓴 낡은 다리 아래로 모습을 드러내고 있었다. 말라죽은 덤불 외에는 풀한 포기 없는 풍경이었다. 저 멀리에는 벼락 맞은 바위들이 굴러 떨어진 사이로 엥페르네 협곡이 커다란 입을 벌리고 있었고, 돌멩이의 물결이 아득한 곳까지 뒤섞여 펼쳐지는 야성적이고 망망한 사막이 보였다. 이어 다 타 버린 들판 가운데 꽃다발처럼 신선한 좁고 어두운 르팡탕스 계곡과 윤이 나는 짙은 초록색 소나무들이 강한 햇볕 아래에서 송진을 흘리고 있는 트루아 봉디외 숲, 그리고 피의 늪처럼 보이는 넓은 땅 한가운데 회교 사원처럼 생긴 흰색의 르 자 드 부팡*이 모습을 나타냈다. 또 꼬불꼬불한 길의 보일 듯 말 듯한 끝, 조약돌의 표면이 햇볕에 구워져 부글부글 거품이 일 정도로 더워 보이는 골짜기, 그리고 강물의 마지막 한 방울까지 다 빨아 버릴 정도의 갈증에 허덕이는 모래의 혀들, 두더지 굴, 염소가 지나간 자리, 하늘 높이 솟아 있는 언덕 등 눈에 익숙한 모든 장소들이 다 나타났다.

"이봐!" 어느 한 작품에 눈을 돌리다가 상도즈가 외쳤다. "그런데 저기가 도대체 어디지?"

상도즈의 물음에 분개한 클로드는 그의 팔레트를 흔들어 댔다.

"뭐라고? 그곳을 모르겠다고? 하마터면 그곳에서 우리 뼈가 부러질 뻔했잖아! 언젠가 뒤뷔슈와 함께 좀가르드에서 등산할 때가 아닌가. 어찌나 미끄럽던지, 우리가 손톱으로 벽을 할퀴면서 엉금엉금 올라갔는데, 중간쯤에서 오도 가도 못하게 되었지. 그리고 겨우 꼭대기에 올라가서 커틀릿을 구워 먹었는데, 그날 자네와 내가 거의 다투다시피 했잖아."

이제야 상도즈도 기억이 났다.

"아! 맞아. 그래, 그렇지. 각자 로즈마리 가지를 태워 고기를 굽는데, 장작이 너무 활활 타는 바람에 숯덩이처럼 까맣게 타버린 자네 고기를 보고 내가 놀리니까 자네가 화를 냈었지."

그들은 다시 한번 몸을 들썩이며 배꼽을 잡고 웃었다. 화가는 다시 그림을 그리기 시작하며 진지하게 말했다.

"이젠 다 끝났어, 안 그래? 지금 여기는 한가하게 거닐 곳도 없잖아."

그것은 사실이었다. 세 명의 단짝 친구는 그 도시를 정복하겠다는 꿈을 품고 파리에 다시 모였지만, 생활은 지독히 어려웠다. 그들은 전에 하던 대로 긴 산책을 하기 위해 일요일에 몇 번 퐁텐블로 담에서 시작하여 베리에르의 잡목림을 헤치고, 벨뷔와 뫼동의 숲을 지나 그르넬을 통해 걸어서 파리로 돌아오곤 했다. 그러나 그들은 파리 생활이 자기네의 발목을 붙잡고 있다고 투덜거렸다. 그들은 각자의 바쁜 삶에 쫓겨 시내 이외에는 거의 나가 보지 못했던 것이다.

월요일부터 토요일까지 상도즈는 파리 제5구역 구청 호적과의 어두침침한 구석에 앉아 고통스럽게 사무를 보았다. 그가 그 일을 하는 유일한 목적은 오로지 어머니를 부양하기 위해서였다. 그러나 150프랑의 박봉으로는 변변히 살아갈 수가 없었다. 한편, 뒤뷔슈는 부모님이 그에게 투자한 돈을 갚기 위해 미술학교의 수업 외에 건축가 사무실의 잡다한 일을 찾아다녔다. 클로드는 다행히 1천 프랑의 연금 덕분에 자유롭게 살 수 있었다. 하지만 그가 친구와 용돈을 나누어 쓰기라도 한 월말이면 비참하기는 마찬가지였다! 다행히 그는 작은 그림들을 말그라 영감에게 팔기 시작했는데, 그 교활한 미술상은 그림 가격으로 한 번에 고작 10~12프랑을 지불했다. 클로드는 부르주아들의 초상화나 싸구려 종교화, 식당의 차양이나 조산원 간판의 주문을 받으러 돌아다니느니 차라리 굶어죽는 편이 낫다고 생각했다. 처음 파리에 와서 그는 부르도네* 막다른 골목길에 꽤 넓은 아틀리에를 갖고 있었지만, 돈을 아끼기 위해 부르봉 부두로 이사했다. 그곳에서 그는 그림 외에는 그 어떤 것에도 신경을 쓰지 않고 검소한 생활을 했다. 자기를 미워하는 가족들과 일체 어울리지 않았으며, 중앙시장에서 돼지고기 장사를 하며 형편이 꽤 괜찮은 숙모와도 연락을 끊었다. 그는 말은 안 했지만 남자들에게 이용당한 후 버림을 받아 비참한 생활을 하고 있는 어머니를 생각을 하면 마음이 아파 왔다.*

갑자기 그는 상도즈에게 고함을 질렀다.

"어이! 자세가 흐트러졌잖아."

하지만 상도즈는 몸에 경련이 일어났다면서 의자에서 내려와 다리를 폈다. 10분간의 휴식이 주어졌다. 그동안 그들은 또 다른 화제로 옮겨갔다. 클로드는 기분이 좋아 보였다. 일이 잘 풀릴 때면 그는 점점 기분이 고조되면서 말이 많아졌다. 그러다가도 자기가 표현하는 자연이 눈앞에서 사라지려고 하면 얼굴이 싸늘하게 굳어지면서 분노로 이를 꽉 물고 그림을 그렸다. 상도즈가 다시 포즈를 취하자, 그는 곧바로 잠시도 쉬지 않고 대담하게 붓질을 시작했다.

"어때? 이제 좀 진행이 되는데! 자네의 모습에 형태가 잡혀

가. 아! 바보들이 이 그림을 낙선시키면 어쩌지! 물론 그 누구보다도 내가 내 작품에 훨씬 엄격하고, 내 그림을 인정할 때는 세상 어느 심사위원들보다 더 신중하다는 점을 믿어 주게…… 자네도 알고 있는 그 시장 그림, 두 개구쟁이가 야채 더미에 앉아 있는 그림 말이야! 왠지 마음에 들지 않아서 내가 다 지워 버렸어. 그 주제가 아직은 내게 너무 버거운 것 같아 포기했어. 아! 어느 날 내가 그 그림에 손댈 수 있을 때 다른 그림들과 함께 다시 그려 볼 작정이야. 아! 그들을 깜짝 놀라 나자빠지게 해야지!"

클로드는 마치 군중을 쓸어버리는 듯한 동작으로 몸을 크게 움직였다. 그는 팔레트에 파란색 물감을 짜면서, 만약 그의 첫 번째 스승인 벨로크 씨가 자신의 그림을 본다면 어떤 표정을 지을까 생각하면서 득의에 찬 미소를 지었다. 벨로크 씨는 한쪽 팔이 없는 퇴역 장교로, 약 25년 전부터 플라상 미술관에서 학생들에게 아름다운 명암법을 가르치고 있었다.* 더구나 클로드가 파리로 올라와 6개월 동안 드나들었던 화실 스승인 「원형 경기장의 네로」로 유명한 화가 베르투는 그에게 전혀 장래성이 보이지 않는다고 얼마나 반복하여 강조했던가! 아! 이제 와 생각해 보면 그 6개월 동안 왜 그런 멍청한 노력을 기울였으며, 또 자기와는 전혀 생각이 다른 이 노인의 회초리를 맞아 가며 그 어리석은 훈련을 받았는지 후회가 될 뿐이었다!* 급기야 그는 루브르에 걸려 있는 작품들의 모사를 맹렬히 비난하기 시작했다. 그러면서 그는 사람들로 하여금 사물을 있는 그대로 보지 못하게 하는 이런 일을 하기 위해 자신의 눈을 버리느니 보다는 차라리 자기 손을 잘라 버리겠다고까지 말했다. 예술이란 자신의 내부에 있는 것을 표현하는 것 아닌가. 그 이외에 다른 무엇이 될 수 있단 말인가? 여자 모델을 앞에 세워 두고 자기가 느끼는 대로 그리는 것이 예술 아닌가? 홍당무 한 단, 그래 홍당무 한 단이면 어떤가! 직접 관찰하여 자기 감수성에 따라 솔직하고 개성 있게 그린 홍당무 한 단이 항상 일정한 틀에 맞추어 제작되는 잎담배 색깔을 한 파리 미술학교의 칙칙한 그림보다 낫지 않은가? 독창적으로 그려진 한낱 홍당무가 혁명을 잉태할 수도 있다. 그러한 이유로 현재 그는 부탱의 화실에 그림을 그리러 다니는 것으로 만족했다. 그것은 왕년의 모델이 운영하는 위세트가에 위치한 화실이었다. 관리인에게 20프랑만 지불하면 그는 한 구석에 앉아서 누드든, 남자 여자 누구든 마음대로 골라 그림을 그릴 수 있었다. 그는 열의에 차서 그림을 그리는 동안 아무것도 먹지도 마시지도 않았고, 잠시도 쉬지 않고 미친 듯이 자연과 씨름했다. 그의 곁에서 그림을 그리던 학생들은 오히려 그를 나태하고 무식한 학생이라고 여겨 무시했다. 그들은 스승이 지켜보는 가운데 코와 입을 모사하면서 자기네들이 하는 수련을 자랑스럽게 떠벌리곤 했다.

"이봐, 내 이야기 좀 들어 봐. 이 녀석들 중 어느 한 놈이 스승이 그린 것과 똑같은 토르소를 그리고 나면, 그것을 내게 가지고 와서 말을 걸어와. 그럼 우리의 대화는 그때부터 시작되는 거지."

그는 붓끝으로 문 근처 벽에 걸려 있는 누드화를 가리켰다.

그것은 시원스럽게 그려진 대가의 면모가 드러나는 멋진 그림이었다. 그 곁에는 그 외에도 놀라운 작품들이 몇 개 더 있었다. 예를 들면 사실적으로 섬세하고 정교하게 그려진 소녀의 발이라든가, 가늘게 떨고 있는 듯한 부드러운 살결을 지닌 여인의 배 같은 것이었는데, 여인의 피부 아래로 마치 살아 있는 인간의 피가 흐르는 것처럼 느껴졌다. 이렇듯 아주 드물게 찾아오는 기쁨의 순간에 그는 자신이 그린 몇몇 작품에 자부심을 가졌고, 유일하게 만족했다. 그것은 갑작스럽게, 또 이유 없이 찾아오는 무력감에 방해받긴 했지만 화가의 벽에 걸린 스케치들은 위대한 화가의 탄생을 예고해 주는 작품들이었다.

클로드는 벨벳 윗도리에 대담한 필치로 줄을 그으면서 어느 누구와도 타협하지 않는 완강한 태도로 단호하게 말했다.

"모두가 싸구려 초상화나 그리는 환쟁이들뿐이야. 명성을 얻기 위해 무식한 대중에게 아부하는 바보들이거나 교활한 놈들뿐이지! 부르주아들의 뺨을 신나게 한번 갈겨 줄 녀석 하나 없으니! ……자! 선조인 앵그르를 보자. 자네는 그가 달걀 흰자위 같이 끈끈한 그림으로 나를 얼마나 역겹게 하는지 잘 알고 있지? 그건 사실이야! 그럼에도 불구하고 나는 그가 정말 굉장한 인물이며 훌륭하다는 점을 인정하네. 그래서 그에게 경의를 표하지. 왜냐하면 그는 자기가 하고 싶은 것을 모두 이룰 만한 배짱을 지녔기 때문이야. 그리고 기막힌 그림 하나를 그렸어. 그래서 오늘날 이 세상의 모든 바보까지도 다 앵그르를 아는 것처럼 믿고 있지……. 앵그르 후에, 자네도 알다시피 들라크루아와 쿠르베, 이 두 사람밖에 없어. 그 나머지는 모두 사기꾼들이야. 그렇지 않아? 들라크루아는 나이는 들었지만 위풍당당한 낭만파의 거장이야! 그는 그야말로 색채를 불타오르게 만든 마술사였어. 거기에 넘쳐흐르는 힘은 어떻고! 만약 그를 가만히 놓아두었다면 파리의 벽 전부를 칠했을 거야. 그의 팔레트는 언제나 펄펄 끓었지. 나는 그가 그린 그림들이 환상일 뿐이라는 점을 잘 알고 있어. 그래도 할 수 없지! 파리 미술학교를 불태우기 위해선 그렇게 할 수밖에 없었으니까…… 그리고 그 후에 쿠르베가 등장했지. 그는 견실한 노동자이며, 세기의 가장 진실한 화가였어. 그는 전적으로 고전적인 기법으로 그림을 그렸는데, 어느 얼간이 한 명도 그 사실을 눈치채지 못했어. 그들은 울부짖었지. 아무렴! 그들은 '신성 모독'과 '사실주의'를 큰 소리로 외쳐 댔어. 비록 쿠르베의 사실주의가 주제에만 국한된 것인데도 말이야. 아직까지도 그가 자연을 바라보는 시각은 옛 스승들의 시각과 다르지 않아. 그리고 기법도 미술관에 걸려 있는 아름다운 작품들의 기법을 답습하고 반복하고 있을 뿐이야. 들라크루아, 쿠르베 이 두 사람 모두는 자기들이 나타나야 할 적시에 나타나 앞을 향해 나아갔어. 그런데 이제는, 아! 이제는……."*

그는 입을 다물고, 효과를 판단하기 위해 뒤로 물러나 잠시 동안 그림이 주는 느낌을 음미했다. 그리고 다시 하던 말을 계속했다.

"이제는 다른 것이 필요해……. 아! 그게 뭐냐고? 나도 정확히 모르겠어! 만약 내가 그것이 무엇인지 잘 알고, 또 내가 그 일을 할 수 있다면, 나는 아주 강한 사람이 되겠지. 그래 어쩌면 그 일을 할 사람은 나밖에 없을지도 몰라. 그러나 내가 지금 느끼는 것은 위대한 낭만주의 장식화가 들라크루아가 흔들리고 무너진 다는 사실이야. 그리고 또 쿠르베의 검은색 그림들도 벌써 햇빛 이 들어오지 않는 아틀리에의 갑갑함과 곰팡이의 악취를 풍기 기 시작했어. 자네도 동감할지 모르겠지만, 이제 필요한 것은 태 양인 것 같아. 실내가 아닌 자연광을 받고 있는 대기. 밝고 젊은 그림, 진짜 빛 속에서 움직이는 사물과 사람들이 필요할지도 몰 라. 나도 잘 모르겠어! 하지만 그런 것이 우리가 그려야 할 그림 일 거야. 우리 시대에 우리의 눈이 바라보고 만들어 내야 하는 그림은 그런 것이어야 할 거야."

클로드의 목소리가 다시 꺼져 들어갔다. 그는 자기 앞에 처음 으로 희미하게 모습을 드러낸 미래를 표현할 어휘를 찾지 못해 말을 더듬었다. 그가 몸을 떨며 벨벳 윗도리에 붓질을 마치는 동안 무거운 침묵이 흘렀다.

상도즈는 자세를 흩뜨리지 않고 클로드의 말을 듣고 있었다. 그런데 이번에는 그가 등을 돌린 채, 마치 꿈속에서 혼잣말을 하듯이 말을 꺼냈다.

"글쎄, 나도 정말 모르겠어. 알면 얼마나 좋을까……. 난 말이 야, 선생님이 무언가 어떤 하나의 진리를 나에게 주입시키려고 할 때마다 항상 의혹을 느끼고 반항해 왔어. 그가 스스로를 속 이든지, 아니면 나를 속이는 거라고 의구심을 갖곤 했지. 그들 의 사고는 나를 짜증 나게 해. 나에게 진실이란 좀 더 광대한 것

같거든. 아! 사람이 평생을 바쳐서 작품 하나를 만든다면 그것은 얼마나 멋진 일일까! 그 작품 안에 사물, 짐승, 사람, 이 넓은 세상의 모든 것을 집어넣는다면…… 그것도 철학 교과서에 나오는 순서에 의해서나 우리의 자존심이 스스로 위안을 얻는 어리석은 위계질서 안에서가 아니라 전 우주적인 생명의 충만한 흐름 속에 집어넣는다면 말이야. 그런 흐름 안에서 우리는 그저 단순한 하나의 사건에 지나지 않을 테고, 지나가는 개 한 마리나 길거리에 굴러다니는 돌멩이까지도 우리를 보완해 주고 우리를 설명해 줄 수 있을 테지. 결국 우리보다 더 높은 것도, 또 낮은 것도 없고, 더러운 것도 깨끗한 것도 없는, 그냥 움직이고 있는 그대로의 세상을 그린다면……. 물론 그렇게 되면 소설가와 시인들이 의지해야 할 대상은 과학이 되겠지. 과학만이 오늘날 우리가 의지할 유일한 원천이야. 하지만, 문제는 이거야! 과학에서 무엇을 얻을 것이며, 어떻게 과학과 공존할 것인가? 이런 의문이 들면 나는 곧 수렁에 빠지고 만다네……. 아! 저 군중의 머릿속에 무엇인가를 처넣어 주기 위해 도대체 어떤 책들을 써야 할지 알 수만 있다면, 그걸 알 수만 있다면!"

이 말을 하고 그 역시 입을 다물었다. 지난해 겨울 그는 첫 작품을 출판했다. 그것은 플라상에서의 유쾌한 체험들을 기록한 단편집인데, 그 가운데 군데군데 눈에 띄는 거친 말투들만이 유일하게 그의 반항적 기질과 더불어 진실과 힘에 대한 열정을 알려 주는 것들이었다. 그 후에 그는 머릿속을 맴도는 여러 혼란스러운 생각들 속에서 스스로에게 질문을 던지며 길을 모색해 왔다. 처음에 그는 장대한 작품을 쓰고 싶은 생각에, 세계의 생성을 세 단계로 집필해 보겠다는 계획을 세웠다. 즉 과학적으로 재검토된 창세기, 모든 생명체와의 연관 속에서 역할을 해 온 현재까지 인류의 역사, 이 세상의 모든 존재가 끊이지 않고 이어져서 이러한 왕성한 생명의 활용에 의하여 세계 창조가 완성된다는 미래의 이야기였다.* 그러나 그는 너무도 무모한 이 세 번째 단계의 가설 앞에서 의욕을 잃었고, 지금은 그의 광대한 야심을 포함시키면서도 좀 더 범위를 좁혀 인간에 국한시킨 틀을 모색하고 있었다.

"아! 모든 것을 보고, 모든 것을 그릴 수 있다면!" 긴 침묵을 깨고 클로드가 말했다. "벽에 벽화를 그리고, 기차역과 시장, 관공서, 이제부터 건설되는 모든 것을 장식한다면, 그건 얼마나 멋진 일일까! 그렇게 되면 건축가들도 멍청히 있진 않겠지. 우린 강인한 근육과 두뇌를 갖고 있어야 해. 앞으로 그릴 주제는 무궁무진할 테니까……. 그렇지 않아? 거리에서 볼 수 있는 그대로의 삶, 가난한 사람과 부자의 삶, 또 시장, 경마장, 대로변, 서민들이 사는 좁은 골목에서의 삶의 모습을 그려 보는 거야. 또 현재 사람들이 한창 일하고 있는 작업 현장 등, 밝은 태양 아래 불타오르는 이 모든 열정을 그리고 싶어. 그 외에도 더 있어. 농부, 가축들, 들판…… 두고 봐, 두고 보라고. 나는 바보가 아니야! 나는 손이 근질거려. 그래! 나는 현대의 모든 삶을 모든 그릴 거야! 팡테옹처럼 거대한 벽화를! 루브르를 깨부술 위대한 작품들을!"

클로드와 상도즈가 함께 있으면 언제나 이런 흥분 상태가 되는 데 그리 오랜 시간이 걸리지 않았다. 그들은 서로 격려했고, 영광을 애타게 동경했다. 또 그들에게는 하늘 높이 날아오르는 젊음이 있었고, 일에 대한 욕심도 남달랐으므로 그들은 늘 이룰 수 없는 거창한 꿈을 꾸었고 자신들조차 그 오만하고 우습기 짝이 없는 포부에 쓴웃음을 지을 정도였다.

클로드는 이제 캔버스에서 물러나 벽까지 걸어가 편한 자세로 벽에 기대었다. 그러자 포즈를 취하느라고 기진맥진해진 상도즈도 의자에서 일어나 클로드 곁으로 걸어왔다. 그리고 두 사람은 말없이 그림을 바라보았다. 벨벳 윗도리의 신사는 거의 다 완성되어 있었다. 다른 부분보다 훨씬 더 진행되어 있는 손은 생생하게 풀밭 위에서 흥미로운 색조를 연출하고 있었다. 그리고 신사의 등이 너무 눈에 띄게 어두웠기 때문에, 저 멀리 햇빛 아래에서 장난하는 두 여인의 모습이 숲 속의 빈터에 반짝이는 빛 안에서 가물거리는 두 개의 작은 그림자로 보일 듯 말 듯했다. 반면 누워 있는 벌거벗은 여인의 커다란 얼굴은 겨우 형태만 잡혀 있을 뿐, 꿈속에서처럼 헤매고 있는 느낌이었다. 그것은 아무것도 바라보지 않고 눈을 감은 채 미소 짓고 있는, 이제 막 지상에서 태어나려고 하는 이브의 모습이었다.

"그런데 자네, 이 그림의 제목을 뭐로 할 생각인가?" 상도즈가 물었다.

"「야외」" 클로드가 짧게 대답했다.

상도즈는 제목이 너무 기술적인 용어같다는 생각이 들었다.

그는 작가로서 자기도 모르게 그림에 문학을 섞으려고 했다.

"「야외」라니, 그건 아무 의미가 없잖아."

"아무것도 의미할 필요가 없어. 여자들과 한 남자가 햇빛을 받으며 숲 속에서 쉬고 있는 것, 그 외에 또 뭐가 필요해? 보라고, 이걸로 걸작을 만들기에 충분해."

그러더니 다시 고개를 돌려 입 속으로 중얼거렸다.

"젠장, 아직도 너무 어두워! 내가 아직도 빌어먹을 들라크루아의 시각을 탈피하지 못했나 봐. 게다가 이 손을 봐! 이건 쿠르베의 손이잖아……. 아! 우리는 모두 낭만주의의 늪에서 아직도 허우적거리고 있어. 하긴, 젊은 시절 우린 그 속에서 너무 질퍽댔지. 이제 턱까지 잠겨 있는 기분이야. 우리에겐 강력한 세제가 필요해."

상도즈도 절망감에 어깨를 으쓱했다. 그 역시 위고와 발자크가 합류하는 시대에 태어난 사실을 한탄하고 있었다. 그렇지만 클로드는 신사의 포즈가 꽤 괜찮게 그려지자 행복한 흥분에 휩싸여 흐뭇해했다. 친구가 이런 식으로 두서너 번의 일요일을 그에게 할애해 준다면 그림 속 신사는 확실히 완성될 것이다. 이만하면 되었다. 두 사람 모두 유쾌했다. 왜냐하면 평소대로라면 그는 모델을 거의 녹초로 만들어 놓았기 때문이다. 그는 모델을 아사 직전까지 몰고 가 탈진이 되어서야 놓아주곤 했는데, 오늘은 클로드 자신이 쓰러질 것 같았다. 다리가 저려 왔고, 배 속이 텅 빈 느낌이었다. 뻐꾸기시계가 다섯 시를 알리자, 그는 먹다 남은 빵 조각을 집어 입 속에 마저 쑤셔 넣었다. 그는 덜덜 떨리는 손으로 빵을 씹지도 않은 채 꿀꺽 삼키고는 다시 그림 앞으로 돌아왔다. 너무 자신의 생각에 몰두해 있어서 자기가 먹고 있다는 사실조차 잊고 있을 정도였다.

"다섯 시야." 상도즈가 두 팔을 공중에 쭉 뻗으며 말했다. "밥 먹으러 가야지. 마침 뒤뷔슈도 정각에 왔군."

문 두드리는 소리가 났고, 뒤뷔슈가 들어왔다. 그는 갈색의 짧은 머리에 풍채가 좋은 청년으로, 얼굴은 단정하고 통통했으며, 나이에 비해 콧수염이 벌써 무성하게 자라 있었다. 친구들과 악수를 나눈 그는 어리둥절하여 그림 앞에 멈추었다. 원래 성품이 온순한 모범생으로 기존의 원칙을 존중하는 그는 마음속으로 이 자유분방한 그림에 충격을 받았다. 다만 클로드와의 오랜 우정 때문에 평소에 그는 비평을 삼가고 있었다. 그러나 이번만큼은 그도 눈의 띌 정도로 소스라치게 놀랐다.

"어, 어! 왜 그래? 맘에 안 들어?" 그의 모습을 보고 있던 상도즈가 물었다.

"아니, 아니야. 아, 아주 훌륭해……. 다만……."

"자, 어서 말해 봐. 무엇이 언짢은지……."

"이 신사 말이야. 정장을 하고 있잖아. 저 벌거벗은 여자들 가운데서……. 이런 광경은 처음 봐."

갑자기 나머지 두 친구가 웃음을 터뜨렸다. "루브르에는 이런 식의 그림이 수도 없이 많잖아? 더욱이, 만약 이런 그림을 이제까지 못 보았다면, 이제 보게 될 거야. 그까짓 대중들이야 뭐라고 그러면 어때!" 격노에 찬 두 사람의 반박에 맞서 뒤뷔슈는 당황하지 않고 침착하게 대답했다.

"대중은 이해하지 못할 거야. 대중은 추잡하다고 생각할 거야. 맞아, 저것은 추잡해."

"이 더러운 부르주아 자식!" 격노한 클로드가 고함을 질렀다. "아! 미술학교 놈들이 너를 철저하게 바보로 만들었구나. 넌 그렇게까지 바보는 아니었는데!"

이 말은 뒤뷔슈가 미술학교의 수업을 들은 후부터 두 친구에게 자주 듣는 농담이었다. 그러자 뒤뷔슈는 토론이 격렬해질까 봐 한 걸음 양보했다. 대신 다른 화가들을 욕하면서 곤란함을 모면했다. "맞아, 미술학교 그림 선생들이 모두 바보들이라는 말에는 동의해. 하지만 건축은 경우가 좀 달라. 건축 공부를 하기 위해 어디 달리 갈 데가 있어? 그곳밖에는 갈 데가 없어. 그렇다고 나중에 내가 나만의 생각을 따로 갖지 말라는 법도 없고." 그러면서 그는 매우 반항적인 태도를 취해 보였다.

"좋아!" 상도즈가 말했다. "자네가 변명하니까 이쯤하고, 이제 저녁을 먹으러 가자."

그러나 클로드는 기계적으로 붓을 집어 들고는 다시 일을 시작했다. 다시 보니, 신사 옆에 있는 여자의 얼굴이 무언가 잘못되어 있었다. 초조하고 신경질이 난 그는 그녀를 적당한 위치에 다시 배치시키기 위해 강렬한 필치로 그녀의 윤곽을 잡아가기 시작했다.

"안 가?" 상도즈가 물었다.

"조금만, 제기랄! 바쁠 것 없잖아……. 이것만 그리고, 자네들 있는 곳으로 갈게."

상도즈는 머리를 절레절레 흔들었다. 그러고는 친구의 화를 더 돋우지 않기 위해 부드럽게 말했다.

"자네, 그렇게 진을 빼면 안 돼……. 자넨 이미 기진맥진해 있고 배도 고프잖아. 지난번처럼 또 일을 망치면 어쩌려고."

화가 난 클로드의 태도에 상도즈는 더 이상 아무 말도 하지 못했다. 이런 일은 흔히 있는 일이었다. 클로드는 일을 멈출 줄 몰랐다. 그는 즉석에서 다시 그리고 싶어 했고, 그 작품이 진짜 걸작이 될 수 있다는 확신을 얻고 싶어 조바심을 냈다. 일이 잘 진행되어서 신이 나던 때의 마음은 온데간데없이 사라지고 의혹과 절망감이 그를 괴롭혔다. 벨벳 윗도리를 진한 색으로 칠한 게 잘한 짓일까? 누드의 여자에게 칠하고 싶은 그런 밝은 색을 과연 찾아낼 수 있을까? 그 대답을 지금 당장 알지 못한다면 차라리 그 자리에서 죽는 편이 나을 것 같았다. 흥분한 그는 작품집 사이에 감춰 둔 크리스틴의 얼굴을 꺼내어 실물 스케치와 캔버스의 그림을 비교해 보았다.

"어라!" 뒤뷔슈가 소리쳤다. "자네 이걸 어디서 그렸어? 이 사람이 누구야?"

클로드는 갑작스러운 질문에 깜짝 놀라 아무 대답도 하지 못했다. 그리고 뒤뷔슈와는 비밀이 없는 사이임에도 불구하고 이번에만은 별 양심의 가책 없이 거짓말이 나왔다. 알 수 없는 수치심과 그 사건을 혼자서만 간직하고 싶은 미묘한 감정 때문이었다.

"내 말 듣고 있어? 이게 누구냐니까?" 건축가가 재차 물었다.

"아! 아무도 아니야. 그냥 모델."

"정말, 모델이라고! 아주 어린데, 그렇지? 꽤 괜찮아 보여…… 내게 주소를 알려 줘. 나 때문이 아니고 프시케를 찾고 있는 어떤 조각가 때문이야. 저기에 주소를 적어 놓았지?"

그는 고개를 돌려 분필로 모델들의 주소들이 어지럽게 적힌 회색 벽면을 바라보았다. 특히 여자 모델들은 큰 글씨의 유치한 필체로 자기 이름을 남겨 두었다. '조에 피에드페, 캉파뉴 프르미에가 7번지, 배가 처진 큰 키의 갈색 머리'가 가운데를 가로지르고 있었고, 그 양쪽에 '작은 플로르 보샹, 라발가 32번지'와 '쥬디트 바케즈, 로셰가 69번지, 유대인. 두 여자 모두 젊지만 너무 말랐음'이라고 적혀 있었다.

"말해 봐. 자네 그 주소 가지고 있어?"

클로드는 화가 났다.

"에잇! 제발 조용히 좀 해! 내가 그걸 어떻게 알아…… 일할 때 방해하고 귀찮게 좀 하지 마!"

상도즈는 아무 말도 하지 않았다. 처음에는 놀랐으나 나중에는 미소를 지을 뿐이었다. 그는 뒤뷔슈보다 좀 더 예민했기 때문에 뒤뷔슈에게 눈을 끔뻑이며 신호를 보내자, 그들은 농담을 하기 시작했다. "미안해! 용서하게! 남자가 여자를 자기의 은밀한 용도로 사용하고 싶어 할 때, 그 여자를 빌려 달라고 하는 법이 아니지. 아! 녀석, 이 아름다운 아가씨와 즐기고 있었군! 그런데 그녀를 어디서 주웠지? 몽마르트르의 싸구려 선술집인가,

모베르 광장의 길거리에선가?"

더욱 거북해진 클로드는 길길이 뛰었다.

"제발 어리석은 소리들 좀 작작해! 자네들이 지금 얼마나 얼토당토않은 소리를 하고 있는지 알기나 해! ……이제 그만해. 날 좀 그만 괴롭혀."

클로드의 목소리가 너무 격앙되어 있어서 두 친구는 곧 입을 다물었다. 그러자 그는 벌거벗은 여인의 얼굴을 지운 다음, 크리스틴의 얼굴 스케치를 보면서 새로 그리고 칠했다. 그렇게 하는 그의 손은 무엇에 홀린 듯했고, 자신감 없이 방황하고 있었다. 얼굴을 그린 후에 그는 가슴을 공략했는데, 아직 거의 스케치도 되어 있지 않은 상태였다. 그의 흥분은 고조되고 있었다. 그것은 여자 경험이 없는 남자가 여자의 몸에 대해 품는 정열이었다. 또 갈망하면서도 한 번도 소유해 본 적이 없는 벌거벗은 몸에 대한 격렬한 사랑의 감정 같은 것이었다. 그는 그러한 욕구를 스스로 충족시키려고 하지도 않았을 뿐 아니라, 자신의 두 팔로 미친 듯이 꽉 껴안고 싶을 정도의 육체를 화폭에 그려 내지도 못했다. 그는 아틀리에에서 내쫓은 여자들을 자신이 그린 그림 안에서 숭배하려고 했다. 자신이 그린 여자들을 애무하고 범해 보려고까지 했지만, 그 여자들을 충분히 아름답고 생생하게 만들 수 없음에 눈물까지 흘리며 절망했다.

"자, 10분이면 돼, 그렇게 해 주겠지?" 클로드가 말했다. "내일을 위해 어깨까지만 그릴게. 그런 다음 내려가자."

클로드가 이런 식으로 자신의 건강을 해치면서까지 무리하는 걸 막을 재간이 없는 상도즈와 뒤뷔슈는 단념했다. 뒤뷔슈는 파이프에 불을 붙인 후 의자에 기대었다. 뒤뷔슈 혼자 담배를 피웠고, 나머지 두 사람은 아직 한 번도 담배를 피우고 싶다는 생각을 한 적이 없었다. 강한 여송연의 냄새에 토할 것 같은 느낌이 들 정도였다. 뒤뷔슈는 의자에 등을 대고 길게 누워 파이프를 빨았다가 내뿜으며 연기를 멍하니 바라보았다. 그러더니 담담한 목소리로 길게 신세타령을 늘어놓았다. 아! 이 빌어먹을 파리, 이곳에서 한 자리라도 얻으려면 얼마나 뼈를 깎는 고통을 겪어야 하는가? 그는 스승 밑에서 견습생으로 지내야 했던 15개월을 회상했다. 그의 스승은 그 유명한 드케르소니에인데, 예전의 그랑프리 수상자로, 지금은 민간 건축을 담당하고 있으며 레지옹 도뇌르 훈장을 받은 적이 있는 한림원 회원이었다. 그의 걸작품인 「생 마티외 교회」는 제1제정기와 그 이전의 양식을 혼합한 건축물이었다.* 사실 뒤뷔슈는 못된 성격에서가 아니라, 고전적인 양식을 존중하는 스승의 태도를 여전히 답습하고 있으면서도 가끔은 스승을 비난했다. 스승은 일주일에 세 번, 그것도 아주 짧게 아틀리에에 얼굴을 비칠 뿐이었으므로, 만약 그가 다른 학생들에게 귀동냥이라도 하지 않았다면 푸르가에 있는 스승의 아틀리에에서 아무것도 배운 게 없었을 거라고 투덜거렸다. 처음에는 성질이 사나운 동급생들 때문에 신참인 그는 힘이 좀 들었지만, 그래도 그림에 액자를 끼우는 법이나 설계도를 그리고 채색하는 법을 그에게 가르쳐 준 사람 역시 동급생들이었다. 생각해 보면 아틀리에의 관리인에게

25프랑을 지불하기 위해 몇 번이나 빵과 초콜릿 한 잔으로 점심을 때워야 했던가! 또 미술학교에 입학하기 위해 종이 위에 서투른 그림을 그리는 고통을 얼마나 많이 감내해야 했으며, 얼마나 많은 시간을 집에서 혼자 책과 씨름해야 했던가! 그런데 이러한 그의 엄청난 노력에도 불구하고 하마터면 그는 입학시험에 낙방할 뻔했다. 그에게는 상상력이 부족했고, 그림 테스트에서는 여인상과 여름 식당을 그린 형편없는 풍경화 때문에 겨우 꼴찌를 면할 정도였다. 대신 그는 과학에 정통했기에 특별히 대수 계산이나 기하학적 설계, 역사 시험과 구두시험에서 두각을 나타냈다. 현재 그는 미술학교에 적을 두고 있긴 하지만, 열등반에 속해 있기 때문에 우등반 졸업장을 따기 위해서 각고의 노력을 기울여야 했다. 개 같은 인생! 고생이 끝도 없지 않은가!

그는 다리를 쿠션 위로 쭉 펴고, 파이프 연기를 규칙적으로 더욱 세게 빨아들였다.

"원근법 강의, 도형기하학 강의, 석재 절체법 강의, 조립법 강의, 예술사 강의, 아! 종이가 새까맣게 될 정도로 필기를 해야 하고……. 매달 건축학 시험을 보는데, 단순히 데생만 할 때도 있고, 어떤 때는 설계도를 그려 내야 해. 시험에서 낙제하지 않고 좋은 점수를 얻으려면 놀 시간이 어디 있어. 학교 공부 말고도 생계를 위해 돈을 벌어야 하면 더욱 그렇지……. 난 정말 죽을 지경이야."

쿠션 하나가 바닥에 툭 떨어졌다. 그는 두 발로 그것을 집어 제자리에 놓았다.

"어쨌든 그래도 난 운이 좋은 편이야. 일거리를 찾고 싶어 안 달을 해도 찾지 못하는 친구들도 꽤 있거든! 그저께는 큰 건축 업자 밑에서 일하는 건축사를 만났는데, 아, 그렇게 무식한 건 축사는 처음 봐! 베끼는 일도 제대로 할 줄 모르는 진짜 바보 야. 그래서 내가 한 시간에 25수를 받고 그 사람의 집 짓는 일을 도와주기로 했지. 내겐 안성맞춤이야. 엄마도 이젠 거의 돈이 바닥이 났다는 뜻을 편지에 내비치거든. 아, 불쌍한 우리 엄마, 엄마에게 돈을 갚아야 할 텐데!"

뒤뷔슈는 줄곧 자기 이야기만을 했고, 하루도 거르지 않고 그 의 머릿속을 맴도는 관심사, 즉 빨리 돈을 벌어 출세해야겠다는 각오를 되씹고 있었다. 상도즈는 그의 넋두리에 전혀 귀 기울일 필요를 느끼지 않았다. 그저 아틀리에 안의 답답한 더위가 괴로 웠던 그는 급기야 작은 창문을 열고 평평한 지붕에 가서 앉았 다. 하지만 얼마 지나지 않아 그도 건축가에게 말을 걸었다.

"참, 목요일에 저녁 먹으러 올 거지? 다 모일 거야. 파주롤, 마 우도, 조리, 가니에르도 온다고 했어."

매주 목요일 플라상의 친구들과 파리에서 사귄 친구들 한 무 리가 상도즈의 집에서 모임을 가졌다. 그들 모두는 하나같이 예술의 정열에 불타는 혁명가들이었다.

"다음 주 목요일엔 안 되겠는데." 뒤뷔슈가 대답했다. "어떤 집에 춤을 추러 가야 돼."

"거기서 지참금 두둑한 아가씨라도 만나려고?"

"좋지! 그러기만 하다면야 더할 나위 없잖아!"

뒤뷔슈는 파이프의 담뱃재를 털기 위해 왼손 바닥에 톡톡 털었다. 그러면서 갑자기 큰 소리로 말했다.

"아 참, 잊고 있었는데……, 푸요한테 편지 한 통을 받았어."

"자네도! ……그의 소식 들었지? 푸요도 꽤나 얼빠진 친구야! 그 친구야말로 방향을 잘못 잡은 본보기지!"

"왜 그렇게 생각해? 푸요는 자기 아버지 직업을 이어받을 테고, 플라상에 앉아서 편안하게 돈을 벌 텐데. 그 친구 편지가 뭐가 어때서. 매일 엉뚱한 짓만 하던 그 친구가 결국은 우리보다 나을 거라고 내가 늘 말했잖아. ……아! 푸요 그 자식!"

격노한 상도즈가 말대꾸를 하려다가 갑자기 들려온 클로드의 절망에 찬 욕설 때문에 그만두고 말았다. 그동안 클로드는 작업에 열중하느라 입을 전혀 열지 않고 있었다. 그는 친구들이 하는 이야기를 듣고 있지 않은 듯했다.

"빌어먹을! 또 망쳤어……! 병신, 난 절대로 아무것도 그릴 수 없을 거야!"

그는 순간적인 광기에 사로잡혀 발작을 일으키듯이 그리던 그림에 달려들어 주먹으로 그것을 찢으려 했다.* 친구들이 서둘러 그를 뜯어말렸다. 이렇게 화를 내다니, 이 무슨 어린애 같은 짓인가! 그가 그림을 망쳤다고 죽도록 후회한들 나아질 것이 뭐가 있겠는가. 그러나 그는 더욱 괴로워하며 입을 굳게 다물고 아무 대답도 하지 않은 채, 그냥 그림만 뚫어지게 노려보고 있었다. 그의 눈은 스스로의 무능력에 대한 끔찍한 고통에 불타고 있었고, 그의 손은 이제 그 어떤 밝은 것도, 생동감이 있는 그 무엇도 그려 내지 못했다. 여인의 가슴은 물감이 엉겨 붙어 둔탁한 색조만을 내뿜고 있었다. 그가 감탄해 마지않았고, 또 빛나는 색채로 그려 내고 싶었던 저 여인의 살결을 그만 더럽히고 만 것이다. 뿐만 아니라 그는 그것을 제자리에 잘 배치하지도 못했다. 이만큼 노력했는데도 할 수 없다니 혹시 머릿속이 잘못된 건 아닐까? 혹 눈에 어떤 이상 증세가 와서 정확히 볼 수 없는 건 아닐까? 아니면 그의 마음대로 움직여 주지 않는 손이 이제 더는 그의 손이 되기를 거부한 건 아닐까? 그는 자신의 몸속에 흐르는 이 정체불명의 유전적 요인을 생각하자 더욱 화가 치밀어 올랐다. 그것 때문에 그는 가끔 행복한 창작열에 불타다가도 어떤 때는 그 창의력이 완전히 고갈되는 느낌을 받았고, 그럴 때마다 그는 그림의 아주 초보적인 요소조차 잊어버리곤 했다. 그는 메스꺼운 혐오감으로 현기증이 나서 자신의 몸이 빙글빙글 도는 듯이 느껴졌다. 이제는 자기가 하고 있는 일에 대한 자부심도 찾아볼 수 없었고, 꿈꾸는 영광도 사라졌으며, 자신의 존재 자체가 그를 떠나 달아나 버린 것 같았다. 하지만 그는 이 순간에도 오직 창조를 하고 싶은 격렬한 욕망에 시달리며 그 자리에 꼼짝 않고 서 있었다.

"이봐, 친구." 상도즈가 말을 걸었다. "자네를 비난할 생각은 아니지만, 여섯시 반이야. 자넨 우리를 굶겨 죽일 작정인가……? 제발 이성을 찾고, 자 우리와 함께 내려가세."

클로드는 팔레트의 한 모퉁이를 휘발유로 닦아 냈다. 그러고는 그곳에 새 물감을 짜놓고 쩌렁쩌렁 울리는 목소리로 단

한마디를 내뱉었다.

"싫어."

10분 동안 아무도 입을 열지 않았다. 화가는 정신없이 그림에 매달려 있었고, 다른 두 친구는 이런 위기 상황이 걱정되고 슬픈 나머지 어떻게 그를 진정시켜야 할지 몰라 망설였다. 그런데 그때 문 두드리는 소리가 났고, 건축가가 문을 열었다.

"아니, 말그라 영감 아니세요?"

그 화상은 뚱뚱한 용모에 낡고 매우 더러운 초록색 프록코트를 걸치고 있어서 꼭 꾀죄죄한 늙은 마부처럼 보였다. 짧게 자른 백발의 머리에 얼굴은 빨갛다 못해 자줏빛을 띠고 있었다. 그는 쉰 목소리로 말했다.

"저 앞 부두를 우연히 지나는 길인데, 창가에 나리들 모습이 보이기에 올라왔습죠."

화가가 아무런 대답도 없이 화가 난 태도로 몸을 돌려 그림을 그리는 것을 보고, 그는 하던 말을 멈추었다. 하지만 말그라는 당황하는 빛 한 점 없이 아주 익숙한 태도로 버티고 서서 핏기 서린 눈으로 스케치된 그림을 살펴보았다. 그는 거리낌 없이 빈정거림과 애정 섞인 말로 그림을 평가했다.

"흐음, 희한한 대작이군요!"

어느 누구도 말을 꺼내는 사람이 없었기 때문에 그는 벽에 걸려 있는 그림들을 살피며 여유 있게 아틀리에 안을 왔다 갔다 했다.

말그라 영감은 용모는 꾀죄죄했지만 매우 영리했고, 좋은 그림을 식별할 줄 아는 감각을 지니고 있었다. 그는 결코 서투른 화가의 아틀리에에는 서성거리는 법이 없었다. 아직은 인정받지 못하고 있지만, 본능적인 직감으로 술에 찌든 그의 코가 멀리서도 위대한 장래의 냄새를 맡을 수 있는, 그런 독창적인 화가들을 그는 직접 찾아다녔다. 그 후에 혹독한 거래를 했는데, 그에게는 평소 탐내던 작품을 아주 싼값에 손에 넣는 비상한 재주가 있었다. 게다가 그는 20퍼센트에서 기껏해야 30퍼센트의 정직한 이율로 만족했다. 그 이유는 많지 않은 그의 자본을 빨리 회전시킨다는 사업 신조 때문이었다. 그는 저녁에 자신의 고객이 무엇을 살지 알기 전에는 결코 아침에 물건을 사지 않았다. 뿐만 아니라 그는 거짓말하는 데 명수였다.*

그는 문 가까이로 걸어가서 그곳에 걸린 누드화들 앞에 멈추어 서서 몇 분 동안 말없이 그것들을 바라보았다. 클로드가 부탱의 아틀리에에서 그린 그림들이었다. 전문가로서 대번에 느껴지는 기쁨으로 눈이 번쩍 뜨였지만, 두꺼운 눈꺼풀 속에 그 기쁨을 얼른 감추었다. 아무도 원치 않는 이 거대한 그림을 그리느라 시간을 낭비하고 있는 이 미친 젊은이가 사실 얼마나 재주가 많고, 얼마나 인생에 대한 감수성을 풍부히 지니고 있는가! 소녀들의 예쁜 다리, 특히 놀랍도록 아름답게 그려진 여인의 배가 그의 마음을 사로잡았다. 그러나 그가 사려고 하는 작품은 그것이 아니었다. 그는 이미 살 물건을 마음속으로 골라 놓고 있었는데, 플라상 평원의 어느 한구석을 그린 작은 풍경화로, 격렬하면서도 섬세한 그림이었다. 그는 풍경화를 짐짓 못 본 체하다가, 마침내 그 앞에 다가가서는 건성으로 말했다.

"이 그림은 뭐죠? 아! 맞아, 남프랑스에서 그린 작품이군요. 너무 강렬해요. 그래서 전에 당신에게 샀던 두 점도 아직 안 팔리고 있소."

그러더니 그는 주절주절 이야기를 끝없이 늘어놓았다.

"랑티에 씨, 당신은 내 말을 믿지 않으시겠지만 그림이 전혀 팔리지 않고 있소. 글쎄, 전혀 팔리지 않는다니까요. 아파트 안이 그림으로 가득 차 있어서 움직이다가 행여 뭐라도 찢어지면 어쩌나 하고 걱정이 될 지경이라오. 이젠 정말 이 직업도 못 해먹겠군요! 싸게라도 처분한 후 병원에서나 여생을 보내야 할 것 같은데……. 그렇지 않겠소? 당신은 날 잘 아시겠지만, 나는 내 호주머니보다는 마음이 넓은 사람이고, 당신같이 재주 있는 젊은이에게 좋은 일을 하고 싶은 생각밖에는 없지요. 아! 당신에겐 소질이 있어요. 그래서 그들에게 내가 끊임없이 그 사실을 외치고 있죠. 그런데 그들이 뭐라고 하는지 아시오? 그들은 전혀 먹혀들질 않아요. 그렇다니까요! 그렇고말고요. 어림도 없어요!"

그는 자기 기분에 취해 있다가, 터무니없는 짓을 하려는 사람의 충동적인 목소리를 흉내 내어 이렇게 말했다.

"결국, 내가 헛걸음할 수는 없고……, 이 채색 스케치는 얼마나 받으시겠소?"

클로드는 짜증이 나서 신경질적으로 그림을 그리고 있다가, 고개를 돌리지도 않은 채 퉁명스럽게 대답했다.

"20프랑."

"뭐라고요? 20프랑! 당신 돌았군요! 전에 다른 것들은 10프랑에 팔고선…… . 오늘은 8프랑밖에는 줄 수 없어요. 한 푼도 더 안 돼요!"

보통 때 같으면 클로드는 바로 양보하곤 했다. 이런 식의 비참한 논쟁이 수치스럽고 피곤하기도 했지만, 내심 이 알량한 돈을 수중에 넣을 수 있다는 사실이 기쁘기도 해서였다. 그러나 이번에는 그도 굽히지 않았다. 그는 화상의 면전에 모욕을 주었고, 화상 역시 화가 나서 그에게 말을 놓으며 그의 재주를 깎아내리고 배은망덕한 자식이라고 마구 욕설을 퍼부었다. 결국 화상은 호주머니에서 100수짜리 동전 세 개를 차례로 꺼냈다. 그러고 나서 그 동전을 멀리서 원반 던지듯이 탁자 위로 던졌다. 동전들은 접시와 부딪치면서 쨍그랑 소리를 냈다.

"하나, 둘, 셋…… 더는 안 돼, 알겠나! 벌써 한 개가 더 갔는데, 언젠가 내게 그것을 갚아야 할걸. 반드시 다른 것으로라도 당신한테 받아 내고 말 거야! 이게 15프랑이라니! 아, 그런데 말이야, 당신. 당신이 실수하는 거야. 지금 그 더러운 수작을 곧 후회하게 될 거야!"

지친 클로드는 그가 그림을 떼도록 내버려 두었다. 그 그림은 커다란 초록색의 프록코트 속으로 마술처럼 사라졌다. 그것이 따로 특별히 만들어진 호주머니 속으로 쓱싹 하고 사라진 것일까? 아니면 옷 속에서 잠들어 버린 것일까? 어쨌든 겉으로는 어느 부분도 툭 튀어나오지 않았다.

일을 완수하자, 말그라 영감은 갑자기 평정을 되찾고 문 쪽으로 걸어갔다. 그러나 그는 가려다 말고 다시 돌아와서는 호인다운 태도로 말을 걸었다.

"자, 내 이야기를 들어 봐요. 랑티에, 바닷가재 한 마리가 필요한데…… 해 줄 수 있겠지요? 내 돈을 이렇게 우려냈으니, 그 정도는 해 줘야지요. 내가 당신에게 바닷가재를 가져다줄 테니, 당신은 내게 그걸로 정물화를 그려 주고 수고비로 그 가재를 가지시오. 친구들과 나눠 잡수시구려……. 어떻소, 그렇게 하는 거죠?"

그동안 그들이 하는 모든 이야기에 귀를 기울이고 있던 상도즈와 뒤뷔슈가 너무도 크게 웃는 바람에 화상도 같이 즐거워했다. 별로 쓸모가 없는 이 화가들은, 사실 맛있는 것과는 인연이 없어서 항상 주린 배를 웅크리고 살지 않는가! 말그라 영감이 가끔 나타나서 양의 넓적다리 고기라든가 꽤 싱싱한 넙치 한 마리, 또는 파슬리 다발을 곁들인 바닷가재 한 마리라도 가져다주지 않는다면 이 게으른 녀석들이 언제 그런 것들을 맛보겠는가?

"내게 가재 그림을 그려 주는 거요, 알겠지요? 랑티에…… 고맙소."

그는 커다란 그림 앞에 다시 서더니, 빈정거림과 경탄이 묘하게 섞인 미소를 지었다. 그리고 이렇게 중얼거리며 그림 앞을 떠났다.

"희한한 걸작이야!"

클로드는 다시 팔레트와 붓을 집어 들려고 했지만, 다리에 힘이 쭉 빠지면서 그만 주저앉고 말았다. 팔이 딱딱하게 굳어지며 아래로 축 처졌는데, 초자연적인 힘이 팔을 몸에 억지로 붙여 놓는 느낌이었다. 말그라 영감과 한바탕 논쟁을 벌이고 난 후에 우울하게 감도는 무거운 침묵 속에서 아직 형태가 잡히지 않은 자신의 그림 앞으로 비틀거리며 엉금엉금 걸어간 그는 이렇게 중얼거렸다.

"아! 안 되겠어. 이제 도저히 못 그리겠어……. 이놈이 드디어 나를 끝장내는구나!"

뻐꾸기시계가 막 일곱 시를 알리고 있었다. 그는 그곳에 장장 여덟 시간을 서 있었다. 마른 빵 한 조각 외에는 아무것도 먹지 못한 채 열에 들떠 단 1분도 쉬지 못하고 서 있었던 것이다. 해가 기울며 아틀리에에 어둠이 깃들기 시작했다. 무섭도록 우울한 느낌을 던지며 하루가 끝나 가고 있었다. 작업이 잘 진행되지 않는 위기의 순간에 이렇게 빛까지 사라지고 나니, 태양이 이 지상의 생명과 유쾌하게 노래하는 빛깔들을 모두 빼앗아 달아난 후 다시는 떠오르지 않을 것 같았다.

"가자." 형제와도 같은 측은한 생각이 들어 마음이 누그러진 상도즈가 애원했다.

뒤뷔슈도 거들었다.

"내일이면 좀 더 잘 볼 수 있을 거야. 자, 저녁 먹으러 가."

한동안 클로드는 말을 듣지 않았다. 그는 친구들이 하는 간곡한 권유를 듣지 못한 채, 고집스레 마룻바닥에 못 박힌 듯이 서 있었다. 손가락이 굳어 붓을 쥘 수도 없는데 무엇을 더 하겠다는 말인가? 그는 그 사실을 알지 못했다. 그는 자신의 몸 상태가 어떤지 알지 못했고, 또 안다고 해도 아랑곳하지 않았다. 오직 더 그리고 싶은 욕망, 무엇인가를 창조하고 싶은 강렬한 욕망에 지글지글 타오르고 있었다. 설령 그가 아무 일도 못하는 한이 있더라도 그는 적어도 그 자리를 지킬 것이며, 결코 자리를 뜨지 않겠다는 태도였다. 이어 그는 결심한 듯, 크게 흐느끼는 사람처럼 몸을 한 번 부르르 떨더니 넓은 팔레트용 칼을 손 안 가득 쥐었다. 그리고 단숨에, 그러나 천천히 깊숙이 여인을 찔렀다. 그렇게 해서 그는 여자의 머리와 가슴을 지워 버렸다. 그것은 진짜 살인이었으며, 분쇄였다. 모든 것이 끈적거리는 걸쭉한 물감 더미 속으로 사라졌다. 그러자 서로 장난하고 있는 밝은 색 두 여자의 밝은 초록빛을 배경으로 어두운 색 윗도리를 입고 있는 신사 옆에 가슴도 머리도 없는 벌거벗은 여인의 절단된 토막만이 나뒹굴었다. 이제 그녀에게 남아 있는 것이라고는 형태를 알 수 없는 시체, 한때 꿈꾸었지만 이제 죽음 속으로 사라진 육체뿐이었다.

이미 상도즈와 뒤뷔슈는 요란스러운 소리를 내며 나무 층계를 내려가고 있었다. 그러자 자신이 휘두른 칼에 커다랗게 뚫린 상처를 허공에 내놓고 있는 그림을 차마 보기가 괴로웠던 클로드도 황급히 그 방을 빠져나와 친구들을 쫓아 내려갔다.

3장

한 주를 시작하며 클로드의 심정은 매우 처참했다. 깊은 회의감에 빠져 급기야 그림을 미워하기에 이르렀다. 그것은 자신을 배신한 연인에 대한 증오의 감정과 비슷한 것으로, 부정한 연인을 저주하면서도 여전히 그녀를 사랑할 수밖에 없기 때문에 생기는 고통이었다. 사흘간 헛되이 고독하고 처절한 투쟁을 벌이던 그는 목요일이 되자 아침 8시부터 밖으로 나갈 채비를 했다. 자기 자신이 너무도 역겨워진 나머지 아틀리에의 문을 쾅 닫으며 다시는 붓을 잡지 않겠다고 맹세했다. 이런 식의 위기가 찾아와 그의 작업 리듬이 깨질 때면 치료 방법은 하나밖에 없었다. 즉 동료들과 격렬하게 토론을 해서 감정을 발산하던지, 아니면 길바닥에서 올라오는 전쟁의 열기와 내음이 심장과 배 속까지 스며들 때까지 파리 시내를 마구 쏘다니는 것이었다.

다른 목요일과 마찬가지로 그날도 상도즈의 집에서 친구들이 모일 것이므로, 저녁은 그곳에서 먹으면 되었다. 그러나 저녁때까지 무얼 하면 좋을까? 혼자서 애태울 일이 끔찍했다. 곧바로 상도즈의 집으로 가려니 그 친구는 지금 사무실에 있을 시간이었다. 그러자 뒤뷔슈 생각이 났지만 썩 내키진 않았다. 얼마 전부터 그들의 오랜 우정이 조금씩 식어 가고 있는 것 같아서였다. 클로드는 뒤뷔슈와 어려운 시절에 나누던 형제애를 이제는 느낄 수 없었고, 뒤뷔슈가 품고 있는 야심에 적대감을 내색하진 않았지만 그것이 어리석게 여겨졌다. 하지만 달리 갈 데도 없지 않은가? 그는 뒤뷔슈에게 가기로 마음먹고, 쟈콥가로 접어들었다. 건축가는 그 거리에서 크고 썰렁한 집 7층에 조그만 방 하나를 얻어 살고 있었다.

클로드가 3층까지 올라갔을 때 경비원이 그를 부르며 뒤뷔슈 씨는 집에 없으며 어젯밤에 들어오지 않았다고 큰 소리로 일러 주었다. 그는 천천히 다시 거리로 내려오면서 뒤뷔슈의 이탈이라는 놀라운 사실에 어안이 벙벙했다. 이 뜻밖의 불운에 그는 잠시 동안 정처 없이 헤매었다. 어느 방향으로 가야 할지 몰라 센가의 어느 한 구석에서 멈추었을 때, 언젠가 뒤뷔슈가 해 준 말이 문득 떠올랐다. 미술학교에 설계도를 제출해야 하는 마감 전날 밤에는 드케르소니에의 아틀리에에서 철야작업을 가끔 한다는 이야기였다. 그는 곧장 아틀리에로 가기 위해 푸르가로 올라갔다. 문외한이 방문했을 때 그들이 보낸다는 야유가 두려워 이제까지 단 한 번도 그곳으로 뒤뷔슈를 만나러 갈 엄두를 내지 못했지만, 이번에 그는 단호하게 그곳으로 향했다. 혼자일 때의 고통을 생각하니 소심함도 온데간데없이 사라졌고, 비참한 상황에서 친구를 만나기 위해 그가 받을 수모도 견딜 각오가 되어 있었다.

아틀리에는 푸르가에서도 가장 보폭이 좁아지는 협소한 장소에 있는, 낡고 금이 간 건물 안에 있었다. 그는 악취가 풍기는 두 개의 안뜰을 지난 다음, 마침내 세 번째 안뜰에 다다랐다. 거기에 농가의 헛간 같은 건물이 비스듬히 세워져 있었는데, 마룻바닥과 석고 벽으로 된 이 공간은 전에 창고업자가 사용했던 곳이었다. 네 개의 커다란 창문은 안쪽에 백연(白鉛)으로 덕지덕지 낙서를 해 놓아 얼룩져 있었기 때문에, 바깥에서 쳐다봐도 아무 장식이 없는 흰색의 석회 천장만이 보일 뿐이었다. 클로드는 문을 열고 들어가려다가 말고 문턱에서 꼼짝 못하고 제자리에 섰다. 그곳은 굉장히 넓은 방으로, 네 개의 긴 테이블이 창과 직각 방향으로 배치되어 있었고, 두 개씩 붙여 놓아 폭이 매우 넓은 테이블 양쪽에 학생들이 가득 앉아 있었다. 탁자 위엔 젖은 스펀지, 물감 접시, 물병, 철로 된 촛대와 나무상자들이 어지럽게 널려 있었고, 그 상자들 안에는 학생들이 작업할 때 입는 작업복과 컴퍼스, 물감 등이 보관되어 있었다. 구석에는 지난해 겨울에 사용하고 버려둔 난로가 녹이 슬어 가고 있었으며, 그 옆에는 타고 남은 코르크 찌꺼기가 한 번도 치워지지 않은 채 쌓여 있었다. 다른 쪽 끝의 벽에는 두 개의 세수수건 사이에 양철을 깐 세면장이 있었다. 이렇게 아무 장식도 하지 않은 황량한 방 안에서도 눈길을 끄는 것은 벽이었다. 선반 위 칸에는 정체 모를 석고상들이 널려 있었고, 아래 칸에는 산더미같이 쌓인 T자형 자와 직각자, 끈으로 묶어 놓은 대량의 제도판이 빼곡히 세워져 있었다. 남은 벽이라고 해야 그것도 낙서와 그림들, 물감이 튄 얼룩들로 메워져 있었는데, 읽지 않고 항상 펴 두는 책의 여백과 비슷했다. 거기엔 친구들을 희화화시켜 놓은 그림, 이루 말로 형용할 수 없이 추잡한 것들에 대한 묘사, 경찰의 낯을 창백하게 할 정도의 말들, 격언, 계산서, 주소들이 적혀 있었다. 그러나 뭐니 뭐니 해도 이것들 가운데 가장 압권인 것은 한복판에 큰 글씨로 쓴 간결한 한마디였다.

"6월 7일, 고르주는 로마상* 따위는 개의치 않는다라고 이야기했다. 서명 : 고드마르."

클로드가 아틀리에 안에 나타나자 사람들은 마치 야수들이 소굴에서 으르렁거리며 내는 소리와도 같은 고함을 질러 댔고, 그 위세에 그는 주춤했다. 그들의 모습은 '사형수 호송마차의 밤'을 지내고 난 아침의 아틀리에 풍경이었다. 이 이름은 건축가들이 고된 작업을 해야 하는 밤을 일컬어 만들어 낸 말이었다. 그 전날 밤부터 아틀리에에는 통틀어 60명의 학생들이 들끓고 있었다. 이번 대회에 작품을 출품하지 않는 학생들을 '노예들'이라고 불렀는데, 그들은 작업이 지체되어 일주일 동안 하루에 꼬박 열두 시간씩 일을 해야 겨우 작품을 완성할 수 있는 참가자들을 도와주고 있었다. 그들은 밤 열두 시에 찬소시지와 싸구려 포도주로 배를 채우고, 새벽 한 시쯤이 되어

서는 후식으로 색주가에서 창녀 세 명을 불렀다. 그렇다고 해서 일의 속도를 늦춘 것은 아니었고, 파이프 담배 연기가 자욱한 가운데 연회는 고대 로마의 바쿠스 축제의 모습 비슷하게 되었다.

바닥에는 기름 묻은 종이와 깨진 병 조각이 널브러져 있었고, 홍건하게 괸 술이 마룻바닥에 스며들고 있었다. 그러는 동안 방 안은 쇠 촛대에서 타다 남은 초의 매캐한 냄새와 창녀들이 뿌리고 온 것이 분명한 사향 냄새, 그리고 소시지와 싸구려 포도주 냄새가 진동하고 있었다.

조롱을 섞은 고함 소리는 더욱 커졌다.

"꺼져! ……야! 저 자식! ……저 병신 누구야? ……꺼져 인마! 꺼지라니까!"

클로드는 일제히 터져 나오는 거친 말들에 놀라, 순간 어쩔 줄을 몰랐다. 그들은 끔찍한 욕설을 퍼붓기 시작했는데, 그나마 고상하고 선량해 보이는 학생들까지도 누가 야유를 더 잘하나 내기라도 하듯이 열을 냈다. 클로드 역시 그들 말을 받아치면서 한소리를 하려는데, 뒤뷔슈가 그를 알아보았다. 뒤뷔슈는 이런 상황에 연루된 사실이 몹시 언짢아 얼굴이 빨개져 있었다. 그는 야유를 받으며 부끄러워 어쩔 줄 모르겠다는 태도로 뛰어나와 클로드를 향해 화가 나서 더듬거리며 말했다.

"아니! 자네……, 이곳에 절대 오지 말라고 했잖아……. 마당에 나가서 잠깐 기다리게."

바로 그때 클로드는 하마터면 손수레 밑에 깔릴 뻔하다가 뒤로 물러섰다. 두 털보 청년이 손수레를 끌며 뛰어왔는데, 바로 이 손수레 때문에 이런 가혹한 작업을 하는 날 밤이 '사형수 호송마차의 밤'이라고 이름 지어진 것이었다. 그리고 밖에서 돈을 버느라 하찮은 일에 시간을 빼앗겨 작업이 늦어지던 학생들은 일주일 전부터 줄곧 "아! 곧 마차의 날이 온다!"라고 외쳐 대고 있었다. 마차가 나타나자마자 큰 소동이 벌어졌다. 그때가 아홉 시 15분 전이었는데, 학교에 정시에 도착할 수 있는 정도의 시간밖에 남아 있지 않았던 것이다. 거대한 학생 의 무리가 우르르 방 안을 뛰쳐나갔다. 그들은 서로 떠밀면서 각자 자기의 설계도 액자를 끄집어냈다. 세부를 좀 더 손보고 싶어 하던 학생들까지도 떠밀려 끌려 나갔다. 5분도 안 되어 모든 학생의 설계도가 수레에 실렸다. 아틀리에의 가장 신참인 두 털보 청년이 마구를 채운 후, 수레를 끌며 달렸다. 다른 학생들은 고래고래 고함을 지르며 그 뒤를 따랐다. 그들은 마치 수문이 터진 격류와도 같이 두 개의 안마당을 가로질러 거리로 흘러나와 울부짖는 소리와 함께 거리를 가득 채웠다.

클로드는 뒤뷔슈 옆에서 같이 뛰기 시작했다. 뒤뷔슈는 줄의 끝에서 뛰고 있었는데, 자기 그림을 손보기 위한 시간이 15분밖에 남지 않았다는 사실에 매우 격앙되어 있었다.

"이제 뭐 할 거야?"

"아! 하루 종일 수업이 있어."

화가는 이 친구가 자기에게서 또다시 도망치는 것을 알고는 절망했다.

"좋아, 여기서 헤어지자. 그런데 자네, 오늘밤에 상도즈 집에 올 거지?"

"응, 친구들이 다른 데서 저녁 먹자고 붙잡지 않는 한 그렇게 할게."

두 사람 모두 숨을 헐떡였다. 그들과 함께 뛰는 무리는 속도를 줄이기는커녕 더욱 빠른 속도로 계속 달렸고, 이윽고 푸르가를 내려와서 고즐랭 광장을 가로질러 에쇼데가 안으로 들어섰다. 선두에 선 수레는 더욱 힘차게 달렸기 때문에 울퉁불퉁한 길 위에서 덜컹거렸고, 그럴 때마다 그 안에 가득한 설계도 액자들이 심하게 춤을 추었다. 줄지어 뛰어가는 그들 무리에 걸려 넘어지지 않기 위해서 지나가는 사람들은 집 벽에 바짝 붙어 서 있어야 했다. 가게 주인들은 입을 크게 벌리고 혹시 폭동이라도 일어난 게 아닌가 의아해하며 그들을 바라보았다. 동네 전체가 혼잡 속에 휩싸였고, 쟈콥가의 난동은 극에 달했다. 고함 소리가 너무 시끄러운 나머지 상인들은 아예 덧창까지 닫아 버렸다. 마지막으로 보나파르트가에 들어섰을 때, 놀란 나머지 길거리에 넋이 나가 서 있던 식당의 키 작은 여종업원 하나를 키가 큰 금발 청년이 낚아채는 소극이 벌어지기도 했다. 그는 마치 급류에 휩쓸려 가는 지푸라기 하나를 잡듯이 그녀를 건져 올렸다.

"아, 그럼! 잘 가." 클로드가 말했다. "오늘밤에 보세."

화가는 숨을 헐떡이며 보자르가의 끝에서 멈추었다. 그의 눈앞에서 학교의 안마당이 문을 활짝 열어 놓은 채로 학생들을 기다리고 있었고, 모두가 그 안으로 휩쓸려 들어갔다.

잠깐 숨을 몰아쉰 후 클로드는 센가로 다시 들어섰다. 불행이 가중되는 느낌이 들었다. 친구를 불러내기는 틀린 것 같았다. 그는 길을 다시 거슬러 올라가 별생각 없이 팡테옹 광장까지 천천히 걸었다. 그러자 문득 상도즈가 일하고 있는 구청에 가서 잠깐이라도 친구를 보는 게 좋겠다는 생각이 들었다. 그러면 10분은 족히 흘러갈 것이다. 하지만 사환 한 명이 상도즈 씨는 장례식에 참석하기 위해 하루 휴가를 내었다는 이야기를 전해 주자, 클로드는 갑자기 숨이 막혀 왔다. 그는 장례식이 무엇을 의미하는지 잘 알고 있었다. 상도즈는 하루 종일 집에서 일하고 싶을 때면 으레 그 이유를 대곤 했다. 클로드는 곧장 상도즈의 집을 향해 방향을 틀었지만 몇 걸음 가다 말고 멈춰 섰다. 성실하게 일하는 정직한 예술가인 친구에게 그는 같은 예술가로서 동지애를 느끼고 있었는데, 이렇게 불쑥 찾아가는 게 꺼림칙했다. 분명 상도즈도 필사적으로 일에 매달려 있을 텐데, 잘되지 않는 작품을 가지고 그에게 절망적인 이야기를 털어놓는다는 건 범죄 행위나 마찬가지였다.

클로드는 포기하는 수밖에 없었다. 그는 정오까지 부두에서 어둡고 우울한 마음을 스스로 달랬다. 자신의 무능에 대한 생각이 그치질 않고 떠올라 머릿속이 어찌나 무겁고 어지럽던지 평소에 그토록 좋아하는 센강의 지평선도 뿌옇게 보일 뿐이었다. 그러자 그는 다시 팜므 상 테트가로 들어서서 포도주 상인인 고마르가 하는 식당에 들어갔다. **몽타르지의 개**라고 쓰인 간판이 마음에 들었다. 석공들이 석고 가루가 하얗게 묻은 작업복 차림으로 식탁에 둘러앉아 있었다. 그도 그들과 같이 평소처럼 8수짜리 '정식'을 주문했다. 그것은 국물에 빵을 적셔 먹는 부이용 한 그릇과 아직도 설거지물이 뚝뚝 떨어지는 접시 위에 나오는 삶은 고기 한 조각 그리고 곁들어 나오는 완두콩이 전부였다. 하는 일도 없는 놈에게 이 정도의 식사면 과분했다. 그는 그림이 순조롭게 그려지지 않을 때면 자기비하에 빠져 자신은 막노동하는 사람만도 못하다는 생각을 하곤 했다. 그들은 적어도 그 일을 할 만한 건장한 팔이라도 갖고 있지 않은가. 한 시간가량 그는 시간을 질질 끌며 멍하니 앉아 옆자리에서 들려오는 대화를 건성으로 듣고 있었다. 그러다가 밖으로 나온 후 다시 정처 없이 느린 걸음으로 걷기 시작했다.

시청이 있는 광장에 다다르자 그는 무슨 생각이 들어서인지 발걸음을 빨리 옮겼다. 왜 파주롤을 생각하지 못했을까? 파주롤은 미술학교 학생이긴 했지만 좋은 친구였다. 게다가 명랑했고 아둔하지도 않았다. 비록 그가 형편없는 화가들을 옹호할 때조차도 그와는 이야기가 통했다. 만약 파주롤이 비에이유 뒤 탕플가에 있는 부모님과 함께 살고 있는 집에서 점심을 먹었다면, 틀림없이 아직 거기 있을 것이다.

클로드는 좁은 길에 들어서자 냉기가 느껴졌다. 날이 무척 더웠고, 길에서 습기가 올라오고 있었다. 맑은 날씨였지만 행인들이 끊임없이 밟고 지나다녀 땅은 축축하고 끈적거렸다. 그는 인파에 밀려 보도를 피해 걷다가, 하마터면 시시각각으로 지나

다니는 짐수레와 가구 운반 차량에 치일 뻔하기도 했다. 그렇지만 거리의 풍경은 그를 즐겁게 해 주었다. 집들이 제멋대로 늘어서 있었는데 정면은 평평했고, 빗물받이 홈통까지 차지하고 있는 간판 때문에 얼룩덜룩했다. 집들의 좁은 창문 틈새로 파리의 모든 가내 공업의 소음이 들려왔다. 그 거리에서도 가장 좁은 길목에 있는 자그마한 신문 가게가 그의 눈길을 끌었다. 그 가게는 이발소와 내장을 파는 가게 사이에 있었는데, 진열대에는 감미로운 물품들과 군대에서 병사들이 보는 음탕한 그림들이 섞여 있었다. 그 그림들 앞에서 키가 크고 얼굴이 흰한 소년이 몽롱한 눈으로 그것을 바라보고 있었고, 소녀 두 명은 서로 쿡쿡 찌르면서 웃고 있었다. 그는 세 녀석 모두의 뺨을 한 대씩 갈겨 주고 싶었지만, 서둘러 길을 건넜다. 파주롤의 집이 바로 건너편에 있었기 때문이다. 그의 집은 낡고 어두웠는데, 다른 집들보다 앞으로 튀어나와 있었기 때문에 인도와 차도 사이에 흐르는 도랑의 진흙탕물이 튀어 얼룩이 져 있었다. 그가 도로를 건널 때 저쪽에서 합승 마차가 다가왔기 때문에 그는 황급히 커브 길 보도 위로 뛰어올라야 했다. 마차 바퀴가 그의 가슴을 스쳤고, 그는 무릎까지 흙탕물을 뒤집어썼다.

파주롤의 부친은 아연 세공을 하는 기술자로 1층에 아틀리에를 갖고 있었다. 길거리를 바라보는 2층의 큰 방 두 개는 견본을 파는 가게로 사용해야 했기 때문에 파주롤은 안뜰로 면한 좁고 어두운 방을 쓸 수밖에 없었다. 그곳은 지하실처럼 갑갑한 곳이었다. 그런 곳에서 아연 세공 기술자의 아들 앙리 파주롤은 성장했다. 그는 진정한 파리 도시의 아들로, 마차 바퀴에 닳은 길거리에서 춘화 가게와 싸구려 물품 가게, 이발소 앞에서 지저분한 도랑물에 몸을 적시며 자랐다. 파주롤의 아버지는 파주롤을 자신이 운영하는 가게의 장식품 디자이너로 만들 생각이었다. 그런데 파주롤이 더 높은 야심을 보이면서 그림에 골몰하고 미술학교 이야기를 들먹이자, 그는 아들을 몹시 꾸짖었을 뿐만 아니라 심지어 손찌검까지 가해 그들 부자는 한동안 반목하다가 겨우 화해했다. 앙리가 미술학교에 합격하고 처음으로 독립적인 길을 걷게 된 지금까지도 아연 세공 기술자는 아들을 자기가 하고 싶은 대로 하게 내버려 두지 않았고, 자기 인생을 망쳐 놓았다면서 가혹하게 대했다.

클로드는 잠시 몸을 머뭇거리다가 문으로 들어갔다. 안뜰로 향하는 긴 아치문이었는데, 그곳은 해가 비추지 않아 초록빛이 돌았고, 물탱크 바닥에서 나는 역겨운 곰팡이 냄새가 풍기고 있었다. 계단은 건물 밖 야외에 있었는데, 그 위에 차양이 쳐 있었고 오래된 난간이 녹슬어 있었다. 화가가 2층 가게 앞을 지날 때 유리문을 통해 파주롤의 아버지가 상품들을 검사하고 있는 모습이 보였다. 클로드는 청동을 입힌 모든 아연 세공품을 보자 모조품의 혐오스럽고 기만적인 아름다움에 예술가로서 토할 것 같은 역겨움을 느꼈다. 하지만 그런 불쾌감을 표현하지 않으려 애쓰면서 안으로 들어갔다.

"안녕하세요, 아버님…… 앙리 있어요?"

뚱뚱하고 얼굴빛이 창백한 아연 세공 기술자는 자기가 만든 벽걸이 꽃병들과 항아리들, 그리고 조그만 입상들 가운데에 서 있었다. 그는 한 손으로 새로운 상품인 온도계를 들고 있었는데, 그 온도계는 여자 마술사가 몸을 웅크린 채 무릎을 꿇고 앉아 코 위에 가느다란 유리관을 세우고 있는 형상이었다.

"앙리는 점심 먹으러 오지 않았네." 그가 무뚝뚝하게 대답했다.

퉁명스러운 그의 태도가 젊은이의 마음을 상하게 했다.

"아! 그래요⋯⋯. 죄송합니다. 안녕히 계세요, 아버님."

"잘 가게."

밖으로 나온 클로드는 분노에 이가 갈렸다. 파주롤마저 자기를 피하다니, 지지리도 운이 없는 날이었다. 문득 그는 자신이 왜 이런 곳에 발을 들여 놓았나 후회가 되었고, 또 이런 특이한 옛날 거리에 관심을 갖는 자신에게 화가 났다. 아직까지 자신의 내부에 낭만주의적 병폐가 남아 있다는 사실에 더욱 견딜 수가 없었다. 그가 앓고 있는 병의 정체는 바로 그것이었다. 그것 때문에 가끔씩 틀린 생각이 머릿속을 꽉 채우고 있는 듯한 느낌을 받곤 했던 것이다. 그가 다시 부두로 돌아왔을 때, 집으로 돌아가 자기가 그린 그림이 과연 그렇게 나쁜지 다시 보고 싶다는 생각이 들었다. 그러나 그 생각을 하는 것만으로도 그는 벌써 심히 괴로웠다. 자신의 아틀리에가 공포의 장소처럼 여겨졌다. 마치 사랑하는 사람의 시체를 두고 온 장소 같아서 다시는 그곳에 발을 들여놓을 수 없을 것 같았다. 안 돼, 안 돼. 4층까지 올라가서 문을 열고 그것을 마주 보며 방 안에 갇혀 있을 수는 없는 일이었다. 도저히 그럴 수는 없었다! 그는 센강을 건너 생 쟈크가를 따라 쭉 올라갔다. 이젠 어쩔 수 없었다. 그는 너무도 비참했기 때문에 상도즈를 불러낼 수밖에 별다른 도리가 없었고, 그러기 위해 그는 앙페가로 들어서고 있었다.

5층에 위치한 작은 집에는 식당과 침실 그리고 좁은 부엌이 있었는데, 이 공간을 상도즈가 사용하였고, 마비 증세로 꼼짝 못하는 그의 어머니는 스스로 그렇게 하길 원해서 맞은편 층계참의 방에서 우울하고 고독하게 혼자 기거했다. 거리는 황량했고, 집 창문은 농아원의 넓은 뜰을 향해 나 있었다. 창문을 통해 끝을 둥글게 깎은 키 큰 나무 한 그루와 생 쟈크 뒤 오 파 교회의 네모난 종탑이 보였다.

클로드는 상도즈가 자기 방의 책상 앞에 몸을 구부리고 무언가를 적은 종이 앞에서 골몰해 있는 것을 보았다.

"방해했나?"

"아니, 아침부터 일했으니까 이젠 됐네……. 생각해 보게. 한 시간 전부터 잘못 쓴 한 문장을 고치느라 진을 빼고 있다네. 그런데도 점심을 먹는 내내 그 문장이 다시 잘못된 것 같다는 후회가 밀려와 나를 괴롭히니 말이야."

화가는 그 이야기를 듣고 절망적인 몸짓을 하였다. 그의 비통해하는 모습을 보고 상도즈는 상황을 얼른 이해했다.

"자넨 어때? 별로 잘 안 되나 보군……. 나가자. 걷다 보면 기분이 좀 풀리겠지, 안 그래?"

그리고는 상도즈가 부엌 앞을 지나가자 나이 든 부인이 그를 붙들어 세웠다. 가정부인 그녀는 평소에는 오전에 두 시간, 오후에 두 시간씩 일을 해 주는데, 목요일만은 저녁 식사 준비를 위해 오후 내내 있었다.

"선생님." 그녀가 물었다. "메뉴를 정했는데, 가오리하고 양의 넓적다리 고기, 감자 어떠세요?"

"네, 그렇게 하세요."

"그럼 몇 인분을 차릴까요?"

"아! 그건 알 수 없는데……. 그냥 다섯 사람으로 해서 차려주세요. 나중에 바꾸면 될 테니까요. 일곱 시까지예요, 아시겠죠? 우리도 그때쯤 올게요."

그는 충계참에서 클로드를 잠깐 기다리게 한 후, 어머니 방으로 살며시 들어갔다. 그가 들어갈 때와 마찬가지로 조심스러운 태도로 조용히 방에서 나오자 두 친구는 살금살금 충계를 내려갔다. 밖으로 나온 그들은 어디로 가야 할지 결정하기 위해 동물적인 직감을 발휘하여 좌우를 살펴본 다음, 길을 따라 다시 올라갔다. 이어 옵세르바투아르 광장에 다다른 후 그곳에서 몽파르나스 대로를 따라 쭉 걸었다. 그러고 보니 그 길은 그들이 항상 걸어 다니는 산책로였다. 그들은 무의식적으로, 또 자연스럽게 그 길로 들어선 것이다. 확 트인 넓고 긴 길을 따라 여유 있게 어슬렁거리는 것보다 더 좋은 치료는 없었기 때문이다. 그들은 여전히 말이 없었다. 각자 일에 대한 생각으로 머리가 묵직했지만, 같이 있다 보니 차차 마음이 가라앉았다. 서부역* 앞에서 상도즈가 갑자기 제안을 하나 했다.

"마우도 집에 가서 녀석의 작품이 어느 정도 진척됐는지 보는 게 어때? 오늘은 마우도가 성인상(聖人像)을 제작하지 않는 날이잖아."

"좋은 생각이야." 클로드는 대답했다. "마우도 집으로 가세."

그들은 곧장 셰르슈 미디가로 들어섰다. 조각가인 마우도는 대로에서 얼마 떨어지지 않은 곳에 있는 파산한 청과물 가게에 세 들어 살고 있었다. 그는 오직 유리창에 흰색 칠을 하는 것으로 단장을 마친 다음, 이곳을 작업실로 사용했다. 이 넓고 조용한 셰르슈 미디가는 어딘지 모르게 순박한 시골의 느낌을 주었고, 교회에서 피우는 향 비슷한 냄새가 어슴푸레 떠돌고 있었다. 대문이 활짝 열려 있어서 안뜰로 향하는 기다란 통로가 보였다. 외양간에서는 축축한 짚 냄새가 풍겨 나왔고, 수녀원 담장이 끝없이 이어졌다. 그러니까 수녀원과 약초 가게 사이에 아틀리에로 변모한 가게가 있는 셈이었는데, 간판에는 여전히 커다란 노란 글씨로 **과일과 야채**라고 적혀 있었다.

클르도와 상도즈는 줄넘기하고 노는 여자아이들 때문에 하마터면 한쪽 눈을 크게 다칠 뻔했다. 인도에는 가족들이 나와 의자에 앉아 있었기 때문에 그 의자들을 피해 가기 위해 그들은 차도로 걸어야 했다. 그러나 약초 가게 앞에 이르자, 그들은 잠시 밖에서 머뭇거렸다. 두 개의 유리창 사이에 관장기와 붕대, 그 밖에 온갖 은밀하고 미묘한 물건들이 진열되어 있었고, 문에 걸린 마른 약초다발에서는 지속적으로 향신료 냄새가 풍겨 나왔다. 바짝 마른 갈색 머리의 여자가 서서 그들의 얼굴을 뚫어지게 쳐다보았는데, 그녀의 뒤로 어두컴컴한 속에서 각혈

하고 있는 작은 키의 얼굴빛이 창백한 남자의 옆모습이 보였다. 그들은 서로 팔꿈치로 찌르면서 눈으로 장난스러운 웃음을 지으며, 마우도 가게의 자물통을 열었다.

꽤 넓은 상점은 바위 위에 기대어 있는 거대한 바쿠스의 무녀(巫女)상과 점토더미로 꽉 찬 느낌이었다. 무녀상을 받치고 있는 널빤지는 거대한 덩어리의 무게에 눌려 휘어졌는데, 이 형태를 분간할 수 없는 조각 중에서 오직 거대한 젖가슴과 두 개의 탑처럼 보이는 넓적다리가 간신히 구별되었다. 바닥에는 물이 흥건하게 괴어 있었고, 그 위로 진흙 통들이 나뒹굴고 있었다. 방의 구석구석은 석고 쓰레기들로 지저분했다. 이전에 살던 과일 장수가 남겨 두고 간 선반 위에는 고대의 모조 주물들이 진열되어 있었는데, 그 주물들 가장자리에는 차곡차곡 쌓이기 시작한 먼지들이 테를 두르고 있었다. 그곳은 세탁장처럼 축축했고, 바닥에서 젖은 찰흙의 희미한 냄새가 올라왔다. 조각가 아틀리에의 처참하기 이를 데 없는 광경, 그리고 이 직업에 고질적으로 따라다니기 마련인 불결함이 흰색이 덕지덕지 칠해진 정면의 창문을 통해 들어오는 희미한 빛으로 인해 더욱 두드러져 보였다.

"아니, 자네들 웬일인가!" 마우도가 큰 소리로 반겼다. 그는 애인 앞에 앉아서 파이프 담배를 피우는 중이었다.

마우도는 아직 스물일곱밖에 되지 않았는데도 나이에 비해 일찍 주름이 진 앙상한 얼굴과 작은 키의 사내로, 검고 뻣뻣한 머리카락이 그의 좁은 이마 위를 더부룩하게 덮고 있었다. 그리고 꽤나 못생긴 누런 얼굴 가운데 유독 어린아이같이 맑고 텅 빈 두 눈이 천진난만하게 웃고 있었다. 그는 플라상 석공의 아들로서, 그곳 박물관에서 여는 콩쿠르에서 대단한 성공을 거두었다. 그래서 그는 그 지방의 수상자로서, 4년 동안 매년 800프랑씩의 장학금을 받는 조건으로 파리에 왔다.* 그러나 그는 아무도 도와주는 사람이 없는 파리에서의 생활이 낯설기만 하였고, 파리 미술학교 시험에도 떨어져 아무것도 하지 않고 빈둥거리며 장학금만 까먹고 말았다. 그렇게 4년을 보내고 난 그는 먹고 살기 위해 성인상을 조각하는 상인에게 고용되어 하루에 열 시간씩 성 요셉, 성 로크, 막달라 마리아 등 교회 달력에 나오는 모든 성인을 조각해야 했다. 그러던 그가 다시 야심을 품게 된 것은 불과 여섯 달 전에 프로방스 지방의 고향 친구들을 만난 이후부터였다. 그는 친구들 가운데 가장 나이가 많았는데, 그들은 모두 요즘 완강한 혁명분자로 변한 지로 아주머니의 어린이 기숙학교에서 알던 사이였다.* 그런데 이 열정적인 예술가들과 교제하면서 그들의 격정적인 이론을 듣고 난 이후, 머릿속이 어지러워진 마우도는 거창한 야심을 품게 되었다.

"이런!" 클로드가 말했다. "대단한데!"

기분이 좋아진 조각가는 파이프를 입에서 떼고, 구름 같은 연기를 뿜어냈다.

"맞아! 그렇지? 난 여기다가 남들이 흔히 하는 것처럼 돼지기름을 붙이는 대신, 진짜 살을 붙일 거야. 진짜 여자 살을 말이야!"

"수영하는 여자인가 봐?" 상도즈가 물었다.

"아니, 여기에 포도나무 가지를 붙일 거야. 바쿠스의 무녀, 이제야 알겠나!"

갑자기 그 말을 듣자 클로드가 벌컥 화를 냈다.

"바쿠스의 무녀라니! 지금 우릴 놀리는 거야! 바쿠스의 무녀 같은 게 있기나 해? 포도 따는 여자겠지, 안 그래? 그게 바로 요즘의 포도 따는 여자가 아니고 뭐야. 무슨 얼어 죽을 놈의 바쿠스의 무녀야! 그 여자가 누드이기 때문에 자네가 연연하는 것은 잘 알겠어. 그렇다면 옷을 벗은 여자 농부를 만들면 되잖아. 그 존재를 실제로 느낄 수 있어야 하고 진짜로 살아 움직이는 사람이어야 한다고!"

어안이 벙벙해진 마우도는 클로드의 이야기를 괴로운 심정으로 듣고 있었다. 그는 클로드를 두려워했고, 힘과 진실을 이상으로 여기는 클로드의 예술관에 수긍하고 있던 터라 한술 더 떠서 이렇게 말했다.

"맞아, 맞아. 그게 바로 내가 이야기하려던 거야……, 포도 따는 여자. 이 여자는 틀림없이 살아 있을 테니 두고 봐!"

그때 상도즈는 이 거대한 찰흙더미를 돌다 말고, 가볍게 놀라는 소리를 냈다.

"아니! 이 엉큼한 셴!"

과연 그의 말대로 마우도의 조각 뒤에서 뚱뚱한 청년 셴이 조용히 그림을 그리고 있었다. 그는 조그만 종이 위에 불이 꺼진 녹슨 난로를 모사하고 있었는데,* 느린 몸동작으로 보나 구릿빛으로 그을린 단단한 황소 같은 목으로 보나, 영락없는 농부의 모습이었다. 얼굴 가운데 이마만 툭 튀어나와 두드러져서 고집스러운 데가 있어 보였고, 코는 너무 작아서 붉은 두 볼 사이에 파묻혀 보이지도 않았다. 거친 턱수염이 강해 보이는 턱을 가리고 있었다. 그는 플라상에서 2리외* 떨어진 생 피르맹 출신으로, 징병 검사를 받을 나이가 될 때까지 양치는 목동이었다. 그의 불행은 이웃에 사는 부르주아의 야심에서 비롯되었다. 왜냐하면 셴은 가끔 갖고 있는 칼로 나무뿌리를 깎아 지팡이를 만들곤 했는데, 그것을 본 예술 애호가 덕분에 대번에 재능 있는 목동이 되었기 때문이다. 마침 박물관 위원이었던 그 사람이 셴을 격찬하고 부추겨 미래에 대한 희망으로 쓸데없이 들뜨게 하는 바람에 결국 셴은 학업도, 콩쿠르도, 마을에서 주는 장학금도 계속하여 놓치고 말았지만, 결국 파리에 올라오고야 말았다. 가난한 농부인 그의 아버지는 그가 받은 1천 프랑의 유산을 아들에게 주며 파리에 가라고 독려하였고, 그는 그 돈으로 1년을 지내 보며 성공을 보장받으려 했다. 그는 1천 프랑으로 1년 반을 버텼지만, 이후 20프랑밖에 남지 않게 되자 친구 마우도의 집에 얹혀살 수밖에 없는 신세가 되었다. 그들은 같은 침대에서 잠을 잤고, 어두운 가게 뒷방 구석에서 함께 빵을 나누어 먹었다. 그들은 2주일 전에 빵을 미리 사 놓곤 했는데, 그렇게 해야 빵이 딱딱하게 굳어서 많이 먹을 수 없기 때문이었다.

"이봐, 셴." 상도즈가 계속 말했다. "자네가 그린 이 난로는 정말 정교하군!"

셴은 아무 대답 없이, 수염 속에서 조용히 자랑스러운 미소를 지어 보였다. 그 미소 때문에 그의 얼굴이 한순간 태양처럼 빛났다. 그의 후원자는 어떻게 해서라도 그를 예술가로 만들어 보려고 목수 일에 소질을 보이는 그를 부추겨서 화가가 되도록 유인했으니, 어리석음의 극치라 아니할 수 없었다. 셴은 마치 벽을 바르듯이 그림을 그렸는데, 아무리 밝고 투명한 색이라도 진흙과 같이 둔탁하게 만들어서 색깔을 모두 망쳐 놓았다. 그의 그림은 서툴렀지만 정확성만큼은 놀랍도록 훌륭했다. 그는 세상에 태어나서 어릴 적에나 좋아하는 그런 초보 단계의 단순, 정확성을 지니고 있었고, 하찮은 세부에 신경을 썼다. 원근법이 맞지 않는 그의 난로는 무미건조하고 정확했으며, 진흙의 침울한 색조를 지니고 있었다.

클로드는 그림에 가까이 다가가 보고는 셴이 불쌍하다는 생각이 들었다. 그래서 엉터리 화가들에게 그토록 가혹하게 화를 내곤 하던 그도 셴에게는 칭찬의 말을 생각해 냈다.

"아! 아무도 자네에게 돌팔이라고는 말하지 못하겠는데. 적어도 자네는 자기가 느끼는 대로 그리니까. 그건 아주 좋은 점이지!"

그때 가게 문이 다시 한번 열리더니, 분홍빛 큰 코와 근시의 커다랗고 푸른 눈을 지닌 금발의 미남 청년이 들어오면서 소리를 질렀다.

"자네도 알겠지만, 저 옆집 약방 여자 말이야, 주제에 손님을 끌고 있어……. 그 얼굴을 하고!"

마우도만 빼고 모두 웃었다. 그는 매우 불쾌한 표정을 지었다.

"조리, 하여튼 자네 실수는 알아줘야 해." 상도즈가 새로 들어온 친구와 악수를 나누며 말했다.

"왜? 내가 무슨 말을 했다고? 마우도가 그 여자랑 같이 자기라도 했단 말이야?" 마침내 상황을 눈치챈 조리는 계속했다. "그래서! 그게 뭐 잘못이야! 여자 싫다고 할 사람이 어디 있어."

"자넨." 조각가는 다만 이렇게 응수할 뿐이었다. "자기 이야기를 하는 거 아니야? 그 여자가 자네 뺨의 살점을 뜯기라도 했나 본데."

모두가 다시 웃었고, 이번에 얼굴을 붉힌 것은 조리였다. 진짜 그는 얼굴에 두 줄의 깊은 손톱자국이 나 있었다. 플라상 치안 판사의 아들인 그는 여자를 밝혀 아버지를 실망시켰다. 조리의 방탕이 극에 달한 것은 파리에 가서 문학 공부를 하겠다는 핑계로 음악 카페 콩세르에서 노래하는 가수와 줄행랑을 친 일이었다. 여섯 달 전부터 이들은 카르티에 라텡의 싸구려 호텔에 투숙하고 있었는데, 만약 그가 처음 마주친 거리의 창녀와 몸이라도 섞고 온 날이면 그 가수는 사정없이 그의 얼굴을 할퀴어 놓았다. 그래서 조리의 얼굴에는 상처가 끊일 날이 없었다. 코피를 흘리거나 귀가 찢어져 있지 않으면 눈이 퍼렇게 멍들어 부어 있는 날이 허다했다.

결국 모두가 이야기를 나누게 되었는데, 유독 셴만이 황소 같은 고집으로 계속 그림을 그리고 있었다. 갑자기 조리가 「포도 따는 여자」의 초벌 작품에 감탄했다. 그 역시 풍만한 여성을 흠모하고 있던 터였다. 그는 플라상에서 밤잠을 설치게 하던 아름다운 푸줏간 여자의 풍만한 젖가슴과 엉덩이를 찬미하는 낭만적인 소네트로 문학계에 데뷔했다. 파리에서 그는 친구들을 만나 예술평을 쓰는 일을 시작했는데, 생계유지를 위해 「탕부르」라는 시시한 대중신문에 20프랑씩 받고 기사를 쓰고 있었다. 그런데 그가 쓴 기사 중에서 바로 다름 아닌 말그라 영감의 화랑에 전시되었던 클로드의 그림에 대한 평이 대단한 물의를 일으켰다. 왜냐하면 그는 평에서 "대중에게 사랑받는 화가"가 아닌 클로드를 격찬하며 그를 야외파라는 새로운 유파의 우두머리라고 선언했기 때문이었다. 언제나 철저히 실리주의자인 그는 자기에게 유리한 일이 아니면 그 어떤 일도 할 사람이 아니었다. 그의 평은 단지 친구들에게서 주워들은 이론을 되풀이한 것뿐이었다.

"두고 봐, 마우도." 그는 큰 소리로 말했다. "자네 기사가 신문에 날 테니, 자네 여인을 세상에 소개해야겠어……. 아! 이 기막힌 엉덩이 좀 봐! 이런 엉덩이를 한 번만 품에 안아 봤으면!"

그러고 나서 그는 갑자기 이야기 주제를 바꾸었다.

"그런데 말이야, 인색한 우리 아버지가 나에게 화해를 해오지 않았겠어. 아버진 내가 가문의 명예를 더럽힐까 봐 걱정이 되었나 봐. 그래서 매달 100프랑씩을 보내 주기로 했어. 그 돈으로 빚을 갚아야지."

"빚이라고? 자네 같은 사람이!" 상도즈가 웃음을 지으며 중얼거리듯 말했다.

사실은 조리도 아버지를 닮아 타고난 구두쇠여서 그의 인색함에 관한 이야기는 친구들의 변함없는 화젯거리가 되었다. 그는 심지어 여자들에게조차 돈을 지불하지 않았다. 그는 돈을 벌지도 않았지만, 그렇다고 빚을 지지도 않으면서 적당히 살림을 꾸려 나갔다. 이렇게 아무런 대가도 지불하지 않으면서 즐길 줄 아는 그의 타고난 기술은 끊임없이 속임수를 쓰기 때문에 가능한 것이었다. 또 그가 자라난 신앙심 깊은 가정환경은 그에게 스스로 저지른 잘못을 감추기 위해 늘 거짓말하는 습관을 가지게 만들었다. 그래서 그는 매사에 아무 소용없는 일에서조차 항상 거짓말을 달고 살았다. 그는 상도즈의 말에 마치 자기가 세상을 아주 오래 산 경험이 있는 현명한 노인이라도 되는듯이 썩 훌륭하게 대꾸했다.

"오! 자네들이 돈의 가치를 알 턱이 없지!"

그러자 다른 친구들이 일제히 그를 야유했다. 더러운 부르주아! 그리고 좀 더 심한 욕설이 오갔는데, 그때 유리창을 가볍게 두드리는 소리에 일단 소동은 진정되었다.

"아! 저 여자가 결국 성가시게 구는군!" 마우도가 화난 몸짓을 하였다.

"뭐야? 어떤 여자? 약방 여자?" 조리가 물었다. "들어오라고 해. 재미있을 것 같은데."

그런데 이미 문은 열렸고, 문턱에는 그들 모두가 그냥 친숙하게 마틸드라고 부르는 옆집의 자뷔유 부인이 서 있었다. 그녀는 서른의 나이였는데도 평평하고 바짝 마른 얼굴이 나이보다 늙어 보이게 했다. 눈은 색욕에 불탔고, 눈두덩엔 시퍼런 멍이 들어 있었다. 소문에 의하면 그녀를 키 작은 자뷔유에게 시집 보낸 것은 신부들이라고 했다. 그때까지만 해도 홀아비였던 자뷔유가 운영하던 약방은 신앙심이 깊은 이웃 덕분에 번성했다. 사실은 향의 냄새가 배어 있는 신비한 가게 안에 가끔씩 수단을 입은 어렴풋한 사제의 그림자가 보이곤 하였다. 수도원 같은 정적과 제의실(祭衣室) 같은 경건함이 약의 주입관이 즐비한 점포 안에 흐르고 있었다. 신앙심이 깊은 이들은 이곳에 들어와서는 마치 고해소에서와 같이 조용조용 말하고, 가방 속 깊이 관장기구를 구겨 넣은 후 눈을 내리뜨고 나갔다. 운이 없게도 주변에 유산의 소문이라도 퍼지게 되면, 사려 깊은 이들은 아마도 앞집의 포도주 상인이 일부러 꾸며 낸 이야기일 것이라고 믿었다. 홀아비가 장가를 들고 나서 약방은 쇠퇴하기 시작했다. 유리병들의 색이 점점 바래 갔고, 천장에 매달린 약초는 말라서 가루가 되어 떨어졌다. 누구보다도 약사 자신이 심하게 기침을 해 댔으며, 해골만 남을 정도로 비쩍 말라 갔다. 마틸드도 신앙을 갖고 있기는 했지만, 신실한 고객들은 이제 자뷔유가 별 볼 일 없어지니까 그녀가 젊은 남자들 앞에 공공연히 모습을 나타낸다고 생각하여 그녀를 점점 멀리하기 시작했다.

그녀는 재빨리 아틀리에 안을 살펴더니 잠시 꼼짝 않고 서 있었다. 독한 냄새가 방 안에 가득 퍼졌다. 그녀의 스커트에 밴 생약 냄새와 언제나 풀려 있는 지저분한 머리카락에서 나는 냄새였다. 심심하면서도 달콤한 접시꽃 냄새, 떫은 딱총나무 냄새, 쓴 대황 냄새가 났고, 특히 남자들의 코에다 대고 내뿜는 그녀의 뜨거운 숨결같이 이글거리는 후추향의 박하 냄새도 코를 찔렀다.

그녀는 놀라는 체하며 말했다.

"아, 어머나! 손님들이 계셨네요! 몰랐어요. 다시 올게요."

"그렇게 해요." 마우도가 매우 거북해하며 말했다. "밖에 나가야 하니까, 일요일에 포즈를 취해 주면 좋겠소."

클로드는 너무도 놀라 마틸드를 쳐다보고, 다시 「포도 따는 여자」를 쳐다보았다.

"뭐야?" 그가 소리쳤다. "자네에게 이 살점들의 포즈를 취해 주는 사람이 저 부인이란 말이야? 맙소사, 자네가 저 부인을 뚱뚱하게 만들었군!"

그러자 모두가 다시 웃기 시작했다. 그동안 조각가는 뭐라도 변명을 해 보려고 더듬거렸다. "아! 가슴이나 다리는 아니고, 다만 머리하고 손만. 거기에 약간의 참고할 것을 볼 뿐일세. 그 이상은 아니야."

그러나 이번에는 마틸드가 다른 사람들과 똑같이 큰 소리로 조심성 없이 웃었다. 이제 그녀는 당당히 안으로 들어와 문을 닫았다. 그녀는 여러 남자들 사이에 있는 것이 행복한지, 마치 자기 집에 들어온 것처럼 편안하게 그들을 스치면서 남자들의 냄새를 맡았다. 그녀가 웃느라고 입을 벌리자, 입 안으로 시커먼 목구멍과 몇 개의 빠진 이가 보였다. 그 모습이 바짝 마르고 그을린 피부와 합쳐져 그녀를 더욱 늙어 보이게 했고, 끔찍할 정도로 추해 보였다. 그녀는 첫눈에 살찐 암탉처럼 깔끔한 용모에 무언가를 기대하게 만드는 분홍빛의 큰 코를 지닌 조리가 마음에 드는 모양이었다. 그녀는 조리를 팔꿈치로 쿡 찌르며, 유혹해 보고 싶은 생각에서 갑자기 마우도의 무릎에 몸을 허락하는 여자의 자세로 앉았다.

"안 돼요. 일어나요." 마우도가 몸을 일으키며 말했다. "일이 있어요⋯⋯. 그렇잖아? 자네들이 말해 주게, 친구가 밖에서 우리를 기다리고 있다고."

그는 나가서 산책하자는 의미로 눈을 깜빡였다. 일동은 친구가 기다린다고 말하며, 양동이 속에 담가 놓아 젖어 있는 낡은 천을 꺼내어 「포도 따는 여자」를 덮는 일을 도왔다.

그러나 마틸드는 할 수 없다는 듯이 애석한 표정을 지을 뿐, 도무지 밖으로 나갈 생각을 하지 않았다. 그녀를 떼밀자 그대로 서서 자리를 옆으로 옮길 뿐이었다. 그림 그리기를 중단하고 있던 셴이 그림 위로 고개를 들어 소심한 자의 게걸스러운 식욕을 가득 담은 큰 눈으로 그녀를 놓치지 않고 바라보았다. 그때까지 그는 입을 열지 않고 있었다. 그러나 마우도가 세 친구들과 나가려 하자, 그는 결심이라도 한 듯 낮고 끈적거리는 목소리로 긴 침묵을 깨었다.

"돌아오나?"

"아주 늦게. 그러니 나 상관 말고 저녁 먹고 자게. 안녕."

그러자 셴은 점토더미와 물항아리로 가득한 습기 찬 가게 안에 마틸드와 단둘이 남게 되었다. 뜨거운 태양이 흰색 칠이 된 얼룩덜룩한 유리창 사이로 이 정돈되지 않은 비참한 방구석을 노골적으로 비추고 있었다.

밖으로 나온 그들은 클로드와 마우도가 앞장섰고, 나머지 두 친구는 그 뒤를 따라 걸었다. 상도즈가 조리에게 약방 여자와 잔 적이 있는 것 같다고 놀리자, 조리는 다시 한번 큰 소리로 주장했다.

"아! 아니야, 그녀는 끔찍해. 우리 모두의 어머니뻘은 되어 보이잖아. 그 입이야말로 이빨 빠진 늙은 개의 주둥이가 아니고 뭐야! 그 입으로 남편을 독살시키고 있는 것이 틀림없어."

그의 과장된 표현에 상도즈는 웃음을 터뜨렸다.

"됐네, 됐어. 자넨 별로 까다롭지 않잖아. 별 볼 일 없는 여자한테도 잘만 끌리던데."

"나? 아니면 지금 누구 이야기를 하는 거야? 우리가 나온 뒤에 그 여자가 셴을 덮쳤다는 걸 자네도 알잖아. 아! 추잡한 것들, 보나마나 그 짓거리를 하고 있겠지!"

클로드와 열띤 토론 속에 빠져 있는 것처럼 보이던 마우도가 갑자기 뒤를 돌아보며 끼어들었다.

"그러든 말든 상관없어!"

그는 이 말을 친구들에게 하고, 열 걸음 정도 더 걸어간 뒤에 어깨 위로 이런 말을 던졌다.

"어쨌든, 셴이 얼빠진 놈이지."

이제 그 이야기는 거기에서 그쳤다. 네 명의 친구는 넓은 앵발리드 대로를 마치 자기들이 차지한 길인 양 활개치고 걸어 다녔다. 그러다 보면 으레 길에서 만난 친구들이 합세하여 인원이 점점 불기 마련이었고, 마치 전쟁터에 출정이라도 하는 무리들같이 자유분방하게 행진을 했다. 이 스무 살 청년들은 그 건장한 어깨들로 도로를 점령했다. 그들이 함께 있으면 앞에서 팡파르가 울렸고, 그들은 파리를 한 손에 움켜쥔 후에 조용히 호주머니 속에 집어넣으면 되었다. 승리는 한 점의 의심 없이 자기들의 것이었다. 그들은 낡은 구두를 신고 해진 윗도리를 걸쳤지만 오히려 이런 가난을 우습게 여겼고, 오직 대가가 되려는 욕망에 불타오르고 있었다. 그렇기 때문에 또한 그 자기네가 하는 예술 외에는 모든 것을 조소했다. 즉 이 세상을 조소했고, 특히 정치 따위엔 관심이 없었다. 그런 더러운 것들이 무슨 소용이 있는가? 그런 곳에는 망령 든 노인들만이 있을 뿐이다! 그들은 이 지상에서 오직 예술가가 되겠다는 맹목적인 꿈에 사로잡혀 스스로 터무니없는 우월감에 들떠 있었고 사회 생활을 하는 데 요구되는 모든 것을 자발적으로 무시했다. 때문에 가끔씩 엉뚱한 짓을 저지르기도 했지만, 대부분은 이 열정으로 인하여 용감하고 강해질 수 있었다.

이제 클로드는 기운을 되찾았다. 그는 다 함께 공유하는 희망의 열기 속에서 다시 믿음을 가질 수 있었다. 아침에 그가 겪은 고통도 차차 희미해지면서 무감각해졌다. 그는 자신이 그리

고 있는 그림에 대해 다시 한번 마우도와 상도즈와 함께 상의
하면서, 그 다음날에는 반드시 그림을 찢어 버리겠노라고 맹세
했다. 근시가 매우 심한 조리는 지나가는 나이 든 부인들을 코
아래로 훔쳐보면서 예술 작품의 창작에 대한 이론을 설파했다.
즉 대상을 그 자체로 표현하되 처음 받은 인상대로 표현해야
한다는 이론으로, 그는 이 이론을 아직까지 한 번도 정정한 적
이 없었다. 네 사람 모두 토론에 열중하며 쉬지 않고 거리를 걸
어 내려왔다. 이 적당한 고요함과 끝없이 늘어선 아름다운 가
로수들이 논쟁을 하기에 더없이 적당한 장소로 느껴졌다. 그러
나 그들이 앵발리드 광장에 다다랐을 때 논쟁이 너무 격렬해져
그들은 그 넓은 장소의 한가운데에 멈춰 섰다. 클로드는 이성
을 잃고 조리에게 멍청이라고 소리쳤다. 자기 작품을 삼류 작
품으로 팔아넘기느니 차라리 찢어 버리는 게 낫지 않단 말인
가? 그들 곁에서 상도즈와 마우도도 번갈아 가며 큰 소리로 고
함을 질렀다. 지나가던 사람들은 근심 어린 눈으로 고개를 돌
려 보다가, 급기야는 곧바로 서로 물어뜯을 것처럼 으르렁거리
는 젊은이들 주위로 몰려들었다. 그러다가 그들은 하나의 소극
을 감상한 듯한 당황한 기색으로 돌아갔다. 왜냐하면 서로 물
어뜯던 젊은이들이 갑자기 더할 나위 없이 다정한 친구 사이로
돌아가, 버찌색 긴 리본이 달린 밝은 색 옷을 입은 간호사의 모
습에 감탄을 아끼지 않았기 때문이다. 아! 이럴 수가, 바로 저
거야. 저 색깔! 바로 저런 색을 내야 한다! 그들은 황홀감에 싸
여 눈을 반쯤 감고 간호사를 주사위의 5점 형태로 심은 나무 아

래까지 따라가다가, 돌연 잠에서 깬 사람들처럼 자기네들이 왜 그곳에 와 있는지 몰라 의아해했다. 앵발리드 광장은 남쪽으로만 멀리 앵발리드의 풍경이 보일 뿐 사방이 툭 틔어져 있었으며, 넓고 조용했기 때문에 그들 마음에 들었다. 그곳에는 몸을 움직일 수 있는 충분한 공간이 있었기 때문이다. 그들은 그곳에서 잠깐 숨을 돌렸다. 좁은 파리의 공기로는 젊은 그들의 야심에 부푼 가슴을 채우기에 턱없이 부족했다.

"어디로 갈까?" 상도즈가 마우도와 조리에게 물었다.

"글쎄, 우린 자네 뒤를 따라갈게. 어디로 갈래?" 조리가 대답했다.

클로드는 골똘한 시선으로 중얼거렸다.

"나도 잘 모르겠어⋯⋯. 저리로 가자."

그들은 오르세 부두 쪽으로 방향을 바꾼 후 콩코르드교까지 올라갔다. 그런데 의회 앞에 온 화가는 화가 나서 소리쳤다.

"에잇, 더러운 건물!"

그러자 조리가 말했다.

"며칠 전에, 쥘 파브르*가 유명한 연설을 했지. 그래서 루에*가 화가 좀 났더군."

그러나 나머지 세 친구가 조리의 이야기를 막았고, 다시 논쟁이 시작되었다. 그게 누군데, 쥘 파브르? 루에는 또 누구야? 그런 놈들이 존재하기나 했어? 바보들, 죽고 나서 10년 후엔 아무도 그들에 대해 말하지 않을걸! 그들은 다리를 건넜고, 한심하다는 듯이 어깨를 으쓱했다. 그러자 그들은 콩코르드 광장 한

가운데에 다다르게 되었고, 아무도 입을 열지 않았다.

"여기에 있자." 마침내 클로드가 선언했다. "여기가 좋아."

오후 네 시였다. 아름다운 하루가 태양의 찬란한 가루 속에서 저물어 가고 있었다. 오른쪽으로는 마들렌 교회까지, 또 왼쪽으로는 의사당까지 건물들의 선이 저 멀리까지 줄지어 서 있어 하늘에 닿을 듯이 윤곽을 뚜렷이 드러내고 있었다. 한편 튈르리 공원은 키가 큰 마로니에들의 둥근 꼭대기로 겹겹이 둘러져 있었다. 또한 양쪽 인도의 두 녹색 경계선 사이에 샹젤리제가가 시야에서 사라질 정도로 아득히 높이 올라가고 있었고, 그 끝에 무한을 향해 입을 크게 벌리고 있는 개선문이 보였다. 두 줄기 강물과도 같은 사람들의 물결과 수레들의 생생한 소용돌이, 그리고 멀어지는 마차들의 파도가 거기에 흐르고 있었다. 프레임의 반사와 램프 유리의 반짝임이 흰 거품이 이는 듯했다. 저 아래에, 거대한 인도와 호수처럼 넓은 차도의 끝에 있는 광장은 사방에서 오가는 수레바퀴들의 번쩍임과 검은 점으로 보이는 사람들로 가득 차 끊임없는 물결로 채워지고 있었다. 그리고 두 개의 분수에서는 이러한 삶의 열기를 식혀 주는 시원한 물줄기가 뿜어져 나오고 있었다.

클로드는 전율하며 외쳤다.

"아! 파리……, 이건 우리 꺼야. 이걸 잡기만 하면 돼."

네 사람 모두 열정에 몸을 떨었고, 욕망으로 이글거리는 눈을 부릅떴다. 그들은 이 길의 꼭대기에 서서 이미 영광을 들이마신게 아닐까? 파리는 바로 그들의 손이 닿을 만한 곳에 있었다.

그들은 그것을 차지하고 싶었다.

"자! 우리가 저걸 갖는 거야." 상도즈가 단호한 태도로 말했다.

"물론이지!" 마우도와 조리도 간단히 대꾸했다.

그들은 다시 걷기 시작했다. 이리저리 떠돌다 보니 마들렌 교회 뒤에 와 있어, 트롱쉐가를 따라 걸었다. 아부르 광장에 다다랐을 때, 갑자기 상도즈가 큰 소리로 말했다.

"그러니까 우리가 지금 보드캥으로 가고 있는 거 아니야?"

다른 친구들도 깜짝 놀랐다. 정말이었다! 그들은 보드캥으로 가고 있었다.

"오늘이 무슨 요일이지?" 클로드가 물었다. "응? 목요일이네. 어쩌면 파주롤과 가니에르도 지금쯤 거기에 있겠는데……. 보드캥으로 가 보자."

그래서 그들은 암스테르담가를 거슬러 올라갔다. 그들은 이제 파리를 횡단했는데, 그들이 좋아하는 긴 산책 코스 중 하나였다. 하지만 그들은 다른 코스도 즐겨 걸어 다녔다. 예를 들면 어떤 때는 부두를 따라 쭉 걷기도 했고, 생 쟈크 항구에서부터 물리노까지 성벽을 따라 걷기도 했으며, 또 어떤 때는 외곽 도로로 우회하여 페르 라 셰즈까지 가기도 했다. 그들은 거리와 광장, 사거리를 휩쓸며 다리의 힘이 남아 있을 때까지 하루 종일 돌아다녔다. 그들은 건물 외벽이 울릴 정도로 자기들의 주의 주장을 큰 소리로 외침으로써 그 구역을 하나씩 점령하려는 듯이 보였다. 그렇게 하면 도로는 자기네 것이 되는 것 같았다. 그들은 자기네의 구둣발에 밟힌 이 모든 도로, 이 오랜 전쟁터에서 올라오는 나른한 황홀감에 취하여 노곤해지곤 했다.

카페 보드캥*은 바티뇰 대로 위에, 다르세가로 꺾어지는 지점에 자리하고 있었다. 가니에르 혼자만이 그 동네에 살고 있을 뿐, 별 뚜렷한 이유도 없었는데 그들은 이곳을 만남의 장소로 정했다. 그들은 그곳에서 매주 일요일 저녁마다 정기적으로 모였다. 그리고 목요일 다섯 시쯤에는 시간 나는 사람들끼리 잠깐씩 모이는 것이 관례였다. 그날은 화창한 날씨 때문에 차양을 친 밖의 작은 테이블 모두가 사람들로 꽉 찼고, 두 줄로 배열된 손님들이 인도를 가로막고 있었다. 그들은 바글거리는 인파 속에 휩쓸리기 싫어서 사람들을 밀치고 한산하고 서늘한 실내로 들어갔다.

"저 봐! 파주롤이 혼자 앉아 있잖아!" 클로드가 소리쳤다.

클로드는 그들이 늘 앉는 구석의 왼쪽 자리로 가서 마르고 창백한 청년과 악수를 나누었다. 그는 소녀처럼 예쁘장한 얼굴에 반짝이는 회색 눈을 하고 있었다. 눈매는 귀엽기는 했지만 어딘가 빈정거리는 데가 있었고, 싸늘한 빛이 감돌았다.

모두가 자리에 앉아 맥주를 주문하자 클로드가 말을 꺼냈다.

"내가 자네를 찾으러 아버지 댁에 갔던 것 알고 있지……? 아주 친절하게 맞아 주시더군!"

파주롤은 깡패같이 불량스러운 태도를 꾸며 내며 자기의 넓적다리를 치면서 말했다.

"아! 그 영감 때문에 내가 미치겠어! 오늘 아침에도 한바탕하고 나서 도망쳐 나왔네. 글쎄 나더러 그 원수 같은 아연에 뭘 좀 그리라잖아! 미술학교에서 하는 아연만으로도 지긋지긋한데."

이렇게 쉽게 농담하듯이 미술학교의 스승을 헐뜯는 소리가 친구들을 즐겁게 했다. 파주롤은 이런 식으로 비겁하게 끊임없이 누군가를 헐뜯고 칭찬하면서 친구들을 웃겼고 그들의 환심을 사려고 했다. 그는 시선을 한 사람에게서 다른 사람으로 옮겨 가며 음산한 미소를 지었다. 그는 길고 유연한 손가락으로 타고난 솜씨를 날렵하게 발휘하여, 탁자 위에 떨어진 맥주 방울들을 정교하게 스케치했다. 그는 예술을 아주 쉽게 생각했고, 손재주만 있으면 성공할 수 있다고 믿는 사람이었다.

"그런데 가니에르는?" 마우도가 물었다. "자네, 가니에르 못 봤나?"

"아니, 한 시간 전부터 이곳에 있었는데 못 봤는걸."

그러나 조리는 말없이 팔꿈치로 상도즈를 쿡 찌르며, 홀의 구석 테이블에 신사와 같이 앉아 있는 여자를 고개로 가리켰다. 그 외의 손님이라곤 카드놀이를 하고 있는 두 명의 군인뿐이었다. 그 여자는 아직 어린 티를 벗지 못한 전형적인 파리 여자로, 나이 열여덟의 아직 덜 익은 풋과일처럼 앙상했다. 짧은 금발 머리가 앞으로 쏟아져 내려와 조그만 코를 덮고 있었고, 웃고 있는 커다란 입은 분홍빛 볼 안에 감추어져 있었기 때문에 흡사 한 마리 복슬강아지 같았다. 심각한 태도로 마디라산 포도주를 마시는 남자 곁에서 그녀는 삽화가 들어 있는 신문을 뒤적이고 있다가 신문 위로 1분마다 그 친구들의 무리를 향해 장난스러운 시선을 던졌다.

"어때? 예쁜 것 같지 않아!" 몸이 달기 시작한 조리가 작은 소리로 말했다. "도대체 누구에게 관심이 있는 거야? 나를 쳐다 보고 있잖아."

갑자기 파주롤이 불쑥 끼어들었다.

"에잇! 분명히 말하겠는데, 까불지들 마, 내 거니까! 내가 자네들을 기다리느라고 여기에 한 시간씩 앉아 있었다고 생각하 는 것은 설마 아니겠지!"

다른 친구들이 모두 웃었다. 그러자 아주 작은 소리로 파주롤 은 친구들에게 이르마 베코의 이야기를 해 주었다. 오! 정말로 재미있는 여자였다. 파주롤은 이미 그녀에 대해서 훤히 꿰뚫고 있었다. 그녀는 몽토게유가의 식료품상의 딸로, 열여섯 살이 될 때까지 근처의 학교를 다녔기 때문에 읽기와 쓰기, 셈을 할 줄 알았으며 성인전에 대해서도 배워서 어느 정도 알고 있었다. 그녀는 두 자루의 렌즈콩 포대 사이에서 숙제를 했고, 가게의 헛간이나 소란스러운 길 위에 살면서 그곳에서 그녀의 교육은 완성되었다. 머리카락 가리개도 쓰지 않은 하녀들에게 5수어 치의 그뤼예르 치즈를 저울에 달아 주고 있는 동안, 이웃 사람 들의 추잡한 행동에 대해 그녀들이 쑥덕거리는 험담을 듣고 인 생을 배웠다. 어머니가 세상을 떠나자 아버지 베코는 하녀들과 동침을 했다. 여자를 구하기 위해 굳이 밖에 나갈 필요가 없는 매우 합리적인 생각이었다. 그러다 보니 그는 점차 여색에 빠 지게 되어 점점 더 많은 여자를 필요로 하게 되었다. 곧 그의 식 료품 가게는 기울기 시작했고, 채소들 또한 시들어 갔으며, 병과 사탕을 넣어 두는 서랍에는 먼지가 앉았다. 이르마는 여전히 학교에 다니고 있었는데, 어느 날 저녁 가게 문을 닫을 때 가게를 보던 점원이 무화과 바구니 위에서 그녀를 덮쳤다. 여섯 달 뒤에 가게는 파산했고, 아버지마저 뇌출혈로 쓰러져 세상을 떴기 때문에 그녀는 자기를 구박하는 가난한 아주머니 집에 몸을 의지할 수밖에 없었다. 이르마는 앞집에 사는 청년과 세 번씩이나 도망쳤다가 다시 돌아오곤 했는데, 어느 화창한 날 아주 집을 나가 들어오지 않고 몽마르트와 바티뇰의 선술집들을 전전했다.

"창녀군!" 클로드가 경멸하는 태도로 중얼거렸다.

갑자기 그녀와 함께 앉아 있던 신사가 일어나서 그녀에게 뭐라고 나지막하게 말을 하더니 나갔다. 남자가 사라지는 것을 보고 있다가, 그녀는 갑자기 학교를 빼먹고 도망치는 아이처럼 쏜살같이 달려와 파주롤의 무릎 위에 앉았다.

"응? 자기도 보다시피 정말 성가신 작자야! ······빨리 키스해 줘, 그 사람이 돌아오기 전에."

그녀는 파주롤과 입을 맞추었고, 그의 술잔에 담긴 술을 마셨다. 이어 그녀는 다른 사람들과도 인사를 나눈 후 상냥하게 웃어 보였다. 그녀는 예술가들이 돈이 없어 스스로의 힘으로 여자를 부양할 수 없다는 점을 아쉬워했지만, 예술가들을 연모했다.

조리는 흥분하여 이글거리는 눈을 그녀에게서 떼지 못했는데, 그런 조리가 특히 그녀의 마음에 든 것 같았다. 조리가 담배를 피우자 그녀는 그의 입에서 담배를 빼앗아 자기의 입으로 가져갔고, 개구쟁이처럼 쉬지 않고 재잘거렸다.

"당신들은 모두 화가죠. 아! 그것 참 재미있있네요! 그런데 저기 세 사람은 왜 저렇게 뿌루퉁한 표정을 짓고 계세요? 좀 재미있게 웃어 봐요, 내가 간지럽힐까 봐, 정말! 두고 봐요!"

사실, 상도즈와 클로드, 마우도는 어이가 없어서 그녀를 근엄하게 바라보고 있었다. 그러나 그녀는 귀를 곤두세우고 있다가, 자기 남자가 돌아오는 소리를 듣고는 파주롤의 코에다 대고 황급히 말했다.

"당신이 원하면 내일 저녁때 와요. 맥주홀 브레다'로 날 데리러 와요."

그리고 그녀는 축축하게 젖은 담배를 다시 조리의 입에 물린 후, 희극 배우처럼 우스꽝스럽게 찌푸린 얼굴을 하고 팔을 내저으며 큰 걸음으로 성큼성큼 내뺐다. 그래서 그 신사가 돌아왔을 때 그녀는 더 심각하고 파리한 얼굴로 조금 전처럼 삽화가 있는 신문의 똑같은 그림을 계속 보고 있었다. 신사는 그녀가 꼼짝하지 않고 자리를 지키고 있었다고 여겼다. 이 우스운 장면이 너무도 빨리, 순식간에 일어나서 장난기가 많은 두 군인은 카드를 섞으며 배가 터져라 웃기 시작했다.

이르마는 모든 사람을 사로잡았다. 상도즈는 그녀의 이름 베코가 소설에 아주 적합하다고 했고, 클로드는 그녀가 혹시 모델을 서 줄 수 있겠느냐고 물었다. 그런가 하면 마우도는 그녀를 개구쟁이 소년같이 보고, 소형 입상을 만들면 틀림없이 잘 팔릴 거라고 했다. 곧 그녀는 신사의 등 뒤에서 손가락으로 테이블 전체에게 키스를 보내는 시늉을 하며 나가 버렸는데, 그 키스 세례에 조리는 그만 후끈 달아오르고 말았다. 그러나 파주롤은 그녀를 빌려주고 싶어 하는 눈치가 아니었다. 그는 그녀가 자기처럼 거리에서 자라난 아이라는 점을 확인하는 게 즐거웠고, 길거리에서 풍기는 타락의 냄새에 끌렸는데, 그것은 바로 다름 아닌 자기 자신에게서 나는 냄새이기도 했다.

다섯 시가 되었고, 그들은 맥주를 더 시켰다. 이웃 주민들이 옆 좌석에 앉아 있었다. 이 소시민들은 한쪽 구석에 앉아 있는 예술가들을 곁눈으로 흘끗거리며 조소와 불안한 존경의 시선을 보냈다. 이미 그들은 사람들에게 잘 알려져 있었고, 하나의 전설이 시작되고 있었다. 그들은 이제 일상적인 대화에 들어갔다. 예를 들면 날씨가 덥다든가, 오데옹으로 가는 승합 마차에서 자리를 잡기가 어렵다는 이야기, 어느 술집에 가면 진짜로 맛있는 고기를 먹을 수 있다는 이야기가 오갔다. 누군가 뤽상부르 박물관에 얼마 전에 걸어 놓은 아주 형편없는 그림들의 가격에 대한 화제를 꺼냈지만 모두가 그 그림들은 액자 값만도 못하다는 데 동감했다. 이어 그들은 입을 다물고, 담배를 피우며 아주 가끔씩 몇 마디만 주고받으면서 동의의 미소를 지을 뿐이었다.

"아 참!" 드디어 클로드가 말문을 열었다. "가니에르'가 올 텐데, 기다릴까?"

모두가 반대했다. 그들은 모두 가니에르에게 지쳐 있었다. 게다가 그는 수프를 먹을 때쯤에야 나타날 것이 틀림없었다.

"그럼, 가세." 상도즈가 말했다. "오늘 저녁엔 양의 넓적다리 고기야, 시간에 맞춰 가자고."

각자 자기가 먹은 술값을 지불하고 나왔다. 그러자 카페 안이 술렁거렸다. 화가로 보이는 젊은 청년들이 클로드를 가리키며, 마치 야만스러운 패거리의 무시무시한 우두머리가 지나가는 걸 보기라도 하듯이 수군거렸다. 이렇게 된 이유는 조리의 그 유명한 기사 때문이었다. 많은 사람이 이들에게 야외파라는 명칭을 붙여 주었고, 이 친구들 역시 그것을 단순히 재미로 받아들이고 있었다. 그래서 농담 삼아 카페 보드캥은 자기네들이 혁명의 산실로서 그곳을 선택한 것이, 얼마나 영광일 것이냐며 큰소리를 치며 즐거워했다.

거리로 나오니, 그들은 파주롤까지 합세하여 모두 다섯 명이 되었다. 그들은 정복자의 여유 있는 태도로 천천히 파리를 다시 거슬러 횡단했다. 무리의 수가 많아지면 많아질수록 그들은 더욱 넓게 길을 차지했고, 길 위의 뜨거운 삶의 열기를 자신들의 발꿈치로 휩쓸어 갔다. 그들은 클리쉬 대로를 내려와 쇼세 당탱가를 따라 걷다가 리슐리외가로 접어들었고, 학사원을 욕하며 퐁데자르를 가로질러 센강을 건너자, 드디어 센가를 통해 뤽상부르 공원이 나타났다. 그곳에서 그들은 세 가지 화려한 색으로 눈길을 끄는 순회 서커스 공연의 현란한 광고 포스터를 보고 감탄사를 연발했다. 저녁이 되고, 행인의 흐름이 느려지자, 지친 이 도시는 자기를 정복할 수 있는 가장 힘 센 사내에게 몸을 맡길 만반의 준비가 된 채 어둠이 오길 기다리고 있었다.

앙페가에 다다르자 상도즈는 네 명의 친구들을 자기 집에 들어가게 한 다음 어머니의 방으로 사라졌다. 그는 몇 분 동안 그곳에 머문 후, 그 방에서 나올 때면 언제나 그랬던 것처럼 말없이 온화하고 다정한 미소를 지으며 친구들에게 돌아왔다. 그러자 곧 그의 작은 거처에서는 웃음소리와 논쟁하는 소리, 고함소리로 인해 귀가 멍멍할 정도의 소음이 울려 퍼졌다. 상도즈는 직접 가정부 일을 도왔는데, 그녀는 불평을 하며 화를 냈다. 벌써 일곱 시 반이었고, 양의 넓적다리 고기가 말라 있었기 때문이었다. 다섯 명이 둘러앉아 매우 맛있게 만들어진 양파 수프를 이미 다 먹은 참인데, 새로운 식객이 나타났다.

"오! 가니에르!" 일동이 일제히 소리를 질렀다.

작은 키에 정신 나간 듯한 모습의 가니에르는 황금색의 턱수염이 제멋대로 난 놀란 인형 같은 표정으로 잠시 동안 문턱에 서서 초록색 눈을 깜빡이고 있었다. 그는 물룅* 출신의 대부르주아의 아들로, 그의 아버지는 최근에 그에게 두 채의 집을 물려주었다. 그는 퐁텐블로 숲 속에서 혼자 그림을 연구했으며, 훌륭한 의도로 양심적인 풍경화를 몇 점 그렸다. 그러나 그의 진정한 열정은 음악에 있었고, 음악광인 그의 머릿속에서 타오르는 격정이 이 친구들과 마음을 통하게 해 주었다.

"내가 너무 늦었나?" 그가 조용한 목소리로 물었다.

"아니, 아니야. 어서 들어와!" 상도즈가 소리쳤다.

"아예 뒤뷔슈의 접시도 놓으면 어떨까?" 클로드가 말했다. "나한테 오겠다고 했어."

그러나 뒤뷔슈는 사교계 여자들을 만나고 다닌다는 야유를 받고 있었다. 조리는 뒤뷔슈가 마차에서 어떤 나이 많은 부인과 그녀의 딸인 듯한 여자에게 양산을 받쳐 주고 있는 모습을 본 적이 있다고 말했다.

"이렇게 늦다니 어디서 오는 길인가?" 파주롤이 가니에르에게 물었다.

가니에르는 수프를 떠서 먹으려다 말고 수저를 다시 수프 접시 속에 담그면서 말했다.

"랑크리가에서 오는 길이네. 알다시피 거기에 실내악을 연주하는 곳이 있잖아. 흠! 자네들은 슈만이 어떤지 상상도 못할걸! 그것은 마치 목 언저리에 뿜어 대는 여인의 숨결을 머리 뒤에서 느끼는 기분이지. 그래 맞아, 입맞춤보다 더 추상적이고, 애무하듯이 가볍게 스치는 숨결이라고나 할까……. 정말로, 영혼이 몸에서 빠져나가는 것 같은……."

어느새 그의 두 눈은 젖어 있었고, 너무도 강렬한 기쁨에 얼굴이 창백해졌다.

"자, 수프나 들어." 마우도가 말했다. "이야기는 나중에 하고."

가오리 요리가 나왔다. 가오리가 조금 싱거운 사람은 검은 버터에 식초를 섞은 소스를 치기 위해 식초병을 달라고 했다. 모두들 왕성한 식욕으로 열심히 먹었고, 빵은 금세 바닥났다. 그러나 포도주만큼은 물을 잔뜩 섞어 마셨는데, 경비를 줄이려는 모두의 암묵적인 배려에서였다. 양의 넓적다리 고기가 나왔을 때는 일제히 환호성이 터져 나왔다. 집 주인이 고기를 썰기 시작했는데, 바로 그때 문이 다시 열렸다. 그러나 이번에는 격렬한 항의가 쏟아졌다.

"안 돼, 안 돼, 못 들어와! 배신자는 꺼져라!"

뛰어오느라고 숨을 헐떡이던 뒤뷔슈는 야유를 받자 당황하여 새하얗게 된 커다란 얼굴을 디밀고 더듬거리며 변명했다.

"맹세코 정말, 마차 때문일세……. 샹젤리제에서 마차를 다섯 대나 놓쳤어."

"아니, 아니야, 거짓말이야! 꺼져 버려. 자네 먹을 양고기는 없어! 나가라, 나가라!"

결국 그는 들어왔는데, 그러고 보니 아주 말쑥하게 차려입고 있었다. 검은 바지에 검은 프록코트를 걸치고 넥타이에 구두, 핀까지 완전히 시내에 저녁 먹으러 나온 부르주아의 연미복 차림이었다.

"저런! 초대를 받지 못했군." 파주롤이 유쾌하게 떠들었다. "자네들도 알겠지. 여자들이 아무도 그를 붙잡지 않은 거야. 그래서 어디로 가야 할지 모르니까 양고기를 먹으러 우리한테 온 거지!"

그는 얼굴을 붉히며 더듬거렸다.

"아니! 뭔 소리를 하는 거야! 너무하잖아! 제발…… 입들 좀 닥쳐!"

나란히 앉아 있던 상도즈와 클로드가 웃었다. 상도즈가 뒤뷔슈에게 손짓하며 와서 앉으라는 표시를 보냈다.

"자, 어서 그릇이나 갖고 와. 거기에 포도주 잔하고 접시가 있네. 그리고 우리 둘 사이로 와서 앉게. 조금 있으면 잠잠해질 테지."

그러나 양의 넓적다리 고기를 먹고 있는 내내 야유는 계속되었다. 그는 섭섭한 기색도 없이 가정부가 수프와 가오리를 새로 가져오자 자신도 농담에 가세했다. 그는 매우 굶주린 사람처럼 게걸스럽게 빵으로 접시를 닦아 가며 먹으면서, 건축가라는 이유로 자기에게 딸을 주기를 거절한 어떤 엄마의 이야기를 늘어놓았다. 그들은 매우 소란스럽게 저녁 식사를 마쳤고, 제각기 떠들어 대기 시작했다. 유일한 디저트로 나온 브리 치즈는 대단한 인기를 얻었고, 그들은 그것을 남기지 않고 다 먹어 치웠다. 하마터면 빵도 모자랄 뻔했다. 포도주는 진짜 많이 모자라서 모두가 물을 탄 포도주를 단숨에 들이켜고는, 입맛을 쩝쩝 다시면서 한바탕 웃음을 터뜨렸다. 그러고는 얼굴들이 벌개져서 아주 잘 먹고 난 다음에 느껴지는 기분 좋은 포만감을 안고 침실로 자리를 옮겼다.

상도즈는 이런 즐거운 저녁 모임을 손수 마련했다. 그는 아무리 가난했던 시절에도 비록 포토프* 한 그릇일지언정 친구들과 나누어 먹었다. 그는 의기투합할 수 있는 친구들이 모여 우정을 나누는 게 기뻤다. 비록 나이는 같았지만, 자기 집에 친구들을 초대하여 그들을 바라볼 때는 아버지와도 같이 애정을 가득 담은 행복한 시선으로 바라보곤 했다. 친구들은 그의 집에서 서로 손을 맞잡고 앞날의 희망에 취해 있었다. 그의 집에는 객실이 따로 없었기 때문에 그들은 그의 침실을 차지했다. 장소가 협소해서 두세 명은 그의 침대에 걸터앉아야 했다. 더운 여름밤에 창문은 밖을 향해 활짝 열려 있었고, 밝은 달밤에 생 쟈크 뒤 오 파 교회의 종탑과 농아원의 나무가 만드는 두 개의 검은 그림자가 집 안을 드리웠다. 돈에 여유가 있을 때에는 맥주가 나왔고, 담배는 각자 자기의 몫을 가져 왔으므로 방 안은 금세 담배 연기로 꽉 찼다. 그들은 외딴 동네의 외롭고 깊은 정적 속에서 밤이 이슥하여 서로의 얼굴이 보이지 않을 때까지 이야기를 나누었다.

그날은 아홉 시가 되자 가정부가 와서 말했다.

"일을 마쳤는데 가도 될까요?"

"네, 가세요. 물을 끓여 놓고 가시는 것 잊지 않으셨죠? 내가 차를 탈게요."

상도즈는 일어나서 가정부를 따라 나갔다가 한 15분쯤 지나서야 돌아왔다. 틀림없이 어머니에게 인사를 드리고 왔을 것이다. 그는 매일 저녁 어머니가 잠들기 전에 어머니의 잠자리를 보살폈다.

벌써 목소리들이 커져 있었고, 파주롤이 이야기하는 중이었다.

"맞아, 친구들, 미술학교에서는 모델을 수정한다네. 언젠가는 마젤*이 내게 다가오더니 '두 다리의 균형이 틀렸네' 하고 말하더군. 그래서 내가 말했지. '직접 보세요. 그렇게 생겼잖아요.' 모델은 자네들도 잘 아는 키 작은 플로르 보샹이었어. 마젤은 화가 엄청 나서 내게 이렇게 소리를 지르더군. '만약 그녀가 그렇게 생겼다면 그건 그녀가 틀린 거야' 하고 말일세."

모두가 떼굴떼굴 구르며 웃었다. 특히 클로드가 더 즐거워했다. 파주롤은 언제부턴가 클로드의 영향을 받고 있었고, 그의 환심을 사기 위해 일부러 그 이야기를 꺼낸 것이었다. 그는 여전히 마술사의 손재주로 그림을 그리고 있었지만 언제 그랬냐는 듯 탄탄하고 견고한 그림들, 있는 그대로의 생생하고 들끓는 자연을 캔버스에 그대로 던져 놓은 그림들에 대해서만 언급하였다. 그렇다고 다른 자리에서 야외파 화가들을 아는 체하며 허풍을 떨지도 않았다. 그는 그들이 물감을 부삽으로 부어 그림에 떡칠을 한다고 흉을 보았다.

우직한 성격의 뒤뷔슈는 웃지 않고 있다가 언짢아하며 용감하게 대꾸했다.

"거기가 그렇게 아둔하게 생각된다면 왜 자네는 미술학교에 남아 있는 거야? 간단해, 나가면 되잖아……. 오! 내가 미술학교를 옹호한다고 해서 자네들이 나를 못 마땅해하는 걸 잘 알고 있네. 하지만 만약 어떤 직업을 갖기 위해선 먼저 그것을 배워야 한다는 게 내 소신이야."

격렬한 고함들이 오갔기 때문에 그 소리들을 진정시키기 위해서는 클로드의 권위가 필요했다.

"그의 말이 맞아. 직업을 가지려면 배워야겠지. 다만, 자네들의 머릿속에 자기네들의 관점을 쑤셔 넣기 위해 회초리를 휘두르는 선생에게서 그것을 배우는 게 좋지 않다는 것뿐이야. 그얼간이 같은 마젤! 플로르 보샹의 다리가 균형이 잡혀 있지 않다고 말해 줘! 자네도 봤잖아, 그 놀라운 다리를, 그렇지 않아?

그 여자를 속속들이 말해 주는 다리, 그녀의 방탕함을 충분히 설명하고도 남는 다리!"

그는 앉아 있던 침대에 벌렁 드러누우며, 허공을 응시한 채 열에 들뜬 목소리로 하던 말을 계속했다.

"아, 생명! 생명이여! 그것을 느끼는 것, 그리고 그것을 현실로 되돌려 놓는 것, 그것을 그 자체로 사랑하는 것, 거기서 영원하면서도 변해 가는 진실한 아름다움만을 보는 것, 그것을 거세하여 고상하게 만들려는 어리석은 생각을 피하는 것, 소위 추함이라는 것도 오직 여러 특성들 중의 돌출된 한 부분 일뿐임을 이해하는 것, 모든 것에 생명을 부여하는 것, 그리고 인간을 만드는 것, 그것이 신이 되는 유일한 길이야!"

그는 자신의 신념을 되찾았다. 파리를 가로지르며 쏘다니다 보니 그는 정신이 번쩍 들었고 다시 한번 생생한 육체에 대한 정열에 사로잡혔다. 다른 친구들은 조용히 그의 말을 경청했다. 그는 열변을 토하다가 이어 잠잠한 목소리로 말했다.

"하긴! 누구든 자기의 생각이 있을 수 있네. 하지만 곤란한 일은 학사원의 나리들이 우리들보다 더 너그럽지 못하다는 점이야. 살롱전 심사위원들이 다 그들로 구성되어 있으니, 확신하건대, 그 바보 같은 마젤이 내 그림을 뽑아 줄 리 없겠지."

이 이야기가 나오자, 제각기 저주를 퍼부어 대기 시작했다. 왜냐하면 심사위원의 문제는 언제나 분노를 자아내는 영원한 주제였기 때문이다. 모두가 개혁을 주장했고, 각자가 해결안을 준비해 놓고 있었다. 그 내용에 있어서도 심사위원을 전적으로 자유로운 일반 선거를 통해서 뽑아야 한다는 의견에서부터 원하는 사람은 누구나 작품을 출품할 수 있도록 살롱전을 완전히 개방해야 한다는 의견까지 다양했다.

다른 친구들이 토론에 열을 올리고 있는 동안, 가니에르는 마우도를 열려 있는 창문 앞으로 데리고 가서 어둠 속을 멍하니 응시하며 꺼져 가는 목소리로 속삭였다.

"오! 별게 아니야. 들어 보게, 단지 음악의 네 마디 안에 던져진 인상일 뿐이거든. 그런데 그 안에 무엇이 들어 있는지 알아! 난 우선 그것이 아련히 사라지는 풍경화 같으네. 나무는 보이지 않고 그림자만 보이는 어느 울적한 길의 한 모퉁이, 그런데 그 길 위로 어떤 여인 한 명이 지나가지. 그 여인은 윤곽만 간신히 보여. 그리고 여인은 가 버리고, 다시는 만날 수 없네. 다시는, 결코……."

그때 파주롤이 큰 소리로 물었다.

"그런데 가니에르, 자네는 올해 살롱전에 무얼 출품할 건가?"

가니에르는 그 소리를 듣지 못했고, 황홀경에 빠져 말을 이었다.

"슈만 안에는 모든 것이 들어 있네. 말하자면 무한이지. 그런데 바그너는 지난 일요일에도 여전히 야유를 받았어!"

그러나 거듭되는 파주롤의 질문에 그는 깜짝 놀라 말했다.

"응? 뭐라고? 내가 살롱전에 뭘 출품하느냐고? 아마 센강의 모퉁이를 그린 풍경화쯤 되겠지. 그런데 너무 어려워. 우선 내 마음에 들어야 하는데……"

그는 갑자기 다시 소심한 성격으로 돌아와 불안해했다. 예술가로서 느끼는 양심의 가책 때문에 그는 손바닥만 한 작은 그림을 그리는 데도 몇 달씩 붙잡혀 있곤 했다. 그는 처음으로 자연을 정복한 대가들인 프랑스 풍경화가들의 뒤를 이어 정확한 색조와 정확한 명암의 관찰에 전념했다. 그리고 이러한 이론가로서의 정직성 때문에 붓을 든 그의 손은 결국 무거워지고 말았다. 그래서 그는 가히 혁명적 열정을 지니고 있었음에도 자주 소심해졌고, 그 때문에 전율하는 듯한 색조를 만들어 내는 모험을 한다든가, 놀랍도록 우울한 슬픔의 색을 표현할 엄두를 내지 못하고 있었다.

"난 말이야." 마우도가 말했다. "사람들이 내가 만든 여자를 흘끗흘끗 보면서 관심을 가질 일을 생각하면 지금부터 기분이 좋아져."

클로드는 어깨를 으쓱했다.

"오! 자네 말이야, 아마 자넨 입선될 거야. 조각가들은 화가들보다 도량이 크니까. 게다가 자네는 자네가 할 일을 잘 알고 있고, 손가락으로 자네가 좋아하는 것을 빚어내고 있잖아. 자네의 「포도 따는 여자」는 꽤 볼만할걸."

마우도는 클로드의 칭찬에 좀 숙연해졌다. 왜냐하면 그는 자신이 예술에서 힘을 지향하는 체하긴 했지만, 사실 자신의 재능이 어디에 있는지 잘 몰랐고, 우아함을 무시했다. 그러나 그 우아함은 마치 한 줄기 바람이 딱딱하게 굳은 땅에 불어 와 심어 놓은 꽃씨가 고집스럽게 피어나는 것처럼, 교육을 받지 못한 노동자의 커다란 손에서도 어쩔 수 없이 피어나고 있었다.

약삭빠른 파주롤은 미술학교 선생들의 눈 밖에 날 일이 두려워 출품하지 않았다. 그러면서 그는 살롱전을 훌륭한 화가들을 형편없는 화가들로 변질시키는 더러운 시장이라고 비난하면서 흥을 보았다. 그는 겉으로 다른 친구들처럼 로마상을 비웃으면서도 남몰래 그 상을 타려고 꿈꾸었다.

한편 손에 맥주잔을 들고 방 한가운데 서 있던 조리는, 조금씩 맥주를 다 마신 후 이렇게 선언했다.

"정말 심사위원이라면 이젠 지긋지긋해! 여보게들, 내가 그들을 뒤엎어 버릴까? 다음 호부터 시작할게. 심사위원을 뭉개버리겠어. 자네들이 내게 쓸 자료들을 주어야 해, 알겠지? 우리가 심사위원을 땅에 고꾸라뜨리는 거야. 아주 우스운 꼴로 만들어 버리자."

클로드는 이런 열광적인 분위기 속에서 이제 완전히 회복되었다. 그래, 그래, 전쟁은 시작되었다! 모두가 대열 안에 있었고, 서로의 팔을 낀 채 전쟁터를 향해 행군했다. 그 순간에는 어느 한 사람도 자기만의 영광을 생각하는 사람은 없었다. 왜냐하면 그때까지 그들을 갈라놓는 것은 아무것도 없었기 때문이다. 사실, 그들 사이에 존재하는 아주 깊은 차이를 그들은 미처 눈치채지 못하고 있었고, 언젠가 그들이 서로 경쟁자가 된다는 사실도 알지 못했다. 한 친구의 성공이 곧 다른 친구의 성공 아니던가? 그들 가슴속엔 젊음이 끓었고, 그들은 서로를 위해 헌신하는 마음으로 넘쳐나고 있었다. 이 세상을 정복하기 위해서

뭉쳤던, 영원히 반복되어 온 젊은이들의 꿈을 그들 역시 꿈꾸기 시작한 것이다. 각자가 자기의 몫을 하였고, 서로의 등을 떼밀어 주며 격려했으며, 동지들은 한 줄로 서서 전열을 가다듬었다. 이미 대장으로 공인된 클로드는 승리의 종을 울렸고, 영광을 분배했다. 원래 파리 사람으로 빈정거리길 좋아하는 파주롤조차도 무리 속에 끼어들 필요를 느꼈다. 욕심 많고 누구보다도 지방색을 노골적으로 드러내는 조리는 친구들이 하는 말들을 재빨리 포착하여 기사로 쓸 준비를 하면서도, 한편 친구들에게 조금이라도 보탬이 될 궁리를 하였다. 마우도는 일부러 난폭한 태도를 과장하면서, 마치 자기의 주먹으로 이 세상을 주무른다는 듯이 빵을 반죽하는 일꾼과 같은 두 손을 부들부들 떨었다. 가니에르는 그의 회색빛 그림의 속박에서 벗어나 기분이 황홀해져서, 지성이 소멸되는 궁극의 경지에까지 이를 수 있는 감각의 미묘함에 대해 열변을 토했다. 그리고 뒤뷔슈는 확고한 신념을 가지고, 많은 방해를 받아가면서도 결정적인 타격을 가하는 몇 마디 말들을 불쑥불쑥 던지고 있었다. 친구들의 이런 모습에 상도즈는 매우 행복했다. 그는 자신의 표현대로 그들이 모두 같은 셔츠를 입고 이렇게 단결해 있는 모습을 보는 것이 기뻐서 새로 맥주를 땄다. 그는 집에 있는 것을 다비우며 이렇게 소리쳤다.

"알았지? 우린 함께 뭉쳐 있는 거야. 이제 이 대열을 절대로 풀지 말자. 머릿속에 생각이 있을 때, 그걸 나눌 수 있다는 게 얼마나 좋은 일이야. 바보들은 벼락이나 맞으라고 해!"

이때 문 두드리는 소리가 나서 그는 깜짝 놀랐다. 모두가 하던 말을 멈추었다. 상도즈가 다시 말문을 열었다.

"밤 열한 시야! 도대체 누구지?"

그는 달려가 문을 열었고, 반가움에 고함을 지르는 소리가 들려왔다. 그는 문을 활짝 열어 둔 채로 쏜살같이 다시 돌아와 말했다.

"이런! 우리를 잊지 않으시고 이렇게 왕림해 주시다니요. 정말 잘 오셨습니다! ……제군들, 봉그랑 선생님이시라네!"

집주인이 존경 어린 친밀감을 갖고 이렇게 지칭한 이 대가는 두 손을 내밀며 앞으로 다가왔다. 모두가 감격하여 얼른 일어서서, 그의 크고 따뜻한 손을 잡고 악수를 했다. 그는 마흔다섯 살의 풍채가 좋은 남자로, 희끗거리는 긴 머리 아래로 고뇌에 찬 얼굴을 하고 있었다. 그는 최근에 학사원의 임원이 되었고, 그가 걸치고 있는 간단한 알파카 윗도리의 단추에 레지옹 도뇌르 수훈자들이 다는 약장이 걸려 있었다. 그는 젊은이들을 좋아했고, 그가 가장 좋아하는 탈출은 가끔씩 여기에 들러 파이프 담배를 피우며, 신참들에게 둘러싸여 그들의 열기로 훈훈해지는 일이었다.

"차를 끓여 올게요." 상도즈가 말했다.

상도즈가 찻주전자와 잔을 들고 부엌에서 나왔을 때, 그는 친구들이 다시 소란을 피우는 가운데, 봉그랑이 짧은 도자기 파이프를 입에 물고 의자에 걸터앉아 있는 것을 보았다. 봉그랑도 쩌렁쩌렁한 목소리로 말하고 있었다. 그의 할아버지는 보스

롱 지방의 농부였고, 아버지는 부르주아로 농민의 혈통을 지녔는데, 그는 어머니 쪽의 예술적 교양을 물려받았다. 그는 부유했고, 그림을 굳이 팔지 않아도 되었기 때문에, 자유분방한 기질을 지키고 있었다.

"심사위원 말이라면, 아 정말! 그 속에 끼느니 차라리 죽는 게 낫네!" 그는 격렬한 동작을 하며 말했다. "나더러 종종 빵 살 돈도 없는 불쌍한 녀석들을 문밖으로 내쫓는 사형집행인이 되란 말이야?"

그러나 클로드는 그 점을 지적했다. "선생님께서 우리의 그림을 옹호해 주신다면, 우리에게 큰 도움이 되겠죠."

"나 말인가? 포기하게! 나는 자네들에게 손해를 끼칠 뿐이야……. 난 별로 중요한 인물이 못 돼, 아무것도 아니야."

항의하는 고함이 들려왔고, 파주롤이 날카로운 소리로 질문했다.

"그럼 「시골의 결혼식」의 화가가 대수롭지 않다는 말씀이신가요!"

그러자 봉그랑은 몸을 벌떡 일으키며 분노로 얼굴이 벌게졌다.

"「결혼식」 얘기는 꺼내지도 말게, 알겠나! 내 자네들에게 이야기하지만, 그 「결혼식」 때문에 성가셔 죽겠어. 정말이야. 그 그림이 뤽상부르에 걸리고 나서부터 아주 골칫덩어리가 되었어."

「시골의 결혼식」은 그때까지 봉그랑의 걸작으로 평가되는 작품이었다. 밀밭을 가로지르는 결혼 행렬로, 농부들의 모습이 가까이에서 아주 사실적으로 표현되었기 때문에 영웅적인 호메로스 서사시의 면모를 띠고 있었다. 이 그림은 회화사에서 하나의 전환점을 이루는 작품으로, 그 이유는 그것이 새로운 기법을 도입했기 때문이다. 들라크루아의 뒤를 이어, 또한 쿠르베와 나란히 그 그림은 이론으로 무장되어 조절된 낭만주의 작품이었다. 관찰이 좀 더 정확해지고 기법이 좀 더 완벽해졌지만, 아직 자연이 야외의 자연광 아래에서 정면으로 관찰되고 있진 않았다. 그럼에도 이 젊은 유파의 전원은 그의 예술을 표방하고 있었다.

"전경에 배치된 두 그룹의 사람들보다 아름다운 것은 없습니다." 클로드가 말했다. "바이올린을 켜는 사람과 신부와 늙은 농부 말입니다."

"그리고 또 그 몸집 좋은 농부의 아내는 어떻고요." 마우도가 외쳤다. "뒤돌아보며 손짓하는 그 여자 말입니다! 저는 그 여자를 모델로 조상을 만들고 싶다는 마음이 들던데요."

"거기에 밀밭에 부는 한줄기 바람도 빼놓을 수 없습니다." 가니에르가 덧붙였다. "또 저 멀리서 서로 떼밀며 노는 여자아이와 남자아이도 너무 아름답게 두 개의 반점으로 표현되었지요."

봉그랑은 쑥스러운 미소를 지으며 거북한 태도로 이야기를 듣고 있었다. 파주롤이 요즘 뭘 그리시느냐고 묻자, 그는 어깨를 으쓱했다.

"글쎄! 전혀, 아주 별 볼 일 없는…… 난 이번에 출품 안 할 걸세. 내게 무언가 자극이 필요해……. 아! 아직 산 밑에 서 있는 자네들이 얼마나 행복한 사람들인지, 아마 아직 잘 모를 테지! 힘센 다리도 있겠다, 용기도 있겠다. 이제 산 위로 올라갈 일만 남았잖아! 그런데 막상 그 위로 올라가고 나면, 얼어 죽을! 고통이 다시 시작된다네. 그거야말로 진짜 고문이지. 주먹들이 막 날아오고, 너무 빨리 추락하면 안 된다는 두려움에 끊임없이 새로운 노력을 해야 된단 말일세! ……난 장담할 수 있네! 아래에 있을 때가 좋다고. 그때는 도처에 해야 할 일뿐이잖나. 자네들은 내 말을 듣고 웃겠지만, 두고 봐, 언젠가는 알게 될 테니!"

그들은 정말 웃었다. 그것은 그들에게 역설이거나, 아니면 유명한 사람들이 밖에 나가 변명하기 위해 꾸며서 하는 말 정도로밖에 들리지 않았다. 그들이 꿈꿔 온 최고의 기쁨이 바로 그처럼 자기들도 대가라는 말을 한번 들어 보는 것 아니었던가? 봉그랑은 팔을 의자 등에 걸친 후, 젊은 사람들이 자기를 이해해 주기를 바라는 마음을 단념하고, 천천히 파이프의 담배 연기를 들이마셨다.

가정적인 뒤뷔슈는 상도즈와 함께 차 나르는 일을 도왔다. 그리고 소동은 계속되었다. 파주롤이 말그라 영감에 대한 별난 이야기를 들려주었는데, 그는 자기에게 누드를 그려 주겠다는 화가에게 아내의 사촌을 모델로 빌려준다고 했다. 그러자 이야기는 자연히 모델 쪽으로 옮겨 갔다. 마우도는 아름다운 배는 옛날이야기라고 한탄하면서, 이제는 그런 배를 가진 여자를 도저히 찾을 수 없다고 푸념했다. 그러나 일동은 가니에르가 팔레 루와얄의 음악회에서 그림을 사 모으는 일을 유일한 낙으로 여기며 연금으로 생활하는 키 작은 미술 애호가를 만난 일을 축하하면서 더욱 야단법석을 떨었다. 친구들은 웃으면서 자기에게도 그 사람의 주소를 알려 달라고 부탁했다. 그들은 하나같이 모든 화상을 욕했다. 정말로 화나는 일은, 미술 애호가라는 사람들이 화가들을 신뢰하지 않고 조금이라도 싸게 사보려는 희망에 중개인을 통하려고 하는 것이었다. 돈 문제로 화제가 돌자 그들은 더욱 흥분했지만, 클로드는 꿈적도 하지 않았다. 까짓것, 도둑맞은 셈 치면 되잖은가! 걸작만 만들 수 있다면 물만 먹어도 어떤가! 조리가 다시 돈에 집착하는 경박성을 드러내자, 분노의 함성이 터져 나왔다. 신문기자는 꺼져 버려라! 친구들은 그에게 신랄한 질문을 퍼부어 댔다. 그렇다면 돈만 생긴다면 글도 써 줄 텐가? 자신의 생각과 다른 기사를 쓰느니 차라리 손을 자르는 게 낫지 않은가? 점점 고조되는 열기 때문에 그의 대답은 들리지도 않았다. 그들은 불타오르는 이십 대의 광기로 세상의 다른 모든 일을 경멸하였고, 오직 인간을 불완전에서부터 구해 줄 수 있는 걸작, 그래서 마치 태양처럼 천공에서 찬연히 빛나게 될 작품을 만들겠다는 열정 하나만을 지니고 있었다. 그들은 얼마나 갈망했던가! 자기들이 피워 놓은 이 불꽃 속에 스스로를 불사르기를!

그때까지 꼼짝 않고 있던 봉그랑은 젊은이들이 갖고 있는 무한한 믿음과 기꺼이 던지는 거센 항의 속에서 막연히 괴로운 시늉을 했다. 그는 자신의 명성을 만들어 준 여태까지 그려 온 수백 점의 그림들에 대해선 이미 까맣게 잊어버리고, 방금 자신의 이젤 위에 놓아 두고 온 새로 태어날 작품의 밑그림을 생각하고 있었다. 그리고 입에 물고 있던 작은 파이프를 빼내며, 눈물을 머금고 조용히 말했다.

"오, 젊음! 젊음이여!"

새벽 두 시까지 상도즈는 몇 번씩이나 찻주전자에 뜨거운 물을 다시 채워야 했다. 깊은 잠에 빠진 집 밖에서는 발정난 암고양이의 울부짖음만이 들려오고 있었다. 안에서는 모두가 아무렇게나 지껄이고, 각자 내던진 말에 스스로 취하였으며, 목이 쉬고 눈이 충혈되었다. 그들이 집에 돌아가려고 할 때, 상도즈는 램프를 들고 층계 밑을 비춰 주며 나지막하게 말했다.

"소리 내지 말게, 어머니가 주무시니까."

층계를 따라 내려가는 구두들의 둔탁한 소리가 점점 멀어져 갔고, 집은 다시 깊은 정적에 싸였다.

새벽 네 시를 알리는 종소리가 울렸다. 클로드는 봉그랑과 함께 이야기에 열을 올리며, 인적 없는 거리를 가로지르며 걸었다. 그는 잠이 오지 않았고, 다시 그림을 그리기 위해서 날이 밝기를 초조하게 기다렸다. 친구들과 함께 하루를 잘 지내고 난 후의 열기 덕분에, 이번만큼은 확실히 걸작을 만들어 낼 수 있을 것 같았다. 머릿속이 여러 가지 생각들로 아파 왔고, 무거웠다. 드디어 이제 그는 다시 그림 앞에 설 수 있을 것 같았다. 그래서 그는 하루 동안의 부재를 한없이 길게 느끼며, 마치 사랑하는 여인의 집으로 다시 돌아가는 남자의 쿵쾅거리는 심정으로 아틀리에를 향해 가는 자신을 발견했다. 그는 곧장 그림에게 달려갈 생각이었다. 그래서 단번에 자신의 꿈을 이루어 볼 심산이었다. 그러나 봉그랑은 몇 걸음 뗄 때마다 그를 가물거리는 가스등 불빛 아래로 불러 윗도리의 단추를 부여잡고 화가란 저주받은 직업이라고 연거푸 말했다. 봉그랑은 그림에 관한 한 꾀를 부리기는커녕, 아직까지도 여전히 그림에 대해서 확신을 갖지 못했다. 그는 새로운 작품을 시작할 때마다 매번 처음 시작하는 기분이었고, 머리를 벽에다 부딪치는 고통을 맛보아야 했다. 새벽 동이 터 왔고, 채소 재배하는 사람들이 슬슬 중앙 시장 쪽으로 내려오기 시작했다. 클로드와 봉그랑은 희미해져 가는 별빛 아래, 각자 자기의 이야기를 큰 소리로 떠들면서 계속 걸어가고 있었다.

4장

그로부터 6주가 흐른 어느 날 아침, 클로드는 아틀리에의 큰 유리창으로 쏟아져 들어오는 햇빛을 받으며 그림을 그리고 있었다. 계속되는 장맛비로 우울했던 8월 중순이 지나고 다시 찾아온 맑은 하늘은 그에게 일을 새로 시작할 용기를 주었다. 대작은 거의 진전되지 못하고 있었다. 그 날도 클로드는 조용한 오전 시간 내내 끈덕진 예술가의 투혼으로 그림에 매달려 씨름하고 있었다.

그때 문 두드리는 소리가 들려왔다. 열쇠는 항상 문에 꽂혀 있었으므로, 그는 점심을 가져다주려고 올라오는 관리인 조제프 부인이라고 생각하여 짧게 소리쳤다.

"들어오세요."

문이 열렸고, 무언가 움직이는 소리가 가볍게 들리더니 다시 아무 소리도 나지 않았다. 그는 고개를 돌리지 않은 채 계속 그림을 그리고 있었다. 하지만 이상하리만큼 너무 조용한 데다 희미하고 가쁘게 몰아쉬는 숨소리가 들리자 의아한 마음이 든 그는 고개를 들어 본 순간 깜짝 놀라고 말았다. 그 자리에는 밝은 색 원피스를 입고 흰색의 베일로 얼굴을 반쯤 가린 한 여자가 서 있었던 것이다. 하지만 그 여자가 누구인지 도무지 기억이 나지 않았다. 그녀는 장미꽃 한 다발을 들고, 어떻게 해야 할지를 몰라 주저하고 있었다.

퍼뜩 그녀가 누구인지 떠올랐다.

"아, 아가씨! 원 세상에! 아가씨가 여긴 어떻게!"

그녀는 크리스틴이었다. 그의 입에서 그만 자기도 모르게 튀어 나온 별로 상냥하지 못한 이 말은 주위 담을 도리 없이 이미 흘러 버린 상태였다. 또 그의 말이 사실이기도 했다. 처음 두 사람의 만남 이후 처음에는 그녀에 대한 생각으로 꽉 차 있었지만, 그녀의 소식을 모른 채 두 달이 지나고 나니, 그녀는 아쉽지만 그냥 스쳐 지나가는 환영이 되었고, 이젠 사라져 다시는 볼 수 없는 아름다운 얼굴 정도로 생각하게 되었다.

"네, 저예요……. 감사의 인사를 드리지 않는다는 건 도리가 아닌 것 같아서……."

그녀는 얼굴을 붉히고 무슨 말을 해야 할지 몰라 더듬거렸다. 심장이 심하게 쿵쿵거리고 있는 것으로 보아, 분명히 계단을 올라오느라고 숨이 찬 것이리라. 그런데 이건 또 뭔가? 그토록 오래 생각해 보고, 당연히 해야 할 일이라고 판단되어 찾아온 것이 잘못한 일인가? 더욱 곤란한 일은 이 청년에게 자기의 고마운 마음을 전달하려는 세심한 배려로 부두 위에서 지금 들고 있는 장미 꽃다발을 산 것이었다. 그녀는 이 꽃 때문에 몹시 난처했다. 어떻게 이것을 그에게 건넬 것인가? 그럼 그는 자신을 어떻게 생각할 것인가? 그녀는 방문을 열고서야 비로소 이런 모든 거북함을 느꼈다.

그러나 그녀보다 더욱 당황한 클로드는 과장된 친절을 베풀기 시작했다. 그는 팔레트를 집어던지고 그녀가 앉을 의자 하나를 찾기 위해 아틀리에 전체를 다 뒤집었다.

"자, 아가씨, 여기에 앉아요……. 정말 깜짝 놀랐소……. 아주 멋지네요……."

그녀는 의자에 앉자 마음이 좀 진정되었다. 그가 정신없이 왔다 갔다 하는 모습이 재미있었고, 수줍음을 타는 것 같아 보여 웃음이 나왔다. 그래서 그녀는 그에게 용감하게 장미꽃을 내밀었다.

"자, 받으세요! 제가 배은망덕한 사람이 아니라는 걸 보여드리기 위해 가져왔어요."

그는 처음에 아무 말도 하지 않다가, 그녀를 뚫어지게 쳐다보았다. 그녀의 말이 농담이 아니라는 것을 안 그는 그녀의 두 손을 으스러질 정도로 꼭 잡았다. 그러고는 장미꽃을 꽃병에 꽂으며 몇 번이고 말했다.

"아! 이제 알았어요. 당신은 참 좋은 사람이군요! ……내가 이런 칭찬을 여자에게 해 보기는 맹세코 처음이오."

그는 다시 돌아와 그녀의 눈을 똑바로 쳐다보며 물었다.

"정말로 나를 잊어버리지 않았단 말이오?"

"지금 보고 계시잖아요." 그녀는 웃으며 대답했다.

"그렇다면 왜 두 달씩이나 기다린 거죠?"

다시 그녀의 얼굴이 빨개졌다. 방금 한 거짓말이 한순간 그녀를 당황시켰다.

"아시다시피, 제가 자유롭지 못해서요……. 오! 방자드 부인은 제게 아주 친절하세요. 다만, 몸이 좀 불편해서 전혀 밖에 나가지 못하실 뿐이죠. 그래서 제 건강이 걱정이 되셨는지, 바람 좀 쐬고 오라고 제 등을 떠미셨어요."

그녀는 부르봉 부두에서 겪은 일 때문에 처음 며칠 동안 자신이 얼마나 괴로웠는지 말하지 않았다. 노부인의 집에 정착하고 나서도, 한동안 그녀는 남자의 집에서 밤을 지냈다는 기억 때문에 마치 죄라도 지은 듯이 뼈저린 후회로 고통스러웠다. 그러다가 그녀는 마침내 그를 자신의 기억 속에서 몰아낼 수 있게 되었고, 그날 밤의 일을 점점 기억이 희미해지는 나쁜 꿈 정도로 여길 수 있게 되었다. 그런데 그녀 자신도 이유를 알 수 없는 이상한 일은, 그녀가 새로운 생활에 완전히 자리 잡게 되자 어둠 속에 숨어 있던 그의 모습이 다시 나타나 점점 또렷해지면서 매순간 강박관념이 될 정도로 자주 생각나는 것이었다. 왜 그 사람을 잊어야 하지? 그는 비난받을 만한 짓을 하지 않았는데, 오히려 그에게 고마움을 표현해야 되는 것이 아닐까? 갑자기 그를 다시 만나야겠다는 생각이 들었고, 그 후에도 오랫동안 그 생각과 싸우다가 이렇게 마음을 굳힌 것이었다. 매일 밤 그녀가 홀로 방에 있을 때면, 왠지 편안치 못한 느낌이 들었고 원인을 알 수 없는 욕망이 뒤섞인 유혹이 다시 찾아오곤 했다. 그녀는 자신의 이런 동요를 고마움을 표현해야 하는데 하지 않았기 때문에 오는 불편이라고 스스로에게 납득시켰고, 그렇게 해서야 겨우 심리적 안정을 조금이나마 찾을 수 있었다. 그녀는 잠든 듯이 고요한 집 안에서 너무도 외로웠고 갑갑했다! 그녀의 혈관 속에는 젊음의 피가 그토록 힘차게 흐르고 있었으며, 그녀의 심장은 정에 심히 목말라 있었다.

"그래서……." 그녀는 하던 말을 계속했다. "저의 첫 외출을 이용하여 이곳에 온 거예요. 게다가 그동안 그렇게 침울하게 비만 내리더니, 오늘 아침은 정말로 날씨가 좋잖아요!"

그녀 앞에 서 있던 클로드도 흐뭇하여 아무것도 숨기지 않고 말했다.

"나는 정말 당신이 오리라곤 꿈도 꾸지 못했소……. 그렇잖아요? 당신은 마치 천장으로 날아갔다가, 생각지도 못한 순간에 벽으로 나타나는 동화 속의 요정 같군요. 당신이 이 아틀리에에 잠시 있다 간 일이 사실이 아닐 거라고 이젠 다 끝난 일이라고 생각했소. 그런데 이렇게 당신이 찾아와 주니까 기쁘군요, 오! 정말로 기뻐요!"

웃으면서도 거북해진 크리스틴은 고개를 돌려 주변을 살펴보았다. 갑자기 그녀의 미소는 온데간데없이 사라지고, 거기에서 그녀가 본 난폭한 그림, 남부의 불타오르는 듯한 스케치들과 해부해 놓은 것같이 끔찍할 정도로 정확한 누드들이 그것을 처음 바라보았을 때처럼 그녀를 얼어붙게 만들었다. 그녀는 불현듯 정말로 무서운 생각이 다시 들어 좀 전과 다른 목소리로 심각하게 말했다.

"제가 방해를 한 것 같네요. 그만 가 볼게요."

"아, 아니오! 절대로!" 클로드는 그녀가 의자에서 일어서려는 것을 막으며 고함을 질렀다. "일을 하다가 지친 참이었소. 당신과 이야기를 나누니 좋군요……. 아! 이 원수 같은 그림이 벌써부터 나를 고문하고 있었어요!"

클로드가 이렇게 말하자 크리스틴은 눈을 들어 전에는 벽에 뒤집은 채로 걸려 있어서 보지 못했던 눈앞의 큰 작품을 바라보았다.

그림의 배경으로 보이는 숲 속의 어두운 공터는 해가 드리우는 부분이 밝게 빛날 뿐, 아직까지 대충 붓질만 해 놓은 상태였다. 그러나 장난하고 있는 작은 두 여자, 금발 머리와 갈색 머리의 두 여자는 매우 선명한 두 개의 색조로 거의 완성되어 가고 있었다. 햇빛을 받고 있는 그 모습이 밝게 부각되어 있었다. 전경에 있는 신사는 세 번씩이나 고쳤지만 아직도 만족스러운 단계가 아니었다. 화가가 지금 그리고 있는 부분은 그림의 중앙을 차지하고 있는 누운 여자로, 얼굴은 그 후에 손도 대지 못하였고 지금은 몸에 매달려 있었다. 그는 매주 모델을 바꿔 가며 고투를 벌였으나 영 마음에 들지 않아 절망하던 차에, 이틀 전부터는 무리인 줄 알면서도 실제 모델을 보고 사생하지 않고, 자신의 상상력에 의존하여 그려 보려고 했다.

크리스틴은 즉각 그 여자가 자신임을 알아차렸다. 풀밭에 누워 한 팔을 목 뒤로 하고, 눈을 감은 채 아무데도 응시하지 않고 미소를 짓고 있는 이 여자는 바로 자기였다. 이 벌거벗은 여자가 자신의 얼굴을 하고 있는 것을 보자, 그녀는 갑자기 거부의 마음이 솟구쳐 올랐다. 마치 그림 속 여자의 몸도 자기의 몸인 것만 같았고, 누군가 거칠게 자신의 옷을 벗겨 그곳에 처녀의 알몸을 그대로 드러내 놓은 것 같았다. 무엇보다도 그녀의 마음이 상처를 입은 이유는 그림 자체의 난폭함 때문이었다. 그것은 너무도 거칠게 그려졌기 때문에 마치 자신이 겁탈을 당하고 두들겨 맞은 것 같았다. 그녀는 이 그림이 이해되지 않았고, 끔찍했으며, 그림을 향해 마치 적에게 느끼는 본능적인 적개심과도 같은 증오가 일었다.

그녀는 일어서서 짤막하게 반복했다.

"가야겠어요."

클로드는 그녀의 갑작스러운 변화에 놀라서 슬프게 그녀를 쳐다보았다.

"이렇게 빨리요?"

"네, 집에서 기다려서요. 안녕히 계세요!"

그리고 그녀는 어느새 문으로 가 서 있었다. 그는 그녀의 손을 잡고 용기를 내어 물었다.

"언제 다시 만날 수 있을까요?"

그녀의 작은 손은 그의 손 안에서 힘을 쓰지 못하고 그대로 잡힌 채로 있었다. 그녀는 잠시 주저하는 듯했다.

"글쎄, 저도 모르겠네요. 워낙 바빠서요!"

그녀는 손을 빼더니, 아주 짧게 다음과 같은 말을 하고는 가 버렸다.

"언제 틈이 나면 한 번 들를게요……. 안녕히 계세요!"

클로드는 문턱에 서 있었다. 뭐야? 그녀가 갑자기 저렇게 냉정해지고 속으로 화가 난 이유는 무엇 때문이지? 그는 문을 다시 닫고, 애가 타서 팔을 내저으며 방 안을 이리저리 걸어 다녔다. 아무리 생각해도 자기가 그녀의 기분을 해치게 할 만한 말이나 행동을 한 것 같지는 않았다. 그렇게 생각하자 그는 화가나서 허공에 대고 욕설을 퍼부으며, 어리석은 관심을 떨쳐 버리려는 듯이 어깨를 크게 한 번 들썩 들어올렸다. 여자들이란 도대체 알 수가 있어야지! 그러나 물병을 가득 채우고 있는 장미 꽃다발이 눈에 들어오자, 그 향기로움에 마음이 좀 누그러졌다. 방 안 전체에 장미꽃 향기가 가득 퍼졌고, 그는 그 향기 속에서 말없이 다시 일을 하기 시작했다.

다시 두 달이 흘렀다. 처음 며칠 동안 클로드는 작은 소리만 나도, 가령 아침에 조제프 부인이 빵이나 편지를 가져다줄 때에도 얼른 고개를 돌려 보았고, 자기도 모르게 실망스러운 표정을 지었다. 그는 네 시 전에는 외출도 하지 않았다. 언젠가는 저녁에 그가 집에 돌아왔을 때 관리인 아주머니가 다섯 시쯤 어떤 젊은 여자가 그를 찾아왔었다고 이야기하자, 그는 방문자 명단에서 모델인 조에 피에드페의 이름을 발견하고서야 겨우 마음을 진정시킨 일도 있었다. 그렇게 하루하루가 지나갔다. 그는 어느 누구도 가까이 다가갈 수 없을 정도로 일에 매달렸고,

그가 지닌 격렬한 소신에는 친구들조차도 이의를 제기할 수 없었다. 그는 자기 쪽에서 사람들을 멀리했다. 그에게는 오직 그림밖에 없었고, 친척이든 친구든, 특히 여자는 더욱 더 그 존재를 머리 속에서 지워 버렸다! 그러나 그림을 향한 이 뜨거운 열정은 종종 그 뜨거웠던 만큼이나 몹시 괴로운 절망의 나락으로 그를 떨어뜨리기도 했는데, 그럴 때 그는 무위와 회의의 한 주를 보냈고, 일주일 내내 자신의 어리석음에 충격 받고 고통스러워했다. 그러다가 다시 자기의 본래 자리로 돌아와 체념한 채로 그림과의 고독한 투쟁을 벌였다. 그러던 10월 말의 어느 안개 낀 아침, 그는 깜짝 놀라 팔레트를 급히 내려놓았다. 문 두드리는 소리가 나진 않았지만, 누군가 계단을 올라오는 소리를 들은 것 같았다. 그는 문을 열었고, 그녀가 들어왔다. 드디어 그녀가 온 것이다.

그날 크리스틴은 커다란 회색 양모 코트로 전신을 감싸고 있었고, 어두운 색의 조그만 벨벳 모자를 쓰고 있었는데, 안개 낀 날씨 때문에 검은색 레이스 베일에 이슬이 맺혀 있었다. 그러나 겨울의 첫 추위 속에서도 그녀의 모습은 매우 밝았다. 그녀는 오랫동안 찾아오지 않은 데에 사과했다. 그녀는 싱그럽게 웃으며 그가 자신의 생각을 이해해 주리라는 마음에, 사실은 이곳에 오는 게 많이 망설여졌고 오지 않으려 했다고 솔직하게 고백했다. 그는 그녀의 마음을 이해할 수 없었고, 이해하려고도 하지 않았다. 어쨌든 그녀는 오지 않았는가. 그녀가 화나지 않았고, 또 이렇게 가끔씩 좋은 친구로서 층계를 올라와 주기만

하면 그것으로 충분했다. 따로 설명하진 않았지만, 그들은 각자 저 나름대로 고통과 투쟁의 며칠을 지낸 참이었으므로, 거의 한 시간가량을 어느 것 하나 숨기지 않고, 서로에 대한 반감도 전혀 없이 완전히 마음을 터놓고 이야기를 나누었다. 마치 떨어져 지내는 동안 자기들도 모르는 사이에 서로를 이해하게 된 것 같았다. 그녀는 벽에 걸린 스케치나 습작에는 눈길도 주지 않는 듯했다. 잠시 그가 작업 중인 대작에 눈을 고정시키더니, 빛나는 황금빛 태양 아래 벌거벗고 풀밭 위에 누워 있는 여자의 모습을 뚫어지게 쳐다보았다. 아니다, 그것은 그녀가 아니었다. 그녀의 얼굴도 몸도 아니었다. 저렇게 끔찍한 물감의 반죽 속에서 어떻게 자신의 모습을 알아볼 수 있겠는가? 이런 생각이 들자 한결 마음이 느긋해진 그녀는, 우정 어린 마음에 실물과 비슷하게도 그리지 못하는 이 용감한 청년에게 연민의 마음이 들 정도였다. 문턱에서 작별할 때 이번에는 그녀가 다정하게 악수를 청했다.

"제가 또 올 거라는 거, 알고 계시죠?"

"네, 두 달 후예요."

"아뇨, 다음 주에……. 두고 보면 아세요, 그럼 목요일에."

그녀는 정확하게 목요일에 다시 나타났다. 그리고 그다음부터는 일주일에 한 번씩은 꼭 왔는데, 처음에는 특별한 날을 정해놓지 않고 아무 때나 편안한 시간에 들렀다. 그러다가 월요일을 방문 날로 정했는데, 방자드 부인이 그녀에게 그날 블로뉴 숲에 가서 좀 걷거나 바깥 공기를 쐬고 오라고 시켰기 때문이다. 열한 시까지는 집에 돌아가야 했으므로 그녀는 걸음을 재촉했고, 파시부터 부르봉 부두까지는 꽤 거리가 있기 때문에 얼굴이 온통 장밋빛으로 상기되어 도착하곤 했다. 10월부터 2월까지 넉 달 동안 그녀는 비가 내리칠 때나 센강에 안개가 낄 때에나, 또 겨울의 희미한 햇살이 부두를 미지근하게 데워 줄 때에도 어김없이 찾아왔다. 심지어 두 달째부터는 가끔씩 월요일이 아닌 날에도 파리에 산책 나온 틈을 이용하여 아무 때나 예고 없이 불쑥 그에게 들르기도 했다. 그런 날은 잠시도 지체할 수가 없었기 때문에 서로 인사할 시간밖에는 없었다. 그때 그녀는 만나자마자 어느새 작별인사를 하며 계단을 내려가곤 하였다.

이제 클로드는 크리스틴을 조금씩 알기 시작했다. 여자에 대한 깊은 불신 때문에 그는 그녀가 시골에 있을 때 분명 연애 사건에 얽힌 적이 있었을 것이라고 의심했다. 그러나 젊은 아가씨의 온화한 눈과 맑은 웃음이 모든 의혹을 씻어 주었고, 그는 그녀가 마치 천진난만한 큰 아이 같다는 생각이 들었다. 그녀는 친구 집에 오듯이 거리낌 없이 이 집에 들어와서 끝도 없이 재잘거렸다. 그녀는 그에게 클레르몽에서 지냈던 어린 시절의 이야기를 여러 번 해 주었고, 언제나 그 시절로 되돌아가곤 했다. 그녀의 아버지 알래그렝 대위가 정신을 잃고 쓰러져 마치 통나무처럼 굴러 떨어져 즉사하던 날 저녁에 그녀와 그녀의 어머니는 교회에 있었다. 그녀는 그날 밤 어머니와 함께 집으로 돌아왔을 때의 장면을 지금도 생생히 기억하고 있었다. 그리고 끔찍한 밤의 공포가 시작되었다. 몸집이 좋고 매우 건장한 대위가 매트 위에 눕혀졌는데, 그는 아래턱을 앞으로 내밀고 있었다. 그 인상이 너무 강렬했기 때문에 어린 그녀로서는 아버지의 다른 모습을 기억할 수 없었다. 그녀 역시 아버지와 같은 턱을 갖고 있었는데, 그녀가 말을 안 들을 때면 어머니는 그녀에게 이렇게 소리를 지르곤 했다. "어휴! 저 주걱턱, 너도 그렇게 턱을 내밀고 다니면 네 아버지처럼 된다." 불쌍한 엄마! 말썽을 일으키고 큰 소리로 대들면서 천방지축인 딸 탓에 엄마는 얼마나 괴로웠을까! 그녀는 기억을 더 거슬러 올라가기도 했다. 그녀의 어머니는 항상 창가의 같은 자리에 앉아 작고 호리호리한 몸집으로 소리 없이 부채에 그림을 그리고 있었는데, 그 눈이 굉장히 어질고 자애로웠다. 지금까지 그녀에게 남아 있는 어머니의 모습은 그 눈빛밖에 없었다. 사람들이 가끔 어머니 마음을 기쁘게 해 주기 위해 다정하게 "따님이 어머니 눈을 닮았군요."라고 이야기하면, 어머니는 잔잔한 미소를 지으며 딸의 표정에 부드러움이 조금이라도 남아 있는 걸 기뻐했다. 그러나 남편의 사망 이후 너무 늦게까지 일하며 과로한 탓에 그녀는 눈이 보이지 않게 되었다. 이제 어떻게 살 것인가? 미망인에게 지급되는 연금 600프랑으로는 아이의 양육비만 겨우 충당할 수 있을 뿐이었다. 5년 동안 그녀는 어머니가 핏기를 잃고 야위어 가면서 하루가 다르게 쇠약해지고, 나중에는 하나의 그림자처럼 변해 가는 것을 보았다. 그녀는 자기가 착한 아이가 아니었고, 공부에 열의가 없어 어머니를 화나게 한 일을 지금에 와서 후회하고 있었다. 그러면서도 그녀는 매주 월요일이 되면 마음을 바꿔 먹고 이번 주부터는 돈을 벌어 어머니를 도와야겠다고 결심하곤 했다. 그러나 아무리 노력해도 그녀의 손발은 도망을 갔고, 그녀가 좀 진득이 자리를 잡고 앉아 일을 할 만하면 병이 나곤 했다. 그러던 어느 날 아침 어머니는 일어나지 못했고, 꺼져 가는 목소리로 눈에 가득 커다란 눈물방울을 머금은 채 세상을 떠났다. 이제 그녀의 어머니는 이 세상에 존재하지 않지만, 언제나 그녀에게 어머니는 이렇게 눈을 크게 뜬 채로 울면서 그녀를 뚫어지게 쳐다보는 모습으로 살아 있었다.

언젠가 클로드가 크리스틴에게 고향 클레르몽에 대해 묻자, 그녀는 언제 슬픈 일이 있었냐는 듯 다 잊고 즐거운 추억들을 쏟아 놓았다. 그녀는 에클라슈가에서 살았던 날을 야영에 비유하며 활짝 웃었다. 그녀는 스트라스부르에서 가스코뉴 출신의 아버지와 파리 출신의 어머니 사이에 태어났다. 오베르뉴에서 살게 된 그들 세 식구는 모두 이 지방을 혐오했다. 식물원으로 통하는 좁고 습기 찬 에클라슈가는 지하 묘소처럼 우울했다. 가게도 지나가는 행인도 하나 없이 오직 덧문이 굳게 닫힌 우중충한 건물만 있을 뿐이었다. 그러나 다행히 그들이 살던 집은 창문이 안뜰을 향해 남쪽으로 나 있었기 때문에 햇빛은 충분히 받을 수 있었다. 식당 역시 넓은 발코니를 향해 나 있어서 거대한 등나무의 초록빛 잎사귀에 덮인 아치들이 줄지어 서 있는 숲의 회랑 같은 느낌이 들었다. 그녀는 처음에는 불구인 아버지 곁에서, 나중에는 잠깐의 외출에도 지치는 어머니와 함께 집 안에 갇혀서 자랐다. 그녀는 그 주변이나 도시에 대해 아는 게 아무것도 없었기 때문에 클로드의 끝도 없는 질문에 그녀가 연거푸 모른다는 대답만 계속하자, 결국 두 사람은 웃고 말았다. 산이요? 네, 도시 한쪽에 산이 있었어요. 길을 끝까지 가다 보면 보였으니까요. 다른 길로 가서 나오는 도시의 다른 쪽끝에는 평원이 끝없이 펼쳐져 있었어요. 하지만 거기엔 갈 수 없었어요. 너무 멀었거든요. 그녀가 알고 있는 산은 곱사등처럼 둥글게 생긴 퓌 드 돔 산밖에 없었다. 도시 안에서 성당만은 눈을 감고도 찾아갈 수 있었는데, 조드 광장을 한 바퀴 돌고 나서 그라가로 들어서면 되었다. 그러나 그녀에게 더 이상을 기대할 수는 없었다. 그 나머지는 요란한 천둥 번개를 울리며 소낙비가 폭포수처럼 내리치는 검은 용암의 도시 안에 복잡하게 얽혀 있는 골목길들과 경사진 대로들이었다. 오! 그곳의 소나기를 생각하면, 아직도 몸서리가 쳐질 정도였다! 그녀의 침실에 서서 바라보면, 지붕들 위로 박물관의 피뢰침에 항상 불이 붙어 있었다. 거실로도 사용되었던 식당 안에 그녀는 자기 혼자만의 창문을 갖고 있었는데, 움푹 들어간 공간이 방처럼 넓어 그곳에 책상을 두고 소중한 물건들을 보관했다. 어머니가 그녀에게 읽는 법을 가르쳐 준 곳도, 또 나중에 공부가 너무 피곤하고 지루해서 개인교사의 강의를 들으며 잠이 든 곳도 그곳이었다. 이제 와서 그녀는 자신의 무능을 한탄하며 농담을 했다. 아! 소위 배웠다는 숙녀가 프랑스 왕들의 이름과 연대조차 모른다니까요! 노래라고는 「종이배」밖에 부를 줄 모르는 유명한 음악가이기도 하고요! 나뭇잎을 그리기가 너무 어려워 나무들을 훼손하고 다닌 천재 수채화가랍니다! 갑자기 그녀는 시간을 뛰어넘어 어머니가 돌아가시고 난 후 교외에 자리 잡은 커다란 정원이 있는 성모방문 수녀원에서 열다섯 달 동안 지냈던 일에 대해 이야기하기 시작했다. 수녀들에 대한 그녀의 이야기는 끝이 없었는데, 수녀들이 얼마나 질투가 많고, 얼마나 어리석고, 얼마나 순진했는가를 생각하고 몸을 떨었다. 그녀도 수녀가 될 예정이었지만, 그녀는 교회에 들어가면 숨이 막혔다. 이미 다 결정된 일인 줄 알았는데, 그녀를 무척 아껴 주던 원장 수녀가 그녀에게 방자드 부인의 집에 일자리를 마련해 주면서 그녀를 수녀원에서 빼내 주었다. 아직도 그녀는 그 일에 대해 놀라워하였다. 어떻게 성 천사들의 어머니인 원장 수녀가 그녀의 마음을 그렇게 훤히 읽을 수 있었을까? 그녀는 파리에 살게 된 이래 실제적으로 종교와는 철저히 담을 쌓았기 때문이다.

클레르몽에 대한 화제가 다 떨어지자, 클로드는 그녀가 방자드 부인의 집에서 어떤 생활을 하고 있는지 물었고, 그녀는 그에게 매주 새로운 이야기를 해 주었다. 파시의 조그만 저택 안에서의 조용하고 고립된 생활은 오래된 괘종시계의 작은 똑딱소리와 함께 규칙적으로 지나갔다. 40년 전부터 이 가족과 함께 지내 온 옛날식의 가신 두 명과 한 명의 요리사, 한 명의 몸종만이 신발 끄는 소리도 내지 않고 빈 방들을 유령들처럼 왔다 갔다 했다. 간혹 아주 띄엄띄엄 방문객이 찾아오곤 했는데, 그들은 팔십 대 연령의 노인들로 너무 늙어 가까스로 카펫 위를 걸어 다닐 힘이 남아 있을 뿐이었다. 그곳은 어둠의 집이었다. 그곳에서는 태양마저도 덧창의 창살 사이로 들어와 밤에 켜 놓는 깜빡거리는 등잔불같이 죽어 갔다. 부인이 다리를 못 쓰고 눈이 안 보이게 되자 부인은 방문을 나서지 못했고, 낙이 라고는 오직 누군가 끝도 없이 그녀를 위해 신앙서적을 읽어 주는 소리를 듣는 것뿐이었다. 아! 이 끝없는 책읽기, 그것이 이 젊은 아가씨에게는 얼마나 고역인가! 만약 그녀에게 재주만 있었다면 얼마나 신이 나서 치맛단을 자르고, 모자의 핀을 꽂 으며, 조화의 꽃잎을 붙였을 것인가? 그런데 비참하게도 그녀 는 아무것도 할 줄 아는 게 없었다. 그녀도 배울 것은 다 배웠는 데, 거의 하녀나 마찬가지로 남에게 고용살이할 재주밖에는 없 었던 것이다! 게다가 그녀는 죽음의 냄새를 풍기는 폐쇄적이 고 엄격한 이 집에 사는 것이 고통스러웠다. 어릴 적에 어머니 를 기쁘게 해드리기 위해 일을 좀 하려고 하면 가슴이 갑갑해 오던 느낌이 되살아났다. 그녀의 핏속에서 무언지 모를 반항의 기운이 느껴졌고, 살고 싶은 강렬한 욕구 때문에 고함을 치며 뛰쳐나가고 싶었다. 그러나 부인은 그녀에게 너무도 친절하게 대해 주었고, 자기 방에서 그녀를 내보내면서 산책을 많이 하 고 와도 좋다고 말했다. 부르봉 부두에서 돌아올 때면 그녀의 마음은 양심의 가책으로 가득 차 있었다, 블로뉴 숲 이야기나 그녀가 한 번도 발을 들여놓지 않은 교회의 예식 이야기를 지 어내야 했기 때문이다. 날이 갈수록 부인은 그녀에게 더 큰 애 정을 보여 주는 것 같았다. 실크 원피스라든가 작은 골동품 손 목시계, 하다못해 속옷까지 계속하여 선물을 주곤 하였다. 크리스틴도 이 부인을 매우 사랑하고 있었다. 부인이 크리스틴을 자기 딸이라고 부르며 울던 어느 날 저녁, 그녀는 부인의 곁을 다시는 떠나지 않겠다고 맹세했다. 부인이 너무도 늙고 쇠약했기 때문에 불쌍한 생각이 들어서였다.

"흠!" 어느 날 아침 클로드가 말했다. "당신은 보상을 받겠군요. 부인이 당신에게 유산을 남겨 줄 테니까요."

크리스틴은 충격을 받았다.

"어머! 그렇게 생각하세요……? 부인의 재산이 300만 프랑이라는데……. 아니에요, 그럴 리 없어요. 그런 생각은 해 보지도 않았어요, 원치도 않고요. 그럼 내가 어떻게 되는데요?"

클로드는 몸을 돌려 짤막하게 덧붙였다.

"당신은 물론 부자가 되겠죠! 그리고 그전에 틀림없이 결혼부터 시킬 거요."

그녀는 갑자기 웃음을 터뜨리면서 그의 말문을 막았다.

"부인의 할아버지 친구하고 말인가요? 턱이 하얀 장군이 한 분 계신데…… 아! 우스워라!"

두 사람은 마치 오래 사귄 친구 사이 같았다. 클로드는 지금까지 우연히 스쳐 간 여자들 외에는 여자에 대해서 알지 못했고, 게다가 현실을 떠난 낭만적인 연애를 꿈꾸었기 때문에 그녀와 마찬가지로 그에게도 둘 사이에 일어나는 이 모든 일이 새로운 체험이었다. 도착했을 때와 헤어질 때 나누는 악수 외에는 다른 어떤 애정의 표시도 없었지만, 이런 식으로 은밀히 만나는 것이 그들에게는 아주 자연스럽고 당연한 일로 여겨졌다. 이제 클로드는 당연히 그녀를 아무것도 모르는 순진한 아가씨로 생각하였고, 이 아가씨가 인생과 남자에 대해서 알 턱이 없다고 믿게 되었다. 하지만 오히려 그녀 편에서는 그가 너무 수줍음을 타는 것 같았다. 그래서 그녀는 가끔 동요하는 눈빛으로 그를 쳐다보곤 했는데, 그 눈 속에는 자신도 미처 알지 못하는 정열의 고뇌가 숨어 있었다. 그러나 그들은 함께 있는 것이 기쁠 뿐, 아직까지는 두 사람을 불타오르게 하고 흥분에 휩싸이게 하는 것은 찾아볼 수 없었다. 그들이 나누는 악수는 여전히 청순한 것이었으며, 그들은 모든 것에 대해 서로 터놓고 이야기했다. 가끔 다투기도 했지만, 그들은 결코 화를 내는 법이 없는 친구 사이였다. 다만, 이 우정이 너무 강렬해서 이제 그들은 서로가 없으면 살 수 없었다.

크리스틴이 이곳에 오고 나서부터 클로드는 문에 열쇠를 꽂아 두지 않았다. 그녀가 그렇게 해 달라고 요구했기 때문이다. 그렇게 해서 아무도 이들을 방해하러 들어올 수 없었다. 처음 몇 번의 방문 뒤에 그녀는 아틀리에를 점령해 버렸고, 마치 자기 집에 온 듯이 행동했다. 그녀는 그곳을 정리하고 싶어 안달이었다. 그렇게 어질러진 꼴을 그대로 두고 보기가 힘들어서였다. 그러나 그것은 쉬운 일이 아니었다. 화가는 먼지가 그림에 묻을까 봐 조제프 부인에게도 비질을 하지 못하게 했다. 그래서 처음에 그의 여자 친구가 조금이라도 청소를 하려고 하면, 그는 걱정스럽고 애원하는 눈빛으로 그녀의 뒤를 따라다녔다. 물건의 위치를 바꾸어 놓을 필요가 있는가? 그냥 손 닿는 곳에 있으면 되는 것 아닌가? 하지만 그녀가 너무도 귀엽게 고집을 피웠고, 집안일하는 것을 즐거워했으므로 그는 그녀가 하는 대로 내버려 두었다. 이제 그녀는 도착하면 바로 장갑부터 벗고 스커트가 더러워지지 않도록 걷어 올려 핀으로 고정시킨 다음, 모든 물건을 뒤집어 놓았다. 그녀는 이 넓은 방을 세 번에 나누어 정리했다. 우선 그녀는 벽난로 앞에 쌓여 있는 재부터 치웠다. 그리고 침대와 세면대 앞에 칸막이를 쳐서 가렸다. 그다음 그녀는 긴 의자의 먼지를 털어 냈고, 가구를 닦아 윤을 냈으며, 전나무 식탁 위의 그릇들을 치우고 얼룩을 닦아 냈다. 그리고 의자를 대칭으로 배치한 후 그 위에 삐거덕거리는 이젤을 벽에 걸쳐 놓았다. 진홍빛 꽃들이 만개한 커다란 뻐꾸기시계는 더욱 울림이 좋은 소리로 똑딱거리고 있었다. 아틀리에는 너무도 잘 정돈되어서, 전과 같은 방이라고는 생각도 할 수 없을 정도였다. 그는 놀라운 듯이 입을 벌리고 그녀가 노래를 흥얼거리면서 방 안을 왔다 갔다 하며 치우는 모습을 바라보았다. 이 여자가 조금만 일을 해도 참을 수 없는 두통에 시달렸던 그 게으름뱅이 아가씨가 맞는가? 그러나 그녀는 웃었다. 머리 쓰는 일은 골치가 아픈 게 사실이지만 손이나 발로 하는 일은 오히려 그녀를 기분 좋게 만들어 주고, 싱싱한 나무처럼 기운을 회복시켜 준다고 하였다. 그녀는 또 이런 하찮은 집안일에나 신경을 쓰는 자신을 타락했다고 여겼는데, 이런 그녀의 취미가 어머니를 실망시켰기 때문이다. 어머니의 교육 목표는 딸에게 취미로 예술을 가르쳐 주고, 손가락에 물 한 방울 묻히지 않고 가사에 신경 쓸 필요가 없는 여교사로 만드는 것이었기 때문이다. 그녀가 아주 어렸을 때, 비질을 하고, 걸레질을 하고, 음식 만드는 놀이를 하며 즐겁게 노는 모습을 보고 놀란 어머니는 얼마나 야단을 치셨던가! 아직까지도 그 버릇은 변함없었다. 만약 그녀가 방자드 부인의 집에서 먼지를 털어 낼 수 있었다면 훨씬 덜 지루했을 것이다. 만약 그러기라도 했다면 사람들이 뭐라고 쑥덕거릴 것인가? 그 순간 그녀는 숙녀가 되는 것을 포기해야 했을 것이다. 그래서 그녀는 부르봉 부두에 와서 숨이 차도록 많은 일을 하는 것이 즐거웠고, 금지된 과일을 따먹으려는 죄짓는 여자의 눈으로 두리번거렸다.

그 즈음 클로드는 자신의 주위에서 여자의 섬세한 손길을 느꼈다. 그녀를 앉혀서 조용히 이야기라도 나누기 위해 가끔씩 그는 그녀에게 떨어져 나간 소맷부리를 꿰매 달라든가, 해진 저고리를 기워 달라는 부탁을 하곤 했다. 그녀가 자진해서 그의 속옷을 집어오기도 하였다. 그러나 이 일은 그녀가 활기와 열기를 가지고 하던 가사 일과는 달랐다. 우선 그녀는 바느질을 할 줄 몰랐다. 그런 것을 배우지 않았기 때문에 그녀는 바늘 잡는 것부터 서툴렀다. 게다가 이렇게 꼼짝 않고 앉아 주의를 집중해서 한 땀 한 땀 손을 놀려야 하는 일이 피곤했다. 아틀리에는 마치 응접실처럼 깨끗해졌고 윤이 났지만, 클로드는 여전히 남루한 옷을 입고 있는 게 즐거워서 두 사람은 깔깔 웃었다.

지난 넉 달 동안 추위가 영하로 내려가는 날이든, 비가 오는 날이든, 그들은 빨갛게 달아오른 난로가 파이프 오르간의 파이프처럼 부르릉 소리를 내면서 타오르는 아틀리에 안에서 얼마나 행복했던가! 겨울은 그들을 세상과 더욱 격리시켜 주었다. 이웃집 지붕 위에 눈이 쌓이고, 참새들이 다락방 유리창으로 날아와 날개를 털면 그들은 조용한 대도시 가운데 이렇게 외따로 떨어져 따뜻하게 앉아 있는 사실에 흐뭇한 미소를 지었다. 게다가 그들은 이 좁은 구석에만 머무른 것이 아니었다. 그녀는 드디어 그가 배웅하러 나오는 것을 허락했다. 그동안 그녀는 바깥에서 남자의 팔을 끼고 걷는 자신의 모습이 남의 눈에 띨까 봐 부끄러워 한 번도 그와 같이 걷는 걸 허락하지 않았다. 그런데 어느 날 갑자기 내리친 소나기 때문에 그녀는 그가 우산을 들고 따라 내려오게 놓아 둘 수밖에 없었다. 그런데 소나기는 금방 그쳤고, 루이 필립교 건너편에서 그녀는 그를 되돌려 보냈다. 그들은 마일 쪽을 바라보며 난간에 잠시 머물렀을 뿐이었지만 넓은 하늘 아래 함께 있다는 사실에 행복했다. 저 아래 선착장에는 사과를 가득 싣고 있는 커다란 바지선들이 넉 줄로 늘어서 있었다. 배들이 너무 촘촘하게 서 있는 바람에 그 사이의 건널목 판자들이 골목길을 이루었고, 그곳을 어린아이들과 부인들이 분주하게 뛰어다녔다. 그들은 과일들이 이리저리 굴러다니는 모습과 제방을 가득 메우고 있는 산처럼 쌓인 과일더미, 또 과일을 주워 담느라 왔다 갔다 하는 둥근 바구니들의 모습에 즐거워했다. 하지만 거의 악취에 가까운 독한 냄새, 발효되고 있는 사과주 냄새가 강가의 습기 찬 공기와 함께 퍼져 나왔다. 그다음 주에는 태양이 다시 모습을 드러냈을 뿐만 아니라 클로드가 크리스틴에게 생 루이섬 부근의 부두들이 얼마나 한적한지 찬사를 늘어놓는 바람에 그녀는 산책하는 데 동의했다. 그들은 부르봉 부두와 앙주 부두를 거슬러 올라갔는데, 한 걸음 뗄 때마다 센강가의 생활이 흥미로워 멈추곤 했다. 양동이들이 삐거덕거리는 준설선, 싸우는 소리로 시끌벅적한 세탁선, 그리고 저 멀리 어느 짐배의 짐을 내리느라고 바쁜 기중기선의 모습도 보였다. 크리스틴은 특히 놀라워했다. 저토록 분주한 눈앞의 오름 부두, 거대한 제방이 있고 한 떼의 아이들과 개들이 모래더미 위에서 뒹구는 해변이 있는 앙리 4세 부두, 이토록 사람들이 바글거리고 활기에 찬 이 도시의 지평선 전체가 그녀가 도착하던 날 밤 핏빛의 번쩍임 속에서 보았던 저 주받은 도시의 지평선이었던가? 이어 그들은 섬의 끝에서 방향을 틀었다. 그들은 그곳에 있는 오래된 저택들이 풍기는 한적하고 조용한 분위기를 맛보기 위해 발걸음을 천천히 옮겼다. 그들은 강물이 방파제의 즐비한 기둥들을 돌면서 부글거리며 거품을 내는 것을 바라보았다. 돌아올 때는 베튄 부두와 오를레앙 부두를 거쳐 지나왔는데, 넓은 강물이 다가오자 그 도도한 흐름 앞에서 그들은 서로의 어깨를 나란히 한 채, 멀리 포도주 하역장과 식물원을 바라보았다. 흐린 하늘 아래에서 건물의 둥근 지붕들이 푸르스름하게 보였다. 그들이 생 루이교* 위에 다다랐을 때, 그는 그녀가 알지 못하는 노트르담 성당을 알려 줘야 했다. 그것은 뒤쪽에서 보면 양쪽의 솟아 있는 아치 사이에서 웅크리고 휴식하고 있는 거대한 괴물 다리 같은 모습이었는데, 그 괴물의 기다란 척추 위로 두 개의 머리와도 같은 탑이 주위를 제압하는 듯이 솟아 있었다. 그러나 그날 그들의 수확은 파리에 결코 닿지 못한 채 파리를 바라보며 두 개의 물줄기 사이에서 항상 닻을 올리고 항해하고 있는 배의 뱃머리 모습을 한 섬의 서쪽 끝을 발견한 일이었다. 그들은 가파른 계단을 내려와 큰 나무들이 심어져 있는 매우 한적한 제방을 하나 발견했다. 그 후 그곳은 그들의 달콤한 피난처, 일반 사람들에게 둘러싸인 은신처가 되었다. 그들은 주변의 부두와 다리 위에서 파리가 분주하게 들끓고 있는 동안, 물가에서 세상일을 모두 잊고 그들만의 호젓한 기쁨을 맛보았다. 그때부터 이 제방은 그들에게 전원의 한 구석이 되었고, 태양이 비치는 시간을 마음껏 즐기는 야외의 고장이 되었다. 이 시각은 아틀리에라면 빨갛게 달아오른 난로가 붕붕 소리를 내면서 그곳의 엄청난 열기로 그들을 숨 막히게 하고, 두려울 정도의 뜨거운 열로 그들의 손을 데우는 그런 시각이었다.

그러나 그때까지 크리스틴은 클로드가 마일까지만 따라오는 것을 허락했다. 마치 앞으로 남은 부둣가로 난 길을 걷다 보면 파리에 살고 있는 사람들 중 누구라도 아는 사람을 만나기라도 한다는 듯이 그녀는 언제나 오름 부두에서 그를 돌려보냈다. 그러나 파시는 너무 멀었고, 혼자 매번 같은 길을 걷는 것도 너무 지루했기 때문에 그녀는 조금씩 양보하기 시작했다. 처음에 그녀는 그에게 시청까지 따라오는 것을 허락했다가 이어 퐁네프까지, 마침내는 튈르리까지 오게 했다. 그녀는 위험을 잊었고, 그들은 젊은 부부처럼 팔을 낀 채 걸었다. 물가를 따라 언제나 같은 길을 천천히 걸어가는 매번 반복되는 이 산책은 그들의 마음을 사로잡았고, 지고지순한 기쁨을 주었기 때문에 그들은 이제 다시는 이보다 더 큰 기쁨을 맛볼 수 없을 것 같았다. 그들은 아직 몸을 허락하지는 않았지만, 마음속 깊이 서로에게 속해 있었다. 마치 강에서 올라오는 대도시의 영혼이 세월과 함께 오래된 돌들에서 고동치는 정감으로 그들을 감싸주는 듯했다.

12월의 매서운 추위가 시작되자 크리스틴은 오후에만 올 수 있었다. 그리고 해가 기울기 시작하는 오후 네 시경, 클로드는 그녀를 배웅하기 위해 그녀의 팔을 끼고 나섰다. 맑은 날이면 그들이 루이 필립교를 건너자마자 바로 널찍한 강가의 풍경이 끝없이 눈앞에 펼쳐졌다. 이쪽 끝에서 저쪽 끝까지 비스듬한 태양은 금빛 가루로 강 우안의 집들을 따뜻하게 비추고 있었다. 반면, 강 좌안의 섬들과 건물들은 석양의 불타는 영광 위에 검은 선으로 뚜렷하게 드러났다. 오른쪽의 빛나는 선과 왼쪽의 어두운 선 사이에서 센강이 반짝반짝 빛났으며, 그 빛나는 강 위로 다양한 모습을 한 다리의 가는 선들이 가로지르고 있었다. 아르콜교*의 한 개의 아치 밑으로 노트르담교의 다섯 개의 아치가 보였고, 이어 퐁 토 샹주*와 퐁 네프가 보였다. 다리는 점점 섬세해지면서, 각각의 다리가 드리우는 그림자 너머로 밝은 빛이 한 번 번쩍 하더니 푸른색의 새틴 천과도 같은 강물이 거울에 반사되듯이 흰색으로 빛났다. 해 질 무렵 강 왼쪽의 들쭉날쭉한 선은 허공에 진한 검은색으로 솟아 있는 법원의 뾰족한 탑의 실루엣으로 끝나 있었다. 한편, 강의 오른쪽은 밝게 비쳐서 부드러운 커브를 그리며 저 멀리까지 뻗쳐 있었고, 그 끝에는 플로르 궁*이 하나의 성채같이 돌출해 있었다. 그것은 장밋빛 연기의 지평선 한가운데서 푸른빛으로 가볍게 떨고 있는 꿈속의 궁전 같았다. 그러나 그들은 잎사귀 없는 플라타너스 아래에서 햇빛을 잔뜩 받으며, 눈이 부셔서 오래 쳐다보지 못하고 눈을 돌렸다. 그들은 몇몇 장소를 늘 즐겨 바라보았는데, 그중에서도 특히 한 장소를 마음에 들어 했다. 그것은 마일 위의 아주 오래된 집들이 다닥다닥 모여 있는 풍경으로, 아래엔 2층으로 된 철물과 낚시도구들을 파는 작은 가게가 있었고, 그 집의 테라스엔 월계수와 머루나무가 꽃을 피우고 있었다. 그 뒤로는 좀 더 높은 집들이 있었는데, 모두 허름한 집들로, 창문엔 빨래들이 널려 있고, 집 전체에는 벽돌이나 목조 등 이상야릇한 건축 자재들이 쌓여 있고, 무너져 내릴 것 같은 벽과 벽에 매달린 화분이 여기저기 보였다. 그리고 작은 창유리가 석양에 반사되어 별처럼 반짝이고 있었다. 제방을 따라 걸으며 그들은 병영이나 시청 같은 큰 건물들을 지나쳤다. 그러고 나서 그들은 맞은편 강변에 수직으로 서 있는 윤이 나는 암벽에 둘러싸인 시테의 전망을 감탄하며 감상했다. 집들이 촘촘히 들어서 있었는데, 어두운 집들 위로 반짝반짝 빛나는 노트르담 성당의 두 개의 탑이 새로 금박을 입힌 듯했다. 조그만 책가게들이 난간을 점령하기 시작했고, 노트르담교의 아치 아래로 석탄을 실은 수송선이 무서운 바람에 맞서 싸우고 있었다. 그리고 추운 날씨에도 불구하고 그곳에 꽃시장이 서는 날이면, 그들은 그해 처음 꽃망울을 터뜨린 바이올렛이나 아직은 철 이른 꽃향기를 맡기 위해 멈추곤 했다. 반면, 강의 왼쪽에서는 연안의 모습이 저 멀리까지 비쳤다. 법원의 망루 너머로 오를로즈 부두의 희끄무레한 작은 집들에서부터 노지 위에 빽빽이 심어진 나무들까지 보였다. 그들이 걸어감에 따라 다른 부두들의 모습도 저 멀리 뿌연 안개 속에서 모습을 나타냈고, 볼테르 부두, 말라케 부두, 학사원의 둥근 지붕, 조폐국의 네모난 건물이 연이어 차례로 나타났다. 이어 창문조차 구별되지 않는 기다란 잿빛 건물의 횡선이 이어졌고, 지붕 위 굴뚝들은 마치 번쩍번쩍 빛을 발하는 바다 한가운데로 떨어지는 바위 절벽과 닮아 보였다. 반면, 플로르 궁은 더 이상 꿈속의 궁전 모습으로서가 아니라 태양의 마지막 빛 속에 그 모습을 고정시킨 채 그들 앞에 뚜렷이 모습을 드러냈다. 그때 센강을 횡단하며 오른쪽에서 왼쪽으로 이어지는 세바스토폴 대로와 팔레 대로의 기다란 정경이 눈에 들어왔다. 이어 메지스리 부두의 새 건물들과 정면으로 새 경찰청사의 모습이 보였고, 오래된 퐁 네프의 동상들이 검은 반점으로 나타났다. 그리고 루브르 박물관과 튈르리 공원, 그리고 저 끝에 있는 그르넬교 너머까지 끝없는 원경이 펼쳐졌는데, 세브르 언덕과 굴러 떨어지는 햇살을 가득 받고 있는 들판이 보였다. 클로드는 결코 더 멀리 가진 못했다. 크리스틴은 언제나 그를 비지에 해수욕장 근처의 큰 나무들이 있는 루와얄교 앞에 멈춰 세우곤 했다. 그들은 다시 한번 악수를 나누기 위해 몸을 돌면서 붉게 변한 금빛 햇살 안에서 그들이 걸어온 길을 뒤돌아보았고, 처음에 출발했던 생 루이섬의 다른 쪽 지평선을 바라보았다. 이미 어둠에 덮인 도시의 끝은 동쪽의 검푸른 하늘 아래 희끄무레하게 모습을 드러내고 있었다.

　아! 매주 그들은 산책을 하며 얼마나 아름다운 석양의 경치를 감상하였던가! 부둣가에서 맛볼 수 있는 생동하는 즐거움, 즉 센강에서 펼쳐지는 삶의 모습, 물의 흐름에 따라 춤추는 빛의 반사, 온실처럼 따뜻한 가게의 아늑함, 곡물 가게에 꽂아 놓은 꽃병, 또 귀가 따가운 새 가게의 새장 등, 강가를 영원히 늙지 않는 도시로 만들어 주는 이 모든 소리와 색의 소란스러움 속에서 태양은 줄곧 그들을 따라왔다. 그들이 앞으로 걸어가는 동안, 석양의 이글거리는 불꽃은 집들의 어두운 선 위로 그들의 왼쪽을 붉게 물들여 주었다. 그들이 노트르담교를 지나치면서 넓은 강물을 눈앞에 대하자마자, 마치 태양은 그들을 기다리고 있었다는 듯이 저 멀리 지붕들 위로 곡선을 그리며 차차 기울기 시작했다. 몇 세기를 거쳐 존속해 온 어떤 울창한 숲에서도, 또 어떤 산 위의 길이나 어떤 들판의 초원 위에서도 학사원의 둥근 지붕 뒤에서 지는 해보다 더 장엄한 광경을 보여 줄 수는 절대 없을 것이다. 그것은 영광 안에 잠드는 파리였다. 그들이 산책을 하는 도중 불길은 곳곳에서 그 모습을 달리하였는데, 새로 활활 타오르는 큰불이 이 영광스러운 불꽃의 왕관에다 새로운 불씨를 더해 주곤 하였다. 소나기가 막 지나가고 난 어느 날 저녁, 비 온 뒤에 다시 떠오른 태양은 구름 전체에 불을 붙여 놓았고, 그들의 머리 위에는 파란색과 분홍색의 무지갯빛으로 반짝이는 불타는 물방울밖에는 없었다. 또한 맑은 날에는 불의 공같이 생긴 태양이 고요한 사파이어 빛깔의 호수 안으로 장엄하게 내려왔다. 한순간 학사원의 검은 둥근 지붕은 마치 이지러지는 달처럼 한 귀퉁이가 잘려 나갔다. 이어 불덩이는 보랏빛을 띤 채 핏빛으로 변한 호수 깊숙이 풍덩 빠졌다. 2월이 되어 태양은 커브를 늘여 곧장 센강 속에 떨어졌는데, 센강은 빨갛게 달구어진 쇠의 접근으로 수평선이 부글부글 끓어오르기 시작했다. 그러나 가장 극적인 효과, 가장 멋있는 장면의 변화는 흐린 저녁에만 연출되었다. 그들은 바람이 부는 방향대로 산호초에 부딪히는 유황빛의 바다를 보기도 했고, 궁전들이나 탑들, 또는 흘러내리는 용암의 격류에 무너져 내리는 불타오르는 건축물의 더미를 보기도 했다. 어떤 때는 이미 사라져 수증기의 장막 뒤에서 잠들었던 태양이 갑자기 이 성채를 너무도 강한 빛으로 비치는 바람에 섬광 같은 것이 마치 황금 화살이 날아가는 것같이 하늘의 이쪽 끝에서 저쪽 끝까지 눈에 띌 정도로 반짝반짝 빛나기도 했다. 이어 석양이 찾아왔고, 그들은 각자 눈 안에 마지막 장관을 담은 채 헤어졌다. 그들은 이 당당한 파리가 그들이 아무리 맛보아도 다 맛볼 수 없는 기쁨의 공모자와 같이 생각되어 오래된 돌길을 함께 걷는 산책을 언제까지나 계속했다.

드디어 어느 날, 클로드가 그동안 입에 담지는 않았지만 염려하고 있던 일이 일어났다. 크리스틴은 이제 누가 자기를 볼 수 있다는 염려는 하지 않는 것 같았다. 그도 그럴 것이, 도대체 누가 그녀를 알아보겠는가? 그녀는 이렇게 영원히 아무에게도 알려지지 않은 채로 지낼 수 있었다. 그러나 그는 친구들에게 들킬 수 있었다. 가끔 그는 멀리서 친구들의 뒷모습을 본 것 같아서 가볍게 몸을 떨곤 했다. 그는 수줍음을 타는 성격이어서 만약에 누군가 젊은 아가씨의 얼굴을 뚫어지게 쳐다보고, 그녀에게 접근하여 농담이라도 걸면 어쩌나 하는 고통에 끊임없이 시달렸다. 그런데 바로 그날, 그들이 서로 팔짱을 낀 채 아르교 가까이에 다가갔을 때 그들은 다리의 계단을 내려오고 있는 상도즈와 뒤뷔슈를 만났다. 그들을 피하기는 거의 불가능했고, 거의 정면으로 그들과 마주치고 말았다. 그들이 싱글벙글 웃고 있는 모습으로 보아 어쩌면 그들은 벌써 한참 전에 그를 알아본 것 같았다. 얼굴이 창백해진 클로드는 그냥 계속 걸어 나갔다. 뒤뷔슈가 자기 쪽으로 오려고 하는 것을 보고 클로드가 정신이 아득해지는 순간, 어느 새 상도즈가 뒤뷔슈를 붙잡아 끌고 갔다. 그들은 서로 모르는 체하고 지나가서 뒤도 돌아보지 않은 채 루브르 박물관의 마당으로 사라졌다. 이 두 친구는 그녀를 보고 화가가 연인의 질투심에서 감추어 두었던 파스텔화의 주인공임을 알아보았다. 크리스틴은 아무것도 모른 채 마냥 즐거워했다. 클로드는 두 친구들의 사려 깊은 행동에 고마워서 가슴이 쿵쾅거렸다. 눈물이 날 정도로 감격한 그는 그녀가 묻는 말에 목멘 소리로 대답했다.

그로부터 며칠 후, 클로드는 다시 한번 충격을 받았다. 그날은 크리스틴이 오리라고 기대하지 못했기 때문에, 그는 상도즈와 미리 약속을 해 놓았던 것이다. 그런데 그녀는 잠깐 들른다고 뛰어 올라왔고, 그들은 평소의 습관대로 문에서 열쇠를 빼낸 후 반가운 해후를 즐기고 있었다. 그때 주먹으로 문을 두드리는 귀에 익은 소리가 났다. 이렇게 문을 두드리는 사람이 누구인지 즉각 알아차린 그는, 너무 당황하여 의자를 넘어뜨리고 말았다. 이제는 문을 열지 않을 수 없었다. 그러나 그녀는 파랗게 질려 격렬한 동작으로 그에게 애원했고, 그는 숨을 죽인 채 꼼짝 않고 서 있을 수밖에 없었다. 문을 두드리는 소리는 계속되었고, "클로드! 클로드!" 외치는 소리가 들려왔다. 그는 여전히 움직이지 않은 채, 눈을 내리뜨고 입술이 하얗게 되어 고민을 하고 있었다. 긴장된 침묵이 감돌았고, 발걸음은 나무 계단의 삐거덕거리는 소리를 내며 아래로 내려가고 있었다. 그의 가슴은 슬픔으로 가득 찼고, 멀어져 가는 발자국 소리를 들을 때마다 마치 자신이 젊은 날의 우정을 배반한 듯하여 후회로 가슴이 미어졌다.

그러나 어느 날 오후에 다시 문 두드리는 소리가 났고, 다급해진 클로드는 절망적으로 중얼거렸다.

"열쇠가 문에 꽂혀 있어요!"

실은 크리스틴이 깜빡 잊고 열쇠를 빼지 않고 있었던 것이다. 그녀는 질겁하여 칸막이 뒤로 몸을 숨겼고, 숨소리가 들리지 않도록 손수건으로 입을 틀어막은 채 침대 가장자리에 걸터앉았다.

문 두드리는 소리가 더욱 크게 났고, 웃음소리도 들려왔다. 화가는 고함을 지를 수밖에 없었다.

"들어오세요!"

그러나 그는 매우 정중하게 이르마 베코를 데리고 온 조리를 보고 더욱 당황했다. 두 주일 전부터 파주롤은 그녀를 조리에게 양보하고 있었다. 아니 차라리 그녀를 전부 잃게 될까 봐 그녀의 변덕에 체념했다는 말이 옳을 것이다. 그래서 그녀는 일주일에 세 번이나 상대를 바꾸어 가며 속옷을 벗어던지던 자유분방한 몸으로 아틀리에 전체에 젊음을 발산했다. 심지어 그녀는 밤에 다시 오겠다는 뜻으로 속옷을 벗어두고 가는 짓까지도 서슴지 않았다.

"자네의 아틀리에에 오고 싶어 한 건 이 여자야. 그래서 내가 데려온 걸세." 기자가 설명했다.

그러나 그녀는 들어오라는 말도 하기 전에 들어와 여기저기 돌아다니며 거침없이 소리를 질렀다.

"어머! 여긴 참 재미있네……! 아! 이 그림 정말 웃겨요……, 안 그래요? 다정하게 굴어 봐요. 나에게 전부 보여 줘요. 다 보고 싶어. 그런데 잠은 어디에서 자죠?"

클로드는 걱정이 되었고, 그녀가 칸막이라도 벗기면 어쩌나 하여 겁이 났다. 그 뒤에 있을 크리스틴의 모습이 상상되었는데, 그녀의 귀에도 이런 대화가 들렸을 것 같아 미안했다.

"저 여자가 방금 자네에게 뭘 물었는지 알아?" 조리가 재미있다는 듯이 말을 꺼냈다. "뭐, 자넨 기억이 안 난다고? 그녀를 모델로 뭔가 그려 주겠다고 약속했잖아……. 자네가 원하면 무슨 포즈든지 취해 줄 텐데, 안 그래, 귀여운 아가씨?"

"당연하죠, 지금 당장이라도!"

"음, 그게……." 화가는 당황하며 말했다. "살롱전에 이 그림을 출품해야 하는데……. 속을 썩이는 게 하나 있어! 모델들을 아무리 찾아봐도 도저히 안 돼!"

그녀는 그림 앞에 가 서서, 작은 코를 공중으로 치켜 올렸다.

"풀밭에 누운 이 벗은 여자 말이군요……. 알겠어요! 내가 당신에게 도움이 될 것 같지 않아요?"

갑자기 조리가 열을 냈다.

"그래, 그거야! 좋은 생각이 있어! 자넨 예쁜 여자를 찾고 있는데, 아직 못 찾았단 말이지! 이르마가 옷을 벗어 보일 거야. 자, 아가야, 옷을 벗어 봐. 이 아저씨가 볼 수 있도록 조금만 벗어 봐."

그녀는 한 손으로 모자 끈을 확 풀더니, 클로드가 극구 말리는데도 다른 손으로 블라우스 단추를 끄르려고 하였다. 클로드는 마치 자기가 겁탈이라도 당하는 듯이 몸부림을 쳤다.

"안 돼, 안 돼, 소용없어……. 이 여자는 너무 작아……. 전혀 적합하지 않아, 전혀!"

"그게 무슨 상관이에요?" 그녀는 말했다. "그냥 보면 되잖아요."

그러자 조리도 고집을 피웠다.

"벗게 내버려 둬! 자기가 좋아서 벗겠다는데. 그녀는 모델을 잘 서지 않아, 그럴 필요가 없거든. 그런데 자기 몸을 보여 주는 것을 좋아한다네. 아마 속옷도 입지 않고 살걸……. 자, 어서 옷을 벗어 봐. 저 아저씨는 네가 자기를 잡아먹을까 봐 겁을 먹고 있으니까, 가슴만 보여 줘라!"

클로드는 그녀가 옷 벗는 것을 간신히 막을 수 있었다. 그는 적당한 핑계를 둘러 댔다. 좀 더 나중에 그렇게 해 주면 고맙겠다, 지금 새 자료가 입력되면 정신이 혼란해질 것 같아 두렵다. 그러자 그녀는 비웃는 듯한 미소를 지으며 장난기 가득한 눈으로 똑바로 그를 쳐다보더니, 어깨를 으쓱하며 동의했다.

그러자 조리가 야외파 친구들 이야기를 꺼냈다. "왜 지난 목요일에 상도즈의 집에 오지 않았어? 그 후에도 모습을 볼 수 없던데, 뒤뷔슈는 자네가 여배우와 염문설이 있다고 말하더라. 오! 조각가들이 검은 옷을 입는 것에 대해 파주롤과 마우도 사이에 심한 말다툼이 있었지! 지난 일요일에 가니에르는 바그너의 음악회에서 눈에 멍이 들어서 왔고, 나는 「탕부르」에 실린 지난번 기사 때문에 보드캥 카페에서 하마터면 결투를 벌일 뻔했다네. 그들을 싸구려 화가라고 몰아붙이면서 그 명성은 다 훔친 것이라고 말해 주었지! 살롱전의 심사위원들에 반대하는 캠페인을 일으켰더니 그 소동은 가관이더군. 자연을 받아들이기를 단호하게 거부하는 관념적인 고집쟁이들을 하나도 남기지 않고 닥치는 대로 해치웠지."

클로드는 그의 이야기를 듣다가 더는 참을 수 없을 정도로 화가 났다. 그는 팔레트를 다시 집어 들고 그림 앞을 왔다 갔다 하였다. 결국 조리가 눈치를 챘다.

"자넨 일을 해야 되는군. 우린 갈게."

이르마는 자기를 원치 않는 이 바보의 어리석은 행동에 놀라기도 하고, 또 아무리 그가 원치 않더라도 그를 갖고 싶은 변덕스러운 마음에 괴로워져서 모호한 미소를 지으며 그를 계속 쳐다보고 있었다. 그의 아틀리에는 추했고, 그도 잘생긴 데라곤 없었다. 그런데 왜 그렇게 잘난 체를 하는가? 세련되고 지성적이며, 젊음을 방탕하게 굴린 덕에 벌써 웬만큼 재산도 모은 그녀는 그 순간 그를 놀리지 않을 수 없었다. 문 앞에서 그녀는 자기의 따뜻한 손으로 그의 손을 한참 동안 감싸 쥐면서, 마지막으로 자기를 주겠다는 제안을 해 왔다.

"당신이 원할 때……."

그들이 떠나고, 클로드는 칸막이부터 치워야 했다. 칸막이 뒤에는 크리스틴이 침대 가장자리에 앉아 있었는데, 일어날 기운도 남아 있지 않은 듯했다. 그녀는 이르마 베코에 대해 아무 언급도 하지 않았고, 단지 무서웠다고만 간단히 말했다. 그리고 다시 한번 문을 두드리는 소리를 듣게 될까 봐 가겠다고 했다. 그녀의 근심스러운 눈 속에는 그녀가 입 밖에 내지 않은 고통이 서려 있었다.

오랫동안 화가가 살아온 이 거친 예술적 환경, 그리고 강렬한 그림들로 가득 찬 이 아틀리에는 그녀에게 여전히 불편한 장소였다. 그녀는 벌거벗은 몸의 모습을 담은 생생한 누드화들이나 프로방스 지방에서 그린 가혹할 정도로 사실적인 그림들에 익숙해지지 않았기 때문에 상처받았고, 그림에 대한 혐오감이 들었다. 특히 그녀는 어머니가 그린 섬세한 수채화들이나 푸르스름한 정원에 나부끼는 몇 송이의 백합이 꿈속에서와 같이 은은하게 그려진 부채 등, 전혀 다른 종류의 예술이 갖고 있는 부드러움을 찬미하는 환경에서 성장한 까닭에 이런 그림들을 전혀 이해할 수 없었다. 지금까지도 그녀는 학생 시절에 그리던 풍경화를 즐겨 그리곤 했는데, 그것은 두세 가지 주제가 매번 반복되는 것으로, 예컨대 폐허 옆에 놓인 호수라든가 강가의 물레방아, 눈 덮인 흰색의 전나무와 산장의 풍경 같은 것이었다. 그래서 그녀는 놀라지 않을 수 없었다. 지적인 청년이 저토록 비이성적이고, 흉하고, 그릇된 방법으로 그림을 그릴 수 있단 말인가? 그녀는 그가 그린 현실이 괴물 같아서 보기 싫을 뿐 아니라, 허용된 진실의 범위를 넘어서고 있는 것으로 판단되었다. 결국 그가 돌지 않고서야 어떻게 저런 그림을 그린단 말인가.

어느 날 클로드는 언젠가 그녀가 이야기해 주었던, 예전에 클레르몽에서 살 때 그녀가 그린 작은 화첩을 너무도 보고 싶어 했다. 오랫동안 거절해 오던 그녀는 마침내 그 화첩을 들고 왔다. 내심 자랑스러운 마음도 있었고, 또 그가 무슨 말을 해 줄지 궁금하기도 했다. 그는 미소를 지으며 화첩을 넘겼는데, 그가 아무 말이 없는 것을 보고 그녀가 먼저 작은 소리로 중얼거렸다.

"흉하죠?"

"절대 그렇지 않아요." 그가 대답했다. "순수하군요."

그의 호의적인 다정한 말투에도 불구하고, 그녀는 이 말에 상처를 받았다.

"그럴 수밖에 없지요! 엄마한테 얼마 배우지 못했거든요! 나는 깨끗하고 즐거운 그림이 좋은 걸 어떻게 해요."

그러자 그는 솔직하게 웃음을 터뜨렸다.

"내 그림을 보기가 거북하다고 말해요. 당신이 그렇게 생각한다는 걸 다 알고 있소. 입술을 비쭉 내밀고, 무서워서 눈을 휘둥그레 뜨고 있잖소. 아! 분명히 이것은 여자들을 위한 그림은 아니에요. 젊은 아가씨들이 좋아할 만한 그림은 더더욱 아니죠. 그러나 곧 익숙해질 거요. 눈을 훈련하는 수밖에 없어요. 그림, 당신은 내가 하고 있는 일이 매우 건강하고 성실한 일이라는 걸 확실히 알게 될 거요."

사실, 크리스틴은 조금씩 익숙해졌다. 그러나 그것은 어떤 예술적인 신념이 있어서가 아니었다. 왜냐하면 클로드는 여자들의 의견을 중요하게 생각하지 않았기 때문에, 그녀에게 그의 생각을 주입시키려 하지 않았고 오히려 그녀와 예술에 관한 이야기를 나누기를 피했다. 마치 그림이라고 하는 그의 평생의 열정과 이제 그의 마음을 사로잡기 시작한 새로운 열정을 분리하여 따로 간직하고 싶어 하는 듯이 단지 그녀 스스로 이 그림을 보는 게 습관처럼 되어 버렸고, 처음 보았을 때 오싹하던 그의 그림들이 그의 삶에 얼마나 중요한 위치를 차지하고 있는가를 알게 되고 나서부터 그의 그림에 관심을 갖게 되었다. 무엇보다도 그녀가 그렇게 된 데에는 그가 얼마나 치열하게 일하며 몸과 마음을 다 바치는가를 보고 감탄했기 때문이다. 그런 모습은 매우 감동적이지 않은가? 매우 훌륭한 점이지 않은가?

그녀는 그가 일을 잘하고 못함에 따라 희비가 엇갈리는 것을 안 뒤부터는 그녀 자신도 그의 일에 어느 정도 감정이 이입되기 시작했다. 그가 슬퍼하는 모습을 보면 그녀도 슬펐고, 그가 그녀를 밝게 맞아 주면, 그녀도 덩달아 밝은 기분이 되었다. 그러자 그때부터 그녀의 관심은 그의 일이 되어 버렸다. 그는 일을 많이 했을까? 마지막 만나고 온 이후 그는 자기가 그린 그림에 만족하고 있을까? 두 달이 지나자 그녀는 확실히 정복된 여인의 모습으로 그림들 앞에 서서 아무런 두려움도 느끼지 않게 되었다. 여전히 그림에 대해서는 아는 것이 별로 없었지만 화가가 하는 말을 자기도 따라 하기 시작했고, 그것을 가리켜 '기운 찬 그림'이라든지, '구도가 잘 짜여졌다'라든지, '빛 속에서 잘 그려졌다'라는 평을 하곤 했다. 그는 너무도 친절했고, 그녀는 그를 너무도 사랑했기 때문에, 그녀는 그렇게 보기 흉하게 물감을 처바른 그림을 그린 것을 용서했을 뿐만 아니라 그런 그림들에게서 좋은 점을 발견하기에 이르렀고, 조금은 좋아하게 되었다.

그럼에도 아직 그녀가 받아들일 수 없는 그림이 하나 있었는데, 다름 아닌 이번 살롱전에 출품할 예정인 작품이었다. 이미 그녀는 부탱 아틀리에에서 그린 누드화들이나 플라상에서의 습작들을 아무런 거부감 없이 바라볼 수 있을 정도가 되었는데도 풀밭 위에 누워 있는 벌거벗은 여자만 보면 아직도 화가 났다. 개인적인 원한과 순간적으로 그 여자에게서 자신의 모습이 중첩되는 듯한 부끄러움을 느꼈고, 아무리 그 그림이 자신의 모습과 점차 거리가 멀어지고 있어도 그 커다란 누드 앞에 서면 거북한 감정을 떨쳐낼 수 없어서 어쩔 수 없이 상처를 받았다. 처음에 그녀는 그림에 눈길을 피하는 것으로 항의했지만, 이제는 몇 분 동안 아무 말 없이 꼼짝 않고 서서 눈을 고정시킨 채 쳐다보았다. 도대체 어떻게 해서 자신의 모습이 저렇게 사라질 수 있을까? 화가가 일을 열심히 하면 할수록, 그래도 영 마음에 들지 않아 같은 부분을 고치면 고칠수록 점점 더 그림 속 여인은 그녀의 모습과 멀어졌다. 그런데 그녀 자신도 이유를 알 수 없고, 차마 입 밖에 낼 수도 없는 일은 처음에는 수치심에 화가 나던 그녀가 막상 그 그림에서 전혀 자신의 모습을 찾아볼 수 없게 되자 점점 슬퍼지는 것이었다. 그녀는 마치 그들의 우정이 식는 느낌이었다. 그녀의 특징이 사라져 갈수록 점점 그와 멀어져 가는 것 같았다. 저렇게 작품에서 그녀의 모습을 지워 간다는 것은, 이젠 그녀를 사랑하지 않는다는 의미가 아닐까? 그리고 자기 모습 밑에 숨어 있다가 새로 나타난 이 알 수 없는 묘한 여자는 도대체 누구인가?

얼굴을 망치고 나서 절망한 클로드는 어떻게 그녀에게 몇 시간만 포즈를 취해 달라고 말을 건네야 할지 몰라 막막했다. 그녀는 단지 앉아 있기만 하면 되었고, 그는 중요한 몇 군데만 표시해 두면 될 일이었다. 하지만 그녀가 전에 그렇게 화를 내는 모습을 본 그로서는 또다시 그녀를 화나게 할까 두려웠다. 그녀에게 웃으며 애원해 보자고 스스로 다짐해 보았지만, 마치 무례한 일을 저지르려는 사람처럼 갑자기 부끄러워져서 할 말을 잊고 말았다.

어느 날 오후, 그는 그녀가 보는 앞에서 스스로 억제할 수 없을 정도로 화가 나서 그녀를 당황하게 만들었다. 그 주엔 아무 것도 되는 일이 없었다. 그는 그림을 다 지워 버리겠다고 했고, 가구들을 발로 차면서 격분한 태도로 방 안을 서성거렸다. 갑자기 그는 그녀의 양쪽 어깨를 잡고, 그녀를 긴 의자에 앉혔다.

"제발 부탁이오, 내 부탁 좀 들어줘요. 그렇지 않으면 정말 미칠 거요!"

당황한 그녀는 처음엔 그 말의 뜻을 이해하지 못했다.

"뭘, 뭘 원하시는데요?"

그러고 나서 그가 붓을 잡는 것을 본 그녀는 깜짝 놀라 덧붙였다.

"아! 네…… . 왜 좀 더 일찍 부탁하지 않았어요?"

그녀는 스스로 쿠션에 등을 대고 누운 후, 팔을 목뒤로 가져갔다. 그러나 그렇게 빨리 부탁에 응한 자신이 스스로 생각해도 놀랍고 혼란스러워 그녀는 갑자기 심란해졌다. 자기가 그럴 줄은 미처 몰랐기 때문에 이번을 마지막으로 다시는 모델을 서지 않겠다고 결심이라도 하는 것 같았다.

그는 감격하여 소리쳤다.

"정말! 내 부탁을 들어주는 거요? 세상에! 이제야말로 내가 당신을 모델로 한 진짜 여자를 그려 보이겠소!"

그녀는 얼떨결에 이 말이 흘러나왔다.

"오! 얼굴만 그려야 해요!"

그러자 그는 자기가 너무 지나쳤나 하는 걱정이 들어 성급하게 말했다.

"물론이죠, 물론 얼굴만 그릴 거예요."

두 사람 모두 거북스러운 마음에 입을 다물었다. 그는 그림을 그리기 시작했고, 그동안 그녀는 눈을 허공에 고정시킨 채 자기도 모르게 그런 말을 내뱉은 사실을 괴로워하고 있었다. 작열하는 태양 아래 벌거벗고 누워 있는 이 여자에게 자신의 모습을 부여하는 행동이 마치 무슨 잘못이라도 저지르는 것 같아 그녀의 호의는 이미 후회로 물들고 있었다.

클로드는 두 번에 걸쳐 얼굴을 완성시켰다. 그는 기쁨의 환호성을 질렀고, 자기가 이제껏 그린 그림 중에 가장 훌륭하다고 외쳤다. 그의 말은 옳았다. 그는 지금까지 이토록 진짜 햇빛 속에 살아 움직이는 얼굴을 그려 본 적이 한 번도 없었다. 그가 기뻐하는 모습을 보자 크리스틴도 즐거웠고, 그림의 얼굴이 매우 잘 그려졌다는 생각까지 들었다. 그녀와 닮지 않은 것은 여전했으나 놀라운 방법으로 표현된 것 같았다. 그들은 벽까지 뒷걸음질하며, 오랫동안 그림 앞에 서서 눈을 깜빡이며 바라보았다.

"자, 이젠……." 드디어 그가 말을 꺼냈다. "모델을 하나 구해서 후딱 해치워야겠어요. 아! 이 여자를 드디어 손에 쥐게 되었군요!"

그리고 나서 그는 어린아이들이 장난하듯이 크리스틴을 부둥켜안고 '승리의 발걸음'이라는 춤을 함께 추었다. 그녀도 큰 소리로 웃었다. 그 장난이 재미있어서 어떤 근심이나 가책, 불편한 감정도 다 날아가 버렸다.

그러나 그다음 주부터 클로드는 다시 우울해졌다. 몸을 그리기 위해 조에 피에드페를 모델로 택했는데, 그녀는 그의 욕구를 만족시키지 못했다. 그는 그토록 순수한 얼굴이 천한 어깨와 맞물릴 수 없다고 말했다. 그렇지만 그는 굴하지 않고, 지우고 다시 그리는 일을 반복했다. 1월 중순경이 되자 그는 다시 절망에 빠져 그림을 집어던지고는 뒤집어서 벽에 세워 두었다. 보름 후 모델을 키가 큰 쥬디트로 바꾸어 다시 시작했는데, 그 바람에 전체적인 색조를 바꾸어야 했다. 그는 다시 일을 그르쳤고, 조에를 다시 부를 수밖에 없었다. 그러나 그는 어디서부터 손을 대야 할지 몰랐고, 확신이 서지 않아 불안하고 고통스러웠다. 그런데 더욱 애석한 일은 유독 가운데 여자의 모습만이 그를 화나게 한다는 점이었다. 그림의 나머지 부분들, 나무들과 두 여자, 윗도리를 입은 신사는 이미 탄탄하게 완성되어 그의 마음에 들었기 때문이다. 2월도 거의 끝나 가고 있었으며, 살롱전 출품까지 이제 며칠밖에 남지 않았다. 정말로 큰일이었다.

어느 날 저녁, 크리스틴 앞에서 그는 욕설을 하며 화가 나서 마구 고함을 질러 댔다.

"젠장, 빌어먹을! 한 여자의 머리를 다른 여자의 몸에 어떻게 얹는단 말이야! 차라리 내 손을 자르고 말지."

이제 그의 마음속에는 한 가지 생각밖에 떠오르지 않았다. 그녀에게 몸 전체의 포즈를 취해 달라고 부탁하는 것이었다. 그 생각은 처음엔 순간적으로 떠올랐다가 말도 안 된다며 얼른 떨쳐 내는 단순한 욕망으로서 발아되었는데, 점점 속으로 끊임없이 되뇌는 질문이 되었다가 마침내 반드시 달성하지 않으면 안 되는 분명하고도 날카로운 욕망으로 변했다. 그가 몇 분 동안 바라보았던 그녀의 가슴이 아무리 잊으려 해도 잊히지 않았고, 그의 기억 속에서 그를 괴롭혔다. 그는 그에게 꼭 필요한 젊고 신선하면서 밝게 빛나는 그 모습을 다시 보곤 했다. 그녀가 모델을 서 주지 않는다면, 그것은 그림을 포기하는 것이나 마찬가지였다. 왜냐하면 그녀 말고 다른 어떤 여자도 그를 만족시킬 수 없을 것이기 때문이었다. 몇 시간이고 의자에 앉아 어디에 붓을 대야 할지 모르는 무력감에 시달리며, 그는 단호하게 결심을 내리곤 했다. 그녀가 방에 들어오면, 바로 자신이 느끼는 고통을 감동적인 어조로 이야기하리라! 그럼 그녀도 부탁을 들어주겠지. 그러나 막상 그녀가 친구로서의 미소를 지으며 살점이라곤 하나도 내보이지 않는 정숙한 원피스를 입고 나타나면, 그는 순식간에 모든 용기를 잃고 혹시라도 그녀의 블라우스 아래로 가슴의 윤곽선을 찾고 있는 자신의 모습을 들킬까 봐 얼른 시선을 돌리곤 했다. 친구에게 그런 일을 해 달라고 요청할 수는 없었다. 결코 할 수 없는 노릇이었다.

그럼에도 저녁이 되어 그가 그녀를 배웅할 준비를 하는 동안, 그녀가 모자를 다시 쓰기 위해 두 팔을 치켜들면 잠시 두 사람의 눈이 마주치곤 했다. 그는 천 밖으로 봉긋 솟아 윤곽을 드러낸 가슴에 몸이 떨려 왔는데, 그녀의 얼굴이 갑자기 창백해지며 심각해졌기 때문에 그는 꼭 자기 생각을 들킨 것만 같았다. 부둣가를 쭉 따라 걸으면서도 두 사람은 거의 말을 하지 않았다. 구릿빛 하늘에서 해가 저물어 가는 동안, 이 일이 두 사람의 마음속에 남아 있었다. 그 후에도 두 번 더 그는 그녀의 눈을 보고 그녀도 자신의 마음속 생각을 알고 있다고 느낄 때가 있었다. 사실 그가 그런 생각을 하고 나서부터 그녀 역시 자기도 모르게 같은 생각을 하고 있었다. 아마도 그의 무의식적인 암시가 그녀의 주의를 끌었기 때문이리라. 처음에는 그저 스쳐 지나가는 단상이었을 뿐인데, 차차 그녀의 머릿속에 머물게 되었다. 그러나 그녀는 자신을 지켜야겠다는 경계심을 품지 않았다. 왜냐하면 그것은 그녀에게 현실의 일이 아니고 부끄러운 꿈속에서와 같이 상상 속에서 일어나는 일같이 느껴졌기 때문이다. 그녀는 그가 그런 일을 감히 요구해 올 것이라는 두려움조차 느끼지 않았다. 이제 그녀는 그를 잘 알게 되었고, 비록 그가 갑작스레 화가 나서 그 첫 마디를 꺼내려고 하다가도, 그전에 그녀가 숨만 한 번 크게 쉬면 잠잠해질 것이었다. 있을 수 없는 일이었다. 절대로! 절대로.

그리고 며칠이 흘렀다. 그리고 그들 사이엔 고정관념이 점점 더 커져 갔다. 그들은 서로 만나자마자 그 관념에서 벗어날 수 없었다. 그 점에 대해 서로 이야기를 나눠 본 적은 없었지만 이미 침묵은 충분히 그런 의미를 담고 있었다. 아무리 조그만 동작이나 교환하는 미소 속에서도, 그들은 언제나 말로 표현되지는 못하지만 이미 그들의 마음속에 넘쳐흐르는 무엇인가를 느낄 수 있었다. 머지않아 친구인 그들 사이는 끝날 것이다. 그가 그녀를 바라보고 있을 때면, 그녀는 그 시선이 자신의 옷을 벗기고 있는 것같이 생각되었다. 순수한 의미로 던진 몇 마디의 말들도 거북한 의미를 담은 것처럼 전달되었다. 아침에 교환하는 악수도, 이제 단순한 악수를 넘어서, 그들의 몸 전체를 따라 흐르는 가느다란 전율로 변했다. 그때까지 그들은 좋은 친구의 관계를 해칠 수 있는 감정을 피해 왔지만, 이제는 줄곧 처녀의 벗은 몸만 클로드의 머릿속에 떠오르다 보니 둘 사이에 갑자기 남녀의 감정이 일어났다. 그들은 자기들도 모르는 사이에 은밀한 열병을 앓기 시작했고, 때때로 그 열기가 볼까지 전달되어, 손가락만 스쳐도 그들은 얼굴을 붉혔다. 이제 그들은 매순간 그들의 피를 빨리 회전시키는 흥분을 맛보았다. 이렇듯 존재 전체가 흔들리는 침입을 받아 그들은 숨길 수도 없고, 그렇다고 말을 할 수도 없는 고통 때문에 가슴이 갑갑해져 깊은 한숨만 쉴 뿐이었다.

3월 중순경 크리스틴이 찾아왔을 때 그녀는, 클로드가 슬픔에 짓눌려 그림 앞에 앉아 있는 모습을 보았다. 그는 그녀가 들어오는 소리도 듣지 못한 채, 꼼짝 않고 공허하고 격렬한 시선으로 미완성의 작품을 바라보고 있었다. 살롱전에 출품할 수 있는 날짜가 앞으로 사흘 남아 있었다.

"무슨 일이에요?" 그의 절망하는 모습을 보고 실망한 그녀가 부드러운 목소리로 물었다.

그는 몸을 떨더니, 돌아섰다.

"무슨 일이냐고요! 다 끝났소. 올해엔 출품하지 못해요…….
아! 내가 이번 살롱전에 얼마나 기대를 걸었는데!"

두 사람 모두 고통 속에 다시 빠졌고, 혼란스러운 생각들로
어지러웠다. 그러자 그녀가 잠시 생각을 하더니 큰 소리로 말
을 꺼냈다.

"아직 시간이 있어요."

"시간이오? 없어요! 기적이 일어난다면 모를까. 이 시각에
어디서 모델을 구하겠소? ……들어 봐요! 오늘 아침부터 고
민을 하다 보니, 순간 한 가지 생각이 떠오르더군요. 그래, 이
르마를 찾아가자. 당신이 이곳에 있을 때 왔던 여자 있잖아요.
물론 그 여자는 작고 동그랗죠. 아마 다 바꿔야 하겠지요. 하
지만 그녀는 젊으니까 가능할지도 몰라요. 어쨌든 그렇게 해
봐야겠어요……."

그는 말을 중단했다. 충혈된 두 눈으로 그녀를 바라보던 그는
똑똑하게 말했다. "아! 당신이 있군요. 아! 당신이야말로 고대
하던 기적이죠. 당신이 내게 지고한 희생을 해 줄 수만 있다면,
승리는 장담하오! 이 세상에서 가장 아름답고 가장 정숙한, 흠
모하는 여성인 당신에게 이렇게 간청해요, 이렇게 부탁해요!"

그녀는 똑바로 서서 얼굴이 새하얗게 되어 그가 하는 한마
디 한마디를 똑똑히 들었다. 간절한 기원을 담은 그의 눈이 그
녀에게 어떤 힘을 미쳤다. 그녀는 천천히 모자를 벗고, 털로 안
을 댄 외투를 벗었다. 그녀는 오직 이 조용한 동작을 계속할 뿐
이었다. 블라우스의 단추를 끄르고, 블라우스와 함께 코르셋을

벗은 후 페티코트를 벗고 속옷의 어깨끈을 끌렀다. 속옷은 엉덩이까지 흘러내려 왔다. 그녀는 한마디도 하지 않았다. 그녀는 딴 곳에 있는 사람처럼 보였는데, 마치 밤에 자기 방에서 홀로 꿈을 꾸다 하는 행동처럼 별생각 없이 기계적으로 옷을 벗고 있었다. 이미 자신의 얼굴을 제공했는데, 왜 그녀의 라이벌로 하여금 몸을 제공하게 내버려 둔단 말인가? 그녀를 반밖에 닮지 않은 이 괴물 같은 사생아를 보면서 얼마나 오랫동안 질투심에 괴로워했는지 깨닫게 되자, 그녀는 오로지 클로드의 캔버스를 자기만의 애정으로 독점하여 자기 것으로 하고 싶은 마음뿐이었다. 여전히 아무 말도 하지 않은 채, 그녀는 벌거벗은 순결한 몸으로 긴 의자 위에 누워 팔을 목뒤로 하고 눈을 감고 포즈를 취했다.

감격한 클로드는 기쁨에 온몸이 굳어져 그녀가 옷을 벗는 모습을 지켜보았다. 그는 그녀를 다시 보았다. 짧게 보고 지나갔던 모습, 그 후에 수없이 떠올렸던 그 모습이 이제 다시 생생하게 살아 있었다. 그녀의 몸은 어린아이같이 호리호리하면서 연약했고, 신선한 젊음으로 빛났다. 그런데 그는 다시 한번 놀라지 않을 수 없었다. 옷에 가려져 있을 때에는 알아볼 수 없었는데, 그녀는 어디에 저렇게 풍만한 가슴을 감춰 두었을까? 그 역시 입을 꽉 다문 채 방 안에 감도는 명상의 침묵 속에서 그림을 그리기 시작했다. 세 시간 내내 그는 일에 달려들어 심혈을 기울여 단번에 몸 전체의 훌륭한 스케치를 완성했다. 여자의 몸이 이렇게까지 그를 황홀하게 한 적은 여태까지 한 번도 없었다. 그는 마치 성녀의 벌거벗은 몸 앞에 있는 것처럼 가슴이 뛰었다. 그는 가까이 다가가지는 않았지만, 이전에 약간은 크고 육감적으로 보였던 턱이 이제는 얼굴과 뺨의 부드러움과 조화되어 부드럽게 변하는 모습을 놀라워하며 바라보고 있었다. 세 시간 동안 그녀는 까딱도 하지 않았다. 숨까지도 멈춘 듯했다. 수줍음도 바쳐 버린 듯, 두려워하지도 거북해하지도 않았다. 만약 여기에서 한마디라도 꺼낸다면 너무 민망하리라는 것을 두 사람 모두 잘 알고 있었다. 단지 그녀는 때때로 맑은 눈을 떠서 허공을 막연히 응시하기도 하였다. 무슨 생각을 하는지 알 수 없었지만, 잠시 그대로 있다가 다시 자기의 포즈로 돌아와 눈을 감고 신비한 미소를 지으면서 아름다운 대리석의 무아지경 속으로 빠지는 것이었다.

클로드는 다 끝냈다는 몸짓을 했다. 그러자 다시 어색해진 그는 의자를 움직여 얼른 등을 돌리고 앉았다. 한편 크리스틴은 얼굴이 빨개져 긴 의자에서 일어났다. 그녀는 서둘러 옷을 입었다. 마음을 진정시킬 방법이 없어 너무 서둘러 옷을 입는 바람에 그녀는 옷소매에 팔을 끼우며, 단추를 잘못 채우고, 단 한 점의 살도 더 이상 노출시키지 않기 위하여 목 부분을 치켜 올렸다. 그런 다음 그녀는 털외투 속에 파묻혔다. 그는 여전히 코를 벽 쪽에 둔 채, 그녀를 감히 쳐다볼 엄두를 내지 못했다. 하지만 그는 그녀 쪽으로 왔고, 그들은 머뭇거리며 목이 메어 말을 할 수 없을 정도로 감격한 채 서로 쳐다보았다. 그 순간 그들이 느낀 것은 뭐라고 이름 붙일 수 없는 무한을 향한 무의식적인 슬픔이었을까? 어느새 그들의 눈가엔 눈물방울이 맺혀 있었다. 그들은 흡사 그들의 존재를 해치는 인간의 비참함의 밑바닥을 스친 듯한 느낌을 맛보았다, 마음이 약해지고 아파진 클로드는 할 말을 잊은 채, 고맙다는 인사조차 하지 못하고 그녀의 이마에 입을 맞추었다.

5장

 5월 15일, 전날 밤 상도즈의 집에서 새벽 세 시에 돌아온 클로드는 아침 아홉 시에 조제프 부인이 그에게 배달된 커다란 백합 다발을 들고 올 때까지도 여전히 잠에 곯아떨어져 있었다. 그는 그것이 크리스틴이 미리 그림의 성공을 축하하기 위해 보낸 꽃이라는 걸 알았다. 그날은 그해부터 시작된 낙선전의 개막일로 그에게 대단히 중요한 날이었다. 그래서 공적인 살롱전의 심사위원들이 낙선시킨 그의 작품도 그곳에 전시될 예정이었다.*

 백합의 화사하고 향기로운 모습에서 그녀의 따뜻한 마음이 전달되어 와 그는 매우 감동했다. 이 꽃들이 좋은 하루의 전조가 될 것 같았다. 그는 내복 바람에 맨발로 꽃을 탁자 위로 가지고 가 꽃병에 꽂았다. 아직 잠이 덜 깬 눈으로 시간이 그렇게 많이 흐른 데에 놀라 쩔쩔매며 옷을 입었다. 아침 여덟 시에 상도즈의 집에서 상도즈, 뒤뷔슈와 만나 세 사람이 함께 팔레 드 렝뒤스트리에 가서, 거기에서 다른 친구들과 합류하기로 어젯밤에 약속을 했기 때문이다. 그런데 그는 벌써 한 시간이나 늦은 것이다!

그는 작품을 떠나보낸 이후 난장판이 되어 있는 아틀리에에서 아무것도 손에 잡히지 않았다. 그는 5분 동안 예전의 액자들 사이에서 무릎을 굽히고 구두를 찾았다. 금박들이 공중에 날아다녔다. 액자 살 돈을 구할 수 없었던 그는 이웃에 사는 목수에게 나무 널빤지 네 개를 주고 액자를 만들어 달라고 했고, 그 일에 매우 서툰 여자 친구와 함께 손수 금박을 입혔기 때문이다. 드디어 옷을 입고, 구두를 신고, 반짝이는 노란 가루가 묻은 펠트 모자를 쓴 그는 나가려다 말고 미신적인 생각에서 탁자 가운데 홀로 남아 집을 지키는 꽃으로 다가갔다. 만약 이 백합에게 입을 맞추지 않으면 창피를 당할 것만 같은 예감이 들었다. 그는 봄의 향기를 강하게 내뿜고 있는 꽃에 입을 맞추었다.

아치 모양의 문 앞에서 그는 항상 그랬던 것처럼 열쇠를 관리인에게 맡기며 말했다.

"조제프 부인, 집에 하루 종일 아무도 없을 거예요."

20분이 채 걸리지 않아 클로드는 상도즈의 집이 있는 앙페에 당도했다. 그러나 클로드가 못 만나면 어쩌나 하고 걱정했던 상도즈 역시 어머니의 몸이 안 좋아지는 바람에 클로드와 똑같이 시간이 지체되고 있었다. 어머니는 심각한 것은 아니었고 단지 상태가 좋지 못한 밤이었는데, 그는 뜬눈으로 밤을 새운 참이었다. 한숨 돌린 상도즈는 뒤뷔슈가 자기를 기다리지 말고 그곳에서 만나자는 전갈을 보내 왔다고 했다. 두 사람은 밖으로 나왔다. 열한 시가 다 되었기 때문에 그들은 생 토노레가의 사람이 별로 없는 간이식당 한구석에 느긋하게 걸터앉아 점심을 먹기로 했다. 오랜만에 둘만의 시간을 가진 그들은 흐뭇한 마음에 소년 시절의 그리운 추억담에 빠져 감상에 젖어들었다.

그들이 샹젤리제를 횡단하는데, 한 시를 알리는 종소리가 울렸다. 날씨가 기막히게 좋았고, 하늘은 청명했다. 그래도 아직까지는 쌀쌀한 기운을 머금은 봄바람이 푸른 하늘을 더욱 선명하게 했다. 잘 익은 밀처럼 황금색으로 빛나는 태양 아래에 줄지어 선 마로니에에선 신선하게 반짝이는 연한 초록 이파리들이 새로 돋아나 있었다. 그리고 커다란 물줄기를 뿜어 올리는 분수와 잘 손질된 잔디, 끝없이 이어지는 길과 넓은 광장이 광활한 도시의 경관에 매우 호화로운 모습을 부여해 주었다. 이 시각에는 보기 드문 몇 대의 마차가 길을 오르고 있었으며, 개미 떼같이 바글바글 움직이는 거대한 인파가 팔레 드 렝뒤스트리의 아치 아래로 휩쓸려 들어가고 있었다.

그들이 커다란 현관문을 들어서자 지하실의 냉기가 느껴져 클로드는 오싹했다. 축축한 바닥은 마치 포석을 깐 교회의 바닥처럼 걸을 때마다 쿵쿵 소리가 났다. 그는 좌우에 있는 거대한 두 개의 계단을 바라보며 경멸하듯이 물었다.

"아니, 저 더러운 살롱전을 지나가야 하나?"

"아! 그건 곤란한데!" 상도즈가 말을 받았다. "정원을 통해 가자. 그리 가면 낙선전으로 올라가는 서쪽 계단이 있어."

그래서 그들은 카탈로그를 파는 여점원들의 작은 책상 사이를 무시하듯이 거만한 태도로 지나갔다. 거대한 빨간색 벨벳 커튼이 젖혀진 사이로 어슴푸레 어두운 현관 너머 천정에 유리창을 댄 정원이 보였다.

하루 중 이 시각의 정원은 대개 한산했다. 큰 시계 아래에 차려진 뷔페에만 사람들이 몰려 있었는데, 그곳은 점심을 먹고 있는 인파들로 붐볐다. 다른 사람들은 모두 2층에서 그림을 구경하고 있었다. 다만, 흰색의 대리석 조각상들이 잔디밭의 초록색과 뚜렷하게 대조를 보이는 누런 모래로 된 오솔길을 따라서 있었다. 이 부동의 대리석 조각상들은 높은 유리창을 통해 작은 알갱이처럼 내려와 널리 퍼지는 태양빛을 받고 있었다. 남쪽의 복도에는 블라인드가 내려져서 태양을 가리고 있었다. 해를 받아 황금색을 띠고 있는 블라인드의 양끝에는 스테인드 글라스를 통과한 빨강, 파랑의 반짝임이 빛나고 있었다. 몇몇 방문객들은 벌써 지쳐서 페인트 빛깔이 선명한 새 의자와 벤치를 차지하고 있었다. 그러는 동안 건물 꼭대기의 철물 골조에 살고 있는 참새들은 쩍쩍거리며 떼 지어 날아와 안심하고 모래밭을 파헤치고 있었다.

클로드와 상도즈는 발걸음을 빨리하면서 주변을 쳐다볼 생각도 하지 않았다. 학사회 회원이 만든 브론즈의 뻣뻣하고 점잖 뺀 미네르바 여신이 벌써 입구에서부터 그들을 피곤하게 했다. 그러나 그들이 끝도 없이 늘어선 흉상들을 따라 발걸음을 재촉하고 있을 때, 저쪽에 밀집해 누워 있는 거대한 조각상들 사이를 혼자서 천천히 배회하고 있는 봉그랑의 모습이 보였다.

"아, 자네들이군!" 그는 두 젊은이와 악수를 나누며 큰 소리로 말했다. "방금 우리들의 친구, 마우도의 작품을 보고 오는 길이네. 저들은 적어도 그 작품을 받아들여서 적절히 배치할 줄 아는 정도의 양식은 지니고 있더군……."

그러면서 그는 갑자기 하던 말을 멈추고 물었다.

"자네들 저 위에서 내려오는 길인가?"

"아닙니다. 방금 도착했습니다." 클로드가 대답했다.

그러자 그는 낙선전 이야기를 신이 나서 이야기하기 시작했다. 그도 학사원 회원이긴 하지만 동료들과는 달리 이 모든 일을 매우 재미있어했다. 기존 화가들에 대한 변함없는 불만 속에 「탕부르」 같은 시시한 신문이 주도한 캠페인이 주동이 된 개혁에 대한 빗발치는 항의와 요구가 드디어 황제의 마음을 움직여, 황제가 낙선전을 제안하기에 이른 것이었다. 침묵하는 몽상가에 의한 예술의 쿠데타라고나 할까. 이 사건은 마치 개구리가 들끓는 연못에 던져진 돌멩이가 일으키는 효과처럼 모든 사람을 당황시켰고 큰 소동이 벌어졌다.

"아니," 그는 말을 계속했다. "자네들은 심사위원들이 얼마나 분개하는지 모를 걸세! 게다가 나를 어찌나 경계한다고. 내가 있을 땐 입을 다물고 말도 하지 않는다네! 사실 이 모든 분노는 그 끔찍한 사실주의자들을 향해 일어나는 것이겠지. 그들은 사실주의자들에게 철저하게 신전의 문을 닫으니까. 그러니까 황제가 그들에 대한 심판을 대중에게 맡겨 버린 거네. 마침내 그들이 승리한 것이지……. 아! 나는 자네들 같은 젊은이들의 생명력을 잘 알고 있어. 그 가치는 그 어느 것과도 견줄 수 없지!"

그는 땅에서부터 솟아오르는 듯한 모든 젊음을 포용하는 듯이 두 팔을 버리고 호탕하게 웃었다.

"선생님의 제자들이 자라고 있습니다." 클로드가 간단히 말했다.

봉그랑은 멋쩍다는 듯이 조용히 하라는 몸짓을 했다. 그는 이번에 아무것도 출품하지 않았다. 그는 왔다 갔다 하면서 전시된 모든 작품, 그림, 조각, 창조에 기울이는 인간의 모든 노력을 보고, 회한에 가득 차 있었다. 봉그랑만큼 덕이 있고 훌륭한 심성을 지닌 사람도 드물었기에, 질투는 하지 않았지만, 그는 자기 자신을 되돌아보면서 서서히 추락하는 어렴풋한 공포를 느꼈다. 이런 공포에 대해 한 번도 발설한 적은 없지만, 그것은 줄곧 그에게서 떠나지 않고 그를 괴롭혔다.

"그런데 낙선전은 어떻습니까?" 상도즈가 물었다.

"대단해! 자네들도 보면 알 거야."

그리고 그는 클로드에게 돌아서서 말없이 두 손을 꽉 쥐며 말했다.

"자네, 젊은이, 자네는 이제 주목의 대상일세……. 잘 들어! 사람들이 꽤 쓸 만하다고 칭찬하는 나도, 자네가 그린 그 중앙의 누드를 그리려면 10년은 족히 걸릴 걸세."

이런 칭찬의 말이 그의 입에서 흘러나오는 것을 듣고 젊은 화가는 감격하여 눈물이 핑 돌았다. 드디어 그는 성공을 거머쥔 것이다! 그는 뭐라고 감사의 말을 해야 할지 몰라 자기 감정을 숨기기 위해 불쑥 다른 이야기를 꺼냈다.

"용감한 마우도! 그렇지만 그의 작품은 꽤 볼만하죠! 개성이 끝내주지 않습니까?"

상도즈와 클로드는 석고상 주위를 돌아보기 시작했다. 봉그랑은 미소를 띠우며 대답했다.

"응, 맞네, 엉덩이와 가슴이 좀 과장되긴 했지. 하지만 사지의 이음새 부분을 보게, 얼마나 정교하고 아름답게 만들었나……. 자, 잘 가게, 난 가 보겠네. 다리가 아파서 좀 앉아야겠어."

클로드는 고개를 들어 귀를 쫑긋했다. 처음에는 들리지 않던 시끄러운 소음이 공중에 흘러넘쳤고, 소란이 그치질 않았다. 마치 바위에 와서 부딪히는 태풍과도 같은 아우성이 일었고, 지치지도 않고 공격해 오는 으르렁거림이 끝없이 몰려들었다.

"들어 봐!" 그는 중얼거렸다. "저게 무슨 소리지?"

"저것이." 봉그랑이 멀어져 가며 말했다. "바로 저 위에서 그림을 감상하고 있는 대중들의 소리라는 것일세."

그러자 두 젊은이들은 정원을 가로질러 낙선전이 열리고 있는 장소로 올라갔다.

그림들은 매우 잘 배치되어 있었다. 입선작들도 이보다 더 호화롭게 자리를 잡을 수는 없을 것 같았다. 입구에는 오래된 옛날 태피스트리가 길게 걸려 있었고, 초록색 서지 천으로 장식된 난간과 빨간색 벨벳의자, 유리 천장 아래로 늘어뜨린 흰색 면으로 만든 가리개도 보였다. 연달아 늘어선 전시실에 들어서서 처음으로 눈에 들어오는 광경은 공식적인 살롱전과 별 차이가 없는 것으로, 하나같이 금테를 두른 액자 안에 한결같이 알록달록 생생한 색깔의 그림들이 걸려 있었다. 그러나 처음에는 분명하게 느껴지지 않지만 그곳에는 살롱전과는 달리 청춘의 폭발이라고 할 수 있는 독특한 활기로 팽배했다. 이미 꽉 들어찬 관람객은 시시각각으로 불어나고 있었다. 그도 그럴 것이 사람들이 모두 공식적인 살롱전을 버리고 호기심에 이끌려, 또 심사위원들을 심판하고 싶은 마음에 이곳으로 달려와 이미 문에서부터 재미있는 것을 보게 되리라는 확신에 즐거워하고 있었기 때문이다. 날씨가 매우 더웠고, 미세한 먼지가 바닥에서 일고 있어 네 시경이었는데도 숨이 막힐 지경이었다.

"원 참!" 상도즈가 팔꿈치로 사람들을 밀면서 말했다. "이 안에 들어가서 자네 그림을 찾는 게 쉽지 않겠는걸."

그는 형제와도 같은 정으로 초조해하였다. 그는 그날만큼은 옛 친구의 그림과 그 영광을 위해 살고 있었다.

"서둘 것 없잖아!" 클로드가 큰 소리로 외쳤다. "곧 들어가게 되겠지. 설마 내 그림을 훔쳐 가기야 하겠나!"

클로드는 오히려 반대로 달려가고 싶은 충동을 억제하고, 서두르지 않는 체했다. 그는 고개를 들어 위를 쳐다보았다. 그러자 그는 얼떨떨할 정도로 시끄러운 군중들의 소음 가운데에서 언뜻 웃음소리를 들은 듯했다. 그러나 아직까지 그 웃음소리는 억제된 것이었으며, 오가는 발소리와 대화 소리에 가려져 있었다. 어떤 그림 앞에서 관람객들은 농담을 주고 받기도 했는데,

그런 광경이 클로드를 불안하게 했다. 그는 겉으로는 거칠고 혁명적인 것같이 보였지만, 사실은 순진하고 여자처럼 마음이 연약해서 언제나 스스로를 피를 흘리는 순교자에 빗대어 무시 당하고 조소당할 것을 두려워했다. 그는 중얼거렸다.

"사람들이 여기선 모두 즐거운 모양이네!"

"제길! 뭔가 있는 모양이지." 상도즈가 어림짐작했다. "저걸 봐, 정말 가증스러운 무리들이군."

그들이 첫 번째 전시장에서 지체하고 있는데, 미처 그들을 보지 못한 파주롤이 그들과 마주쳤다. 그는 이 만남이 달갑지 않은 듯 깜짝 놀랐다가 곧 다시 매우 상냥해졌다.

"자네들이군! 그렇지 않아도 기다리던 참인데⋯⋯. 저기에서 한 시간이나 서 있었네."

"클로드의 그림은 도대체 어디에 처박아 둔 거야?" 상도즈가 물었다.

방금 그 그림 앞에서 20분 동안이나 서 있으면서 관중들의 반응을 거듭 살피던 파주롤은 재빨리 대답했다.

"글쎄⋯⋯. 같이 찾아볼까?"

그렇게 그는 그들과 합류했다. 희극배우 뺨치는 연기를 하는 그는 불량배의 옷을 벗어던지고 정장을 차려입고 있었지만, 여느 때와 다름없이 입으로는 사람들을 경멸하는 듯한 냉소를 띄우고 입을 꽉 다문 채 성공을 갈망하는 모범생 같은 기묘한 얼굴을 하고 있었다. 그는 확신에 찬 어조로 말했다.

"올해 아무것도 출품하지 않은 게 후회가 돼! 나도 자네들처럼 성공의 한몫을 챙길 걸 말이야. 그리고 여기엔 꽤 놀랄 만한 작품도 있어, 정말이야! 예컨대 저 말들 좀 보게나…….”

그는 사람들이 키득대며 모여 있는 눈앞의 엄청난 그림을 가리켰다. 그것은 전에 수의사였다는 사람의 작품으로 목장에 풀려 있는 실물 크기의 말들이 그려진 것인데, 파란색, 보라색, 분홍색으로 칠해진 환상적인 말들이 흡사 껍질을 벗겨 놓은 해부도와 같은 모습으로 사람을 놀래키고 있었다.

“자네, 우리를 놀리는 건가!” 기분이 상한 클로드가 말했다.

파주롤은 신이 나서 떠들었다.

“뭐가 어때! 솜씨가 기막히군! 저걸 그린 사람은 적어도 말에 대해서는 아주 잘 알고 있잖아! 물론 그림은 아주 엉터리지. 하지만 독창적인 데다가 실물을 보고 그린 것인데 그럼 어떤가?”

소녀처럼 생긴 그의 얄팍한 얼굴이 갑자기 굳어졌다. 그의 맑은 눈 속에서 노란 조소의 빛이 보일 듯 말 듯 비쳤다. 이어 그는 그만이 할 수 있는 악의적인 암시를 덧붙였다.

“아, 그렇군! 저 웃고 있는 어리석은 무리들을 자네가 동조하는 것이라면, 곧 그런 그림들을 많이 보게 될 걸세.”

세 친구는 다시 걸음을 옮기기 시작했지만, 사정없이 앞을 가로막는 다른 사람들의 어깨 때문에 도저히 앞으로 나갈 수가 없었다. 두 번째 전시실에 들어가며 그들은 한눈에 벽을 훑어 보았다. 그러나 그들이 찾고 있는 그림은 여전히 찾을 수 없었다. 그들의 눈에 띈 것은 가니에르의 팔을 끼고 있는 이르마 베코의 모습이었다. 두 사람은 사람들 사이에 끼여 난간에 기대어 서 있었는데, 가니에르는 작은 그림을 관찰하느라 정신이 없었고, 그녀는 이런 소란에 신이 나서 분홍색 얼굴을 쳐들고 즐거워하며 웃고 있었다.

"저것 좀 봐!" 상도즈가 놀라 소리쳤다. "이젠 저 여자가 가니에르하고 있잖아?"

"응! 잠시일 뿐이야." 침착한 태도로 파주롤이 설명했다. "아주 우스운 이야기인데…… 자네들, 매일 신문에서 떠드는 그 바보 같은 젊은 후작 녀석이 그녀의 아파트를 아주 대궐같이 꾸며 준 걸 아는가? 왜 자네들도 그 후작 기억나? 저 닳고 닳은 여자가 더 큰 걸 바랄 거라고 내가 늘 말해 왔지! ……문장이 새겨진 침대에 그녀를 재워 본들 무슨 소용이 있어. 그녀는 나무토막으로 된 너덜너덜한 침대가 더 편한걸. 그래서 저 여자에게는 화가의 다락방이 필요한 밤들도 있는 거라네. 그래서 그녀는 모든 걸 다 버리고 일요일에 카페 보드캉으로 새벽 한시쯤 온 거야. 우리는 다 가 버렸고, 가니에르만 맥주잔에 코를 박고 잠이 들어 있었지. 그래서 이르마가 가니에르를 차지하게 된 걸세."

이르마는 그들을 알아보고 멀리서 다정하게 손짓을 하였다. 그들은 그녀에게 가지 않을 수 없었다. 창백한 머리칼과 수염이 나지 않은 작은 얼굴의 가니에르가 보통 때보다도 더 생기 없는 모습으로 몸을 돌렸다. 그는 등 뒤에서 그들을 보고도 전혀 놀라지 않았다.

"아주 놀라워." 그는 중얼거렸다.

"뭐가?" 파주롤이 물었다.

"이 작은 걸작 말이야. 정직하고 단순해. 그러면서도 확신에 차 있어!"

그는 그가 열중해서 보고 있던 작은 풍경화를 가리켰다. 그것은 네 살짜리 어린애가 그렸음직한 아주 천진난만한 그림으로 조그만 길가에 작은 집 한 채가 있고, 그 옆에 나무 한 그루가 서 있었다. 또한 이 모든 사물이 비스듬하게 배치된 채 가장자리에는 검은 테가 둘러져 있었고 지붕 위에서는 나선형 연기가 새어 나오고 있었다.

클로드는 짜증 나는 표정을 지었다. 그러나 파주롤은 침착하게 재차 물었다.

"아주 정교해, 아주 정교해⋯⋯. 그런데 가니에르, 자네 그림은 어디 있나?"

"내 그림? 저기."

실제로 그의 그림은 그 작은 걸작 바로 옆에 걸려 있었다. 그것은 공들여 그린 회색의 풍경화로 센강을 아주 정성스럽게 그린 것이었다. 색조가 약간 무거운 감은 있었지만 아름다웠고, 완벽한 균형을 지니고 있었다. 혁명적인 난폭함 같은 것은 전혀 찾아볼 수 없었다.

"이 그림을 낙선시키다니, 정말 너무하지 않아!" 가까이 다가가서 관심 있게 살펴보던 클로드가 말했다. "그런데 내가 왜 이걸 자네에게 묻고 있는 거야?"

정말이지 심사위원들이 낙선시킬 만한 그 어떤 이유도 없었다.

"왜냐하면 저건 사실적이기 때문이야." 파주롤이 말했다. 그런데 그 어조가 너무도 단호하여 그가 심사위원들을 비난하는 것인지, 그 그림을 비난하는 것인지 분간이 되지 않았다.

한편, 아무도 관심을 가져 주지 않는 이르마는 클로드를 뚫어지게 바라보았다. 이 키가 큰 청년의 어색하고도 무뚝뚝한 태도는 그녀 자신도 모르게 입가에 미소를 짓게 만들었다. 자기를 쳐다볼 엄두도 못 내는 주제에! 그녀는 오늘 그의 모습이 평소와는 사뭇 다르게 느껴졌다. 못생겼다는 뜻이 아니라 마치 큰 열병을 앓고 난 사람처럼 헝클어진 머리에 안색이 창백했던 것이다. 그녀는 그가 관심을 보이지 않자, 친한 사이처럼 팔을 툭 쳤다.

"저 앞에 있는 사람, 당신들을 찾고 있는 친구 아니에요?"

그녀가 가리킨 사람은 뒤뷔슈였다. 전에 카페 보드캥에서 한번 만난 적이 있었기 때문에 그녀는 뒤뷔슈를 알아보았던 것이다. 그는 밀려오는 인파를 막막하게 바라보며 간신히 군중 사이를 뚫고 나오고 있었다. 클로드가 몸짓으로 그를 부르려고 하는 순간, 뒤뷔슈가 갑자기 몸을 돌려 어떤 일행에게 아주 공손히 인사했다. 그 일행은 얼굴에 붉은색 혈기가 넘치는 뚱뚱하고 작달막한 아버지와 빈혈로 안색이 밀랍같이 창백한 바싹 마른 어머니, 그리고 열여덟 살의 허약한 딸, 이렇게 세 사람이었는데 딸은 아직까지도 어린아이 티가 가시지 않은 듯 가냘프고 허약해 보였다.

"아! 뒤뷔슈는 붙들려 버렸어……." 클로드가 혼잣말을 했다. "반갑지 않은 친구들을 만난 것 같아! 도대체 뒤뷔슈는 어디서 저런 작자들을 안 거야?"

가니에르는 조용히 자기가 저자들의 이름을 알고 있노라고 말했다. 마르가양 영감은 건축업자 사이에서 알아주는 거물로서 500~600만 정도의 재산을 갖고 있는데, 혼자서 길 전체를 닦는 등 파리의 재건축 사업으로 돈을 벌었다고 했다. 분명히 뒤뷔슈는 자기가 설계도를 그려 주는 건축가들을 통해 그를 알게 되었을 것이다.

그러나 상도즈는 그 어린 딸의 마른 모습이 애처로워 한마디로 단정 지었다.

"아! 가죽을 벗겨 놓은 고양이처럼 가엾기도 해라! 얼마나 슬픈 모습이야!"

"내버려 둬!" 분개한 클로드가 외쳤다. "저들의 얼굴엔 속물 근성이 덕지덕지 붙어 있군. 아둔하고 썩는 냄새가 진동하네. 자알 한다……. 저 봐! 저 비열한 친구가 저들을 따라가잖아. 건축가라면서 저 굽실거리는 꼴 좀 봐. 잘 꺼져라. 우리들이 자기를 보고 있다는 사실을 알면 좋을 텐데!"

뒤뷔슈는 친구들을 보지 못하고, 소녀의 어머니 팔을 부축하며 아부하는 듯한 상냥한 태도로 그림들을 설명하며 가 버렸다.

"우리들은 가던 길이나 계속 가세." 파주롤이 말했다.

그리고 가니에르에게 물었다.

"혹시, 클로드의 그림이 어디에 처박혀 있는지 알아?"

"나 말인가? 몰라, 찾아보긴 했는데…… 자네들하고 같이 가 보세."

가니에르는 그들과 합류했다. 그는 난간에 기대어 있는 이르마를 잊고 있었다. 그녀의 성화에 못 이겨 할 수 없이 함께 살롱전에 오긴 했지만, 그는 여자와 함께 다니는 일에 너무도 익숙하지 않아서 수도 없이 그녀를 잃어버렸다가 깜짝 놀라 쳐다보면, 어느새 그녀가 옆에 와 있었다. 그로서는 어떻게 해서, 또 왜 그들이 함께 있는지 알 도리가 없었다. 그녀는 클로드의 뒤를 따라가기 위해 달려와서는 가니에르의 팔을 끼었다. 클로드는 벌써 파주롤과 상도즈와 함께 다른 방으로 들어가고 있었다.

그러자 이 다섯 명의 일행은 고개를 쳐든 채, 누군가에게 떼밀려 헤어졌다가 다른 사람에게 밀려 다시 합쳐지곤 하면서, 흐름에 휩쓸려 따라갔다. 그들은 센의 혐오스러운 작품 앞에서 걸음을 멈추었다. 그것은 「간음한 여인을 용서하는 예수」라는 그림으로, 목조를 파놓은 것 같이 윤기 없는 얼굴에 울퉁불퉁한 골격을 지닌 피부는 자주색을 띠고 있어 흡사 진흙을 발라놓은 것 같았다. 그러나 그들은 그 옆에 있는 매우 아름다운 여인을 그린 그림을 감탄하며 바라보았다. 그 여인은 등 뒤에서 바라본 모습으로, 허리가 눈에 두드러졌고 고개를 뒤로 돌리고 있는 포즈를 취하고 있었다. 벽을 따라 훌륭한 그림과 형편없는 그림들이 한데 섞여 있었고, 모든 장르의 그림이 혼재되어 있었다. 망령이 든 역사화들이 미친 듯이 젊은 사실주의의 그림들과 어깨를 나란히 하고 있는가 하면 단순히 멍청할 뿐인 그림들도 독창성이 두드러진 작품들 사이에 묻혀 있었다. 예를 들면 미술학교의 지하실에서 썩고 있는 듯한 「죽음에 처한 이세벨 왕비」와 같은 그림이 있는가 하면, 그 옆에는 위대한 예술가의 매우 흥미로운 시각이 엿보이는 「흰옷을 입은 부인」*이 걸려 있었고, 우화에서 따온 「바다를 바라보는 목동」이라는 대작 맞은편에 소품인 「공놀이를 하고 있는 에스파냐인」이 걸려 있었는데, 그 그림엔 아주 강렬한 태양빛이 묘사되어 있었다. 여전히 혐오스러운 그림들이나 납 빛깔의 병정들이 그려진 전쟁을 주제로 한 그림들도 빠지지 않았으며, 고색창연한 희끄무레한 그림들이나 타르를 제거한 중세풍의 그림들도 자리를 차지하고 있었다. 그러나 이렇게 일관성 없이 뒤죽박죽 걸려 있는 그림들 중에서 특히 풍경화들은 거의 전부가 진지하고 정확한 색조를 지니고 있었고, 초상화들도 매우 참신한 방식으로 그려져 청춘의 향기와 용기 그리고 열정이 뿜어져 나오고 있었다. 낙선전에 비해 공식적인 살롱전에는 형편없는 작품은 상대적으로 적었지만, 작품 대부분은 분명히 더 평범했고, 재미없는 것들이었다. 낙선전에는 전쟁터와 같은 활기, 그것도 젊음의 혈기에 몸을 맡기고 그날 안으로 적을 쳐부술 수 있다는 확신을 갖고서 새벽 동이 터올 때 기상나팔 소리를 들으며 적진을 향해 돌격하는 그런 활기가 느껴져 왔다.

클로드는 이런 전투적인 분위기에 고무되어 기운을 되찾았다. 그러나 그는 총알이 휙휙 날아가는 소리같이 귀에 거슬리는 사람들의 웃음소리가 점점 커지는 것을 듣고는 화가 났다. 입구에서는 별로 크게 들리지 않던 웃음소리가 전시장 안으로 들어갈수록 점점 더 커지고 있었다. 그가 세 번째 전시실에 들어갔을 때 여자들은 손수건으로 입을 가린 채 웃음 참지 못하였고, 남자들은 큰 소리로 배를 잡고 깔깔거리고 있었다. 그들은 이 사람이 웃으면 저 사람도 따라 웃으며 즐거워했고, 나중에는 점점 더 심해져 별것 아닌 것 앞에서도 웃음을 터뜨리며 아름다운 작품이나 추한 작품을 가리지 않고 즐거워했다. 사람들은 셴의 그리스도 앞에서보다 벌거벗은 몸의 여인 앞에서 더 많이 웃었는데, 그 여인의 두드러진 엉덩이는 종이 밖으로 튀어나올 듯하여 매우 우스꽝스러운 모습이었다. 「흰옷을 입은 부인」도 볼거리를 제공했는데, 사람들은 서로 밀치면서 웃느라고 몸을 비틀었고, 그 그림 앞에 떼를 지어 서서 입을 다물지 못했다. 각각의 그림이 저마다의 특색을 뽐내고 있었다. 사람들은 멀리서 재미있는 그림을 가리키기 위해 서로를 불렀고, 재치 있는 말들이 입에서 입으로 쉬지 않고 오갔다. 그래서 클로드가 네 번째 전시실에 들어갔을 때에는 킥킥거리며 웃는 웃음소리가 너무도 귀에 거슬려, 하마터면 늙은 부인의 뺨을 후려칠 뻔하기까지 했다.

"바보, 멍청한 것들!" 그는 다른 친구들을 향해 몸을 돌리면서 말했다. "안 그래? 저들의 머리에 진짜 걸작들을 던져 주고 싶군!"

상도즈도 흥분했다. 파주롤은 쉬지 않고 큰 소리로 가장 형편 없는 작품들을 칭찬하면서 흥겨운 분위기를 돋웠다. 한편, 가니 에르는 혼잡한 군중 속에서 이르마를 데리고 돌아다녔는데, 이 르마는 자기의 스커트가 온갖 남자들의 다리에 휘감기는 게 그 저 황홀한 모습이었다.

그런데 그때 갑자기 조리가 그들 앞에 나타났다. 그의 커다란 붉은 코와 금발의 잘생긴 얼굴이 환하게 빛났다. 그는 격렬한 몸짓으로 군중을 뚫고 오면서 마치 자기가 승리를 거둔 듯이 기뻐 어쩔 줄 몰랐다. 그는 클로드를 보자마자 소리쳤다.

"아! 드디어 자네가 나타났군! 한 시간 동안이나 자네를 찾았 네…… 성공이야 친구, 오! 성공이라고…….."

"무슨 성공?"

"자네 그림, 성공이야. 성공이란 말일세! 이리 와봐, 자네에게 보여 줘야겠어. 아니, 자네도 곧 알게 될 거네! 훌륭해!"

클로드는 얼굴이 창백해졌다. 너무 기쁜 나머지 가슴이 갑갑 해 왔지만, 겉으로는 침착한 체하고 그 소식을 들었다. 봉그랑의 말이 다시 한번 떠오르며, 자신의 재능에 대한 확신이 들었다.

"친구들! 잘 있었나?" 조리는 다른 친구들과 악수를 나누며 말했다.

그러자 그와 파주롤, 가니에르가 조용히 이르마 주위로 몰려 들었고, 천성이 착한 이르마는 그들에게 스스로의 표현대로, 식 구와 같은 다정한 미소를 보냈다.

"그런데 그림은 어디에 있나?" 초조해진 상도즈가 물었다.

"우리를 안내해 주게."

조리가 앞장을 섰고, 친구들의 무리가 뒤를 따랐다. 마지막 전시실로 들어가는 입구에서 그들은 사람들을 손으로 밀치고 서야 안으로 들어갈 수 있었다. 그러나 맨 뒤에 서 있던 클로드의 귀에는 마치 만조 때의 파도 소리와도 같은 웃음소리와 고함이 점점 더 커지는 것이 들려왔다. 마침내 그가 네 번째 전시실에 들어갔을 때 그는 자기 그림 앞에서 사람들이 서로 밀치면서 무리지어 우글거리며 대혼잡을 이루고 있는 광경을 볼 수 있었다. 점점 커지고 만개하던 웃음소리의 종착지는 그곳이었다. 사람들이 웃고 있는 곳은 바로 그의 그림 앞이었다.

"안 그런가?" 의기양양한 조리가 다시 말했다. "대성공이잖나!"

사람들이 자기의 뺨이라도 때린 양 겁먹고 부끄러워하는 가니에르가 조그만 소리로 말했다.

"지나친 성공이군. 다른 식이었더라면 더 좋았을 것을."

"바보같이 굴지 마!" 조리가 확신에 찬 어조로 흥분하여 말했다.

"저건 성공이야. 까짓, 좀 웃으면 어때! 드디어 우리는 출범한 거네. 내일이면 모든 신문들이 우리 이야기를 떠들어 댈걸."

"바보들!" 상도즈는 괴로움에 몸을 떨며 간단히 말했다.

파주롤은 아무 말도 하지 않은 채, 장례식을 따라가는 가족의 친지와도 같은 위엄 있고 냉정한 표정을 지었다. 오직 이르마만이 그 그림이 재미있다고 생각되어 미소를 지었다. 이어 그녀는 그를 쓰다듬으면서 조소를 받고 있는 화가의 어깨에 기대었다. 그녀는 그에게 반말로 귀에다 대고 부드럽게 속삭였다.

"걱정 마. 저 멍청이들은 아무것에나 즐거워하니까."

그러나 클로드는 꼼짝 않고 서 있었다. 그는 몸이 오싹하여 어는 듯이 추워 왔다. 심한 절망에 심장이 멎는 듯했다. 그리고 어떤 거부할 수 없는 힘에 이끌려 눈을 크게 뜨고 자기의 그림을 바라본 그는 그만 깜짝 놀라고 말았다. 그는 이제야 이 전시실 안에 걸린 자신의 그림을 똑바로 바라볼 수 있었다. 그것은 확실히 자신의 아틀리에에 있던 것과 똑같은 작품이 아니었다. 그의 그림은 천으로 된 가리개를 통해 들어오는 희끄무레한 광선 아래서 노란빛을 띠고 있었다. 그와 동시에 그림은 작아 보였고, 좀 더 거칠었을 뿐 아니라 고심한 흔적을 그대로 내 보이고 있었다. 그 곁에 걸려 있는 그림들 때문인지 아니면 새로운 환경 때문인지, 그는 자기가 몇 달 동안 그 앞에서 살아오면서 볼 수 없었던 단점을 대번에 알아볼 수 있었다. 어느새 그는 몇 번의 붓 칠로 그 그림을 다시 그리고 있었다. 초안 전체를 변경하고, 팔다리를 다시 배치하고, 색조를 바꾸어 보았다. 확실히 벨벳 윗도리를 입은 신사는 잘못 그린 것 같았다. 너무 덧칠을 많이 했고, 포즈도 좋지 못했다. 유독 손만이 괜찮았다. 원경으로 장난하며 다투고 있는 금발과 갈색 머리의 두 여자는 너무 밑그림 상태에 머물러 있어 견고함이 덜했고, 오직 예술가들의 전문적인 눈으로 볼 때에만 흥미있는 구석이 있을 뿐이었다. 그런데 나무들과 햇빛이 비치는 숲 속의 공터는 그의 마음에 들었다. 그러나 풀밭 위에 누워 있는 누드의 여자는 너무도 생생하게 빛났으므로, 클로드는 자기가 지닌 재능보다 훨씬 더 잘 그린 것 같은 느낌마저 들었다. 다른 누군가가 그 여자를 대신 그려 준 것 같기도 하였고, 그 여자가 누군지 전혀 모를 것 같은 생소한 느낌마저 들었다.

클로드는 상도즈에게 몸을 돌려 간단히 말했다.

"저들이 웃는 것은 당연해. 아직 미완성이네……. 그럼 어때, 여자는 아주 훌륭한걸! 봉그랑이 나를 놀린 건 아닌 것 같네."

상도즈는 그를 데려가려고 애써 보았지만 허사였다. 그는 오히려 그림에 더 가까이 다가갔다. 이제 그는 자신의 그림에 대한 판단이 섰기 때문에 군중이 내는 소리를 유심히 듣고, 그들을 관찰했다. 여기저기에서 계속 터져 나오는 웃음소리는 점점 더 정도가 심해져서 발작적인 웃음소리로 변했다. 벌써 문에서부터 관람객들은 입을 벌리고, 눈을 가늘게 뜬 채 싱글거리는 표정으로 들어왔다. 뚱뚱한 남자들의 호탕한 웃음소리와 빼빼 마른 남자들의 둔탁하고 쉰 듯한 웃음소리가 들려왔다. 또한 작은 플루트의 날카로운 소리와도 같은 여자들의 웃음소리가 남자들의 웃음소리를 압도하고 있었다. 그의 앞에서 난간에 기대어 있던 젊은이들은 누가 옆구리를 간질이기라도 하는 것처럼 몸을 비틀며 꼬고 웃는가 하면, 어떤 부인은 의자 위에 벌렁 누워 다리를 꼿꼿이 하고는 숨이 막혀 오는지 손수건으로 입을 가린 채 숨을 몰아쉬느라고 애를 쓰고 있었다. 너무도 우스운 이 그림에 대한 소문이 대번에 퍼진 듯, 살롱전을 보다 말고 사방에서 사람들이 떼를 지어 몰려들어 서로를 밀치면서 그림을 보기 위해 난리법석이었다. "어디야?" "저기!" "아, 이거구나!" 농담들이 전보다 더 심하게 오갔고, 하나같이 흥을 돋우기 위한 말들이었다. 사람들은 그림을 이해하지 못했고, 상식을 벗어난 그림, 우스워 죽겠는 그림으로만 치부했다. "저기 저 여자는 너무 더운가 봐. 그런데 저 신사는 감기가 걸릴까 봐 벨벳 윗도리를 입고 있네." "아니야, 저 여자는 벌써 퍼렇잖아. 저 신사가 여자를 연못에서 건져낸 거야. 그래서 자기 코를 막으면서 멀리 앉아 쉬고 있는 거 아니야?" "저 신사는 무례하게도 등을 돌리고 있군! 다른 쪽 얼굴도 우리에게 보여 주어야지." "난 저게 뭔지 안다니까. 저건 소풍을 나온 여학교 기숙사 학생들이야. 저 뒤에서 말뚝기 놀이를 하는 두 여자를 봐." "그렇군! 목욕하는 날인가? 살들도 파랗고 나무들도 파란 걸 보면, 그림에 파란 칠을 했나 봐!" 웃지 않는 사람들은 화를 내며 들어왔다. 이 푸르스름함으로 표현된 빛에 대한 새로운 개념이 그들에게는 일종의 모욕처럼 느껴졌다. 예술을 모독하려는 건가? 노신사들은 지팡이를 위협적으로 흔들어 댔고, 근엄하게 생긴 어떤 사람은 자기 부인에게 자기는 이런 못된 장난을 좋아하지 않는다고 선포하면서 화를 내며 지나갔다. 그러나 키 작은 어떤 꼼꼼한 사람은 카탈로그에서 그 그림에 대한 설명을 찾은 뒤, 자기 딸에게 알려주기 위해 제목을 큰 소리로 읽었다. 「야외」 그러자 그 주위에서 너 나 할 것 없이 그 말을 따라했고, 큰 소리로 외치며 고함을 쳐 댔다. 야외라는 말은 금세 퍼졌다. 사람들은 그 말을 따라 하며, 이렇게 설명을 덧붙였다. 오! 아무럼, 야외고 말고. 배가 야외에 노출되어 있고, 온몸이 야외에 노출되어 있고, 트랄랄랄라, 야외! 그 그림에 대한 소문은 점점 더 퍼져, 관객이 불어났다. 그들은 가열되는 열기에 얼굴을 붉혔고, 모든 사람이 입을 크게 벌리고는 한 장의 그림을 본 후에 잘 알지도 못하면서 제멋대로 지껄였다. 그들은 온갖 말도 안 되는 소리를 해 대면서 기괴한 생각을 토로하였고, 어리석은 저질 농담을 주고받으며 스스로의 무지와 속물근성을 드러내고 있었다.

그런데 이때 마지막으로 마르가양 일가를 안내하는 뒤뷔슈의 모습이 클로드의 눈에 들어왔다. 이 그림 앞에 서자마자 당황한 건축가는, 치사하지만 부끄러운 생각에 그림도 친구들도 못 본 체하며 일행을 이끌고 그냥 지나치려 하였다. 그러나 벌써 이 사업가는 짧은 다리로 그림 앞에 버티고 서서는 눈을 가늘게 뜨고 굵고 쉰 목소리로 크게 물었다.

"아니, 이런 그림을 그린 작자도 화가인가?"

어린아이들이나 하는 이런 마구잡이식 태도, 그러나 대중의 평균적인 의견을 요약하고 있는 벼락부자 백만장자의 이런 고함은 사람들의 폭소를 가중시켰다. 그러자 그는 자기가 거둔 성공에 으쓱하여, 이 이상한 그림에 옆구리가 간지러워져서 한바탕 웃음을 터뜨린 후 떠나갔다. 그 웃음은 너무도 크고 쩌렁쩌렁하였으며, 기름진 그의 가슴속에서부터 울려 나오는 것이어서 다른 모든 웃음소리를 압도했다. 그것은 거대한 파이프오르간 연주의 장엄한 끝을 장식하는 알렐루야였다.

"우리 딸아이를 저리로 데려가게." 창백한 마르가양 부인이 뒤뷔슈의 귀에 대고 소곤거렸다.

그는 재빨리 눈을 내리뜨고 있는 레진을 데리고 갔다. 그는 가련한 소녀를 죽을 뻔한 위험에서 구출이라도 하듯이 억센 근육을 과시했다. 이어 문에서 사교계의 남자가 하는 식으로 악수와 인사를 나눈 다음 마르가양 일가를 보내고 난 그는, 친구들 쪽으로 돌아와서 상도즈와 파주롤, 가니에르에게 퉁명스럽게 말했다.

"난들 어쩌겠어? 내 잘못이 아니네. 대중들이 이해하지 못할 거라고 내가 예고했잖아. 이건 외설적이야. 그래, 자네들도 부정하진 못할 테지, 이건 외설적이라고!"

"그들은 들라크루아도 야유했어." 상도즈가 붉으락푸르락하며 두 주먹을 불끈 쥐고 끼어들었다. "그들은 쿠르베도 야유했지. 아! 우매한 사형집행인이라고 할 수밖에 없는 원수의 무리들!"

가니에르는 진정한 음악을 위하여 매주 일요일에 파스들루에서 열리는 음악회를 생각하며 상도즈의 분개에 동감했다.

"그리고 그들은 바그너도 조롱했어. 모두 같은 무리들이야. 난 그들을 알고 있네. ……저 봐! 저기에 있는 뚱보……."

조리는 당황하여 가니에르를 저지해야만 했다. 왜냐하면 조리는 그 그림이 유명해져서 10만 프랑의 광고 가치가 있다는 말을 반복하여 군중을 선동하고 있었기 때문이다. 그런데 여전히 뒤처진 이르마는 그 혼란한 와중에 자기가 아는 두 명의 젊은 증권거래소 직원을 만났다. 그들은 신나게 그림을 야유하고 있다가 이르마가 그들을 타이르고 추파를 던지며 알아듣게 말하자, 클로드의 그림을 아주 좋다고 생각하게 되었다.

　그러나 파주롤은 좀처럼 입을 열지 않았다. 그는 계속 그림을 관찰하면서 군중의 반응을 살폈다. 그는 파리 사람다운 직감을 지니고 머리 회전이 빠른 솜씨 좋은 젊은이답게 이 그림이 어디가 잘못되었는지 파악할 수 있었다. 그리고 어렴풋하게나마 그는 이 그림이 모든 사람의 호응을 얻기 위해선 무엇이 필요한지를 느낄 수 있었다. 아마도 약간의 속임수와 완화, 주제의 재배열, 기법의 절충이 필요할 것 같았다. 그에게는 아직까지 클로드의 영향이 남아 있었다. 그는 그것을 흠뻑 받아들였고, 영원히 자기 것으로 만들었다. 다만, 그는 그런 그림을 전시하는 클로드를 말도 안 되는 바보라고 생각했다. 대중의 지식 수준을 믿다니, 어리석지 않은가? 옷을 입은 신사와 발가벗은 여자를 도대체 왜 함께 그리는가? 배경으로 장난을 치고 있는 저 두 여자는 무슨 의미가 있는가? 이것은 살롱전에서는 그 예를 찾아볼 수 없는 대가의 자질이 엿보이는 그림이었다! 기막힌 천부적인 재능을 타고났음에도 불구하고 마치 서툰 칠장이와도 같이 파리의 전체 시민을 웃기고 있는 이 화가에 대한 경멸이 파주롤의 마음속에서 우러나왔다.

　이 경멸이 너무 강해져서 그는 그것을 더 이상 감출 수 없었다. 그래서 그는 자기도 모르게 불쑥 솔직한 말을 내뱉고 말았다.

　"아! 내 말을 들어 봐. 이 모든 건 자네가 자초한 일이야. 그러니 자네가 너무 어리석었단 밖에."

　클로드는 군중을 향해 있던 눈을 돌려 조용히 그를 바라보았다. 그는 미소 짓는 입술을 신경질적으로 파르르 떨며 창백해졌을 뿐, 조금도 약해지지 않았다. 아무도 클로드를 이해하지 못했고, 그의 작품만이 오롯이 대중의 질타를 받고 있었다. 그는 시선을 그의 그림으로 옮겨 잠시 살핀 다음, 전시되어 있는 다른 그림들을 찬찬히 훑어보았다. 환상이 빠져 버린 절망 속에서, 또 자존심이 입은 상처 속에서 한 줄기 용기가 생겨났다. 틀에 박힌 고대풍 그림이 쇄도하는 가운데, 무질서하긴 하지만 뜨거운 열정을 갖고 그토록 활기차고 용감하게 그려진 이 모든 그림을 보니, 여명기의 활력이 느껴졌다. 그는 이 그림들을 보자 위로가 되었고, 강해질 수 있었다. 후회나 회한이 들기는 커녕 오히려 더 군중을 자극해야겠다는 생각밖에 들지 않았다. 확실히 그 그림들은 서툴고 유치했다. 그러나 전체적인 색조는 얼마나 아름다운가! 또 야외에 흩어진 은회색 빛들의 춤추는 반사는 전체적으로 얼마나 경쾌하고 섬세한가! 이것이야말로 타르를 잔뜩 칠한 옛날식 부엌과 인습의 썩은 즙 가운데 홀연히 열린 창이었다. 바야흐로 태양이 그 안에 들어왔고, 벽들은 이러한 봄의 아침에 미소를 짓고 있었다! 그의 그림의 밝은 색조와 사람들이 비웃는 푸른빛이 다른 그림들 가운데서 홀연히 빛나고 있었다. 이것이야말로 기다리던 새벽, 예술에서 동터 오는 새날이 아니던가? 그는 웃지 않고 그림 앞에 서 있는 비평가와 놀란 채 심각한 얼굴을 하고 있는 유명한 화가들을 보았다. 말그라 영감의 모습도 보였는데, 그는 여전히 꾀죄죄한 몰골로 날카로운 감정가의 삐죽거리는 입을 하고서 이 그림 저 그림을 이리 기웃, 저리 기웃하다가, 그의 그림 앞에 서서는 꼼짝도 않고 정신없이 쳐다보았다. 그런 다음 그는 파주롤을 향해 몸을 돌린 뒤, 굼뜬 말로 파주롤을 놀라게 하였다.

"이봐, 바보는 타고나는 거야. 내가 내색은 안 하겠지만…… 자네는 약은 사람이니까, 정말로 다행이네!"

그러자 즉시 파주롤은 친근한 친구에게 하듯이 말그라 영감의 어깨를 툭 쳤고, 클로드는 상도즈가 자기의 팔을 끼고 밖으로 나오게 내버려 두었다. 이리하여 친구의 무리는 모두 낙선전을 나와 건축 전시장을 들르기로 결정했다. 얼마 전부터 박물관 설계도로 입선한 뒤뷔슈가 발을 구르며 너무도 애절한 눈빛으로 친구들에게 간청했기 때문에 그의 청을 들어주지 않을 수가 없었다.

"아!" 조리가 전시실에 들어가며 유쾌하게 말했다. "여긴 왜 이렇게 추워! 이제야 숨을 좀 쉬겠군."

그들은 일제히 모자를 벗고, 햇볕이 쨍쨍 내리쬐는 날 긴 산책을 한 뒤 큰 나무들이 이루는 시원한 그늘 밑으로 들어온 것처럼 안도의 한숨을 내쉬며 이마의 땀을 닦았다. 전시실은 텅 비어 있었고, 흰색 천으로 된 가리개가 쳐진 천장에서 부드러우면서도 음울한 빛이 균일하게 들어와서는 괴어 있는 샘물을 비추듯 거울처럼 반짝반짝 빛나는 밀랍을 입힌 바닥에 비치고 있었다. 사면이 빛바랜 붉은색 벽면에 크고 작은 설계도가 희미한 푸른색 테두리의 액자에 걸려 있었는데, 설계도들은 수채화 같은 옅은 색조를 띠고 있었다. 그런데 이 황량한 곳에서 오직 한 명의 수염을 기른 신사만이 깊은 생각에 잠긴 채 양육원 설계도 앞에 서 있을 뿐이었다. 세 명의 부인이 들어왔다가 기 겁을 하고는 종종걸음으로 나가 버렸다.

벌써 뒤뷔슈는 친구들에게 자기 작품을 보여 주며 설명하기 시작했다. 비록 관례에 어긋나고 그의 지도교수의 의사에도 반 하는 것이었지만, 그는 자신의 조급한 야망 때문에 박물관의 가련하리만큼 작은 전시실의 설계도 하나밖에는 출품하지 못 했다. 그럼에도 불구하고 그의 지도교수는 자신의 명예에 관련 된 일이라 생각하여 그 작품을 입선시킨 것이었다.

"자네의 박물관도 야외파의 그림을 선전하기 위한 것이야?" 파주롤이 웃지도 않고 물었다.

가니에르는 다른 것을 생각하면서 격렬히 고개를 흔들며 감 탄했다. 그러나 클로드와 상도즈는 친구로서 진지하게 작품을 관찰하며 관심을 보였다.

"음! 괜찮은데……." 클로드가 말했다. "장식이 여전히 전통 적이어서 잡종 같은 느낌은 들지만……, 그럼 어때!"

조리가 못 참고, 그의 말을 막았다.

"아! 안 나갈래? 난 얼어 죽을 것 같아."

일행은 다시 움직이기 시작했다. 그러나 유감스럽게도 그들 이 최단 거리로 나가기 위해서는 살롱전을 전부 통과해야만 했 다. 그들은 비록 반항의 표시로 그 안에 발을 들여놓지 않겠다 고 맹세했지만, 할 수 없는 일이었다. 그들은 군중들을 헤치고 어색한 태도로 연속된 전시실을 따라 앞으로 나가며, 좌우로 분개한 듯한 시선을 보냈다. 그곳에는 그들의 작품이 전시되어 있던 전시실의 흥겨운 소동도, 밝은 색조도, 과장된 태양 광선도 없었다. 그림자로 채워진 금테를 두른 액자들이 죽 이어져 있었고, 뻣뻣하고 시커먼 물체들과 지하실의 빛을 받고 누렇게 된 아틀리에의 누드들, 역사화, 풍속화, 풍경화 등, 온갖 고전주의 유물들이 한결같이 판에 박힌 기름에 절어 진열되어 있었다. 모든 작품이 하나같이 초라했다. 똑같이 너저분한 색깔에, 자기 고유의 특징을 잃은 빈혈증을 앓고 있는 예술의 형태를 지니고 있었다. 그들은 여전히 타르 일색인 이 장소를 빠져나오기 위해 발걸음을 재촉했고, 거의 뛰다시피 했다. 그들은 여기에 걸린 모든 그림을 부당한 당파주의의 산물이라고 욕하며, 볼 것이라고는 아무것도 없는 곳이라고 외쳐 댔다.

드디어 그들은 그곳을 빠져나와 정원으로 내려가서 그곳에 있는 마우도와 셴을 만났다. 마우도는 클로드를 부둥켜안았다.

"아! 친구, 자네 그림, 정말로 예술가의 기질이 엿보이더군."

화가는 즉시 「포도 따는 여자」를 칭찬했다.

"아, 자네의 작품도 놈들의 머리를 한 방 때렸어!"

그러나 클로드는 「간통한 여인」에 대해 아무도 언급하지 않아 조용히 서성이는 셴의 모습이 측은하게 여겨졌다. 그는 이 가공할 그림에 대해서, 또 부르주아를 동경하다가 자기 삶을 망친 희생 제물인 이 농부의 모습에서 깊은 연민을 느꼈다. 클로드는 언제나 칭찬으로 그를 기쁘게 해 주었다. 그는 큰 소리로 말했다.

"자네 그림도 아주 좋아. 아! 녀석, 데생만큼은 확실하게 하던데!"

"물론이지!" 셴은 이렇게 말하며, 우쭐하여 더부룩한 검은 턱수염 아래에서 얼굴이 붉어졌다.

마우도와 셴이 일행에 합류했다. 그러자 마우도가 다른 친구들에게 샹부바르의 「씨 뿌리는 사람」을 보았느냐고 물었다. 그것은 놀라운 작품으로 살롱전에 전시된 조각품들 가운데 유일하게 훌륭한 것이라고 말했다. 일행은 마우도를 따라 여전히 사람들로 붐비고 있는 정원으로 갔다.

"저걸 봐!" 중앙으로 난 길 가운데에 멈추어 서서 마우도가 말했다. "샹부바르가 「씨 뿌리는 사람」 앞에 서 있군."

사실 지나치게 살집이 좋은 한 남자가 그의 뚱뚱한 두 다리로 버티고 서서 자신의 작품에 도취되어 있었다. 두 어깨에 파묻혀 있는 중후하고 훤칠한 얼굴은 마치 인도의 우상과도 같았다. 그는 아미앵 근교의 수의사 아들이라고 했다. 마흔다섯의 나이에 그는 벌써 걸작을 수도 없이 만들었는데, 그의 작품은 단순하면서도 활력이 넘쳤고, 질감이 현대적이었으며, 비록 세련된 맛은 없었지만 재능 있는 도공이 빚어 놓은 것 같았다. 그런데 그는 자기가 만들어 내는 작품의 가치에 대해서 아무런 의심도 품지 않았고, 마치 밭이 작물을 생산하듯이 어떤 때는 좋은 작품을, 또 어떤 때에는 나쁜 작품을 꾸준히 생산해 냈다. 그는 자기가 손으로 빚어 만든 가장 훌륭한 작품들과 가끔 대충 날림으로 해치운 형편없는 졸작을 구별할 수 없을 정도로 판단력이 결여되어 있었다. 자신이 하는 일에 대한 걱정도 자문도 해 본 적 없이, 언제나 굳건한 확신을 갖고서 신과 같은 자부심에 차 있었다.

"「씨 뿌리는 사람」은 정말 놀라워!" 클로드가 중얼거렸다. "저 크기와 동작을 봐!"

파주롤은 그의 작품은 쳐다보지도 않은 채, 항상 그의 뒤에 입을 벌리고 따라다니는 제자들의 무리를 보고 흥미로워했다.

"저들 좀 봐, 꼭 성체를 배령(拜領)하는 무리들 같군! ……그리고 저 사람 좀 봐! 자신의 배꼽을 들여다보고 있는 마음씨 좋은 아저씨 같은 얼굴을 하고 있지 않아!"

모든 사람이 이상하게 쳐다보는 것에 아랑곳하지 않고 상부바르는 혼자서 자신의 작품을 넋을 잃고 감상하면서 스스로 그런 작품을 만들어 냈다는 사실에 놀란 사람의 표정을 짓고 있었다. 그는 마치 그 작품을 처음 바라보는 듯했고, 작품의 효과를 미처 기대하지 않은 듯했다. 이어 일종의 황홀감 같은 것이 그의 큰 얼굴을 덮었고, 그는 고개를 가볍게 흔들면서 연방 자신도 어쩔 수 없는 웃음을 터뜨리며 같은 말을 수도 없이 되뇌었다.

"재미있어…… 재밌어, 재밌어……."

그의 뒤에 줄지어 서 있던 제자들은 어리둥절했지만, 그는 자신에게 경탄을 보낼 만한 그 외의 어떤 말도 찾을 수 없었다.

그러나 약간의 술렁임이 일어났다. 뒷짐을 지고 별로 특별한 것에 주목하지 않은 채 여기저기 어슬렁거리던 봉그랑과 상부바르가 만난 것이다. 사람들은 길을 비켜 주며, 유명한 두 예술가가 악수를 나누는 모습을 보며 쑥덕거렸다. 한 사람은 땅딸막한 체격에 혈색이 좋았고, 다른 사람은 키가 큰데 추위에 떨고 있었다. 친근하게 주고받는 몇 마디의 말들이 들려왔다. "여전히 놀라운 작품을 내시는군요!" "물론입니다! 당신은 올해 아무 작품도 출품하지 않으셨어요?" "네, 하지 않았습니다. 좀 쉬고 있어요. 새로운 것을 찾느라고." "그럼, 안녕히 가십시오!" "안녕히 가세요." 어느새 샹부바르는 자신의 신하들을 뒤에 이끌고, 사는 게 즐거운 군주의 표정으로 사람들을 헤치면서 천천히 걸어가고 있었다. 봉그랑은 클로드와 그의 친구들 무리를 보고 흥분에 손을 떨며 다가오더니 턱으로 조각가를 신경질적으로 가리키며 말했다.

"저 사람이야말로 정말로 부러운 사람이야! 언제나 자기가 걸작을 만들어 낸다고 믿고 있으니!"

그는 마우도에게 「포도 따는 여자」를 칭찬해 주고, 다른 모든 사람들에게도 훈장을 받은 사람으로서 예전의 낭만주의의 대가다운 넓은 포용력을 가지고 친아버지와도 같이 따뜻하게 감싸주었다. 그리고 클로드에게 말했다.

"자! 내가 뭐라고 했나? 저 위에서 자네도 보았지. ……이제 자네는 새로운 유파의 우두머리가 된 걸세."

"아! 알겠습니다." 클로드는 대답했다. "저 사람들이 저를 그렇게 만드는군요. 하지만 우리 모두의 스승은 당신입니다."

봉그랑은 약간 고통스러운 표정을 지으며, "무슨 말을! 나는 나 자신의 주인도 못 되네."라는 말을 던지고는 황급히 가 버렸다.

　잠시 그들은 정원에서 서성거린 후 「포도 따는 여자」를 보기 위해 다시 갔다. 그때 조리는 가느에르 곁에 이르마가 없다는 걸 알아차렸는데, 가니에르는 그 사실에 깜짝 놀랐다. 도대체 어디서 그녀를 잃어버린 건가? 그러나 파주롤이 그녀가 두 남자하고 같이 사람들 무리 속으로 사라졌다고 이야기하자, 가니에르는 안도의 한숨을 내쉬었다. 그래서 그는 가벼운 마음으로 이 뜻하지 않은 행운에 기뻐하며 친구들을 따라나섰다.

　이제는 거의 이동이 불가능했다. 사람들이 저마다 벤치에 몰려들어 자리를 차지하고 있었고, 성공을 거둔 청동이나 대리석 조각상 앞에는 많은 사람이 느린 걸음으로 끊임없이 몰려와 멈추었다가 물러서곤 했기 때문에 통행로는 많은 사람들로 혼잡을 이루고 있었다. 사람들이 꽉 찬 식당에서 요란한 웅성거림과 컵받침이나 수저들이 부딪치는 소리가 들려왔는데, 그것이 꽤 넓은 홀의 썰렁한 기운을 한층 더해 주었다. 참새들은 위의 철근 골조 숲에 숨어들어가 뜨거운 유리를 두른 천장 아래서 석양을 바라보며 작고 날카로운 소리로 시끄럽게 짹짹거렸다. 공기는 둔탁했고, 실내의 정원이 온실처럼 습하고 따뜻한 데다 환기까지 되지 않아서 새로 파헤쳐 놓은 부식토에서 나는 냄새 같은 역한 냄새가 났다. 이런 정원의 인파를 압도하듯이, 2층 전시실에서는 왁자지껄한 소란스러운 소리와 딱딱한 바닥을 밟고 지나가는 발소리가 마치 해안에 부딪혀 오는 거친 태풍의 포효와도 같이 울려 나오고 있었다.

이 귀를 때리는 폭풍우의 으르렁거림을 똑똑히 들은 클로드의 격정은 높아질 뿐이었다. 군중은 흥에 겨워 그의 그림 앞에서 폭풍우와도 같이 웃으며 고함을 지르고 있었다. 그는 신경질적인 동작을 하며 소리쳤다.

"아! 왜 우리가 이곳에서 어슬렁거리고 있지? 난 식당에서 아무것도 먹지 않겠어. 여기선 학사원 냄새가 나. 밖에 나가 한잔하지 않을래?"

전원은 밖으로 나왔다. 그들은 다리가 부러질 듯이 아파 왔고, 초췌한 얼굴에 경멸의 빛을 담고 있었다. 밖으로 나온 그들은 화사한 봄날의 아름다운 자연 속으로 되돌아온 것같은 희열에 몸을 떨며 격렬하게 숨을 들이마셨다. 이제 막 네 시가 울렸고, 비스듬한 태양은 샹젤리제를 빛나는 햇살로 꿰어 가고 있었다. 그러자 온갖 장비들로 채워진 부두, 새로 싹튼 나무 잎사귀들, 공중 위로 뿜어 올라와 금빛 가루로 흩어져 내리는 분수 다발, 이 모든 것이 태양빛에 타오르기 시작했다. 그들은 천천히 걸어 내려가서 잠시 머뭇거리다가 마침내 광장의 왼쪽에 있는 작은 카페 파비용 드 라 콩코르드 안에 들어가 주저앉았다. 홀 안이 너무 좁았기 때문에 그들은 인도 가장자리에 놓인 식탁에 자리를 잡았는데, 거뭇거뭇 무성해진 아치형의 나무 그늘 아래에서 벌써부터 서늘한 기운이 느껴졌다. 그러나 네 줄로 늘어선 마로니에의 무성한 녹색 그늘 너머로 석양빛을 받고 있는 큰 거리의 모습이 보였다. 별 같은 불꽃을 뿌리는 마차바퀴, 개선장군의 마차보다 더 금빛 찬란히 빛나는 대형 승합마차, 기병이 타고 질주하는 말의 번쩍번쩍 광채를 내는 마구들, 햇빛을 받아 반짝이며 변화하는 보행자 무리의 움직임, 그들은 거기에서 바로 다름 아닌 영광을 향해 질주하는 파리를 보았다.

그리고 거의 세 시간 동안이나 가득 채운 맥주잔을 그대로 앞에 놓은 채 클로드는 점점 열을 내어 자신의 의견을 피력하고 토론에 열중했다. 몸은 깨질 듯이 피곤했고, 머릿속은 그가 오늘 본 수많은 그림으로 무거웠다. 살롱에서 돌아오는 길은 이제까지 늘 그래 왔지만, 금년은 황제의 개방 정책에 의해 낙선전이 있었기 때문에 논의의 열의가 한층 더했다. 이런저런 다양한 이론들과 혀가 말릴 정도의 극단적인 의견이 난무했고, 예술을 향해 타오르는 열정이 그들 청년의 피를 한없이 끓게 하였다.

"좋아! 사람들이 웃으면 어때?" 그는 외쳤다. "그들을 교육시켜야 돼, 대중을……. 사실 이번에 우리는 승리한 거나 마찬가지야. 형편없는 작품 200점만 빼내면, 우리의 낙선전은 저들의 살롱전을 쳐부술 수 있어. 우리에게는 용기와 배짱이 있잖아. 우리에겐 미래가 있다고. 사람들은 이제 알게 될 거야. 우리들이 저들을, 저들의 살롱전을 죽이리라는 것을. 우리는 걸작을 그려서, 정복자로 그곳에 입성하자. 그러니 실컷 웃어 보라지, 웃으라니까. 어리석은 파리여, 너희들이 언젠가는 우리 무릎

아래 쓰러질 날이 있을 것이다!"

그는 예언적인 동작으로 도시의 풍요와 기쁨이 밝은 태양빛 아래서 흐르고 있는 승리의 한길을 가리켰다. 그의 동작은 점점 더 커지면서 콩코르드 광장까지 내려갔다. 나무들이 무성한 아래로 물줄기를 위로 뿜는 분수 옆에 있는 발코니의 끝부분에 두 개의 조각, 거대한 젖을 늘어뜨린 루앙과 벗은 발을 앞으로 내놓고 있는 릴이 비스듬히 눈에 띄었다.

"야외, 그것이 그렇게 웃긴다, 이거지!" 그는 다시 말을 꺼냈다. "그들이 다 원하고 있잖아, 야외를, 야외파를! 그렇지 않아? 과거엔 우리들끼리만 그 말을 썼지. 한두 명을 빼곤 아무도 그 말을 몰랐잖아. 그런데 이제 세상에 다 알려졌어. 다른 사람들도 아닌 바로 그들이 이 유파를 만든 거네…… 오! 이젠 나도 알 것 같아. 그래, 야외파라고 해 두자!"

조리는 양쪽 넓적다리를 철썩 치며 말했다.

"내가 뭐라고 했어! 난 신문기사를 쓸 때부터 바보 같은 저들을 혼내 줄 줄 알았어! 이제부터 놈들을 어리둥절하게 만들어 주자!"

마우도는 승리의 노래를 불렀다. 그는 연방 자기의 「포도 따는 여자」에게로 화제를 돌리며, 유독 혼자서 침묵을 지키고 있는 셴에게 그의 작품의 대담성을 설명했다. 한편, 가니에르는 순수이론에 경직된 소심한 사람의 어색한 어조로 학사원을 단두대에 세워야 한다고 말했다. 상도즈는 근면한 작가로서의 열정적인 공감을 갖고, 또 뒤뷔슈는 혁명적인 친구들의 분위기에 전염이 되어 두 사람 모두 비분강개하였고, 테이블을 주먹으로 치면서 맥주를 한 모금 들이킬 때마다 파리를 들여 삼켰다. 파주롤만이 매우 차분한 태도로 미소를 짓고 있었는데, 그는 친구들의 바보 같은 소동이 결국 갈 때까지 가지 않고서는 끝이 나질 않을 것이라는 걸 잘 알고 있었기 때문에 그들을 부추기는 희한한 재미에 장난삼아 맞장구를 치고 있었다. 그는 친구들이 정신을 혁명적으로 단련시키고 있는 동안, 이제부터 자기는 로마상을 타기 위한 그림을 그려야겠다는 결심을 굳히고 있었다. 바로 그날, 그는 그 결의를 했다. 그는 더 이상 그가 가진 재능을 위험에 빠뜨리는 일은 바보 같은 짓이라고 판단했다.

태양은 지평선 가까이로 떨어졌고, 한층 광채가 덜한 거리에는 숲에서 돌아오기 위해 거리를 내려오는 마차들의 행렬만이 있을 뿐이었다. 살롱전도 이제 문을 닫을 시각이 되었는지, 비평가로 보이는 사람들이 손에 카탈로그를 든 채 길게 줄지어서 있었다.

가니에르가 갑자기 열광적으로 말했다.

"아! 쿠라죠, 그분이야말로 풍경화의 창시자 아니야! 자네들 뤽상부르에 걸려 있는, 그의 「가니의 숲」을 보았어?"

"정말로 훌륭한 작품이지!" 클로드가 큰 소리로 맞장구쳤다. "그게 그려진 지가 30년이 지났는데, 아직까지도 그보다 더 견고한 작품이 나오질 않고 있잖아. 그런데 왜 그의 작품을 뤽상부르에 두는 거지? 당연히 루브르에 있어야 할 텐데."

"아직 쿠라죠는 죽지 않았잖아." 파주롤이 말했다.

"뭐! 쿠라죠가 죽지 않았다고! 하지만 아무도 그를 본 적이 없잖아. 그에 대한 아무런 언급도 없고."

파주롤이 나이 일흔이 된 이 풍경화의 대가가 몽마르트르의 어느 한 구석에 있는 작은 집에 은거하며 닭과 거위, 개를 기르며 살고 있는 확실한 정보를 제공하자, 그들 사이엔 놀라움이 번졌다. 그런 식으로 목숨을 부지하고 있다니, 그들은 죽기도 전에 이 세상에서 사라진 이 노예술가에 대하여 슬픈 마음이 들었다. 일동은 침묵하였고, 자기들의 몸이 오싹해지는 것을 느꼈다. 그때 얼굴이 붉게 충혈된 봉그랑이 친구의 팔을 끼고는 그들에게 어눌한 인사를 보내며 그들 앞을 지나갔다. 그리고 거의 그의 뒤를 따라, 제자들에게 둘러싸인 샹부바르가 나타났다. 구둣발 소리를 요란하게 내면서 큰 소리로 웃는 그의 모습은 영원을 확신하는 절대불멸의 대가 같았다.

"왜! 먼저 가려고?" 마우도가 몸을 일으키는 셴에게 물었다.

셴은 더부룩한 턱수염 밑에서 잘 들리지 않는 소리로 중얼거렸다. 그리고 모두와 골고루 악수를 나눈 후 자리를 떴다.

"저 녀석이 또 자네의 애인과 즐기기 위해 간다는 사실을 알고 있나?" 조리가 마우도에게 말했다. "그래, 그 약방 여자 말일세. 약초 냄새가 코를 찌르는…… 내 장담하지! 난 녀석의 눈이 갑자기 반짝 빛나는 것을 보았거든. 갑작스러운 치통처럼 욕정이 찾아온 거야. 자식. 저 봐, 막 뛰어가잖아."

다른 친구들은 모두 웃었고, 조각가는 어깨를 으쓱했다.

그러나 클로드의 귀에는 아무 소리도 들리지 않았다. 그는 이제 뒤뷔슈에게 건축에 대해 설득하고 있었다. 물론 그가 작품을 전시한 살롱전의 건축실이 나쁘진 않았다. 다만 거기에서 미술학교에서 가르치는 원칙을 충실하게 따른 잡동사니만을 본다면, 아무런 소득이 없지 않은가? 모든 예술에는 전위적인 것이 있지 않은가? 문학과 미술, 또한 음악에서조차 찾아볼 수 있는 변화가 건축 양식을 갱신하지 않을 수 있단 말인가? 만약 한 세기의 건축이 그 세기에 어울리는 건축 양식을 가져야 한다면, 그것은 우리가 곧 맞이하게 될 새로운 세기의 건축 양식이 아닐까? 말하자면 과거의 세기를 전부 쓸어버리고 모든 것을 새로 지을 준비가 된, 완전한 재건축에 대비한 공간, 새로운 씨가 뿌려지고 새 시대의 민중이 자라나게 될 토양에서의 건축 양식이 아닐까? 이제 우리의 하늘 아래, 우리의 사회 안에서 그리스의 신전은 존재 이유를 잃고 말았다! 전설적인 신앙이 사라지고 난 다음 고딕 성당도 마찬가지다! 르네상스 양식의 저 우아한 주랑, 더할 나위 없이 정교한 레이스 모양의 장식, 중세를 모방한 예술, 그것들은 예술에 있어서 보화이긴 하다. 그러나 우리 시대의 민주주의가 머물 공간은 아니지 않은가! 그리고 그는 과장된 동작으로 현대의 민주주의에 어울리는 건축 양식을 주장했다. 예를 들면 이미 현대에 있는 철도역이라든지, 철골 구조의 우아하고 견고한 중앙시장과 같이 거대하고 강인하며 단순한 돌로 만든 건축물이야말로 민주주의를 구현한 것이다. 게다가 이것들은 한층 더 미의 관점에서 순화되고 높여

졌기 때문에 우리들의 승리의 위대함을 말해 주고 있는 듯한 것이다.

"아무렴! 맞는 말이야, 맞고말고!" 뒤뷔슈는 격분하여 거듭 말했다. "내가 하고 싶은 것도 바로 그런 것이야. 언젠가는 자네도 보게 될 걸세……. 그걸 하기 위한 시간도 필요해. 내가 자유로워지면, 아! 좀 자유로워지면!"

밤이 되자 클로드는 더욱 기운이 났다. 그는 친구들도 미처 알지 못했던 풍부한 주제와 달변으로, 흥분하여 열을 냈다. 일동은 모두 그의 이야기를 열심히 들었고, 그가 던지는 기상천외한 말들에 몹시 신나했다. 클로드는 자신의 그림 이야기를 하면서 매우 흥겨워했고, 그것을 바라보던 부르주아들을 야유하며 그들의 저질적인 웃음을 흉내 냈다. 이제 회색 거리에는 드문드문 지나가는 어두운 마차들의 모습이 어쩌다 보일 뿐이었다. 깜깜하게 어두워진 좁은 보도 위로 얼음 같은 추위가 나무로부터 내려왔다. 어떤 노랫소리가 카페 뒤에 있는 나무덤불에서 들려왔다. 오를로즈 연주회장에서부터 반복하여 들려오는, 연가를 연습하는 소녀의 감상적인 목소리였다.

"아! 그 바보들은 나를 충분히 즐겁게 해 주었어!" 클로드가 마지막으로 흥분하며 고함을 질렀다. "어림도 없어. 설령 내게 10만 프랑을 준다고 해도 내가 오늘 하루를 내줄 줄 알아!"

그는 지쳐서 입을 다물었고, 어느 누구도 더 이상 말할 기운이 남아 있지 않았다. 침묵이 그들을 덮쳤고, 누구라 할 것 없이 차가운 공기에 몸을 떨었다. 그들은 마비된 듯이 지친 손으로 악수를 나눈 다음 헤어졌다. 파주롤은 약속이 있었다. 조리와 마우도, 그리고 가니에르는 25수로 한 끼 식사를 할 수 있는 푸카르 식당에 클로드를 데려가려고 했으나 허사였다. 이미 상도즈가 너무 유쾌한 친구의 모습이 염려되어 클로드를 부축하고 있었다.

"자, 가자. 어머니께 돌아온다고 약속을 했어. 자넨 나와 함께 한 끼니 먹을 수 있어. 우리가 함께 오늘 하루를 마감하는 게 좋을 것 같군."

두 사람은 형제처럼 서로 몸을 얼싸안고, 튈르리를 따라 부두를 내려왔다. 그러나 생 페르교*에서 화가는 단호히 걸음을 멈추었다.

"아니, 가려고!" 상도즈가 큰 소리로 말했다. "함께 저녁을 먹겠다고 했잖아!"

"아니, 고맙네. 머리가 너무 아파서…… 집에 가서 자야겠어."

그는 이렇게 변명하며 상도즈의 제의를 극구 사양했다.

"좋아! 좋아!" 상도즈가 마침내 웃으며 말했다. "우린 자네가 무슨 짓을 하며 지내는지 알 수 없으니까. 자넨 신비한 생활을 하고 있잖아……. 자, 가 봐, 친구. 자네를 귀찮게 하지 않을 테니."

클로드는 못 참겠다는 몸짓을 다시 하고는, 상도즈가 다리를 건너는 것을 지켜본 다음 혼자서 부두를 따라 걸었다. 그는 고개를 숙이고 팔을 흔들며 아무것도 보지 않고서 몽유병 환자처럼 본능에 이끌려 성큼성큼 걸어갔다. 부르봉 부두에 있는 그의 집 대문 앞에서 고개를 든 그는, 마차 한 대가 그의 가는 길을 막고 인도 가장자리에 서 있는 것을 보고 깜짝 놀랐다. 그리고 기계적으로 그의 발걸음은 열쇠를 찾아가기 위해 관리실로 향했다.

"열쇠는 숙녀 분이 가져갔어요." 관리실 안에서 조제프 부인이 큰 소리로 말했다. "그 아가씨가 아직 저 위에 있어요."

"어떤 아가씨 말이에요?" 그는 어리둥절해하며 물었다.

"젊은 아가씨요……. 있잖아요, 왜 잘 알잖아요? 항상 오는 그 아가씨 말이에요."

그는 누구인지 알 수가 없었다. 여러 가지 극단적인 생각들로 머릿속이 혼란해진 그는 일단 올라가 보기로 마음먹었다. 열쇠는 문에 꽂혀 있었다. 그는 문을 열었다. 그리고 천천히 그 문을 다시 닫았다.

클로드는 한순간 꼼짝 않고 서 있었다. 아틀리에에는 이미 어두운 그림자가 깔려 있었고, 천장의 유리를 통해 쏟아져 들어온 석양의 쓸쓸한 보라색 그림자가 방 안의 물건들을 적시고 있었다. 그는 바닥도 제대로 볼 수가 없었다. 가구와 그림들, 아무렇게나 널려진 모든 물건이 늪에 괴어 있는 물속에서처럼 푹 꺼져 없어지는 느낌이었다. 그러나 긴 의자 옆에 쭈그리고 앉아 있는 어두컴컴한 형체가 눈에 띄었다. 그것은 하루 종일 극심한 고통을 겪은 후 걱정스럽고 절망하여 기다림에 몸이 굳어 뻣뻣해진 모습이었다. 그녀는 크리스틴이었다. 그는 그녀를 알아보았다.

그녀는 손을 내밀었다. 그리고 더듬거리면서 작은 소리로 말했다.

"세 시간 동안, 아니 네 시간 동안, 나 혼자 그 야유의 소리를 들으며 전람회장에 있었어요……. 그곳에서 나와 마차를 탔는데, 여기에 오고 싶다는 생각밖에는 들지 않았어요. 그래서 황급히 이리로 온 거예요……. 나로서는 밤을 꼬박 새우고 기다리더라도, 당신의 손을 잡아 보지 않고서는 도저히 갈 수가 없었어요."

그녀는 이야기를 계속했다. 그림을 보고 싶은 격렬한 욕구 때문에 살롱전으로 쫓겨 오다시피 한 이야기며, 어떻게 해서 그녀가 모든 사람의 고함이 들리는 가운데 웃음의 폭우 속에 떨어지게 되었는지 이야기했다. 군중들이 그토록 야유하는 대상은 바로 다름 아닌 그녀 자신이었다. 사람들은 그녀의 벌거벗은 몸 위에 침을 뱉고 있었다. 이렇듯 파리의 모욕을 받으며 거칠게 던져져 있는 자신의 벌거벗은 몸을 보고 나니, 그녀는 입구에서부터 숨조차 제대로 쉴 수가 없었다. 그러자 무서운 공포가 엄습해 와 괴로움과 수치심에 정신을 잃고 당황한 그녀는 그 장소를 빠져나왔다. 마치 그 웃음소리들이 자신의 벌거벗은 몸 위에 쏟아져 피가 나도록 매질을 당하는 것만 같았다. 그러나 그녀는 곧 자기 자신의 괴로움은 잊고 클로드를 염려하기 시작했다. 여자를 바라보는 감수성이 실패한 데에 클로드가 얼마나 괴로워할 것이며, 그의 마음이 얼마나 슬플까를 생각하니 어서 빨리 그를 위로해 주어야겠다는 생각밖에 들지 않았다.

"오 클로드, 괴로워하지 마세요! ……그것은 질투 때문이에요. 내 생각에는 그 그림이 아주 훌륭하다는 말을 해 주고 싶었어요. 나는 당신을 도운 일이, 그래서 그 그림의 일부가 된 일이 아주 기쁘고 자랑스러워요…….”

그는 그녀가 꼼짝도 않고 선 채로 부드러운 위로의 말을 더듬거리며 열심히 하는 것을 들었다. 그러자 그는 그녀 앞에 주저앉으면서 울음을 터뜨리고 그녀의 무릎에 자신의 머리를 파묻었다. 오후 내내 그를 몰고 간 흥분과 조소받는 예술가로서 굳건히 자신을 지키고 있던 용기, 명랑함과 난폭함이 그 순간 폭발하여 숨이 막힐 듯한 흐느낌으로 변했다. 전시실에서부터 그의 따귀를 때리는 듯하던 웃음소리는 마치 짖어 대는 사냥개처럼 샹젤리제까지 쫓아왔고, 다시 센강까지 내내 따라오다가 이제는 그의 방 안, 바로 그의 등 뒤에서까지 들려오는 것이었다. 그를 지탱하고 있던 힘이 일시에 빠져나가면서, 그는 자기 자신이 어린아이보다도 더 약하게 느껴졌다. 그러고 나서 그는 그녀의 무릎에 자신의 머리를 비벼 대며 막연히 몸을 이리저리 움직이더니 꺼져 가는 목소리로 같은 말을 몇 번이고 되풀이했다.

“아! 너무 힘들어!”

그녀는 격정적인 동작으로 두 손을 그의 입으로 가져갔다. 그리고 그의 입을 맞추었다. 그녀가 내쉬는 더운 입김이 그의 가슴까지 파고들었다.

“뚝, 이제 울음을 그쳐요. 당신을 사랑해요!”

그들은 서로 사랑을 나누었다. 그림을 매개로 하여 점점 가까워진 그들의 우정은 마침내 긴 의자 위에서 초야를 치르게 되기에 이르렀다. 새벽빛이 그들을 감쌌고, 그들은 지친 몸을 서로의 팔에 맡긴 채 처음 사랑을 나눈 기쁨으로 눈물에 젖어 누워 있었다. 옆에 놓인 탁자 위에는 그녀가 아침에 보내온 백합꽃이 방을 온통 향기로 물들이고 있었고, 액자에서 날리는 금가루들이 방 안에 흩어져 여명의 빛을 받아 무수한 별빛으로 반짝이고 있었다.

6장

저녁이 되어, 그때까지도 팔에 안겨 있던 그녀에게 그가 말했다.

"그대로 있어요!"

그러나 그녀는 억지로 빠져나왔다.

"안 돼요. 가 봐야 해요."

"그럼, 내일…… 제발, 내일 또 와요."

"내일은 안 돼요. 도저히 그럴 수 없어요……. 안녕, 또 봐요!"

그 말을 남기고 떠난 그녀는 이튿날 오전 아홉 시에 어김없이 다시 나타났다. 그녀는 방자드 부인에게 거짓말을 한 사실에 얼굴이 빨개져 있었다. 클레르몽에서 친구가 왔기 때문에 역에 나가 보아야 하고, 그 친구와 하루 종일 같이 지내 주어야 한다고 이야기했던 것이다.

클로드는 이렇게 그녀를 하루 종일 소유할 수 있는 것이 너무나 행복하여 그녀를 시골에 데려가고 싶었다. 그녀를 저 멀리 외딴 곳에서 밝게 빛나는 태양 아래 혼자 소유하고 싶은 마음에서였다. 그녀는 그 제안에 매우 기뻐했고, 그들은 정신없이 집을 떠나 르 아브르행 기차를 타기 위해 생 라자르역에 도착했다. 망트를 지나 벤느쿠르라는 작은 마을이 있는데, 클로드는 화가들이 잘 가는 그곳의 여인숙을 알고 있었다. 그도 친구들과 함께 가끔 그곳에 가 본 적이 있었다.* 기차로 두 시간의 여정이었기 때문에 그는 마치 파리 근교의 아니에르쯤에 가듯이 마음 놓고 그곳으로 점심을 먹으러 갔다. 그녀는 어디로 가는지도 모르는 이 여행에 몹시 즐거워했다. 세상 끝까지 간다 한들 무슨 상관인가! 그들에게 저녁 시간은 영원히 오지 않을 것처럼 여겨졌다.

열 시가 되어 그들은 보니에르에서 내렸다. 그리고 그곳 강변에 매달려 있는 체인이 삐걱거리고 낡아 흔들거리는 보트를 탔다. 벤느쿠르는 센강의 맞은편 해안에 있었기 때문이다. 5월의 아침은 아름다웠고, 잔잔한 물결은 햇빛을 받아 금빛으로 반짝였다. 구름 한 점 없는 맑은 하늘 아래 신록은 부드러운 녹색을 띠어 가고 있었다. 그리고 군데군데 떠 있는 섬들을 지나 강물이 한군데로 모이는 지점에 작은 식료품 가게를 겸하고 있는 시골의 여인숙이 있었다. 빨래 냄새가 진동하는 커다란 홀과 거위들이 뒤뚱거리며 다니는, 연기가 자욱한 넓은 안뜰이 있는 이 여인숙의 모습은 얼마나 즐거운가!

"어이! 포쇠 영감님, 우리 식사를 하고 싶은데……. 오믈렛하나, 소시지 몇 개하고 치즈 좀 주시오."

"주무시고 갈 건가요, 클로드 씨?"

"아니오, 아니에요, 다음에 자죠……. 그리고 화이트 와인도 줘요! 목을 축일 수 있게 로제 약간도."

크리스틴은 벌써 포쇠 부인을 따라 닭장으로 가고 있었다. 포쇠 부인이 달걀을 가지고 돌아왔을 때 그녀는 시골 아낙의 엉큼한 웃음을 지으며, 화가에 물었다.

"결혼하셨나 봐요?"

"그럼요!" 그는 머뭇거리면서 대답했다. "그러니까 아내하고 같이 왔죠."

점심식사는 특이했다. 오믈렛은 지나치게 탔고, 소시지들은 너무 기름졌으며, 빵은 하도 딱딱해서 그녀가 손을 다칠까 봐 그가 빵을 잘라 주어야 했다. 그들은 와인 두 병을 비운 후, 세 병째 따고 있었다. 그들은 자기들이 홀로 독점하고 있는 커다란 홀에서 시끄럽게 떠들면서 기분 좋게 취했다. 그녀는 양 볼이 빨개져서 취한 것 같다고 했다. 한 번도 술에 취해 본 적이 없었는데, 취하니까 기분이 좋다고도 했다. 오! 기분이 너무 좋아, 그녀는 깔깔거리고 웃었다.

"바깥바람 좀 쐬러 나가요." 마침내 그녀가 말했다.

"그래요, 좀 걷도록 하죠……. 우린 네 시에 떠나면 되니까, 아직 세 시간이 남아 있소."

그들은 작은 노란색 집들이 제방을 따라 약 2킬로미터 정도 늘어서 있는 벤느쿠르로 올라가 보았다. 마을 전체가 평야였으며, 그들이 마주친 것은 고작해야 어린 소녀가 몰고 가는 암소

세 마리뿐이었다. 그가 손짓을 해 가며 그 고장을 설명하는 품이 그들이 갈 방향을 잘 알고 있는 듯했다. 주포스 언덕을 마주보며 센 강가에 서 있는 낡은 건물인 마지막 집 앞에 당도하자, 그는 방향을 틀어 매우 울창한 떡갈나무 숲 속으로 들어갔다. 그곳은 두 사람 모두가 찾고 있던 이 세상의 끝이었으며 벨벳같이 부드러운 잔디가 깔려 있는 피난처였다. 그곳은 나뭇잎으로 가려진 가운데 한 줄기 햇빛이 가느다란 빛의 화살로 뚫고 들어왔다. 곧 그들의 입술은 열렬한 입맞춤으로 포개졌다. 이어 그녀는 몸을 허락했고, 그는 그들의 몸 아래 밟힌 풀들의 신선한 향기를 맡으며, 그녀를 차지했다. 그들은 이제 어쩌다 낮은 소리로 속삭이는 것 외에는 별 말이 없었다. 서로가 내쉬는 부드러운 숨소리에 몸을 맡기고, 서로의 갈색 눈동자 안에서 빛나는 황금빛의 광채를 황홀하게 바라보면서 사랑에 취하여 그 장소에 오래도록 머물러 있었다.

그리고 두 시간 뒤에 그들은 숲에서 나오다 말고 그만 깜짝 놀랐다. 농부로 보이는 노인 한 사람이 어떤 집의 활짝 열린 문 앞에 서 있었던 것이다. 늙은 늑대와도 같은 작은 눈으로 그는 그들이 하는 짓을 모두 빤히 다 보고 있었던 것 같았다. 그녀는 얼굴이 새빨개졌다. 하지만 클로드는 거북함을 감추기 위해 큰 소리로 말했다.

"아니! 푸아레트 영감님……. 이 오두막이 영감님 거였어요?"

그러자 노인은 눈물을 흘리며 집에 세 들어 살던 사람이 돈을 내지 않고 가구만 남겨 둔 채 떠나 버렸다고 하소연했다. 그러면서 노인은 그들에게 그 집에 들어오기를 청했다.

"들어와서 집 구경들 하시요. 아는 분들이 많으실 테니까…… 아! 이 집을 좋아할 파리 양반들이 있을지 누가 알아요! 가구 달린 집이 1년에 300프랑이면, 정말 거저 아니겠습니까?"

호기심에 이끌려 그들은 노인을 따라 들어갔다. 한때 헛간이었던 곳을 개조한 집 같아 보였다. 벽에는 큰 채광창이 달려 있었고, 아래층엔 넓은 부엌과 춤을 출 수도 있을 정도의 거실이 있었다. 위층엔 똑같은 크기의 침실이 두 개 있었고, 두 방 모두 숨바꼭질을 할 수 있을 정도로 넓었다. 가구로 말하자면, 방 하나에 호두나무 침대가 하나, 부엌에 식탁과 살림도구들이 갖추어져 있었다. 집 앞에는 가꾸지 않은 정원이 있어 커다란 살구나무들과 꽃들이 만개한 장미나무들이 뒤덮여 있었고, 집 뒤꼍에는 떡갈나무 숲까지 울타리가 쳐진 감자밭이 있었다.

"내가 감자를 좀 남겨 두었지요." 푸아레트 영감이 말했다.

클로드와 크리스틴은 갑자기 이렇게 외따로 떨어진 곳에서 아무도 모르게 살고 싶은 막연한 욕망에 사로잡혀 서로를 쳐다보았다. 아! 이 외딴 곳에서, 다른 사람들과 멀리 떨어져 산다면 얼마나 좋을까! 그러나 그들은 미소 지었다. 그것이 어떻게 가능한가? 그들에겐 파리로 돌아가기 위해 기차를 탈 시간밖에는 여유가 없었다. 그러자 포쇠 씨의 장인인 이 늙은 농부는 그들을 배웅하기 위해 제방까지 따라 나왔다. 이어 그들이 보트에 오르자, 그는 마음속으로 고민을 많이 한 듯 그들에게 이렇게 외쳤다.

"이보시오, 250프랑이면 될 거요……. 사람을 보내 주시오."

파리에 도착한 클로드는 크리스틴을 방자드 부인의 집까지 데려다주었다. 그들은 몹시 슬퍼지고 절망감에 싸여 포옹할 엄두도 내지 못한 채 말없이 긴 악수만을 나누었다.

고통의 생활이 시작되었다. 그녀는 두 주일에 겨우 세 번 올 수 있었다. 그것도 숨이 차게 뛰어와서 고작 몇 분 앉았다가 다시 일어나야 했다. 노부인이 크리스틴의 외출을 탐탁지 않게 여기는 눈치를 보이기 시작했기 때문이다. 클로드는 크리스틴의 얼굴이 창백하지고 기분이 상해서는 눈이 뜨겁게 타오르는 것을 보고 걱정이 되어 이것저것 물어 보아보았다. 그녀는 경건한 이 집이 숨을 쉴 공기도, 햇빛도 들어오지 않는 지하 무덤 같아서 갑갑해 죽을 지경이었다. 현기증이 재발되었고, 운동 부족 때문인지 관자놀이 근처에 피가 몰렸다. 그녀는 어느 날 저녁 자기 방에 있을 때 갑자기 납으로 만든 손에 눌리는 것처럼 기절한 적이 있다고 고백하기도 했다. 그녀는 자기 여주인을 한 번도 비방한 적이 없었고, 오히려 측은하게 여기고 있었다. 많이 늙고 쇠약한, 그리고 자기를 딸이라고 부르는 선량하기 그지없는 불쌍한 노인일 뿐었다! 그녀는 노부인을 버려두고 애인의 집으로 달려올 때마다 스스로 파렴치하다는 생각이 들곤 했다.

그로부터 두 주일이 흘러갔다. 그녀는 자신이 자유 시간을 갖고 싶어 할 때마다 말을 꾸며내야 한다는 사실에 몹시 괴로워했다. 그녀는 자기의 사랑이 하나의 오점같이 여겨지는 이 엄격한 집으로 돌아가면서 수치심에 몸을 떨었다. 원래 그녀는 애인에게 몸을 허락했다고 하더라도, 모두 말할 솔직한 성격이었다. 정직한 성격의 그녀는 내쫓기는 것이 두려워 비열하게 거짓말하는 하인처럼, 마치 죄라도 지은 듯이 그 일을 숨기는 자신이 싫어졌다.

그러던 어느 날 저녁, 크리스틴이 집에 돌아가기 위해 또 다시 작별 인사를 하려는 순간, 그녀는 자기도 모르게 클로드의 품에 뛰어들어 고통과 정열에 들떠 흐느꼈다.

"아! 더 이상 못 하겠어요, 못 견디겠어요……. 날 지켜 줘요. 그 집에 돌아가지 않게 해 줘요!"

그는 그녀를 으스러지도록 껴안았다.

"정말? 나를 사랑하는 거죠! 아! 내 사랑! ……그렇지만 나는 아무것도 가진 게 없소. 당신은 모든 걸 잃을 텐데. 당신이 그렇게 다 잃게 놓아두는 것을 견딜 수 있을까?

그녀는 더욱 큰 소리로 흐느꼈다. 그녀의 더듬거리던 말은 흐느낌 속에서 조각조각 부서졌다.

"부인의 돈 말이에요? 나한테 물려줄지도 모르는……. 당신은 내가 계산한다고 생각해요? 맹세코 나는 그런 생각은 해 본적이 없어요. 아! 그녀가 다 가져도 좋아요. 자유로울 수만 있다면! 나는 아무것도에, 누구에게도 구속되어 있지 않아요. 나는 부모도 없고, 내가 원하는 대로 할 수 있잖아요? 나는 당신에게 결혼하자고 하는 게 아니에요. 다만, 당신과 함께 살 수 있으면 돼요……."

그러고는 괴로움에 못 이겨 마지막으로 흐느끼며 말을 이었다.

"아! 당신이 옳아요. 저 가여운 부인을 버리다니, 도저히 할 수 없는 짓이죠! 아! 나 자신을 경멸해요. 나는 더 강한 사람이 되고 싶은데……. 그래도 당신을 너무 사랑해요. 괴로워 견딜 수가 없어요. 이렇게 살다 죽을 수는 없어요."

"가만! 가만!" 그는 소리쳤다. "죽는 것은 남의 이야기고, 우리는 둘이서 살아야지!"

클로드는 그녀를 무릎에 앉혔다. 두 사람은 절대로, 더 이상은 절대로 헤어질 수 없다고 맹세하며 입을 맞추면서 울고 웃곤 했다.

결국 광란의 상태가 되어, 크리스틴은 이튿날 돌연 가방을 싸들고 방자드 부인의 집을 나왔다. 곧 클로드와 크리스틴은 커다란 장미나무가 있고 큼직한 방들이 있는 벤느쿠르의 한적한 집을 생각해 냈다. 아! 떠나자, 한시도 지체 말고 떠나자. 이 지구의 끝에 가서 달콤한 신혼집을 꾸미고 살자! 그녀는 기뻐서 손뼉을 쳤다. 아직도 살롱전의 낙방으로 마음 아파하고 있는 클로드는 재충전할 필요를 느꼈기 때문에, 자연이 주는 커다란 휴식을 갈망하고 있었다. 그는 그곳에서 목까지 풀이 덮이는 진짜 야외에서 작업할 것이고, 걸작들을 가지고 돌아올 것이다. 이틀 안에 모든 준비가 완료되었다. 아틀리에의 계약을 해약했고, 몇 가지 가구들을 기차역으로 옮겼다. 뜻밖의 행운이 찾아와 그들은 횡재를 하기도 했다. 이삿짐 가운데 굴러다니던 스무 점 가까운 그림에 대한 몫으로 말그라 영감이 500프랑을 지불했던 것이다. 그들은 왕처럼 살 수 있었다. 클로드에게는 1천 프랑의 연금이 있는 데다 크리스틴이 저금한 약간의 돈과 혼수와 옷가지를 가져왔다. 그렇게 두 사람은 그곳을 탈출했다. 그들은 친구들에게 서신으로도 알리지 않은 채, 사람들을 피해 진짜 도망을 갔다. 파리는 그들에게 아무 의미도 없었으므로 그들은 안도의 미소를 지으며 파리를 떠났다.

6월도 저물어 갔고, 클로드와 크리스틴이 함께 이사하고 난 후에 억수 같은 비가 일주일 내내 내렸다. 그런데 집을 계약하기 전에 푸아레트 영감이 부엌살림의 반을 가져간 사실을 발견했다. 그러나 이러한 실망도 그들에게는 아무런 영향을 끼치지 못했다. 그들은 비를 맞으면서도 기쁨에 젖어 진창 속을 걸어 다녔다. 그들은 베르농까지 3리외(lieue)의 길을 걸어가 접시 몇 개와 냄비 몇 개를 사 들고는 승리감에 취해 돌아왔다. 드디어 그들은 자기 집을 가진 것이다. 그들은 2층의 방 두 개 가운데 하나만 사용했고, 나머지 방은 쥐들에게 양보했다. 아래층 식당을 넓은 화실로 개조했으며, 자신들은 부엌의 소나무 식탁에 앉아 난로 곁에서 포토프가 끓는 소리를 들으며 식사하는 것이 어린아이들처럼 마냥 즐겁기만 했다. 그들은 마을의 아가씨를 가정부로 고용했다. 멜리라는 이 아가씨는 포쇠의 조카로 아침에 왔다가 저녁에 갔는데, 머리가 아둔한 대신 자주 그들을 재미있게 해 주었다. 아마 그 지방 전체에서 그보다 더 아둔한 아이도 찾아보기 어려울 것이다!

태양은 다시 떠올랐고, 사랑스러운 날들이 지나갔다. 단조로운 기쁨 가운데 몇 달이 흘렀다. 그들은 며칠인지도, 또 무슨 요일인지도 몰랐다. 아침엔 덧창의 틈으로 들어온 햇살이 흰색 벽을 붉은빛으로 물들여도 세상모르고 늦잠을 잤다. 아침을 먹은 뒤에는 끝없는 산책이 시작되었다. 그들은 풀이 깊은 시골 길을 지나 사과나무가 심어진 언덕까지 뛰어다녔고, 목장이 펼쳐진 센 강가를 따라 로슈기용까지 걸어갔다. 또 진짜 여행이라고 해도 좋을 만큼 강을 건너서 멀리 가기도 했는데, 이럴때 그들의 탐사는 강의 다른 편 끝에 있는 보니에르와 주포스의 밀밭까지 이어졌다. 그 고장을 어쩔 수 없이 떠나야 하는 어느 부르주아가 그들에게 낡은 보트를 30프랑에 파는 바람에 이제는 강도 그들의 것이 되었다. 그들은 강에 야성에 가까운 정열을 불태웠다. 하루 종일 배를 젓고 다니며 새로운 장소를 발견하거나, 둑에 심어진 버드나무의 옅은 초록 그늘 아래서 휴식을 취하는 게 그들의 일과였다. 어떤 때에는 강이 역류하는 어두운 그늘 안에서, 강을 따라 산재해 있는 섬들 사이로, 매우 감동적이며 신비한 도시가 나타나기도 했다. 그들은 낮게 드리운 나뭇가지에 몸을 부딪치며, 그 도시의 그물망 같은 수로를 유유히 미끄러져 지나갔다. 이 세상에서 산비둘기와 물총새를 빼놓고는 오직 그들뿐이었다. 그는 가끔 배를 앞으로 젓기 위해 바지를 무릎까지 걷은 채 모래사장에 뛰어내려야 했고, 그녀는 용감하게 노를 저으며 자기 힘에 부치는 어려운 수로까지 다 헤쳐가 보기 위해 애를 쓰곤 했다. 그리고 저녁이 되면 그들은 부엌에서 양배추 수프를 먹으며 그 전날과 마찬가지로 멜리의 아둔함을 놀렸다. 그 후 아홉 시가 되면 그들은 일찌감치 잠자리에 들었다. 한 가족이 모두 잘 수 있을 정도로 넓고 낡은 호두나무 침대에서 그들은 매일 열두 시간씩 잠을 잤고, 새벽에 깨어선 서로 상대방에게 베개를 던지다가, 곧 서로의 팔을 베고 다시 잠이 들곤 했다.

매일 밤 크리스틴은 말했다.

"자, 여보, 내일부터는 일을 하겠다고 내게 약속해요."

"알겠어. 내일부터, 약속할게."

"이번에 안 지키면 화낼 거예요, 알았죠……. 내가 당신 일에 방해가 돼요?"

"당신이? 무슨 말을! ……나는 이곳에 일을 하러 왔는데! 내일이면 당신도 알게 될 거야."

이튿날, 그들은 다시 보트에 올랐다. 그녀는 종이도 물감도 가져오지 않은 그를 씁쓸한 미소를 지으며 바라보았다. 이어 그가 자기를 위해 치르는 끊임없는 희생에 감동한 그녀는 자기가 그에게 미치는 영향력을 생각하고는, 웃으면서 그를 꼭 안아 주었다. 그리고 또다시 더욱 부드러운 질책이 이어졌다. 내일, 오! 내일, 그녀는 반드시 그를 그림 앞에 붙들어 매 두고야 말 것이다!

클로드는 그림을 그리려고 몇 번 시도해 보기는 했다. 그는 센 강을 전경에 넣고 주포스 언덕을 그리기 시작했다. 그러나 그가 섬에 가서 자리를 잡고 그림을 그리려고 하면 크리스틴이 그를 따라와 가까운 풀밭 위에 누워 입을 반쯤 열고는 푸른 하늘을 쳐다보고 있는 것이었다. 그러면 강물의 속삭이는 소리만이 들리는 이 외딴 녹색 풀밭에 누워 있는 그녀의 모습이 너무도 사랑스러워, 그는 매번 팔레트를 내던지고 그녀 옆에 누워 버렸고, 두 사람은 향기로운 대지에 파묻혀 다른 모든 일을 잊고 말았다.

언젠가는 떡갈나무만큼 큰 사과나무 고목들에 둘러싸인 벤느쿠르에 있는 오래된 농가가 클로드의 시선을 끌었다. 그는 이틀 연속 그곳에 왔다. 다만 셋째 날은 크리스틴이 암탉을 사기 위해 그를 보니에르 시장에 데리고 갔고, 그 이튿날 역시 허비하게 되는 바람에, 그림은 말라 버렸다. 그는 참지 못하고 일을 다시 시작했지만, 결국 그만두고 말았다. 그는 여름 내내 그림을 그리겠다는 약속만 했을 뿐, 조그만 핑계거리라도 생기면 이내 그만두고 참을성을 발휘하지 못했다. 그의 일에 대한 열정과 새벽부터 일어나 반항적인 그림을 그리느라 몸부림치던 예전의 열의는 어느새 사라져 버렸고, 이제 그에게 남은 것은 무관심과 나태뿐이었다. 마치 중병을 앓고 난 사람처럼 그는 달콤한 게으름에 빠졌고, 그의 육체가 명하는 즐거움만을 탐닉했다.

이제 클로드에겐 크리스틴밖에 없었다. 그녀는 그를 불같이 뜨거운 숨결로 감쌌고, 그러면 그의 예술가로서의 의지는 온데간데없이 사라지고 말았다. 그녀가 처음으로 그의 입술 위에 자기의 입술을 겹치고 본능적으로 열렬한 키스를 하고 난 이후, 그녀는 소녀에서 여인으로 변모했다. 처녀 안에서 용틀임을 치고 있던 연인이 그녀의 입술을 부풀게 하였고, 각진 턱 앞으로 그것을 불쑥 내밀게 했다. 그녀가 오랫동안 지켜온 정절에도 불구하고, 그녀는 자기가 원초적으로 가질 수밖에 없는 모습을 드러내고 말았다. 그녀는 정열적이며 관능적인 육체를 지니고 있었다. 그것이 그동안 수치심 안에서 잠자고 있다가, 그 수치심을 벗어던지자마자 너무도 혼란스러워졌다. 그녀는 누가 가르쳐 준 사람도 없었지만 사랑이 무엇인지 알게 되었고, 여기에 온갖 그녀의 청순한 열정을 쏟아부었다. 그녀도 그때까지 아무것도 몰랐지만 클로드 역시 미숙했기 때문에 둘은 함께 성적 쾌락을 발견해 나갔고, 다 같이 초보자로서 황홀경 속에서 흥분을 맛보았다. 클로드는 전에 자기가 이런 것을 경멸하던 일들이 우습게 여겨졌다. 체험해 보지 못한 희열을 어린 아이처럼 무시하는 것이야말로 어리석은 일 아니겠는가! 전에는 그가 그리던 그림을 통해 그 욕망을 충족시켰던, 여인의 부드러운 육체에 대한 애착이 이제는 실제로 살아 있는 연약하고 따뜻한 육체를 향해서만 타올랐다. 그는 비단같이 부드러운 젖가슴을 스쳐 가는 빛, 그리고 둥근 엉덩이를 금빛으로 물들이는 아름다운 엷은 황갈색, 순결한 배의 부드러운 살집을 사랑한다고 믿어 왔다. 이 무슨 몽상가의 환상인가! 화가는 그의 무능한 손에서 빈번이 도망가곤 하던 꿈을 이제는 자신의 두 팔로 확실하게 붙들 수 있었다. 그녀는 자신의 몸을 완전히 다 허락했고, 그는 목덜미부터 발끝까지 그녀를 가질 수 있었다. 그는 그녀를 으스러지도록 껴안으며 자기의 소유로 만들었고, 자신의 살점을 그녀의 살 깊은 곳에 넣었다. 그의 그림을 죽인 그녀는 라이벌이 없어진 사실에 행복하여 그들의 혼례식을 연장시키는 것이었다. 아침의 침대에서도 그녀의 둥근 팔과 부드러운 다리는 그들이 맛본 행복의 고단함 때문에 오래도록 그의 몸

위에 머물러 있으면서 마치 쇠사슬처럼 그의 몸을 묶고 있었다. 보트에서 그녀가 노를 저으면, 그는 노를 젓느라 흔들거리는 그녀의 허리를 바라보며 황홀한 배의 흔들거림에 가만히 몸을 맡기고 있었다. 섬의 풀밭 위에서 그는 그녀의 눈을 깊이 들여다보며 그녀에게 홀려서는, 호흡과 맥박이 정지되는듯한 한낮의 황홀경에 취하는 것이었다. 아무 때나, 어디에서나 그들은 아무리 갖고 또 가져도 충족되지 않는 갈망으로 서로를 탐했다.

클로드가 놀란 일 중 하나는 그가 조금만 노골적인 말을 해도 그녀의 얼굴이 곧 빨개진다는 것이었다. 스커트를 다시 입을 때마다 그녀는 어색한 듯이 웃었고, 야한 농담을 하면 고개를 돌렸다. 그녀는 그런 것을 좋아하지 않았다. 그래서 이 일 때문에 어느 날 그들은 거의 싸울 뻔까지 했다.

집 뒤에 작은 떡갈나무 숲이 있었는데, 그들은 벤느쿠르에 처음 왔던 날 그들이 나누었던 입맞춤을 생각하고 자주 그곳을 찾았다. 그는 호기심에 이끌려 그녀에게 수녀원에서의 생활에 대해 캐물었다. 그는 그녀의 허리를 손으로 감싸 안고 귀 언저리를 숨결로 간질이면서 그녀에게 고백시키려고 했다. 그곳에서 남자에 대해 무엇을 알고 있었어? 친구들과는 어떤 이야기를 나누었고, 스스로는 그것에 대해 어떻게 생각하고 있었어?

"자, 여보, 조금만 이야기해 봐……. 이런 건 줄 짐작하고 있었어?"

하지만 그녀는 불만스러운 웃음을 지으며 이야기를 피하려고만 하였다.

"당신은 이상한 사람이에요! 나를 좀 놔두세요! ……그런 걸 알아서 뭐하게요?"

"그냥 재미로……. 그러니까, 알고 있었어?"

그녀는 곤란한 표정을 지으며 두 볼이 빨개졌다.

"이걸 어쩌나! 그냥 다른 사람들이 아는 정도로……."

그리고 얼굴을 그의 어깨에 파묻으며 말했다.

"어쨌든 난 깜짝 놀랐어요."

그는 웃음을 터뜨리며 그녀를 격렬하게 껴안았고, 그녀의 몸에 폭풍우와 같은 입맞춤을 퍼부었다. 그러나 그가 그녀를 정복했다는 생각이 드는 순간, 서로 감출 게 없는 친구처럼 그녀의 고백을 받아 내려고 하면 그녀는 아리송한 말로 대화를 피하며, 끝내는 뽀로통해져서 입을 꼭 다물고는 냉정하게 변했다. 그녀는 아무리 사랑하는 그에게도 더 이상은 고백하려고 하지 않았다. 사실 아무리 솔직한 여자라도, 어떻게 그녀가 성적으로 눈뜨게 되었는지에 대한 기억은 은밀하고 성스러운 것으로 남아 있는 법이다. 그녀도 이런 점에서는 매우 여성적이었으며, 아무리 자기의 몸을 다 허락한다 해도 자기의 비밀은 끝까지 지키려고 하였다.

그날 처음으로 클로드는 그들이 서로 남인 것 같았다. 갑자기 얼음같이 차가운 느낌이 그에게 파고들었다. 아무리 그들이 미친 듯이 포옹을 하고 그러고도 모자라 더욱 서로를 갈망해 보아도, 단순히 그녀를 소유할 수 있을지는 몰라도, 어떤 사람도 다른 사람의 내면에 깊이 들어 갈 수는 없지 않은가?

그러나 시간은 흘러갔고, 그들은 이렇게 다른 사람들과 고립된 생활을 하는 것에 익숙해졌다. 그들은 자신들 외의 어떤 오락도 필요로 하지 않았고, 가야 할 곳도 찾아오는 사람들도 없었기 때문에 오로지 자신들 안에 파묻혀 지냈다. 그의 곁에서 그와 함께 지내지 않는 시간에 그녀는 가사 일에 대단한 의욕을 보였다. 그녀는 집을 뒤집어 멜리에게 대청소를 시키는가 하면, 자기 자신도 일을 하고 싶은 강렬한 욕구에 부엌에서 냄비들과 씨름을 했다. 특히 그녀는 정원을 가꾸는 일에 열심이었다. 그녀는 전지가위를 들고 가시에 손을 찔려 가면서 커다란 장미나무에서 장미들을 잘라냈다. 살구를 따느라 몸이 쑤시고 아팠지만, 그녀는 자기가 수확한 살구를 매년 그 고장을 찾아오는 영국인에게 200프랑을 받고 팔기도 하였다. 그녀는 그런 일에 남다른 자부심을 느끼며, 농사를 지으며 살아 보려는 꿈도 꾸었다. 클로드는 농사에는 별로 흥미가 없었다. 그는 긴 의자를 아틀리에로 꾸민 거실에 갖다 놓고 거기에 누워 그녀가 씨를 뿌리고 가꾸는 모습을 커다란 창문을 통해 바라보았다. 그리고 아무도 찾아올 사람이 없고, 하루 중 어떤 순간에도 문 두드리는 소리 때문에 방해받지 않을 것이라는 완벽한 평화를 만끽하였다. 그는 혹시 파리에서 내려온 친구들을 만나게 될까 봐 포쇠 여인숙 앞에는 얼씬도 하지 않을 정도로 바깥 세상에 대한 두려움을 갖고 있었다. 여름 내내 단 한 명의 친구도 모습을 보이지 않았고, 그는 매일 밤 자러 올라가면서 억세게 운이 좋다는 말만 계속했다.

다만, 이런 기쁨 가운데에서도 마음속에는 아픈 상처가 하나 숨어 있었다. 그가 파리에서 도망쳐 나온 후에 상도즈가 그의 주소를 알고 편지를 보내어 찾아와도 좋은지 물어본 일이 있었는데, 클로드가 아무 대답도 하지 않았던 것이었다. 그 후 그들 사이엔 어떤 불화가 생겼고, 오래된 그들의 우정에 금이 간 것 같았다. 크리스틴은 클로드가 자신 때문에 친구와 결별했다고 생각해서 가슴이 아팠다. 그녀는 그의 화를 북돋우지 않으려고 조심하면서, 그에게 기회가 닿는 대로 꾸준히 친구들 이야기를 꺼냈고, 그들을 초대하라고 권하였다. 그러나 그는 사태를 해결해 보겠다고 약속한 후에, 실제로 아무 일도 하지 않았다. 다 끝난 일이었다. 다시 과거로 돌아가서 무슨 소용이 있단 말인가?

7월 그믐 무렵, 돈이 거의 바닥나자 그는 말그라 영감에게 전에 가지고 있던 그림 여섯 점 정도를 팔기 위해 파리로 가야 했다. 그를 역까지 배웅하면서 그녀는 그로부터 상도즈와 화해하고 오겠다는 약속을 받아 냈다. 저녁에 그녀는 다시 보니에르 역으로 나와 그를 기다렸다.

"잘 다녀왔어요! 상도즈와 화해의 인사는 나누었구요?"

그는 당황하여 아무 말도 못하고 그녀 곁에서 걷기 시작했다. 그리고는 들릴락 말락 한 소리로 말했다.

"아니, 시간이 없었어."

그러자 그녀는 매우 애석해하며, 두 눈에 커다란 눈물방울을 머금은 채 말했다.

"당신은 내 마음을 너무 아프게 하는군요."

그들이 나무 밑에 다다랐을 때 그는 그녀의 얼굴에 입을 맞추며 더 이상 자기를 슬프게 하지 말라고 애원하며 눈물을 흘렸다. 이제 어떻게 이 생활을 바꾼단 말인가? 둘이 행복하면 되지 않겠는가?

처음 몇 달 동안 그들은 단 한 번 다른 사람과 마주쳤을 뿐이다. 벤느쿠르에서 로슈기용 쪽으로 올라가면서 일어난 일이었다. 그들은 인적이 없고 나무가 우거진 오목하게 패인 감미로운 길을 따라 걷고 있다가 모퉁이를 돌면서 산책을 나온 부르주아 일가족과 마주쳤다. 가족은 아버지와 어머니, 딸 이렇게 세 명이었다. 바로 그때 그들은 아무도 없다고 생각하여 서로 허리를 감싸 안은 채, 울타리 뒤에서 사랑을 나누느라 여념이 없었다. 그녀는 허리를 휜 채로 입술을 맡기고 있었고, 그는 웃으면서 입술을 앞으로 쑥 내밀고 있었다. 너무 놀란 그들은 몸을 풀 여유도 없이 서로 꽉 껴안은 채로 똑같은 속도로 천천히 걸어갔다. 그러자 그 가족은 충격을 받아 비탈에 기대어 가만히 서 있었다. 아버지는 뚱뚱한 데다 뇌졸중 체질이었고, 어머니는 칼같이 말랐으며, 딸 역시 깃털 빠진 병든 새처럼 빈약했는데, 이 세 사람 모두 못생기고 빈약한 그들 종족의 오염된 피를 지니고 있었다. 밝은 태양 아래에서 대지가 생명력으로 가득 차 있는 가운데, 그들의 모습은 그야말로 하나의 오점이었다. 그런데 갑자기 아버지가, 눈을 휘둥그레 뜨고 연인이 지나가는 모습을 쳐다보던 이 불쌍한 딸의 등을 밀었고, 어머니는 딸을 그들이 보이지 않는 곳으로 데리고 가 버렸다.

그들은 자유분방한 입맞춤에 격분하여 이 시골엔 경찰도 없느냐고 항의했다. 한편, 사랑하는 두 연인은 당당하게 뽐내면서 지나갔다.

클로드는 그들을 어디선가 본 듯한 느낌이 들어 기억을 더듬어 보았다. 가난한 사람들을 이용해서 벼락부자가 된 듯한 냄새가 농후한 저 노쇠하고 등이 굽은 부르주아의 면상을 도대체 어디에서 보았더라? 분명 그의 인생의 중요한 시점에 만난 듯했다. 곧 그들이 누구인지 생각났고, 마르가양 일가라는 사실을 기억해 냈다. 그는 바로 뒤뷔슈가 낙선전에 데리고 와 그의 그림 앞에 우레와 같은 소리로 바보 같은 웃음을 터뜨리고 간 사업가였다. 이백 걸음쯤 더 가서 좁은 길을 빠져나오자 그들 앞에 거대한 사유지와 아름다운 나무들로 둘러싸인 큰 흰색 건물이 모습을 드러냈다. 그들은 늙은 시골 아낙에게서 리쇼디에르라고 불리는 이 집을 3년 전에 마르가양이 샀다는 사실을 알게 되었다. 그들은 이 집을 150만 프랑에 사들여, 꾸미는 데만 100만 프랑 이상을 썼다고 했다.

"두 번 다시 올 곳이 못 되는군." 클로드는 벤느쿠르로 돌아오며 말했다. "괴물 같은 저들이 경관을 망쳐 놓았어!"

그러나 8월 중순경, 큰 사건이 일어나 그들의 생활에 변화가 생겼다. 크리스틴이 임신을 한 것이다. 그녀는 방심하고 있다가 석 달이 지나서야 겨우 그 사실을 알게 되었다. 처음에는 그녀도 그도 모두 놀랐다. 그들은 한 번도 임신을 생각해 본 적이 없기 때문이다. 그들은 기뻐하기보다는 그 일을 이성적으로 따져 보았다. 클로드는 아이 때문에 인생이 복잡해질 것 같아 고민이 되었다. 그녀는 그녀대로 이유는 알 수 없지만, 이 일로 클로드와 사랑이 식을 것 같은 두려움에 괴로워했다. 그녀는 그의 목에 매달려 한참을 울었다. 그도 역시 이유를 알 수 없는 그녀와 똑같은 슬픔에 목이 메어 그녀를 위로해 주려고 애쓰고 있었다. 시간이 흘러 그들이 어느 정도 이 사실을 받아들이게 되자, 그들은 아틀리에를 물들이던 슬픈 새벽의 어스름한 빛 속에서 그녀가 처음으로 그에게 몸을 맡기던 날, 원하진 않았지만 자기네가 만들어 놓고만 이 불쌍한 어린아이가 측은하게 생각되었다. 날짜를 계산해 보니 바로 그날이었다. 그러니까 아마도 이 아이는 일반 사람들의 조소를 받고 태어난 고뇌와 연민의 자식일 것이었다. 그러자 착한 마음을 지닌 그들은 그때부터 아이를 기다리고 원하기까지 했다. 그들은 새로 태어날 아이에게 모든 관심을 기울였고, 이미 모든 출산 준비를 마쳤다.

　겨울은 혹독하게 추웠다. 집은 외풍이 심해 난방을 할 수 없었기 때문에 크리스틴은 감기가 심하게 걸렸다. 그녀는 임신으로 잦은 병치레를 했기 때문에 불 옆에 쪼그리고 앉아 있는 자신을 집에 놓아 둔 채 혼자 나가서 딱딱하게 언 땅 위를 오래도록 걷다가 오는 클로드를 원망했다. 그는 산책하는 동안, 몇 달 동안 쭉 두 사람이 함께 지내 오다가 오랜만에 혼자만의 시간을 가져 보니, 인생이 자신이 원하지 않은 방향으로 흘러가 버린 걸 깨닫고 놀랐다. 그는 비록 그녀와 함께하더라도 결코 가정을 이루려고 한 적은 없었다. 만약 다른 사람이 자신에게 가정을 가지라고 충고했다면 심한 혐오감을 보였을 것이다. 그런데도 그는 가정을 이루게 되었고, 다시 무를 수도 없는 일이었다. 아이가 아니더라도 두 사람은 서로 헤어질 용기가 없었다. 필경 이러한 운명이 자신을 기다리고 있었던 것이리라. 그는 자기와 같은 사람을 싫다 하지 않고 받아 준 최초의 여자와 맺어질 운명이었다. 딱딱하게 언 땅이 그의 구둣발 아래에서 울렸고, 그는 천천히 걸으면서 멍하니 자신이 처해있는 생각을 해보았다. 만약 자기가 이 아틀리에서 저 아틀리에로 굴러다니다 지친 어떤 모델과 맺어졌다면 얼마나 비참하고 지저분한 생활을 하며 괴로워했을까를 상상해 보니, 적어도 이렇게 성실한 여자를 만나게 된 것은 행운이라는 생각이 들었다. 그러자 그는 다시 다정한 사람이 되어 급히 돌아와 마치 크리스틴을 잃기라도 할 것처럼 그녀를 떨리는 두 손으로 껴안았다. 그러다 그녀가 고통의 비명을 지르며 몸을 빼려고 하면, 그제야 당황하는 것이었다.

"오! 너무 세지 않게 하세요! 당신은 나를 아프게 해요!"

그녀는 언제나 똑같이 두렵고 놀란 표정을 지으며 배 위에 손을 가져가 그에게 배를 가리켰다.

2월 중순에 크리스틴은 아이를 낳았다. 베르농에서 산파가 왔고, 모든 것이 순조롭게 진행되었다. 산모는 3주일이 지난 후에야 일어설 수 있었고, 아들인 아이는 너무도 탐욕스럽게 젖을 빨았다. 그녀는 밤에 우는 아이 때문에 아빠가 깨지 않도록 밤에 다섯 번씩이나 일어나야 했다. 그때부터 어린아이는 집에 대소동을 일으켰다. 가사에 그토록 열성적이던 그녀도 엄마 노릇은 매우 서툴렀다. 그녀는 착한 마음에 아이가 조금만 울어도 가슴 아파하긴 했지만, 마음에 모성이 싹트진 않았다. 곧 지쳐 뒤로 나자빠졌고 멜리를 불러 댔다. 그러나 한심할 정도로 답답한 멜리는 상황을 가중시킬 뿐이었다. 그렇게 되면 아기 아빠가 뛰어와 도와야 했는데, 그는 두 여자보다도 더 어쩔 줄 몰라 했다. 크리스틴은 바느질이라든가 그 외의 여자들이 하는 일에 별로 솜씨가 없었고, 아이를 키우는 일도 마찬가지였다. 아이는 별 보살핌 없이 잘 자랐다. 정원을 가로질러 다녔고, 기저귀와 부서진 장난감, 배설물, 이제 막 이가 나기 시작한 어린 신사가 마구 훼손시켜 놓은 물건들로 난장판이 되어 어질러진 방들 사이를 아슬아슬하게 지나다녔다. 더 이상 손쓸 수 없게 되는 상황이 되면 그녀는 사랑하는 남자의 품안으로 뛰어들었다. 사랑하는 남자의 가슴은 그녀가 도망칠 수 있는 유일한 피난처였고, 모든 걸 잊고 행복을 시작할 수 있는 유일한 장소였다. 여전히 그녀는 연인이었고, 자식보다 그를 열 배, 스무 배 더 사랑했다. 출산 후에 정열이 다시 그녀를 사로잡았다. 무거웠던 몸에서 해방되어 아름다움이 돌아옴과 동시에 사랑스러운 여자의 생기를 되찾게 된 그녀는 전보다도 더욱 격렬한 욕정에 몸을 떨었다.

그러나 이때부터 클로드는 조금씩 그림을 그리기 시작했다. 겨울이 끝났고, 그는 이렇게 화창한 아침나절에 무엇을 하고 지내야 할지 몰랐다. 그들은 아이에게 세례를 주지 않았다. 이름은 클로드의 외조부 이름을 따서 쟈크라고 지었다. 크리스틴은 쟈크 때문에 낮 열두 시 전에는 외출할 수가 없었다. 클로드는 처음에 심심풀이로 정원에서 그림을 그렸다. 그는 살구나무 길과 커다란 장미나무를 스케치했고, 쟁반 위에 놓인 네 개의 사과와 병, 도자기 항아리로 구성된 정물화를 그렸다. 기분 전환을 위해서였다. 그러자 점점 재미를 붙인 그는 한낮의 햇빛 아래에서 옷을 입고 있는 인물화를 그려야겠다는 생각에 사로잡혔다. 그때부터 아내가 희생물이 되었는데, 얼마나 무서운 적에게 자신을 내주고 있는지 미처 알지 못한 그녀로서는 그를 즐겁게 해 준다는 기쁨에 만족해하고 행복해했다. 그는 그녀를 수없이 반복하여 그렸다. 그녀는 어떤 때에는 흰옷, 또 어떤 때에는 빨간 옷을 입고 초원 한가운데 서기도 하고, 걷기도 하고, 또 풀밭에 반쯤 눕기도 했다. 시골에서 쓰는 커다란 모자를 쓰기도 하고, 모자를 벗고는 양산을 받치기도 했는데, 버찌 빛깔의 비단이 그녀의 얼굴을 분홍빛으로 물들였다. 그는 한 번도 흡족하게 만족하지 못했다. 그는 두세 번 그리다가 결국은 그림을 지워 버렸고, 금세 같은 주제에 매달려 다시 시작했다. 미완성이긴 하지만, 매력적인 색조와 힘 있는 솜씨로 그려진 작품들 몇몇은 팔레트 칼에 의해 찢겨지지 않고 구제되어 식당의 벽에 걸렸다.

크리스틴에 이어 포즈를 취해야 했던 것은 쟈크였다. 날씨가 더울 때 그는 쟈크를 성 요한처럼 발가벗겨 이불 위에서 재웠는데, 그러면 그는 더 이상 움직여선 안 되었다. 그러나 햇빛을 받아 간지럽고 신이 난 아이는 공중에 그의 작은 분홍색 두 발을 흔들었고, 몸을 구르며 거꾸로 곤두박질치는 등 난리를 부렸다. 아기 아빠는 처음엔 웃다가 나중엔 잠시도 가만있지 못하는 어린아이에게 욕지거리를 하며 화를 냈다. 그림을 우롱하는가? 그러면 이번에는 아기 엄마가 눈을 부릅뜨고 아빠가 재빨리 팔이나 다리를 그릴 수 있도록 아이를 움직이지 못하게 막았다. 어린 살의 아름다운 색조가 그의 마음을 너무도 사로잡았기 때문에 그는 몇 주나 그 일에 몰두했다. 그는 아들을 화가의 시선으로서만 바라보았고, 마치 걸작의 소재라도 되는 양 눈을 깜빡이며 그림을 상상했다. 그러고는 다시 실험에 들어가 하루 종일 아이를 관찰했다. 그러나 막상 아이를 그려야 할 시간에 이 개구쟁이가 잠을 자지 않아 결국은 손을 들고 마는 것이었다.

어느 날 쟈크가 포즈를 취하지 않겠다고 울자, 크리스틴이 조용히 말했다.

"여보, 당신은 이 불쌍한 아이를 너무 피곤하게 하네요."

그러자 애석해진 클로드는 화를 냈다.

"그래! 맞는 말이야. 내가 바보지! 아이는 그림을 그리기 위해 만들어진 게 아닌데."

또다시 봄과 여름이 아무 일 없이 지나갔다. 그들은 거의 외출을 하지 않았기 때문에 둑에 매어 놓고 거의 방치하다시피 한 보트가 부식하기 시작했다. 어린아이를 데리고 섬들을 찾아다닐 수는 없었기 때문이다. 그러나 그들은 가끔 천천히 센강을 따라 걸어 내려가곤 했는데, 그럴 때도 1킬로미터 이상 걸어 본 적은 없었다. 정원의 소재에 싫증이 난 그는 이제 물가를 그려 보려고 시도했다. 그 즈음 그녀는 아이를 데리고 그를 찾으러 가서 그림 그리는 모습을 쳐다보며 앉아 기다리다가 어슴푸레 땅거미가 지면 세 식구가 함께 기운 없이 돌아오곤 했다. 어느 날 오후, 클로드는 그녀가 소녀 시절의 예전 스케치북을 가져오는 것을 보고 의외라 생각했다. 그의 뒤에서 이것을 들춰 보고 있으면 여러 가지 생각이 나기 때문이라고 그녀는 농담처럼 말했다. 그녀의 목소리는 약간 떨렸는데, 그녀의 본심은 그가 그림을 그리기 시작하고 나서부터 날로 그녀와 멀어지는 것처럼 느껴져서 그림을 그리는 일에 자기도 참여하고 싶었던 것이다. 그녀는 여학생풍의 단정한 방법으로 두세 장의 수채화를 그려 보았다. 그러나 그가 미소 짓는 것을 보고는 그림에 있어서 두 사람이 일치될 수 없음을 절실히 깨닫고, 스케치북을 두 번 다시 가져올 생각을 하지 않았다. 그리고 그에게서 언젠가 시간이 날 때 자기에게 그림을 가르쳐 주겠다는 약속을 받아 냈다.

크리스틴은 요즘 클로드가 그린 그림들이 매우 아름답다고 생각했다. 몇 년 동안 태양이 밝게 비치는 전원에서 휴식을 취하고 난 후, 그는 새로운 시각으로 좀 더 밝고 노래하는 듯한 경쾌한 색조로 그림을 그리는 것 같았다. 그는 이제까지 한 번도 반사광에 대한 인식을 하지 못하고 있었는데, 흩어진 빛 안에 잠겨 있는 사람과 사물에 대해서도 이토록 정확한 느낌을 가져

보기는 처음이었다. 만약 그가 그림을 좀 더 완성시키기만 했어도, 또 채색법에 대한 그녀의 고정관념 때문에 뒤로 물러서게 되는 연보라 빛의 땅과 푸른빛 나무를 그가 그리지만 않았어도, 그때부터 그녀는 색채의 향연 같은 그의 그림을 매우 아름답다고 이야기하려고 했다. 그러던 어느 날 그녀는 그가 포플러를 푸른색으로 칠한 것을 비난했다. 그러자 그는 실물을 가리키며 나뭇잎사귀들이 얼마나 미묘한 푸른빛을 띠는지 확인시켜 주었다. 그것은 사실이었다. 나무는 파란색이었다. 그러나 그녀는 마음속으로 그 사실을 받아들이지 못했다. 자연에 파란 잎새의 나무란 있을 수 없는 일이었다.

그녀는 그가 식당 벽에 걸어 놓은 그림들에 대해 매우 진지하게 자신의 생각을 모두 말했다. 드디어 그들의 생활 한가운데에 그림이 들어오게 되었고, 자연히 그녀는 그림에 대해 많은 생각을 하게 되었다. 그가 가방과 지팡이, 우산을 들고 집을 나서려고 하면, 그녀는 갑자기 그의 목에 매달리며 말했다.

"나를 사랑하죠, 그렇죠?"

"바보같이! 왜 내가 당신을 사랑하지 않는다고 생각해?"

"그럼, 당신이 나를 사랑하는 것처럼 안아 줘요. 더 세게, 더 세게!"

그러고는 길까지 따라 나와서 말했다.

"그럼 일하고 오세요. 내가 일하는 당신을 방해하지 않는다는 것은 당신도 잘 알고 있겠죠……. 가 보세요, 어서 가요. 나는 당신이 일을 하는 게 좋아요."

그들은 시골에 와서 두 번째 가을을 맞이했다. 나뭇잎들이 노랗게 물들고 첫 추위가 다가오자 클로드는 점점 걱정이 많아졌다. 그 해 가을은 지독했다. 두 주일 내내 계속 비가 내렸기 때문에 그는 하릴없이 집에 붙잡혀 있었다. 그다음엔 한시도 쉬지 않고 안개가 끼어 일을 방해했다. 그는 불 앞에 우울하게 앉아 있었다. 비록 파리 이야기를 꺼내지는 않았지만, 이미 파리는 저 지평선 위에서 몸을 일으켜 세우고 있었다. 그는 다섯 시부터 가스등이 켜지기 시작하는 겨울의 도시와 경쟁이라도 하듯이 서로 채찍질을 하는 친구들과의 만남, 12월의 매서운 추위까지도 식히지 못하는 작업의 열기를 꿈꾸었다. 그는 아직까지 몇몇 소품을 사들이던 말그라 영감을 만나고 온다는 핑계로 한 달에 세 번씩이나 파리에 다녀왔다. 이제 그는 포쇠의 여인숙 앞을 피해 가지 않았다. 오히려 푸아레트 영감이 자기를 붙들게 내버려 두었고, 그가 권하는 흰 포도주 한 잔을 받곤 했다. 그 후 그의 시선은 비록 제철은 아니지만 혹시 아침에 그곳에 들른 옛 친구들이 없을까 하여 홀 안을 샅샅이 뒤지는 것이었다. 그는 친구들을 기다리느라고 그곳에서 오래도록 지체하곤 했다. 그리고 아무도 찾아오지 않는 데 절망하면서 집으로 돌아왔다. 그는 스스로의 내면에서 부글부글 끓기 시작하는 이 모든 것에 숨이 막혀 왔고, 머리가 터져 버릴 것 같은 그 문제에 대해 같이 고함치고 이야기를 나눌 사람이 아무도 없다는 사실에 괴로워했다.

그러나 겨울은 지나갔고, 클로드는 몇몇 아름다운 설경을 그린 것으로 위안을 삼았다. 그들이 시골에 와서 맞는 세 번째 봄이 시작되고 있었다. 3월 말경, 그는 뜻하지 않은 만남으로 깜짝 놀랐다. 그날 아침, 센 강가를 그리는 것에 싫증이 나 새로운 소재를 찾아 언덕을 올라가던 그는 모퉁이를 돌다가 딱총나무 생울타리 사이를 걸어오고 있는 뒤뷔슈와 마주친 것이다. 그는 검은 모자를 쓰고 프록코트를 단정하게 차려입고 있었다.

"아니! 자네!"

건축가는 어색하여 중얼거렸다.

"응, 어디 가 볼 데가 있어서······. 그래! 시골에서 이렇게 입는 것이 우스꽝스러운 줄은 알아! 하지만 할 수 없잖아? 예의를 깍듯이 차려야 하는 걸······. 그런데 자네는 이곳에 살고 있는 건가? 그런 줄 알았네······. 엄밀히 말하면 몰랐어! 뭐 그런 비슷한 말은 듣긴 했지만, 이보다 더 먼 곳의 반대편 강변인 줄만 알았네."

클로드는 매우 감동하여 그를 껴안았다.

"그만, 됐네. 이봐, 변명할 필요 없어. 잘못이야 내게 있지······. 아! 오랜만이야! 나뭇잎 사이에 자네 얼굴이 나타날 때 얼마나 반갑던지!"

그리고 그는 뒤뷔슈의 팔을 끼고는 즐겁게 농담을 하며 같이 걸었다. 자신의 신상 문제로 머릿속이 꽉 차 있던 뒤뷔슈는 쉬지 않고 자기에 관한 일을 이야기하며 대뜸 장래 문제를 이야기하기 시작했다. 그는 각고의 노력 끝에 미술학교의 최고 학급이 요구하는 규정상의 성적으로 과정을 막 끝낸 참이었다.

그러나 이 성공은 그에게 난처한 문제를 안겨 주었다. 그의 부모는 그에게 가난함을 호소하며 돈을 한 푼도 보내지 않으면서 거꾸로 자신들을 부양하라고 요구했다. 그는 낙방할 것이 뻔한 로마상을 포기하고, 하루빨리 생계를 위해 돈을 벌어야 했다. 그는 직장을 구하는 일과 자기를 사환 취급하는 무식한 건축사 사무실에서 한 시간에 1프랑 25수를 버는 일에 신물이 나 벌써부터 지쳐 있었다. 어떤 길을 가야 할까? 어디로 가야 가장 빠른 지름길인가? 그가 학교를 그만두면 지금 그에게 일을 주고 있는 막강한 드케르소니에가 그의 모범생다운 고분고분함을 마음에 들어 하기 때문에 도와줄 것이다. 그래도 괴로움은 여전할 테고, 앞길이 막막하기는 마찬가지 아닌가! 그러고 나서 그는 국립학교들을 신랄하게 비판했다. 몇 년 동안 열심히 일해도 모든 학생에게 일자리를 보장하지 못하고, 그들을 거리에 내버린다는 것이다.

갑자기 그는 좁은 길을 가로막고 멈추어 섰다. 딱총나무 울타리가 끝나는 지점에 탁 트인 벌판이 이어지면서 큰 나무들 사이에 둘러싸인 리쇼디에르가 나타났다.

"그렇군! 맞아." 클로드가 소리쳤다. "내가 미처 생각하지 못했네⋯⋯. 자네가 이 너절한 집 안으로 들어가려고 하는 것을. 아! 그 원숭이들, 그 더러운 면상들이라니!"

뒤뷔슈는 화가의 이런 고함에 기분이 상한 듯 점잖게 항변했다.

"자네에게는 바보로 보이겠지만, 마르가양 씨는 그 분야에서 상당한 인물일세. 그는 건설 현장에서, 그가 지은 건물과 같이 봐 주어야 해. 그는 대단한 활동력과 경탄할 만한 관리 능력을 갖고 있을 뿐 아니라, 자기가 건설할 도로라든지 구입할 재료에 대해 놀라운 안목도 지니고 있다네. 적어도 그가 신사가 아니라면, 그렇게 수백만의 부를 이룩했을 리가 있겠어……. 그러니 난 그를 이용하고 싶은 거네! 나에게 도움을 줄 수 있는 사람에게 공손하게 굴지 않는다면, 그건 바보겠지."

그는 이렇게 말하며 좁은 길을 막고 서서는 친구가 앞으로 더 걸어가지 못하게 했다. 아마도 클로드와 함께 있는 자신의 모습이 그들의 눈에 띄기라도 하면 일을 망칠까 염려하여 친구에게 돌아가라는 눈치를 주는 것이리라.

클로드는 파리의 친구들 안부를 물어보려다 말고 입을 다물었다. 크리스틴에 대한 이야기도 한마디도 꺼내지 않았다. 그는 떠나야겠다고 마음먹고 악수를 하려다 말고 자기도 모르게 이 말이 떨리는 입 밖으로 새어 나오고 말았다.

"상도즈는 잘 지내?"

"응, 그럭저럭. 나도 거의 만나지 못해……. 지난달에도 자네 이야기를 또 하더군. 자네가 우리를 내쫓았다고 언제나 슬퍼하고 있다네."

"내가 자네들을 언제 내쫓았다고 그래!" 클로드는 자신도 모르게 고함을 질렀다. "우리 집에 꼭 놀러 와! 그럼 정말 좋을 거야!"

"알았어, 한번 갈게. 내가 상도즈에게 자네가 오라고 하더라

268

고 전할게. 약속하지! ……잘 가, 잘 가 친구. 바빠서 이만 가 봐야 해."

그러고는 뒤뷔슈는 리쇼디에르를 향해 갔다. 클로드는 경작지 사이를 걸어가며 점점 작아지는 뒤뷔슈의 실크 모자와 연미복이 검은 얼룩으로 보일 때까지 바라보고 있었다. 그는 이유를 알 수 없는 커다란 슬픔에 잠겨 천천히 집으로 돌아왔고, 뒤뷔슈를 만난 일을 아내에게 이야기하지 않았다.

일주일 후, 크리스틴은 버미첼리 국수 1파운드를 사기 위해 포쇠의 여인숙에 갔다. 곧바로 집에 돌아오지 않고 아이를 팔에 안고서 이웃집 여자와 이야기를 나누고 있는데, 어떤 신사가 배에서 내리더니 다가와 그녀에게 물었다.

"클로드 랑티에 씨를 아세요? 이 근처에 산다고 들었는데, 맞습니까?"

그녀는 깜짝 놀라, 간단히 대답했다.

"네, 선생님. 저를 따라오시면……."

백보 정도의 거리를 그들은 나란히 걸었다. 낯선 남자는 크리스틴을 알고 있는 듯, 인자한 미소를 띠우고 그녀를 쳐다보았다. 그러나 그녀가 신중한 태도 속에 동요하는 빛을 감추며 발걸음을 서둘렀기 때문에, 그는 아무 말도 하지 않았다. 그녀는 집 문을 열고, 그를 거실로 안내하며 이렇게 말했다.

"클로드, 당신을 찾는 분이 오셨어요."

그러자 커다란 함성이 터져 나오고, 두 남자는 벌써 서로를 얼싸안고 있었다.

"아! 상도즈. 아! 이렇게 와 주다니 고맙네! 그런데 뒤뷔슈는?"

"마지막 순간에 일이 생겨 못 왔네. 나더러 혼자 가라는 전보를 보내 왔더군."

"좋아! 내가 조금은 기대를 하고 있었지. 그렇지만 이렇게 오다니, 자네가! 아! 하느님 맙소사, 얼마나 기쁜지 모르겠네!"

그러고는 그들이 좋아하는 모습에 흐뭇하여 웃고 있는 크리스틴에게 몸을 돌려 말했다.

"참, 내가 당신에게 말을 안 했지, 지난번에 내가 그 괴물들의 집에 올라가고 있는 뒤뷔슈를 만났어."

그러다 그는 다시 말을 끊고, 격렬한 동작을 하며 소리쳤다.

"내가 정말 정신이 없군! 자네들 초면일 텐데, 내가 소개를 안 하다니……. 여보, 이 신사는 내가 형제처럼 사랑하는 옛 친구 상도즈야. 그리고 여보게, 이 사람이 내 아내야. 어서 둘이 인사를 나누도록 해!"

크리스틴은 명랑하게 웃으며, 기꺼이 볼을 내밀었다. 그녀는 상도즈의 친절함과 진실한 우정, 그녀를 바라보는 아버지와도 같은 따뜻한 시선을 보고 곧 그가 마음에 들었다. 그가 그녀의 두 손을 잡고 이런 말을 할 때에는 감동이 되어 두 눈에 눈물이 솟았다.

"클로드를 사랑해 줘서 고마워요. 언제까지나 서로 사랑하세요. 그 이상 더 좋은 일이 어디 있겠어요."

그리고 그녀의 팔에 안겨 있는 아이에게 입을 맞추기 위해 몸을 숙이며 말했다.

"아니, 벌써 하나가 생겼어?"

화가는 쑥스럽게 변명했다.

"어쩌나? 생각지도 않았는데, 저렇게 자라고 있다네!"

크리스틴이 점심 준비를 하느라 한바탕 소동을 피우는 동안 클로드와 상도즈는 거실에 앉아 있었다. 그는 상도즈에게 짧게 그녀가 누구이며, 어떻게 만나게 되었고, 어떤 연유로 그들이 살림을 차리게 되었는지 이야기했다. 왜 그들이 결혼하지 않는지 상도즈가 묻자 클로드는 놀라는 눈치였다. 맙소사! 왜 결혼을 하지 않느냐고? 왜냐하면 그들은 한 번도 그런 의논을 해 본적이 없었고, 그녀가 요구하지도 않았으며, 결혼을 한다고 해서 그들이 더 행복해지거나 덜 행복해지는 것도 아니었기 때문이다. 결국, 그것은 중요한 일이 아니지 않는가.

"좋아!" 상도즈가 말했다. "그거야 자네 일이니까, 내가 상관할 바가 아니지……. 하지만 순결한 여자를 아내로 맞았으니, 결혼을 하는 게 도리겠지."

"그녀가 원한다면! 나야 물론 아이를 안고 있는 아내를 결혼식장에 세울 일은 생각도 못하겠지만."

그러고 나서 상도즈는 벽에 걸려 있는 그림들을 보고 경탄을 금치 못했다. "아! 이 친구, 자기의 시간을 아주 멋지게 쓰고 지냈군! 기막힌 색깔하며, 정말로 멋진 빛을 그리지 않았는가!" 클로드는 그가 해 주는 말을 듣고 기분이 좋아져서 우쭐한 웃음을 지으며 친구들의 안부와 그들이 무슨 일을 하고 있는지 물으려고 하는데, 그때 마침 크리스틴이 소리치며 들어왔다.

"어서 오세요, 달걀 요리가 다 되었으니까요."

그들은 부엌에서 아주 특별한 점심 식사를 했다. 달걀 요리 후에는 모샘치 튀김이 나왔고, 이어 샐러드로 맛을 낸 엊저녁에 삶아 놓은 고기, 그리고 감자와 새큼한 청어가 준비되었다. 점심은 맛있었다. 멜리가 불에 떨어뜨린 청어 타는 강렬한 냄새가 식욕을 자극했고, 한쪽 화덕에서는 커피가 필터에서 방울방울 떨어지고 있었다. 후식으로는 밭에서 방금 따온 딸기와 이웃 목장에서 만든 치즈가 식탁에 올랐다. 세 사람 모두 식탁 위에 팔꿈치를 괴고 앉아 대화에 여념이 없었다. 파리는 어떠냐고? 맙소사! 파리 친구들의 소식은 별로 새로운 것이 없었다. 물론! 그들은 서로를 제치고 선두에 서기 위해 선의의 경쟁을 벌이고 있었다. 사람들의 뇌리에서 완전히 잊히는 게 싫다면 그 속에서 같이 있는 게 좋고, 당연히 파리를 떠난 것은 잘못 판단한 것이다. 그러나 그렇다고 해서 재능이 사라지는 것은 아니지 않은가? 의욕과 힘만 있으면 언젠가 싹이 나오는 것 아니겠는가? 아! 그래, 시골에 살면서 걸작을 아주 많이 만들고, 언젠가는 그 짐 보따리를 풀어서 파리를 때려눕히는 것, 그것이야말로 꿈이었다!

저녁이 되어 클로드가 상도즈를 배웅하러 역까지 가다가 상도즈가 클로드에게 말했다.

"그런데 자네에게 고백할 게 있네…… 곧 결혼할 것 같아."

갑자기 클로드는 웃음을 터뜨렸다.

"아! 능청스럽긴, 이제야 왜 오늘 아침에 자네가 설교를 했는지 알겠군!"

상도즈는 기차가 올 때까지 이야기를 계속했다. 그는 결혼에 대한 자신의 생각을 피력했는데, 그는 결혼에 대해 다분히 부르주아적인 견해를 갖고 있었다. 즉 결혼은 오늘날 무언가 가치 있는 것을 창조하고 싶어 하는 사람들에게 그들이 일을 잘할 수 있고, 또 안정된 상태에서 규칙적으로 일을 할 수 있기 위한 필수조건이라고 했다. 여자가 남자를 파괴하고 예술가의 심장을 갈가리 부수고 머리를 파먹어 죽인다는 이야기는 사실에 근거하지 않은 로맨틱한 이야기라는 것이다. 더구나 그에겐 마음의 평화를 지켜 주는 애정과 그가 그 속에 파묻혀 평소 꿈꿔 온 거대한 작품을 쓰는 데 일생을 바칠 수 있는 따뜻한 가정이 필요했다. 그러면서 그는 이 모든 것이 어떤 아내를 선택하느냐에 달려 있다고 덧붙이며, 자기가 찾고 있던 여자를 만난 것 같다고 말했다. 그의 아내가 될 사람은 돈 한 푼 없는 소매상의 딸이었고 현재는 고아이지만, 예쁘고 똑똑하다고 했다. 여섯 달 전부터 그는 다니던 직장을 그만두고 신문기자 생활을 하고 있었는데, 수입이 전보다 더 나았다. 그는 얼마 전에 바티뇰에 작은 집을 마련하여 어머니를 모시고 있었다. 그는 그 집에서 세 식구가 함께 살 계획이었다. 두 여자의 사랑을 받으면서 그는 혼자의 힘으로 일가를 양육하길 원했다.

"자넨 결혼을 하게." 클로드가 말했다. "누구든지 자기가 옳다고 믿는 대로 행동해야겠지. 그럼 잘 가. 저기 자네가 탈 기차가 오는군. 우리 집에 다시 오겠다고 약속해 줘."

상도즈는 그 후 매우 자주 클로드를 찾아왔다. 그때까지만 해도 그는 결혼하기 전이었으므로 신문사 일이 조금 한가해지면 불쑥 들르곤 하였다. 결혼식은 가을로 예정되어 있었다. 두 사람은 다시 행복한 나날을 보냈다. 오후 내내 그들은 서로를 신뢰하는 마음과 그들을 다시 사로잡기 시작한 영광을 향한 의욕에 묻혀서 지냈다.

어느 날, 상도즈는 클로드와 단둘이 섬에 가 나란히 누워 먼 하늘을 쳐다보며 자신의 큰 야심에 대해 이야기했다. 그는 큰 소리로 고백했다.

"자네도 알겠지만, 언론계란 전쟁터와 똑같아. 살아남아야 하고, 또 살기 위해선 싸워야 하거든……. 그리고 신문을 자네가 어떻게 생각하든, 또 그것에 종사하는 것을 얼마나 혐오하든, 그것은 인정할 수밖에 없는 힘이고, 그 힘을 확신하고 있는 사람의 손에 쥐어 있는 확실한 무기라네. 내가 지금은 할 수 없이 이 일을 하고 있지만, 나도 여기서 늙고 싶진 않아. 아! 아니! 난 내가 할 일을 찾았어. 그래, 내가 하고 싶어 하던 일을 말이야. 나는 그 일을 하다 죽을거야. 아마 한 번 빠져들면 그 일에서 다시는 빠져나오지 못하겠지."

바람 한 점 없는 무더위 속에서 나뭇잎들조차 조용히 침묵을 지키고 있었다. 상도즈는 도중에 말을 끊어 가며 더욱 느릿느릿 이야기를 계속했다.

"그렇지 않겠어? 인간을 있는 그대로 연구하는 것, 즉 형이상학적인 꼭두각시가 아니라 환경에 지배되고 신체의 모든 기관의 작용으로 움직이는 생리적인 인간을 연구하는 것……. 인간의 뇌가 가장 고상한 기관이라는 핑계 아래 이제껏 뇌만을 배타적으로 연구하는 것이 얼마나 우스꽝스러운 일이야? 인간의 사고, 아! 맙소사! 이 사고도 전체 신체 기관의 산물일 뿐이지. 어디 뇌 혼자 생각하게 해 보라지. 배가 아프면 그 고상한 뇌가 어떻게 되는지 보란 말이야! ……아니야! 다 우스운 짓거리야. 철학도 과학도 이미 지나갔네. 이제 우린 실증주의자이며, 진화론자야. 그런데도 우리는 고전주의 시대의 문학적 마네킹이나 지키고 있고, 순수한 이성의 흩어진 머리칼이나 다듬고 있으니! 심리학자는 사실이 아닌 이야기나 늘어놓고 있고, 그런데 생리학도 심리학도 단독으로는 사실 아무 의미가 없네. 그 둘은 서로 상호작용을 통해 인간의 모든 기능을 총체적으로 만들어 주는 기구일 뿐이지. 아! 공식은 바로 거기에 있고, 근대적 혁명의 근거가 되는 것도 바로 이것이야. 필연적으로 사회의 낡은 개념은 죽을 수밖에 없는 운명이고, 새로운 토양 안에서 새로운 예술이 몸을 틀며 나올 수밖에 없다네. 그래, 이제 봐. 다가올 과학과 민주주의의 새 세기를 위한 문학이 싹트는 것을 보게 될 테니!"

그의 외침은 위로 올라가 광활한 하늘로 사라졌다. 줄지어 선 버드나무 사이로 바람 한 점 불지 않았고, 강물만 조용히 흐르고 있었다. 그러더니 갑자기 그는 친구에게로 몸을 돌려, 얼굴을 바짝 대고 말했다.

"그래서 난 내가 무슨 일을 해야 할지를 찾았다네. 아! 뭐 대단한 것은 아니고, 아주 작은 것이면 돼. 비록 우리가 천년만년을 살 것 같이 생각해도 결국은 한평생을 살다 가는 것뿐인데, 한 인간의 인생을 보여 주는 거면 충분하네. 난 한 가족을 그릴 걸세. 그 가족의 일원을 각각 관찰하는 거지. 그들이 어디에서 왔고, 어디로 가는지. 또 그들 서로가 어떤 영향을 주는지. 결국 소규모로 떼어 낸 인간, 그 인간이 진화하고 행동하는 양식을 그려 보이는 거네. 그러는 한편 그 인물들을 한정된 역사적 시기에 위치시키는 것이지. 그렇게 되면 환경과 상황이 제공되어 역사성이 가미되는 거야……. 알겠나? 두고 봐. 나는 이 책들을 총서로 만들 생각인데, 열다섯 권에서 스무 권정도 될 걸세. 각각의 이야기가 완벽한 틀을 가지면서 서로 연결이 되어 있어. 일을 하다가 내가 쓰러지는 일만 없다면, 아마 이 총서는 내가 노후에 살 집 정도는 마련해 주지 않을까!"

그는 다시 벌렁 누워, 팔을 풀밭까지 뻗쳐 땅속으로 들어가려는 동작으로 웃으며 농담을 했다.

"아! 인자한 대지여, 우리 모두의 어머니이며 생명의 유일한 원천이여, 나를 그대의 품 안에 받아 주오! 우주의 영혼이 순환하고 있는 그대는 영원하고 불멸일지니, 그대의 생명력이 돌멩이에까지 침투되어 수목들과 우리 모두를 같은 자연의 위대한 동포가 되게 만들지 않는가! ……그렇다, 나는 그대 안에서 사라지고 싶다. 나는 나의 손발 아래에서 그대를 느낀다. 그대를 껴안으며 나의 살은 타오른다. 그대만이 나의 작품의 원동력이고, 수단인 동시에 목적이며, 만물이 모든 생명의 입김을 받아 생동하는 거대한 방주다!"

그러나 농담같이 시작한 이 기원은 시적 과장이 증폭되면서 마치 열렬한 종교적인 외침같이 끝을 맺으며 시인의 마음을 깊이 감동시켰다. 그러자 그의 두 눈에는 눈물이 괴었다. 그는 자신의 감정을 감추기 위해 지평선을 포옹하는 듯한 동작으로 격렬하게 외쳤다.

"이렇게 거대한 영혼이 있는데, 우리 각자에게 따로 영혼이 있다는 말이 얼마나 어리석어!"

클로드는 풀 속에 파묻혀 꼼짝도 않고 있다가, 얼마간의 침묵이 다시 흐른 후 결론을 맺었다.

"그렇고말고! 자네가 이 모든 것을 무너뜨리는 거야! ……그러나 그러다가 자네가 무너질까 봐 걱정이군."

"오!" 상도즈가 일어서서 기지개를 켜며 말했다. "등이 너무 뻐근해. 저들의 주먹이 부서지겠어. 가세. 기차를 놓치겠네."

크리스틴은 상도즈의 곧고 성실한 삶을 보고 그에게 남다른 우정을 느끼고 있었다. 그래서 그는 상도즈에게 쟈크의 대부가 되어 달라는 부탁까지 서슴없이 했다. 물론 그녀는 교회에 발도 들여놓지 않았지만, 어린아이까지 굳이 사회의 규범 바깥에 놓아 둘 이유가 있겠는가? 그리고 무엇보다도 그녀가 그런 결심을 하도록 만든 것은 아들에게 든든한 의지처를 마련해 주고 싶어서였다. 이 대부는 그녀가 언뜻 보기에 너무나 절도 있었고, 합리적으로 보였다. 클로드는 크리스틴의 제안에 놀랐으나 어깨를 으쓱하는 것으로 동의했다. 그렇게 그들은 세례식에 참가했다. 대모는 이웃에 사는 아가씨가 서 주었다. 그날은 축제 분위기였고, 모두가 파리에서 가져온 바닷가재를 먹었다.

바로 그날, 헤어질 때 크리스틴이 상도즈를 따로 불러 간곡히 부탁했다.

"또 오시는 거죠? 저이가 심심해해요."

정말로 클로드는 깊은 슬픔에 잠겨 있었다. 그는 그림을 그리지 않았다. 혼자 외출해서는 자기도 모르게 선착장인 포쇠 여인숙 앞에 도착하여, 마치 배에서 내리는 파리를 구경하려는 듯이 기웃거렸다. 그의 머릿속은 온통 파리로 가득했다. 그는 한 달에 한 번씩 파리에 가는데, 기분이 울적해서 돌아와 손에 일을 잡지 못했다. 가을이 오고, 이어 습기 차고 진창길이 절벅거리는 겨울이 돌아왔다. 클로드는 자신을 침울한 마비 상태 속에 내버려 두었다. 10월에 결혼했기 때문에 이제는 벤느쿠르에 그다지 자주 내려오지 못하는 상도즈에게도 섭섭한 마음이 일었다. 그는 상도즈가 올 때마다 잠에서 깨어난 느낌이었고, 한 주 내내 그 흥분을 간직하며 열에 들뜬 목소리로 파리의 소식을 전했다. 전에는 파리에 가고 싶어 하는 마음을 나타내지 않던 그가 이제는 아침부터 저녁까지 크리스틴에게 그녀가 알지 못하는 일들과 한 번도 만나 본 적 없는 친구들의 이야기를 해 주며 그녀를 어리둥절하게 만들었다. 쟈크가 잠들면, 난로 한쪽 구석에 앉아 그들은 끝도 없이 많은 이야기를 나누었다. 그는 열을 내며 이야기를 하다가 그녀의 의견을 물었는데, 그녀는 아무것도 모르는 그 이야기에 자신의 의견을 보태야 했다.

"가니에르는 풍경화에 대단한 소질이 있는데, 음악 때문에 그 재능을 망치다니 어리석지 않아? 말을 들어 보니 요즘 그가 여학생 집에 가서 피아노 교습을 한다는군, 그 나이에! 어때? 당신은 어떻게 생각해? 정말로 빠졌나 봐! 그리고 조리는 이르마가 모스쿠가에 작은 저택을 갖고 나서부터 그녀와 화해를 하려고 한대. 왜 당신도 그 두 사람을 알고 있잖아. 정말로 그 두 사람 어울리지? 약은 놈 중의 약은 놈은 파주롤이야. 이번에 만나면 혼내 줘야겠어. 허, 기가 막혀서! 이 나쁜 자식이 로마상에 응모를 했다는군. 비록 떨어지긴 했지만! 미술학교를 조소하면서 모든 것을 뒤엎겠다고 하던 자식이! 아! 필경 출세하고 싶은 마음에 몸이 근질거려서 친구들의 배를 밟고 올라가 바보들에게 인사를 받으려고 그런 비열한 짓을 했을 거야. 말해 봐. 당신도 그를 변호하진 못하겠지? 당신도 파주롤을 변호해 줄 만큼 속물은 아니잖아?" 그래서 그녀가 그의 생각에 동조해 주면, 그는 자기가 특별히 우습다고 생각하는 이야기를 매번 똑같이 반복하며 큰 소리로 발작적으로 웃어 댔다. 그것은 마우도와 셴의 이야기인데, 두 사람이 그 끔찍한 약방 여자인 마틸드의 조그만 남편, 자뷔유를 죽였단 것이다. "맞아! 죽였어. 어느 날 저녁에 폐결핵에 걸린 오쟁이진 남편이 기절했는데, 그 마누라가 이 두 친구를 불렀다나 봐. 그런데 이 두 사람이 그 남편을 어찌나 세게 문질러 댔는지, 그만 그 손에 뻗어 버렸다지!"

그 이야기를 듣고 크리스틴이 재미있어하지 않으면 클로드는 일어서서 퉁명스럽게 말했다.

"오! 당신은 어떤 이야기에도 웃는 법이 없어. 자러 갑시다. 그게 낫겠군."

그는 여전히 그녀를 사랑했다. 그는 사랑 외에는 다른 모든 것을 잊고, 오직 사랑의 기쁨만을 추구하는 연인의 절망적인 열광으로 그녀를 소유했다. 그러나 그는 그 이상은 나아갈 수 없었다. 사랑만으로는 만족할 수가 없었던 것이다. 거부할 수 없는 다른 욕망이 그에게 다시 고개를 쳐들었다.

봄이 오자, 경멸의 태도를 취하며 살롱전에는 다시 출품하지 않겠다고 맹세하던 클로드가 그 일로 신경을 곤두세웠다. 그는 상도즈를 만나면 친구들이 이번에 작품을 내는지 여부를 묻곤 하였다. 개막일에 살롱전에 간 그는 흥분하고 심각해져서 그날 저녁으로 돌아왔다. 마우도의 흉상 정도가 볼만한 것인데, 그나마 그것도 별로 대단한 것은 아니었다. 또 예의 아름다운 황금빛 색조로 그려진 가니에르의 풍경화 소품이 다른 엉터리 작품들과 함께 입선되었다. 그리고 거울 앞에서 얼굴을 보고 있는 여배우를 그린 파주롤의 그림 외에는 별것이 없었다. 그는 처음에 파주롤의 그림에 대해서 아무 말도 않고 있다가, 마침내 분개하여 너털웃음을 지으며 말을 꺼냈다. "파주롤, 사기꾼 같은 놈! 로마상을 놓치고 나더니 조금의 망설임도 없이 살롱전에 출품을 하고 미술학교와는 거리를 두는군. 뻔뻔하게 진실을 그리는 체하면서 순전히 손재주만 가지고 독창성이라곤 하나도 없는 타협적인 그림이나 그리는 주제에! 그럼 성공이야 하겠지. 부르주아들은 자기네를 뒤엎는 것처럼 하면서 사실은 간질이는 것을 그 무엇보다 좋아할 테니까. 아! 이제야말로 사기꾼과 바보들이 우글거리는 이 우중충하고 황폐한 살롱전에 진정한 화가가 나타날 때가 왔어! 진짜 절호의 기회가 왔어!"

그가 혼자 화를 내는 것을 듣고 있던 크리스틴이 머뭇거리다가 마침내 말을 꺼냈다.

"당신이 원하면 파리로 돌아가요."

"누가 지금 당신한테 파리로 간다고 했어?" 그는 악을 썼다. "당신하고는 말을 못 해. 뭐든지 오해를 하니까."

그로부터 6주일 후, 그는 어떤 소식을 듣고는 한 주 내내 그 생각에서 벗어나지 못했다. 그것은 그의 친구 뒤뷔슈가 리쇼디에르 소유자의 딸인 레진 마르가양 양과 결혼한다는 소식이었다. 그런데 거기에 얽힌 사정이 복잡했고, 그 세부적인 이야기들이 놀랍고 우습기 짝이 없었다. 이야기의 발단은 뒤뷔슈가 공원 한가운데 있는 별장의 설계도 심사에 응모했다가 메달을 딴 데 있었다. 그런데 우스운 일은, 들리는 말에 의하면 그 별장의 계획은 그의 스승 드케르소니에가 이미 다 세워 놓고, 자기가 마음대로 할 수 있는 심사위원을 선정하여 조용히 뒤뷔슈에게 메달이 돌아가게 해 주었다는 것이다. 더욱 우스운 것은 이미 예정되어 있던 이 메달이 결혼을 결정하는 데 결정적인 요인으로 작용한 것이다. 그렇지 않은가? 부자 집안의 비호를 필요로 하는 모범생에게 거처를 마련해 주는 메달이라니, 제법 그럴듯한 거래 아닌가! 다른 벼락부자들이 다 그렇듯이 마르가양 노인도 자기를 도와주고, 그 분야의 권위 있는 졸업장과 우아한 연미복을 가져올 사위를 꿈꾸었다. 그러니 얼마 전부터 노인은 성적이 우수하고 성실하며 선생들이 입을 모아 추천하는 이 젊은이를 눈여겨보고 있다가, 그가 메달을 거머쥐게 되니까 몸이 후끈 달아서 대번에 딸을 주기로 한 것이다. 그는 건축에 대한 전문 지식이 필요했기 때문에, 이 결합이 자기 금고 속에 있는 수백만의 재산을 열 배로 늘려 줄 걸로 기대했다. 게다가 언제나 위태로운 건강으로 슬픈 표정을 짓고 있는 가련한 딸 레진은 건강한 남편을 맞을 수 있었다.

"당신도 그렇게 생각해?" 클로드는 아내에게 다시 물었다. "저렇게 가죽을 벗겨 놓은 고양이처럼 궁상맞은 작은 여자와 결혼을 할 정도로 돈이 좋은 거야!"

측은한 마음이 든 크리스틴이 여자를 두둔하자 그는 이렇게 말했다.

"하지만 나도 그 아가씨를 비난하고 싶진 않아. 결혼해서 몸이 더 나빠지지만 않는다면 좋겠어! 그 아가씨야 미장이였던 아버지가 엉큼한 야망에서 부르주아의 딸인 어머니와 결혼했단 사실을 알 리가 있겠어. 게다가 저 아가씨의 몸이 아주 약한 것도 부모의 책임이겠지. 아버지는 여러 대에 걸친 주정뱅이 혈통으로 피가 지저분하고, 어머니의 몸은 여러 선조의 나쁜 병원균에 먹혀서 아주 허약해져 있으니까. 아! 산더미같이 쌓아 놓은 금화 속으로의 전락이 아니고 뭐야! 태아를 알코올에 절이기 위해 죽어라 돈만 벌었으니!"

그가 너무도 격렬히 화를 냈기 때문에 크리스틴은 그를 예전의 착한 아이로 돌이키기 위해 꼭 안고 두 팔로 보듬어 주며, 입을 맞추고 웃어 주어야 했다. 그제야 평정을 찾은 그는 옛 친구 두 명의 결혼을 받아들이고 인정했다. 그래, 이제 세 명 모두 아내를 가지게 되었군! 정말로 재미있는 인생이야!

그들이 벤느쿠르에 와서 맞는 네 번째 여름이 끝나 가고 있었다. 그들은 더할 나위 없이 행복했고, 마을에서의 생활도 별 탈 없이 평온했다. 그들은 시골에 살고부터 돈이 모자라는 법이 없었다. 1천 프랑의 연금과 그림 몇 개를 판 돈으로 생활비는 충분했다. 그 돈이면 저축할 수 있었고, 속옷도 살 수 있었다. 한편, 두 살 반이 된 쟈크는 시골에서 아주 훌륭하게 컸다. 비록 누더기를 걸치고 더러운 얼굴을 하고는 있었지만, 그는 아침부터 저녁까지 발그스레한 건강한 혈색으로 마음껏 흙 위를 뒹굴고 다녔다. 종종 아기 엄마는 그를 씻기기 위해 어디에서부터 어떻게 시작해야 할지 몰랐다. 하지만 그가 잘 먹고 잘 자는 것을 본 그녀는 별다른 걱정을 하지 않았다. 그녀는 자신이 사랑하는 남자이자 또 하나의 큰아이인 남편에 대해서만 애정 어린 걱정을 했다. 그의 우울한 기분은 그녀까지도 근심하게 만들었다. 매일 상황은 더 나빠져 갔다. 그들에겐 고통스러울 이유가 아무것도 없었고 평온하게 지내고 있었건만, 두 사람의 마음을 사로잡고 있던 슬픔과 불안이 끊임없는 괴로움으로 변하기 시작한 것이다.

전원생활의 초기에 느끼던 기쁨은 사라지고 말았다. 그들이 타던 작은 배는 다 썩어 바닥이 빠져나가 센강의 깊은 곳으로 흘러가고 말았다. 포쇠가 대신 다른 보트를 갖다 놓았지만 그 배를 탈 생각도 하지 않았다. 이제 그들은 강에 진력이 났고, 노를 젓기도 귀찮았다. 몇몇 섬들의 아름다운 모퉁이들에 대해서 예전의 열렬한 감탄사를 반복하긴 했지만, 한 번도 그곳을 돌아보려고 하지 않았다. 제방을 따라 걷는 산책도 매력을 잃었다. 여름엔 찌는 듯이 더웠고, 겨울엔 감기에 걸리기 십상이었다. 마을이 내려다보이는 넓은 사과나무 과수원이 있는 언덕도 너무 멀리 떨어져 있는 한적한 고장같이 느껴져서 마치 그곳을 걸어서 간다는 것 자체가 미친 짓처럼 생각되었다. 살고 있는 집도 짜증스러웠다. 그들은 기름 냄새 나는 누추한 부엌에서 식사를 해야 하는 일과 사방에서 바람이 들어오는 침실에 화가 났다. 설상가상으로 그 해에는 살구도 열리지 않았고, 그 아름답던 커다란 장미나무들도 너무 늙어 병에 걸려 죽고 말았다. 아! 습관의 슬픈 마멸이여! 물리도록 싫증이 난 동일한 지평선에 나타나는 영원한 자연의 모습은 얼마나 초라한가! 최악의 사태는 화가가 자기의 열정을 태울 소재를 이 고장에서는 더 이상 찾지 못하고 이곳에 혐오감을 갖게 되었다는 사실이다. 그는 생명력이 고갈된 황량한 대지를 걷듯이 그곳을 지친 발걸음으로 터벅터벅 걸었다. 그곳에는 이제 그가 알지 못하는 한 그루의 나무도, 또 예상치 않았던 한 줄기의 햇빛도 남아 있지 않았다. 그렇다. 그곳은 생명이 꺼진 동토의 땅이었고, 이 거지 같은 고장에서 그에게 득이 될 것은 아무것도 없었다!

10월이 왔고, 하늘은 물을 탄 듯이 옅은 색을 띠었다. 어느 비오는 날 저녁, 클로드는 저녁이 차려져 있지 않다고 화를 냈다. 그는 멍텅구리 같은 멜리를 문 밖으로 내쫓고, 그의 발아래에서 기어 다니는 쟈크를 때렸다. 그 모습을 본 크리스틴이 그를 껴안고 울면서 말했다.

"가요, 어서! 파리로 돌아가요!"

그는 몸을 뒤로 빼며, 노기등등한 목소리로 고함을 질렀다.

"또 그 이야기! 절대로 안 간다고 했잖아!"

"나를 위해 그렇게 해 줘요." 그녀는 간절히 반복했다. "당신에게 이렇게 애원해요, 나를 기쁘게 해 줘요."

"당신이 이곳에 진력이 났다는 거야?"

"네, 여기 이대로 남아 있으면 죽을 것 같아요. 그리고 나는 당신이 일을 하는 게 좋아요. 당신이 있을 곳은 파리예요. 더 이상 당신을 이곳에 매장하는 일은 죄를 짓는 일 같아요."

"아니, 나를 가만 내버려 둬!"

그는 몸을 떨었다. 지평선에서 파리가 그를 부르고 있었다. 겨울의 파리가 다시 한번 밝게 불타올랐다. 거기에서 친구들이 애쓰며 고심하는 소리가 들려왔다. 그가 없으면 그들이 성공할 수 없기 때문에 돌아가야 할 것 같았다. 어느 누구도 그 없이는 일할 힘도, 자부심도 없을 테니 어서 가서 그들의 대장이 되어 주어야 할 것 같았다. 이런 환상에 시달리며 어서 파리로 달려가고 싶은 마음 한편에, 자신도 알 수 없는 묘한 거부감이 마음속 깊은 곳에서 올라와 그곳에 가는 것을 굳게 막고 있었다. 그것은 용감한 사람들의 몸을 떨게 만드는 두려움이었을까, 아니면 행복과 숙명 간의 암투였을까?

"여보." 크리스틴은 단호히 말했다. "짐을 싸겠어요. 우리 이곳을 떠나요."

닷새 후, 그들은 짐을 모두 꾸려 기차로 실어 보낸 후 파리를 향해 출발했다.

클로드는 이미 쟈크와 함께 밖에 나와 있었다. 크리스틴은 꼭 무언가를 잊은 것 같아 혼자 집에 돌아와 보았다. 집이 텅 비어 있는 것을 보자 그녀는 그만 울음이 터져 나왔다. 자기에게서 무언가가 떨어져 나가는 느낌, 무엇이라고 말할 수는 없지만 자기 자신을 그곳에 놔두고 오는 느낌이 들었다. 사실 얼마나 그곳에 남고 싶었던가! 자신은 그곳에서 영원히 살기를 원하면서 왜 자기가 그토록 질투하는 저 열정의 도시로 떠나자고 보채었을까! 그녀는 자신이 무엇을 빠뜨렸는지 찾기 위해 계속 두리번거렸다. 마침내 그녀는 부엌 앞에서 추위에 얼어붙은 마지막 장미 한 송이를 발견했다. 장미를 꺾은 후, 그녀는 황량한 정원을 향해 난 문을 닫았다.

7장

클로드는 파리로 돌아오자, 소란하게 움직이는 도시의 열기
에 전염되어 어서 밖으로 나가 거리를 돌아다니고 친구들을
만나러 가고 싶었다. 그는 눈을 뜨자마자 클리쉬 대로 근처의
두에가에 빌린 아틀리에에 크리스틴을 홀로 남겨 둔 채, 바로
집을 나왔다.* 그렇게 해서 그는 파리로 돌아온 지 이틀 만에
바로 마우도의 집을 찾았다. 11월의 흐리고 추운 날씨에도 불
구하고 그는 마우도가 아직 잠들어 있을 시각인 오전 여덟 시
에 그의 집을 방문했다. 그러나 조각가가 여전히 세 들어 살고
있는 셰르슈 미디가의 가게 문은 열려 있었다. 잠이 덜 깬 마
우도는 창백한 얼굴빛을 하고 덧창을 올리며 중얼거렸다.

"아! 자네! ……제길! 시골에서 부지런해졌군. 이제 그곳 생
활을 마친 겐가? 파리로 돌아온 거야?"

"응, 그저께."

"잘했네. 이제 자주 만나세. 들어와. 오늘 아침부터 날씨가

쌀쌀해졌어."

그러나 클로드에게는 가게 안이 바깥보다 더 추웠다. 그는 외투의 깃을 올리고, 손을 호주머니 속에 깊이 쑤셔 넣었다. 축축한 습기가 배어 나오는 헐벗은 벽과 진흙과 찰흙 더미, 그리고 바닥에 쉬지 않고 물을 흘리고 있는 물웅덩이 앞에서 오싹한 추위를 느꼈다. 그가 문을 열자 무시무시한 바람이 들어와 선반에 올려 있던 옛날 주형들이 날아갔고, 밧줄로 묶어 놓은 작업대와 나무통이 부서졌다. 그야말로 그곳은 뒤죽박죽 어질러진 소굴로, 파산한 석공의 지하실 같았다. 그리고 석회 가루가 묻어 있는 입구의 유리창에는 손가락으로 그린 듯한 태양이 빛을 내고 있었다. 태양 한가운데에는 재미있는 얼굴이 그려져 있었는데, 그중 반구형의 입이 활짝 웃고 있었다.

"기다리게." 마우도가 말했다. "불을 좀 피워야겠어. 이 빌어먹을 아틀리에의 물하고 헝겊 쪼가리들이 다 얼어붙겠는걸."

그때 클로드는 뒤를 돌아보다가 난로 앞에 무릎을 구부리고 앉아 석탄에 불을 지피기 위해 의자에서 짚을 빼내고 있는 셴을 보았다. 클로드는 셴에게 인사했지만, 셴은 고개도 들지 않은 채 작은 소리로 투덜거릴 뿐이었다.

"요즘 무슨 일을 하고 있어?" 클로드가 조각가에게 물었다.

"뭐 별로 특별한 게 없어! 작년에도 아무 성과를 올리지 못했는데, 올해는 더 나쁜 것 같아! 자네도 알다시피 성인상 제작이 침체기를 맞고 있거든. 이젠 종교 조각상들이 그렇게 잘 팔리지 않아. 빌어먹을! 그러니 난 허리띠를 졸라맬 수밖에.

봐! 일단 이런 일이나 하고 지낸다네."

그는 흉상을 덮은 헝겊을 벗겨 자기가 하고 있는 일을 보여 주었다. 그것은 구레나룻 때문에 더 길어 보이는 기다란 얼굴로, 허세와 어리석음이 가득한 괴물 같은 모습이었다.

"이웃에 사는 변호사야. 어때? 되게 구역질나는 놈이지! 게다가 나더러 입조심을 하라는 둥 말도 안 되는 주문을 한다네! 하지만 끼니를 거를 수는 없잖아?"

그는 살롱전에 출품할 작품으로 입상(立像)을 계획하고 있었다. 그것은 해수욕하는 여자로 발을 물에 담그고 서 있는데 차가운 물속에서의 오한 때문에 피부가 아름답게 변한 모습이라고 했다. 그래서 그는 클로드에게 이미 금이 간 조각상의 모형을 보여 주었다. 클로드는 그가 그 작품을 타협적으로 만든 것이 놀랍고 불만스러워 아무 말도 하지 않고 쳐다보고 있었다. 극도로 과장된 형태 아래에서 모호한 아름다움이 피어나고 있었고, 거대한 조각상에 대한 그의 기호를 비켜가지 않으면서도 당연히 대중의 마음에 들고 싶어 하는 욕구가 드러나 있었다. 다만, 그는 이러한 입상을 만들기가 간단하지 않다고 투덜거렸다. 철근 골조가 필요한데 그것은 너무 비쌀 뿐더러, 받침대라든가 그 외의 도구 일체가 없다는 것이었다. 따라서 필경 그는 물가에 누워 있는 여인으로 계획을 바꾸어야 할 것 같다고 했다.

"어때? 자네 생각은? 마음에 들어?"

"나쁘지 않아." 마침내 클로드가 대답했다. "풍만한 육체에 비해 좀 연가 분위기가 돌긴 하지만. 그건 작품이 완성된 다음에야 판단할 수 있겠지. 그런데 여자는 세워야 할 것 같아. 세우지 않는다면 죽도 밥도 아니야!"

난로에 불이 붙자 셴은 아무 말 없이 일어나서 잠깐 서성이더니 마우도와 함께 사용하는 침대가 놓여 있는 어두컴컴한 뒷방으로 들어갔다. 그 후 그는 여전히 입을 다문 채 모자를 눌러 쓰고 다시 모습을 나타냈다. 일부러 말을 섞지 않겠다는 태도가 역력했다. 서두르는 기색 없이 그는 농부의 손가락으로 목탄을 쥐더니 벽에다 '담배를 사러 갔다 오겠음. 난로에 석탄을 넣기 바람'이라고 적었다. 그러고는 밖으로 나갔다.

클로드는 너무 놀라 그가 하는 짓을 가만히 쳐다보고 있었다. 그러다가 마우도에게 물었다.

"무슨 일이야?"

"우린 서로 말을 안 하고 저렇게 적네." 조각가가 담담하게 말했다.

"언제부터?"

"석 달 전부터."

"그러고도 자네들은 같이 자?"

"응."

클로드는 큰 소리로 웃음을 터뜨렸다. "아! 원 세상에, 고집 센 자랑을 하는 거야, 뭐야! 그런데 도대체 무엇 때문에 싸웠어?" 흥분한 마우도는 저 짐승 같은 셴에게 단단히 화가 나 있었다. 어느 날 저녁에 그가 불시에 집에 들어와 보니 셴과 옆집 약방 여자가 둘 다 내복 차림으로 앉아 있었는데, 그것은 그렇다 치더라도 진짜로 놀랄 일은 그들이 함께 앉아 잼 한 병을 먹어치우고 있다는 것이었다. 그녀가 스커트를 벗고 있는 것은 문제가 되지 않았다. 그는 그런 일에 개의치 않았다. 그러나 잼은 너무했다. 자기는 마른 빵으로 끼니를 때우는데, 두 사람이 몰래 단것을 훔쳐 먹다니 절대 용서할 수 없는 짓이었다! 제기랄, 여자를 공유하고 있으면 잼도 나누어 먹어야 될 것 아닌가!

이렇게 해서 화해나 해명도 없이, 원한은 석 달이나 지속되었다. 그들은 그렇게 생활하는 데 익숙해졌고, 반드시 필요한 말은 짧은 문장의 형태로 벽에 쓰는 것으로 두 사람의 접촉은 제한되었다. 그런데도 그들은 침대를 공유하듯이 여전히 여자를 공유했다. 암암리에 각자의 순서가 정해져 있었기 때문에 한 사람의 순서가 돌아오면 다른 사람은 바깥으로 나갔다. 쳇! 생활을 해 나가는 데 그렇게 많은 말이 필요한 것이 아니었다. 말을 하지 않아도 두 사람은 잘 통했다.

그러나 난로에 불을 다 지핀 마우도는 그동안 쌓였던 감정을 털어내고 말했다.

"하긴 그래! 자넨 믿기 어렵겠지만, 배가 고프면 말을 하지 않는다고 해서 불쾌해지지도 않더라. 맞아, 입을 다물고 있다 보면 무감각해지거든. 그럼 그것이 배고픔을 어느 정도 완화해 주니까……. 아! 저 센 자식, 자네는 저놈이 얼마나 속속들이 농부인지 상상도 못 할 걸세! 마지막 가진 돈을 다 까먹고, 그림으로 기대했던 돈도 못 벌게 되니까 그는 학업을 계속해 보려고 소규모 장사를 시작했어. 알겠나? 한데 얼마나 소질이 있다고! 자, 그 녀석 머리 굴리는 이야기 좀 들어 보게. 그는 고향인 생 피르맹에서 올리브기름을 부쳐 오게 한 다음, 거리를 헤매고 다니면서 파리에 연고가 있는 시골의 부자들을 찾아 기름 배달을 하는 걸세. 그런데 그의 계획은 오래 가질 못했어. 그가 너무 상스러워서 사람들이 거래를 꺼리는 바람에……. 그래서 아무도 사지 않은 올리브기름 한 항아리가 남았지 뭔가! 우리가 그걸 먹고 산다네. 그래, 우리는 어떤 빵도 다 거기에 담가 먹고 있어.”

그는 가게 한 구석에 놓여 있는 기름 단지를 가리켰다. 기름이 흘러 벽과 바닥에 크고 시커먼 얼룩이 져 있었다.

클로드는 웃음을 그쳤다. 아! 이런 불행과 절망이 또 어디에 있을까! 거기에 짓눌리는 사람을 어떻게 원망할 수 있는가? 그는 아틀리에를 서성였다. 이제 그는 마우도가 타협적으로 만든 무기력한 모형들을 보아도 화가 나지 않았고, 그 끔찍한 흉상도 너그러이 봐 줄 수 있었다. 그러다가 그는 셴이 루브르에서 모사해 온 만테냐의 그림 앞을 지나게 되었다. 메마른 그 그림이 극도의 정확성으로 재현되어 있었다.

“나쁜 놈!” 클로드는 중얼거렸다. “거의 그대로야, 이보다 더 잘할 순 없을걸. 이 자식은 4세기 늦게 태어난 죄밖에는 없군.”

그 말을 하고 난 뒤 클로드는 너무 더워 외투를 벗으며 덧붙였다.

“담배를 사러 가서 너무 오래 있네.”

"오! 그의 담배가 무엇을 뜻하는지 나는 알지." 흉상을 만들기 시작하던 마우도가 구레나룻을 더듬으며 말했다. "셴은 저기 벽 뒤에 있어. 그의 담배란…… 내가 바쁜 걸 보고, 내 몫을 훔치려고 마틸드에게 도망간 거네. 멍청이 같은 자식!"

"아직도 마틸드하고 관계를 지속하고 있어?"

"응. 그냥 몸에 붙은 습관일 뿐이야! 그 여자하고든지 다른 여자하고든지! 그런데 저 여자로 말하면 자기 쪽에서 찾아온다네. 아! 맙소사! 나 혼자서는 감당이 안돼!"

마우도는 마틸드가 정절을 지키려고 하다간 필경 병이 들고 말 것이라는 말을 별로 화내는 기색도 없이 담담하게 말했다. 그녀는 남편인 자뷔유가 죽고 나서 신앙생활을 다시 시작했지만, 그렇다고 해서 동네에 떠도는 소문이 그친 것은 아니었다. 아직도 몇몇 신앙심 깊은 부인들이 다른 가게에 가서 처음 말을 꺼내기가 부끄러워 아직도 그녀의 가게에 와서 은밀하고 미묘한 기구들을 사 가곤 했지만, 약방의 여자는 몰락해 갔고 파산이 임박했다. 그녀가 가스 요금을 내지 않았기 때문에 어느 날 가스 회사는 그녀의 집에 가스 공급을 중단했다. 그녀는 이웃집에 올리브기름을 빌리러 갔지만, 그들은 등잔에 불을 붙이기 위해 올리브기름을 사용하는 것을 허락하지 않았다. 그녀는 어느 누구의 돈도 갚지 않았고, 인부에게 줄 돈을 절약하려고 신앙심 깊은 부인들이 신문지에 정성스럽게 싸가지고 온 관장 도구들을 셴에게 고쳐 달라고 했다. 건너편 술집 주인은 그녀가 한 번 사용했던 노즐을 수녀들에게 다시 팔았다고 주장했다. 한마디로 그곳은 재앙을 맞이했다. 성직자의 그림자가 어른거리고, 고백실의 은밀한 속삭임이 들리며, 제의실의 차가운 향기가 느껴지던 신비스러운 장소와 큰 소리가 나지 않게 세심한 주의를 기울여 속삭이던 그 모든 것이 파산했고 버려졌다. 약방의 비참함은 극에 달하여 천장에 매달려 있는 마른 약초 속에는 거미가 우글거렸고, 병 속에는 이미 죽어서 초록색으로 변한 거머리들이 떠 있었다.

"저 봐! 셴이 저기 오잖아." 조각가가 다시 말했다. "이제 곧 그 뒤에 그녀가 따라올걸."

정말로 셴이 들어왔다. 그는 부자연스러운 태도로 담배 봉지를 꺼내 파이프에 채우더니 마치 방 안에 아무도 없다는 듯 더욱 입을 꽉 다문 채 담배를 피우기 시작했다. 그러자 갑자기 마틸드가 이웃에게 아침 인사를 하려고 들른듯이 모습을 나타냈다. 클로드는 그녀가 더 야위었다는 생각이 들었다. 그녀의 얼굴은 피부 아래로 핏줄이 선명히 보였고, 눈빛은 이글거리고 있었으며, 입은 두 개의 빠진 이 때문에 더욱 커 보였다. 그녀의 헝클어진 머리카락 속에 늘 배어 있던 약초 냄새가 썩기 시작한 것 같았다. 이제 달콤한 카밀레나 신선한 아니스 향기는 맡을 수 없었다. 그녀가 내쉬는 숨으로 여겨지는 후추 섞인 박하 냄새가 방 안 전체에 퍼졌는데, 그것마저도 이전과는 달리 그것을 내뿜는 그녀의 시든 몸 냄새와 섞이어 있었다.

"벌써 일을 시작했네요!" 그녀는 소리쳤다. "잘 잤어요? 내 사랑⋯⋯."

그녀는 클로드를 개의치 않고 마우도와 입을 맞추었다. 그러고 나서 클로드에게 다가와 아무 남자에게나 자기를 내줄수 있다는 듯이 배를 앞으로 내밀며 뻔뻔스러운 태도로 악수했다. 그리고 그녀는 말을 계속했다.

"내가 마시멜로 한 병을 찾아낸 걸 알아요? 그래서 점심 식사로 그걸 같이 먹자고 왔어요. 착하죠? 나눠 먹잖아요!"

"고맙소." 조각가가 말했다. "그런데 마시멜로엔 조금 물렸어. 그보단 담배 한 대를 피웠으면 싶은데."

클로드가 외투를 입자 물었다.

"갈 텐가?"

"응, 난 어서 빨리 파리 시내를 걸어 다니며 파리의 공기를 마시고 싶어."

그러나 그는 셴과 마틸드가 한 사람씩 돌아가면서 마시멜로를 집어먹는 것을 구경하느라고 잠시 지체했다. 그리고 이미 마우도에게 들어서 알고는 있었지만, 마우도가 목탄을 집어 벽에 '네 호주머니 속에 집어넣은 담배를 줘'라고 쓰는 광경을 보고 클로드는 다시 한번 놀라지 않을 수 없었다.

셴은 말없이 담배쌈지를 꺼내 조각가에게 건넸고, 그는 그것을 파이프에 채워 넣었다.

"그럼, 잘 가"

"응, 잘 있어……. 어쨌든, 다음 주 목요일에 상도즈 집에서 보세."

밖으로 나온 클로드는 약초가게 앞을 서성이며 진열대의 더럽고 먼지 쌓인 붕대 사이로 가게 안을 열심히 살피고 있는 신사 한 명과 부딪치고 탄성을 내질렀다.

"여보게, 조리! 여기서 뭘 하는 거야?"

깜짝 놀란 조리는 자기의 크고 붉은 코를 만지며 대답했다.

"아니, 아무것도……, 지나다가 그냥 보는 거네……."

그러더니 마음을 바꾸어 큰 소리로 웃으면서, 누가 듣기라도 하듯이 작은 소리로 물었다.

"그녀는 옆의 친구들 집에 있지, 그렇지? 좋아! 빨리 이곳을 빠져나가세. 다음에 오면 되니까."

그는 화가를 데리고 가며 혐오스러운 이야기를 들려주었다. 이제는 친구들 모두가 마틸드를 찾아온다고 했다. 그들은 서로 그녀의 이야기를 하고 순서를 기다리며 줄을 서는데, 가끔 재미를 더하기 위해 여러 명이 한꺼번에 그녀를 만나기도 한다는 것이었다. 그러다 보니 진짜 가증스럽고 기가 막힌 일들이 벌어졌고, 조리는 그 이야기를 사람들이 북적거리는 보도 한가운데에 클로드를 세워 놓고 귀엣말로 해 주었다. 알겠어? 고대 로마의 재현이지, 뭐! 붕대와 관장기가 수북이 쌓인 뒤에서, 탕약 냄새 풍기는 약초들 아래에서 그 광경을 상상해 봐! 경건한 교회 자리에 자리 잡은 매우 얌전한 가게, 그런데 그 내부에서는 독한 냄새를 발산하는 사팔눈의 여자와 사제들의 광란이 일어나고 있었다.

클로드가 웃으며 말했다.

"그렇지만 자네는 그 여자가 끔찍하다고 했잖아."

조리는 그 말에 별로 신경 쓰지 않는 듯한 태도였다.

"오! 그 일엔 제격이야! 마침 오늘 아침에 서부역에서 누구를 배웅할 일이 있었네. 그래서 지나는 길에 들러 볼 생각을 했지. 자네도 알겠지만 난 일부러 오진 않는다네."

그는 당황한 듯 변명을 늘어놓았다. 그러다가 갑자기 자기의 나쁜 버릇을 솔직히 고백하며 그동안 감추어 왔던 진실을 밝혔다.

"쳇! 아무려면 어때. 자네에게 솔직히 말하면, 그녀는 정말로 특별해. 예쁘진 않지, 그 점은 인정하네. 그런데 매혹적이야! 핀셋으로 집고 싶지는 않은 여자인데, 사람을 미치게 하는 데가 있다니까."

그러다가 그제야 그는 클로드가 파리에 있는 것을 보고 놀라워했다. 그리고 클로드가 다시 파리에서 살려고 한다는 소식을 듣자, 갑자기 하던 말을 계속했다.

"잘됐다! 나와 함께 가세. 나하고 이르마의 집에 가서 점심이나 먹자."

갑자기 클로드는 두려운 생각이 들어 연미복을 입지 않았다는 핑계를 대며 거절했다.

"무슨 상관이야? 반대로 더 재미있지. 그녀가 반가워할 걸세. 내 느낌엔 자네가 그녀 눈에 든 것 같던데. 우리에게 항상 자네 이야기만 하거든. 가자, 바보같이 굴지 말고. 그녀는 오늘 아침에 나를 기다리기로 되어 있으니까, 우리 둘이 가면 왕처럼 대접을 받을 거야."

조리는 클로드의 팔을 놓아주지 않았고, 두 사람은 이야기를 나누며 마들렌 교회 쪽으로 올라갔다. 그는 평소에 자기가 사귀는 여자의 이야기를 잘 하지 않았다. 마치 술꾼이 술 이야기를 하지 않듯이. 그러나 그날 아침, 그는 감정이 격해져서 여자들에 대한 농담을 해 가며 신상을 털어놓았다. 그는 자기 얼굴에 종종 손톱자국을 내던, 시골 마을에서 함께 도망쳐 와 술집에서 노래 부르던 여자와는 이미 헤어진 지가 오래되었다고 했다. 그래서 그때부터 지금까지 기상천외한 여자에서부터 뜻하지 않게 만난 여자에 이르기까지, 수많은 여자가 그의 인생을 거쳐 갔다. 그가 저녁 식사를 한 부르주아 가정의 요리사, 남편의 근무 시간을 엿보아야 했던 마을 경관의 아내, 한 달에 60프랑의 봉급을 받으며 항상 졸고 있다가 손님이 오면 눈을 반짝 뜨고 자신감 넘치는 태도로 환자를 맞이하던 치과 병원의 접수계 아가씨. 그 외에도 더 있었다. 선술집의 정체를 알 수 없는 여자, 재밋거리를 찾는 부인들, 그에게 내복을 갖다 주는 세탁부들, 침대보를 갈아 주는 가정부들, 샀든 도둑질을 했든 또 길을 가다가 잠깐 스친 인연이든 자기를 원하는 여자라면 누구든지 가리지 않았다. 그는 예쁘고 밉고를, 젊고 늙고를 가리지 않았고, 다만 대식가로서 남자의 욕망을 채우는 데 급급하여 질보다는 양을 중시했다. 그가 혼자 집에 돌아가야 하는 밤이면, 싸늘한 침대에 대한 공포 때문에 아무도 다니지 않는 어두운 시각에 거리를 헤매고 다니며 여자 사냥을 하고서야 잠을 자러 집에 돌아가곤 했다. 그는 지독한 근시였기 때문에 웃지 못할 일도 생겼다. 하루는 아침에 눈을 떠 보니 베개에 불쌍한 60대의 백발노인이 누워 있었던 적도 있었다. 전날 밤 그는 급한 김에 백발의 노인을 금발의 아가씨로 착각한 것이었다.

대체로 그는 자기 생활에 만족하고 있었고, 하는 일도 순조로웠다. 인색한 그의 아버지는 그가 파렴치한 생활을 한다고 비난하며 다시 한번 생활비 지급을 끊었다. 그러나 이제 그는 예술비평 등 시평의 고정란을 갖고 있는 신문기자로서 한 달에 700~800프랑을 벌었기 때문에 별 상관이 없었다. 단돈 1루이*를 받고 기사를 쓰며 세상을 시끄럽게 하던 「탕부르」의 기자 시절은 지나갔다. 그는 이제 널리 읽히는 두 가지 신문의 전속 기자로 안정되어 있었다. 어떻게든 성공하고 싶은 마음에 비록 기본적으로 회의주의자의 틀을 벗어나고 있지는 않았지만, 그는 부르주아의 거드름 피우는 태도로 판결을 내리기 시작했다. 그는 집안의 인색한 내력을 물려받아 매달 자기만이 아는 하찮은 투기사업에 손을 대고 있었다. 방만한 그의 습관을 유지하는 데도 예전이나 다름없이 여전히 돈을 들이지 않았는데, 여자가 마음에 들었을 경우 아침에 일어나 큰맘 먹고 쵸콜렛차를 한 잔 타 주는 것이 고작이었다.

모스쿠가에 당도하여 클로드가 물었다.

"그러니까 자네하고 베코 양은 관계가 계속되고 있는 거야?"

"나 말인가?" 조리는 흥분하여 말했다. "하지만 이보게, 그녀는 현재 2만 프랑의 집세를 물고 있고, 앞으로 50만 프랑짜리

저택을 짓겠다고 하는 중이야. 아니, 관계는 무슨. 어쩌다 그녀의 집에 가서 함께 점심이나 저녁 먹는 것으로도 대만족이지."

"그럼 잠은 안 자?"

그는 물음에 대답을 하지 않고 그냥 웃기만 했다.

"지저분한 이야기는 묻지 마! 잠이야 1년 내내 자지……. 자, 다 왔네, 어서 들어가기나 해."

그러나 클로드는 다시 한번 망설였다. 아내가 점심을 차려 놓고 그를 기다리고 있을 터이므로 들어갈 수가 없었다. 그러자 조리가 그것은 변명이 되지 않는다며 클로드의 집에 하인을 시켜 전갈을 보내면 된다는 말을 되풀이하면서 벨을 울리더니, 그를 현관 안으로 떼밀었다. 문이 열리고, 이르마 베코가 그들 앞에 모습을 나타냈다. 그녀는 클로드를 보더니 환호성을 질렀다.

"어마! 당신 아니세요. 얄미운 남자 같으니!"

그녀가 마치 옛 친구처럼 대해 주자 클로드는 곧 편안한 마음이 들었다. 게다가 그는 그녀가 자기의 낡은 외투 같은 것에는 관심도 없는 것 같아 안심이 되었다. 그는 그녀가 알아볼 수 없을 정도로 변한 데에 놀랐다. 4년 사이에 그녀는 다른 여자가 되어 있었다. 구불거리는 파마한 머리카락으로 이마를 가리고, 얼굴이 길고 말라보이도록 의도적인 노력을 기울인 결과 꼭 엉터리 배우 같아 보였다. 예전의 옅은 금발 머리를 짙은 적갈색으로 바꾸는 바람에, 예전의 불량 소년 같던 모습이 이제는 티치아노가 그린 왕의 총애를 받는 궁녀 같은 모습으로 변해 있었다. 그녀 스스로 가끔 고백하듯이 고독했던 시기에 어수룩한 남자들을 끌어당긴 것은 그녀의 머리였다. 집은 아담하고 사치스럽게 장식되어 있었지만 여기저기 속악한 취미가 엿보였다. 그러나 클로드는 벽에 쿠르베의 그림이라든가, 특히 들라크루아의 습작 등 몇 개의 좋은 그림이 걸려 있어서 놀라지 않을 수 없었다. 거실의 콘솔 위에 편안히 누워 있는 야한 색을 칠한 도자기로 만든 고양이를 제외하면, 저 여자는 아주 바보는 아니지 않은가?

조리가 클로드의 집에 하인을 시켜 전갈을 보내야 한다고 말하자, 그녀는 깜짝 놀라 소리를 질렀다.

"어머나! 당신, 결혼했어요?"

"물론이죠." 클로드가 짧게 대답했다.

그녀는 조리를 쳐다보았다. 그가 웃는 것을 보고 사태를 짐작한 그녀는 덧붙여 말했다.

"아! 동거를 하는군요……. 당신은 여자를 싫어한다고 하지 않았어요? ……난 삐쳤어요. 기억하겠지만 당신은 나를 무서워했잖아요! 그렇죠? 당신은 내가 예쁘지 않아서 아직도 나를 멀리하는 거예요?"

그녀는 진짜로 마음이 상해서 그의 마음에 들고 싶은 강렬한 욕구에 클로드의 두 손을 잡고 얼굴을 그의 얼굴에 가까이 대고는 웃으면서 그를 똑바로 쳐다보았다. 그는 턱수염에 와닿는 뜨거운 여자의 숨결을 느끼자 작은 전율이 일었다. 하지만 그녀는 이렇게 말하며 그를 놓아주었다.

"됐어요. 그 얘긴 나중에 해요."

하인은 거실 문을 열고 식사 준비를 알려야 했기 때문에 마부가 클로드의 편지를 전하기 위해 두에가로 달려갔다. 세심하게 신경을 써서 차린 점심 식사는 하인이 꼿꼿하게 서서 지켜보는 가운데 예절 있게 진행되었다. 그들은 파리에 한창 진행 중인 대공사에 대해 이야기를 꺼냈고, 이어 땅값과 그 땅을 살 돈을 갖고 있는 부르주아들에 대해 이야기했다. 디저트로 커피와 술이 나왔을 때, 세 명 모두 자리를 옮기지 않고 식탁에 앉아 그것을 마시기로 결정했다. 그들은 점점 기분이 고조되어 자기도 모르게 카페 보드캥 시절로 되돌아간 느낌이었다.

"아! 이봐요." 이르마가 말했다. "세상일을 잊고 이렇게 객담을 나누는 것보다 더 즐거운 일은 없잖아요!"

그녀는 담배를 말면서 곁의 샤르트뢰즈 병을 집더니, 단번에 다 마셔 버렸다. 얼굴이 빨개지고 머리가 휘날리자, 다시 익살스러운 거리의 불한당 같은 모습이 살아났다.

"참," 아침에 그녀가 원하던 책을 보내지 못한 것을 변명하던 조리가 말을 계속했다. "그 책을 사러 어젯밤 열 시쯤 나갔다가 파주롤을 만났지 뭐야……."

"거짓말!" 그녀는 단호하게 그의 말을 막았다. 조리가 더 이상 이의를 제기할 수 없도록 짧게 말을 잘랐다.

"파주롤은 여기에 있었어. 뻔한 거짓말을."

그리고 그녀는 클로드에게 돌아섰다.

"정말 역겨워요. 당신은 저런 거짓말쟁이를 상상도 못할 거예요! 꼭 계집애들처럼 중요하지도 않은 일에 재미로 거짓말을 한다니까요. 그러니까 저 사람의 이야기를 들어 보면 속마음은 하나밖에 없어요. 나에게 책을 사 주기 위해 3프랑을 지불하지 않겠다는 거죠. 나에게 꽃다발을 보내야 할 때에도 번번이 그 꽃다발을 마차 밑으로 떨어뜨렸다는 둥, 파리에 있는 꽃다발이 다 팔렸다는 둥 둘러댄다니까요. 아! 저 사람은 자기밖엔 사랑할 줄 몰라요!"

조리는 화를 내지 않고, 앉아 있던 안락의자를 뒤로 젖히고 흔들거리면서 담배 연기를 내뿜었다. 그는 다만 이렇게 빈정거릴 뿐이었다.

"파주롤하고 다시 사귄단 말이군……."

"다시 사귀다니, 말도 안 돼!" 화가 난 그녀가 고함쳤다. "그렇다 쳐도, 그게 당신과 무슨 상관이야? 분명히 말해 두는데, 난 당신의 파주롤 따위에겐 요만큼의 흥미도 없어! 그는 나하고 사이가 틀어지는 것은 생각도 못해. 오! 우린 서로 속속들이 알고 있어. 같은 길바닥의 깨진 틈새에서 자랐으니까……. 자! 잘 들어 둬. 내가 원하면 손가락 한 번 까딱해서 파주롤을 불러내 내 발을 핥게 할 수도 있어. 당신의 파주롤은 나에게 미쳐 있단 말이야!"

그녀가 펄쩍 뛰는 것을 보고 조리는 이쯤에서 뒤로 물러서는 것이 안전하겠다는 생각이 들었다.

"내 파주롤이라……." 그가 중얼거렸다. "내 파주롤이라고……."

"그래, 당신의 파주롤! 그가 당신에게서 좋은 기사를 받으려고 항상 당신한테 달라붙어 있잖아. 그래서 당신은 스스로 잘난 왕자나 되는 듯이 당신에게 돌아올 이득을 계산하며 그를 대단한 예술가로 추어올리는 거 아니야?"

클로드가 보는 앞에서 몹시 거북해진 조리는 이 말에 아무런 대꾸도 하지 못했다. 그는 변명 대신 농담으로 궁지를 모면하려고 했다. "왜 그래? 그렇게 열을 내면 재미있어? 왜 눈을 심술궂게 째리고 입을 뾰로통하게 하고 난리야!"

"이봐, 그럼 티치아노 같은 예쁜 얼굴이 망가지잖아."

그녀도 이 말에는 마음이 누그러지는지 웃기 시작했다.

클로드는 만족감에 잠겨 무의식적으로 코냑을 찔끔찔끔 마셨다. 여기에 온 지 벌써 두 시간이나 지났고, 그는 담배 연기가 자욱한 가운데 서서히 올라오는 취기에 몽롱해졌다. 그들은 화제를 바꿔, 최근에 오르기 시작한 그림 값에 대한 이야기로 옮아갔다. 말문을 닫은 채 꺼진 담배를 입에 물고 있던 이르마는 클로드를 뚫어지게 쳐다보았다. 그러더니 잠꼬대를 하듯이 돌연 그에게 반말로 물었다.

"당신은 아내를 어디서 만났어?"

클로드는 취했기 때문에 이 물음에도 놀라지 않았다.

"지방 출신인데, 어떤 부인 집에서 일하고 있던 여자야. 성실함의 극치라고 할 만한 여자이지."

"예뻐?"

"물론, 예쁘지." 이르마는 잠시 몽상에 잠기더니, 곧 미소를 지었다.

"저런! 운이 좋네! 이 세상에서 그런 여자를 만나기는 힘든데, 당신을 위해 한 명 마련되어 있었군!" 그녀는 식탁에서 일어나 몸을 움직이며 큰 소리로 말했다.

"곧 세 시네요. 아! 이봐요, 내가 문까지 데려다줄게요. 건축가하고 약속이 되어 있어요. 당신도 알다시피 그 신시가지에 집을 지으려고 몽소 근처의 땅을 보러 가기로 했거든요. 나는 직감으로 그곳이 재미를 볼 거라는 걸 알아챘죠."

그들은 다시 거실로 돌아왔다. 그녀는 거울 앞에 멈추어 서서, 얼굴이 붉게 상기된 것에 화를 냈다.

"그 집 지을 땅 이야기를 하는 거야?" 조리가 물었다. "돈은 구했어?"

그녀는 머리카락을 이마로 잡아 내리더니, 얼굴을 긴 타원형으로 보이도록 하면서 손으로 볼을 문질러 붉은빛을 없애려고 했다. 그리고 머리를 매만져 그림 속의 지적인 매력을 지닌 적갈색 머리의 궁녀로 돌아왔다.

"봐! 다시 티치아노가 됐지?"

자지러지게 웃으며 그녀는 어느새 그들을 현관문으로 떼밀고 있었다. 거기에서 그녀는 다시 한번 클로드의 두 손을 말없이 잡고, 은밀한 욕망의 눈빛으로 그를 뚫어지게 쳐다보았다. 거리로 나오자 클로드는 마음이 불편했다. 찬 공기에 술이 깨면서, 그는 이 여자에게 괜히 크리스틴의 이야기를 했다는 가책으로 마음이 아팠다. 그는 이제 다시는 그녀의 집에 발을 들여놓지 않겠다고 맹세했다.

"어때? 그렇지 않아? 좋은 여자야." 조리가 이르마의 집을 나서기 전에 담배통에 넣어 온 담배에 불을 붙이며 말했다. "거기다가 전혀 아무것도 귀찮게 하지 않잖아. 같이 식사하고, 자고, 아침에 헤어져서 일하러 가면 끝이거든."

그러나 곧바로 집으로 돌아가려니 왠지 부끄러운 마음이 든 클로드는, 친구가 점심을 먹었으니 좀 걷자고 하면서 봉그랑을 만나러 가자고 하자, 그 제안이 반갑게 여겨졌다. 그래서 두 사람은 클리쉬 대로로 접어들었다.

봉그랑은 20년 전부터 그곳의 넓은 아틀리에를 사용하고 있었다. 그의 아틀리에에서는 당시 젊은 화가들을 중심으로 유행하던 호화로운 벽지나 골동품의 취미 같은 것은 찾아볼 수 없었다. 회색의 헐벗은 아틀리에는 액자에 끼우지 않은 채, 교회에 봉헌하는 그림처럼 촘촘히 걸어 놓은 화가 자신의 습작들로 장식이 되어 있을 뿐이었다. 유일한 사치라고는 제정 시대의 큰 거울과 노르망디식의 큰 장, 닳아 떨어진 유트레히트 벨벳을 씌운 두 개의 의자가 고작이었다. 한쪽 구석에 털이 다 빠진 곰 가죽이 기다란 의자를 덮고 있었다. 그러나 그는 젊을 때부터 특별한 의상을 걸치고 일을 하는 낭만적인 습관을 지켜 오고 있었다. 그래서 그는 헐렁한 반바지에 허리를 끈으로 묶는 헐렁한 실내복을 입고, 머리에는 성직자의 모자를 쓴 채로 방문객을 맞았다.

봉그랑은 손에 팔레트와 붓을 들고 직접 문을 열었다.

"자네들이군! 아, 잘 왔네! ……나도 마침 자네 생각을 하던 참이야. 누가 말해 주었는지는 잊었지만, 자네가 돌아왔다는 소식을 듣고 조만간 한번 보러 갈 생각이었어."

그는 손에 잡았던 것을 내려놓고는 깊은 애정의 표현으로 클로드의 손부터 잡았다. 이어 조리의 손을 잡고 이렇게 덧붙였다.

"젊은 거물께서도 납셨군. 지난번 자네의 기사 읽었네. 나에 대해 좋은 말을 써 주었더군, 고맙네. 들어와, 어서 들어와! 방해되지 않으니까. 11월은 낮이 너무 짧아 일하는 시간이 얼마 되지 않으니, 해가 비치는 동안은 마지막 1분까지 이용해야지."

그는 받침대에 서서 다시 일을 하기 시작했다. 거기에는 햇빛이 비쳐 드는 창가에서 모녀가 바느질을 하고 있는 작은 그림이 놓여 있었다.' 두 젊은이는 봉그랑의 뒤에서 그림을 바라보았다.

"멋지네요." 마침내 클로드가 작은 소리로 말했다.

봉그랑은 뒤를 돌아보지 않은 채 어깨를 으쓱했다.

"뭐! 하찮은 거야. 소일거리가 있어야 하잖아? 아는 사람 집에 갔다가 실물을 보고 사생한 건데, 조금 손을 보고 있는 중이지."

"하지만 완벽한데요. 진실과 빛의 주옥같은 작품입니다." 클로드는 흥분하여 거듭 말했다. "아! 단순명쾌해요. 이 단순함이야말로 저를 감격시킵니다!"

갑자기 화가는 몇 걸음 뒤로 물러나 놀라는 눈빛으로 눈을 깜박거렸다.

"그렇게 생각해? 정말 마음에 드는가? 자네들이 막 들어왔을 때 나는 이 그림이 아주 형편없다고 생각하던 중이었네. 정말! 기분이 암담하더군. 이제 나에겐 단돈 2수만큼의 재능도 남아 있지 않다고 생각했지."

그는 두 손을 떨었다. 창조의 고뇌 안에 그의 전신이 떨려왔다. 그는 팔레트를 내려놓고, 허공을 치는 듯하더니 다시 그들 쪽으로 다가왔다. 이미 성공을 거두었고 프랑스 화단에서 확고한 지위를 차지하고 있는 원로의 대가는 두 사람에게 큰 소리로 말했다.

"자네들은 놀라겠지만, 내가 코 하나라도 제대로 그릴 줄 아는가 하는 의문이 들 때가 많아……. 매번 그림을 그릴 때마다 나는 아직도 초보 시절처럼 떨린다네. 심장이 두근거리고, 고민으로 입술이 마르고, 끔찍한 공포에 사로잡히곤 하지. 아! 이보게 젊은이들, 자네들은 이 공포가 뭔지 안다고 생각하겠지만, 사실은 짐작도 못한다네. 왜냐하면 자네들이야 한 작품을 망쳐도, 더 나은 다른 작품을 만들면 될 테니까! 어느 누구도 자네들을 야단치지 않잖아. 그러나 어느 정도의 지위에 도달한 우리로서는 우리에게 걸맞은 작품을 만들지 않으면 안된다네. 후퇴나 쇠약함이 허용되지 않는 거지. 그랬다간 공동묘지 속으로 전락해 버리는 꼴이 되거든. 자, 유명인사여, 대예술가여, 지혜를 짜내고 피를 불태우게나. 그래서 자네들은 높이 올라가겠지. 더 높이, 더 높이. 만약 자네가 올라간 정상에서 제자리걸음을 하고 있다면, 그나마 다행이라고나 할까.

그것도 가능한 한 길게 제자리걸음을 할 수 있으면 그 이상 좋은 일은 없겠지. 그러나 후퇴를 한번 맛보면 어떻게 되는지 알아! 그러면 그때는 자신에게 제동을 걸 수밖에 없다네. 자네의 재능은 이미 시대에 뒤처진 것이 되고, 불후의 대작을 창조하는 힘이 상실되었다는 고뇌에 사로잡혀서, 더 이상 아무것도 창조할 수 없다는 자책에 정신을 잃고 말지."

봉그랑의 우렁찬 목소리는 점점 커지더니 우레와 같은 외침을 내었다. 그의 커다란 얼굴은 고뇌의 빛을 띠었다. 감정이 억제할 수 없이 격렬해진 그는 이리저리 서성이며 말을 계속했다.

"나는 지금까지 자네들에게 여러 번 말해 왔지. 언제나 데뷔할 때의 마음가짐을 가져야 한다고. 그리고 기쁨은 저 산꼭대기에 도달할 때 있는 것이 아니고 올라가는 자체, 앞뒤 생각 없이 오르는 데에 있다고. 그렇지만 자네들은 그걸 몰라. 알 리가 없을 거야. 스스로 체험하는 수밖에 없으니까……. 그런데 자, 생각해 보게! 자네들은 모든 것을 바라고 모든 것을 꿈꾸지 않는가! 끝없는 몽상의 시기야. 튼튼한 두 다리를 가졌으니, 험한 길도 짧게 느껴지겠지. 열광을 갈망하는 마음이 너무 강하기 때문에 최초의 작은 성공에도 무상의 환희를 맛볼 거야. 게다가 야망의 목표 달성에 가까워지기라도 하면 그야말로 대향연이지! 그리고 똑바로 쏜살같이 돌진하는 거네! 그런데 거기서부터 문제가 시작된다네. 그 정상을 유지한다는 문제 말이야. 그래서 고뇌가 시작되는 거네. 꿈이 실현되었다는 도취의 순간도 순식간에 사라지고, 도취의 밑바닥에서 쓰라린 고뇌를 느끼며 지금까지의 고투가 가치 없게 느껴지게 되는 순간이 와. 이미 탐색해야 할 미지의 것도 없고, 새로운 감동을 느끼는 일도 없어. 자부심도 한순간의 평판과 함께 사라지고 말아. 자신이 많은 대작을 만든 것을 알면서도 그것들로부터 이미 생생한 만족감이 솟구쳐 오지 않는다는 사실에 화들짝 놀라게 돼. 이 순간부터는 지평선이 공허해지고 어떤 새로운 희망도 자네에게 손짓하지 않게 되어 죽는 수밖에는 없지. 그럼에도 불구하고 그것으로 끝맺고 싶지 않다는 희망에 사로잡혀서, 사랑하고 싶어 하는 노인들처럼 창조에 집착하는 걸세. 비틀비틀, 천박하게 말이야……. 아! 자기의 마지막 걸작 앞에서 목매달아 죽을 수 있는 용기와 자부심이 있어야 할 텐데!"

그는 등을 쭉 펴고, 아틀리에의 높은 천장이 울리도록 소리를 질렀다. 너무도 감정이 복받쳐서 두 눈에 눈물이 괼 정도였다. 그리고 그는 다시 그림 앞에 놓인 의자에 주저앉으며 누군가 격려해 주기를 원하는 학생같이 근심스러운 어조로 물었다.

"그런데 이게 정말 자네 마음에 드는가? 난 그런 자신이 안 생겨. 나의 불행은 내가 비평을 너무 심하게 하거나 아니면 너무 못하는 데 있는 것 같네. 내가 어떤 그림을 그리면 쉽게 그것에 열광하다가 그게 잘되지 않으면 이제는 자신을 책망하는 거야. 저 샹부바르 놈처럼 아무것도 안 보는 철면피가 되든지, 아니면 아주 정확하게 판단하여 그림을 그리지 말든지. 솔직히 말해 보게. 자네, 이 작은 그림이 마음에 들어?"

놀란 클로드와 조리는 작품 창조에 이르는 이 고뇌에 찬 흐느낌 앞에서 당황하여 꼼짝도 않고 서 있었다. 그들이 찾아왔을 때 이 대가가 얼마나 위기에 처해 있었으면 자기들에게 친구처럼 의논을 바라고 고통의 탄식을 지르는 것일까? 그들은 그의 애원하는 듯한 큰 눈을 보고 주저할 수 밖에 없다. 그 눈에는 자신의 쇠퇴에 대한 공포가 생생하게 스미어 있었다. 그들은 세간에 떠도는 소문을 알고 있었고, 「시골의 결혼식」이후 화가가 이 유명한 작품에 상응할 만한 작품을 아무것도 만들어 내지 못한다는 데 동의하고 있었다. 몇몇 그림에서는 그 수준을 유지하곤 있지만, 그 후에 그는 너무 지적이고 무미건조한 형태로 전락하고 말았다. 즉 빛이 사라지고, 모든 작품이 쇠약해진 듯이 보였다. 그러나 그런 말을 할 수는 없었고, 그가 평정을 회복하자 클로드는 감탄하여 소리쳤다.

"이렇게 힘 있는 그림을 그려 보신 적은 없는 것 같아요!"

봉그랑은 그의 눈을 똑바로 응시하다가 자기 작품으로 돌아서서 정신없이 쳐다보았다. 그러더니 조그만 캔버스를 헤라클레스처럼 들어올렸다. 그리고 혼잣말로 중얼거렸다.

"좋아! 끝까지 해 보는 거야! 어떻게 되더라도 포기하지는 않을 테다."

그는 팔레트를 집어 들더니 말없이 최초의 붓질을 시작했다. 어느새 침착함을 되찾고 있었다. 그는 강직한 사람답게 굵은 목과 어깨를 똑바로 하며 자세를 바로잡았는데, 그런 그의 자세에서는 어딘가 농민의 고집스러운 완고함이 그의 출신인 부르주아 계급의 섬세함과 뒤섞여 있는 듯했다.

한동안 침묵이 흘렀다. 그림에서 눈을 떼지 않던 조리가 물었다.

"이건 팔렸나요?"

봉그랑은 그림을 그리고 싶을 때 일을 할 뿐, 수입에는 별 관심이 없는 예술가다운 태도로 여유 있게 말했다.

"아니……. 등 뒤에 장사치가 서 있으면 온몸이 굳어져서."

그림 그리는 손을 멈추지 않은 채, 그는 말을 계속했다. 이번에는 빈정거리는 말투였다.

"아! 이제는 그림을 흥정한다네! 확실히 우리들 연배는 상상도 못했던 일이지. 그러니 여보게, 친절한 신문기자 양반, 자네가 내 이름을 거론한 기사 안에서 자네는 상당히 젊은 예술가들에게 꽃다발을 바쳤지! 솔직히 말해서 그중에서 재능 있는 사람은 두세 사람에 불과할 뿐이라네."

조리는 웃기 시작했다.

"그럼요! 신문이야 이용하자고 있는 것이죠. 그리고 대중은 자기네에게 위대한 인물을 제시해 주는 걸 좋아합니다."

"그럴 거야. 대중의 어리석음은 끝도 없으니까. 자네가 그걸 잘 이용해 주게. 다만, 나는 우리 늙은이들이 데뷔하던 시절이 생각날 뿐이야. 그래! 그때 우린 적어도 엉망은 아니었어. 예를 들어, 이 정도의 작품을 발표하기 위해서는 10년을 일과 싸워야 했거든. 이제는 유치한 인물화 그리는 기술을 갓 배운 애송이들까지 대대적인 선전 광고를 이용해 거창하게 데뷔를 하고 있으니. 이젠 바야흐로 선전의 시대네! 프랑스 방방곡곡에 큰 소동이 일고, 명성이 하룻밤 사이에 사람들 입에서 오르내리고, 마치 아무것도 모르는 사람들 한복판에 우레가 떨어지는 격이야. 작품에 대한 논의 등은 다 젖혀 두고, 조잡하기 짝이 없는 작품도 사람들이 기다리다 지친 틈을 노려서 일제히 축포를 터뜨리며 예고되지. 파리는 그걸 가지고 일주일 동안 떠들어 대다가 다시 영원한 망각 속으로 떨어뜨리는 거야!"

"지금 정보 인쇄물을 고발하시는 거군요." 조리는 이렇게 말하며 걸어가 긴 의자에 길게 누워 새 담배에 불을 붙였다. "장단점이 있겠지만, 시대의 흐름을 무시할 수는 없습니다!"

봉그랑은 머리를 저으며 큰 소리로 웃으며 제자리로 돌아갔다.

"아니, 아니야! 이젠 아주 서툰 그림 하나라도 젊은 대가라는 칭찬을 받지 않고서는 전시할 수 없게 되었어. 그런데 그 젊은 대가들이란 작자들, 얼마나 웃기는지 몰라!"

그러나 잠시 연상되는 어떤 생각 때문에 갑자기 진지해진 그는 클로드 쪽으로 몸을 돌리고 물었다.

"그런데 파주롤 그림은 보았나?"

"네." 젊은이는 짧게 대답했다.

두 사람은 한동안 서로 바라보았다. 어쩔 수 없는 미소가 입가에 번졌다. 그러자 드디어 봉그랑이 덧붙였다.

"자네 것을 표절한 좋은 견본이지!"

조리는 곤란해져서 눈을 내리뜨고, 자신이 파주롤을 변호한 적이 있는지 자문해 보았다. 분명 그는 그러는 편이 스스로에게 유리하다고 판단하여 파주롤의 그림, 특히 그 복제품이 날개 돋친 듯이 팔린 의상실에 앉아 있는 여배우의 그림을 칭찬하기 시작했다. 주제가 근대적이지 않은가? 새로운 유파의 밝은 색조답게 아름답게 칠해져 있지 않은가? 힘도 충분히 있다고 할 수 있었다. 사람에게는 천성이라는 것이 있기 때문에 그의 천성도 인정해 주어야 할 것 아니겠는가. 그의 매력과 품위는 아무나 흔히 갖고 있지 않은 진짜였다.

평소 젊은 화가들에게 아버지와도 같은 칭찬의 말만을 해주던 봉그랑은 자기 그림을 바라보고 있다가 몸을 부르르 떨더니 분노를 억제하느라 역력히 애쓰는 모습이었다. 그럼에도 그는 자기도 모르게 폭발하고 말았다.

"이제 충분해! 자네의 파주롤은! 우리를 바보로 아나! …… 자, 보게! 자네가 위대한 화가를 보길 원한다면, 여기 있네. 그래, 자네 앞에 서 있는 이 젊은 화가! 아무렴! 파주롤이 쓰는 속임수라는 것도 이 사람의 독창성을 훔쳐다가 미술학교의 무기력한 소스로 적당히 얼버무리는 거야. 그럼 완벽하지! 근대적인 척 위장하고 밝은 색을 사용하지만, 데생이 평범하고 틀에 짜인 것일 뿐 아니라 모든 사람이 좋아하는 구도거든. 결국, 미술학교에서 부르주아들의 기호에 맞추기 위해 가르쳐준 식으로 그린 그림일 뿐이야. 게다가 그림 전체를 아주 매끈하게 그려 버렸어. 오! 야자열매라도 조각을 할 수 있을 정도의 기가 막힌 손재주로. 그런데 이렇게 약삭빠르고 유쾌한 손재주가 성공을 가져다주기도 하지만 우직하게 일하는 사람에게는 큰코다칠 수도 있는 거라네. 알겠나!"

그는 두 주먹 안에 꼭 쥔 팔레트와 붓을 허공에 위협적으로 흔들어 댔다.

"너무 심한 말씀이세요." 머쓱해진 클로드가 말했다. "파주롤은 진짜 섬세한 재주를 갖고 있어요."

"어디서 들은 이야기인데." 조리가 말했다. "파주롤이 노데와 아주 유리한 계약을 했다는데요."

노데라는 이름이 대화에 끼어들자, 봉그랑은 다시 한번 긴장을 풀고 어깨를 들먹거리며 이름을 반복했다.

"아! 노데…… 아! 노데……."

노데를 잘 알고 있는 그는 젊은 친구들에게 노데에 관해 아주 재미있는 이야기를 해 주었다. 화상인 그는 몇 년 전부터 화상 업계에 일대 혁명을 일으킨 인물이었다. 더러운 프록코트를 걸치고 다니며 날카로운 감식안으로 신진 작가들을 엿보고 있다가 10프랑에 그림을 사서 단골에게 15프랑에 되파는 소매업이나 하는 말그라 영감처럼 구식이 아니었다. 흥정하는 방식도 말그라 영감은 속으로 그 그림이 괜찮다 싶으면 겉으로는 불만스러운 표정을 지어 값을 깎는 신중한 거래로 모아 놓은 재산에 몇 푼을 더했지만, 그 유명한 노데는 전혀 달랐다. 그는 신사다운 풍채에 환상적인 모닝코트를 입고 있었고, 보석 넥타이핀을 꽂았으며, 머리에는 포마드를 발라 윤이 나고 반짝거렸다. 게다가 호화스러운 생활을 영위하는 그는 매달 마차를 임대했고, 오페라에 특별석을 갖고 있었으며, 비농 식당에 예약을 하는 등, 그가 모습을 나타내기에 괜찮다고 판단되는 장소라면 어느 곳이든 드나들었다. 그 외에 투기와 도박에도 강해 좋은 그림에는 전혀 관심이 없었다. 그는 오직 성공에 대한 직감으로, 부상할 화가를 알아맞혔다. 그런 화가는 위대한 명작의 괄목할 만한 소질을 보이는 작가가 아니라, 대담한 허위에 의해 부풀린 거짓 재주로써 부르주아들의 시장을 석권할 수 있는 사람이어야 했다. 그는 이런 식으로 예전에 취미로 그림을 모으던 애호가들을 멀리하고, 돈은 많은데 그림에 대해선 아무것도 모르는, 허영심이나 재산 증식의 수단으로 증권을 사듯이 그림을 사는 애호가들하고만 거래를 함으로써 그림 시장을 뒤엎었다.

이제 유머 감각이 있는 봉그랑은 엉터리 배우의 소질을 발휘하여 노데가 파주롤의 집에 들어온 장면을 연출하기 시작했다.

"당신은 소질이 있어요. 아! 지난번에 보았던 그림을 팔았군요. 얼마에 팔았어요?" "500프랑에요." "당신, 돌았군요! 1천 200프랑은 받을 수 있는데. 이 그림은 얼마를 받을래요?" "글쎄요! 모르겠어요. 1천 200프랑!" "당신은 내 이야기를 이해하질 못하는군요? 저것은 2천 프랑 값어치는 돼요. 이제부터 당신은 나, 노데만을 위해 그림을 그려 주세요! 그럼 안녕히 계세요, 화가 양반. 힘을 아끼세요. 당신의 장래는 내가 책임질 테니까." 그리고 그는 그 그림을 마차에 싣고 미술 애호가의 집으로 떠나는 것이다. 이미 노데는 그들에게 자기가 비범한 화가를 발굴했다는 소문을 퍼뜨려 놓았다. 그들 중 한 명이 미끼에 걸려들어 값을 물어본다. "5천 프랑입니다." "뭐라고요! 5천 프랑이라고요! 무명 화가의 그림이? 나를 놀리는 겁니까!" "들어 보세요. 내가 거래를 제안할게요. 내가 이것을 5천 프랑에 팔면서, 당신이 1년 후에 이 그림이 마음에 들지 않을 경우 6천 프랑에 다시 산다는 계약서를 써드릴게요." 갑자기 애호가는 구미가 당긴다. 손해 볼 것 없지 않은가? 이것은 좋은 투자다. 그래서 그는 이 그림을 산다. 그 후 노데는 허송세월하지 않고 그런 식으로 그 해 안에 아홉, 열 점의 그림을 처분한다. 허영심과 돈을 벌고 싶은 희망에 그림 값은 올라간다. 매매 가격이 절로 형성되어, 그가 애호가의 집을 찾아가면 그는 그림을 되돌려 주는 대신에 다른 그림을 8천 프랑에 사는 것이다. 이런 식으로 그림 값이 계속 치솟아 그림 장사는 지폐들이 휘날리는 가운데 은행가들이 진을 치고 있는 몽마르트르 언덕의 금광과도 같은 수상쩍은 영역이 되고 말았다!

클로드는 분개했고, 조리는 매우 영리하다고 생각했다. 그때 문 두드리는 소리가 들렸다. 봉그랑이 나가 문을 열고는 탄성을 질렀다.

"아니! 노데! 방금 자네 이야기를 하고 있던 참인데……."

궂은 날씨에도 진흙 튄 얼룩 하나 없는 단정한 복장을 한 노데는, 인사를 하며 마치 사교계 인사가 교회 안을 들어오는 듯한 경건한 예의를 갖추고 집 안으로 들어왔다.

"매우 기쁘고 영광입니다, 선생님. 물론 저에 대해 좋은 말씀만 하셨으리라 생각됩니다."

"하지만 그 반대야, 노데. 반대 이야기를 했네!" 봉그랑은 침착하게 말했다. "우린 자네가 그런 식으로 장사를 하는 바람에, 정직하지 못한 사업가들에게 부추겨져 수가 배로 늘어난 젊은 화가들이 그림을 우롱하는 시대가 왔다는 말을 하던 참이야."

동요하는 기색도 없이 노데가 미소를 지었다.

"좀 심하시긴 하지만, 멋진 의견입니다. 어떤 말씀이라도 해 주세요. 선생님께서 하시는 말씀이라면 달게 듣겠습니다."

그리고 「바느질하는 두 여자」의 그림 앞에서 황홀한 듯 말했다.

"아! 세상에! 이 그림을 몰랐군요, 기막힌 작품이에요! 아! 이 광선, 견고하고도 넓은 이 구도! 이런 그림에 대적할 만한 것을 찾으려면 렘브란트로 거슬러 올라가야 하겠는데요. 네, 렘브란트 말입니다! 선생님, 저는 오늘 존경의 말씀을 드리려고 그냥 들러 본 것뿐인데, 어떤 별이 저를 인도해 주었나 봅니다. 저와 상담해 주시면 안 될까요. 저 보석을 저에게 양도해 주시면…… 원하시는 것은 무엇이든지 다 들어드리도록 하겠습니다."

그 말 한마디 한마디에 봉그랑이 화가 나서 들썩거리는 것이 보였다. 그는 가차 없이 잘라 말했다.

"너무 늦었네, 팔렸어."

"팔렸다고요, 맙소사! 되돌리실 수는 없나요? ……누구에게 파셨는지 말씀해 주시면, 뭐든지 하겠습니다. 달라는 대로 다 드리겠어요. 아! 이 무슨 청천벽력입니까! 팔리다니요, 확실합니까? 제가 두 배로 드린다면 어떻게 하시겠어요?"

"팔렸네, 노데. 이제 됐어. 그만하게!"

그럼에도 화상은 계속해서 애원했고, 다른 작품들 앞에서 황홀에 잠겨 잠시 서 있다가 기회를 엿보는 도박꾼의 날카로운 눈으로 아틀리에 안을 돌아다녔다. 그는 시기가 좋지 않고, 아무것도 가져갈 수 없다는 것을 깨닫자, 감사의 인사를 하며 층계참까지 가는 동안 감탄의 말을 늘어놓았다.

그가 떠나자마자, 대화 내용을 듣고 있던 조리는 놀라움에 용기 내어 질문했다.

"그러나 제 기억으로는 우리에게…… 이 그림이 안 팔렸다고 하시지 않았던가요?"

봉그랑은 금방 대답하지 않고, 그림 앞으로 돌아왔다. 그리고 쩌렁쩌렁 울리는 목소리로 외쳤다.

"정말로 성가시군! 어림도 없어! 파주롤한테나 가 보라고 해!"

그의 이러한 외침 속에서 은밀한 고통과 고백하지는 않았지만, 그의 내부에 생기기 시작한 투쟁을 엿볼 수 있었다.

15분 후에 클로드와 조리는 봉그랑의 집을 나왔다. 그는 해가 기울기 전에 그림을 마저 그리느라고 여념이 없었다. 밖으로 나와 조리와 헤어진 클로드는 오랫동안 집을 비우고 있었는데도 곧장 집으로 돌아가지 않았다. 오늘 하루 만난 여러 사람의 일만으로도 머리가 터질 것 같아서, 그는 파리의 거리를 더 걷고 싶었다. 그는 파리에 몸을 내맡기고 싶은 마음에, 뿌연 안개 속에서 희미한 별빛같이 차례로 켜지는 가스등 아래를 얼어붙은 진창길을 밟으며 깜깜해질 때까지 걸어 다녔다.

클로드는 상도즈 집에서 모이는 저녁 만찬을 초조하게 기다렸다. 상도즈는 변함없이 일주일에 한 번씩 친구들을 집에 부르고 있었다. 원하는 사람은 누구든지 갈 수 있었고, 그들을 위한 식사가 마련되어 있었다. 상도즈는 결혼 후 생활 방식이 달라졌고, 문학에 혼신의 힘을 다하여 전념하고 있었지만 학교를 졸업하고 처음 담배를 피우던 때부터 지켜 온 이 목요일 만찬을 변함없이 지속하고 있었다. 그는 스스로 아내를 빗대어 만찬에 친구가 한 명 늘어난 것뿐이라고 말했다.

"그런데 자네⋯⋯." 어느 날 상도즈가 클로드에게 솔직한 마음을 털어놓았다. "거북한 점이 하나 있어⋯⋯."

"뭔데?"

"자네가 결혼을 하지 않아서⋯⋯ 오! 나야 물론 자네 아내를 같이 초대하고 싶어⋯⋯. 하지만 소문을 만들어 떠들고 다니는 어리석은 무리들이 있어서⋯⋯."

"물론 크리스틴도 자네 집에 가지 않으려고 할 거야! 오! 이해해. 혼자 갈 테니 걱정 말게!"

목요일이 되자 클로드는 6시부터 바티뇰 지구의 한쪽 구석 놀레가에 자리 잡고 있는 상도즈의 집에 도착했다. 그러나 그는 상도즈의 집을 찾는 데 아주 애를 먹었다. 처음에 그는 길가의 커다란 건물로 들어가서 경비원에게 안내받아 세 개의 안뜰을 지나야 했다. 그리고 그는 다른 두 개의 건물 사이로 난 긴 통로를 따라 걷다가 몇 개의 층계를 내려오자 작은 정원의 철책과 마주쳤다. 상도즈의 집은 그 오솔길 끝에 있었다. 그러나 날이 너무 어두워 까딱하면 층계에서 다리를 다칠 뻔했다. 게다가 개가 하도 맹렬하게 짖어 대는 바람에 그는 더 걸어갈 엄두가 나지 않아 멈추어 서고 말았다. 마침내 개를 달래며 걸어오는 상도즈의 목소리가 들렸다.

"아! 자네로군…… 어때? 이렇게 외진 곳에 살고 있다네. 친구들이 넘어지지 않게 불을 켜 놓아야겠군. 들어오게, 들어와…… 이놈의 베르트랑, 좀 조용히 못하겠어! 멍청하게 친구도 못 알아봐!"

그러자 개는 집까지 그들을 따라오며 꼬리를 치켜세우고 환영하며 짖었다. 젊은 하녀가 등불을 들고 나타나, 철책에 등불을 걸어 그 끔찍한 층계를 밝혀 주었다. 정원의 한가운데에는 커다란 자두나무가 심겨진 조그만 잔디밭이 있었는데, 나무 그늘 아래의 잔디는 죽어 있었다. 정면으로 세 개의 창문만이 보이는 매우 낮은 집 앞에는 청순한 포도나무 아치가 있었고, 그 아래 장식처럼 놓여 있는 반짝반짝 빛나는 새 벤치는 겨울의 포도 덩굴 아래서 태양을 기다리고 있었다.

"들어오게." 상도즈가 한 번 더 말했다.

그는 클로드를 서재로 사용하고 있는 현관 오른쪽의 거실로 안내했다. 식당과 응접실은 왼쪽에 있었다. 2층은 침대에 누워 있는 어머니가 큰 방을 차지하고 있었다. 한편 그의 아내는 다른 방을 사용했는데, 두 방 사이에 있는 방이 의상실로 사용되었다. 그 집은 정말 종이상자 같은 집으로, 종이같이 얇은 벽면으로 나뉜 칸막이 형식이었다. 작은 집이었지만 젊은 날의 다락방에 비교하면 대궐 같은 집이었고, 희망에 넘쳐 있었다. 최초의 안락함과 사치의 기쁨이 그 집에 넘치고 있었다.

"어때?" 그는 큰 소리로 말했다. "적어도 식구마다 각기 방을 갖고 있잖아! 앙페가의 집에 비하면 여간 편한 게 아니야! 나도 내 방을 따로 가졌으니까. 글을 쓰기 위해 떡갈나무 책상을 하나 샀다네. 그리고 이 루앙의 골동품 화분에 심긴 종려나무는 아내가 준 것이야. 어때? 멋있지!"

그때 그의 아내가 들어왔다. 그녀는 키가 크고 아름다운 갈색 머리에 얼굴은 평온하고 밝았으며, 검은 포플린 원피스에 아주 간소한 흰색 앞치마를 두르고 있었다. 집에 상주하는 하녀가 있었지만 그녀는 손수 요리했고, 자기만이 할 줄 아는 몇몇 특별 요리에 자부심을 갖고 있었다. 그녀는 부르주아적인 청결함과 맛있는 식사를 즐기며 사는 것이 꿈이었다.

클로드와 상도즈의 아내는 금세 오랜 친구 같은 친근감을 느꼈다.

"여보, 저 친구를 그냥 클로드라고 불러……. 그리고 여보게, 자네도 이 사람을 앙리에트라고 부르게나……. 마담이나 무슈를 붙이지 말고. 만약 그렇게 부르면 벌금으로 5수씩 내야 해……."

두 사람은 웃었다. 이어 상도즈의 아내는 남편의 플라상 친구들을 놀래 주기 위해 준비하는 남부 요리 부야베스 때문에 부엌으로 달려갔다. 그녀는 남편에게서 요리법을 배웠는데, 이젠 완벽하게 만들 줄 알게 되었다고 상도즈가 말해 주었다.

"자네 아내는 참 귀엽군. 그런데 자네 버릇을 나쁘게 들이겠어."

그러나 상도즈는 책상 앞에 앉아 오전에 쓰다 만 집필 중인 책에 팔꿈치를 괴고 앉아 10월에 출판한 총서의 첫 권에 대해 이야기하기 시작했다. 아! 불쌍한 그의 책은 뭇매를 맞고 있었다! 그의 책에 퍼부어진 저주는 마치 사형장에 묶인 사형수에게 가해지는 참수형이나 사형집행과 비슷했다. 그러나 그는 웃어넘겼고, 자기가 갈 방향을 알고 있는 확고한 일꾼의 침착함으로 오히려 결심을 더 굳히고 있었다. 다만, 그는 사무실 한 귀퉁이에 쪼그리고 앉아 자기의 의도는 조금도 이해하려 하지 않은 채, 자기에게 진흙을 끼얹는 기사를 휘갈겨 쓰는 작자들의 무식함에 놀라워했다. 생물학적인 인간에 대한 그의 새로운 연구, 환경에 돌려진 막강한 역할, 영원히 창조를 계속하는 광활한 자연, 결국은 동물의 삶에서부터 다른 삶에 이르기까지 더 높고 더 낮은 것도 없고, 더 아름답고 더 추한 것도 없는 총괄적이고 보편적인 삶, 이 모든 것이 맹렬한 비난을 받았다. 그가 쓰는 언어의 대담함, 모든 것이 말해져야 하고 때로는 혐오스러운 말도 빨갛게 달구어진 다리미처럼 필요할 때가 있으며, 말이란 그 내적인 힘이 충만해지면 저절로 나오는 것이라는 믿음. 특히 그의 성적 행위의 묘사나 감추어 둔 수

치스러운 마음에서 끄집어내어 영광스럽게 백주대로에 드러
낸 세계의 시작과 종말은 비난의 대상이 되었다. 사람들이 화
를 내는 건 받아들일 수 있었다. 그러나 그는 적어도 그의 글
을 읽는 독자들만은 그를 이해하고 그의 지저분함을 욕할 것
이 아니라 대담함에 화를 내길 바랐다.

"쳇!" 그는 말을 계속했다. "내 생각엔 악당보다 바보가 더
많은 것 같아. 그들이 내게 화를 내는 것은 단어의 사용이라든
가 비유, 문체의 특성 같은 형식 때문이야. 그래, 그들은 문학
을 증오하고 있지. 부르주아들은 문학이 싫어 죽는다니까!"

그는 슬픔에 잠겨 침묵을 지켰다.

"멋있어!" 말이 없던 클로드가 입을 열었다. "자네는 행복한
사람이네. 자넨 일을 하잖아. 자네 스스로 무엇인가를 생산해
내잖아!"

상도즈는 복받쳐 오르는 슬픔에 몸을 일으키며 말했다.

"그래! 난 일을 할 거고, 마지막까지 밀고 나갈 거야. 하지만
자네가 알까? 내가 얼마나 슬퍼 절망에 싸여 이 말을 하는지!
저 바보들은 지금 나를 오만하다고 하는 것 아니겠어! 나는
꿈속에서까지 내 작품의 불완전함 때문에 괴로워하는데…….
그리고 나는 그 전날 쓴 내 작품을 절대로 다시 읽지 않네. 왜
냐하면 그랬다간 그것이 너무도 끔찍해서 계속 써 나갈 용기
를 잃고 말 테니까! 맞아, 나는 일을 하고 있다네! 아마 난 내
가 살아 있는 한 일을 하겠지. 난 그 일을 하기 위해 태어났으
니까……. 그렇다고 내가 행복한가? 절대로 그렇지 않아. 난

행복해 본 적이 없어. 결국 추락이 있을 뿐이야!"

말소리가 들려와 그는 하던 말을 멈추었다. 조리가 예전의 기사 중에서 재탕할 것을 발굴했기 때문에 저녁 시간이 자유롭다고 말하며 인생이 즐겁다는 표정으로 나타났다. 거의 동시에 가니에르와 마우도가 문 앞에서 만났다면서 이야기를 나누며 나란히 도착했다. 몇 달 전부터 색채 이론에 심취해 있던 가니에르는 마우도에게 그가 사용하는 기법을 설명하고 있었다.

"내 색조 배치 이야기를 들어 보게." 그는 이야기를 계속했다. "빨간색 깃발은 색이 바래고 누렇게 된단 말이야. 왜냐하면 파란 하늘에 빨간 깃발이 놓이게 되면, 파란색의 보색인 주황색이 빨간색에 합쳐지기 때문이지."

그 이야기에 흥미를 느낀 클로드는 가니에르에게 그 문제에 대해 질문을 던졌다. 그때 하녀가 전보를 가져왔다.

"알았어!" 상도즈가 말했다. "뒤뷔슈가 늦게 온다는군. 열한 시쯤에야 올 수 있나 봐."

이때 앙리에트가 손수 문을 활짝 열고 저녁 식사가 준비되었다고 말했다. 그녀는 앞치마를 벗었고, 안주인으로서 명랑하게 손님들과 악수를 나누었다. 오세요! 어서 오세요! 일곱 시 반이에요. 부야베스가 식겠어요. 조리가 파주롤이 오겠다고 약속했다는 말을 전했지만, 아무도 그의 말을 곧이듣지 않았다. 파주롤은 일에 억눌린 대가인 체하느라 꼴이 말이 아니었다!

그들이 건너간 식당은 너무 좁아서, 원래 그릇을 놓을 예정이었던 골방으로 벽을 파서 피아노 놓을 자리를 마련해야 했다. 그래도 무슨 일이 있을 때엔 흰색 사기로 만들어진 샹들리에 밑의 원탁에 열 명 정도는 앉을 수 있었다. 단, 찬장을 사용할 수 없었기 때문에 하녀가 접시 하나도 가지러 오기가 곤란했다. 그래서 음식은 안주인이 손수 날랐고, 이 집의 주인은 맞은편에서 찬장을 가로막고 앉아서 아내가 나르는 음식을 받아 필요한 친구들에게 나누어 주었다. 앙리에트는 클로드를 그녀의 오른쪽, 마우도를 왼쪽에 앉혔다. 조리와 가니에르는 상도즈의 양옆에 앉았다.

"프랑수아즈!" 그녀는 하녀를 불렀다. "오븐 위에 있는 고기 좀 갖다 줘."

하녀가 고기를 들고 왔고, 안주인이 접시에 고기를 두 조각씩 얹은 다음 그 위에 부야베스 국물을 붓기 시작하는데, 문이 열렸다.

"파주롤, 마침 잘 오셨어요!" 그녀가 말했다. "클로드 옆자리에 앉으세요."

그는 세련된 예의를 갖추어 늦은 것을 사과하고, 업무상 누구를 만나야 했다고 변명을 늘어놓았다. 매우 우아한 자태와 영국식으로 재단된 의상을 차려입은 그는 사교계 인사처럼 보였는데, 그 점은 그에게서 오래전부터 풍겨 오던 타락한 예술가다운 모습과 어울리는 것이었다. 그는 앉자마자 옆자리에 앉은 친구의 손을 잡고 흔들며 몹시 반가운 체했다.

"아! 이보게, 클로드! 오래전부터 만나고 싶었어! 그래서 자네를 만나러 가야겠다고 수도 없이 생각했지만, 자네도 알다시피 내 생활이······."

클로드는 이런 변명에 거북해져서 그와 비슷한 정중한 대답을 하려고 찾고 있었다. 그러나 음식을 계속 나르던 앙리에트가 참지 못하고 말을 꺼내는 바람에 그를 구해 주었다.

"자, 파주롤, 대답해 주세요. 고기 두 조각 원하세요?"

"물론이죠, 부인. 두 조각 주세요. 난 부야베스를 무척 좋아합니다. 그런데 부인께서 그 요리를 너무도 잘하세요! 훌륭한 솜씨세요!"

사실 모두가 황홀했다. 특히 마우도와 조리는 마르세유에서도 이렇게 맛있는 부야베스를 먹어 본 적이 없다고 했다. 너무 칭찬을 받아 기분이 좋아진 젊은 새댁은 화덕의 열기로 얼굴이 불그레해져서 한 손에 커다란 국자를 들고 자기에게 돌아오는 빈 대접을 채우느라 여념이 없었다. 또 손수 일어서서 부엌으로 달려가 남은 부야베스를 가져오기도 했다. 그만큼 하녀는 완전히 넋이 빠져 있었다.

"당신도 앉아서 같이 먹읍시다!" 상도즈가 아내에게 소리쳤다. "우린 당신이 앉을 때까지 기다릴 거요."

그러나 그녀는 고집을 부리며 앉지 않았다.

"이젠 됐어요. 빵을 좀 주시겠어요? 네, 당신 뒤의 찬장에 있어요. 조리는 수프에 찍어 먹을 빵으로 타르틴보다 부드러운 빵을 더 좋아해요."

이번에는 상도즈가 일어서서 시중드는 것을 도왔다. 그러는 동안 친구들은 조리가 수프에 잠겨 죽이 된 빵을 좋아한다고 놀렸다.

클로드는 이런 따뜻한 친절에 깊이 감동했다. 그는 마치 오랜 잠에서 깨어난 듯 친구들 모두를 바라보며, 목요일에 상도즈의 집에 와서 저녁을 먹은 지 4년이란 세월이 흘렀지만 자신은 바로 엊저녁에 이 친구들을 떠난 것 같은 생각이 들었다. 그렇지만 그들은 다른 사람들이 되어 있었다. 그는 친구들이 변한 것 같았다. 마우도는 가난에 찌들었고, 조리는 쾌락에 빠져 있었으며, 가니에르는 다른 곳으로 날아간 사람처럼 더 멀리 느껴졌다. 그런데 특히 옆에 앉아 있는 파주롤에게선 그의 과장된 친절함에도 불구하고 싸늘함이 풍기는 듯했다. 분명 그들의 얼굴은 삶에 부대껴 조금씩 늙어 있었지만, 단지 그 이유 때문만은 아니었다. 그들 사이에 공백이 생긴 듯했고, 아무리 그들이 이 식탁 주변에 촘촘히 팔꿈치를 괴고 나란히 앉아 있어도 그는 이런 친구들의 모습이 멀고 낯설게만 느껴졌다. 게다가 환경도 새로웠다. 이젠 부인 한 명이 모임의 매력을 더해 주었고, 그녀의 존재가 분위기를 부드럽게 해 주고 있었다. 그런데 끝없이 윤회하는 모든 사물의 숙명적인 흐름 앞에서, 그에게 이 모든 일이 마치 전에도 겪었던 것같이 느껴지는 것은 무슨 까닭인가? 왜 그는 지난주 목요일에도 자신이 똑같은 자리에 앉아 있었다는 확신이 드는 것일까? 그는 드디어 그 이유를 알 수 있었다. 그것은 그에게 언제나 변함없는 상도즈 때문이었다. 상도즈는 일하는 습관과 마찬가지로 감정적인 습관도 한결같이 지켜 오면서, 소년 시절에 그의 빈약한 식사를 친구들과 함께 나누던 것처럼 이제 친구들을 신혼부부의 식탁으로 불러들였다. 그는 이 우정이 영원하리라는 꿈에 변함이 없었고, 그들이 늙어 죽을 때까지 이와 비슷한 목요일이 영원히 계속되리라고 믿었다. 모두가 영원히 함께 있을 것이다! 전원이 같은 시각에 출발하여 동시에 승리의 영광을 맛볼 것이다!

상도즈는 클로드가 왜 조용히 입을 다물고 있는지 짐작이 갔다. 그래서 그는 식탁 건너편에서 소년다운 호쾌한 웃음을 지으며 클로드에게 말했다.

"어때? 친구, 마침내 자네가 이곳에 다시 왔군! 아! 정말이야! 우리가 자네를 얼마나 그리워한 줄 아나! 그러나 자네도 보다시피, 아무것도 변한 것은 없다네. 우린 모두 똑같아……. 그렇지 않아? 여보게들!"

그들은 고개를 끄덕이며 대답을 대신했다. 물론이지, 물론이야!

"다만." 밝은 표정을 지으며 그가 이야기를 계속했다. "음식이 앙페가에서보다 좀 더 나아졌을 뿐이지……. 지금 생각하면 어떻게 그렇게 변변찮은 음식을 자네들에게 대접했는지 몰라……."

부야베스 다음에 토끼 스튜 요리가 나왔다. 그리고 샐러드를 곁들인 구운 새고기 요리로 저녁 식사는 끝을 맺었다. 그러나 비록 그들의 대화에서 예전의 열기와 격렬함은 사라졌지만, 그들은 오래도록 식탁에 앉아 있었다. 후식이 뒤따라 나왔다. 모두가 자기 이야기에 열중하느라, 아무도 자기 이야기에 귀를 기울이지 않자 결국 모두 입을 다물고 말았다. 그러나 치즈가 나오고 상도즈가 낸 첫 소설의 저작권 덕분에 집주인 부부가 무리해서 내놓은 조금 신맛의 부르고뉴산 포도주가 한 잔씩 돌자 그들은 저마다 소리를 높여 열을 냈다.

"그래, 자네 노데와 거래했어?" 굶주림으로 뼈가 튀어나온 얼굴이 더욱 움푹 패어 보이는 마우도가 물었다. "노데가 첫해에 자네에게 5만 프랑을 약속한 게 사실이야?"

파주롤은 우물쭈물 대답했다.

"응, 5만 프랑……. 그러나 아직 확정된 건 아니야. 생각해보고 있는 중이야. 그런 식으로 구속받는 것이 좀 어색해서. 아! 내가 그런 제안을 한 게 아니야!"

"쳇!" 조각가가 중얼거렸다. "자넨 까다로운 사람이군. 나라면 하루에 20프랑만 준대도, 어떤 조건에도 계약을 할 텐데."

이제 모두는 막 거머쥔 성공에 어쩔 줄 모르는 파주롤의 이야기를 듣기 시작했다. 그는 여전히 수심에 찬 계집애의 예쁘장한 얼굴을 하고 있었다. 그러나 머리를 다듬고, 수염을 깎아서 무게가 있어 보였다. 비록 그는 가끔씩 상도즈의 집에 들르곤 했지만 자기를 그들의 무리로부터 분리시켰고, 거리에 나가 카페나 신문사의 편집국, 또 그를 선전할 수 있거나 유익한 인간관계를 맺을 수 있는 곳이라면 어디든지 다녔다. 그는 전략가였고, 자기만 홀로 승리를 거두기를 바랐으며, 빈틈없는 생각의 소유자였다. 그는 성공하기 위해서 이런 혁신적인 동료들과 행동을 같이할 필요를 조금도 느끼지 않았고, 단순한 상인과의 관계는 물론, 그 외의 자기가 맺고 있는 모든 관계나 습관 등을 개의치 않았다. 소문에 의하면 그는 사교계의 몇 몇 부인과 친하게 지낸다고 했다. 그렇다고 조리처럼 남성적인 적나라함을 드러내는 것이 아니라, 그녀들이 보여 주는 정열에 사악한 우월감을 느끼며 남작 부인들이 자기에게 보이는 반응에 민감할 뿐이었다.

조리는 전에 클로드를 만들어 낸 것과 마찬가지로 파주롤을 만들어 낸 것도 자기라고 주장하기 때문에 순전히 자기가 중요한 사람이라는 것을 알리기 위해 파주롤에게 기사 이야기를 꺼냈다.

"아 참, 베르니에가 자네에 대해 쓴 거 읽어 봤어? 또 내가 쓴 걸 그대로 반복했더군!"

"아! 온통 파주롤에 관한 기사들뿐이야!" 마우도가 한숨을 쉬었다.

파주롤은 손으로 관심 없다는 동작을 했다. 그러나 한편으로 그는, 일반 사람들을 정복하는 것처럼 쉬운 일도 없는데, 그토록 약지 못하고 바보같이 난폭함을 고집하고 있는 이 가련한 무리들에게 보이지 않는 경멸을 보내며, 미소를 짓고 있었다. 그는 친구들의 재능을 훔친 다음, 그들과의 관계를 끊는 것으로도 부족해 그들을 향해 내뿜는 일반 사람들의 증오를 이용했다. 대중은 자기들이 싫어하는 고집스럽고 난폭한 작품들을 말살시키기 위하여 파주롤의 타협적인 그림에 찬사를 아끼지 않았다.

"자네는 베르니에의 기사를 읽어 봤어?" 조리가 가니에르에게 물었다. "내가 썼던 말을 그대로 하는 것 같지 않아?"

얼마 전부터 컵에 담긴 포도주의 그림자가 흰 식탁보 위에 붉은색으로 비치는 모습에 홀려 있던 가니에르는 깜짝 놀랐다.

"뭐? 베르니에의 기사?"

"그래, 이제 마침내 모든 신문들이 파주롤에 대해 쓰기 시작했어."

깜짝 놀란 가니에르는 파주롤 쪽으로 몸을 돌렸다.

"뭐라고! 자네에 대한 기사가 나왔다고? 난 몰랐어, 읽지 못했거든……. 아! 자네에 대한 기사를 쓴다고! 그런데 왜?"

한바탕 웃음이 터져 나왔다. 파주롤만 가니에르가 자기를 놀리는 거라고 생각하며 마지못해 웃음을 지어 보였다. 그러나 가니에르는 너무 솔직했다. 그는 명암의 법칙조차 모르는 화가가 성공을 거두었다는 사실에 놀라워했다. 저런 사기꾼이 성공을 하다니! 양심은 어디에 갔단 말인가?

이런 즐거운 소란스러움 덕분에 저녁 식사는 흥겹게 마무리되어 갔다. 이젠 아무도 더 먹으려고 하는 사람이 없었다. 다만, 앙리에트만이 그들의 비어 있는 접시를 부지런히 채웠다.

"여보, 어디에 음식이 부족한지 잘 보세요." 그녀는 상도즈에게 반복하여 말했다. 그는 친구들의 떠드는 소리에 기분이 매우 좋아져 있었다. "손을 뻗어 봐요. 비스킷이 찬장 위에 있으니까요."

모두가 더 이상 먹을 수 없다고 사양하며 일어섰다. 그들은 식탁에 둘러앉아 차를 마시며 남은 저녁시간을 보낼 예정이었으므로 하녀가 식기를 치우는 동안 일어서서 벽에 기대어 서서 하던 이야기를 계속했다. 집주인도 치우는 일을 거들었는데, 아내는 소금 단지를 서랍 속에 넣었고, 남편은 식탁보 접는 일을 도왔다.

"담배 피우셔도 괜찮아요." 앙리에트가 말했다. "아시다시피 난 정말 괜찮아요."

파주롤은 클로드를 창문으로 끌고 가서 시가를 권했지만, 클로드는 사양했다.

"아! 맞아, 자넨 담배를 안 피우지. 자, 어때. 자네가 무슨 그림을 가지고 왔는지 한번 보러 갈게. 틀림없이 재밌는 작품들이겠지? 내가 자네의 재능을 좋게 보고 있는 것을 자네는 잘 알고 있겠지. 자넨 누구보다도 힘이 있어⋯⋯."

그는 매우 공손했고, 마음속에서부터 우러나오는 전부터 갖고 있던 찬사를 늘어놓았다. 그 찬사 속에는 아무리 그가 머리를 써서 계산을 해도 타인의 재능을 인정하고 있다는 흔적이 남아 있었다. 그는 평소답지 않게, 젊은 시절의 스승이 자기 그림에 대해 아무 언급도 하지 않는 데서 느끼는 불편함 때문에 더욱 겸손해졌다.

"자네 살롱전에 전시된 내 여배우 그림을 보았나? 솔직히 말해서, 그 그림 마음에 들어?"

클로드는 잠시 머뭇거리다가, 다정하게 말했다.

"응, 아주 괜찮은 데가 있어."

파주롤은 이렇게 바보 같은 질문을 던진 사실에 벌써부터 기분이 상했다. 그는 어쩔 줄 몰라서 자신이 클로드의 그림을 베끼지 않았다고 강변하며 타협적인 그림을 그린 것을 변호했다. 이렇듯 진땀을 빼면서 발뺌을 하고 나니 그는 자신의 서툰 변명에 스스로도 그만 화가 났다. 그는 다시 한번 여러 사람의 웃음거리가 된 것이다. 다른 사람들도 마찬가지지만, 클로드는 자기 이야기에 눈물이 빠지도록 웃지 않았을까? 그래서 그는 앙리에트에게 작별의 악수를 하기 위하여 손을 내밀었다.

"벌써 가시게요?"

"그럴 수밖에 없네요! 아버지가 오늘 장식업자를 만나 대접을 하시는데……, 이젠 나도 한몫을 하는 사람이 되었으니, 모습을 나타내겠다고 약속을 했거든요."

그가 떠나자 앙리에트는 상도즈와 아주 작은 소리로 귀엣말을 주고받은 후 사라졌다. 그 후 2층에서 그녀의 발소리가 들렸다. 결혼 후 아픈 노모를 돌보는 것은 그녀의 몫이었고, 전에 아들이 그랬듯이 그녀는 밤중에도 몇 번씩 자리를 비우곤 했다.

그런데 손님 중 아무도 그녀가 나간 것을 눈치채지 못했다. 마우도와 가니에르는 직접적으로 비난하지는 않았지만, 무언중에 씁쓰름한 느낌을 나타내며 파주롤에 대해 이야기하고 있었다. 서로 빈정거리는 시선을 교환하며 어깨를 들썩했지만,

어디까지나 친구에게 혹평을 하고 싶어 하지 않는 소년처럼 말없는 경멸을 보낼 뿐이었다. 그래서 그들은 화제를 클로드에게로 옮겨 그 앞에 무릎을 꿇었고, 그에게 많은 기대를 걸며 그에게 심적 부담을 안겨 주었다. 아! 이제야말로 그가 나설 때다. 왜냐하면 그만이 대가의 자질과 탄탄한 재능을 지니고 있기 때문에 스승이 될 수 있고, 우두머리로 인정해 줄 수 있기 때문이다. 낙선전 이후 야외파는 널리 퍼져 그 영향력이 도처에서 커져 가는 것을 느낄 수 있었다. 불행하게도 그 노력들은 한군데로 집중되지 못한 채 여러 방향으로 산재해 있었고, 그 유파의 신참들은 즉흥적으로 받은 인상을 대충 붓질하는 식의 밑그림 정도에 만족했다. 그래서 그들은 걸작의 규범을 구체적으로 제시할 수 있는 천재의 출현을 고대하고 있었다. 강력한 요새를 구축해야 한다! 우매한 대중을 제압하고, 새로운 세기를 열고, 새로운 예술을 창조해야 한다! 클로드는 창백해진 얼굴로 시선을 땅으로 향한 채 그들의 이야기를 들었다. 맞다. 그것은 고백하지 않은 그의 꿈이기도 했고, 차마 스스로에게도 털어놓지 못한 야망이기도 했다. 단지, 그는 자기가 벌써 승리를 차지하기나 한 것처럼 그들이 자기를 독재자의 지위로 치켜세우는 것을 들으며, 칭찬받는 기쁨과 장래에 대한 일종의 기묘한 불안을 함께 느꼈다.

"그만해!" 그는 소리를 질렀다. "나만한 사람은 또 있어. 난 아직도 내가 가야 할 길을 모색 중이야!"

짜증이 난 조리는 말없이 담배만 피우고 있었다. 두 친구가 고집을 부리자 갑자기 조리는 못 참겠다는 듯이 불쑥 말을 내뱉었다.

"여봐, 자네들은 파주롤이 성공하니까 배가 아픈 거지."

그들은 펄쩍 뛰었다. 파주롤이 젊은 대가라고! 웃기지 마!

"오! 자네가 우릴 버렸다는 건 잘 알고 있어." 마우도가 말했다. "자네는 요즈음 우리를 위해 한 줄도 쓰지 않잖아."

"기가 막혀서! 도대체 무슨 말을 하는 거야?" 조리가 흥분하여 말했다. "내가 자네들에 대해서 기사를 쓰면 모두 잘린단 말이야. 자네들은 곳곳에서 혐오의 대상이 되고 있네. 아! 내가 내 신문사를 따로 가지고 있다면 문제가 없겠지!"

앙리에트가 돌아오자 상도즈는 그녀를 걱정스럽게 쳐다보았고, 그녀는 걱정 말라는 시선을 보냈다. 전에 어머니의 방에서 나오며 그가 짓던 은은하고도 부드러웠던 미소를 이제는 그녀의 얼굴에서 찾아볼 수 있었다. 그리고 그녀는 그들 모두를 식탁 주위로 불러, 찻잔에 차를 부었다. 그러나 이제 피곤해진 그들은 머리가 멍했기 때문에 만찬은 처음의 활기를 잃어 가고 있었다. 몸집이 큰 베르트랑을 들어오게 해도 소용이 없었다. 개는 단것을 보더니 어쩔 줄을 모르고 핥아먹다가 난로 옆으로 가 사람처럼 코를 골며 잠에 빠졌다. 파주롤에 대한 이야기가 나오고부터는 무거운 침묵이 감돌면서 자욱한 파이프 담배 연기 속에 거북한 분위기가 짙어지고 있었다. 가니에르도 어느새 식탁을 떠나 피아노 옆에 앉아 바그너의 몇 소절을 소리 죽여 연주했다. 그는 나이 서른에 처음으로 건반 두드리는 법을 배운 아마추어답게 말을 잘 듣지 않는 손가락으로 바그너의 곡을 망치고 있었다.

열한 시쯤 되어 마침내 도착한 뒤뷔슈가 결정적으로 모임에 찬물을 끼얹었다. 그는 옛 친구들에 대한 자기의 마지막 의무를 다하기 위해 무도회를 빠져나온 참이었다. 그는 야회복 차림에 흰색 넥타이를 매고 있었는데, 창백한 그의 큰 얼굴에는 그가 얼마나 오기 싫은데 왔으며, 또 얼마나 큰 희생을 치르고 왔는지, 그리고 다가오는 행복을 뿌리친 데서 오는 불만이 표현되어 있었다. 그는 아내에 대한 이야기를 피했는데, 그렇게 되면 아내를 상도즈의 집에 데리고 와야 할 것 같아서였다. 그는 클로드와 마치 엊저녁에 만난 사이처럼 별 감흥 없는 악수를 하고 나서, 볼이 뾰로통해져서 차를 사양했다. 그리고 천천히 새로 지은 집에 입주하느라고 겪은 고생과 몽소 공원 부근의 거리 전체를 재건축하는 장인의 사업에 손을 댄 이후 정신없이 바쁜 이야기를 늘어놓기 시작했다.

그러자 클로드의 머릿속에서 무언가 끊어져 나가는 듯한 느낌이 뚜렷이 들었다. 하루하루 생활에 지쳐 예전의 혈기왕성하던 젊은 시절에 형제처럼 지내던 많은 밤들을 이제 다시는 가질 수 없단 말인가? 그 시절에는 어느 것도 그들을 갈라놓지 못했고, 그들 중 어느 누구도 혼자서 영광을 독점할 생각을 하지 않았다. 이제 싸움은 시작되었고, 그들은 저마다 굶주린 늑대같이 서로 물어뜯었다. 그들 사이에 작은 틈이 생겼고, 균열이 점점 커져서 오랜 영원을 맹세하던 우정에 금이 가기 시작했다. 언젠가 이 우정도 산산조각이 나고 말 것이었다.

그러나 그들의 우정을 영원히 지속하고 싶은 욕심에 상도 즈의 눈에는 아무것도 보이지 않았고, 앙페가에서 모일 때와 마찬가지로 그들이 함께 팔짱을 끼고 승리를 향하여 전진하는 것처럼 생각되었다. 좋은 것을 왜 바꾸겠는가? 그들이 모두 다 함께 영원히 맛볼 기쁨 안에 행복이 있는 것 아닌가? 한 시간 정도가 흐른 후 친구들은 끝날 줄 모르는 뒤뷔슈의 음울하고도 이기적인 사업 이야기에 졸음이 와 돌아가기로 결정했고, 피아노 앞에 잠든 가니에르를 끌어냈다. 밤공기가 찬데도 불구하고 굳이 상도즈와 그의 아내는 정원이 끝나는 지점의 철책까지 친구들을 따라나섰다. 그는 친구들과 골고루 악수를 나눈 후에 큰 소리로 말했다.

"목요일에 와, 클로드! 전부 목요일에 와! ……알았지? 모두 와야 해!"

"그럼 목요일에 오세요!" 계단을 비추기 위해 등잔불을 높이 들고 있던 앙리에트도 따라 말했다.

그러자 가니에르와 마우도도 웃으며 농담조로 그 말을 따라 했다.

"목요일에 봐, 젊은 주인 양반! 잘 자, 새신랑!"

밖으로 나와 놀레가에 다다르자 뒤뷔슈는 곧바로 마차를 불러 타고 가 버렸다. 나머지 네 명은 함께 대로까지 걸어오면서 너무 오랜 시간을 같이 있었던 까닭에 머리가 멍해져서 거의 한마디도 하지 않았다. 대로에 오자 젊은 여자 한 명이 지나갔고, 조리는 신문사에 교정 볼 일이 있다는 핑계를 대며 그 여자의 치맛자락을 쫓아 따라갔다. 그러자 가니에르는 그 시각까지 불이 켜져 있는 카페 보드캥 앞에 자동적으로 멈추어 서서 클로드를 불렀다. 마우도는 사양한 후, 우울한 생각에 젖어 셰르슈 미디가까지 혼자 걸어갔다.

클로드는 자기도 모르게 그들이 앉았던 옛 자리를 찾아가 여전히 말이 없는 가니에르를 마주 보고 앉았다. 카페는 변하지 않았고, 그들은 변함없이 일요일에 모임을 가졌다. 오히려 상도즈가 그 동네로 이사를 온 후에 좀 더 열심히 모이는 편이었다. 그러나 이 모임은 야외파를 추종하는 신참 작가들의 물결에 밀려 그들의 진부함 속에 휩쓸리고 말았다. 하지만 그 시각에 카페는 텅 비어 있었다. 클로드가 알지 못하는 세 명의 화가가 나가면서 악수를 하기 위해 다가왔다. 그들이 나가자 카페엔 옆자리에 컵받침을 앞에 두고 잠이 든 키 작은 연금 생활자가 있을 뿐이었다.

가니에르는 마치 자기 집에 온 듯이 아주 편안한 자세로, 카페에 혼자 남아 기지개를 켜며 하품을 하는 웨이터는 아랑곳하지 않고 클로드를 초점 없는 눈으로 멍하니 바라보았다.

"그런데." 클로드가 가니에르에게 물었다. "자네가 오늘 저녁에 마우도에게 설명한 것이 뭐야? 그래, 그거 말이야. 빨간색 깃발이 파란 하늘에 놓이면 노랗게 보인다는 것……. 응? 자넨 보색이론을 연구했나 봐."

그러나 가니에르는 대답이 없었다. 그는 맥주잔을 들었다가 마시지 않고 도로 내려놓더니, 묘한 미소를 지으며 마침내 작은 소리로 중얼거렸다.

"하이든, 기교적인 우아함. 머리에 금분을 뿌린 노부인을 위한 떨리는 작은 음악……. 모차르트, 천재적 선구자. 오케스트라에 개별적인 소리를 부여한 최초의 작곡가……. 그런데 이 두 사람이 각별한 이유는 이들이 베토벤을 만들어 냈기 때문이야. 아, 베토벤! 숭고한 고뇌 안에서 보이는 능력과 힘. 메디치가의 무덤에 있는 미켈란젤로! 당당한 이론가이며, 천재들을 만들어 낸 사람이지. 왜냐하면 오늘날 위대한 작곡가들은 모두 합창교향곡에서 나왔거든!"

웨이터는 기다리다가 지쳤는지, 무거운 발걸음을 옮기며 기운 없는 손으로 가스등을 하나씩 끄기 시작했다. 엎지른 술로 끈적이는 테이블에서 퀴퀴한 냄새가 풍겨져 왔고, 가래침과 담배를 비벼 끈 얼룩이 낭자한 황량한 카페에 적막감이 감돌기 시작했다. 한편, 모두가 잠든 대로변에서는 술 취한 어떤 남자의 울부짖음만이 들려올 뿐이었다.

가니에르는 몽롱한 몽상 속의 탐구를 계속했다.

"베버는 죽은 자들을 위한 춤곡을 만들어 내며, 눈물에 젖은 버드나무라든가 가지가 비틀린 떡갈나무 등 낭만적인 풍경 안을 통과해 갔네. 슈베르트가 그의 뒤를 따라 희미한 달빛 아래로 은빛 호숫가를 걸어갔지……. 그 후 로시니가 나타났어. 그는 너무도 명랑하고 너무도 자연스러우며 개인적으로는 재주가 많았지. 하지만 표현에 별로 신경을 쓰지 않는 별세계의 사람이야 내가 좋아하는 작곡가는 아니네. 아! 분명 아니고말고! 그러나 그의 풍부한 창의성이나 음성부의 중복, 또 동일 주제에 강도를 더해 가는 반복에 의한 지대한 효과는 정말로 일품이야. 이 세 사람을 지나 마이어비어에 이르게 돼. 그는 이 세 명의 기법을 모두 이용한 사나이로, 베버의 뒤를 이어 오페라에 교향곡을 도입하고 무의식적으로 로시니를 모방한 형식에 극적인 표현을 부여했어. 오! 매혹적인 영감, 중세풍의 화려함, 기사도 세계의 신비함, 환상적인 전설이 주는 전율, 역사를 지나 흐르는 열정적 외침! 게다가 그는 개성적인 악기의 사용, 오케스트라에 의해 교향악처럼 반주되는 극적인 레시타티브*, 작품 전체를 구성하는 전형적인 악절 등을 고안해 냈네…… 위대한 사람이지, 그야말로 위대한 사람이야!"

"손님." 웨이터가 다가왔다. "문 닫는데요."

가니에르가 고개도 돌리지 않자, 그는 컵받침을 앞에 둔 채 잠이 든 작은 연금 생활자를 깨우러 갔다.

"문 닫는데요, 손님."

늦게까지 남아 있던 손님은 깜짝 놀라 일어서서 어두컴컴한 구석에서 지팡이를 찾기 위해 더듬거렸다. 웨이터가 의자 밑에 떨어져 있는 지팡이를 손에 쥐어 주자 그는 나갔다.

"베를리오즈는 음악에 문학을 넣었네. 그는 셰익스피어와 베르길리우스, 괴테의 음악적 각색가야. 그러나 훌륭한 화가이기도 해! 음악계의 들라크루아라고 할 수 있지. 강렬한 색의 대비 안에서 그는 소리 하나하나를 강렬하게 불태운다네. 다른 낭만적인 작곡가들처럼 그는 그를 몰아치고 있는 종교적 열정이나 산 정상을 나는 듯한 황홀함과도 같은 정신적인 광기를 지니고 있었어. 그는 오페라에 있어서는 썩 훌륭하지 못했지만 오케스트라 작품은 좋은 편이네. 다만, 악기 하나하나의 특성을 너무 강조하느라 오케스트라를 지나치게 고문하긴 하였지. 그에게 있어 악기란 사람이나 마찬가지였으니까. 아! 그가 클라리넷에 대해 뭐라고 말했는지 들어봐. 그는 '클라리넷은 사랑받는 여자다'라고 했어. 아! 난 이 말을 생각할 때마다 살갗에 소름이 돋는다네……. 그리고 낭만주의의 세련된 멋쟁이이며 신경증으로 인해 시인이 된 쇼팽이 나타나지! 그리고 멘델스존, 그는 완벽한 금은 세공사이며 무도회에서 무용 구두를 신은 셰익스피어로서, 그의 「무언가(無言歌)」는 교양 있는 부인들을 위한 주옥과도 같은 가품이야! ……그 후에, 또 그 후에 오는 사람들도, 모두 무릎을 꿇어야 하는 사람들뿐이야……."

이제 그의 머리 위에 있는 가스 등불 외에 불이 켜져 있는 것은 하나도 없었다. 카페의 어둡고 텅 빈 싸늘한 곳에 서서 그의 등을 바라보며 웨이터가 기다리고 있었다. 가니에르의 목소리는 종교적인 떨림을 지니고 있었고, 마치 외딴 성소에서 성자들 한 사람 한 사람에게 찬양의 기도를 바치고 있는 것 같았다.

"오! 슈만. 절망, 절망의 기쁨! 그래, 모든 것의 종말, 이 세계의 폐허 위에 섰을 때 느끼게 되는 슬프고도 순수한 마지막 노래! ……오! 바그너, 이 모든 세기의 음악을 한 몸에 구현한 신! 그의 작품은 거대한 방주이며, 거기에선 모든 예술이 일체가 되어 있지. 마침내 등장인물들은 진정한 인간성을 지닌 인간으로 표현되고, 생생하면서도 극적인 악절로 인해 오케스트라는 생동감을 부여받게 되는 거야. 그가 얼마나 관습에 복종하지 않았고, 얼마나 부적합한 형식을 사용했는지 모른다네! 영원 안에서 그가 얼마나 혁신적인 해방을 꾀했다고! 「탄호이저」 서곡, 아! 그것은 새 시대의 숭고한 알렐루야야. 처음에 나오는 순교자의 노래인 느린 감동의 고요하고 깊은 종교적인 주제는 점차 인어들의 노래와 비너스의 관능적인 쾌락에 자리를 양보하지. 그것의 무아지경의 기쁨과 잠이 올 것 같은 나른함이 점점 강하게 덮쳐와 마침내 거기에 굴복하게 돼. 그러고는 마치 우주의 영감처럼 곧 신성한 주제가 점차 다시 나타나는 거야. 그것이 다른 모든 주제의 노래들을 점령하면서 지고한 조화 속에서 결합시킨 후, 영예로운 찬가의 날개 위에 싣고 가는 걸세!"

"문 닫는데요, 손님." 웨이터가 다시 말했다.

가니에르의 이야기에 더 이상 귀를 기울이지 않은 채, 자기 나름의 열정 속에 깊이 잠겨 있던 클로드는 맥주잔을 비운 후 아주 큰 소리로 말했다.

"어! 이봐, 문 닫는대!"

그러자 가니에르는 몸을 부르르 떨었다. 꿈을 꾸듯 황홀하던 그의 얼굴이 고통으로 일그러지면서 마치 하늘에서 추락한 사람처럼 덜덜 떨었다. 그는 남아 있는 맥주를 꿀꺽꿀꺽 들이켰다. 인도에 나와 말없이 친구와 악수를 나눈 그는 멀리 어둠 속으로 사라졌다.

클로드가 두에가의 집에 돌아온 것은 새벽 두 시가 다 되어서였다. 그는 일주일 전부터 매일 파리 거리를 돌아다니며 그곳에서 하루의 열기를 안고 돌아왔지만, 그날처럼 그렇게 늦게 머릿속이 뜨겁고 혼미해져서 돌아온 적은 없었다. 기다리다 지친 크리스틴은 테이블에 머리를 기댄 채, 꺼진 등잔불 아래 잠이 들어 있었다.

8장

드디어 크리스틴은 마지막 정리를 끝내고 새 집으로 이사를 마쳤다. 그들이 빌린 두에가의 아틀리에는 작고 불편했고, 좁은 침실 하나와 옷장만 한 부엌이 딸려 있을 뿐이었다. 그들은 아틀리에에서 식사를 해야 했고, 항상 잠시도 쉬지 않고 움직이는 아이와 함께 그곳에서 생활해야 했다. 그녀는 지출을 줄이기 위해 가지고 있는 몇 개의 가구를 이용해서 간신히 집을 꾸며 보았다. 그렇지만 중고 침대를 하나 사야 했고, 미터당 7수하는 흰색 모슬린 커튼을 사는 사치스러운 욕구를 만족시키지 않을 수 없었다. 그러고 나니까 이 움막도 그런대로 아름답게 보였고, 그녀는 이 집에 부르주아적인 청결함을 유지하기 위해 애를 썼다. 그녀는 생활비가 더 많이 들게 될 도시 생활에서 가계에 부담을 덜어 보기 위해 이 모든 일을 도와주는 사람 없이 혼자 하기로 결정했다.

클로드는 처음 몇 달 동안 점점 고조되는 흥분 상태에서 지냈다. 소란스러운 거리를 산책하기도 하고, 친구들 집을 방문하여 토론에 열중하는가 하면, 밖에서 얻은 이 모든 분노와 뜨거운 생각들을 집에 가지고 돌아와 잠이 든 후까지 큰 소리로 잠꼬대를 하곤 했다. 파리는 격렬하게 그의 뼛속까지 파고들었다. 파리는 맹렬한 불길로 타오르는 제2의 청춘이었다. 그는 파리의 모든 것을 보고, 모든 것을 해 보고, 모든 것을 정복하고 싶은 야심에 휩싸였다. 이제까지 그는 이토록 일을 하고 싶은 의욕에 불타 본 적도, 이토록 희망에 들떠 있어 본 적도 없었다. 자기를 최고의 화가로 만들어 줄 걸작을 그리기 위해서는 손을 뻗치기만 하면 될 것 같았다. 파리를 걷다 보면 도처에서 그림 소재가 발견되었다. 길들과 다리, 생동하는 지평선 등 도시 전체가 거대한 프레스코화가 되어 그 앞에 펼쳐졌지만, 거대한 작품을 그려 보고 싶은 욕심에 그에게는 그 풍경이 언제나 부족하게만 여겨졌다. 그는 머릿속에 새로운 계획을 가득 넣고 떨리는 마음으로 집에 돌아왔다. 저녁에 등잔불 아래에서 스케치해 본 후, 그는 자신이 꿈꾸는 이 대작을 어디에서부터 어떻게 손을 대야 할지 몰라 난감해했다.

그가 안고 있는 심각한 장애는 아틀리에의 협소함이었다. 예전에 살던 부르봉 부두의 꼭대기 방이나 벤느쿠르의 넓은 식당만 해도 나았을 것이다! 그러나 집주인이 뻔뻔하게도 복도를 유리로 막은 다음, 한 달에 400프랑을 받고 화가들에게 임대하는 옆으로 길쭉한 이 집에서 무엇을 할 수 있단 말인가? 더욱 곤란한 일은 높은 두 개의 벽 사이로 북쪽을 향해 난 창문을 통해 지하실같이 어두컴컴한 빛만 들어온다는 것이었다. 그래서 그는 그의 지대한 야심을 좀 더 뒤로 미룰 수밖에 없었다. 그는 작품의 크기와 재능은 아무런 관련이 없다고 스스로 위안하며 우선 중간 크기의 그림부터 시작하기로 마음을 먹었다.

그는 예전의 유파가 와해된 이 시기야말로 용감한 화가가 독창적이고 솔직한 색조를 사용하며 등장한다면 틀림없이 성공할 수 있는 좋은 기회라고 생각했다. 이미 어제의 양식은 흔들리고 있었다. 들라크루아는 제자 없이 죽었고, 쿠르베의 뒤에는 몇 명의 서툰 모방자가 있을 뿐이었다. 그들의 걸작 역시 미술관에 걸려 세월의 때가 묻은 채, 한 시대의 예술을 증언할 뿐이었다. 지금이야말로 그들에게서 벗어나서 새로운 양식을 쉽게 만들어 낼 수 있을 것 같았다. 우리 야외파의 영향을 받아서 최근의 그림들에는 밝은 햇빛이나 맑은 새벽 등이 나타나고 있지 않은가. 낙선전에서 그렇게 조소를 받던 금빛으로 빛나던 작품들이 화가들에게 암암리에 영향을 끼쳐 그들의 팔레트는 점차 밝은 색으로 채워져 갔다. 아직까지 아무도 그 사실을 인정하지 않으려 하지만, 화단에 동요가 일고 변화가 선포되어 해가 갈수록 살롱전에서도 그 현상을 확인할 수 있었다. 그러므로 무의식적으로 흉내를 내는 무력한 무리들이나 좋은 손재주만으로 소심하고도 교활한 속임수를 쓰고 있는 무리들 한가운데로 한 사람의 대가가 나타나서 금세기가 갈망하고 있는 절대적 진리인 완전무결하고도 힘 있는 양식을 대담하게 밝히고 실현한다면 얼마나 놀라운 일인가!

자신의 재능을 항상 의심해 오던 클로드는 파리에 온 이후 초창기의 열정과 희망 속에서 그것에 대한 확신을 갖게 되었다. 그는 용기를 잃고 자신감을 되찾기 위하여 거리를 헤매고 다니던 절망적인 고뇌의 발작을 다시 겪지 않았다. 그의 몸은 타오르는 열정으로 단단해졌고, 고심하여 맺은 열매를 출산하기 위해 몸을 푸는 예술가의 맹목적인 끈질김으로 그림을 그렸다. 오랫동안 전원에서 쉬다 온 그는 보다 신선한 시각을 갖게 되었고, 창작의 희열을 맛보았다. 그는 이전에 느껴 보지 못한 용이함과 균형 감각을 찾으며 다시 일을 시작할 수 있었다. 또 예전에는 헛수고로 끝나던 노력이 급기야 결실을 맺어 작품이 완성되는 것을 보고 스스로 대견해하면서 깊은 만족감을 느꼈다. 그는 벤느쿠르에서와 마찬가지로 일관되게 야외에서 그림을 그렸고, 그가 그린 노래하는 듯한 밝고 경쾌한 색조의 그림을 보고 친구들은 경탄했다. 모든 사람이 입을 모아 칭찬했고, 독자적인 색조를 사용한 그의 작품은 그를 당대의 1인자로 만들기에 충분하다고 확신했다. 실제로 그의 그림이 자연의 진정한 빛을 담고 있는 경우는 처음이었고, 반사하는 빛의 유희와 시시각각으로 변하는 빛깔이 잘 묘사되어 있었던 것이다.

3년 동안 클로드는 실패에 굴하기는커녕 오히려 고무되면서 투쟁해 나갔다. 그래서 그는 자기 생각을 관철해 나갔고, 확고한 신념을 갖고 전진했다.

첫해에 클로드는 하루에 네 시간씩, 12월의 눈 내리는 몽마르트르 언덕 뒤에 방치되어 있는 공터에 서서 풍경화를 그렸다. 그림의 배경으로 가난한 사람들의 생활과 공장 굴뚝에 억눌린 오막살이집을, 그리고 전경으로 누더기를 걸친 소년 소녀가 눈을 맞으며 훔쳐 온 사과를 먹고 있는 모습을 그렸다. 그는 직접 자연을 보고 그림을 그려야 한다는 소신을 굽히지 않아 작업에 많은 어려움이 따랐고, 어찌해 볼 수 없는 곤경에 처하기도 했다. 그럼에도 결국 그림을 바깥에서 완성했고, 아틀리에 안에서는 손질만 했다. 그 작품이 유리창을 통해 들어오는 죽은 빛을 받게 되면 그 거친 터치에 화가 자신도 깜짝 놀라곤 했다. 닫혀 있던 문이 갑자기 길 쪽으로 활짝 열린 듯이, 눈부신 눈빛을 바탕으로 비통한 두 소년 소녀의 얼굴이 지저분한 회색으로 두드러졌다. 이런 그림이 살롱전에서 입선할 리 없을 것 같았다. 그러나 그는 색을 약화시키지 않고 그대로 살롱전에 출품했다. 그는 이제 다시는 살롱전에 출품하지 않겠다고 맹세했지만, 심사위원의 잘못된 점을 증명하기 위해서라도 무엇인가를 끊임없이 제시해야 된다고 생각을 바꾸었다. 그는 적어도 예술가들이 일약 출세할 수 있는 유일한 싸움터라는 점에서 살롱전의 유용성을 인정했다. 그러나 심사위원은 그의 그림을 낙선시켰다.

두 번째 해에, 그는 대조적인 시도를 해 보았다. 그림의 소재로 5월의 바티뇰 지구의 한쪽 끝을 선택했다. 배경으로 커다란 마로니에들이 그림자를 드리우는 잔디밭과 7층짜리 집에 있었다. 반면, 전경으로는 강렬한 녹색 벤치 위에 마을의 선량한 사람들과 소시민들이 앉아 모래 장난을 하고 있는 세 명의 여자아이를 바라보고 있었다.* 조롱하는 눈으로 쳐다보는 사람들 틈에서 이 그림을 그리려면 그에게 영웅심이 필요했다. 결국 그는 배경을 그리기 위해 새벽 다섯 시부터 현장에 가겠다는 결심을 했다. 인물들은 스케치만 밖에서 하고 아틀리에에 와서 완성하기로 결정했다. 이번 그림은 그의 눈에도 덜 거칠었고, 유리창으로 떨어지는 침울한 빛으로 인하여 기법이 약간 완화되었다. 그는 이 그림이라면 살롱전을 무난히 통과할 수 있으리라고 믿었다. 친구들도 한결같이 걸작이라 추켜세우며 이 그림이 살롱전에 일대 혁명을 일으킬 것이라 입을 모았다. 그래서 다시 한번 심사위원이 그의 그림을 낙방시켰다는 소식을 접한 그들은 놀라고 분개했다. 독창적인 예술가를 조직적으로 말살하려는 저들의 기본 입장엔 흔들림이 없었다. 처음으로 격노한 클로드는 이 모든 분노를 그림을 향해 터뜨리며, 거짓으로 그려진 정직하지 못한 혐오스러운 작품이라고 말했다. 그는 이 일로 다시는 잊지 않을 교훈을 간직하게 되었다. 내가 두 번 다시 아틀리에의 침침한 빛 속으로 돌아가서 기억에 의존하는 더러운 사기를 칠 것이라고 생각하는가? 그림이 돌아왔을 때 그는 그림을 칼로 찢었다.

세 번째 해에 그는 혁명적인 작품을 택하여 들끓는 분노를 표현했다. 그는 뭐라고 해도 햇빛을, 거리에 깔린 돌을 하얗게 달구고 건물 전면에 눈부시게 반사하는 저 파리의 태양을 열망했다. 다른 어느 곳도 이보다 덥지 않았고, 더운 고장에서 온 사람들조차 흐르는 땀을 닦았다. 불덩이 같은 하늘이 억센 소나기라도 뿌리면 파리가 흡사 아프리카 같았다. 그가 주제로 삼은 것은 태양이 수직으로 내리쬐는 오후 한 시의 카루셀 광장의 한 모퉁이였다. 덜거덕거리는 마차 위에서 마부는 졸고 있고, 말은 땀에 젖어 더위의 아른거리는 파도 속에서 고개를 숙이고 있었다. 마치 술에 취한 듯이 보이는 보행인 중 오직 한 젊은 여인만이 양산을 쓰고, 마치 자기가 당연히 살아가야 할 빛 속을 걷는 듯이 느긋하게 여왕처럼 걷고 있었다. 그러나 무엇보다도 이 그림을 두드러지게 하는 특징은 다름 아닌 빛에 대한 새로운 파악 방식이었다. 즉, 극히 정밀한 관찰에 기반을 둔 빛의 색채 분할이었다. 그것은 어느 누구에게도 생소한 파랑, 노랑, 빨강의 원색을 강조하며 우리 눈의 모든 습관에 저항했다. 배경으로 튈르리 궁전이 황금색 구름의 모습으로 사라져 가고 있었다. 도로는 피를 흘렸으며, 보행인들은 너무 강렬한 빛에 먹혀 버린 검은색 반점 정도로밖에 표시되지 않았다. 이번에도 친구들은 찬사를 연발했지만, 모두가 이런 그림의 끝에는 순교자가 생길 뿐이라는 한결같은 불안에 휩싸여 당황했다. 클로드는 친구들이 칭찬의 말 속에 무언가 감추는 기색을 느꼈다. 다시 한번 심사위원들이 그에게 살롱전의 문을 걸어 잠그자, 그는 비통한 심정으로 외쳤다.

"아! 알았어……. 이대로 살다 죽을 테니까!"

클로드는 자신의 용맹스러운 고집을 꺾지 않으면 않을수록 예전에 자연과 더불어 투쟁할 때 빠지곤 했던 회의에 다시 빠져들었다. 되돌아온 그림을 보니 전체적으로 나빠 보였고, 무엇보다도 불완전해 보였으며, 자신이 시도한 바를 충실히 전달하고 있지 않았다. 그를 화나게 하는 것은 심사위원의 거부가 아니라 자신의 무능력이었다. 물론 그는 심사위원들을 용서할 수 없었다. 비록 그의 작품이 미숙하긴 하지만, 살롱전에 입선한 시시한 작품들보다는 백 배 나았다. 그러나 무엇보다도 고통스러운 것은 자신의 재능을 발휘할 수 있는 걸작 안에 자신을 송두리째 바칠 수 없다는 것이었다! 소품들 중엔 그의 마음에 드는 꽤 괜찮은 작품들도 여럿 있었다. 그런데 왜 갑자기 어디에서 이런 빈틈이 생겼을까? 왜 그림을 그리는 동안에는 알 수 없었던 미숙한 부분이 그림을 다 완성하고 난 후에 치명적인 결함으로 그림을 죽이고 마는가? 그것은 수정이 불가능한 것처럼 보였다. 어느새 넘을 수 없는 장벽이 그를 가로막고 서서 그가 앞으로 나가지 못하게 방해하는 것 같았다. 그림은 고치면 고칠수록 더욱 나빠질 뿐이었다. 마치 물감으로 반죽을 한 듯 그림 전체가 탁해졌다. 그는 신경이 날카로워져서 아무것도 보이지 않았고, 아무것도 그리지 않았다. 그는 완전한 의식의 마비 상태에 떨어졌다. 언젠가도 한 번 느꼈던 유전적 상해가 진행되어 이제 그의 눈과 손이 말을 안 듣게 된 것은 아닐까? 이러한 위기는 더욱 심해졌고, 그는 희망이 보이지 않는 가운데 끝없는 불안에 휩싸여 번민하면서 힘들게 몇 주일을 보냈다. 뜻대로 되지 않는 반항적인 작품에 대한 생각을 떨쳐 버릴 수 없는 힘든 시기에 유일한 위안은 미래의 작품에 대한 꿈을 꾸는 일이었다. 그도 그 작품에 대해서만은 만족해하며, 그의 손은 창조의 기쁨에 열광하리라. 걸작을 창조하고 싶은 성급한 욕심이 항상 그의 손보다 앞섰기 때문에 그는 작품을 만들고 있으면서도 머릿속으로는 언제나 그다음에 만들 작품을 구상하곤 했다. 그는 조급한 마음에 자신을 괴롭히는 진행 중인 작품을 얼른 끝냈다. 그는 치명적인 양보를 하였고, 속임수를 썼으며, 화가로서 의무를 저버렸기 때문에 그것이 아무런 가치도 없는 작품임이 틀림없다고 단정 지었다. 그러나 아! 다음에 만들 작품만큼은 더없이 훌륭하고 영웅적이며, 흠잡을 데 없이 영원불변할 것이라고 기대했다. 예술의 이름으로 저주받은 자들에게 용기의 채찍을 내리치는 영원한 신기루! 그것은 일생에 걸작을 만들어 내지 않으면 차라리 죽는 게 나을 모든 사람이 작품에 대해 반드시 갖게 마련인 사랑과 연민의 환영이었다!

또한 화가 자신이 끊임없이 제기하는 이러한 투쟁 외에도 물질적 곤란이 가중되었다. 아무리 애를 써도 자기 마음속에 있는 것을 표현할 수 없는 것만으로도 충분하지 않단 말인가? 그 외에 다른 여러 가지 점으로 고투를 해야 하다니! 그는 불평하지 않았지만, 야외에 나가 직접 자연을 보고 그리는 화가들에게는 화폭이 일정 크기를 넘게 되면 즉시 어려움이 따랐다. 사람들이 지나다니는 길가에 서서 그림을 그릴 수 있을까? 어떻게 모든 사람에게서 충분히 포즈를 취할 시간을 얻어 낼 수 있을까? 이런 점들 때문에 결국 사람 얼굴이 그림자로 처리되고 마는 풍경화나 도시의 제한된 공간 등으로 주제가 한정될 수밖에 없었다. 게다가 그림 그리기에 곤란한 날씨도 많았다. 바람이 불어 이젤이 날아가는가 하면, 비가 와 며칠을 쉴 수밖에 없기도 했다. 그런 날이면 그는 화가 머리끝까지 나서 집으로 돌아와 하늘에 삿대질을 하며 자연이 인간의 손아귀에 붙잡혀 굴복하지 않기 위해 방어하는 것이라고 욕을 했다. 그는 스스로 부자가 아닌 사실을 비통해하기도 했는데, 그 이유는 파리에서 마차나 센강의 배 같은 이동식 아틀리에를 갖고 집시 예술가처럼 살고 싶은 마음이 있었기 때문이다. 그러나 그에게 도움이 되는 것은 아무것도 없었고, 모두가 작업에 방해되는 것뿐이었다.

크리스틴 역시 클로드와 함께 고통스러워했다. 그녀는 직접 집안일을 열심히 하면서 아틀리에의 분위기를 경쾌하게 만들었고 대담하기 짝이 없는 그의 희망을 그와 함께 지니고 있었다. 그녀는 힘이 빠진 클로드의 모습을 보면 낙심한 나머지 의자에 주저앉곤 했다. 그의 그림이 낙선될 때마다 그녀는 여자로서 자존심이 상해 깊은 슬픔에 잠겼다. 그녀도 다른 여자들과 마찬가지로 성공하고 싶은 욕심이 있었기 때문이다. 클로드가 고통스러워하면 그녀도 고통스러워했고, 그의 열정이나 취향도 함께 나누었다. 그녀는 자신의 그림이기도 한 그의 그림을 옹호했고, 그것은 이제 그녀의 일생일대의 숙원, 자신의 행복이 달려 있는 가장 중요한 일이 되었다. 날마다 사랑하는 사람의 마음이 자기보다도 그림에 더 가 있는 것을 잘 느낄 수 있었기에, 그녀는 한 걸음 양보해서 그림에 자신의 모든 관심을 모았고, 그림을 향해 함께 노력한다는 마음으로 남편과 일체가 되려고 했다. 그러나 이렇게 양보를 하고 나니 쓸쓸하였고, 무엇이 자기 앞에서 기다리고 있는지 몰라 두려웠다. 가끔은 불길한 예감이 그녀의 가슴까지 얼어붙게 만들었다. 그녀는 늙어 가는 것을 느꼈고, 혼자 있을 때면 자신에 대한 커다란 연민이 덮쳐 와 이유 없이 울고 싶어져 몇 시간씩 울기도 했다.

그 즈음에 그녀는 대범하게 마음을 열고 연인보다는 어머니의 역할을 해야겠다는 생각이 들었다. 예술가인 큰아들을 향한 그녀의 모성은 막연하고 무한한 연민에 기반을 두고 있었다. 그녀는 그가 매순간 논리적으로 설명할 수 없는 나약함에 빠지는 것을 볼 때마다 그를 따뜻하게 감싸 주었고, 끝없이 용서해 주었다. 그는 그녀를 불행하게 만들기 시작했다. 그녀는 남편에게서 마음이 멀어진 여자에게 습관적으로 베푸는 포옹만을 받을 뿐이었다. 아무리 그녀가 그를 열렬히 껴안아도 권태로운 표정을 지으며 그녀의 품을 빠져나가는 남편의 사랑을 어떻게 다시 찾아올 수 있을까? 매순간 그녀가 몸과 마음을 바쳐서 애정을 표현해 보아도 그것에 응할 생각조차 하지 않는 그를 어떻게 사랑해야 좋을까? 그녀의 마음속에는 충족되지 않은 사랑이 끓어오르고 있었다. 그녀는 여전히 짙은 입술과 강하게 돌출된 턱을 지닌 정열적이며 관능적인 여자였다. 밤마다 홀로 괴로운 고통 뒤에 남는 것은 슬픔뿐인 온화함이었다. 그녀는 이제 밤 시간조차도 어머니일 뿐이었다. 너무도 변해 버리고만 불행한 두 사람의 생활 가운데 그녀가 간신히 얻은 위안이란 그가 행복해지기를 원하며 자비롭게 지켜보는 것이었다.

이러한 애정의 변화로 피해를 입은 사람은 어린 쟈크였다. 그녀는 쟈크를 돌보지 않았다. 그녀의 모성애는 연애 감정의 변질된 형태일 뿐이었고, 쟈크와는 상관이 없었다. 그녀의 아들은 그녀가 사랑을 갈구하는 남편이었다. 그 때문에 불쌍한 아이는 두 사람이 지난날 나눈 격한 사랑의 단순한 증거에 지나지 않았다. 그녀는 아이가 성장하여 손이 미치지 않음에 따라 점점 아이를 방치하기 시작했다. 모정이 전혀 없었던 것은 아니지만 언제부턴가 저절로 그렇게 되어 갔다. 식사할 때 그녀는 아이에게 가장 맛있는 것을 주지 않았고, 난로 옆의 가장 좋은 자리도 아이의 차지가 아니었다. 무언가 위험한 일이 터져도 그녀가 내는 최초의 비명과 최초의 방어 동작은 결코 연약한 아이를 향한 것이 아니었다. 뿐만 아니라 그녀는 아이를 끊임없이 내쫓고 꾸짖었다. "쟈크, 조용히 해. 아빠가 피곤해하시잖아! 쟈크, 그만 좀 왔다 갔다 해. 아빠가 일하시는 것 안 보이니!"

아이는 파리 생활에 적응하지 못했다. 넓은 시골에서 마음껏 뛰어다니다가 언제나 얌전히 있어야 하는 좁은 집에 갇혀 갑갑했다. 발그레하던 예쁜 피부는 어느새 해쓱해졌고 발육도 좋지 못했다. 게다가 전혀 아이답지 않은 엄숙한 표정으로 사물을 멍하니 쳐다보곤 했다. 아이는 다섯 살이 되었는데, 이상하게 머리가 기형적으로 커서 아이의 아버지는 "이 녀석은 머리가 어른만 하군!" 하고 말하곤 했다. 그러나 반대로 지능은 머리가 커질수록 감소하는 것 같았다. 아이는 겁먹은 듯이 의기소침하여져서 몇 시간씩 말을 하지 않고 꾸벅꾸벅 졸았다. 그런가 하면 일단 이런 상태에서 벗어나면 어린 짐승이 본능에 좇아 날뛰듯이 발작적으로 갑자기 뛰면서 소리를 질러 댔다. 그럴 때는 "조용히 해!"라는 소리가 빗방울처럼 떨어졌다. 어머니는 왜 갑자기 아이가 그렇게 난동을 부리는지 이해가 되지 않았다. 아이의 아버지가 이젤 앞에서 화가 난 것을 보고 그녀도 덩달아 흥분하여 화를 내며 달려가 아이를 방 한쪽에 다시 앉혔다. 그러면 얌전해진 아이는 자기가 잘못을 저질렀다는 사실에 무서워하며 떨었다. 그러다 아이는 눈을 뜬 채로 잠이 들었는데, 실컷 놀았다는 듯이 장난감이나 코르크 마개, 그림, 오래된 물감 튜브들을 손에서 떨어뜨리곤 했다. 그녀는 아이에게 글자를 가르쳐 보려고도 시도해 보았지만 아이가 울면서 안 하려고 했기 때문에 선생님들이 가르쳐 주겠지 하는 생각에서 학교에 갈 때까지 기다리기로 했다.

마침내 크리스틴은 자기를 위협하는 이 가난이 무서워지기 시작했다. 파리에서 아이를 양육하려면 특히 생활비가 많이 들었다. 그녀는 가능한 한 절약하려고 애를 썼지만, 월말이 되면 항상 공포의 연속이었다. 그들 가족의 확실한 수입이래야

1천 프랑의 연금밖에는 없었다. 거기에 집세 400프랑을 내고 나면 한 달에 50프랑으로 어떻게 산단 말인가? 처음에 그들은 그림을 팔아서 급한 고비를 넘겨왔다. 클로드는 전에 가니에르의 후원자였던 위에를 발견했다. 그는 혐오스러운 부르주아의 한 사람이긴 했지만, 완고하게 자신의 껍질 속에 틀어박혀 있는 예술가와도 같은 열광적인 정신을 소유하고 있었다. 예전의 관리였던 위에는 항상 그림을 살 수 있을 정도의 부자는 아니어서, 번번이 천재를 굶어죽게 놓아두는 대중의 무지를 한탄할 뿐이었다. 왜냐하면 그는 클로드의 그림을 보고 첫눈에 매료되어, 그중에서도 가장 거친 그림들을 자신 있게 골라 들라크루아의 그림과 나란히 걸어 놓으며 그것들이 나중에 같은 운명이 될 것이라고 예언할 정도로 안목이 있는 사람이었기 때문이다. 게다가 더 나쁜 일은 말그라 영감이 어느 정도의 재산을 모은 뒤 은퇴한 일이었다. 그가 모은 재산이라고 해야 사실은 매우 소박한 것이었지만, 그는 신중한 사람이었기 때문에 1만 프랑 정도의 연금으로 부아 콜롱브의 작은 집에서 생활하기로 결정했던 것이다. 그가 유명한 미술상인 노데에 관해 하는 이야기는 들어볼 만했다. 그는 이 주식 투기업자가 움직이는 수백만 프랑의 돈을 아주 우습게 여기며 종국에는 그 돈을 다 날릴 것이라고 장담했다. 클로드는 말그라 영감을 우연히 만나 부탱의 아틀리에에서 그린 마지막 누드를 팔 수 있을 뿐이었다. 옛 화상은 이 훌륭한 여인의 궁둥이를 다시 한번 두근거리는 가슴으로 바라보지 않을 수 없었다. 이제 가난

이 그들의 눈앞에 와 있었다. 그림의 판로가 열리는 대신 닫혔고, 연거푸 살롱전에서 낙선되는 이 화가에 대해서 염려하는 풍조가 점차 형성되기 시작했다. 그렇지 않아도 그의 작품이 기존의 관습을 무시하는 혁명적인 작품인 데다 미완성이기까지 해서 그림을 살 돈을 가진 사람들의 마음을 주저하게 만들기에 충분했다. 어느 날 밤, 외상으로 산 물감 값을 어떻게 갚아야 할지 막막하던 클로드는 상업적인 그림을 그리는 저속한 일로 타락하느니 그냥 연금으로 살겠다고 고함을 질렀다. 그러나 크리스틴은 이런 최후의 해결책에는 절대 반대였다. 그렇게 되면 그녀는 지출을 더 줄여야 할 텐데, 먹지 못하고 길거리로 내쫓겨야 하는 바보짓보다는 그 어떤 일도 그보다는 더 나을 것 같았다.

그가 세 번째로 살롱전에 낙방하던 그해 여름은 기적적으로 날씨가 좋았기 때문에 클로드는 새로운 힘을 얻는 듯했다. 하늘에는 구름 한 점 없었고, 여러 가지 일들이 벌어지고 있는 파리엔 맑은 날씨가 계속되었다. 그는 언제나 그 자신이 입버릇처럼 말하는 충격을 찾아 도시를 다시 산책하기 시작했다. 그도 그것이 무엇인지 확실히 몰랐지만, 무언가 거대하고 결정적인 것이어야 했다. 하지만 11월이 될 때까지 그는 아무것도 찾지 못했다. 한 주 내내 어떤 한 주제에 열을 내다가 다시 그것이 아니라고 말했다. 그는 끊임없는 긴장 속에 살면서 그것을 찾고 있었는데, 매순간 그의 꿈은 실현될 듯하다가 결국 언제나 날아가고 말았다. 그는 사실주의 화가의 완강한 면

모 속에 여성 특유의 미신적인 신경질을 감추고 있었다. 그는 온갖 종류의 복잡하고 비밀스런 영향력을 믿었다. 그는 성공과 실패의 여부는 전적으로 자기가 고르는 주제가 행운의 주제인지 불길한 주제인지에 달려 있다고 생각했다.

아름다운 여름의 어느 마지막 오후, 클로드는 크리스틴과 함께 나왔다. 그들이 함께 외출할 때는 항상 그렇듯이 쟈크는 마음씨 좋은 늙은 관리인에게 맡겼다. 그는 갑자기 산책하고 싶은 마음이 들었고, 예전에 그녀와 함께 했던 추억의 장소를 다시 보고 싶어 했다. 내심 그는 그녀가 그에게 행운을 가져다주었으면 좋겠다는 막연한 희망을 갖고 있었다. 그들은 루이 필립교까지 내려가서 15분 동안 말없이 오름 부두의 난간에 기대어 서서, 앞에 보이는 센강의 다른 쪽 연안과 그들이 사랑을 나누었던 마르투아 저택의 낡은 건물을 바라보았다. 그들은 계속 말없이, 예전에 그토록 많이 걷던 산책 코스를 다시 밟았다. 두 사람은 발걸음을 옮길 때마다 과거가 살아나는 것을 느끼며 부두를 따라 플라타너스 아래로 걸어갔다. 그러자 그 모든 풍경이 다시 눈앞에 펼쳐졌다. 그들은 새틴 천과도 같은 강물 위에 둥근 아치를 비추는 다리들, 노트르담의 황금색 탑들이 그림자를 드리우고 있는 시테섬, 플로르 궁의 보일 듯 말 듯한 윤곽으로 끝을 맺고 있는 햇빛 속에 잠겨 있는 강 오른쪽의 완만한 곡선, 폭이 넓은 도로, 강 양쪽에 늘어선 기념물들, 강가에서 펼쳐지는 삶, 세탁장, 해수욕장, 수송선들을 다시 보았다. 예전과 똑같이 석양이 그들을 따라와, 저 멀리 보이는 집들의 지붕을 지나 학사원의 둥근 지붕 뒤로 모습을 감추었다. 그들은 전에 이토록 아름다운 황혼을 본 적이 없었다. 석양은 천천히 작은 구름들이 펼쳐진 가운데로 가라앉아 갔다. 구름은 자주색 격자망이 되어 틈틈이 금빛을 반사하고 있었다. 그러나 그들은 영원히 그들의 손이 닿지 않는 곳으로 흘러간 과거를 회상하며, 다시는 그 시절로 되돌아갈 수 없음에 우울해졌다. 세월에 마모된 돌멩이들은 차갑게 식었고, 변함없이 다리 밑을 흐르고 있는 강물은 첫 갈망의 매력과 희망의 기쁨에 들떠 있던 그들의 일부마저 싣고 떠난 듯했다. 그들은 이미 서로를 소유하였으므로, 함께 걷고 있는 동안 거대한 파리의 삶이 그들을 따뜻하게 감싸 주듯이 상대방의 팔에서 전해 오는 따뜻한 체온을 느끼던 청순한 행복을 더 이상 맛볼 수 없었다.

생 페르교에서 클로드는 절망하여 멈추었다. 그는 크리스틴의 손을 놓고 몸을 돌려 시테섬의 끝을 보았다. 그녀는 허탈함을 느꼈고 몹시 슬픈 마음이 일었다. 그가 그곳에 넋이 빠져 있자, 그녀는 그를 다시 붙잡으려고 했다.

"여보, 돌아와요, 가야 할 시간이에요. 쟈크가 기다리잖아요."

그러나 그는 다리 가운데로 걸어갔다. 그녀는 그의 뒤를 쫓아가야 했다. 그는 다시 꼼짝 않고 서서 먼 곳을 응시했다. 그의 눈이 보고 있는 것은 파리의 요람이며 심장이었다. 수세기 동안 이 도시의 동맥을 타고 흐르는 모든 피가 모여 고동치며 전원으로 흘러넘쳐 끊임없이 교외로 퍼져 나가는 곳으로, 언제나 닻을 올리고 항해하고 있는 듯한 모습이었다. 그의 얼굴이 환하게 빛나며 눈에 불꽃이 일었다. 마침내 그는 손짓을 크게 했다.

"저길 좀 봐! 저길!"

우선 전경으로 그들 바로 아래에 생 니콜라 부두와 항만 사무소로 사용되고 있는 낮은 집들, 내리막으로 된 포장도로가 있었고, 그 도로 위에는 모래 더미와 통 그리고 자루들이 가득 쌓여 있었다. 줄지어 서서 아직도 짐을 가득 싣고 있는 배들 사이로 짐을 내리는 인부들이 왔다 갔다 했고, 그 위로 거대한 기중기의 팔이 늘어져 있었다. 강의 다른 편 연안은 해수욕장으로, 그 계절의 마지막 해수욕을 즐기는 사람들이 외치는 즐거운 고함으로 시끄러웠으며, 그들에게 지붕 역할을 해 주는 회색 천의 깃발들이 바람에 흩날리고 있었다. 그리고 중앙에는 센강이 녹색의 물을 가득 채워 고지대를 향해 오르고 있었는데, 강의 표면 위로 흰색과 푸른색, 분홍빛의 파도가 부딪치고 있었다. 그다음, 중경으로는 퐁 데 자르가 있었는데, 다리의 높은 철물 골조물 위로 검은 레이스 천과도 같이 경쾌하게 놓인 얇은 도로 위를 보행자들이 개미떼처럼 왔다 갔다 하고 있었다. 그 아래로 센강이 쉬지 않고 저 멀리까지 흘러가고 있었다. 옛 퐁 네프의 고풍스러운 아치가 보였는데, 돌들에 이끼가 끼어 노랗게 변해 있었다. 왼쪽의 수로는 거울같이 빛나는 직선 수로로서 저 멀리 생 루이섬이 한눈에 들어왔다. 한편, 오른쪽 수로는 급격히 휘어져 있었으며, 조폐국의 수문에서 흘러나온 물이 흰 거품을 일으켜 앞이 보이질 않았다. 퐁 네프 위에서는 노란 승합 마차와 알록달록한 유람 마차가 마치 장난감들의 행렬처럼 계속해서 지나가고 있었다. 저 멀리 강의 양쪽은 거의 맞닿아 있었다. 오른쪽에는 부둣가의 집들이 무성한 덤불숲에 반쯤 가려져 있었고, 지평선 위로 시청의 탑과 생 제르맹의 사각 종루가 보였다. 왼쪽에는 학사원의 한쪽 편 날개 부분과 조폐국의 평평한 정면이 보였고, 역시 가로수가 줄줄이 이어져 있었다. 그런데 이 거대한 화폭의 중앙을 차지하고 있는 것은 말할 것도 없이 센강에 떠 있는 시테섬이었다. 그것은 바로 석양을 받아 영원히 찬연한 황금빛에 빛나는 고풍스러운 배가 하늘을 향해 뱃머리를 올리고 선 자세였다. 저 아래 평지의 포플러들은 푸른 나뭇잎들을 무성하게 뻗치고 있어 다리 위의 조상들을 가리고 있었다. 좀 더 위에서 기우는 태양은 섬의 양 측면을 대조적으로 물들이고 있었다. 오를로즈 부두의 집들은 이미 어두운 회색의 그림자에 잠겨 있었다. 한편, 오르페브르 부두는 반대로 타오르는 진홍빛으로 두드러져서 불규칙하게 늘어선 집들이 구석구석까지 명확하게 보였다. 너무나 뚜렷해서 상점도, 간판도, 창의 커튼까지도 구별되었다. 더 위쪽으로는 바둑판무늬같이 조그만 집들이 늘어서 있는 굴뚝 숲 사이로 법원의 원추형 탑과 경찰국의 지붕, 돌기와가 펼쳐져 있었고, 그 지붕의 물결을 가로막고 있는 거대한 광고가 보였다. 그것은 벽면에 푸른 페인트를 칠한 것인데, 파리의 어느 곳에서도 보일 만큼 큰 글씨가 써져 있었다. 흡사 대도시의 이마에 핀 근대적 열병의 꽃과도 같은 모습이었다. 그 위에, 더 높은 곳에 노트르담 대성당의 고색창연한 황금색 쌍둥이 탑들 위에 배후의 첨탑이 보였다. 왼쪽으로는 또 하나의 첨탑이 보였는데, 생트 샤펠 교회의 첨탑이었다. 이 두 첨탑은 너무도 섬세하고 우아했기 때문에 마치 여러 세기를 거쳐 온 범선의 돛대와도 같이 빛을 가득 받고 공중에 매달려 미풍에 흔들리고 있는 것 같았다.

"안 갈 거예요, 여보?" 크리스틴이 부드럽게 말했다. 클로드는 여전히 아무 소리도 듣지 못한 채, 파리의 경치에 온통 정신이 홀려 있었다. 지평선 위로 아름다운 석양의 풍경이 펼쳐졌다. 날카로운 빛과 뚜렷한 그림자가 대비되는 가운데 미세한 세부까지도 환히 보였으며, 투명한 대기는 기쁨에 떨고 있었다. 그리고 강의 생명과 부두의 활동이, 들끓는 발효통과도 같은 거대한 도시의 구석구석에서 거리와 다리로 쏟아져 나와 파도처럼 넘실대며 햇살 아래에서 반짝이는 인파에 가세했다. 불어오는 미풍에 창백한 하늘 높이 떠 있던 분홍색의 작은 구름들이 어디론가 다른 곳으로 날아갔다. 한편, 그가 서 있는 도시의 요람 주변으로 퍼져 가는 파리의 넋의 느리면서도 거대한 고동소리가 들려왔다.

그때 크리스틴이 클로드의 팔을 잡았다. 클로드가 종교적 경이로움에 너무 깊이 빠지는 것 같아서 그 모습을 보고 두려워진 그녀는 마치 그가 큰 위협에 봉착해 있는 양 그의 팔을 잡아끌었다.

"돌아가요. 병이라도 나면 어쩌려고……. 난 돌아가고 싶어요."

그녀의 몸이 닿자 그는 잠에서 깨어난 사람처럼 깜짝 놀랐다. 그리고 고개를 돌려 마지막으로 한 번 더 쳐다보았다.

"아! 세상에!" 그는 중얼거렸다. "아! 정말! 너무 아름다워!"

그는 아내에게 이끌려 돌아왔다. 그는 저녁 시간 내내 식탁에 앉아서도, 또 난롯가에서도, 심지어 잠을 잘 때조차도 완전히 넋이 빠져 있었다. 너무 골몰해 있었기 때문에 그는 몇 마디도 꺼내지 않았다. 그의 아내는 그에게서 대답을 들을 수 없자, 결국 그를 조용히 내버려 두었다. 그녀는 그를 걱정스럽게 바라보았다. 위중한 병이라도 걸린 걸까, 아니면 다리에서 나쁜 공기라도 마신 것일까? 초점 없는 그의 눈은 허공을 응시하고 있었고, 얼굴은 내면의 고통으로 붉게 상기되어 있었다. 자신의 몸속에 생명체를 키우고 있는 여자들의 흥분된 감정과 입덧을 느끼는 듯했다. 처음에 그것은 여러 가지 점에서 괴롭고 혼동되고 갑갑해 보였지만 이제 모든 것이 밖으로 드러나게 되었고, 피곤이 엄습해 온 그는 침대에 쓰러져 죽은 듯 잠에 곯아떨어졌다.

이튿날 그는 아침을 먹자마자 곧 빠져나갔다. 그녀는 괴로운 하루를 보냈다. 왜냐하면 그가 잠에서 깨어나 남부의 노래를 휘파람으로 불자, 그녀는 조금 안심이 되었지만 또 다른 걱정이 생겼기 때문이다. 그가 걱정할까 봐 말하진 않았지만, 그날 처음으로 그들에겐 모든 것이 다 떨어졌다. 보잘것없는 연금이 나오려면 아직 일주일은 더 기다려야 했다. 그녀는 그날 아침 마지막 남은 돈까지 다 써 버려서 저녁 식탁에 올릴 빵 한 덩이 살 돈조차 없었다. 어디에 가서 도움을 청해야 할까? 게다가 허기져 돌아온 그에게 뭐라고 거짓말을 한단 말인가? 그녀는 전에 방자드 부인이 선물로 준 검은 실크 원피스를 저당 잡히기로 했다. 그러나 그러기 위해서는 많은 용기가 필요했다. 가난한 사람들의 피난처인 공익 전당포에 갈 생각을 하니 수치스러웠다. 그런 장소에 발을 들여놓은 적이 한 번도 없었던 것이다. 그녀는 앞으로의 일이 너무도 걱정스러워, 전당포에서 빌린 10프랑으로 생선 수프와 감자 스튜를 만들 것만을 샀다. 공익 전당포 건물을 나올 때 그녀는 누군가를 만난 일로 내내 풀이 죽어 있었다.

당연히 클로드는 저녁 늦게야 집에 돌아왔다. 왠지 기분이 좋아 보였고, 혼자 느낀 이 기쁨에 흥분이 되어 눈이 밝게 빛나고 있었다. 대단한 허기를 느끼고 있던 그는 미처 식사 준비가 되어 있지 않은 것을 보고 버럭 소리를 질렀다. 그러고는 식탁의 크리스틴과 어린 쟈크 사이에 앉아 수프를 들이켜고 감자 스튜를 눈 깜짝할 사이에 먹어치웠다.

"뭐야! 이게 다야?" 그는 이렇게 물었다. "고기라도 좀 곁들어야 되잖아……. 구두라도 샀나 보지?"

그녀는 이런 부당한 말에 마음이 몹시 상했지만, 차마 사실을 이야기하지 못하고 더듬거렸다. 그는 계속하여 그녀가 돈을 다 써 버렸다고 빈정거렸다. 그러더니 원래 예민하고 이기적인 클로드는 점점 더 화가 치미는 듯, 느닷없이 쟈크에게 화를 냈다.

"좀 조용히 해, 이 자식아! 정말 짜증 나는군!"

쟈크는 먹는 것을 잊고, 이 소란에 신이 나서 눈웃음을 지으며 수저로 접시를 치고 있었다.

"쟈크, 조용히 못 하겠니!" 이번에는 엄마가 야단을 쳤다. "아빠가 조용히 식사하실 수 있게 해드려야지!"

놀란 아이는 갑자기 조용해졌다. 아이는 침울하게 꼼작도 않고 앉아서 생기 없는 눈으로 감자 접시를 멀뚱히 바라보며 먹을 생각을 하지 않았다.

클로드는 애써 치즈로 배를 불렸다. 한편, 마음이 안된 크리스틴은 정육점에 가서 찬 돼지고기라도 한 조각 남았는지 보고 오겠다고 했다. 그러나 클로드는 거절했다. 그는 그녀의 마음을 더 아프게 하는 말로 그녀를 가지 못하게 했다. 식탁을 치운 후 세 사람은 등잔불 아래에 모여 앉았다. 크리스틴은 바느질을 하였고, 아이는 말없이 그림책을 보고 있었다. 클로드는 오랫동안 손가락으로 책상을 두드리면서 정신을 잃은 듯 몽롱해지더니 방금 전까지 자신이 서 있던 장소로 되돌아갔다. 갑자기 그는 벌떡 일어나 종이와 연필을 가지고 와서 전등갓으로부터 떨어지는 둥글고 강렬한 빛 아래에서 재빨리 스케치를 하기 시작했다. 그러나 그의 머릿속에서 소용돌이치는 생각들을 밖으로 끄집어내려는 성급한 마음에 그가 기억에 의존해 그린 그림은 곧 그의 마음에 들지 않았다. 그것은 반대로 그에게 자기를 표현하고 싶은 충동을 주었고, 그의 마음속에 들끓던 생각들을 입 밖으로 내보냈다. 마침내 그는 엄청난 말의 홍수로써 그의 머릿속을 비워 내었다. 크리스틴이 없었다면 그는 벽에 대고라도 말했을 것이다. 그는 곁에 있는 크리스틴에게 말했다.

"자! 이게 우리가 어제 본 것이야……. 오! 더할 나위 없이 훌륭해! 오늘 난 그곳에 세 시간 동안 서 있었어. 이제 난 할 일을 찾았어. 오! 무언가 놀랍고, 한 번에 다른 모든 것을 다 무너뜨릴 수 있는 것……. 봐! 나는 다리 밑에 서 있어. 전경으로 생 니콜라교가 기중기와 함께 보이고, 하역 인부들이 짐을 내리고 있는 하천용 수송선이 보여. 알겠어? 이해하겠지. 그건 일하는 파리의 모습이야. 바로 그거야! 가슴과 팔뚝을 내놓은 건장한 사내들……. 그다음엔 다른 쪽에 해수욕장이 있어. 파리를 즐기는 모습이지. 구성의 균형을 잡기 위해서 보트 한 대쯤이 필요할지도 몰라. 그러나 그 점에 대해선 아직 잘 모르겠어. 좀 더 찾아봐야지……. 두말할 것도 없이 그림의 중앙을 차지하는 것은 넓고 거대한 센강이야……."

그는 연필로 윤곽을 진하게 그리면서 말했다. 너무 세게 열 번씩이나 고쳐 그리며 조급하게 모양을 잡으려 했기 때문에, 그만 종이가 찢어지고 말았다. 그녀는 그의 기분을 좋게 해 주기 위해 몸을 기울여 그의 설명을 진지하게 듣는 체했다. 그러나 스케치는 너무 많은 선이 뒤얽혀 뒤죽박죽이 되어 버렸고, 각각의 간략한 세부들도 큰 혼잡을 이루고 있어 아무것도 구분할 수 없었다.

"이해하겠지?"

"네, 네, 아주 아름다워요!"

"마지막으로, 배경을 그릴 차례야. 배경으로 선착장들과 중앙에서 하늘을 향해 머리를 올리고 있는 시테섬과 강의 두 전망을 집어넣을 테야……. 아! 이 배경이 얼마나 멋진지 보라고! 매일 보는 풍경이지만, 그 앞에서 발걸음을 멈추지 않고는 못 베기는 풍경인 데다가, 우리에게 차차 스며들어 우리가 바치는 찬탄의 대상이 되는 바로 그런 경관이지. 이 풍경이 어느 멋진 석양 아래 돌연 모습을 나타낸다고 상상해 봐. 이 세상 어느 것도 그보다 더 장엄할 순 없겠지. 그거야말로 태양 아래 영광스럽게 모습을 드러낸 파리가 아니고 뭐겠어……. 당신도 이해가 되지? 왜 전엔 이 생각을 못 했을까! 몇 번이나 보고도 왜 이 아름다움을 몰랐을까! 우리가 어제 둑을 따라 쭉 걷다가 거기에서 멈추길 정말 잘했어. 당신도 기억하다시피 이쪽엔 그림자가 적었고, 여기로 태양이 곧게 내리쬐고 있었지. 저쪽엔 탑들이 있었고, 생트 샤펠의 첨탑이 바늘같이 뾰족하게 하늘을 찌르고 있었잖아……. 아니, 그건 좀 더 오른쪽이었지. 가만있어 봐, 내가 그려 볼 테니……."

클로드는 그리기 시작했다. 그는 지칠 줄을 모르고 몇 번이고 그림을 다시 그리면서 화가로서 그의 눈이 놓치지 않은 수많은 작은 특징을 덧붙여 나갔다. 이 지점에서 가게의 붉은 간판이 저 멀리 보였지! 좀 더 가까운 곳의 센강 모서리는 마치 기름이 떠 있는 것처럼 반들반들한 초록색을 띠고 있었고. 미묘한 색깔의 나무와 여러 종류의 회색을 띠는 건물들, 그리고 특별히 빛나는 질감의 하늘. 그녀는 언제나 친절하게 그의 말에 동감을 나타내며 감격하는 모습을 보이기 위해 애를 썼다.

그런데 쟈크가 다시 한번 자제심을 잃었다. 한참 동안 그림책에서 검은 고양이의 그림을 뚫어지게 쳐다보더니, 자기가 가사를 붙인 노래를 흥얼거리기 시작한 것이다.

"오! 착한 고양이! 오! 못된 고양이! 오! 착하고 못된 고양이!" 아이는 이 노래를 애처롭게 끝도 없이 흥얼거렸다.

클로드는 이 웅얼거림에 신경이 날카로워졌지만, 그가 설명을 하고 있는 처음 얼마 동안은 무엇 때문에 화가 났는지 알지를 못했다. 그러다가 아이의 집요한 노랫소리가 뚜렷이 귀에 들려오기 시작했다.

"네 고양이로 우리를 녹초로 만들 셈이냐!" 격노한 그는 큰 소리로 외쳤다.

"쟈크, 아빠가 말씀하실 땐 조용히 해." 크리스틴이 말했다.

"허, 참! 바보 같은 녀석……. 저 애 머리통 좀 봐, 멍청이 같지 않아. 희망이 없어……. 대답해 봐. 도대체 착한 고양이, 못된 고양이가 무슨 뜻이야?"

파랗게 질린 아이는 무거운 머리를 저으며 겁먹은 목소리로 말했다.

"몰라……."

부모가 절망하여 서로를 쳐다보자 아이는 펼쳐진 그림책에 한쪽 볼을 대고 꼼짝 않고 앉아 아무 말도 하지 않은 채, 두 눈을 말똥말똥 뜨고 있었다.

저녁이 되어 크리스틴은 아이를 재우고 싶었다. 그러나 클로드는 다시 설명을 하기 시작했다. 그는 방금 떠오른 생각을 정리하기 위해서라도 다음날은 현장에 직접 가서 스케치를 해 와야겠다고 말했다. 그리고 야외용 작은 이젤을 사야겠다고 생각했다. 그것은 그가 몇 달 전부터 사고 싶어 하던 물건이었다. 그는 꼭 사야겠다고 고집을 부리며 돈 이야기를 꺼냈고, 그녀는 어찌할 줄 몰라 결국 그에게 그날 아침에 마지막 돈을 다 쓴 이야기, 저녁 식사를 차리기 위해 실크 원피스를 저당 잡힌 이야기를 모두 털어놓았다. 그러자 한꺼번에 후회가 밀려 온 그는 부드러운 태도로 그녀를 안으며 저녁 식탁에서 투덜거린 일을 사과했다. 그녀는 그를 용서해 주어야 했다. 그는 스스로도 늘 말하듯이 그림이 배 속에 들어 있을 때 부모까지도 죽일 수 있는 사람이었다. 그는 공익 전당포 이야기가 나오자 비웃으며 가난을 조소했다.

"이게 있잖아!" 그는 소리쳤다. "이제 그릴 그림은 틀림없이 성공할 거야."

그녀는 아무 말도 하지 않았다. 그에게 이야기하진 않았지만 공익 전당포를 나오며 만났던 사람을 생각하고 있었다. 그러나 멍하니 있다가 자기도 모르게 별 이유 없이 그 말이 불쑥 튀어나오고 말았다.

"방자드 부인이 죽었대요."

그도 놀랐다. "아! 정말! 어떻게 알았는데?"

"부인의 집에 있던 오래된 집사를 만났어요. 오! 그 사람은 지금 일흔 살인데도 아주 건장하던데요. 그를 못 알아봤지 뭐예요. 그 집사가 나에게 말해 주었어요. 부인이 6주 전에 죽었대요. 수백만 프랑의 재산은 두 명의 하인이 소시민으로 살아갈 수 있는 연금을 제하고 전부 고아원과 양로원에 기탁되었대요."

그는 그녀를 쳐다보더니, 마침내 슬픈 목소리로 중얼거렸다.

"가여운 크리스틴, 당신은 분명 후회하고 있겠지? 내가 여러 번 말했던 것처럼 그녀는 당신에게 재산도 물려주고, 결혼도 시켜 주었을 텐데 말이야. 당신이 부인의 상속인이 되었다면 나 같은 미친놈하고 배를 곯을 일은 없었을 텐데."

그제야 그녀는 정신이 든 것 같았다. 갑자기 그녀는 의자를 가까이 가지고 와서는 한 손으로 그를 감싸 안고 있는 힘을 다해 아니라고 부정하며 그에게 몸을 맡겼다.

"무슨 말을 하는 거예요? 아! 아니에요, 정말, 아니에요……. 내가 부인의 돈에 욕심을 냈다면 부끄러운 일이죠. 만약 그랬다면 당신에게 그렇다고 했겠죠. 내가 거짓말하지 않았다는 걸 당신도 잘 알잖아요. 하지만 나는 그것 때문에 마음 설레고 슬퍼했던 나 자신이 미워요. 아! 모든 게 끝난 것 같다는 슬픔을 이젠 알 것 같아요. 아마 가책 때문일 거예요. 나를 딸이라 부르며 귀여워했던 그 늙고 불쌍한 노인을 갑자기 버리고 떠나온 데 대한 후회 말이에요. 나는 나쁜 짓을 했고, 벌을 받아 마땅해요. 알고 있어요. 아니라고 말씀하지 마세요. 앞으로 내 인생에 별로 남은 게 없다는 걸 잘 알고 있어요."

그리고 그녀는 후회로 숨이 막혀 울음을 터뜨렸다. 이제 자신의 인생은 결단이 났고, 이제 자기를 기다리고 있는 것은 불행뿐이라는 생각밖에 들지 않았다.

"자, 눈물 닦아." 마음이 약해진 그는 재차 말했다. "제정신이라면 어떻게 그런 황당한 생각을 하고 괴로워할 수가 있어? 세상에…… 우린 난관을 잘 헤쳐 왔잖아! 그리고 다른 무엇보다 내가 앞으로 그릴 그림의 주제를 발견하게 해 준 것도 당신이잖아. 응? 당신은 그렇게 저주받을 사람이 아니야. 당신은 행운을 가져다주는 사람이야!"

그는 웃었고, 그녀는 남편이 자기를 위로하려고 애쓰는 모습을 보며 고개를 끄덕였다. 그가 그리려는 그림 때문에 그녀는 이미 마음에 상처를 입고 있었다. 왜냐하면 다리 위에서 그는 그녀가 자기 사람이 아니라는 듯이 그녀의 존재를 잊고 있었기 때문이다. 특히 그 전날 밤부터 그녀는 그가 더 멀어진 것같이 생각되었고, 자기가 쫓아갈 수 없는 다른 세계에 있는 것 같았다. 그러나 그녀는 그가 위로의 말을 하도록 내버려 두었다. 그들은 예전에 나누던 키스를 한 후 식탁을 떠나 잠자리에 들었다.

어린 쟈크는 아무 소리도 듣지 못했다. 부동자세로 몸이 굳은 아이는 그림책에 볼을 파묻은 채 잠이 들어 있었다. 너무 무거워 가끔 목을 가누지 못하는 저능아의 큰 머리가 등잔불 아래서 창백한 빛을 띠고 있었다. 아이의 어머니가 아이를 침대에 눕힐 때에도 눈을 뜨지 못했다.

그 즈음 클로드는 크리스틴과 정식으로 결혼할 생각을 했다. 관례에 어긋나는 두 사람의 관계에 반대하는 상도즈의 충고도 충고려니와 마음속에서 생긴 연민의 감정과 그녀에게 잘 보이고 싶은 마음, 또 그의 잘못을 용서받고 싶은 생각에 결혼을 결심하게 된 것이다. 얼마 전부터 그녀가 너무 슬퍼 보였기 때문에 그는 어떻게 해야 그녀를 즐겁게 해 줄 수 있을지를 몰랐다. 자기 자신도 신경이 날카로워져서 옛날처럼 화를 잘 내었고, 때때로 그녀를 당장이라도 쫓아낼 하녀처럼 취급하고 있었다. 정식으로 그의 아내가 되면 그녀도 훨씬 자기를 가족처럼 생각할 것이고, 그의 무례한 행동도 한결 덜 괴롭게 여길 것이다. 그런데 그녀는 마치 세상일에는 관심이 없다는 듯이, 또 그 일은 전적으로 남편에게 달렸다는 듯이 입 밖에 결혼 이야기를 꺼내지 않았다. 그러나 그는 그녀가 상도즈의 집에 초대받지 못해 슬퍼하는 것을 알았다. 다른 한편으로는 이제 그들은 자유롭게 고립된 시골에서 사는 것이 아니라 수많은 악의에 찬 이웃들과 함께 파리에서 살고 있기 때문에 남자와 동거하는 여자의 마음에 상처를 줄 수 있는 그 모든 관계들을 피할 수 없었다. 내심 그가 결혼을 꺼리는 이유는 오직 인생을 자유분방하게 살고 싶은 예술가로서의 오래된 편견 때문이었다. 그가 그녀를 떠날 수 없음이 자명한데, 그녀에게 이 기쁨을 주지 않을 이유가 어디 있겠는가? 그녀는 그 이야기를 들고 탄성을 지르며 달려와 그의 목을 껴안았다. 그녀 자신도 그 일에 대해 그렇게 감격할 줄은 몰랐다. 한 주 내내 그녀는 그 일로 너무나 행복했다. 그 후, 그녀가 마음의 평정을 찾고서도 한참이 지난 후에야 그들은 식을 올리게 됐다.

　무엇보다도 클로드는 이런 저런 서류들을 준비하는 데 조금도 서두르지 않았다. 그 때문에 필요한 서류가 다 준비되는 데만도 많은 시간이 걸렸다. 그는 그림 연구를 계속하였고, 그녀도 그와 마찬가지로 시들해졌다. 무슨 소용이 있단 말인가? 결혼을 한다고 실제로 그들의 생활이 달라질 리 없었다. 그들은 시청에서 하는 예식만 하기로 했는데, 교회에서 올리는 예식을 무시해서가 아니라 빨리 간단하게 식을 치르기 위해서였다. 그들은 증인 문제로 한순간 당황했다. 그녀는 아는 사람이 아무도 없었기 때문에 그는 상도즈와 마우도가 어떠냐고 했다. 처음에는 마우도보다 뒤뷔슈를 생각했지만, 요즘 통 만나질 않았고, 또 그의 평판을 나쁘게 하고 싶지 않은 마음에서였다. 자기의 증인으로는 조리와 가니에르가 서 주면 되었다. 이렇게 해서 결혼식은 친구들끼리의 행사가 되었고, 아무도 이 일에 대해 입방아를 찧을 수 없었다.

　몇 주일이 흘렀고, 12월의 매서운 추위가 시작되었다. 결혼식 전날 그들의 수중엔 35프랑밖에 남아 있지 않았지만, 간단히 악수만 하고 증인들을 보낼 수는 없는 노릇이었다. 집에 초대하는 법석을 피하기 위해 그들은 클리쉬 대로에 있는 작은 식당에서 친구들을 대접하기로 결정했다.

아침에 크리스틴이 이날을 위해 특별히 솜씨를 부려 만든 회색 양모 원피스에 칼라를 다는 동안, 벌써 예복을 다 차려 입은 클로드는 하릴없이 방 안만 왔다 갔다 하다가 갑자기 마우도를 데리러 갈 생각을 했다. 마우도가 약속을 잘 잊어버리기 때문이라고 했다. 조각가는 그의 인생을 흔들어 놓은 일련의 사건 이후, 지난 가을부터 몽마르트르의 티웰가에 있는 작은 아틀리에에서 살고 있었다. 처음에 그는 집세를 내지 못해 셰르슈 미디에 있는 과일 가게 건물에서 쫓겨났고, 그 후 셴과 결별했다. 그림을 그려서 살아갈 수 없음을 깨달은 셴은 절망하여 장사에 손을 댔다. 그는 어떤 과부의 출자를 받아서 파리 교외의 여러 마을을 두루 돌아다니며 시장에서 노점상을 하고 있었다. 그리고 마지막으로 마틸드가 돌연 증발하는 일이 벌어졌다. 약방이 팔리고 약방의 주인 여자가 사라졌는데, 분명 그녀를 좋아하는 어떤 남자에게 납치되어 어느 은밀한 아파트 구석에 숨어서 그를 즐겁게 해 주고 있을 것이었다. 그는 혼자서 전보다 더 비참한 생활을 하고 있었는데, 건물의 장식을 지운다든가 자기보다 처지가 나은 조각가의 작품에 마지막 손질을 해 주는 일을 할 때에만 끼니를 때울 수가 있었다.

"알겠지? 내가 마우도를 데리러 갈게. 그래야 확실해." 클로드는 다시 말했다. "아직 두 시간 남았으니까……. 그리고 만약 다른 친구들이 오면 기다리라고 해. 모두 함께 시청에 가는 게 좋을 테니까."

클로드는 밖으로 나오자 걸음을 빨리했다. 날씨가 너무 추운 탓에, 콧수염 아래로 얼음 조각이 매달렸다. 마우도의 아틀리에는 연립주택이 끝나는 곳에 있었다. 그래서 그는 서리가 하얗게 덮인 묘지와 썰렁하고 황폐한 정원들을 지나가야 했다. 멀리 커다란 조각상이 입구에 놓여 있는 것이 보였다. 그것은 예전에 살롱전에 전시되었던 「포도 따는 여자」인데, 집이 좁아 안에 들여놓을 수가 없었던 것이다. 그 조각상은 보기에도 무참하게 부패되어 있었다. 마치 화차에서 쏟아진 거대한 잔해와도 같은 모습으로, 빗물로 인한 검은 눈물 자국이 새겨져 있었다. 열쇠가 문에 꽂혀 있었기 때문에 그는 안으로 들어갔다.

"아니! 자네 날 데리러 왔어? 마우도가 놀라서 말했다. 모자만 쓰면 되는데…… 하지만 조금만 기다려. 불을 좀 때야 할까 생각 중이야. 조각상이 염려돼서."

아틀리에 안은 밖이나 마찬가지로 추웠기 때문에 통에 받아 둔 물이 얼어 있었다. 왜냐하면 일주일 전부터 돈이 한 푼도 남지 않은 그는 조금 남은 석탄을 아껴서 아침에만 한두 시간 불을 피우고 있었기 때문이다. 이 아틀리에는 음울한 지하무덤 같았다. 이곳에 비하면 예전에 살던 상점 건물은 오히려 쾌적했다는 생각이 들 정도였다. 벽은 너무 헐었고, 갈라진 천장의 틈 사이로 얼음같이 차가운 수의가 어깨 위를 덮는 느낌이었다. 덜 거추장스러운 다른 조각상들이 구석을 차지하고 있었는데 모두가 한때 열정적으로 제작된 조각상들로, 전시된 후에 사 가는 사람이 아무도 없어 다시 돌아와 추위에 떠는 부상병의 행렬처럼 코를 벽 쪽으로 향한 채 줄지어 서 있었다. 그중 몇 개는 벌써 손상되어 수족이 나뒹굴고 있었고, 모든 조각상이 먼지에 뒤덮이고 점토 세례를 받아 형편없이 더럽혀져 있었다. 이들의 비참한 누드상들은 심혈을 기울여 자기를 만들어 준 예술가 앞에 몇 년 동안이나 끔찍한 임종의 고통 속에서 지내고 있었다. 처음에는 장소가 없음에도 불구하고 아끼는 마음으로 보존되었지만, 언제부턴가 이것들은 죽은 물건처럼 기괴한 모습으로 변하고 말았다. 그래서 어느 날엔가 예술가는 망치를 직접 들고 자기 손으로 이것들을 폐기 처분하기 위해 가루로 만들고 말 것이다.

"그래? 아직 두 시간 남았다고 했나?" 마우도가 말했다. "좋아! 그렇다면 불을 좀 피워 두는 게 좋을 것 같군."

그때 그는 난로에 불을 지피며, 성난 목소리로 불평을 늘어놓았다. 아! 이 조각가라는 직업이 얼마나 거지같은 직업인가! 석공의 조수도 이보단 나을 것이다. 정부가 3천 프랑에 구입한 조각상도 모델, 점토, 대리석이나 청동 비용만 합해도 벌써 2천 프랑 정도는 될 것이다. 게다가 설치할 장소가 없다는 핑계로 관청의 창고 속에서 여러 해를 묵혀 두기 십상이다. 기념 건조물들의 조각대도 비어 있고, 공원의 받침돌 위에도 아무것도 놓이지 않았는데도, 그런 것은 도무지 상관하지 않는다! 언제나 설치할 장소가 없다는 핑계로 말이 통하지 않는다. 거기에 일반 주문은 거의 없다고 해도 과언이 아니다. 간신히 흉상이라든가 싸구려 조각상이 극히 드물게 있을 뿐, 그것도 형편없이 가격이 깎이는 형편이다. 아! 예술 중의 예술, 가장 고귀하고 가장 늠름한 조각은 기껏해야 가장 굶어죽기 좋은 예술이 되고 말았다.

"자네, 작품은 잘 돼가?" 클로드가 물었다.

"이 얼어 죽을 추위만 아니라면 벌써 완성했을 텐데." 그는 대답했다. "이걸 봐."

아틀리에 중앙에 포장용 나무 상자가 받침대 대신에 놓여 있었다. 그 위에 낡은 천으로 덮인 조각상이 서 있었는데, 그 천은 건드리면 금방 찢어질 정도로 꽁꽁 얼어붙어 있어서, 마치 흰색 수의를 걸치고 있는 듯했다. 어쨌든 그것은 돈이 없어 아직까지 현실화시키지 못하고 있는, 오래전부터 간직해온 그의 꿈이었다. 그것은 「해수욕하는 여자」의 입상으로, 아틀리에 안에는 몇 년에 걸쳐 만들어 온 축소 모형이 줄지어 서 있었다. 그는 충동을 못 참고 어느 순간, 이 조각상을 만드는 데 필요한 철물 골조 없이 잘 버텨 주기를 바라며 대걸레의 나무 손잡이로 골조를 만들어 버렸다. 어떻게 되나 보려고 가끔 흔들어 보았는데, 아직까진 끄떡없었다.

"제기랄!" 그는 중얼거렸다. "온기만 조금 있어도 좋을 텐데……. 이게 달라붙어서 정말 갑옷 같아."

조각을 감싸고 있던 천이 그의 손가락 아래서 찢어졌고, 얼음 조각들이 부서졌다. 그는 열기가 그것들을 약간 녹여 줄 때까지 기다려야 했다. 그리고 그는 매우 조심스럽게 조각상을 둘러싸고 있는 천을 벗겼다. 먼저 머리를 벗기고 이어 가습과 엉덩이를 벗긴 후, 사랑하는 여자의 벌거벗은 몸을 보는 연인 같은 미소를 지으며 그것들이 그대로 있는 것을 보고 기뻐했다.

"자, 어때?"

클로드는 작품의 시작밖에는 보지 못했기 때문에 어깨만 으쓱할 뿐, 대답을 하지 못했다. 분명 마우도는 무의식적으로 우아함에 도달하기 위해, 예전 석공의 거친 손가락으로 예쁜 것들을 만들어 내고 있었다. 그는 「포도 따는 여자」 이후 미처 자기 자신도 눈치를 채지 못했지만, 작품을 축소시켜 오고 있었다. 그는 입으로 예술가의 기질을 표현해야 한다고 큰소리쳤지만, 그의 눈은 푹 빠져 있는 부드러움에 자리를 양보했다. 거대한 가슴은 소녀의 가슴으로 축소되었는데, 다리는 날씬하며 우아했다. 이것이야말로 야심의 거품이 빠지고 난 뒤, 비죽이 튀어나온 마우도의 진짜 천성이었던 것이다. 여전히 과장된 점은 있었지만, 그의 「해수욕하는 여자」는 추위에 떠는 어깨 하며 가슴을 감싸 안고 두 팔을 끼고 있는 모습이 대단히 예뻤다. 마우도는 가난 때문에 억제된 여자에 대한 욕구를 충족시키기 위해 이 사랑스러운 가슴을 반죽했고, 자기 마음을 두근거리게 하는 관능적인 여체를 만들어 낸 것이었다.

"왜, 마음에 들지 않아?" 그는 불만스러운 태도로 물었다.

"오! 아니야, 아니야……. 자네가 작품에 우아함을 가미한 것은 잘한 것 같아. 왜냐하면 자네가 그런 식으로 느끼니까. 이 작품은 성공할 거야. 흠, 틀림없어. 사람들 마음에 들 것 같아."

예전 같으면 그런 칭찬이 마우도를 고민하게 만들었겠지만, 이 말을 듣고 마우도는 매우 기뻐했다. 그는 자기의 신념을 포기하지 않으면서 대중의 마음에 들고 싶다고 설명했다.

"아! 세상에! 자네가 좋아하니 이제 좀 안심이 되는군. 만약 자네가 나더러 부숴 버리라고 했으면 난 정말 부숴 버렸을 거야! ……2주일만 더 필사적으로 일해 봐야겠군. 주조공에게 돈을 지불하기 위해서라도 말이야. 어때? 살롱전에서 평판이 괜찮을 것 같지 않아? 어쩌면 수상할지도 몰라!"

그는 이렇게 말하며 웃었으나 안절부절못했다.

"아직 시간이 있으니까 좀 앉아……. 천이 완전히 다 녹을 때까지 기다릴게."

난로는 점점 뻘게지면서 뜨거운 열을 뿜게 댔다. 「해수욕하는 여자」는 바로 그들 곁에 놓여 있었는데, 종아리부터 목덜미까지 올라오는 더운 숨결에 생명이 다시 돌아오는 듯했다. 그러자 두 사람은 앉아서 정면으로 조각상을 바라보면서 신체의 각 부분을 뜯어보며 세부적으로 비평을 했다. 특히 조각가는 기뻐서 어쩔 줄을 몰랐고, 멀리서 부드러운 동작으로 그녀를 애무했다. 어때? 저 배의 곡선과 아름답게 들어간 허리 좀 봐. 그것 때문에 왼쪽 엉덩이가 더 볼록하지!

그 순간, 배를 바라보고 있던 클로드의 두 눈에 착각이 일어난 듯했다. 조각상이 움직인 것이다. 배에 가벼운 진동이 일면서 왼쪽 엉덩이가 팽팽하게 당겨지는 듯하더니 오른쪽 다리가 움직이려고 했다.

"그리고 저 허리 쪽으로 점점 가늘어지는 선 말이야." 아무것도 보지 못한 마우도가 계속했다. "아! 내가 표현하고 싶었던 게 바로 저거거든! 여보게, 저길 봐. 피부가 비단결 같잖아."

점점 더 조각상에 생명이 돌아와, 이제는 완전히 살아 있는 사람과도 같아졌다. 허리가 좌우로 흔들렸고, 커다란 한숨 소리와 함께 두 팔이 풀리며 가슴이 부풀어 올랐다. 그러더니 갑자기 고개가 기울어지고 다리가 휘면서 살아 있는 여자가 쓰러질 때와 똑같이 생생하게 두렵고 고통스러운 모습으로 쓰러졌다.

클로드는 이제야 자기가 본 모든 것이 이해가 되었다. 마우도는 처참하게 비명을 질렀다.

"맙소사! 부서지다니, 바닥에 쓰러졌어!"

점토가 녹으면서 약하기 짝이 없는 나무 골조를 부러뜨린 것이었다. 골조에 균열이 생기며 뼈가 부러지는 소리가 들렸고, 그러자 그는 멀리서 열광하며 애무하던 때처럼 사랑스러운 동작으로, 밑에 깔려 죽을 위험을 무릅쓰고 두 팔을 벌려 조각상을 껴안았다. 그것은 잠깐 흔들거리다가 발을 바닥 위에 남겨 둔 채 발목을 부러뜨리며, 대번에 정면으로 쓰러졌다.

클로드는 친구를 붙잡으러 달려갔다.

"빌어먹을! 깔릴 뻔했잖아!"

그러나 조각상이 바닥에 쓰러지는 최후의 모습을 볼 수 없었던 마우도는 두 팔을 내민 채 그대로 있었다. 그러자 그것은 그의 목으로 쓰러지는 듯했다. 그는 쓰러지는 조각상을 포옹하는 자세로 받았고, 처음 육체의 눈을 뜬 것처럼 생기를 지닌 이 순결한 나신의 거대한 조각상을 두 팔로 껴안았다. 둘의 몸은 한데 엉키고 말았다. 연인의 가슴은 그의 어깨에 눌려 납작해졌으며, 그의 엉덩이가 연인의 엉덩이를 부수었다. 한편, 잘려 나간 머리는 땅에 굴러다니고 있었다. 충격이 너무 컸기 때문에 그는 벽까지 밀리며 나동그라졌다. 그리고 여인의 동강난 몸뚱이를 손에서 놓을 생각을 하지 못한 채 기절하여 그 옆에 꼼짝 않고 누워 있었다.

"아! 제기랄!" 마우도가 죽은 줄 알고 몹시 당황한 클로드는 같은 말을 반복했다.

마우도는 엉금엉금 일어나 무릎을 꿇고 앉더니 흐느끼기 시작했다. 그는 넘어지면서 얼굴을 다쳤을 뿐이었지만 볼에서 피가 흐르고 있었고, 곧 눈물이 뒤범벅되어 흘렀다.

"빌어먹을 놈의 가난! 단 두 개의 철물 골조만 살 수 있었어도 이 꼴이 되지는 않았을 텐데! 결국! 결국······."

그는 더욱 서럽게 흐느꼈고, 사랑하는 여자의 절단된 시체 앞에서 고뇌의 탄식과 절망으로 울부짖었다. 그는 떨리는 손으로 자기 주변에 흐트러진 머리며 상반신, 조각난 팔들을 만져 보았다. 그러나 무엇보다 어떤 끔찍한 공격이라도 당한 듯이 푹 꺼진 가슴, 이 납작해진 가슴에 그는 더욱 마음 아파했다. 그는 하염없이 조각들을 쳐다보며 상처를 살피고, 생명을 앗아간 균열을 찾고 있었다. 그러는 동안 그가 흘리는 눈물은 피범벅이 되어 상처 주위를 빨갛게 물들이고 있었다.

"날 좀 도와줘." 그가 겨우 더듬거리며 말했다. "이걸 그냥 이렇게 두고 갈 순 없잖아."

같은 예술가로서의 형제애에 클로드의 마음도 울적해졌고, 두 눈에 눈물이 괴었다. 그는 열심히 도와주려고 했으나 마우도는 일단 그에게 도움을 요청한 다음, 행여 그것들을 거칠게 다룰까 봐 혼자서 파편을 줍기를 원했다. 그는 무릎을 꿇고 천천히 파편 조각을 하나하나 주워 바닥에 차례로 눕혔고, 곧 그것은 다시 원래의 모양을 되찾았다. 마치 실연을 당해 건물 꼭대기에서 뛰어내려 박살이 난 자살한 여자의 모습 같았다. 시체 공시장으로 가져가기 전에 조각난 육체를 짝 맞추어 놓은 것처럼 우습기도 하고, 비참하기도 했다. 일을 마친 마우도는 조각상 앞에 앉아 한참을 눈을 떼지 못하고, 비탄에 잠겨 있었다. 그러나 그는 마음을 진정시키고 흐느끼던 것을 멈추더니, 크게 한숨을 쉬며 말했다.

"이젠 잠들게 해 줘야지, 별수 있나! ……아! 내 불쌍한 애인, 내가 그녀를 살리려고 얼마나 애를 썼는데, 그런데 너무 큰 것 같았어!"

그러나 클로드는 갑자기 걱정이 되었다. 그의 결혼식은 어떻게 하나? 마우도는 옷을 갈아입어야 했다. 그는 예복이 한 벌밖에 없었기 때문에 그냥 평상복으로 만족해야 했다. 시체 위에 이불을 씌우듯이 조각상을 천으로 덮은 후 두 사람은 뛰어갔다.

두에가의 집에 가 보니 쟈크만 남아 있어 관리인이 돌봐 주고 있었다. 크리스틴은 기다리다 지쳐 오해가 있는 것으로 생각하여 나머지 세 명의 증인들과 출발한 참이었다. 클로드는 마우도와 함께 직접 그리로 온다고 했을 것이다. 그래서 클로드와 마우도는 걸음을 빨리하여 두루오가의 시청 앞에 가서야 젊은 여자와 세 명의 남자를 겨우 따라잡을 수 있었다. 그들은 모두 함께 올라갔고, 시청 직원은 그들이 늦었다고 마구 투덜거렸다. 게다가 결혼식은 아무도 없는 방에서 몇 분 만에 끝나고 말았는데, 시장은 어름어름 말하였고, 두 신랑신부는 "예"라는 엄숙한 대답을 간결하게 말했다. 그러는 동안 증인들은 방 안의 촌스러운 장식을 보고 놀라워하고 있었다. 밖으로 나온 클로드는 크리스틴의 팔을 끼었고, 그것이 전부였다.

날씨는 맑고 쌀쌀하여 걷기에 좋았다. 일동은 평화롭게 갔던 길을 걸어서 돌아오며, 클리쉬 대로에 있는 음식점에 가기 위해 마르티르가를 올라갔다. 식당의 조그만 방이 예약되어 있었고, 점심 식사는 그냥 친구들끼리 하는 식사 같았다. 어느 누구도 방금 그들이 치르고 온 행사에 대하여 공식적인 한마디도 하지 않았다. 그들은 평소에 그들이 모였을 때와 마찬가지로 줄곧 다른 이야기에 골몰했다.

내색은 하지 않았지만, 사실 매우 감격해 있던 크리스틴은 벌써 세 시간 내내 남편과 증인들이 마우도의 불행한 조각상 이야기에 열을 올리는 것을 듣고 있었다. 다른 친구들은 마우도의 조각상이 깨졌다는 걸 알고 나서 세부적인 면을 구체적으로 이야기하기 시작했고, 상도즈는 어떻게 그것이 서 있을 수 있었느냐고 놀라워했다. 조리와 가니에르는 골조의 견고함에 대해 토론하였고, 조리는 돈이 손실된 것을 아까워했다. 또 가니에르는 의자를 가지고 와서 조각상이 서 있을 수 있는지를 입증하려고 했다. 아직도 정신이 얼떨떨한 마우도는 충격에서 헤어나지 못한 채, 처음에는 몰랐던 다친 상처들이 아프다고 투덜거렸다. 그는 마치 돌덩어리를 안았다가 빠져나온 듯이 팔다리가 쑤셨으며, 찰과상을 입었고 멍이 들어 있었다. 크리스틴은 마우도의 볼에 다시 흐르기 시작한 피를 닦아주며, 마치 사지가 절단된 그 여자 조각상이 식탁에 같이 앉아 있는 것처럼 느껴졌다. 자기만이 그날을 중요하게 생각하고 클로드를 사랑할 뿐, 클로드는 점토로 된 가슴과 그것이 다리가 자기 발아래 부서졌을 때 기분이 어땠는지에 대해 반복해서 이야기하고 있었다.

그러나 후식을 먹을 때쯤 약간의 기분전환이 있었다. 가니에르가 갑자기 조리에게 이런 질문을 던진 것이다.

"그런데 이보게, 일요일에 자네 마틸드하고 함께 있었잖아……. 그래 맞아, 도핀가에서."

조리는 얼굴이 새빨개지며 변명을 하려고 했다. 그러나 그는 코를 벌렁거리며 입을 찡그리더니, 겸연쩍게 웃기 시작했다.

"아! 우연히 만났네……. 정말이야! 난 그 여자가 어디 사는지도 몰라. 알았으면 자네들에게 이야기해 주었지."

"뭐야! 그녀를 숨기고 있는 게 자네란 말이야?" 마우도가 버럭 고함을 질렀다. "잘해 봐. 자네가 가져. 아무도 도로 달라

안 할 테니."

사실은 이리저리 재고 인색하던 조리가 평소의 습관을 어기고 마틸드를 자기 집에 가두어 두고 있었다. 그녀는 그의 약점을 이용하여 그를 꼼짝 못하게 만들었고, 돈을 아끼기 위해 거리의 여자를 데려오던 조리 역시 그 흡혈귀와 살림을 차린 것이다.

"오! 사람은 쾌락이 있다고 믿는 데서 쾌락을 찾는 법이지." 상도즈가 철학자같이 너그럽게 말했다.

"맞는 말일세." 조리가 담배에 불을 붙이며 말했다.

그들은 후식을 천천히 먹었고, 집에 가서 자야겠다는 마우도를 데려다줄 때에는 밖은 이미 깜깜했다. 그러고 나서 클로드와 크리스틴은 집으로 돌아왔다. 관리실에서 쟈크를 찾아 집 안에 들어서자 아틀리에는 썰렁했고, 너무도 짙은 어둠에 잠겨 있었기 때문에 그들은 한참을 더듬거려서야 겨우 불을 켤 수가 있었다. 또 난로에도 불을 지펴야 했다. 그들이 겨우 숨을 돌리게 되었을 때, 시계가 일곱 시를 쳤다. 그러나 그들은 시장하지 않았다. 하지만 아이에게 수프를 먹이기 위해 자기들도 저녁 식사로 남은 삶은 고기를 먹었다. 그리고 아이를 재우고 난 후, 그들은 평소의 저녁때처럼 등잔불 아래에 앉았다.

크리스틴은 일이 손에 잡히질 않았다. 그녀는 일을 할 수 없을 정도로 감격해 있었던 것이다. 그녀는 일을 멈추고 손을 식탁 위에 둔 채 가만히 앉아서 클로드를 쳐다보았다. 클로드는 그림의 한구석을 차지하고 있는, 생 니콜라 항구에서 석고 가루를 배에서 내리는 인부들을 그린 스케치에 몰두했다. 그런 그의 모습을 바라보면서, 무의식적으로 떠오르는 몽상과 몇몇 추억들, 후회의 감정 같은 것들이 그녀를 스쳐 지나갔다. 그의 바로 곁에서 느끼는 이런 무관심과 끝없는 고독 때문에 그녀는 점점 더 슬퍼진 나머지 말할 수 없이 고통스러운 느낌이 들었다. 그는 변함없이 그녀와 함께 테이블 맞은편에 있긴 했지만, 그녀에게는 그가 저 시테섬의 끝에 섰을 때보다도 더 멀게만 느껴졌다. 그는 영원히 접근할 수 없는 예술 안에 서 있었기 때문에 너무도 멀리 느껴졌고, 이제 다시는 그를 만날 수조차 없을 것만 같았다! 몇 번이나 그녀는 대화를 시도해 보았지만, 그에게서 대답을 들을 수가 없었다. 그렇게 몇 시간이 흘렀고, 아무 일도 하지 않은 채 꼼짝 않고 앉아 있던 그녀는 지갑을 꺼내 돈을 세기 시작했다.

"우리가 신혼살림을 꾸려 갈 수 있는 돈을 얼마나 가지고 있는지 알아요?"

클로드는 고개조차 돌리려고 하지 않았다.

"겨우 9수뿐이에요……. 아! 너무 비참한 시작이에요!"

그는 어깨를 으쓱하더니, 마침내 거칠게 말했다.

"우린 부자가 될 테니까, 염려 마!"

그리고 침묵이 다시 시작되었다. 그녀는 그를 방해할 엄두도 내지 못한 채 9수를 식탁 위에 늘어놓았고, 그때 시계가 자정을 알렸다. 그녀는 기다리다 지치고 추워져서 몸이 떨려 왔다.

"이제 잘까요?" 그녀가 작은 소리로 말했다. "이제 더 못 있겠어요."

그는 너무도 일에 열심이었기 때문에 그녀의 말을 듣지 못했다.

"네? 난롯불이 꺼졌는데, 이러다 병나겠어요. 이제 그만 자요."

그의 애원하는 소리가 그의 귀에 들리자, 그는 갑자기 화가 나 소리쳤다.

"자고 싶으면 당신이나 자! 보다시피 난 이 일을 마쳐야겠어."

순간 그녀는 그의 화내는 모습에 놀라 고통스러운 표정을 지었다. 그러자 그녀는 자기가 성가신 존재이며, 아무 일도 하지 않는 여자의 존재가 그를 화나게 만든 사실을 깨닫고는 테이블에서 일어나 문을 활짝 열어 둔 채 자러 들어갔다. 30분이 지나고 45분이 지나도, 방 안에서는 숨소리조차 들리지 않았다. 그러나 그녀는 잠이 오지 않아 가만히 누워서 어두운 허공을 향해 눈을 뜨고 있었다. 그러다가 용기를 내어 어두운 골방 속에서 마지막으로 그를 불러 보았다.

"여보, 나 당신을 기다리고 있어요……. 제발, 여보, 자러 오세요."

욕설만이 들려왔다. 밖은 쥐 죽은 듯이 고요했고, 그녀도 잠이 든 것 같았다. 아틀리에 안은 살을 에는 듯한 추위가 점점 심해졌고, 검게 그을린 등잔은 빨간 불꽃을 내며 타오르고 있었지만, 그림을 그리느라 몸을 숙이고 있는 그는 천천히, 아주 천천히 흐르고 있는 시간을 알지 못하는 것 같았다.

시계가 새벽 두 시를 알렸고, 기름이 다 된 등잔불이 가물거리며 꺼져 가는 것을 느낀 클로드는 화를 내며 테이블에서 일어섰다. 그는 어둠 속에서 더듬거리며 옷을 벗지 않기 위해, 꺼져 가는 등잔불을 들고 겨우 침실로 들어올 수 있었다. 그런데 크리스틴이 누운 채 눈을 뜨고 있는 것을 보자, 그의 불만은 더 커졌다.

"아니! 안 자고 있었어?"

"네, 잠이 안 와요."

"아! 알겠어, 나를 비난한다는 걸…… . 당신이 나를 기다리고 있는 게 얼마나 나를 불편하게 하는지 몇 번씩이나 말했잖아."

등잔불이 꺼졌다. 그는 어둠 속에서 그녀 옆에 나란히 누웠고, 그녀는 여전히 꼼짝하지 않고 있었다. 너무 피곤했던 그는 하품을 두 번 했다. 여전히 두 사람은 잠이 들지 않고 있었다. 그러나 그들은 아무 할 일도, 나눌 이야기도 없었다. 추위에 언 그의 다리가 뻣뻣하게 굳어 이불 안으로 냉기를 뿜어내고 있었다. 그는 잠이 오는 듯 몽롱하게 있더니, 갑자기 소리를 지르며 벌떡 일어났다.

"놀라운 일은 배가 깨지지 않았다는 거야. 오! 배는 정말 예뻤는데!"

"누가 말이에요?" 놀란 크리스틴이 물었다.

"마우도의 조각상 말이야."

그녀는 소스라치게 놀라 몸을 바르르 떨더니, 돌아누워서 고개를 베개 속에 파묻었다. 그녀가 흐느끼는 소리를 듣고서야 클로드는 깜짝 놀랐다.

"뭐야? 당신 울어!"

그녀는 숨도 쉬지 못한 채 너무도 서럽게 울었기 때문에 침대 매트리스가 흔들릴 정도였다.

"이봐, 도대체 왜 그러는 거야? 난 당신에게 아무 말도 안했어……."

그는 비로소 그녀가 왜 그렇게 슬퍼하는지 알았다. 두말할 것도 없이, 적어도 그날만큼은 그녀와 함께 잤어야 했던 것이다. 그러나 그는 그 생각을 전혀 하지 못했을 뿐, 사실 아무 죄가 없었다. 그녀도 그 사실을 잘 알고 있었다. 일할 때의 그는 진짜 난폭해지곤 했으니까.

"아, 여보, 우리가 어제 함께 자지 않았군……. 그래서 당신이 꽁하고 있는 거야. 신부가 되고 싶었는데, 그렇지? 이봐, 울지 마, 내가 나쁜 사람이 아니라는 걸 당신 잘 알잖아."

그는 그녀를 품에 안았고, 그녀는 몸을 맡겨 왔다. 그러나 서로 부둥켜안아 보아도 소용이 없었다. 그들 사이에 정열이 죽어 있었고, 그들이 안았던 몸을 풀고 나란히 누웠을 때 그들은 서로 낯설기만 하였다. 그들 사이에 어떤 장애물이 놓여 있는 것만 같았다. 마치 다른 사람의 몸이 거기에 그들과 같이 있는 것도 같았다. 그런데 그들은 그들의 몸 위에 와 닿는 이 싸늘한 감촉을 불타오르던 최초의 결합 때부터 이미 몇 번 느낀 적이 있었다. 앞으로 두 사람이 서로 녹아 일체가 되는 일은 다시는 없을 것이다. 그들 사이에 무언가 돌이킬 수 없는 균열과 공백이 생기기 시작했다. 아내라는 역할이 사랑하는

여자의 정열을 쇠약하게 만들고, 결혼이라는 형식이 사랑의
감정을 죽여 버린 것만 같았다.

9장

　두에가의 작은 아틀리에에서 큰 작품을 도저히 그릴 수 없던 클로드는, 다른 곳으로 집을 옮기더라도 그림을 그리기에 충분한 공간이 있는 창고를 빌려야겠다고 마음먹었다. 그러던 중, 몽마르트르 언덕을 어슬렁거리다가 약간 경사진 투를라크가에서 자기가 찾고 있던 집을 발견했다. 이 길은 공동묘지 뒤의 내리막길로, 그곳에서부터 바로 밑의 클리쉬나 저 멀리 젠빌리에의 늪지대가 훤히 내려다보이는 곳이었다. 예전에 염색 공장의 건조실로 사용하던 가로 10미터, 세로 15미터의 가건물인데, 바닥과 벽에서 바람이 흘러들어 오고 있었다. 그는 300프랑을 주고 그 집을 빌렸다. 곧 여름이 올 테고, 일을 재빠르게 해치운 뒤 그 집을 떠나면 되리라 생각했다.

　그때부터 그는 일을 하고 싶은 열정과 희망에 넘쳐 집을 옮기는 데에 드는 비용을 지불하기로 결정했다. 성공이 확실히 눈앞에 보이는데, 쓸데없이 돈을 아끼다가 그것을 놓칠 이유가 있겠는가? 그는 자기 마음대로 1천 프랑의 연금을 떼어 썼고, 곧 무차별한 지출에 익숙해졌다. 처음에 그는 그 사실을 크리스틴에게 이야기하지 않았다. 왜냐하면 그녀가 이미 두 번씩이나 연금에 손을 대는 일을 말린 적이 있었기 때문이었다. 그가 모든 사실을 털어놓자, 그녀는 일주일 동안 비난과 걱정을 쏟아놓다가 결국에는 그녀 자신도 안락한 생활과 호주머니에 항상 돈이 있다는 안도감에 곧 익숙해졌다. 기껏해야 몇 년도 지속되지 못할 행복의 시작이었다.

클로드는 즉시 그림에만 매달렸고, 그는 넓은 아틀리에 안에 간단한 몇 개의 가구를 들여놓았다. 의자 몇 개와 부르봉 부두 시절부터 지니고 있던 오래된 장 의자, 고물상에서 100수를 주고 산 전나무 테이블이 전부였다. 그의 머릿속에는 그림을 그려야겠다는 생각뿐이었고, 호화롭게 아틀리에를 꾸미겠다는 생각은 애초부터 갖고 있지 않았다. 그가 유일하게 돈을 쓴 것은 바닥을 조정할 수 있는 이동식 사다리를 사기 위해서였다. 그다음에 길이 8미터, 높이 5미터의 캔버스를 마련해야 했다. 그것을 직접 만들겠다고 고집을 부린 그는 틀을 주문하고 재단하지 않은 천을 사서 다른 친구 두 명의 도움을 받아 힘들여 노루발로 고정시켰다. 캔버스에는 초벌칠을 하는 대신 팔레트 나이프로 흰색의 납을 펴서 발랐다. 그의 의견에 따르면 그렇게 하는 것이 물감의 흡수성이 좋고, 화면을 밝고 강력하게 만들어 준다는 것이었다. 이젤은 이 정도 크기의 화폭을 감당하기에는 터무니없이 작기 때문에, 널빤지와 밧줄을 이용해서 비스

394

듬히 햇살이 비치는 벽에 약간 늘어뜨려 거는 방법을 고안했다. 그렇게 되면 이 광대한 흰색 천의 구석구석을 이동식 사다리로 다닐 수 있을 것 같았다. 그 모습은 마치 이제부터 그릴 작품 앞에 지어진 교회의 골조 같았다.

하지만 이 모든 준비가 끝나자 그는 양심의 가책이 들었다. 혹시 최상의 빛을 받고 있는 자연을 선택한 것이 아닌지도 모른다는 생각이 그를 괴롭혔다. 아침빛이 더 낫지 않았을까? 흐린 날을 고르는 것이 더 낫지 않았을까? 그는 생 페르교로 돌아가 석 달을 더 관찰했다.

어떤 시각에도, 또 어떤 날씨에도 시테섬은 강의 두 지류 사이에 끼여서 그의 눈앞에 우뚝 서 있었다. 겨울을 마감하는 눈이 내릴 때 진흙 빛깔의 탁한 물 위에 떠 있는 섬은 흡사 흰 담비 털을 두른 것 같은 모습으로 밝은 청회색의 하늘에 더욱 선명히 두드러졌다. 봄이 오면서 태양이 비치기 시작하자 섬은 겨울옷을 툭 벗어던지고 둑의 파릇파릇 새싹이 오르는 나무들과 더불어 유아기의 모습을 되찾았다. 옅은 안개가 끼는 날에는 꿈속의 궁전과 같이 흐릿하게 떨면서 저 멀리 사라지곤 했으며, 내리치는 빗줄기에 섬 전체가 잠겨서 하늘에서 땅으로 늘어진 거대한 장막 뒤에서 자취를 감춘 적도 있었다. 폭풍우가 칠 때는 마치 강도가 곁눈질하듯이 번갯불이 섬의 모습을 비춰 주었는데, 그것은 거대한 구릿빛 구름이 무너져 내리면서 반쯤 파괴된 야수와도 같은 모습이었다. 또 강력한 돌풍의 위세로 섬에 몰아치는 바람은 점점 더 날카로워지면서 돌연 푸른

대기 속에서 벗은 몸에 채찍질당하는 섬의 모습을 보여 주기도 했다. 또 어떤 때에는 태양 빛이 센강에 이는 수증기 안에서 금빛 가루로 부서지면서 그지없이 밝은 빛에 둘러싸여, 섬 전체 어디에도 그림자 하나 없이 빛나는 모습을 드러냈는데, 그 모습은 보석을 박은 순금의 반지처럼 더할 나위 없이 섬세하고 아름다웠다. 그는 아침 안개를 헤치고 떠오르는 태양 아래에 놓여 있는 시테섬을 보고자 했다. 오를로즈 부두는 어스름히 붉은색을 띠는 한편, 오르페브르 부두는 여전히 어둠에 눌려 있었지만 이미 탑이나 첨탑은 분홍빛 하늘에 밝게 빛나며 그 모든 것이 생생하게 보이기 시작했다. 반면 밤은 천천히, 마치 외투가 어깨에서 흘러 떨어지듯 높은 건물 위에서부터 아래로 내려앉고 있었다. 그는 정오의 태양이 수직으로 내리비치는 섬도 보고 싶어 했다. 그때 섬은 너무나도 강한 빛에 침식되어 죽은 도시처럼 고요하고 색이 바래져서, 남은 것이라고는 더위 속의 삶과 멀리까지 이어지는 집들에 감도는 전율뿐이었다. 그는 또 태양이 지기 직전의 섬도 가 보았다. 밤은 강에서부터 천천히 올라오고 있었고, 쭉 늘어선 집들은 불타오르기 직전의 숯불과 같은 모습을 보였다. 창문은 불이라도 난 듯이 진홍빛으로 타오르고, 유리가 마지막 불꽃을 반사해서 건물의 정면에 구멍을 뚫고 있었다. 그러나 시간과 날씨가 달라짐에 따라 여러 모습으로 변하는 시테섬을 보면서, 그는 언제나 9월의 어느 날 오후 네 시경, 비로소 보게 되었던 시테섬의 모습으로 되돌아왔다. 불어오는 미풍 아래 그지없이 맑던 시테섬, 투명한 대기 안에 고동치던 이 파리의 심장, 작은 구름들이 흩어져 있는 광활한 하늘에 의해 더욱 넓게 펼쳐져 보이던 그 시테섬으로.

클로드는 매일 생 페르교 아래 그늘 안에서 하루를 보냈다. 그곳은 그의 피신처이자 집이었고, 지붕이었다. 끊임없이 지나가는 마차의 소용돌이가 마치 먼 곳에서 들려오는 천둥소리와 같이 시끄러웠지만, 그는 개의치 않았다. 거대한 철물 아치 아래 다리를 받치고 있는 첫 번째 기둥에 기대어 서서 그는 스케치와 색칠에 열중했다. 그는 만족하는 법이 없었고, 같은 부분을 열 번이고 다시 그렸다. 그곳에 있는 항만사무소 직원들도 마침내 그를 알아보기 시작했다. 그리고 타르 칠을 한 작은 집에서 남편과 두 아이 그리고 고양이와 함께 살고 있던 감독의 아내가, 그가 종이를 들고 매일 왔다 갔다 하는 수고를 덜어 주기 위해 종이를 깨끗하게 보관해 주었다. 그는 이 피난처의 생활이 즐거웠다. 공중에서 파리가 으르렁거렸으며, 생활의 열기가 머리 위에서 흐르고 있었다. 그의 마음을 사로잡은 것은 무엇보다도 생 니콜라 항구였다. 학사원 주변까지 퍼져 있는 그 항구의 분주한 열기는 마치 먼 바다의 항구를 연상시켰다. 기중기선 **소피**가 작동 중이어서 돌덩어리들을 들어 올리고 있었다. 모래 운반차가 와서 모래를 가득 싣고 있었고, 바지선과 바닥이 평평한 하천용 배가 두 줄로 줄지어 서 있었다. 물까지 완만하게 경사진 포장된 도로 위에는 사람과 동물의 무리가 떼지어 웅성거리고 있었다. 그는 몇 주 동안 배에서 석고를 나르는 인부들 데생에 열중했다. 그들은 어깨에 흰색 포대를 짊어

지고 있었으며, 그들 자신도 흰 가루를 뒤집어쓰고 있었지만
그들 뒤로 보이는 도로 역시 흰색의 석고 가루가 뽀얗게 덮여
있었다. 한편 그 곁에 짐을 다 내려 비어 있는, 석탄을 실은 배
한 척이 해안에 넓고 검은 반점과 같이 떠 있었다. 다음에 그는
왼쪽에 해수욕장의 모습과 또 다른 쪽에 세탁장의 모습도 덧붙
였다. 유리창을 활짝 열어 놓은 채, 여자들이 일렬로 나란히 물
가에 쪼그리고 앉아 빨래를 두드리고 있었다. 중경으로는 뱃머
리에 노를 젓고 있는 사공이 보이는 작은 배와 저 멀리 증기선
이 통들과 널빤지를 쌓은 뗏목을 쇠줄로 끌고서 강을 거슬러
올라가는 모습을 그렸다. 후경은 훨씬 전에 스케치해 놓은 것
으로 두 개의 센강 지류와 태양빛을 받아 금빛으로 빛나는 대
성당과 첨탑이 우뚝 솟은 넓은 하늘 등 몇몇 부분을 다시 그렸
다. 사람 사는 곳에서 멀리 떨어진 암굴이라고도 할 수 있는 이
다리 밑은 그에게 안성맞춤의 장소로서 아무도 그의 일을 방해
하지 않았고, 어쩌다가 낚싯대를 들고 나는 낚시꾼이 무관심한
표정으로 지나갈 뿐이었다. 친구라고는 태양을 바라보며 다리
위의 소동에는 아랑곳하지 않고 자기 얼굴을 닦는 데에만 여념
이 없는 태평한 감시인의 고양이뿐이었다.

마침내 클로드의 모든 스케치가 완료되었다. 그는 며칠 사이
에 전체적인 스케치를 완성했고, 대작의 제작이 시작되었다. 여
름 내내 그는 투를라크의 아틀리에에서 거대한 그의 대작과 첫
결전을 벌였다. 왜냐하면 그는 자기 방식으로 구도를 틀에 맞
추느라 혼신의 노력을 기울였지만, 그가 익숙하지 않은 수학적

설계도가 조금씩 어긋나는 바람에 신경이 쓰여 실패를 거듭할 뿐 조금도 그 난관에서 벗어날 수 없었기 때문이었다. 그는 화가 나서, 정확함을 무시했고 나중에 필요하면 고치기로 마음먹었다. 그는 끓어오르는 열정으로 화폭을 격렬하게 채웠기 때문에 하루 종일 사다리 위에서 시간을 보냈고, 어마어마하게 큰 붓을 들고 산이라도 움직일 듯한 기세로 색칠을 해 나갔다. 저녁이 되면 그는 마치 술 취한 사람처럼 비틀거렸고, 숟가락을 놓자마자 감전된 듯이 잠에 곯아떨어져, 그의 아내가 아이를 재우듯 그를 침대로 옮겨 주어야 했다.

이런 영웅적인 작업의 결과, 그는 훌륭한 스케치를 완성시킬 수 있었다. 아직 색조는 정리되지 않고 혼란스러웠지만, 그 스케치 안에는 천재성이 번득이고 있었다. 그것을 보러 온 봉그랑은 화가를 두 팔로 감싸 안고 숨이 막히도록 입을 맞추었으며, 두 눈에 눈물을 흘렸다. 상도즈는 감격하여 저녁을 냈다. 다른 친구들 조리와 마우도, 가니에르도 다시 한번 걸작이라고 떠들어 댔다. 파주롤은 한동안 꼼짝 않고 바라보더니, 매우 아름답다는 축하의 말을 건넸다.

그런데 마치 이 교활한 친구의 빈정거림이 실제의 불행을 가져오기라도 한 듯, 그 후 클로드는 그리는 스케치마다 망치는 것이었다. 그는 늘 그 모양이었다. 처음에는 대단한 힘으로 밀어붙여 자기 힘을 다 쏟아붓다가도, 그 후에는 어찌할 줄 몰라 끝을 맺지 못했다. 그의 무능이 다시 시작되었다. 그는 2년 동안 이 그림에만 매달려 살았는데, 어떤 때는 미칠 듯이 기뻐하며 하늘로 날아오를 듯하다가도, 어떤 때에는 절망의 나락으로 곤두박질치곤 했다. 그는 지나치게 자신에 대해서 회의를 품으며 괴로워했기 때문에 아무리 빈사 상태의 환자라도 그보다는 행복할 것 같았다. 벌써 두 번씩이나 그는 살롱전에 출품하지 못했다. 왜냐하면 언제나 그가 마지막 순간에 시간을 정해 놓고 그림을 완성시키려고 하면, 하필 그 순간에 결점이 눈에 띄어서 구도 전체가 손가락 아래에서 무너지는 것 같은 느낌을 받았기 때문이다. 세 번째 살롱전이 열릴 때가 다가오자, 이번에는 심각한 위기가 찾아왔다. 그는 두 주일 동안이나 투를라크의 아틀리에에 가지 않고 집에 틀어박혀 있었다. 그가 다시 아틀리에에 돌아갔을 때, 그곳은 살던 사람이 죽은 빈 집 같았다. 그는 대작을 벽을 향해 돌려놓았고, 사다리를 밀어 구석에 처박아 두었다. 만약 그의 쇠약한 두 팔이 그럴 힘만 있었다면 그는 전부 부수고 태워 버렸을 것이다. 다 끝났다. 화가 머리끝까지 난 그는 바닥에 아무것도 남기지 않고 모두 치워 버린 후, 자기는 큰 작품을 못하겠으니 조그만 그림부터 그리기 시작하겠다고 말했다.

작은 그림을 그리겠다고 마음먹은 그는 자기도 모르게 시테 섬 앞으로 갔다. 중간 정도의 화폭에 한 장소의 정경을 그려 보아도 좋지 않을까? 다만, 이상한 질투와 함께 수줍음 비슷한 감정이 생 페르교 아래에 가지 못하게 했다. 그에게 이제 그 장소는 성지가 되었고, 비록 죽었을지언정 대작의 순결까지 짓밟을 수는 없었다. 그래서 그는 생 니콜라 항구의 상류에 있는 제방

끝에 자리를 잡았다. 그는 이번만큼은 직접 자연을 보고 그렸다. 사이즈가 큰 작품을 그릴 때는 그럴 수밖에 없었다고 하지만, 이번만은 그 어떤 속임수도 쓰지 않았다는 사실에 기분이 좋아졌다. 그가 세심한 주의를 기울이고 상당한 노력을 기울여 완성한 소품은 그럼에도 불구하고 다른 작품과 마찬가지로 심사위원들의 공분을 사서 낙선의 운명을 걸었다. 화가들 사이에서는 술주정뱅이가 빗자루로 그린 그림 같다는 평판이었다. 게다가 그가 입선하기 위해 미술학교의 환심을 사 보려고 작품을 양보하고 있다는 말까지 나돌았다.

화가는 깊은 상처를 받고 분노로 울부짖었다. 그는 작품이 되돌아오자, 그것을 갈기갈기 찢어 불태워 버렸다. 이번 그림은 그냥 칼로 찢는 것만으로 충분치 않았고, 그렇게 없애 버리고 나서야 속이 풀렸다.

또 한 해가 흘렀고, 여전히 클로드가 하는 일은 안개 속을 헤매고 있었다. 습관적으로 일을 하긴 했지만, 아무것도 완성시키지 못했다. 그는 괴로운 미소를 지으며 길을 잃은 것 같아 무언가 모색 중이라고 말했다. 그러나 비록 의기소침해 있는 동안에도 그는 마음속 깊이 자신의 재능에 대한 굳은 믿음이 있었고, 희망을 버리지 않았다. 마치 계속해서 다시 떨어지는 돌을 영원히 들어 올려야 하는 저주받은 운명을 타고난 사람처럼 괴로워했다. 그러나 그에겐 미래가 있었고, 언젠가는 두 손으로 그 돌을 들어 올려 하늘의 별을 향해 던지리라는 확신이 있었다. 마침내 그의 눈엔 다시 열정이 타올랐고, 그는 다시 투를라크가의 아틀리에에 틀어박혔다. 전에는 언제나 그 당시 그리고 있는 그림보다도 앞으로 그려질 그림에 대한 꿈을 꾸곤 하던 클로드도 이번만큼은 당장 그리고 있는 시테섬에만 매달렸다. 그는 시테섬만을 생각했고, 그것만을 위해 살았다. 그러자 곧 그는 타오르는 새로운 열정을 갖고 다시 그 이야기를 자유롭게 할 수 있게 되었다. 어린애처럼 우쭐해진 그는 이미 성공은 따놓은 것이나 마찬가지이며, 이번에는 확실히 성공할 것이라고 확신했다.

어느 날 아침, 그때까지 아틀리에의 문을 아무에게도 열어 주지 않았던 클로드는 상도즈를 들어오게 했다. 상도즈는 클로드가 그린 한 장의 스케치를 보았다. 모델 없이 생각나는 대로 그린 것인데, 색깔만큼은 여전히 놀라웠다. 주제는 전과 같은 것이었다. 왼쪽에는 생 니콜라 항구가 있고 오른쪽에는 해수욕장이 있었으며, 배경으로 센강과 시테섬이 있었다. 다만, 그는 사공이 노를 젓던 작은 배 대신에 다른 배가 그려진 것을 보고 깜짝 놀랐다. 그 배는 매우 커다란 배로 그림의 중앙을 차지하고 있었는데, 여자 세 명이 배에 타고 있었다. 한 여자는 수영복 차림으로 노를 젓고 있었고, 다른 한 여자는 배의 가장자리에 앉아 다리를 물에 담그고 있는데 상의가 반쯤 벗겨져 어깨가 드러나 있었다. 세 번째 여자는 뱃머리에 벌거벗고 서 있었는데 그 여자의 벌거벗은 몸은 마치 태양처럼 눈부시게 빛나고 있었다.

"아니! 이게 뭐지?" 상도즈가 작은 소리로 중얼거렸다. "여기서 이 여자들이 뭘 하고 있는 거야?"

"뭘 하긴, 수영을 하고 있지." 클로드가 담담하게 대답했다. "지금 막 해수욕을 하고 나온 참이야. 그래서 누드를 그릴 생각을 했네. 어때 기막힌 생각 아니야? ……왜 놀랐나?"

그를 잘 알고 있는 옛 친구는 그를 다시 의혹에 빠뜨릴까 봐 염려되어 이렇게 말했다.

"나 말이야. 아, 아닐세! ……다만, 이번에도 사람들이 알아주지 않으면 어쩌나 하고 걱정이 될 뿐이야. 파리 한가운데서 벌거벗은 여자라니, 전혀 사실적이지 않아."

클로드는 천진하게 놀라며 말했다.

"아! 그렇게 생각하는구나. 음! 그래도 할 수 없지, 뭐! 그 여자를 잘 그리기만 하면 되지, 무슨 상관이야? 기운을 찾기 위해 난 이걸 그려야 해."

마칠 동안 상도즈는 다정한 친구로서 이 기묘한 구도가 머릿속에서 사라지지 않았다. 그리고 그의 타고난 기질로 왜 이렇게 말도 안 되는 그림을 그리는지 생각해 보았다. 사실만을 그린다고 자부하는 현대 화가가 어떻게 그림에 이토록 상상적인 산물을 도입하면서 그림을 타락시킬 수 있는가? 누드를 그리고 싶다면 얼마든지 다른 주제를 찾을 수도 있을 것이다. 그러나 클로드는 고집을 꺾지 않았고, 명확하지 않은 설명을 해 가며 거칠게 우겼다. 그는 진짜 이유를 말하고 싶지 않을 뿐만 아니라, 사실은 자신의 생각도 명료하지 않아서 정확한 설명을 할 수 없기 때문이었다. 은밀한 상징주의에 대한 충동, 이 소생된 낭만주의가 다름 아닌 파리의 육체를 이런 누드를 통해 구현하도록 만든 것이었다. 그래서 벌거벗은 정열의 도시는 여자의 아름다운 육체로 형상화되어 빛나고 있었다. 거기에다가 그는 아름다운 배와 다리, 풍만한 가슴에 대한 자기 자신의 열정까지도 가미했다. 그는 마치 끊임없이 예술을 잉태하기 위해 자기 두 손으로 그 배와 다리, 가슴을 만들어 내면서 스스로를 불사르는 것 같았다.

친구가 집요하게 논리적으로 이야기하자, 그는 동요하는 체했다.

"좋아! 알겠어. 자네가 이 여자 때문에 영 거북하다면 나중에 옷을 입힐게……. 하지만 여자는 여기 이 자리에 그릴 거야. 어때? 이해해 줘. 난 그게 좋아."

그는 어처구니없는 고집으로 다시는 그 이야기를 하려고 하지 않았다. 상도즈는 부두에 늘어선 승합 마차들과 생 니콜라 항구에서 일하는 하역 인부들 가운데서 센강에 거품을 일으키며 당당히 태어나고 있는 이 비너스를 보고서 사람들이 다 놀랄 거라고 비유를 들어 이야기를 해도, 클로드는 어깨를 움츠리며 어색하게 웃을 뿐이었다.

봄이 왔다. 클로드가 다시 큰 작품을 시작하려고 할 때, 그의 생활 방식을 결정적으로 바꾸어야 하는 일이 벌어졌다. 가끔 크리스틴은 그렇게 빨리 없어지는 돈과 자산을 자꾸 깎아먹는 것에 불안해했지만, 그들은 대체로 경제관념이 없었고 아직도 원금이 넉넉하게 남아 있다고 생각했다. 4년이 지난 어느 날 아침, 그들은 2만 프랑의 원금 가운데 이제 그들에게 남은 돈이 겨우 3천 프랑뿐이라는 사실을 알게 되었다. 곧 그들은 생활비를 혹독하게 줄였다. 식비를 줄였고, 꼭 필요한 지출마저도 하지 않았다. 그들이 처음으로 실행한 희생은 두에가의 집을 떠나는 일이었다. 집 두 채가 무슨 소용인가? 아직도 염료가 여기저기에 튀어 있는 투를라크가의 옛 염색 공장 건조실은 세 사람이 생활하기에 충분한 공간이었다. 그러나 그곳에 살림을 꾸미는 일은 결코 쉬운 일이 아니었다. 왜냐하면 가로 10미터, 세로 15미터의 이 넓은 공간에 방이 따로 없었기 때문이었다. 그래서 그들은 모든 것을 한 공간에서 영위하는 집시들처럼 창고에서 생활해야 했다. 집주인이 호의를 베풀려고 하지 않았기 때문에 화가는 손수 널빤지로 한쪽에 칸막이를 치고, 그 뒤를 부엌과 침실로 사용했다. 지붕의 틈새로 외풍이 불어들어 왔지만, 그들은 그 결과에 만족했다. 비가 심하게 내리는 날에는 크게 찢어진 천장의 틈새 밑에 빗물 받을 그릇을 갖다 놓아야 했다. 그곳은 음산할 정도로 텅 비어 있었고, 몇 안 되는 가구가 텅 빈 벽을 따라 아무렇게나 놓여 있었다. 그들은 애써 편하다고 위로했고, 적어도 이 집에서는 쟈크가 조금이라도 뛰어다닐 수 있을 것이라고 친구들에게 말했다. 불쌍한 쟈크는 아홉 살이 되었지만, 아직도 키가 자라지 못했다. 그의 신체 중에서 유일하게 자라는 것은 오직 머리뿐이었다. 그는 일주일 이상을 계속해서 학교에 갈 수가 없었다. 배우는 일이 그에게 워낙 힘들었기 때문이었다. 쟈크는 학교에 가는 것보다 더 자주 집 한구석에서 네 발로 기어 다니며 시간을 보냈다.

크리스틴은 클로드의 일상적인 작업을 한동안 모르고 지내
다가 이제는 다시 하루 종일 매순간을 그와 함께 지내야 했다.
그녀는 그를 도와 오래된 캔버스를 지우고 닦았고, 그것을 벽
에 좀 더 단단히 고정시키기 위한 조언을 했다. 그런데 그들에
게 재앙이 닥쳤다. 이동식 사다리가 천장의 습기 때문에 고장
이 난 것이다. 무너져 내릴 것을 염려한 클로드는 사다리에 참
나무 각목을 대어 고정시켜야 했는데, 그 일을 하는 동안 크리
스틴은 못을 한 개씩 건네주어야 했다. 이제 클로드는 두 번째
대작의 제작에 도전하였고 그를 위한 모든 준비가 완료되었다.
그녀는 그의 뒤에 서서 남편이 피곤에 지쳐 쓰러질 때까지 모
눈종이에 스케치를 다시 하는 모습을 바라보았다. 그는 바닥에
쓰러져서도 엎드린 채로 그림을 그렸다.

아! 그녀는 자기에게서 남편을 빼앗아 간 이 그림으로부터
얼마나 그를 다시 찾아오기를 바랐던가! 그러기 위해 그녀는
그의 종이 되었고, 기꺼이 막일꾼의 지위로 스스로를 낮추었
다. 그녀가 남편의 일을 거들면서 그녀와 남편 그리고 그림, 이
렇게 셋의 동거가 시작되자 그녀는 다시 희망으로 부풀어 올랐
다. 전에는 남편이 정부에게 홀려 투를라크가의 아틀리에에서
늦게까지 시간을 보내고 진이 빠져 집에 돌아오는 바람에, 자
기는 두에가의 집에 혼자 남아 눈물로 세월을 보냈지만 이제는
그녀와 그녀의 열정이 그와 함께 있을 것이므로 남편을 다시
차지할 수 있을 것 같았다. 아! 그녀는 얼마나 이 그림을 질투
어린 증오로 미워했던가! 지금의 감정은 예전에 수채화를 그리

던 소시민으로서 오만하고 거친, 자유분방한 그림을 향해 던지던 분노와는 다른 것이었다. 그렇다. 이제 그녀는 그의 그림을 조금씩 이해하게 되었다. 처음에는 화가를 사랑하는 마음에 그랬었지만, 나중에는 정말로 빛이 주는 즐거움과 황금빛의 독특한 매력을 느끼게 되었다. 이제 그녀는 연보라 빛의 땅이나 푸른 나무 등 모든 것을 받아들였다. 전에는 그토록 흉측하게 보였던 그의 작품 앞에서 이제는 존경의 마음으로 전율할 수도 있었다. 그녀는 그 그림들이 힘이 있다고 생각했고, 더 이상 조롱할 수 없는 자신의 라이벌로 인정했다. 그런데 그녀는 그림을 존경하면 존경할수록, 그림을 더 미워하게 되었다. 그녀는 자신의 집 안에까지 들어와 자기를 모욕하는 이 정부 앞에서 왜소해지는 것이 싫었다.

처음에 그것은 아무도 모르게 매순간 마음속에서 일어나는 갈등 같은 것이었다. 그녀는 기회가 있을 때마다 자신의 존재를 부각시키려고 화가와 그림 사이에 그녀의 신체 중에서 가능하면 어깨라든가 손 등을 끼워 넣으려고 노력했다. 언제나 그녀는 제자리를 지키며, 그의 뒤에서 숨결을 내뿜으면서 그가 자기의 것임을 상기시켰다. 그림을 그려 볼까 하던 옛 생각이 다시 고개를 들었다. 즉 남편의 예술에 대한 열정을 공유함으로써 남편을 다시 찾아보려고 한 것이다. 한 달가량 그녀는 블라우스를 입고, 스승 곁에 앉은 학생처럼 스승의 작품을 유순하게 베끼고 있었다. 그런데 그녀는 자신의 의도가 오히려 역효과를 내는 것을 보고 그림 그리기를 그만두었다. 왜냐하면 그는 함께 일을 하는 동안 그녀가 아내이고 여자라는 점을 잊고, 남자끼리의 친구로 취급했기 때문이다. 그녀는 다시 독자적인 생활로 돌아왔다.

이미 여러 번 클로드는 자신이 그리고 있는 주변의 인물들을 잘 묘사하기 위하여 크리스틴의 머리나 팔 동작, 몸의 자세를 참고로 했다. 그는 그녀의 어깨 위에 외투를 걸치게도 해 보고, 그녀의 동작 중에 그릴 만한 부분을 포착하여 움직이지 말라고 고함을 지르기도 했다. 이런 봉사는 그녀도 남편에게 즐거운 마음으로 해 줄 수 있었다. 그러나 옷을 벗는 것만큼은 내키지 않았다. 왜냐하면 그렇게 되면 자기가 아내가 아니고 모델이 되는 것 같아 자존심이 상했기 때문이다. 그러던 어느 날 그는 넓적다리가 이어지는 부분을 그려야 했는데, 그녀는 보여 주기를 거부하다가 문을 이중으로 잠그고서야 부끄러워하며 스커트를 겨우 올리는 데 동의했다. 그녀는 다른 사람이 자기가 모델을 선다는 사실을 알아차려 남편의 그림에서 자신의 나신(裸身)을 알아볼까 봐 두려웠다. 아직도 그녀의 귀에는 클로드의 친구들과 클로드까지도 오로지 아내를 모델로 그리는 어떤 화가의 그림 이야기를 하며 웃어 대던 그 모욕적인 웃음과 느끼한 농담들이 들려오는 듯했다. 그 화가의 아름답게 그려진 누드들은 속물들을 위해 공들여 다듬어진 것이나 마찬가지로, 사람들은 여러 다른 얼굴로 그려진 누드 가운데서 긴 허리선이라든가 불룩 솟은 배 등 화가 아내의 특징적인 모습을 잘도 찾아냈다. 그래서 그의 아내는 아무리 목까지 올라오는 짙은 색 원피스를 차려입고 턱까지 중무장을 하고 다녀도 소용이 없었다. 빈정거리는 파리 사람들의 눈에 그녀는 내의를 벗고 걸어 다니는 것이나 마찬가지였다.

그러나 클로드가 목탄으로 그림 한가운데를 차지하게 될 서 있는 커다란 여자의 스케치를 대충 마치자, 크리스틴은 꿈을 꾸는 듯한 표정으로 흐릿한 윤곽을 바라보았다. 그녀는 일종의 불가항력적인 강박관념에 사로잡혀서, 그 그림 앞에서 차차 거리낌이 사라졌다. 그래서 그가 모델 이야기를 꺼내자 그녀는 선뜻 자기가 모델을 서겠노라고 제의했다.

"뭐, 당신이! 하지만 당신은 내가 코끝만 그리려고 해도 화를 내잖아!"

그녀는 당황해하며 웃었다.

"오! 코끝이라뇨! 전에 「야외」를 그릴 때 코끝만 포즈를 취한 게 아닐 텐데요. 그때는 당신을 지금같이 알지도 못할 때였어요! ……모델은 한 번 설 때마다 7프랑씩 들잖아요. 우린 그렇게 부자가 아니에요. 그 돈이라도 아껴야 해요."

돈을 아껴야 한다는 말에 그도 당장 결심을 굳혔다.

"나도 그래 준다면 좋겠어. 용기를 내줘서 정말 고마워. 당신도 나와 하는 일이 빈둥거리며 장난을 하는 게 아니라는 건 잘 알 텐데……. 좋아! 사실 당신 속마음을 내가 모를까 봐! 당신은 다른 여자가 이곳에 들어오는 게 싫은 거지. 당신은 질투를 하는군."

질투! 그렇다. 그녀는 질투를 하고 있었고, 또 그 때문에 괴로

위하고 있었다. 그러나 다른 여자들 때문이 아니었다. 파리의 모든 모델이 그곳에서 스커트를 벗어도 상관없었다! 그녀에게는 단 한 명의 라이벌이 있을 뿐이었다. 그것은 그녀에게서 남편을 빼앗아 가서는 자기보다도 더 큰 사랑을 받는 바로 저 그림이었다. 아! 스커트를 벗자. 마지막 속옷까지 다 벗어 버리자. 그리고 날이면 날마다, 몇 주일이고 계속하여 그에게 알몸을 보여 주자. 그의 시선을 받으며 벗은 몸으로 살자. 그리고 그를 다시 찾아오자. 그를 빼앗아 오자. 언젠가 그도 내 품 안에 와 안기겠지! 나에게 내 몸 외에 줄 것이 무엇이 남아 있는가? 내 육체를 거는 이 마지막 싸움은 정당하지 않은가? 왜냐하면 만약 싸움에서 진다면 스스로 매력 없는 여자임을 인정하고 물러서면 되기 때문이다.

클로드는 기뻤다. 그래서 그는 그녀에게 포즈를 취하게 한 후, 그의 큰 그림에 집어넣을 누드를 한 장 그렸다. 그들은 쟈크가 학교 갈 때를 기다렸다가 문을 걸어 잠그고는 몇 시간 동안 계속 작업했다. 처음 며칠 동안 크리스틴은 꼼짝 않고 서 있는 것이 몹시 괴로웠다. 하지만 곧 그녀는 그것에 익숙해졌고, 그가 화를 낼까 봐 두려워 불평도 하지 못한 채, 그가 그녀를 재촉할 때에는 흐르는 눈물을 꾹 참았다. 그는 곧 무감각해졌고, 그녀를 단순히 모델로 취급했다. 그녀가 아내였기 때문에 오히려 자기가 요구하는 일이 얼마나 그녀의 육체를 힘들게 하는지 몰랐고, 돈을 지불하고 모델을 쓸 때보다 더 많은 것을 요구했다. 그는 어디에나 그녀를 사용했고, 팔이나 다리 등 그가 필요한 부분이 생기면 언제든지 그녀의 옷을 벗겼다. 그는 그녀를 직업 모델로 전락시켰다. 그녀를 살아 있는 마네킹처럼 세워 놓고는 마치 정물화를 그릴 때 항아리나 솥을 보고 그리듯이 그녀의 몸을 그렸다.

이번에는 클로드도 그림을 그리는 데 서두르지 않았다. 그는 몇 달 동안 그녀의 피부의 특징을 알아야겠다는 이유로 수없이 여러 가지 방법을 시도해 보면서, 대형 인물화를 스케치하기도 전에 벌써 크리스틴을 지치게 했다. 그러던 어느 날, 그는 마침내 스케치를 시작했다. 벌써 매서운 바람이 불기 시작한 어느 가을 아침이었다. 난롯불이 타고 있었지만, 썰렁한 아틀리에 안에는 한기가 돌았다. 쟈크가 마비 증세를 보이며 고통스러워했기 때문에 학교에 갈 수가 없었다. 그래서 그들은 아이에게 얌전히 있으라고 타이르면서 그를 방 한구석에 가두어 놓기로 결정했다. 아이의 어머니는 몸을 떨며 옷을 벗은 후, 난로 옆으로 가 서서 부동의 자세로 포즈를 취했다.

처음에 화가는 사다리 꼭대기에 올라서서, 그녀에게 한마디도 건네지 않은 채 칼로 도려내는 듯한 시선으로 그녀의 몸을 어깨부터 무릎까지 훑어보았다. 그녀는 서서히 슬픔에 겨워 혹시 자기가 실신이라도 하면 어쩌나 걱정이 되었다. 이 고통이 추위 때문인지, 아니면 절망감 때문인지 알 수 없었다. 절망의 느낌이 저 멀리에서부터 찾아와 그녀를 괴롭히고 있었다. 그녀는 기진맥진하여 비틀거리다가 뻣뻣하게 굳은 다리를 이끌고 엉금엉금 기어 왔다.

"벌써 그만하는 거야!" 클로드가 소리쳤다. "기껏해야 이제 겨우 15분 포즈를 취해 놓고! 당신은 7프랑을 벌고 싶지 않아?"

일을 하느라 정신이 팔린 그는 퉁명스러운 농담을 던졌다. 그녀는 가운을 몸에 두르고 나서야 겨우 팔다리를 움직일 수 있었다. 그러자 그는 다시 난폭하게 말했다.

"자, 시작해. 게으름 피우지 말고! 오늘은 기가 막힌 날씨라, 이런 날 재능을 발휘하지 못하면 미칠 거야!"

그럼 그녀는 다시 희끄무레한 불 아래로 돌아와 알몸으로 포즈를 취했고, 그는 다시 그리기 시작했다. 그는 자기가 하는 일이 만족스러우면 무언가 소리를 내고 싶은 충동에 가끔씩 툭툭 말을 던지곤 했다.

"당신, 참 묘한 피부를 가졌단 말이야! 빛을 흡수하거든……. 아마 믿을 수 없겠지만, 당신은 오늘 아침에 온통 회색빛이야. 저번 날에는 분홍빛이었지. 아! 실제로 있을 것 같지 않은 분홍빛……. 정말 미치겠어, 모르겠단 말이야."

그는 그림을 그리던 일을 멈추고 눈을 깜박거렸다.

"어쨌든 누드란 정말 근사한 거야. 그것은 배경과 아주 궁합이 잘 맞아. 또 그것은 전율하고, 성스러운 생명을 지니고 있어. 근육 안으로 피가 흐르는 게 보이는 것 같아……. 아! 잘 묘사되고 견고하게 그려진, 밝게 빛나는 저 근육 하나, 이보다 더 아름다운 것이 있을까. 그야말로 최고지. 신과 마찬가지라고! 내가 가진 유일한 종교라고 할 수 있지. 내가 일생을 바쳐 그 앞에 무릎을 꿇을……."

그리고 그는 물감을 찾으러 사다리를 내려와야 했기 때문에 그녀에게 다가와 그가 표현하고 싶은 모든 부분을 손가락으로 만져 보며 더욱 열성적으로 그녀를 세밀하게 관찰했다.

"이봐! 왼쪽 가슴 아래, 바로 거기야! 너무 아름다워. 푸르스름하게 핏줄이 비치면서 당신의 피부를 기막히게 아름답게 해 주고 있어……. 그리고 저기, 엉덩이의 불룩 나온 부분, 오목하게 들어간 부분엔 금빛의 그늘이 져 있어. 이렇게 기쁠 수가! ……그리고 배의 볼록한 살집 아래로 순수한 모습을 지니고 있는 서혜부, 옅은 금빛 아래서 언뜻 비치는 진홍빛의 끝……. 난 언제나 이 배를 보면 황홀해져. 배를 볼 때마다 먹고 싶을 정도야. 그리기에 이보다 더 아름다운 것이 있을까? 진정한 육체의 태양이야."

그리고 그는 다시 사다리에 올라가서 창조의 열정에 들떠 고함을 질렀다.

"맹세코! 당신을 갖고서도 걸작을 만들어 내지 못한다면, 내가 병신이지."

크리스틴은 아무 말도 하지 않았다. 그녀의 처지가 확실해짐에 따라 마음속의 고뇌가 더해갔다. 거칠게 사물 취급을 받아가며 알몸으로 부동자세를 하자니 불편하기 짝이 없었다. 클로드의 손가락이 닿은 자리마다 얼음 같은 감촉이 그녀의 몸 전체로 전달되는 듯하여 소름이 끼쳤다. 이미 알 것은 다 알고 있는 그녀였다. 더 이상 무엇을 바라겠는가? 사랑하는 남자의 키스로 덮어 주던 그녀의 육체를 이제 그는 예술가의 눈으로만 바라보았고, 흠모했다. 이제 그를 열광하게 하는 것은 가슴의 색조였고 무릎을 꿇게 만드는 것은 배의 선이었지만, 예전에 그는 그녀를 바라보지도 않았고, 맹목적인 욕정에 으스러지도록 껴안은 채, 그 포옹 안에서 두 사람의 목이 녹아들기를 바랐을 뿐이었다. 아! 이젠 끝났다. 그녀는 존재하지 않았고, 이제 그는 그녀의 몸을 통해 예술, 자연, 생명만을 사랑했다. 그녀는 먼 곳을 바라보며 대리석같이 견고하게 서 있었다. 가슴은 슬퍼서 터질 듯했지만, 울 수도 없는 비참함 속에서 울음을 삼키고 있었다.

방 안에서 작은 손으로 문을 두드리며 엄마를 부르는 소리가 들려왔다.

"엄마, 엄마, 잠이 안 와, 심심해⋯⋯. 문 열어 줘, 응? 엄마."

심심한 쟈크가 보채고 있었다. 클로드는 화가 나서 단 1분도 쉴 수가 없다고 투덜거렸다.

"곧 갈게!" 크리스틴이 외쳤다. "자고 있어! 아빠 일하시게."

그러나 그녀는 새로운 걱정이 드는 눈치였다. 자꾸만 문 쪽을 바라보더니, 급기야 잠깐 포즈를 멈춘 그녀는 손잡이에 스커트를 걸어 열쇠 구멍을 막은 후 돌아왔다. 그녀는 다시 난로 옆으로 가서 아무 말도 하지 않은 채, 고개를 똑바로 들고 몸을 뒤로 젖혀 가슴을 부풀린 자세로 포즈를 취했다.

그리고 이런 포즈가 영원히 이어지는 것 같았다. 몇 시간이 흘렀고, 다른 몇 시간이 또다시 흘러갔다. 그녀는 곧 물에 뛰어들 것 같은 자세로 언제까지나 그 자리에 서 있었다. 그동안 그는 사다리 위에 서서, 그가 그리고 있는 다른 여자를 향해 몸을 불태우고 있었다. 이제 그는 그녀에게 말 걸 생각도 하지 않았다. 그녀는 물체, 즉 완전히 색으로 전락했다. 아침부터 그녀를 바라보고 있었지만, 그의 눈이 비친 것은 정작 그녀가 아니었다. 그녀는 이제 낯선 존재가 되었고, 그에게서 추방당한 것이다.

마침내 그가 피곤해져서 하던 일을 멈추었다. 그는 그녀가 몸을 떨고 있는 것을 보았다.

"아니! 당신 추위?"

"약간."

"우습군, 나는 열이 나는데……. 난 당신이 감기에 걸리는 걸 원치 않아. 내일 하도록 하지."

그가 사다리에서 내려오자, 그녀는 그가 안아 줄 것을 기대했다. 평소에 그는 남편으로서의 마지막 친절의 표시로 짧게 키스를 해 주며 지루한 포즈에 대한 보상을 했던 것이다. 그러나 일에 몰두한 그는 아내에게 키스하는 것을 잊고 무릎을 꿇고 앉은 채 검은 비누 항아리에 붓을 담가 빨았다. 그녀는 옷을 입지 않은 채 서서 남편이 키스해 주기를 계속 기다리고 있었다. 잠시 후 그는 이 부동의 그림자에 놀라 그녀를 깜짝 놀란 눈으로 바라보더니, 다시 붓을 힘차게 문질러 깨끗이 닦기 시작했다. 그러자 그녀는 무시당한 여자의 비참한 기분이 되어 떨리는 손으로 황급히 옷을 입기 시작했다. 그녀는 내의를 걸치고, 슬립과 스커트를 입은 후, 블라우스의 단추를 거꾸로 끼웠다. 내의 밑에서 늙어 갈 수밖에 없는 무력한 나신에 대한 수치심으로부터 도망가는 듯한 태도였다. 마침내 그녀는 자신을 경멸하게 되었고, 싸움에서 패배하여 비천한 창녀로 전락한 혐오감을 맛보아야 했다.

그러나 이튿날부터 크리스틴은 살을 에는 듯한 추위에 노출된 채로, 무정한 광선 아래 벌거벗은 몸으로 서 있어야 했다. 이제는 그것이 그녀의 직업 아니겠는가? 이미 그렇게 습관이 들어 버렸는데, 이제 와서 어떻게 거절하겠는가? 그녀는 클로드가 슬퍼할 만한 일을 결코 하지 않았고, 매일 육체의 패배를 반복했다. 그도 다시는 이 불타오르는, 모욕받은 육체에 대해 한마디도 꺼내지 않았다. 그의 육체에 대한 정열은 자기가 만들어 낸 그림 속의 연인들에게 옮아갔다. 그의 손으로 직접 팔다리를 만들어 준 그녀들만이 그의 피를 끓게 했다. 그들이 열렬히 사랑하며 전원에서 살던 시절, 그는 생생히 살아 있는 한 명의 여자를 포옹함으로써 행복을 붙들었다고 믿었지만, 그것은 또 하나의 환상일 뿐이었다. 왜냐하면 그들은 아직까지도 서로 낯설게 느껴졌기 때문이다. 그래서 그는 예술의 환상을 좇게 되었다. 결코 도달할 수 없는 아름다움의 추구, 결코 만족되지 않는 미친 듯한 갈망인 예술이 더 좋아진 것이다. 아! 비단결 같은 가슴, 황갈색 엉덩이, 처녀들의 포근한 배, 이 모든 것을 그가 원하고 꿈꾸는 대로 창조하고, 오로지 그것의 아름다운 색만을 사랑하고, 껴안아 보지 못한 채로 도망가고 마는 그것을 느끼는 것! 크리스틴은 손이 닿을 수 있는 생생한 현실이고 목표였지만, 클로드는 어느 순간 그녀에게서 싫증을 느꼈다. 그는 상도즈가 가끔 농담 삼아 붙여 준 별명처럼 창조되지 않은 것의 기사(騎士)였다.

몇 달 동안 포즈를 서는 일은 그녀에게 고문이었다. 두 사람이 아기자기하게 꾸리던 생활은 끝났고, 마치 그가 집 안에 정부를 들여놓기라도 하여 세 사람의 동거가 시작된 듯했다. 그런데 그 정부란 그가 그녀를 보고 그린 그림이었다. 거대한 그림이 그들 사이에 가로놓여져 넘을 수 없는 벽으로서 그들을 갈라놓았다. 그는 다른 여자와 함께 저 담 너머에서 살고 있었다. 그녀는 그 사실에 미칠 듯했고, 자신의 양분된 존재에 질투를 느꼈다. 너무 고통스러워 스스로 불행해했지만, 그 사실을 그에게 이야기하면 그가 조롱할 것 같아 불편한 심기를 말하지도 못했다. 그러나 그녀는 사태를 잘 파악하고 있었고, 남편이 그녀 자신보다도 자신의 복제품을 더 좋아한다는 사실을 잘 알고 있었다. 남편의 사랑을 받는 것은 그녀의 복제품이었고, 그가 주의를 기울이는 것도, 한시도 빠짐없이 따뜻한 애정으로 보살피는 것도 바로 그것이었다. 그는 다른 여자를 예쁘게 만들기 위해 아내에게 포즈를 취하게 하면서 아내를 죽여 갔다. 그는 자신의 붓 아래에서 그녀가 생생하게 그려지면 기뻐했고, 침체되면 우울해했다. 그것이 사랑이 아니고 무엇이란 말인가? 자신의 몸을 빌려주어 다른 여자를 태어나게 하다니, 그래서 연적의 악몽에 시달리고, 오히려 현실보다 더 강력하게 아틀리에나 식탁, 침대 등 어느 곳이나 할 것 없이 그 연적이 그들 사이에 존재하다니 얼마나 고통스러운 일인가! 한갓 먼지이고 도

화지 위의 색이며 단순히 외형일 뿐 아무것도 아닌 그것이 그들의 행복을 파괴하고, 남편을 말 없고 무관심하고 때로는 난폭한 사람으로 만들다니……. 그녀는 버림받은 느낌에 얼마나 괴로웠으며, 요지부동한 모습으로 남편을 강력하고 끔찍하게 사로잡고 있는 첩을 자신의 힘으로 내쫓지 못하는 데에 얼마나 절망하였던가!

그녀가 결정적으로 패배하고, 예술이 절대적인 힘으로 자신을 찍어 누르는 것을 느끼게 된 것은 그때부터였다. 이미 무조건 받아들이게 된 이 그림에 대한 두려움은 더욱 높아졌다. 그녀는 자신이 흡사 무서운 이교의 성소 구석에서 숭배하는 분노의 신들 앞에 엎드려 있는 것처럼 떨고 있었다. 그녀가 느낀 것은 성스러운 공포였고, 더 이상 싸워 이길 수 없다는 확신이었다. 만약 그것과 더 싸워 보려고 한다면 그녀는 지푸라기같이 으깨질 것 같았다. 그림들은 거대한 덩어리처럼 점점 커져만 갔고, 소품들도 그 앞에 서면 자신이 초라한 것같이 생각되었으며, 형편없는 작품이라도 그녀는 그림의 승리 앞에서 패배의 괴로움을 맛보았다. 한편, 그녀는 무서운 마음이 들어 그것을 비평할 엄두도 내지 못했다. 그것이 보기 흉하다고 생각하면서도 언제나 남편이 묻는 말에는 이렇게 대답했다.

"오! 아주 좋아요! 오! 멋져요! ……오! 독특해요, 정말 독특해요!"

그러나 그녀는 그를 원망하지 않았다. 그녀는 그를 사랑했고, 그가 괴로워하는 것을 보고 눈물을 흘리며 마음 아파했다. 몇

주 동안 일이 순조롭게 진행되는가 싶더니 다시 모든 것이 망가졌고, 그는 중앙의 큰 여자의 초상(肖像)에서 헤어나지 못했다. 그래서 그는 며칠 동안 그 일에 매달려 모델을 혹사시켰고, 다시 한 달 동안을 처박아 두었다. 그는 여자의 모습을 다시 그리고 지우기를 수없이 반복했다. 그것은 완전한 실패의 연속이었다. 1년이 흘렀고, 또다시 2년이 흘렀지만 작품은 아직 미완성인 채였다. 그는 간혹 끝을 맺을 뻔하기도 했지만, 이튿날 곧바로 지워 버렸고 새로 다시 시작했다.

아! 예술 작품의 창조에 드는 노력이여, 육체를 만들어 내고 생명의 입김을 불어넣기 위해 그가 겪는 피눈물 나는 노력이여! 그것은 언제나 진실과 벌이는 싸움이며, 또 언제나 지고야마는 천사와의 싸움이다! 그는 자연 전체를 하나의 화폭에 담으려는 불가능한 작업을 위해 몸이 으스러졌고, 결국 재능을 꽃피우지 못한 채, 끝없이 근육을 긴장시키고 괴롭히며 탈진하고 말았다. 다른 화가들은 적당히 넘어가기도 하고, 필요한 몇몇 속임수를 쓰며 만족해했지만, 그런 것들에 대해 그는 몸서리를 쳤고, 비열한 타협이라고 생각하여 분개했다. 그리고 그는 다시 시작했고, 더 좋은 그림을 그리기 위해 괜찮은 그림을 망치곤 했다. 그러면서 그는 그것들에 대해 아무 느낌도 가질 수 없다고 자기가 그린 여자들의 흠을 잡았다. 친구들은 그런 그를 보며 그녀들이 화폭에서 내려와 그와 자지 않기 때문이라고 농담을 했다. 그녀들을 생생하게 그리기 위해 그에게 무엇이 부족한 것인가? 사실 아무것도 부족하지 않았다. 아마도 그에게는 약간의 차이가 있을 뿐이었다. 언젠가 사람들이 그의 뒤에서 불완전한 천재라고 부르는 소리에 그는 우쭐해지는 한편, 공포심에 사로잡히기도 했다. 그렇다. 그는 항상 넘치거나 부족했다. 그는 신경의 평형 장애로 고통스러워했으며, 몇 그램의 물질적 요소의 많고 적음에 따라 위대한 천재 대신에 광인이 되었다. 절망감이 그를 아틀리에에서 쫓아내 그가 작품으로부터 도망치게 되자, 이제 그는 숙명적인 무력감에 시달리게 되었고, 그 생각은 장례식 때 울리는 집요한 종소리같이 머릿속에서 윙윙거렸다.

그의 인생은 참담해졌다. 자신의 재능에 대한 의혹이 이렇게까지 그를 몰아세운 적은 이제까지 한 번도 없었다. 그는 며칠 동안 온데간데없이 사라지기도 했다. 어떤 때는 밤을 꼬박 새우고 이튿날 얼이 빠진 채로 돌아와, 자신이 어디에 있었는지조차 기억해 내지 못했다. 다른 사람들은 그가 만족스럽지 못한 자신의 작품 앞에 서 있기가 싫어 교외를 걷다 왔을 거라고 생각했다. 그는 작품이 부끄럽거나 혐오스러워지면 바로 도망을 쳤고, 다시 대면할 용기가 생길 때까지 나타나지 않는 것을 유일한 해결책으로 삼았다. 그가 집에 돌아오면 아내는 기다리다 못해 너무 걱정한 나머지, 남편을 다시 본 것만으로도 행복해하며 아무것도 물어볼 엄두를 내지 못했다. 그는 파리를 헤집고 돌아다녔는데, 특히 파리의 변두리 지역을 돌아다녔다. 신분이 낮은 사람들과 어울리고 싶은 생각에 노동자들과 함께 생활하며 좌절감이 들 때마다 석공의 조수가 되고 싶다는 예전의 소망을 반복하곤 했다. 행복이란 일을 빨리 잘 해낼 수 있는 튼튼한 팔다리를 갖는 것이 아닌가? 그는 인생에 실패했고, 예전에 고마르 식당인 '몽타르지의 개'에서 밥을 먹던 시절에 이미 막노동꾼으로 나갔어야 했다는 기억을 떠올렸다. 그 식당에서 그는 리무쟁 출신의 키가 크고 명랑한 친구 한 명을 사귀었는데, 그 친구의 건장한 팔을 부러워하곤 했다. 그 후 다시 그가 기진맥진한 다리와 텅 빈 머리를 이끌고 투를라크가로 돌아왔을 때, 그는 상을 당한 집에 와서 죽은 여자를 쳐다보듯이 자기 그림에 비통해하며 두려운 시선을 던졌다. 그 표정에는 행여 그 여자를 다시 살려 내어 살아 있는 사람으로 창조할 수 있지 않을까 하는 새로운 희망의 불꽃이 일고 있었다.

어느 날 크리스틴은 포즈를 섰고, 그림 속의 여자는 다시 한 번 완성되려 하고 있었다. 그러나 한 시간 전부터 클로드는 그림을 그리기 시작할 때 보이던 천진한 기쁨을 잃고 침울해하고 있었다. 또다시 그녀는 모든 것을 망쳤다고 느끼면서, 만약 손가락 하나라도 까딱한다면 재앙을 재촉할 것 같아 숨도 제대로 쉬지 못하고 있었다. 그 후, 예상했던 대로 그는 갑자기 고통의 신음을 내며 벽력같이 욕설을 퍼부었다.

"아! 제기랄, 빌어먹을!"

그는 한 손에 쥐고 있던 붓을 사다리 위에서 던졌다. 그리고 분노에 눈먼 그는 무시무시한 힘으로 주먹을 날려 캔버스를 찢었다.

크리스틴은 떨리는 두 손을 내밀며 말했다.

"여보, 여보……."

그러나 그녀가 어깨에 가운을 걸치고 그에게 다가왔을 때, 그녀는 마음속에서 신랄한 기쁨, 원수를 갚은 듯한 후련함을 느꼈다. 주먹은 다른 여자의 가슴을 정통으로 쳤고, 거기에 뻥 뚫린 구멍이 움푹 패었다. 마침내 그녀는 죽고 만 것이다!

자신의 살해 행위에 놀란 클로드는 꼼짝을 않고 서서 허공을 향해 열려 있는 가슴을 쳐다보았다. 자기가 만든 작품에서 마치 피가 흐르는 듯한 상처를 보자, 말할 수 없는 커다란 슬픔이 밀려왔다. 자기가 이 세상에서 가장 사랑하는 것을 이렇게 무참히 죽였단 말인가? 분노는 경악으로 변했고, 그는 손가락으로 화폭을 문지르며 마치 상처를 아물게 하려는 듯이 찢어진 부분의 끝을 잡아당겼다. 그는 뭐라고 표현할 수 없는 애통한 심정에 정신을 잃고 흐느끼며 더듬더듬 말했다.

"그녀가 찢어졌어……. 그녀가 찢어졌어……."

그의 그런 모습을 바라보고 있던 크리스틴은 깊이 감동하여 예술가인 큰아들을 향한 모성애를 느꼈다. 그녀는 언제나 그래 왔듯이 그를 용서했다. 그녀는 그가 당장 찢어진 곳을 아물리고 잘못된 부분을 고치려는 한 가지 생각밖에 하지 않는다는 것을 잘 알고 있었다. 그래서 그녀는 그를 도와서 그가 찢어진 캔버스의 한 조각을 붙이고 있는 동안 뒤에 서서 찢겨 나간 부분을 잡고 있었다. 그녀가 옷을 다시 입었을 때, 다른 여자도 심장 부근에 가느다란 상처만 났을 뿐, 죽지 않고 그 자리에 다시 있었다. 그 상처가 화가의 열정을 더욱 돋우었다.

점점 심해져 가는 정신적 불안정 속에 클로드는 그림을 그리는 데 미신 비슷한 믿음을 완고하게 지니게 되었다. 즉, 기름을 원수와 같이 여겨서 사용을 금지한 것이다. 반대로, 휘발유가 광택을 죽여서 은은한 효과를 낸다고 주장했다. 또 누구에게도 밝히지 않은 비밀이 있었는데, 호박 용액이라든가 코펄액, 그 밖에 다른 몇 가지 수지용액을 쓰면 물감이 빨리 마르고 화면의 균열을 피할 수 있다는 것이었다. 단, 이 방법으로는 색이 우중충해지는 경향이 있어 그것이 문제였다. 왜냐하면 흡수성 강한 종이가 물감 안에 포함된 얼마 안 되는 기름을 급속히 빨아들이고 말기 때문이었다. 언제나 붓의 문제는 그의 관심을 끌었다. 그는 담비 털을 무시했고, 굳이 화덕에 말린 말총을 고집하면서 특별히 손잡이를 따로 만들어 사용했다. 또한 팔레트 나이프가 그의 큰 관심사였는데, 쿠르베처럼 그도 배경을 그릴 때 그것을 사용했기 때문이다. 그는 길고 탄력성이 있는 것, 넓고 작달막한 것 등 종류별로 가지고 있었는데, 특히 삼각형의 유리 끼우는 일꾼용 나이프는 그가 특별히 주문하여 제작한 것으로, 들라크루아가 사용하던 것과 정확하게 같은 모양이었다. 적어도 그는 긁는 연장이나 면도칼을 사용하는 것을 수치스럽게 여겨 절대로 사용하지 않았다. 그러나 색을 내는 데 있어서는 이해하기 힘든 갖가지 방법에 탐닉하기를 서슴지 않았고, 매달 방법을 바꾸어 가며 자기 나름의 색을 만들어 냈다. 그는 좋은 그림을 그리는 방법을 발견했다고 좋아했는데, 그것은 그가 기존의 유화에는 없던 방식으로 자신이 원하는 바로 그 색이 나올 때까지 몇 번이고 거듭 칠을 하여 획득한 방법이었다. 그가 오래전부터 지켜 오는 강박관념 중 하나는 오른쪽에서부터 왼쪽으로 붓질을 하는 것이었다. 그런 말을 드러내 놓고 한 적은 없지만, 그는 그것이 행운을 가져온다고 믿었다. 또 한가지 난처한 일은 머릿속을 꽉 채우고 있는 보색이론 때문에 거의 미칠 지경이 된 것이었다. 그와 똑같이 기술적인 문제에 매우 신경을 많이 쓰고 있던 가니에르가 처음으로 그 이론에 대해 말해 주었다. 그런데 그 후에 클로드는 자신의 타고난 과도한 열정을 기울여 그 과학적 원리에 완전히 사로잡히고 만 것이다. 노랑, 빨강, 파랑의 삼원색으로부터 다른 이차적인 삼색, 즉 주황, 초록, 보라가 생겨나고, 다시 이들이 수학적으로 조합됨으로써 여러 가지의 보색과 유사색을 만들어 낸다는 이론이었다. 이렇게 해서 회화에 과학이 도입되었고, 논리적 관찰을 하기 위한 방법이 고안되었다. 즉 그림을 그릴 때 유의할 점은, 그 그림의 주조가 되는 색을 정하고, 다음에 그것의 보색, 유사색을 설정한 다음, 실험을 거듭하여 색의 변화를 발견한다는 것이었다. 빨강은 파랑색 옆에서 노랑으로 변한다. 예컨대, 풍경화도 심지어 구름이 지나가는 것에 따른 빛의 반사나 분해에 의해 색이 변한다. 그래서 그는 그 사실을 보고 결론을 이끌어 냈는데, 이 세상에 존재하는 만물에 고유한 색이란 없으며, 주변의 환경에 따라 색이 정해진다는 것이었다. 그런데 곤란한 일은, 그가 직접 관찰을 하려고 하면 머릿속이 과학적인 이론으로 가득 차 있어, 그의 눈은 미묘한 색의 뉘앙스를 집어내는 것에만 집중하게 되고, 이론의 정확함을 색조로 나타내는 데에만 연연하게 되는 점이었다. 그 결과, 그의 독자성이었던 저 밝고 햇빛에 약동하는 색채를 표현하던 방식은 이제 도박처럼 되고 말았다. 예를 들면, 삼색의 하늘 아래 보라색을 띤 육체를 그린다는 식으로 종전의 사물 파악 방식을 밑바닥부터 뒤집기에 이른 것이다. 이제 광기가 극에 다다른 듯했다.

클로드의 생활은 아주 비참해졌다. 계획 없는 살림을 꾸려 나가며 그는 점점 더 궁핍해졌다. 2천 프랑의 연금이 한 푼도 남지 않게 되자, 헤어날 수 없을 정도로 끔찍한 가난이 덮쳐왔다. 크리스틴은 일거리를 찾아보았지만, 아무것도 할 줄 아는 게 없었다. 심지어 바느질도 할 줄 몰랐다. 그녀는 무기력한 손을 보고 비탄에 잠겼으며, 아무짝에도 쓸모없는 그녀가 받은 교육에 화가 났다. 만약 그녀의 생활이 더 궁핍해진다면, 그녀가 할 수 있는 일이라고는 하녀 노릇밖에 없었다. 파리 사람들의 조롱 속에 클로드의 그림은 전혀 팔리질 않았다. 그는 몇몇 친구들과 더불어 작품을 출품하여 따로 전시회를 열기도 했지만, 사람들은 무지갯빛이 총망라된 알록달록한 그의 그림을 보고 아주 즐거워하며 그를 아마추어의 수준으로 여기기에까지 이르렀다.* 화상들은 모두 도망가 버렸고, 다만 위에 씨만이 투를라크가의 아틀리에로 찾아와 예측하지 못한 불꽃을 발사하는 극단적인 그림들을 황홀하게 바라보고는 그림을 끼울 금 틀 액자를 살 돈이 없어 사지 못한다고 안타까워했다. 화가가 그냥 줄 테니 받아 달라고 애원해도 소용이 없었다. 이 소시민은 그 문제에 대해 지나치게 조심하여 생활비를 아껴 어쩌다 돈을 모으면 그 상식을 벗어난 그림을 종교적인 경의를 표하며 들고 가서는 그가 가지고 있는 대가의 소장품들 옆에 나란히 걸곤 했다. 이런 행운이 찾아오는 일은 거의 드물었다. 그래서 그는 평생 절대로 그리지 않겠다고 스스로 맹세한 상업용 그림을 그리지 않을 수 없게 되었다. 그에게 딸려 있는 가여운 두 사람만 아니라면 그는 차라리 굶어 죽을지언정 그토록 절망스럽고 혐오스러운 타락으로 곤두박질 쳐지지는 않았을 것이다. 그는 싼값에 십자가의 길을 그리거나 그 밖에 많은 수의 성인과 성녀의 상을 그렸고, 심지어는 상점 차양막의 평범한 그림을 비롯하여 예술과는 관계가 먼 저속한 그림을 그리는 일을 닥치는 대로 했다. 어떤 때 그는 25프랑에 그려 준 초상화를 실물과 닮지 않았다는 이유로 거절당하는 수모를 겪기도 했다. 비극은 갈 데까지 갔고, 마침내 그는 '호(號) 띠기'로 일을 하기에 이르렀다. 다리 위에서 날림의 엉터리 그림을 파는 싸구려 화상들까지 그에게서 그림을 사 갔는데, 크기에 따라 2프랑, 3프랑의 가격이 매겨졌다. 이런 일들로 그는 중병에 걸린 사람처럼 몸이 쇠약해졌고, 자신의 진짜 그림엔 전혀 손도 대지 못하고 있었다. 그는 손이 마비되고 힘이 없는 듯해 가끔 일주일이나 그림을 그리지 못하고, 저주받은 자의 눈으로 비탄에 잠겨 자신의 커다란 캔버스를 바라보았다. 끼니도 거르기 일쑤였다. 처음 이사 왔을 때 크리스틴이 그렇게 자랑스럽게 여기던 이 황량한 건물도 겨울에는 사람이 살 수 없는 곳이 되었다. 전에는 살림에 그토록 왕성한 의욕을 보이던 크리스틴도 이젠 비질 한 번할 생각을 하지 않고 내버려 두었다. 모든 것이 비참함 속에 나뒹굴었고, 쟈크는 영양 불량으로 몸이 쇠약해졌다. 그들은 선채로 딱딱한 빵을 씹어 먹었고, 전반적인 생활을 뒤죽박죽 엉망으로 해 나갔으며, 스스로에 대한 자존심을 잃을 정도로 불결하고 극빈한 상태로 떨어졌다.

또다시 1년이 지나, 클로드가 여전히 미완성의 그림으로부터 도피하여 실의의 나날을 보내고 있던 어느 날, 그는 문득 한 사람과 만나게 되었다. 그는 집에는 절대로 돌아가지 않겠다고 맹세하며 정오부터 파리 시내를 돌아다니는데 그림 속의 벌거벗은 여자의 거대하고 희끄무레한 망령이 뒤를 따라 오는 것 같았다. 아무리 다시 칠을 해도 더욱 황폐해지기만 할 뿐 완성되지 않는 것에 지친 나머지, 이 세상에 태어나고 싶은 괴로운 욕망에 그의 뒤를 따라와, 마치 그 발소리가 등 뒤에서 들리는 것 같았다. 안개가 누르스름한 비가 되어 녹아내리면서 길은 진창으로 변하며 더러워졌다. 다섯 시쯤 그가 몽유병자와 같은 걸음걸이로 진흙물이 낡은 옷의 등까지 튀어 오르는 것도 아랑곳하지 않은 채 마차에 치일 듯이 위험하게 루와얄가를 걷고 있었을 때, 돌연 눈앞에 한 대의 마차가 멈추었다.

"클로드, 클로드 아니에요! 아니 친구도 못 알아봐요?"

그녀는 샹티 레이스가 가득 달린 회색의 비단 드레스를 예쁘게 차려입은 이르마 베코였다. 그녀는 급히 한 손으로 유리창을 내리고, 그에게 미소를 지었다. 창틀 안에서 그녀의 얼굴이 빛났다.

"어딜 가는 거예요?"

그는 어리둥절하여 아무데도 가지 않는다고 대답했다. 그녀는 한층 더 큰 소리로 웃으며 음탕한 눈으로 그를 쳐다보았다. 마치 노점 과일 가게 앞을 지나가다가 눈에 띈 생과일 하나를 집어 먹고 싶어 안달이 난 여자처럼, 지저분한 입술을 아무렇게나 깨물고 있었다.

"자, 타요. 정말 오랜만이네요! 빨리 타요, 마차에 치겠어요!"

실제로 길이 막혀 화가 난 마부들이 기다리다 못해 말을 그냥 몰려고 했다. 그는 별생각 없이 마차에 올라탔다. 그녀는 비에 흠뻑 젖은, 가난이 참혹하게 찌든 그를 푸른 새틴으로 군데군데 장식된 작은 마차에 태워서 레이스가 달린 자기 스커트를 반쯤 열고는 그 위에 앉혔다. 부근의 마부들이 큰 소리로 야유를 퍼부으며 차례로 지나갔고, 거리의 흐름은 다시 정상으로 돌아왔다.

이르마 베코는 드디어 꿈을 이루어 빌리에가에 자신의 저택을 지니고 있었다. 그러나 그러기 위해서 그녀는 몇 년의 세월을 보냈다. 갖고 있는 사랑의 재주를 발휘하여 우선 어떤 애인에게서 토지를 사들이고, 그다음에는 다른 남자에게서 건축비 조로 50만 프랑, 가구용품조로 30만 프랑을 받아 냈다. 그 집은 마치 왕이 사는 저택같이 사치스러웠고, 특히 양탄자를 깐 현관에서부터 방방마다 쿠션을 댄 벽에 이르기까지 쾌락적인 세련이 극에 달하여, 집 전체가 관능적인 여자가 사는 거대한 애욕의 침실 같은 느낌을 풍기고 있었다. 막대한 돈을 들인 후에, 이제 이 유곽은 그 이상의 돈을 벌어들이고 있었다. 왜냐하면 그곳 보랏빛 침실의 명성 때문에 남자들이 밤마다 거금을 바쳤기 때문이다.

클로드를 집에 데려온 이르마는 다른 사람의 출입을 금지시켰다. 그녀는 자신의 변덕을 만족시키기 위해서라면 재산 전부에 불이라도 치를 여자였다. 그들이 함께 식당에 들어가려고 하자, 당시 돈을 대고 있던 애인이 따라 들어오려고 했다. 그러나 그녀는 다른 사람이 듣는 것도 아랑곳하지 않고 큰 소리를 질러 그 남자를 쫓아냈다. 식탁에 앉자 그녀는 어린아이처럼 웃으며 배가 고프지 않은데도 내오는 음식을 전부 먹었다. 그리고 아무렇게나 난 클로드의 턱수염과 너덜너덜한 작업복을 유쾌하기 그지없다는 시선으로 바라보았다. 그는 꿈속에서와 같이 모든 것을 되는 대로 내버려 두었고, 굶주리고 있던 터라 엄청난 식욕으로 먹어치웠다. 식사는 침묵 속에 진행되었고, 하인은 위엄 있게 시중을 들었다.

"루이, 커피와 리큐어는 내 방으로 가져다주세요."

아직 여덟 시도 안 되었는데, 이르마는 벌써 클로드와 방에 틀어박혀 있고 싶어 했다. 그녀는 빗장을 걸어 잠그고 나서 "안녕, 이제 마님은 잠들어요."라고 농담을 했다.

"자, 편하게 있어. 내가 당신을 지켜줄 테니까⋯⋯. 응? 이 순간이 오길 얼마나 오래 기다렸다고! 마침내 꿈이 이루어졌네!"

그는 은으로 된 레이스와 엷은 보랏빛 비단으로 바른 벽, 왕좌에도 필적할 만한 고대 자수가 놓인 커버를 씌운 거대한 침대가 있는 호화로운 방에서 아무렇지도 않게 옷을 벗었다. 그는 늘 내복 차림으로 있었기 때문에 자기 집에 있는 것 같은 생각이 들었다. 집에 다시는 들어가지 않겠다고 맹세를 한 터라, 다리 밑에서 자는 것보다야 낫다는 생각이 들었다. 게다가 그의 생활이 워낙 흐트러져 있어서 그는 이 정사에도 별로 놀라지 않았다. 그가 어느 정도로 비참한 상황인지 알지 못하는 그녀로서는 그런 그의 모습이 우스워서 죽을 지경이었다. 벌써 반쯤 옷을 벗은 그녀는 즐겨 보자고 작정하고 집을 뛰쳐나온 계집아이처럼 그를 꼬집고, 이로 깨무는가 하면 양손으로 비틀어 돌리는 등 그야말로 거리의 불한당처럼 굴었다.

"얼간이들이 나를 뭐라고 부르는지 알아? 나의 티치아노라고 말하지. 하지만 그건 당신에겐 어울리지 않아……. 아! 당신은 나를 다른 사람으로 만들어 줘. 정말이야, 당신은 달라!"

그리고 그녀는 그를 꽉 껴안으며 자기가 얼마나 그를 원했는지 모른다고 말했다. 그 이유는 그의 머리가 흐트러져 있기 때문이라고 했다. 그녀는 너무나 크게 웃으며 말했기 때문에 말소리가 목에 걸려 잘 들리질 않았다. 그의 모습이 너무도 추했고, 우스웠기 때문에 그녀는 그의 몸 곳곳에 격렬하게 입을 맞추었다.

새벽 세 시쯤, 이불을 걷어찬 채 쾌락을 포식한 나체로 길게 누워 있던 이르마가 피곤한 목소리로 더듬더듬 말했다.

"그런데 당신이 동거하던 여자, 그 여자와 결혼은 했어?"

잠이 들었던 클로드는 눈을 떴다.

"응."

"아직도 같이 자?"

"물론."

그녀는 웃더니, 이 말을 던질 뿐이었다.

"아! 불쌍하기도 하지. 불쌍하기 짝이 없어. 당신네 둘은 얼마나 지겨울까!"

이튿날, 푹 자고 일어나 장밋빛이 된 이르마는 머리를 단정하게 빗고는 모자까지 쓰고서 담담하게 클로드를 배웅하며 잠시 그의 두 손을 꼭 잡았다. 그리고 매우 사랑스러운 모습으로 다정하게 농담을 던지듯이 그를 쳐다보며 말했다.

"불쌍한 클로드, 당신은 별로 즐겁지 않았지요. 다 알아요. 거짓말을 해도 소용없어요. 우리 여자들은 알 수 있어요…….
하지만 나는 정말 좋았어요, 오! 정말…… 고마워요, 정말 고마워요!"

그리고 그것으로 끝이었다. 그녀와 또다시 자려면 그는 많은 돈을 지불해야 할 것이었다.

클로드는 굴러들어 온 이런 행운에 얼떨떨하여 곧장 투를라크의 집으로 돌아왔다. 그는 자신도 모를 이상한 자부심과 슬픔을 동시에 맛보았고, 이틀 동안 그림에 무관심하게 지내며 그동안 자기가 헛산 것 같은 엉뚱한 생각이 들었다. 그런데 너무도 격정적인 밤을 보낸 후 돌아온 그의 모습이 너무 이상하여,

크리스틴은 그에게 질문을 퍼부었고, 그는 처음에 말을 더듬다가 결국 모든 것을 다 고백하고 말았다. 그러자 상투적인 장면이 연출되었다. 크리스틴은 오래도록 울다가 다시 한번 그를 용서했다. 무한히 넓은 마음으로 그의 과오를 용서했고, 오히려 그런 밤을 지낸 후 그가 너무 피곤하지 않을까 근심했다. 그리고 그녀는 슬픔 가운데 자기도 알 수 없는 기쁨을 맛보았다. 그것은 다른 여자도 그를 사랑할 수 있다는 자부심과 그도 그렇게 집을 나갈 수 있다는 생각에서 오는 흥분, 그리고 다른 여자의 집에 가더라도 집으로 다시 돌아올 것이라는 희망 따위가 섞인 감정이었다. 그녀의 마음속에는 저 가증스러운 그림을 향한 단 하나의 질투밖에는 없었다. 그림에 그를 빼앗기느니보다는 차라리 남편을 다른 여자에게 던져 주고 싶을 정도였다.

겨울이 반쯤 지나갔을 때 클로드는 다시 용기를 찾을 수 있었다. 어느 날 그는 예전의 액자들을 정리하다가, 뒤쪽 구석에서 전에 그린 그림의 모서리 부분을 다시 보게 되었다. 그것은 「야외」의 누워 있는 나신의 여자로, 그 그림이 낙선전에서 돌아왔을 때 칼로 찢어 그 부분만을 간직하고 있던 것이었다. 그것을 펼치자 그의 입에서 경탄의 신음 소리가 새어 나왔다.

"세상에! 이렇게 아름다울 수가!"

그는 곧 그림의 네 귀퉁이를 못으로 고정시켜 벽에 걸었다. 그러고는 몇 시간 동안 그 그림을 응시했다. 그의 손이 떨렸고 얼굴이 화끈거렸다. 이런 걸작을 그가 그렸다니? 그때는 분명 천재성이 있지 않았나? 그럼 누군가 자기의 머리와 눈, 손가락을 바꾸어 놓기라도 했단 말인가? 그는 너무 흥분하여 누구에겐가 이 심정을 토로하고 싶은 나머지, 아내를 불렀다.

"이리 좀 와서 봐! 어때? 괜찮지 않아? 근육이 섬세하지? 아, 저 엉덩이! 햇빛이 환하게 비치고 있어. 그리고 이 어깨부터 가슴의 불룩한 곡선……, 아! 세상에! 이 그림엔 생명이 있어. 난 이것이 살아 있는 걸 느낄 수 있어. 마치 부드럽고 따뜻한, 향기로운 살결을 만지는 것 같잖아."

크리스틴은 그 곁에 서서 그림을 쳐다보며 짧게 대답했다. 몇 년의 세월이 흐른 뒤, 열여덟 살 때의 모습으로 다시 살아난 그녀가 자랑스럽기도 하고 놀랍기도 했다. 그러나 그가 그렇게 열을 내는 것을 보자 그녀는 점점 기분이 나빠지면서 이유 없이 화가 났다.

"뭐야! 당신은 내 앞에 무릎을 꿇어 경배할 정도로 저 그림이 아름답다고 생각하지 않아?"

"맞아요, 그래요……. 다만, 좀 어두워졌네요."

클로드는 격렬히 항변했다. 어두워졌다니, 말도 안 돼! 그것은 절대로 어두워질 수 없었고, 영원히 젊은 채로 있어야 했다.

그는 정말로 사랑에 들뜬 사람처럼 변했다. 그림 속 여자를 진짜 사람인 듯이 말했고, 돌연 그녀를 다시 보고 싶은 마음에 그 여자를 만나러 가기 위해 모든 것을 버릴 태세였다.

그러던 어느 날 아침, 그는 일을 하고 싶은 심한 갈망을 느꼈다.

"제길! 내가 그것을 그렸잖아. 그러니 다시 그릴 수 있어…….

아! 내가 짐승 같은 놈이 아니라면, 이번에만은 뭔가 보여 주 겠어!"

크리스틴은 곧장 그에게 포즈를 서 주어야 했다. 왜냐하면 그는 이미 사다리 위에 올라가 그의 대작을 그릴 생각에 불타고 있었기 때문이다. 한 달 동안, 그는 매일 여덟 시간씩 그녀를 벌 거벗은 채로 서 있게 했다. 그녀의 다리가 마비되고 피곤에 기 진맥진해하는 것을 보아도 조금도 동정하지 않았고, 자신의 피 곤에도 가혹할 정도로 엄격했다. 그는 걸작을 만들어 내겠다 는 굳은 결의에 불탔다. 그는 서 있는 이 여자가 아틀리에의 벽 에 걸려 환하게 빛나는 저 누워 있는 여자보다 못할 것이 없다 고 주장했다. 그는 전에 그린 그림을 참고로 지금의 그림과 계 속 비교해 보면서 전보다 못한 그림을 그리면 어떻게 하나 하 는 두려움에 실망하기도 하고, 자극받기도 했다. 그는 그림 속 의 누워 있는 여자를 한 번 쳐다보고 크리스틴을 쳐다보았다 가, 다시 자기가 그리고 있는 그림을 쳐다보고는, 마음에 들지 않을 때에는 욕을 하며 화를 냈다. 그러다 급기야는 아내에게 그 모든 탓을 덮어씌웠다.

"여보, 부르봉 부두에서 이 그림을 그릴 때의 당신과 지금의 당신은 영 같질 않아. 아! 전혀 달라! ……당신이 어린 나이에 성숙한 가슴을 가졌다는 게 믿기지 않아. 어린애같이 연약한 당 신의 몸에 성숙한 여인의 가슴이 달려 있는 걸 보고 놀랐던 기 억이 아직도 생생해……. 피어나는 꽃봉오리처럼 너무도 유연 하고 신선해서 마치 봄의 숨결을 느끼는 것 같았지. 확실히 당신은 그 점에 대해 자부할 수 있어. 당신 몸매는 죽여줬거든!"

그는 그녀의 마음을 아프게 하기 위해 이 말을 한 것은 아니었다. 그는 단지 관찰자의 입장에서 눈을 반쯤 감고 마치 그의 망친 작품에 대해서 이야기하듯이 그녀의 육체에 대해 언급했다.

"색조는 여전히 빛나는데, 선은 아니야, 아니야, 전 같지 않아! 다리, 오! 다리는 아직도 아주 훌륭해. 그것이 저번 여자와 같은 유일한 것이야. ……하지만 배와 가슴은, 제길! 그건 망쳤어. 자, 거울로 당신의 모습을 한번 봐. 저기, 겨드랑이 옆에 주름들이 잡혀 있잖아. 그건 전혀 아름답지 않아. 자, 당신이 직접 봐. 저 여자의 몸에는 주름 같은 건 있지도 않잖아."

그는 사랑스러운 눈으로 누워 있는 여자의 몸을 가리켰다. 그리고 그는 이렇게 결론지었다.

"그게 당신 잘못은 아니지. 하지만 결정적으로 내 그림이 잘 안 되는 건 그 때문이야. 아! 운도 없지."

그녀는 그 이야기를 들으며 슬픔에 비틀거렸다. 이미 그녀를 괴롭힐 대로 괴롭혀 온 포즈를 서는 일이 이제는 견딜 수 없는 고문같이 여겨졌다. 그녀로 하여금 이미 사라진 미모에 대해 애타게 아쉬운 마음을 갖게 만들고, 질투심을 부추기면서 젊은 시절의 모습으로 자신을 괴롭히는 이 새 그림은 도대체 무엇이란 말인가? 이제 그녀의 정적이 된, 자신의 예전 모습을 가슴을 쥐어뜯는 질투의 감정 없이는 쳐다볼 수 없게 만든 이 그림은! 아! 그녀를 그린 이 그림이 그녀의 삶에 얼마나 엄청난 무게를 더하기 시작했는가! 그녀의 이 모든 불행은 이미 잠결에 보인

가슴에서 시작되었다. 그리고 잠시 남에게 좋은 일을 해 준다는 착한 마음에서 순결한 육체가 발랑 벗겨진 것이다. 그녀의 육체를 향한 사람들의 야유와 조소 후에 그녀는 자신의 전부를 바쳤다. 그리고 이제는 자기 인생을 전부 바쳐 모델로 전락하고 남편의 사랑까지 잃게 되었다. 그러고 나서 그녀는 다시 태어난 것이다. 그녀보다도 더 생생한 모습의 이 그림으로 부활하여 마침내 그녀를 죽이기에 이른 것이다. 이제 남아 있는 것은 그림밖에 없었다. 누워 있던 여자는 이제 새로 그리는 그림 속의 서 있는 여자로 옮겨 왔다.

그런데 한 번 포즈를 설 때마다 그녀는 늙어 가는 것을 느꼈다. 그녀는 불안한 눈으로 자신의 모습을 쳐다보았다. 몸에 주름이 지고 아름다운 선이 붕괴된 것 같았다. 이제까지 그녀는 한 번도 자신의 육체를 이렇게 샅샅이 살펴본 적이 없었다. 그녀는 자기 몸에 대해 수치스러움과 모욕을 느꼈다. 그리고 정열적인 여자로서, 아름다움이 사라지면서 사랑이 떠나는 것을 보면서 말할 수 없는 절망감에 시달렸다. 이제 남편은 자신을 사랑하지 않는 것일까? 그래서 그는 다른 여자들과 밤을 같이 보내고, 원래 기질과는 반대로 그림 속에 정열을 감추는 것일까? 그녀는 판단력을 잃었고, 무기력해져서 캐미솔과 지저분한 스커트 차림으로 지내며, 늙었다는 사실에 자포자기하여 여자로서의 우아함을 잃고 말았다.

어느 날 클로드는 그림이 잘 그려지지 않자 미친 듯이 화를 내며 큰 소리로 고함을 질렀다. 이 때문에 치유될 수 없을 정도로 큰 상처를 입었다. 그는 분이 덜 풀린 충격에 이성을 잃고 무책임하게 다시 한번 그림을 찢을 뻔했다. 그러고는 주먹을 불끈 쥐고 그녀에게 화풀이를 했다.

"안 돼. 확실히 당신 몸 갖고선 아무것도 할 수 없어……. 아! 포즈를 서려면 아이를 가져선 안 돼!"

이런 모욕에 화가 머리끝까지 난 그녀는 울면서 옷을 입으러 뛰쳐나갔다. 그러나 손이 헛돌아 그녀는 빨리 옷을 입을 수가 없었다. 그는 곧 뉘우치고 그녀를 달래기 위하여 사다리에서 내려왔다.

"여보, 잘못했어. 내가 미쳤지……. 제발, 포즈를 서 줘. 조금만 더 포즈를 서 줘. 나에게 화나지 않았다는 것을 보여 줘."

그는 벌거벗은 그녀를 품 안에 안고, 이미 반쯤 입은 속옷을 벗겼다. 그래서 그녀는 다시 한번 그를 용서하고 포즈를 취했다. 그러나 그녀는 너무도 몸이 떨렸기 때문에 팔다리 전체가 아파 왔다. 조각상처럼 굳은 자세 속에서 굵은 눈물방울이 말없이 볼에서 가슴으로 흘러 떨어지고 있었다. 그녀의 아이. 아! 그렇다. 분명 그 아이는 태어나지 않았으면 좋았을 것이다! 어쩌면 그 아이가 이 모든 것의 원인일 것이다. 그녀는 이제 울지 않았다. 그녀는 벌써 아이의 아버지를 변호하면서, 한 번도 모성애가 싹터 본 적 없는 이 가련한 아이를 향해 말없는 분노를 느끼고 있었다. 그러면서 그녀는 아이 때문에 연인으로서의 자격을 박탈당했다고 생각해 아이를 미워했다.

그러나 클로드는 작품에 몰두했다. 이번에만은 어떻게든 이 그림을 완성해서 살롱전에 출품해 보려고 했다. 그는 사다리를 떠나지 않았고, 밤이 늦도록 바탕색을 칠하곤 했다. 결국 기운이 다 빠진 그는 더 이상은 도저히 그리지 못하겠다고 선언했다. 마침 그날 상도즈가 그를 만나기 위해 네 시쯤 왔는데, 그는 집에 없었다. 크리스틴은 그가 잠깐 바람을 쐬러 언덕 위로 올라갔다고 말했다.

클로드와 옛 그룹의 친구들 사이는 서서히 벌어지기 시작하여, 점점 더 소원해지고 있었다. 친구들은 이 어지러운 그림에 마음이 불편하여 차차 발걸음을 멀리하더니, 젊은 시절의 재능과는 점점 더 거리가 멀어지는 그를 보고 모두 도망가 버려서, 이제 그를 찾아오는 친구는 아무도 없었다. 가니에르는 아예 파리를 떠나 믈룅의 집에서 살고 있었다. 그는 놀라는 친구들을 뒤로, 어느 날 저녁 자기에게 바그너의 곡을 연주해 준 노처녀 피아노 교사와 결혼하여 그녀의 집에서 초라하게 살고 있었다. 마우도는 일 핑계를 댔다. 그는 청동 조각 제조업자를 만나 그의 주형을 손봐주는 일을 하며 약간의 돈을 벌고 있었기 때문이었다. 조리는 경우가 달랐다. 마틸드가 그를 독점한 이래, 조리를 본 사람은 아무도 없었다. 그녀는 배가 터지도록 그에게 하찮은 요리들을 해 주었고, 사랑의 실행으로 그를 바보로 만들었다. 그가 좋아하는 것으로 어찌나 그를 포식시켰던지, 예전에는 돈을 지불하지 않으려고 길거리를 헤매고 다니며 빈민가 구역에서 여자를 주워 오던 조리가 이제는 충실한 개처럼 길들여진 것이다. 그는 돈주머니를 모두 마틸드에게 내맡

긴 처지였는데, 그녀는 그에게 하루에 20수만을 주었기 때문에 그의 주머니 속에는 겨우 담배 살 돈밖에는 없었다. 풍문에 의하면, 예전에 교회에 다녔던 마틸드가 그를 더 꽉 붙들기 위해서 그에게 종교를 갖게 만들었고, 그가 매우 두려워하고 있는 죽음 이야기를 해 주었다고 한다. 오직 파주롤만이 그를 만나면 옛 친구에 대한 열렬한 우정을 가장하면서 언제나 다음에 꼭 그를 방문하겠다고 약속했지만, 한 번도 그 약속을 지킨 적은 없었다. 그는 대성공을 거둔 이래 대중의 호응을 얻었고, 이름이 널리 알려져서 여기저기 불려 다니느라 정신없이 바쁜 와중에 돈과 명예를 얻어 출세 가도를 달리고 있었다. 클로드는 뒤뷔슈에 대해서만은 비록 나중에 그들이 서로 다른 기질을 지니게 된 것을 알고 부딪치긴 했지만, 어린 시절의 옛 추억이 떠올라 아쉬워했다. 그러나 뒤뷔슈도 생각보다 행복하지 못한 듯했다. 물론 그에게는 수백만의 재산이 있었지만, 그의 건축가로서의 재능에 속았다고 불평하는 장인과 언쟁이 그치질 않았고, 병든 아내와 이불에 싸서 키우는 조산된 두 아이의 병치레 속에서 살아야 했기 때문이다.

이렇게 우정이 소실된 가운데 상도즈만이 투를라크로 오는 길을 알고 있는 친구였다. 그는 자기의 대자인 쟈크와 가련한 크리스틴을 만나러 찾아오곤 했다. 이런 비참함 속에서도 크리스틴의 정열적인 얼굴은 그를 깊이 감동시켰고, 언젠가 자신의 작품에 등장시키고 싶어 했던 사랑에 굶주린 여자에 근접하다는 생각이 들었다. 특히 그는 클로드가 발판을 잃고 예술적 광기의 밑바닥으로 침몰하는 것을 보면서 동지적 예술가로서 형제와 같은 정이 커갔다. 처음에 그는 그 사실이 믿기지 않았다. 왜냐하면 그는 자기보다 친구를 더 신뢰하고 있었기 때문이다. 학창 시절부터 그는 자신의 재능을 친구의 아래에 두면서 클로드를 한 시대의 예술을 혁신할 수 있는 대가의 열로 높이 떠받들었다. 그래서 이러한 천재의 파산에 비통한 동정의 마음이 들었고, 무능으로 인한 끔찍한 고뇌를 보고 쓰리고 가혹한 연민의 정을 느꼈다. 도대체 예술에서 어디까지가 광기일까? 뜻대로 되지 않는 모든 실패가 상도즈의 눈물을 자아냈다. 그림에서도, 또 문학에서도 그것이 가던 길을 이탈하게 되면 이탈하는 만큼, 또 예술가가 기이하고도 눈물 젖은 노력을 기울이면 기울이는 만큼, 그의 마음은 동정에 사로잡혔고, 그 자신의 마음속 깊은 곳에서도 작품으로 세상 사람들의 경탄을 받고 싶어 하는 꿈의 광란 안에 경건하게 침잠하고 싶은 충동을 느끼곤 했다.

상도즈가 화가를 만나러 왔다가 만나지 못한 날, 그는 울어서 붉어진 크리스틴의 눈을 보고 돌아가지 않고 친구를 기다리겠다고 고집했다.

"그가 곧 돌아온다면, 그냥 기다릴게요."

"오! 늦지 않을 거예요."

"제가 방해가 되지 않는다면 그냥 있을게요."

상도즈는 크리스틴을 보고 그 어느 때보다도 충격을 받았다. 그녀는 버림받은 여자의 의기소침한 태도, 피곤한 동작, 느린 말씨, 자신을 불태우는 정열 이외의 모든 것에 대한 완전한 무관심을 지니고 있었다. 아마도 일주일 이상을 그녀는 의자 하나 움직이지 않고 가구 하나 닦지 않은 채 살림을 내팽개치고, 몸뚱이만을 간신히 움직이고 있는 것 같았다. 큰 창으로 들어오는 선명한 빛 아래로 지저분한 가운데 곤두박질쳐 있는 비참함, 어질러지고 칠이 벗겨진 헐벗은 창고는 2월의 밝은 오후에도 불구하고 섬뜩한 비애에 차 있어 가슴이 미어지는 풍경이었다.

크리스틴은 무겁게 몸을 움직이더니, 상도즈가 들어오면서 미처 보지 못한 철체 침대 옆에 가 앉았다.

"아니! 쟈크가 아파요?" 상도즈가 물었다.

그녀는 자꾸만 이불을 걷어차는 아이를 이불로 감쌌다.

"네, 사흘 전부터 일어나지 못해요. 그래서 우리와 함께 있게 하려고 침대를 이리로 옮겼어요……. 오! 이 아인 한 번도 건강하질 못했죠. 게다가 점점 더 나빠지고 있어요. 절망적이에요."

그녀는 두 눈을 고정시킨 채 담담하게 말했다. 가까이 다가간 상도즈는 아이의 모습을 보고 깜짝 놀랐다. 창백한 아이의 얼굴은 더 커져 있었다. 머리가 너무 무거워 제대로 가누지도 못했다. 머리를 힘없이 내려놓은 채, 색이 바랜 입술에서 새어 나오는 거친 숨소리만 아니면 이미 죽은 게 아닌가 하는 생각이 들 정도였다.

"쟈크, 나야, 대부란다……. 인사해 주지 않겠니?"

쟈크는 괴롭게 머리를 들어 보려고 헛수고를 하였고, 눈꺼풀을 깜박거리며 흰자위를 보이더니 도로 감아 버렸다.

"의사는 만나 봤어요?"

그녀는 어깨를 으쓱했다.

"오! 의사들이오! 그들이 뭘 알까요? 한 명 왔었어요. 가망이 없대요……. 그 사람 말이 틀리길 바랄 뿐이죠. 이제 열두 살이면 발육이 왕성할 때잖아요."

상도즈는 소름이 끼쳤지만, 사태의 위중함을 깨닫지 못하는 것 같아서 걱정시킬까 봐 입을 다물었다. 그는 말없이 방 안을 거닐다가 테이블 앞에 멈추었다.

"아! 아! 그림이 진행되고 있군요. 이번에는 길을 제대로 들어선 것 같네요."

"완성되었어요."

"네, 완성되었다고요?"

그리고 그녀가 다음 주에 이 그림을 살롱전에 출품할 거라고 덧붙이자, 그는 다시 한번 그림을 찬찬히 살펴보기 위하여 긴 의자에 앉았다. 바탕의 양쪽 부두와 시테섬의 첨탑이 당당하게 우뚝 서 있는 센강은 밑그림 상태였다. 훌륭한 밑그림이었다. 마치 더 이상 손을 대면 파리에 대한 자신의 꿈을 망치게 될까 봐 화가가 두려워하는 것 같았다. 왼쪽에 그린 사람들도 훌륭하였다. 석회 부대를 배에서 내리고 있는 인부들이었는데 모두가 매우 정성 들여 그린 것들로, 힘 있는 아름다운 모습을 보여 주고 있었다. 다만, 중앙의 여자들이 탄 배가 그 장소에 어울리지 않는 여자들의 불꽃과 같은 육체로써 화면을 꿰뚫고 있었다. 특히 열정을 가미해 그린 커다란 누드상은 주위의 사실적 묘사 가운데에서 번쩍번쩍 빛나고 있었으며, 기이하고 사람을 당황하게 하는 거대한 허상의 착란으로밖에 보이지 않았다.

상도즈는 이 어처구니없는 실패를 앞에 두고 절망하여 아무 말도 하지 못했다. 그러나 그는 자기를 쭉 살피고 있는 크리스틴의 눈과 마주치자, 간신히 이렇게 중얼거렸다.

"놀라운데요. 오! 여자가 놀라워요."

그런데 바로 그때 클로드가 돌아왔다. 그는 옛 친구를 보더니, 기쁨의 탄성을 지르고 힘껏 그의 손을 움켜쥐었다. 그리고 크리스틴에게 다가가, 이불을 차낸 쟈크에게 입을 맞추었다.

"좀 어때?"

"마찬가지예요."

"그래! 그래! 아이가 너무 빨리 크는 거야. 쉬고 나면 나을 거야. 그렇게 걱정하지 않아도 된다고 내가 말했잖아."

클로드는 긴 의자로 돌아와 상도즈 곁에 앉았다. 두 사람은 위를 향해 반쯤 누운 자세로 시선을 허공에 둔 채 그림을 바라보았다. 한편, 크리스틴은 침대 옆에 앉아서 떠나지 않는 마음의 슬픔 때문에 아무것도 보이지 않고, 아무것도 생각할 수 없는 듯했다. 점차 밤이 다가오고 있었다. 커다란 유리창으로 들어오던 강렬한 빛도 창백해지면서 단조로운 어스름으로 바래갔다.

"그래, 결정했어? 부인의 말로는 저걸 출품할 거라고 하던데."

"응."

"잘했어. 저 그림에서 벗어나야 해⋯⋯. 오! 저 안에는 훌륭한 부분들이 꽤 있어! 좌측 부두의 전망이라든가, 저 아래 포대를 메고 가는 남자라든가⋯⋯ 단지⋯⋯."

그는 잠시 망설이더니, 결심을 굳히고 말했다.

"단지, 저 수영하는 벌거벗은 여자들을 굳이 집어넣을 이유가 있어? ⋯⋯분명히 말할 수 있는데, 아무 의미가 없어. 전에 자네가 저 여자들의 옷을 입히겠다고 약속한 것, 기억나지? 저 여자들을 그냥 놓아둘 참이야?"

"응."

클로드는 확고한 생각이었지만, 설명하기 귀찮다는 듯 짧게 대답했다. 그는 두 손을 깍지 끼어 목뒤로 두른 후, 다른 말을 시작했다. 눈만은 여전히 황혼이 어슴푸레한 저녁노을 빛으로 물들기 시작하는 자신의 그림을 바라보고 있었다.

"자네, 내가 어디에 다녀왔는지 알아? 쿠라죠에게 다녀오는 길이야⋯⋯. 응? 저 위대한 풍경화가, 뤽상부르궁에 있는 「가니의 늪」을 그린 화가 말이야! 자네도 기억하겠지만, 난 그가 죽은 줄 알았네. 그런데 우린 그가 이 부근에, 언덕 반대편의 아브뢰부아르가에 산다는 걸 알게 되었지. 음! 그런데 나는 쿠라죠가 신경 쓰이기 시작했어. 가끔 바람을 쐬러 나갈 때에도, 그 집을 알고부터는 그 집 앞을 지날 때마다 그 안에 들어가고 싶어서 참을 수가 없는 거야. 생각해 봐! 한 대가가, 현대의 풍경화를 창조한 저 사나이가 아무도 알아주지 않는 가운데 쓸쓸하게, 마치 두더지처럼 거기에 파묻혀 살고 있는 모습을! 자네는 그가 어떤 거리의 어떤 집에서 살고 있는지, 상상도 못할 걸세. 닭, 오리가 뛰어다니고 풀이 무성한 비탈에 둘러싸인 시골 거리더라. 집이라고 해야 조그만 창, 작은 문, 그리고 작은 정원이 딸려 있는 아이들 장난감 같은 오두막집이지. 오! 정원이라고 할 것도 없어, 그냥 가파른 경사지의 한 조각 땅이네. 거기엔 배나무가 네 그루 있고, 녹색으로 변한 널빤지로 만든 날짐승 사육장, 낡은 석고벽, 그리고 끈으로 묶어 놓은 철조망만 있을 뿐이야…….”

그는 말소리가 느려지면서 눈을 깜빡거리기 시작했다. 아무래도 그림에 신경이 쓰여서 점점 더 그림 생각을 하느라 말하는 것이 힘들어지는 듯했다.

“오늘 바로 쿠라죠가 자기 집 문 앞에 있는 걸 봤네. 그런데 그 모습이 쪼글쪼글 쪼그라든 어린애 같은 여든이 지난 노인이었어. 아니, 세상에! 그는 나무로 만든 신을 신고서 농부가 입는 옷을 입고, 할머니같이 머릿수건을 쓰고 있지 않겠어…….순간 나는 그에게 다가가서 말했지. ‘쿠라죠 씨, 저는 당신을 잘 알고 있습니다. 당신의 걸작이 뤽상부르에 걸려 있는 것도 잘 압니다. 저는 당신을 스승이라고 생각하는 화가입니다. 악수해 주시지 않으시겠습니까?’라고 말이야. 그런데 그는 갑자기 나에게 맞을 거라고 생각해선지 겁먹은 얼굴로 입을 우물거리면서 뒷걸음을 치더니, 도망을 가는 거야. 나는 그를 쫓아갔지. 그는 평정을 되찾고 나에게 닭과 오리, 토끼, 개, 심지어 까마귀까지 기르고 있는 정말 이상한 동물 농장을 보여 줬다네! 그는 그

속에서 생활하고 있었던 거야, 동물하고만 말을 걸며 살고 있었던 거지. 그런데 그 집에서 보이는 전망은 정말 훌륭하더군! 저 멀리 생 드니 평원이 보이고, 강과 도시, 연기를 내뿜고 있는 공장, 증기를 내뿜는 열차, 모든 게 다 보였어. 그러니까 파리를 등지고 끝없이 펼쳐진 전원만 바라보며 산속에서 외따로 살고 있는 사람의 움막이라고나 해야 할까…….

물론 나는 내 용건으로 돌아왔지. '오! 쿠라죠 씨, 당신은 천재입니다! 당신은 우리가 얼마나 당신을 찬양하고 있는지 모르실 테죠! 당신은 우리의 영광이고, 우리 모두의 아버지십니다.' 그러자 그의 입이 떨리기 시작하면서 나를 놀란 눈으로 쳐다봤어. 설령 내가 그의 젊은 시절의 시체를 파내어 그 앞에 펼쳐 놓았다 해도 그것보다 더 애절하게 나를 그만두게 하려고 하진 않았을 걸세. 그는 맥락이 닿지 않는 소리를 입안에서 계속 우물거리면서 알아들을 수 없는 어린애 같은 말들을 이것저것 늘어놓았어. "모르겠어……. 너무 오래전 일이라……. 난 이제 늙었어……. 난 시들고 말았다고……." 결국 난 밖으로 내쫓기고 말았네. 안에서 난폭하게 문을 걸어 잠그는 소리가 들렸어. 세상의 유혹에 대항해서 동물들과 벽을 치고 살겠다는 뜻이지……. 아! 저 대가가 은퇴한 속물들과 마찬가지로 죽을 때까지 자진해서 허무에 침잠하고 말다니! 아! 영광, 그 영광을 위해서라면 죽어도 좋다고 우리는 생각하고 있는데!"

점점 숨이 막혀 그 소리는 괴로움에 찬 한숨이 되었다가 멈추었다. 밤이 시시각각 다가와 어둠의 파도가 방의 구석구석을

446

채우고, 이윽고 천천히 올라와 무심하게 탁자의 다리나 의자, 그 밖에 바닥에 어지럽게 널려진 물건 전부를 매몰시켰다. 그림의 아래쪽도 이미 어둠에 잠겨 있었다. 그래도 그는 절망의 눈초리로 계속 바라보고 있었다. 마치 저물어 가는 하루의 고통 속에서 자기 작품에 최후의 심판을 내리려고 어둠의 진행을 지켜보고 있는 듯했다. 이 깊은 침묵 속에서 들리는 것은 오직 병든 아이의 거친 숨소리뿐이었다. 그 옆에 움직임 하나 없는 어머니의 검은 실루엣이 보였다.

이번에는 상도즈가 클로드와 함께 긴 의자의 쿠션에 등을 기대고 양팔을 목뒤에 대고서 이야기하기 시작했다.

"글쎄, 어떨까? 아무도 알아주지 않은 채 혼자 살다가 죽어 가는 것보다 더 훌륭한 것이 있을까? 예술가의 영광 같은 건, 마치 오늘날 어린애들도 우습게 여기는 교리문답처럼 속임수에 지나지 않는 거 아닐까! 신을 믿지도 않는 우리가 그러면서 불멸을 믿다니⋯⋯, 아! 비참한 일이야!"

상도즈는 황혼녘의 우수에 잠겨, 그가 인간 세상으로부터 느끼는 자신의 고뇌를 고백하기 시작했다.

"음! 자네는 아마 나를 부러워하고 있을지도 몰라. 그렇겠지! 일이 잘 돌아가기 시작한 나는, 소위 부르주아들이 말하는 식으로 얘기하자면 책도 출판했고, 어느 정도 돈도 벌었으니까 말이야! 나는 그게 참 참기 어려워⋯⋯. 내가 여러 번 자네한테 얘기했지만, 자넨 믿지 않았지. 왜냐면 죽을 고생을 해서 그림을 그려도 세상의 눈에 띄지 않는 자네에게 행복이란 어쨌든 일을 많이 할 수 있고, 칭찬을 받든 비난을 받든, 어쨌든 대중의 눈에 띄는 걸 테니까. 아! 설령 자네가 다음 살롱전에 입선해서 세상이 왁자지껄하게 떠들고, 자네가 다른 그림들을 그리게 된다고 하자. 그때 자네는 그것으로 만족하면서 행복하다고 말할까……. 들어 봐. 일이 나의 생활 전부를 점령하고 말았어. 그것은 점점 내 어머니, 내 아내, 내가 사랑하는 모두를 앗아 갔어. 마치 머릿속에 들어온 세균처럼 말이야. 그것은 내 뇌를 갉아먹고, 몸통을 점령하고, 팔다리에까지 퍼져서, 끝내 몸 전체를 잡아먹고 말아. 아침에 침대에서 일어나자마자 그 일이란 놈이 나를 손아귀에 쥐고서 나를 책상에 못 박지. 심호흡할 틈도 주지 않아. 그리고 식탁까지 나를 따라와서는, 난 말없이 빵을 씹으면서도 작품 속 대사들을 함께 씹고 있어. 외출을 해도 따라오고, 저녁 먹을 때 그릇에까지 들어와 있어. 나와 함께 베갯머리에서 잠도 자. 너무나 가혹한 건, 일단 일을 시작하면 그걸 멈출 힘이 내게 없다는 거야. 잠의 밑바닥까지 그놈이 굼실대고 있으니까 말이야. 일 이외에는 이제 아무것도 없어. 내가 어머니 방에 올라가 어머니를 안아드리긴 하지만, 너무도 건성으로 그 일을 하기 때문에 한 10분 후에 그 방을 나와서는 정말 내가 어머니에게 인사를 했는지 의문이 들 정도야. 불쌍한 내 처에겐 남편이 없는 거나 마찬가지야. 손을 잡고 있을 때조차도 난 딴 생각을 하고 있으니까 말이야. 가끔 내가 가족을 매일 슬프게 하는 건 아닌가 하는, 가슴을 쥐어짜는 슬픈 생각에 후회하기도 해. 왜냐면 결혼 생활에서 행복이란 게 오직 선의와 정직,

쾌활함에서 이루어지는 것일 테니까 말이야. 그런데 내가 어떻게 그 괴물의 손아귀에서 빠져나올 수 있겠어! 곧 나는 몽유병자처럼 글 쓰는 일로 돌아오고, 나의 고정관념 때문에 그것 외에는 무관심하고, 무뚝뚝하게 되고 말아. 오전 중에 일이 순조롭게 진행될라치면 그래도 낫지만, 그게 잘 안 되면 엄청나게 비참해지는 거야! 나를 태워 버리는 일이라는 놈에 의해 집안 전체가 웃고, 울고 하지. 아무것도 없어! 아무것도 없다고! 내 거라고는 아무것도 없어. 전에 내가 가난했을 때에는 시골에서의 휴식과 먼 곳으로의 여행을 꿈꾸기도 했었지. 이젠 내가 그것을 하려고 하면 가능하긴 한데, 이미 벌여 놓은 일이 날 꼼짝 못하게 못 박아 두네. 아침에 해 뜰 때 산보도 못 하고, 친구 집을 방문할 수도 없어. 한 번 미친 듯이 게으름을 피울 수도 없는 거야! 내 의지까지 소실되어서 습관에 끌려 다니고, 세상의 문을 굳게 닫고 열쇠를 창으로 던져 버린 꼴이야…… 아무것도 없이 나의 둥지에 남아 있는 건 일과 나, 둘뿐이지. 그 외에는 아무것도 없어. 그리고 그놈이 날 갉아먹는 거야. 다 갉아먹고 나면 아무것도 남지 않겠지. 아무것도!"

그는 입을 다물었다. 새로운 침묵이 한층 짙어진 어둠 속에 펼쳐졌다. 잠시 후에 그는 다시 괴롭게 말하기 시작했다.

"이런 비참한 생활 속에서 그래도 만족할 수 있고, 무언가 기쁨을 발견할 수 있다면! ……아! 나는 어떻게 사람들이 일을 하면서 담배를 피운다든가, 만족한 듯이 수염을 어루만질 수 있는지 모르겠어. 확실히 그런 사람들도 있는 것 같네. 그들에게 창작이란 쉽고 즐거운 위안거리에 불과하고, 아무런 열정도 없이 쉽게 일을 시작했다가 쉽게 그만두곤 하지. 그들은 글 두 줄을 쓰면서, 그게 유례없는 명문이라고 기뻐하며 자화자찬을 해대는데, 난 어떠냔 말이야! 내 경우는 엄청난 난산을 거쳐야 하고, 그래서 태어난 아이는 쳐다보기도 무섭네. 사람이 일체의 의혹을 갖지 않은 채 자신에 찰 수 있을까? 나는 아무리 사생아라도 자기의 피가 섞인 자식이라면 비평 정신도 상식도 잃고, 다른 사람의 말을 맹렬히 부정하는 사람들을 보면 아연해질 뿐이야. 맙소사! 책이란 놈은 추악하기 그지없어! 요리와 마찬가지로 지저분하게 조리된 걸 사랑할 순 없거든. 나에게 세상의 모욕 따위는 문제가 되지 않네. 그것이 나를 불편하게 만들기는커녕 오히려 좋은 자극이 되어 줘. 세상에는 공격을 받으면 항복하고 마는 사람들과 공감을 얻으려고 급급한 사람들이 있네. 단순한 자연의 숙명이라고나 할까. 예를 들면, 여자들 중에는 남의 마음에 들지 않으면 죽고 마는 사람들도 있잖아. 그런데 비난은 건강에 좋은 거야. 인기가 없다는 건 사람을 튼튼하게 하는 학교란 말일세. 바보들의 조소 이상으로 사람을 유연하고 강하게 해 주는 건 없거든. 한 작품에 자기의 모든 삶을 바쳤다고 말할 수 있으면 그것으로 충분하네. 즉 즉각적인 정당한 보상, 성실한 평가 따위는 전혀 기대하지 않고, 그 어떤 기대도 없이, 오직 피부 아래에서 심장이 뛰듯이 아무런 욕심 없이 일을 해 왔다고 말할 수 있으면 족한 거야. 그러면 언젠가는 세상의 인정을 받으리라는 환상으로 자신을 위로하면서 죽게 되겠지……. 아! 내가 얼마나 그들의 욕설을 견디어 왔는지, 그들에게 알려 주고 싶네! 단, 문제는 나야. 이 나라는 인간이 나를 괴롭혀서, 단 1분도 행복하게 살 수 없는 게 유감일 뿐이야. 맙소사! 내가 소설을 쓰기 시작한 날부터 얼마나 무서운 날들의 연속이었는지! 처음 소설을 쓸 때는 내 재능을 보이겠다는 희망이 있었어. 그런데 이미 나는 형편없이 되고 말았네. 매일 해나가는 일이 전혀 마음에 들지 않고, 지금 쓰고 있는 책을 앞의 작품보다 못하다고 단죄하게 되고, 그 어떤 쪽도, 글도 단어도, 심지어 구두점까지도 그 추악함으로 나를 괴롭혀 와. 그래도 어쨌든 써 대고, 끝을 맺지. 아! 끝을 맺고 나면 그제서야 한숨 돌리는 거야! 그래도 자기의 성과에 황홀해져서 취하는 사람들의 기쁨 따위와는 거리가 멀고, 등뼈가 휘도록 무거운 짐을 욕을 하며 내던지는 인부들과 같은 심정이라고나 할까……. 그럼 같은 일이 다시 시작되고, 또 영원히 반복되는 걸세.

아마도 나는 나 자신이 재능을 갖지 못한 것에 지치고, 산같이 쌓여 있는 책들 가운데 좀 더 나은 작품을 단 하나도 남기지 못한 데에 화가 나서, 자신에게 분노하며 죽게 될 걸세. 그리고 죽으면서 내 자신이 해 온 일에 대해서 무섭게 자문하겠지. 이것이 잘한 짓일까? 내가 오른쪽으로 갔을 때, 사실은 왼쪽으로 가야 하지 않았을까? 그리고 아마도 나의 최후의 마지막 말, 최후의 헐떡임은 모든 것을 새로 시작하고 싶다는 바람이 되겠지……."

그는 감정이 격해져서 말소리가 떨렸기 때문에, 잠깐 심호흡을 해야 했다. 그리고 그는 열정적으로 외쳤다. 그 외침 속에서 아무리 고치려 해도 고쳐지지 않는 그의 서정성이 배어나왔다.

"아! 인생이여, 설령 내가 제2의 인생을 산다고 해도, 나는 이 일을 하며 살 것이고, 그러다 죽을 테다!"

밤이 되었다. 이제는 크리스틴의 뻣뻣한 실루엣도 보이지 않았다. 어린아이의 거칠게 몰아쉬는 숨소리가 마치 어둠의 소리 같기도 하였고, 거리에서 올라오는 거대하고 아련한 비탄의 소리 같기도 했다. 아틀리에 전체가 침울한 암흑 속에 잠겨 있는 가운데, 유독 거대한 그림만이 사라져 가는 잔광으로 희미한 빛을 내고 있었다. 벌거벗은 몸의 여자가 죽어 가는 사람처럼 둥둥 떠 있었다. 이미 팔과 다리는 어둠에 잠겨 사라진 채 뚜렷한 형태를 알아볼 수 없었지만, 오로지 배의 둥근 윤곽만이 달빛처럼 환히 빛나며 뚜렷이 그 모습을 드러내고 있었다.

오랜 침묵 끝에 상도즈가 물었다.

"그림을 운반할 때, 같이 가 줄까?"

아무 대답이 없었고, 상도즈는 울음소리를 들은 것 같았다. 그것은 그 자신도 시달려 온, 끝이 나지 않는 슬픔과 절망 때문이었을까? 그는 답을 기다리다 다시 한번 물었다. 그러자 화가는 울음을 삼키더니 마침내 이렇게 더듬거렸다.

"고마워, 그림은 여기 남을 걸세. 옮기지 않을 거야."

"아니, 그렇게 결정했어?"

"응, 응, 결정했어……. 난 한동안 그림을 보지 않았어. 그러다 오늘 석양빛을 받고 있는 그림을 보았지……. 아! 실패야, 또 실패라고. 아! 내 눈이 한 방 맞은 것 같아. 그래서 난 마음이 아파!"

클로드의 볼을 타고 천천히 흘러내리는 뜨거운 눈물이 어둠 때문에 보이지 않았다. 아무리 자제하려고 해도, 그를 괴롭히고 있는 말없는 고통이 자기도 모르게 폭발한 것이었다.

"가련한 친구……." 감정이 격한 상도즈가 작은 소리로 말했다. "인정하기가 힘들 거야. 하지만 잘못된 부분을 고치기 위해선 시간을 갖고 기다리는 게 좋아. 내가 화가 나는 이유는, 언제나 바보같이 만족하는 법이 없는 내가 자네의 용기를 꺾지 않았는지 해서야."

클로드는 간단하게 대답했다.

"자네가! 말도 안 돼! 난 자네가 뭐라고 했는지 듣지도 못했네……. 아니, 난 이 그림 안에 있는 것이 모두 사라져 가는 걸 쭉 지켜보고 있었지. 빛이 점차로 퇴색돼 가면서 어두운 회색이 된 순간, 갑자기 나는 분명히 깨달았네. 그래, 이건 완전히 실패야. 오직 배경만 아름다울 뿐, 벌거벗은 몸의 여자가 불꽃처럼 조화를 깨뜨리고 있어. 수직도 아니야. 다리가 잘못 그려졌어. 아! 죽을 것 같은 충격이었어. 전신에 힘이 빠지는 것을 느꼈지……. 점점 짙어져 가는 어둠 속에서 현기증이 느껴지고, 대지가 흔들리고, 허무 속으로, 이 세상의 끝으로 빨려 들어가는 것 같았네! 곧 병든 달처럼 이지러지는 그림 속 여자의 배밖에는 아무것도 보이질 않았어. 저 봐, 저 봐! 이젠 아무것도 보이질 않잖아. 한 줄기의 빛도 찾아볼 수 없고, 검게 변한 채 죽고 말았잖아!"

그림이 정말로 완전히 사라졌다. 화가는 몸을 일으켰고, 짙게 깔린 어둠 속에서 이렇게 외치는 소리가 들려왔다.

"제기랄! 그럼 어때……. 다시 그리면 되지……."

그와 동시에 의자에서 일어난 크리스틴이 그와 부딪치면서 말했다.

"조심하세요. 램프를 켤게요."

그녀는 불을 밝혔다. 그녀는 얼굴이 창백했고, 그림을 향해 두려움과 증오의 시선을 보냈다. 뭐라고! 저 그림이 떠나지 않는다니, 다시 혐오스러운 생활이 시작된단 말인가!

"난 다시 시작할 거야." 클로드는 거듭 말했다. "저게 나를 죽일 테지. 그리고 내 처를 죽일 테고, 내 아이도 죽이고, 이 집 전체를 죽이겠지. 하지만 저건 걸작이 될 거야, 맹세코!"

크리스틴은 다시 쟈크 곁으로 돌아와 앉았다. 아이는 작은 손을 다시 한번 허공에 내젓고 있었다. 그는 여전히 숨을 거칠게 쉬며 꼼짝 않고 누워서 머리가 너무 무거운 듯이 베개 속에 파묻고 있었다. 상도즈가 떠나며 걱정했다. 크리스틴은 넋이 빠진 듯했고, 클로드는 벌써 자신의 그림 앞에 돌아가 서 있었다. 그 안에서 창조되려고 하는 작품의 불타는 환영과 자신의 살아 있는 육체라고 할 수 있는 아이의 고통스러운 현실이 서로 싸우고 있었다.

이튿날 아침 클로드가 옷을 입었을 때, 크리스틴의 겁에 질린 소리가 들려왔다. 그녀는 아픈 아이를 돌보면서 불편한 의자에서 그만 깜빡 잠이 들었다가 놀라서 깨어난 참이었다.

"클로드! 클로드! 빨리 와 봐요……. 아이가 죽었어요."

그는 달려왔다. 그는 눈을 크게 뜬 채, 비틀거리며 영문을 몰라 너무도 놀란 듯이 같은 말을 반복할 뿐이었다.

"뭐, 죽었다고?"

순간 그는 침대 위에서 입을 딱 벌렸다. 가련한 아이는 위를 똑바로 바라보고 누운 채, 크레틴병 때문에 거대해진 머리를 베개에 묻고 있었다. 지난밤부터 움직인 흔적이 없었다. 단지 그의 벌려진 창백한 입술 사이로 더 이상 숨소리가 들려오지 않았고, 텅 빈 눈은 뜬 채로 있었다. 클로드가 아이의 몸을 만지자 얼음같이 차가웠다.

"정말 죽었잖아!"

너무 놀란 그는, 그 순간에도 눈물도 나오지 않았다. 너무도 갑작스러운 사건에 놀라 믿기지 않을 뿐이었다.

그러자 크리스틴이 주저앉으며 침대에 몸을 던지고 큰 소리로 흐느끼기 시작했다. 그녀는 팔을 저으며 머리를 침대에 파묻고 온몸으로 전율했다. 이런 끔찍한 일이 터지자 그녀는 무엇보다도 이 가련한 아이를 충분히 사랑해 주지 않았다는 뼈저린 후회에 더욱 비통한 마음이 들었다. 지난날들이 주마등처럼 스쳐 지나갔고, 언제나 그에게 야단만 친 것, 안아 주지 않은 것, 가끔 가혹하기까지 한 것, 이 모두가 후회될 뿐이었다. 그녀가 그의 마음에서 빼앗은 이 모든 것을 이제 다시는 변상할 수 없을 것이다. 그토록 말을 듣지 않을 것 같던 아이는 너무도 고분고분해져 있었다. 아이가 놀려고 하면 그녀는 수도 없이 되뇌곤 했다. "좀 조용히 해, 아버지가 일하시고 계시잖니!" 마침내, 그는 영원히 얌전해진 것이다. 이 생각에 그녀는 숨이 막혔고, 흐느낌 속에 말을 잇지 못했다.

클로드는 그 자리에 도저히 있을 수가 없어서 방 안을 왔다 갔다 하기 시작했다. 그의 얼굴에 경련이 일며, 서서히 굵은 눈물방울이 떨어져 그는 기계적인 동작으로 손등으로 눈물을 훔쳤다. 그런데 그는 아이의 사체 앞을 지나다가 그것을 쳐다봐야 할 것 같은 생각이 들었다. 마치 그 자리에 고정된 채 크게 뜨고 있는 눈이 그에게 자기를 보라고 시키는 것 같았다. 처음에 그는 그 생각을 받아들이지 않았다. 희미하던 생각이 점점 뚜렷해지면서 차츰 강박관념이 되어 갔다. 마침내 그는 굴복했고, 작은 종이를 가지고 와 죽은 아이의 그림을 그리기 시작했다. 처음 몇 분 동안은 눈물 때문에 잘 보이질 않았고, 안개가 낀 것처럼 뿌옇기만 했다. 하지만 그는 계속해서 눈물을 닦아 내며 떨리는 붓으로 일에 열중했다. 그러자 일이 그의 눈물을 말려 주었고, 손에 힘을 실어 주었다. 이제는 단지 모델일 뿐인 얼음같이 차갑게 굳은 그의 아들, 이상한 관심으로 그의 열정을 돋우는 또 하나의 물체가 있을 뿐이었다. 과장된 머리의 형태와 밀랍 같은 피부색, 허공을 향해 뚫린 구멍 같은 두 눈, 이 모든 것이 그를 흥분시켰고, 열기로 달아오르게 했다. 그는 뒤로 물러서서 자기의 작품에 만족해하며, 엷은 미소를 지었다.

크리스틴은 몸을 일으켜 그가 일에 열중하는 모습을 보았다. 그러자 그녀는 울음을 터뜨리며 이렇게 말했다.

"아! 당신은 아이를 그릴 수 있군요. 이젠 움직이지 않을 테니까!"

클로드는 다섯 시간 동안 작업을 했다. 그리고 이틀 후, 아이를 묻고 상도즈가 그를 묘지에서 집으로 데려왔을 때, 상도즈는 그 작은 그림 앞에서 연민과 감탄으로 몸을 떨었다. 그것은 클로드가 예전에 그린 그림과 마찬가지로 좋은 작품이었다. 빛과 힘이 실린 걸작으로, 거기엔 모든 것의 끝을 나타내는 막막한 슬픔과 죽은 아이의 소멸된 생명이 표현되어 있었다.

칭찬의 탄성을 지르던 상도즈는 클로드의 대답을 듣고는, 그만 놀라지 않을 수 없었다.

"정말이야, 자네 마음에 들어? ……그렇다면 자넬 보고 결심했네. 다른 작품이 아직 준비되지 못했으니까, 이걸 살롱전에 출품하겠어."

10장

전날 클로드는 「죽은 아이」를 팔레 드 렝뒤스트리*에 출품한 후, 아침에 몽소 공원 근처를 거닐고 있다가 파주롤을 만났다.

"여보게! 자네 아닌가!" 파주롤이 반갑게 소리를 질렀다. "자네 어떻게 지냈어? 뭘 하고 있었어? 정말 오랜만이군!"

그림 생각으로 머릿속이 꽉 차 있던 클로드가 파주롤에게 소품을 살롱전에 출품했다고 이야기하자, 파주롤은 이렇게 덧붙였다.

"아! 자네 출품했군. 그렇다면 내가 입선되도록 해 볼게. 알지 모르겠는데, 내가 올해 심사위원 후보가 됐거든."

실제로 계속되는 예술가들의 불만과 소동 가운데, 수차례에 걸친 개혁을 거듭 시도하다가 잘되지 않자, 행정 당국은 출품자들에게 스스로 심사위원을 선출할 권리를 부여했다. 그 결과 회화와 조각계가 발칵 뒤집혔고, 거센 선거 열풍이 불어 닥쳐 야망과 파벌과 음모, 불명예스러운 정치적 속임수들이 난무했다.

"자, 우리 집으로 가세." 파주롤이 계속했다. "작은 집이긴 하지만, 내가 살고 있는 집에도 가 봐야 하지 않겠어? 오겠다고 약속을 해놓고 자넨 한 번도 오지 않았잖아. 바로 저기야. 아주 가까워. 빌리에가에 있네."

그가 쾌활하게 클로드의 팔을 잡아끌었기 때문에 클로드는 그를 따라가지 않을 수 없었다. 자신의 옛 친구가 자기를 입선시켜 줄지도 모른다는 비굴한 생각에 사로잡혀 수치스럽기도 하고 다른 한편으론 마음이 설레기도 했다. 빌리에가의 조그만 저택에 도착했을 때 그는 멈춰 서서 정면을 바라보았다. 몇 개로 나누어진 틀이 있는 창, 계단이 붙어 있는 작은 탑, 납판을 간 지붕 등 한층 멋을 부린 건축으로, 말하자면 부르주에 있는 르네상스풍의 복사판이라고 할 수 있는 집이었다. 그것은 진짜 창녀의 집 같았다. 그런데 이 길 건너편에 지금도 그가 그곳에서 지낸 하룻밤의 추억을 꿈결같이 간직하고 있는 이르마 베코의 대저택이 있는 것을 보고 클로드는 깜짝 놀랐다. 광대하고 견고하며 근엄하기까지 한 이 저택은 왕궁 같은 위풍을 지니고, 그저 단순한 골동품 취미적인 예술가의 집을 정면으로 내려다보고 있었다.

"놀랍지? 저 이르마라는 여자……." 파주롤은 존경의 뉘앙스를 섞어 말했다. "그녀는 그야말로 성을 소유하고 있다네! 자, 들어와."

내부는 호화롭고 기이한 물건들로 가득 차 있었다. 현관에 들어서면서부터 고풍스러운 태피스트리, 고대의 갑옷, 고가구, 중

국과 일본의 골동품 등이 보였다. 왼쪽의 식당은 전면이 옻칠한 판으로 둘려 있었는데, 천장에는 새빨간 용이 꿈틀거리고 있었다. 계단은 나무로 조각되어 있었고, 깃발이 흩날리고 있었으며, 난간에는 녹색 관상식물들이 심어져 있었다. 그리고 그 위의 아틀리에는 특히 훌륭했다. 꽤 좁은 이 아틀리에 안에는 그림이 한 점도 없었고, 벽 한 면이 동양풍의 직물로 덮여 있었다. 한쪽 구석에는 커다란 벽난로가 있어 두 마리의 키메라*가 연통을 지탱하고 있었다. 그 반대쪽에는 넓은 평상이 놓여 있었는데, 그것은 지붕이 달린 침소라고 할 수 있는 것이었다. 바닥에 융단을 여러 겹 깔고, 그 위에는 모피와 쿠션을 늘어놓았으며, 그 윗부분에는 화려한 둥근 천장이 예전의 무기인 창을 기둥 삼아 지탱되고 있었다.

집 안을 둘러본 클로드는 물어보고 싶은 말이 입까지 나왔지만 꺼내지 않았다. 이 모든 걸 다 돈 주고 샀단 말이야? 사람들은 작년에 훈장을 받은 파주롤이 초상화 한 장에 1만 프랑을 요구한다고 추정했다. 노데는 파주롤을 출세시킨 후, 그의 성공을 이용하고 있었다. 그는 파주롤의 작품을 정기적으로 사들였는데, 적어도 한 작품에 2~3만에서 4만 프랑까지 받았고, 그 이하로는 팔지 않았다. 만약 그의 형편없는 스케치라도 앞 다투어 손에 넣으려는 사람들에게 화가가 경멸의 표시를 하지 않았다면, 주문은 아마 억수같이 쏟아져 들어왔을 것이다. 그러나 파주롤의 이러한 사치에서는 빚의 냄새가 풍겨 왔다. 그가 가진 돈의 전부를 지불해도 상인에게 지불하는 것은 겨우 선금 정도였다. 증권으로 한몫 잡은 돈 같은 그의 돈은 손가락 사이로 물처럼 새어 나갔으며, 어디에 썼는지 알 수도 없을 지경이었다. 그런데 파주롤은 지금 한창 성공 가도를 달리고 있었기 때문에 자기가 얼마를 쓰는지 계산하지 않았으며, 걱정도 하지 않았다. 현대 미술에서 그가 차지하는 중요한 위치라는 명예 때문에 그의 그림 값은 앞으로도 계속 치솟을 것으로 굳게 믿고 있었다.

마침내 클로드는 검은 나무에 붉은 플러시 천을 댄 이젤에 놓여 있는 작은 그림을 발견했는데, 그 그림과 함께 가구 위에 놓고 잊은 듯한 붉은 나무로 만든 그림 도구 상자와 파스텔 상자만이 그가 화가임을 알려 주는 전부였다.

"아주 섬세해." 클로드는 작은 그림을 보고 파주롤이 좋아하라고 말했다. "자네의 살롱전 출품작은 벌써 보냈어?"

"아! 응, 천신만고 끝에! 사람들 성화에 배겨날 수가 있어야지! 그림을 사겠다는 사람들이 줄을 서서 기다리고 있는 바람에 일주일 내내 아침부터 저녁까지 꼬박 서 있어야 해…… 그래서 이번에는 괜히 체면만 깎일 것 같아 출품하고 싶지 않았어. 노데도 출품하는 것을 반대하고 있고. 하지만 어쩌겠나? 그렇게 사람들이 열망하고, 모든 젊은이는 자기들을 옹호해 줄 것을 기대하는 심정에서 내가 심사위원이 되길 바라고 있는데…… 오! 내 그림은 아주 단순한 거야. 제목을 「점심」이라고 붙였지. 두 명의 남자와 세 명의 여자가 나무 밑에 앉아 점심을 먹는 장면이야. 그들은 성에 초대된 사람들로 자기네들의 식사를 숲 속의 빈터로 가지고 와서 먹고 있어. 자네도 보면 알겠지만, 꽤 독창적이야!"

그는 주저하며 말했다. 그의 눈이 그를 뚫어지게 바라보는 클로드의 눈과 마주치자, 그는 동요하는 기색을 멈추고 이젤 위에 놓여 있는 작은 그림에 대해 가볍게 말했다.

"이건 노데가 요구해서 할 수 없이 그리는 정말 바보 같은 그림이야. 봐, 난 나에게 부족한 점이 무엇인지 알고 있어. 나에게 없는 점을 자네는 너무 과도하게 갖고 있는지도 몰라. 자네도 알고 있겠지만, 난 여전히 자넬 좋아하네. 어제도 화가들을 만나 자네를 또 한 번 변호했어."

그는 클로드의 어깨를 두드렸다. 그는 예전의 스승이 자기를 은근히 경멸하고 있는 것을 느꼈다. 그래서 그는 마치 창녀가 "나는 당신의 노예예요"라고 이야기하며 아양을 떨듯이 예전의 친밀한 감정을 보이며, 다시 한번 그의 환심을 사려고 했다. 그는 매우 진지하고 염려하는 듯한 태도로 공손하게 그의 그림이 살롱전에 입선되도록 최선을 다하겠다고 약속했다.

그런데 방문객들이 오기 시작하더니, 한 시간도 못 되어 열다섯 명이 넘는 사람들이 다녀갔다. 어린 화가 지망생을 데리고 온 아버지들, 자기 그림을 잘 부탁한다고 오는 살롱전 출품자들, 서로의 영향력을 교환하려는 동료들, 하다못해 자기들의 미모를 발휘하여 재능을 인정받고 싶어 찾아오는 여자들까지 있었다. 클로드는 파주롤이 심사위원 후보 노릇을 어떻게 하는지 두 눈으로 똑똑히 지켜보았다. 그는 누구에게나 손을 내밀어 악수하며, 어떤 사람에게는 "올해에 자네가 그린 그림은 참 아름다워, 내 마음에 아주 들어!"라고 이야기하는가 하면, 다른 사람 앞에서는 또 놀라는 체했다. "아니! 자네가 아직도 메달을 따지 못했단 말이야!" 그는 누구에게나 똑같은 말을 반복했다. "아! 만약 나라면, 잘되도록 해 볼 텐데!" 그는 그를 찾아온 모든 사람을 기분 좋게 해 주었다. 또한 그들을 친절하게 문까지 배웅해 주었다. 물론 그것은 예전에 길을 헤매던 사람이 냉소를 감추고 있는 친절이었다.

"알겠어? 이런 형편이야!" 두 사람만 남았을 때, 그는 클로드에게 말했다. "저 바보 같은 자들에게 내 시간을 내줘야 하다니……."

파주롤은 갑자기 커다란 유리창으로 다가가서 유리문을 하나 열었다. 그러자 맞은편 길 정면으로 보이는 저택의 발코니에 흰옷을 입은 모습이 언뜻 보였다. 레이스로 된 화장 가운 차림의 여자가 손수건을 흔들고 있었고, 그도 세 번 손을 흔들었다. 그리고 각자의 유리창이 닫혔다.

클로드는 상대방이 이르마라는 것을 알아차렸다. 그가 아무 말도 하지 않자, 파주롤은 조용히 말했다.

"보다시피 이렇게 서로 신호를 주고받을 수 있으니까 편리하다네. 우리는 완전한 통신망을 갖고 있는 셈이지. 그녀가 나를 부르니 가 봐야 하겠네……. 아! 여보게, 저 여자는 정말로 쓸모 있는 여자야."

"쓸모라니, 어떤 면에서?"

"여러 가지 면에서! 악덕에서부터 예술, 지식에 이르기까지! 나로 하여금 그림을 그리게 해 주는 동력이 그녀라고 말한다면 믿을 수 있겠나? 하지만 사실이네. 정말 그녀는 성공에 대한 놀라운 후각을 갖고 있지! ······더 나아가, 속속들이 닳은 여자야. 오! 하지만 우습게도, 그녀가 누구를 한번 좋아하면 아무도 그녀를 못 말린다네!"

그의 두 뺨이 빨갛게 물들며, 그 순간 흙탕물 같은 어두운 그림자가 눈에 어렸다. 그들은 같은 거리에 살게 되면서부터 다시 예전의 사이로 돌아갔다. 소문에 의하면, 그렇게 약삭빠를 뿐만 아니라 파리 거리에서 일어나는 모든 짓궂은 장난에 이골이 난 그도 그녀의 손에 놀아난다고 하였다. 때로는 가구를 사들이는 데 필요한 지불을 위해, 때로는 단순한 그녀의 변덕을 만족시키기 위해, 또 때로는 아무 필요 없이 그의 주머니를 비우는 즐거움 때문에 그녀는 일이 있을 때마다 하녀를 보내 말도 안 되는 돈을 요구했고, 그러면 그는 기꺼이 돈을 지불했다. 그래서 그의 그림 값이 오르고 있음에도 불구하고 빚이 점점 불어나는 지경에 처해 있다는 것이었다. 그렇다고 그 자신이 이르마의 또 다른 헛된 사치의 하나이며, 그림을 좋아하는 여자의 단순한 오락에 불과하다는 사실을 모르는 바도 아니었다. 이르마에게는 남편의 자격으로 돈을 지불하는 신사들이 여럿 있었다. 그녀는 그 남자들 이야기를 꺼내며 깔깔대고 웃었고, 그들 사이에는 악덕의 결정판이라고나 할 비열한 짓거리에 짜릿한 매력을 느끼는 공통점이 있었다. 파주롤 자신도 그녀가 마음을 터놓는 애인이라는 사실에 우쭐하여 자기가 쓴 돈에 대해서는 잊고 있었다.

클로드는 모자를 썼다. 파주롤은 맞은편 집을 향하여 안절부절못하는 시선을 보내며 왔다 갔다 했다. "자네를 쫓아낼 생각은 전혀 없네만 저 보게, 그녀가 날 기다리고 있어……. 잘 알았네! 내가 낙선하지 않는 한 자네의 일은 걱정 말게……. 개표일 저녁에 팔레 드 랭뒤스트리로 와 보게나. 틀림없이 대소동이 나서 판이 뒤집혀 있을 테니까. 어쨌든 자네가 나를 믿어도 좋다는 걸 곧 알게 될 걸세."

처음에 클로드는 아무 말도 믿지 않겠다고 맹세했다. 파주롤의 비호하는 말이 그의 마음을 무겁게 했다. 자기 자신에게 불리한 일을 할 리가 없는 저 지독한 파주롤이 약속을 지킬 리 없다고 생각하니, 은근히 불안했다. 그리고 투표일이 다가왔다. 클로드는 가만히 자리에 앉아 있을 수 없어서 산책을 하고 오겠다는 핑계를 대고 샹젤리제로 나가 어슬렁거렸다. 기왕이면 다른 곳보다는 샹젤리제가 더 낫지 않은가. 살롱전에 입선할지 모른다는 은근한 기대감에 일이 손에 잡히지 않던 그는, 다시 정처 없이 파리 시내를 헤매고 있었다. 심사위원 후보 투표에 참가하기 위해선 적어도 한 번 이상을 살롱전에 입선했어야 했기 때문에 그는 투표를 할 수가 없었다. 그러나 그는 여러 번 팔레 드 랭뒤스트리 앞을 지나갔다. 그 거리의 소동이 흥미를 끌었다. 선거에 참가하는 예술가들이 길게 줄을 서 있었고, 그 줄을 향해 더러워진 작업복 차림의 남자들이 큰 소리로 후보자들의 이름을 외치고 있었다. 30명 정도의 후보자 리스트는 미술학교파, 자유파, 급진파, 절충파, 청년파, 여성파 등 당파도 명분도 각각이었다. 혁명의 소용돌이 다음날 투표장의 열광이 이럴까 짐작될 정도였다.

오후 네 시에 투표가 끝났을 때, 클로드는 호기심에 회장 안으로 들어갔다. 이제 회장 안은 대단히 한가했고, 원하면 들어갈 수 있었다. 계단을 올라간 클로드는 창문이 샹젤리제 쪽을 향하고 있는 엄청나게 넓은 심사위원실에 발을 들여놓았다. 길이가 12미터 정도 되는 긴 테이블이 방 중앙에 놓여 있었고, 방 한쪽 구석에 있는 커다란 난로 안에는 쪼개지 않은 장작이 통째로 타고 있었다. 그 큰 방에는 무려 400~500명의 사람들로 이미 꽉 차 있었다. 개표 작업을 하는 사람들 외에 대부분이 얼굴을 아는 투표자들이었는데, 단순한 호기심으로 남아 있는 것 같았다. 그들이 크게 떠들며 웃는 소리가 높은 천장에 울려 퍼져, 마치 우뢰 소리와 같이 들려왔다. 이미 테이블 주위에 각 부서들이 설치되어 개표 작업이 진행되고 있었다. 열다섯 개 정도의 부서로 나뉘어 각각 감독 한 명, 서기 두 명이 있었다. 아직 두세 군데 사람이 부족했다. 밤중까지 혹사해야 할 중노동이 두려워 아무도 선뜻 나서는 사람이 없었다.

바로 그때, 아침부터 동분서주하던 파주롤이 좁은 통로에 서서 시끄러운 소동 가운데 고함을 치고 있었다.

"여기 보세요. 여러분, 여기 한 명이 부족합니다! 여기 보세요. 자원 봉사해 주실 분 한 분, 이리로 오세요!"

그 순간 클로드가 그 자리에 있는 것을 본 그는 서둘러 클로드의 팔을 끌었다.

"아! 자네, 여기 앉아서 우리를 도와줘! 자네는 도울 만해!"

순식간에 클로드는 그 부서의 반장이 되었다. 그래서 그는 매우 수줍어하면서도 마음속으로 흥분이 되었다. 마치 자기 그림의 입선 여부가 이 일을 어느 정도 성의 있게 하느냐에 달려 있는 것처럼 그는 열심히 일했다. 그는 사람들이 자기에게 동량의 꾸러미를 묶어 건네주는 리스트에 적혀 있는 이름을 큰 소리로 불렀다. 그동안 두 명의 서기가 그것을 받아 적었다. 각각의 다른 목소리로 호명하는 20~30여 명의 이름들이 여러 사람이 끊임없이 왔다 갔다 하며 내는 소음 가운데에서 우박소리처럼 들려왔다. 그는 매사에 열의를 가지고 일하는 성격이었기 때문에 자기도 모르게 그 일에 빨려들어 리스트에 파주롤의 이름이 없으면 낙심하고, 한 번이라도 그의 이름을 부르게 되면 기뻐했다. 그런데 그는 이 기쁨을 자주 맛보았다. 왜냐하면 그 친구는 어디에든 모습을 나타내고, 영향력 있는 그룹이 오는 카페에 자기 신조를 바꾸는 위험을 무릅쓰고라도 출입하고, 젊은이들을 각각 개인적으로 만나며, 학사원 위원을 만나면 몸을 굽혀 인사하기를 소홀히 하지 않아 이미 유명해졌기 때문이다. 파주롤을 향한 우호적인 분위기가 전체적으로 형성되었고, 그는 모든 사람의 사랑을 받아 응석부리는 어린 애같이 되어 있었다.

여섯 시쯤, 3월의 비 오는 날은 금방 어두워졌다. 소년들이 등불을 가져왔고, 곁눈으로 묵묵히 개표를 감시하고 있던 시무룩한 얼굴의 의심 많은 예술가들도 몰려들었다. 한편 재미있는 광경이 벌어지기도 했는데, 짐승 소리를 흉내 내는 사람이 있는가 하면, 티롤 춤을 시도하는 사람들까지 있었다. 여덟 시가 되어 간식으로 찬 고기와 포도주가 나오자, 실내는 기쁨으로 넘쳤다. 사람들은 포도주 병을 눈 깜짝할 사이에 비웠고, 앞 다투어 요리를 허겁지겁 먹어 치웠다. 제철소처럼 거대한 난로의 불이 활활 타오르며 밝게 빛을 내는 커다란 홀 가운데서 술주정꾼들의 케르메스 축제*가 한창 벌어지고 있는 것 같았다. 모두가 담배를 피우기 시작했고, 담배 연기가 노란 램프의 빛을 가리며 뭉게뭉게 피어올랐다. 나무로 된 바닥 위에는 투표 때 던져진 홍보물들과 두껍게 쌓인 종이 쓰레기, 병마개, 빵조각, 깨진 접시 조각이 흐트러져 있어, 산더미 같은 쓰레기가 구두 뒤축을 메울 정도였다. 모두가 흥겨워했다. 창백한 얼굴의 몸집 작은 조각가가 의자 위에 올라가 일동에게 연설을 하는가 하면, 매부리코 아래에 콧수염을 기른 화가가 의자를 타고 올라가 테이블 주위를 질주하며 황제가 된 듯이 인사하기도 했다.

그러나 점점 피곤해진 많은 사람이 집으로 돌아갔고, 열한 시 쯤에는 약 200명밖에 남지 않았다. 그러나 자정이 지나자 다시 사람들이 몰려들었다. 그들은 검은 양복에 흰 넥타이를 매고 있었으며, 극장이나 파티에 갔다 오는 길에 투표 결과를 미리 알고 싶어 들른 사람들이었다. 신문기자들도 찾아왔다. 그들은 중간 집계가 전해지는 대로, 한 명씩 홀 밖으로 뛰어나갔다.

클로드는 목이 쉬어 계속 이름을 부르고 있었다. 담배 연기와 열기가 견딜 수 없을 정도였고, 진흙탕 바닥에서 축사의 냄새가 올라왔다. 새벽 한 시, 이어 두 시를 쳤다. 그는 여전히 개표 중이었다. 너무도 꼼꼼하게 일하는 바람에 일이 지연된 것이다. 다른 부서들은 이미 일을 마쳤지만, 그들은 아직도 한창 집계 작업을 하고 있었다. 마침내 최종 집계가 나왔고, 그 결과가 발표되었다. 파주롤이 40명 중 15위로 봉그랑보다 다섯 명 더 위에 있었다. 두 사람은 같은 리스트에 있었는데, 봉그랑의 이름이 더 많이 삭제되어 있었다. 클로드가 지친 몸을 이끌고 기쁜 마음으로 투를라크가에 돌아온 것은 이미 새벽이 밝아서였다.

그 후 그는 조바심 속에 두 주일을 보냈다. 그는 수도 없이 파주롤의 집에 소식을 물으러 가려고 생각했다. 그러나 수치심이 그를 붙잡았다. 게다가 심사가 알파벳 순서로 진행되었기 때문에 아직 아무것도 결정되지 않았을 것 같았다. 그러던 어느 날 저녁 클리쉬 대로를 걷고 있던 그는, 건장한 어깨의 남자가 눈에 익은 걸음걸이로 걸어오는 것을 보고 가슴이 철렁했다.

화가 난 것 같은 봉그랑은 그에게 말했다.

"자네도 알다시피 저런 녀석들과는 일을 할 수가 없어……. 그러나 아직 희망은 있네. 파주롤과 내가 지키고 있으니까. 하지만 파주롤을 믿게. 솔직히 나는 자네를 위태롭게 할까 봐 두렵네."

사실 봉그랑은 심사위원장으로 지명된 마젤과 끊임없이 갈등을 빚고 있었다. 마젤은 미술학교의 유명한 대가 중 한 사람으로, 우아하고 매끈한 전통 회화의 마지막 수장이었다. 그들은 서로 친애하는 동료라고 부르며 악수를 교환했지만, 적의는 심사 첫날부터 표출되어 한 사람이 어떤 그림을 추천하면, 다른 사람은 반대표를 찍었다. 반면 비서로 선출된 파주롤은 그의 비위를 맞추었고, 변절자가 이렇게 아첨하는 것을 보고는 못된 마젤도 옛 제자의 변절을 용서했다. 그런데 이제 대가가 된 이 청년은 친구들의 소문에 의하면 매우 악독하며, 초보자나 대담한 그림을 그리는 화가에게 학사원 위원들보다 훨씬 엄하다는 것이었다. 그가 인간미를 보이는 것은 오직 어떤 그림을 입선시키려고 할 때뿐으로, 기발하기 짝이 없는 책략을 고안하고 음모를 꾸며서 마치 마술사와도 같은 솜씨로 투표를 유리하게 끌고 간다고 했다.

심사위원의 직무라는 것은 고되기 짝이 없는 일로서 봉그랑의 튼튼한 다리마저도 휘청거릴 지경이었다. 매일같이 경비원들이 큰 작품들을 벽에 기대어 일렬로 세워 놓으면, 회장의 2층 방방을 빠짐없이 돌아다녀야 했다. 매일 오후 한 시부터 40명의 심사위원이 선두에 의장을 세운 채, 각자의 손에 종을 들고서 알파벳 순서로 모든 출품자의 작품을 빠짐없이 볼 때까지 같은 코스를 반복하는 것이었다. 심사는 서서 했는데, 투표 없이 명백한 실패작들을 추리면서 그들은 가능한 한 빨리 작업을 진행시켰다. 때때로 그들은 의논하느라 시간을 끌기도 했다. 그럴 때 그들은 한 10분 정도 논의를 한 다음, 저녁에 다시 검토하기 위하여 그 그림을 남겨 두었다. 한편, 두 명의 남자가 그림으로부터 네 걸음 떨어진 곳에서 심사위원들로 하여금 적당한 거리를 유지하게 하기 위해 10미터 정도의 밧줄을 양쪽에서 팽팽하게 잡아당기고 있었다. 왜냐하면 그들은 토론의 열기 속에서 그림에 너무 가까이 다가가는 경향이 있기 때문이었다. 그 때문에 그들의 똥배가 팽팽한 밧줄에 닿아 밧줄을 구부려 놓기도 하였다. 심사위원 뒤로 흰색 제복을 입은 경비원들이 반장의 지시에 따라 움직이며, 비서가 발표하는 결정에 따라 당선된 작품과 낙선된 작품을 구별했는데, 그들은 낙선된 작품을 전투가 끝난 후의 시체들처럼 따로 쌓아 놓았다. 중간 휴식도 없고, 앉을 의자도 없이 한 번 도는 데 족히 두 시간이 걸렸는데, 추위를 가장 덜 탄다는 사람조차도 두꺼운 털 코트를 입어야 견디는 차가운 방 한가운데를 지루하게 걸어 다녀야 했다.

세 시의 간식 시간이 모두에게 환영받는 것은 당연했다. 그것은 보르도산 적포도주와 초콜릿과 샌드위치가 제공되는 30분간의 식사 겸 휴식 시간이었다. 바야흐로 그 자리에서 서로 간의 타협이 이루어지고, 영향력과 표가 교환되었다. 심사위원 대부분은 빗발처럼 쏟아진 청탁자들의 이름을 잊지 않기 위해 조그만 수첩을 가지고 다녔다. 그들은 청탁자의 문제를 자유롭게 의논했는데, 만약 한 심사위원이 다른 심사위원들에게 표를 준다면 그들도 그 심사위원이 비호하는 화가들에게 표를 주는 데 동의했다. 반면, 원칙을 지키면서 그런 것에 무관심한 나머지 심사위원들은 담배를 피우며 멍한 눈으로 서 있었다.

휴식 후 다시 작업이 시작되었다. 그러나 이번에는 앉을 의자와 펜, 잉크, 종이가 갖추어져 있는 책상이 있는 방 한 곳에서 이루어지는 좀 더 편안한 작업이었다. 1미터 50이 되지 않는 모든 그림들은 '이젤 위 심사'에서 진행되었는데, 이젤들은 초록의 서지 천으로 쌓인 연단 같은 곳을 따라 열 개에서 열두 개씩 한꺼번에 줄지어 있었다. 많은 수의 심사위원이 자기 할 일을 잊고 그저 행복하게 의자에 앉아 있었다. 그중 몇 명은 편지를 쓰기도 하였고, 그 때문에 의장은 남 보기에 흉하지 않을 정도의 과반수를 채우기 위해 화를 내야 했다. 가끔 열정의 파도가 일기도 했다. 그들은 서로가 서로를 떼밀었고, 한 떼의 소란스러운 머리 위로 모자와 지팡이를 격렬하게 흔들며 거수투표를 했다.

「죽은 아이」가 이젤 위로 마침내 모습을 드러낸 것은 바로 그때였다. 일주일 내내 메모들로 가득 찬 수첩을 가진 파주롤은 클로드에게 유리한 표를 확보하기 위하여 복잡한 교섭에 관계하고 있었다. 그러나 그것은 힘든 일이었다. 그가 클로드의 이름을 꺼내자마자 곧 거절당하기 일쑤여서, 그는 그 일을 하기에 앞서 다른 사람의 청탁부터 들어주어야 했다. 그는 봉그랑이 아무런 도움이 되지 않아 불만이었다. 그런 일에 특히 서툰 봉그랑은 수첩도 갖고 있지 않을 뿐더러, 툭하면 시의적절하지 않은 소리나 내뱉곤 하여 다 된 밥에 재를 뿌리기 일쑤였다. 파주롤에게 이미 불가능해 보이는 클로드의 입선에 대하여 자기 힘을 시험해 보고 싶은 오기가 생기지 않았더라면, 그는 벌써 클로드를 포기했을 것이다. 그는 필요하다면 심사위원의 손을 억지로라도 끌어올릴 태세였다. 어쩌면 그의 마음속에 정의의 외침, 자기가 재능을 훔쳐온 사람에 대한 무의식적인 존경이 있었는지도 모를 일이다.

공교롭게도 마젤은 그날 기분이 엉망이었다. 심사가 시작되자마자 감독 반장이 헐레벌떡 뛰어왔다.

"마젤 씨, 어제 실수가 있었습니다. 초대 작가의 작품을 낙선처리시킨 것 같습니다⋯⋯. 작품 번호 2530, 「나무 밑의 나부」라는 작품인데요."

아닌 게 아니라 그 전날 이 그림을 그린 사람이 학사원의 존경받는 고전파 노화가라는 사실을 몰랐던 그들은 만장일치로 이 그림을 형편없는 그림으로 단정하여 다른 낙선 작품들을 모아두는 데에 던져 놓았던 것이다. 감독 반장의 질겁하는 모습이라든가, 고의가 아니게 학사원 위원의 그림을 쫓아낸 소극에 신이 난 젊은 화가들은 고소하다는 듯이 조소하며 흡족해했다.

마젤은 미술학교의 권위를 실추시키는 이런 식의 일을 아주 혐오했다. 그는 짜증스러운 태도로 짤막하게 말했다.

"그렇다면 다시 갖고 와서 당선작 속에 넣으세요⋯⋯. 게다가 어제는 왜 그리 시끄러웠던지 견딜 수가 있어야지요. 최소한의 침묵도 보장받지 못한 상태에서, 그렇게 빠른 시간 내에 어떻게 판단을 할 수 있겠어요!"

그는 종을 마구 흔들었다.

"자, 여러분. 시작합시다⋯⋯. 좀 더 열의를 갖고 심사에 임해주시길 부탁드립니다."

설상가상으로 이젤 위에 놓인 첫 번째 그림부터 그는 다시 실수를 저지르고 말았다. 다른 그림들 중에 특히 그림 하나가 그의 관심을 끌었다. 그것은 이가 갈릴 정도의 야한 색조로 된 그림으로 상태가 너무 심하다는 생각이 들었다. 그래서 서명을 보려고 고개를 숙이면서 조그만 소리로 중얼거렸다.

"도대체 어떤 작자가 이걸 그림이라고 그렸어……."

그러나 그는 동료의 이름을 확인하고 급히 몸을 들었다. 그역시 고전주의 이론을 지키는 대가 중의 한 명이었다. 그는 자기가 한 말이 들리지 않았기를 바라면서 큰 소리로 외쳤다.

"아주 훌륭해요! ……최고이지 않습니까, 여러분?"

그 그림은 곧장 전람회의 가장 잘 보이는 자리에 걸리는 영예가 주어지는 최고의 점수가 매겨졌다. 모두가 팔꿈치로 쿡쿡 찌르며 웃음을 참지 못했다. 그는 이 일로 매우 마음이 상했고, 기분이 엉망이 되었다.

이런 경우는 누구에게나 있었다. 처음에는 그림을 보고 의견을 말했다가, 서명을 보고 난 후 실언이었다며 쉽게 정정했다. 급기야 그들은 등을 구부리고 눈을 재빨리 굴려 이름을 확인한 후에야 자신의 의견을 말하는 신중함을 보였다. 그래서 그들은 동료의 작품이나 심사위원의 작품으로 추정되는 그림 앞을 지나가면, 그것을 그린 화가의 어깨 뒤로 신호를 하여 미리 알리는 등 주의를 했다. "실언하지 않도록 주의하세요, 그의 작품입니다!"

이러한 긴장된 분위기 속에서도 파주롤은 첫 번째 승리를 쟁취했다. 그것은 그의 제자의 작품으로 형편없는 초상화였는데, 그 제자의 가정은 매우 유복하여 그에게 몇 번씩 대접한 적이 있었다. 그는 마젤을 따로 조용히 불러, 굶어죽게 생긴 세 딸을 둔 가난한 가장의 이야기를 하며 동정을 사려고 했다. 그러나 심사위원장은 쉽사리 감동하지 않았다. 무슨 놈이 그래! 굶어죽게 생겼으면 그림을 그만둬야지! 자기 세 딸을 그 정도로 못살게 굴어서야 되겠어! 하지만 그는 파주롤과 함께 혼자 손을 들었다. 심사위원들은 불만을 터뜨리며 못마땅해했고, 그들 중 두 명은 파주롤이 아주 작은 소리로 이렇게 말할 때 격분했다.

"마젤을 봐서라도 찬성표를 주세요. 마젤이 그렇게 부탁을 하더군요……. 아마 친척인가 봐요. 어쨌든 마젤은 이 그림이 당선되길 바라고 있어요."

그러자 두 명의 학사원 위원이 즉각 손을 들었고, 이어 많은 심사위원이 찬성했다.

그러나 「죽은 아이」가 놓여 있는 이젤 앞에서는 조소와 비꼬는 말들, 분노에 찬 외침이 터져 나왔다. 이자는 우리들을 시체 안치소로 데리고 갈 작정인가? 젊은 사람들은 커다란 머리를 보고, 영락없이 호박을 삼키다 질식한 원숭이 모습이라고 비난했고, 노인들은 질겁하여 뒷걸음질했다.

파주롤은 곧 일이 틀린 것을 알아차렸다. 그러나 예의 몸에 밴 교활한 태도로 농담을 하며 표결을 늦추려고 했다.

"자, 여러분, 왕년의 투사가……."

성난 고함 소리가 그의 말을 막았다. "아! 안 돼, 그놈은 안 돼! 우린 이 왕년의 투사가 누구인지 알고 있어! 15년 동안 천재를 자처하며 살롱전을 쳐부수겠다고 떠들고 다니면서 제대로 된 작품 하나 낸 적이 없는 녀석이잖아!" 지나친 독창성, 노골적으로 적개심을 표현하는 경쟁의식, 비록 패배하더라도 쓰러지지 않는 불굴의 힘에 대한 모두의 증오가 일시에 폭발하고 있었다. "안 돼, 낙선이야!"

그러자 파주롤은 바보같이 화를 내고 말았다. 그는 스스로의 무력함을 깨닫자 자기도 모르게 성을 냈던 것이다.

"여러분은 잘못하고 있습니다. 적어도 공정하게 심사해 주십시오!"

그러자 소동은 극에 달했다. 모두가 그를 둘러싸고 밀치면서 팔을 올려 위협하고 총알같이 욕설을 퍼부어 댔다.

"이봐, 당신은 심사위원을 모독하고 있는 거야."

"당신이 저자를 변호하는 건 순전히 신문에 이름을 내기 위해서야."

"당신은 심사위원 자격이 없어."

그러자 파주롤은 화가 머리끝까지 나서, 평소 농담을 잘하는 유연함까지 잃고서 퉁명스럽게 말을 받았다.

"나도 당신들 못지않게 심사위원 자격이 있어."

"닥쳐!" 몸집이 작은 금발의 화가 한 명이 몹시 화가 나 말했다. "자네는 우리더러 이런 졸작을 인정하란 말인가!"

그래, 그래, 졸작이야! 모두가 입을 모아, 초라하고 시시하기 짝이 없는 엉터리 그림에나 붙이는 졸작이라는 말을 확신을 갖고 외쳐 댔다.

"좋습니다." 마침내 파주롤이 이를 갈면서 말했다. "어쨌든 표결을 요구합니다."

입씨름이 심해지면서부터 마젤은 자기 권위가 무시되는 것에 화가 나서 얼굴을 붉히며 종을 끊임없이 흔들어 댔다.

"여러분, 자, 여러분……. 고정하세요. 고함을 질러야 소리가 들리는 건 아닙니다. 여러분, 부탁합니다……."

겨우 그는 소동을 조금 진정시킬 수 있었다. 마젤은 원래 마음이 나쁜 사람은 아니었다. 자기도 이 그림이 별로라는 생각은 하고 있지만, 어째서 모든 사람들이 이 소품을 낙선시키겠다고 난리인가? 이와 비슷한 졸작도 여럿 입선시키지 않았는가!

"그럼 여러분, 표결에 들어갑니다."

마젤 자신도 손을 들려고 했다. 그러나 그때, 지금까지 침묵을 지키고 있던 봉그랑이 마음속에 품고 있던 분노로 얼굴이 빨개지면서 갑자기 부적절하게 나서며 반항적인 양심의 고함을 질렀다.

"맹세코 말할 수 있어요! 우리 중에 이런 그림을 그릴 수 있는 사람은 네 명도 안 돼요!"

웅성거리는 소리가 들려왔다. 그의 일격이 너무 강해서 누구 하나 반발하는 사람이 없었다.

"여러분, 표결에 들어갑니다." 창백해진 마젤이 짤막하게 반복했다. 그 말투에는 다정한 악수를 나누는 우의 아래에 감추어진 증오와 엄청난 경쟁의식이 생생히 드러나 있었다. 그들이 이 정도로 적의를 드러낸 적은 거의 없었다. 그들은 대체로 타협을 했다. 그러나 두 사람의 격노한 자존심 밑바닥에는 영원히 피 흘리고 있는 상처가 있었고, 얼굴은 웃고 있었지만 마음속으로는 칼을 겨누는 결투가 벌어지고 있었다.

봉그랑과 파주롤만이 손을 들었고,「죽은 아이」는 낙선 작품으로 결정되어 남은 기회라고는 전체의 재심사밖에 없었다.

이 전체적인 재심사란 매우 번거로운 일이었다. 심사위원은 20일 동안 심사를 계속한 뒤, 경비원들이 준비 작업을 하는 이틀 동안 겨우 휴식을 취할 수 있을 뿐이었다. 하지만 그들은 오후에 낙선된 3천여 점의 그림이 쭉 늘어서 있는 속으로 들어갈 때에는 몸을 떨었다. 이 중에서 그들은 입선작의 규정인 2천 500여점에서 부족한 양만큼을 다시 설정해야 한다. 아! 그 3천여 점의 그림이 모든 방의 모든 벽과 밖의 복도를 빽빽하게 채우고, 심지어는 바닥에까지 놓여 있어 마치 흐르지 않고 괴어 있는 늪과 같았다. 이들의 범람하는 액자의 홍수 속에서 겨우 사람들이 다닐 수 있는 좁은 길만 남게 되어, 팔레 드 렝뒤스트리 전체가 시시하고 광기에 찬 작품의 소용돌이에 침입당한 모습 같았다. 그들은 단 한 번의 심사를 했는데, 그것을 위해 한 시부터 일곱 시까지 여섯 시간 동안 내내 이 미궁 속을 절망에 찬 빠른 걸음으로 돌아다녀야 했다. 처음에 그들은 피곤하지만 유쾌한 기분으로 정확하게 그림을 감상하는 것으로 시작했다. 그러나 이러한 강행군으로 말미암아 머지않아 그들의 다리는 휘청거렸고, 눈은 현란한 색채 때문에 어지러웠다. 그래도 그들은 행진을 계속해서, 지쳐 쓰러질 때까지 판정을 해야 했다. 네 시쯤 되면 그들은 지리멸렬한 상태, 즉 패잔병의 모습으로 변했다. 맨 뒤에 선 몇 명의 심사위원들은 저 멀리 숨을 헐떡이며 무거운 발걸음을 끌고 다녔다. 어떤 심사위원들은 한 명씩 따로 다니기도 했는데, 그들은 액자들 틈에 파묻혀 좁은 길을 따라가면서 거기에서 빠져나올 엄두를 내지 못한 채, 언제 끝날지 모르는 절망적인 행진을 계속했다. 도대체 어떻게 공정한 판단이 가능하겠는가! 이 무섭게 쌓인 산더미 중에서 무엇을 뽑아낸단 말인가? 모든 사람이 풍경화와 초상화의 구별도 하지 않고 단지 내키는 대로 아무렇게나 뽑고 숫자만 채우면 된다는 식이었다. 200, 240, 아직도 여덟 점이 부족했다. 이것은 어떤가? 아니다, 저것이 좋다! 좋으실 대로. 일곱, 여덟, 이제 끝났다! 드디어 그들은 최후의 작품을 찾아냈고, 안도의 한숨을 쉬며 지팡이에 몸을 의지한 채 자유의 몸이 되어 물러나는 것이었다.

그런데 이 방에서 「죽은 아이」를 둘러싸고 심사위원들의 발목을 붙드는 새로운 장면이 연출되었다. 이 그림은 다른 낙선 작품들과 함께 바닥에 널려 있었는데, 심사위원들은 그 그림을 보고 농담을 했다. 장난기 많은 어떤 사람이 그림 한가운데를 발로 밟는 시늉을 하는가 하면, 다른 사람들은 그 그림의 진정한 의미를 찾아보려는 것처럼 좁은 길을 달려와서는 상당히 잘된 작품이라고 선언했다.

파주롤 자신도 농담을 했다.

"여러분, 용감하게 한 번 쓰세요. 한 번 더 살펴봐 주십시오. 여러분의 돈을 들일 가치가 충분합니다……. 부디, 여러분, 너그러운 마음으로 그것을 다시 주워 주세요. 선행을 베풀어 주십시오."

일동은 그가 말하는 것을 듣고 재미있어 하며 무자비하게 웃어젖히면서, 더욱 거칠게 거절하였다. 안 돼, 안 돼, 절대 안 돼!

"자네의 자비로 그 그림을 집을 텐가?" 외치는 한 동료의 목소리가 들려왔다.

심사위원은 관례적으로 '자비'라는 말로 각자가 한 무더기의 작품들 중에서 한 작품을 선택할 권리가 있었다. 그리고 일단 그렇게 뽑히면 그것이 아무리 나쁜 작품이라도, 심사를 거치지 않고 입선되었다. 보통 이런 특별 입선은 불쌍한 사람들에게 적선처럼 주어졌다. 최후에 채택되는 이 마흔 명의 화가들은 말하자면 문 앞의 거지들로, 주린 배를 움켜잡고 식탁 한구석에 끼어드는 것을 방관하는 식이었다.

"나의 자비로는……." 파주롤이 곤란한 어조로 말했다. "나의 자비로는 다른 사람을 생각하고 있어서요. 네, 어떤 부인의 꽃 그림을……."

웃음소리 때문에 그는 말을 잇지 못했다. 예쁜 여자인가? 심사위원들은 그 여류화가의 그림 앞에서 점잖지 못하게 빈정댔다. 그는 당황했다. 왜냐하면 그 문제의 여류화가는 이르마의 비호를 받고 있기 때문이었다. 그는 만약 이르마와 약속을 지키지 못했을 때 어떤 끔찍한 일이 벌어질까를 생각하니, 정신이 아득했다. 문득 어떤 방법 하나가 떠올랐다.

"저, 봉그랑 씨! 당신이라면 이 기발한 「죽은 아이」의 그림을 자비로 뽑아 주실 수 있겠지요?"

봉그랑은 파주롤의 이런 거래에 울컥하고 분통이 터져 팔을 크게 내저었다.

"제가 말입니까! 제가 진정한 화가에 대해 그런 모욕을 할 수 있다고 생각합니까? 그는 분명 더 자랑스러워할 것이에요! 살롱전 따위엔 되지 않는 게 더 나아요!"

사람들이 계속 놀려 대자 파주롤은 승리를 자기 것으로 하고 싶은 생각에 위험을 두려워하지 않는 매우 강한 남자라는 멋진 태도로 잘라 말했다.

"좋습니다. 나의 자비로 이것을 입선시킵니다."

사람들은 브라보를 외치며 희롱하는 축하의 말을 건네고, 경의를 표하며 악수를 청했다. 그것은 자신의 신념을 관철한 용감한 사람에게 보내는 경의였다! 그러자 한 명의 경비원이, 조롱받고 시련과 모욕을 견딘 가련한 그 그림을 두 팔로 들어 가지고 갔다. 야외파 화가의 그림이 마침내 살롱전의 심사위원에게 받아들여진 것은 이런 경과를 거친 후였다.

다음날 아침 파주롤의 편지가 클로드에게 도착했다. 단 두 줄의 편지로서, 「죽은 아이」를 통과시키는 데 성공했는데, 고생을 아주 많이 했다는 내용이었다. 이 소식을 듣자 클로드는 기쁘기는커녕 가슴이 죄어드는 듯했다. 호의 속에 연민이 숨어 있는 이 짧막한 글 한마디 한마디에는 모욕에 찬 일의 추이가 스미어 있었다. 그 순간 그는 작품을 도로 찾아와 없애 버리고 싶은 충동에 사로잡힐 정도로 입선의 승리를 불행하게 생각했다. 그런데 시간이 갈수록 그런 민감함이 둔해지면서, 예술가로서의 자부심마저도 무너져 내렸다. 그만큼 그는 너무도 오랫동안 비참한 생활을 견디며 성공하기만을 기다리고 있었던 것이다. 아! 어쨌든 드디어 빛을 보았구나! 이제 그는 마지막 항복을 하고, 마치 데뷔하는 화가처럼 초조하게 마음을 졸이며 살롱전의 개막을 기다리기 시작했다. 그는 자신의 그림 앞에 일반 사람들이 모여 갈채를 보내는 환영까지 보았다.

원래 베르니사주의 날*은 출품한 그림에 마지막 손질을 가할 수 있도록 화가들에게만 입장이 허용되는 날이었는데, 세월이 지나면서 점차 파리 전체가 이 날을 제 것인 양 떠들어 댔다. 이제 그것은 파리 시민에게 하나의 신선함이었고, 파리 전체를 들끓게 하는 장대한 의식의 하나가 되었다. 일주일 전부터 신문도 거리도 예술가들의 이야기로 자자했다. 그들은 파리를 사로잡고 있었고, 파리는 그들 일색이 되었다. 그들의 작품, 그들의 말, 그들의 태도, 어쨌든 그들에게 속하는 모든 것이 화제가 되었다. 벼락처럼 격렬한 열광의 열기가 시골 사람이나 군인, 아이들에 이르기까지 거리 전체에서 일어나, 살롱전에 무료로 입장할 수 있는 날에는 살롱전의 방 전체가 그들로 넘쳐났다. 날씨가 좋은 일요일에는 5만이라는 엄청난 수의 군중이 군대처럼 몰려왔다. 그 맨 뒤에는 예술에 전혀 문외한인 무리들까지 섞여 들어와서 거대한 그림 가게 안에서 눈을 동그랗게 뜨고 줄지어 가는 모습이었다.

처음에 클로드는 이 유명한 베르니사주의 날에는 소문에서 들은 대로 사교계 사람들로 혼잡할 것이라 생각하고 기가 죽어, 좀 더 서민적인 일반 개회 때나 가리라 마음먹고 있었다. 그래서 상도즈가 같이 가자고 해도 거절했다. 그러나 마음이 조마조마했던 그는 그날 여덟 시가 되자 빵과 치즈를 대충 먹고 집을 뛰쳐나갔다. 그와 같이 나갈 용기가 없었던 크리스틴은 그가 나서는 것을 불러 다시 한번 부둥켜안고 걱정스러운 듯이 조심스럽게 말했다.

"그런데 여보, 어떤 일이 있어도 절대로 실망해서는 안 돼요."

클로드는 계단을 한걸음에 뛰어올랐기 때문에 심장이 두근거려 영광의 방에 들어갔을 때에는 숨이 막힐 지경이었다. 밖은 화창한 5월이었는데, 유리 천장 아래로 쳐진 햇빛가리개를 통해 희고 부드러운 빛이 비치고 있었다. 정원처럼 꾸며진 발코니를 향해 열린 몇 개의 입구에서 습기를 머금은 차갑고 시원한 바람이 불어 들어왔다. 그는 잠시 숨을 들여 마셨다. 주위의 공기는 이미 탁해 있었고, 부인들의 은은한 사향 냄새 속에 니스 냄새가 충만해 있었다. 그는 한눈에 그림을 쭉 훑어보았다. 정면에 살육의 광경을 그린 커다란 화폭이 빨갛게 빛나고 있었다. 왼쪽에는 옅은 색깔의 거대한 성인상, 오른쪽에는 아마 정부가 주문한 것임에 틀림없는 공식적인 축제의 평범한 그림이 있었다. 그 외에 초상화와 풍경화와 정물화가 있었는데, 모두가 현란한 색조로 빛났고 광채를 발하는 새 금 틀 액자에 끼워져 있었다. 이 엄숙한 유명 인사들의 무리에 겁이 난 클로드는 점점 늘어나는 사람들의 흐름에 시선을 향하고 그 모습을 살펴보았다. 홀 중앙에 푸르게 자란 관엽식물 주변에 원형으로 놓인 의자에는 오로지 세 명의 부인이 앉아 있을 뿐이었다. 그 부인들은 혐오스러운 옷차림으로 오늘 하루 실컷 남의 흥을 보겠다고 마음먹고 있는 괴물 같은 모습이었다. 등 뒤에서 발음이 정확하지 않은 목쉰 소리가 들려왔다. 체크무늬의 양복 윗도리를 입은 영국 사람이 여행용 더스트 코트에 휩싸여있는 얼굴이 샛노랗게 된 젊은 부인에게 살육 장면을 설명하고 있었다. 홀에는 아직 공간이 많았고, 여기저기에 사람들 무리가 모였다가 흩어지곤 했다. 모든 사람이 머리를 들어 위를 쳐다보았고, 남자들은 외투를 한쪽 팔에 걸친 뒤 지팡이를 짚고 있었다. 여자들은 천천히 걷다가 때때로 멈추어 서서 그림을 향해 고개를 돌렸다. 그녀들 모자에 달린 꽃이 화가인 클로드의 눈을 강하게 끌었다. 남자들의 높고 검은 실크 모자가 이루는 물결 가운데서 여자들 모자의 색조가 더욱 뚜렷이 보였다. 세 명의 신부도 보였다. 또 어디에서 왔는지 모르는 군인도 두 명 있었다. 거기에 훈장을 단 남자들의 긴 행렬, 딸을 데리고 온 모녀의 행렬이 줄줄이 이어졌다. 많은 이가 서로 아는 사이인 듯, 멀리서부터 인사를 하거나 지나치면서 서둘러 악수를 했다. 끊임없이 오가는 발소리 때문에 사람들의 목소리는 아주 조그맣게 들렸다.

클로드는 자기 그림을 찾기 시작했다. 그는 이름의 알파벳 순서로 그림이 걸려 있을 것이라 생각하여 왼쪽 전시실로 들어가 찾아보았는데, 잘못이었다. 모든 문이 열려 있는 덕분에 전시실이 멀리 구석까지 다 보였다. 오래된 태피스트리가 걸려 있어 벽면의 끝에 걸려 있는 그림이 아물거렸다. 그는 서쪽 끝의 큰 방까지 가서 반대쪽 방으로 돌았는데, 거기에도 이름의 머리글자는 보이지 않았다. 다시 영광의 방으로 돌아올 때는 갑자기 사람들 무리가 늘어났기 때문에 걸음을 옮기기가 쉽지 않았다. 앞으로 나가지 못하고 꼼짝없이 그 자리에 서 있게 된 그는 화가들과 그 제자들의 무리를 알아보았다. 그들은 오늘이야말로 자기네 화실의 영광의 날이라고 자신하는 표정이었다. 그 중에서 그는 부탱의 아틀리에 시절의 옛 친구 한 명을 알아보았다. 자기의 이름을 널리 알리고 싶은 강렬한 욕구에 상을 타기 위해서만 그림을 그린다는 남자인데, 조금이라도 힘이 되어줄 것 같은 참관자가 보이면 아무에게나 말을 걸고 자기 그림을 봐 달라고 억지로 끌고 갔다. 또 부자이면서 유명한 어떤 화가도 눈에 띄었는데, 그는 자기 작품 앞에 서서는 입가에 자신에 찬 미소를 지으며 부인들의 비위를 맞추면서 상냥하게 끊임없이 강의를 계속했다. 그 밖에도 큰 소리로 찬사를 퍼부으면서도 속으로 경쟁심을 불태우는 무리, 동료들의 성공을 입구에서 몰래 살피는 내성적인 무리, 자신의 그림이 걸려 있는 방에 들어갈 용기가 없는 소심한 무리, 농담으로 자신의 치명적인 약점을 속이려 하는 허풍쟁이, 그런가 하면 열심히 그림을 보고 이해하려고 노력하며 수상자를 알아맞히려고 하는 진지한 무리들도 있었다. 화가와 가족, 나들이옷을 차려입은 아이를 데리고 온 젊고 예쁜 부인, 검은 옷을 입은 못생긴 두 딸의 부축을 받고 있는 마르고 침울한 부르주아 계급의 어떤 부인, 코를 흘리고 있는 한 떼의 아이들 가운데 녹초가 되어 의자에 앉아 있는 배부른 엄마가 있는가 하면, 여전히 미모를 간직하고 있는 중년 부인은 큰딸과 함께 남편의 정부가 지나가는 것을 바라보고 있었는데 그들은 매우 담담하게 미소를 교환했다. 또 모델들도 있었다. 모델들은 서로 팔을 끌며 그림 속 벌거벗은 여자가 자기라고 큰 소리로 가르쳐 주었다. 그녀들은 너무도 세련되지 못하게 옷을 입고 있었기 때문에 그런 흉측한 옷이 그들의 멋진 몸매를 망치고 있었다. 그녀들은 옷을 벗으면 아무것도 보여 줄 것이 없는 잘 차려입은 인형과 같은 파리 여자들 옆에서 마치 꼽추들처럼 보였다.

그들에게서 겨우 벗어나자 클로드는 바로 오른쪽 방으로 들어갔다. 이름의 머리글자가 있는 방은 이쪽이었다. 그는 L 자가 있는 방을 모두 둘러보았는데, 그의 그림은 어디에도 없었다. 간혹 잘못하면 그림이 어딘가에 섞여 들어가서 다른 방의 빈 곳 메우기에 사용되기도 했다. 동쪽의 큰 홀로 돌아온 그는 거의 사람의 발길이 미치지 않은 구석진 방을 전부 찾아보았다. 그곳에서는 그림들이 권태롭고 침울해 보여 화가들이 꺼리는 방이었다. 그곳에서도 그의 그림은 찾을 수 없었다. 당황하고 실망한 그는 정원을 향해 있는 회랑으로 나왔다. 그는 거기에서 실외의 너무 강한 빛을 받아 희미하게 떨고 있는 과잉 규모의 작품들 사이를 계속 찾아보았다. 그 방을 끝까지 가 본 후, 그는 세 번째로 영광의 방에 다시 돌아왔다. 이제 그 방은 사람들 무리로 꽉 차 있었다. 파리의 유명인사, 부자, 존경받는 인사들이 있었다. 또 그들의 재능이나 가진 돈, 혹은 운이 좋았던 덕분에 파리 전역에 요란스러운 소문을 흩뿌리고 다니는 사람들, 소설의 대가, 극작가와 언론인, 사교계 인사, 경마와 주식에 종사하는 사람들, 창녀, 여배우, 사교계의 귀부인에 이르기까지 모든 계층의 여인들이 모두 한곳에 모여 끊임없이 몰려드는 큰 파도의 으르렁거리는 소리와도 같은 소음을 내고 있었다. 헛된 탐색으로 화가 나 있던 클로드는 집단으로 모여 있는 인간의 얼굴이 그토록 속된 것에 질려 있었다. 어울리지 않는 복장에 위엄 없는 평범한 모습은 우아함과는 거리가 멀었다. 그 때문에 이제까지 그의 마음을 어지럽히고 있던 불안이 점차 경멸로 변해 갔다. 이런 무리가 또 그의 그림을 보고 조롱할 것인가? 몸집이 작은 금발의 리포터 두 명이 보도할 저명인사 리스트를 보고 만족해하고 있었다. 또 어떤 비평가는 카탈로그의 여백에 메모를 하고 있었다. 한편 신진 화가의 그룹 속에서 강연하고 있는 비평가, 양손을 등 뒤에 쥐고 각각의 작품을 차갑고 위엄 있는 태도로 뜯어보고 있는 비평가도 있었다. 특히 클로드의 비위를 건드리는 것은 서로 떼밀고 있는 한 떼의 사람들로, 이들은 젊음도 열정도 없이 단지 호기심만 남아 있는 무리들이었는데, 저속한 소리로 아우성을 치며 나쁜 병에라도 걸린 듯이 지친 얼굴을 하고 있었다. 이미 작품을 향한 시샘이 시작되고 있었다. 어떤 신사는 부인들을 상대로 재치 있는 설명을 하였고, 또 어떤 신사는 말없이 그림을 바라보는 듯하다가 어깨를 움츠리고 갑자기 나가 버렸다. 또 어떤 두 신사는 나란히 난간에 기대어 서서 어떤 작품 하나에 코가 닿을 정도로 바짝 다가가 15분이나 꼼짝 않고 바라보다가 음모를 꾸미는 듯한 나쁜 눈초리로 소곤소곤 이야기하고 있었다.

드디어 파주롤이 모습을 나타냈다. 계속되는 혼잡 속에서 그의 모습만이 떠올라 보였다. 손을 내밀어 이 사람 저 사람과 악수를 나누며 자기가 젊은 대가임과 동시에 유력한 심사위원임을 뽐내고 있었다. 그는 자기에게 쏟아지는 찬사와 감사의 인사, 청탁하는 말들의 홍수 속에서 난처해하면서도 상냥한 태도를 잃지 않고, 일일이 답해 주었다. 아침부터 그는 자기에게 의지하고 있는 무명 화가들에게 전시 장소가 나쁘다는 불평을 듣고 있었다. 개관일 아침에는 대개 모든 사람이 자기 작품을 찾아 바쁘게 뛰어다니는 큰 소동이 벌어졌는데, 그들은 너무 화가 나서 끝없는 불평을 늘어놓았다. 너무 높이 걸렸다는 둥, 광선의 상태가 안 좋다는 둥, 옆의 그림 때문에 효과가 죽는다는 둥 이유도 가지가지였는데, 그들은 그림을 떼어 가지고 가겠다며 흥분했다. 특히 마르고 키가 큰 어떤 남자는 끈질기게 파주롤을 이 방에서 저 방으로 따라다녔다. 아무리 파주롤이 그에게 어느 누구의 작품도 특별 취급하지 않고 분류 번호 순서대로 벽 아래서부터 위로 건다고 설명해도 소용이 없었다. 그래서 파주롤은 입상자가 결정되어 방의 배치를 바꾸게 될 때 그가 원하는 대로 해 주겠다고 호의를 보였는데도, 깡마른 남자는 막무가내였다.

한순간, 클로드는 사람들을 헤치고 파주롤에게 가서 자기 그림이 어디에 있냐고 물어보려고 했다. 그러나 그가 너무도 많은 사람에게 둘러싸여 있는 것을 보고 자존심이 상해 걸음을 멈추었다. 저렇게 끊임없이 남으로부터 인정받기를 원하는 것은 어리석고 참을 수 없는 일 아닌가? 그러다 그는 갑자기 오른쪽의 일렬로 줄지어 있는 방들을 빠뜨린 사실을 깨달았다. 실제로 그곳에는 아직 보지 못한 많은 전시작이 있었다. 그는 간신히 큰 방으로 들어갔다. 중앙의 가장 좋은 곳에 전시된 큰 그림 앞에 엄청난 사람들이 몰려 있었다. 처음에 그는 사람들의 어깨 물결과 머리의 벽, 그리고 모자의 숲에 가려서 그림을 볼수가 없었다. 서로 밀고 밀치면서 모두가 감탄해 마지않으며 황홀하게 그 그림을 바라보고 있었다. 클로드는 발꿈치를 들어 몸을 꼿꼿이 세우고 드디어 그 걸작이라는 것을 보았다. 사람들의 입으로부터 그 제목도 알 수 있었다.

그것은 파주롤의 그림이었다. 그는 「점심」이라고 이름붙인 파주롤의 그림 안에서 자신의 「야외」를 다시 보았다. 갈색의 색조에서부터 양식까지 똑같았다. 그러나 파주롤은 대중의 저속한 취미를 만족시키기 위하여 교묘한 재주를 발휘해 톤을 부드럽게 하고 술수를 써서 거짓으로 겉을 우하하게 꾸미고 있었다. 즉 그는 클로드처럼 세 여자를 벌거벗기는 과실을 범하지 않았다. 다만, 사교계 여성의 대담한 복장으로 벗은 것과 같은 효과를 내고 있었다. 예를 들어 여자 한 명은 얇은 레이스의 블라우스 아래로 가슴 부분을 투명하게 보이고 있었고, 또 다른 한 명은 접시를 잡기 위해 위를 보고 몸을 젖혀 오른쪽 다리를 무릎까지 드러내고 있었다. 세 번째 여자는 몸에 꼭 맞는 옷을 입고 살결을 거의 노출시키지 않았는데, 암말의 엉덩이같이 터질 것 같은 선이 오히려 외설적인 냄새를 풍기고 있었다. 그런가 하면 두 명의 남자는 나들이옷을 입고 고귀한 신분의 이상형으로 그려져 있었다. 조금 떨어진 곳에 시종 한 명이 나무 그늘 아래에 서 있는 사륜마차에서 바구니를 꺼내고 있었다. 이 사람들의 얼굴, 의복, 식사 용품에 이르기까지 짙은 녹색의 나무들을 배경으로 햇빛을 듬뿍 받아 밝게 두드러져 있었다. 이 뻔뻔스런 속임수와 거짓의 힘 안에 발휘되어 있는 그의 절묘한 솜씨가 일반 사람들을 완전히 현혹시키고 있었다. 그것은 마치 크림 단지 속의 폭풍우와도 같은 것이었다.

클로드는 가까이 가지 못하고, 주위 사람들의 말에 귀를 기울였다. 드디어 진정한 진실을 그리는 화가의 출현이다! 새로운 유파의 상놈들과 같이 힘을 주지 않고, 아무것도 그리지 않는 듯하면서 모든 것을 그릴 줄 안다. 아! 저 뉘앙스, 암시의 예술, 대중에 대한 존중, 교양 있는 사람들을 향한 동의! 그리고 이 섬세한, 매력, 기지! 이 사람은 열정에 사로잡혀 마구 그려 젖히며 지나치게 과장된 그림을 그리는 화가가 아니다. 역시 이 사람은 자연 속에서 파악한 색만을 그리고 그 이상은 그리지 않는다. 바로 그때 막 도착한 보도기자 한 명이 황홀한 표정으로 이렇게 말했다. 이것이야말로 진정한 파리식 그림이라고. 그러자 그 말은 순식간에 퍼져, 그 후 진정한 파리식 그림이라고 말하지 않고 지나가는 사람은 한 사람도 없었다.

점점 늘어난 사람들의 물결로부터 솟아오르는 찬사의 우렁찬 울림이 클로드를 화나게 했다. 그는 어떤 사람들이 이렇게 떠들고 있는지 보고 싶어서 새까맣게 모인 무리의 밖을 돌아서, 벽면을 향해 등을 기대었다. 천장에 걸린 햇빛가리개를 통해 들어오는 어슴푸레한 빛을 받아 어두운 실내 속에 서 있는 관중이 눈앞에 보였다. 한편, 햇빛가리개 끝에서부터는 강렬한 빛이 떨어져 내려 벽에 걸린 그림들을 눈부시게 비추고 있었다. 액자의 금빛 틀이 태양과 같이 번쩍이고 있었다. 순간 그는 그 사람들이 전에 자기 그림을 조롱하던 무리인 것같이 느껴졌다. 설령 그들이 아니더라도 그들의 형제임이 틀림없었다. 그런데 이제 그들은 진지하고, 황홀해져서 존경심에 차 아름답기까지 한 표정을 짓고 있었다. 처음에 그가 보았던 찡그리고 입씨름에 지친 얼굴, 질투로 표정이 굳어지고 누렇게 되어 있었던 무리가 이제 이 그림 앞에서는 하나같이 사랑스러운 거짓 기쁨에 취해 있었다. 두 명의 뚱뚱한 부인은 맘껏 하품을 하듯이 입을 크게 벌리고 있었고, 몇몇 노신사들은 눈을 동그랗게 뜨고 지켜보면서 대단하다는 표정을 짓고 있었다. 어떤 남편은 자신의 젊은 아내에게 그림의 주제를 설명하고 있었고, 그 아내는 고개를 끄덕이며 아름다운 턱의 움직임을 보이고 있었다. 지극히 만족한 얼굴, 놀란 얼굴, 깊이 감동한 얼굴, 밝게 빛나는 얼굴, 근엄한 얼굴, 모두가 무엇엔가 홀린 모습으로 입가에 미소를 띠고 있었다. 남자들의 검은 모자는 반쯤 젖혀져 있었고, 여자들의 모자의 꽃들은 깃까지 늘어져 있었다. 이들의 얼굴이 한순간 움직이지 않는가 생각하면, 뒤에 오는 사람들에게 밀려서 다음에 비슷한 얼굴과 바뀌어 가는 장면이 끊임없이 계속되었다.

클로드는 이러한 승리의 광경을 보며 어이가 없었다. 끊임없이 사람들이 몰려들어 그만큼 홀도 비좁았다. 이른 아침과 같은 텅 빈 공간도, 정원에서 올라오는 시원한 바람도, 공중으로 퍼져 나가는 니스 냄새도 없었고, 오직 후텁지근한 공기 속에 화장품 냄새만이 진동하고 있었다. 드디어 그것은 젖은 개에게서 나는 냄새로 변했다. 밖에는 봄비가 내리고 있었다. 새로 입장하는 사람들의 무리가 습기를 안고 들어오는 것을 보고 비가 오는 걸 알 수 있었다. 그들이 홀에 들어오면 내부의 열기 때문에 흠뻑 젖은 옷이 마치 증기를 뿜고 있는 듯이 보였다. 사실 얼마 전부터 천장의 햇빛가리개가 어두워져 있었다. 천장을 올려다 본 클로드는 북풍에 밀려 질주하는 비구름과 억수같이 쏟아지는 비가 창유리를 격하게 두드리고 있는 광경을 상상할 수 있었다. 벽면을 따라 어둠의 물결이 일렁였고, 어떤 그림도 볼 수 없게 되었다. 사람들도 깊은 어둠에 싸이고 말았다. 드디어 구름이 걷히고, 클로드는 다시 어슴푸레한 빛 속에서 입을 헤벌리고 눈을 둥그렇게 뜬 채 바보같이 좋아하고 있는 얼굴이 드러나는 것을 보았다.

　그런데 클로드에게는 또 하나 가슴 아픈 일이 있었다. 왼쪽 벽면에 파주롤의 그림과 대조를 이루는 모습으로 전시된 봉그랑의 그림을 발견한 것이다. 그러나 그 앞에서 발을 멈추는 사람은 하나도 없었고, 모두가 무관심하게 지나갔다. 그 그림은 더할 데 없는 역작이었다. 즉, 이 대가가 최근 몇 년 동안 쇠퇴를 자각하면서도 자신의 생산 능력을 입증하려는 욕망에서 낳은 마지막 작품이라고 할 수 있는 것이었다. 그는 화가로서의 생애 최초의 걸작인 「시골의 결혼식」에 대한 마음속에서 커지고 있는 증오 때문에 그것과는 전혀 상반되는 주제를 택해 「시골의 장례식」이라 이름 붙이고 젊은 아가씨의 죽음을 애도하는 행렬이 호밀과 귀리 밭 사이를 지나는 것을 그리고 있었다. 그것은 그에게 있어 자신과의 싸움이었다. 과연 자신이 벌써 화가로서의 생명을 마친 것인지, 60년의 경험이 혈기왕성한 젊은 시절의 그림 한 점에 미치지 못하는 것인지 어디 한번 해보겠다는 뜻에서 도전한 시도였다. 그러나 그 시도는 패배했다.

　작품은 통행인의 발걸음을 붙들지 못하는 노인의 조용한 종말과도 같은 애처로운 실패작이 되어 있었다. 그러나 여전히 대가다운 부분들이 여기저기 드러나 있었다. 예를 들면 십자가를 짊어진 성가대의 아이라든가, 관을 운반하고 있는 처녀들, 그녀들의 붉게 달아오른 피부를 덮은 흰색 의상들이 녹색의 들길을 걷는 장례 행렬의 검은 상복과 선명한 대조를 보이고 있는 것이 그러했다. 다만 여분으로 그려진 사제나 조기를 들고 있는 소녀, 죽은 소녀의 뒤를 따르는 가족 등 화면 전체가 너무나도 빈틈없이 묘사하겠다는 고집 때문에 무미건조하게 경직되어 있었다. 거기에는 이 예술가의 예전의 출발점이었던 낭만주의로의 무의식적이면서도 숙명적인 복귀가 있었다. 이것이야말로 이번 작품의 치명상으로서, 대중의 무관심은 그 때문이었다. 눈부신 빛이 유행된 이래, 그들은 칙칙하고 빛이 적은 이런 작품을 과거의 유물로 간주하고 무시하고 있었던 것이다.

바로 그때 봉그랑이 수줍은 초보자처럼 머뭇거리며 들어왔다. 사람들에게서 버림받고 외롭게 걸려 있는 자신의 그림을 한 번 흘끗 보고는 큰 소동을 일으키고 있는 파주롤의 그림에 다시 한번 눈길을 주는 봉그랑의 모습을 본 클로드는 가슴이 미어지는 것 같았다. 그 순간 화가는 자신의 종말을 예리하게 간파했을 것이다. 설령 자신의 실추를 느끼고 괴로워했다 하더라도, 그것은 그때까지는 의혹에 불과하였을 것이다. 그런데 이제 그것은 확실한 사실이 되고 말았다. 그의 재능은 이미 죽었고, 이제 다시는 생명이 있는 작품을 만들어 내지 못할 것이었다. 말하자면, 그의 삶은 잉여적인 것이 되고 말았다. 그는 얼굴이 창백해지면서 얼른 그 자리에서 도망치려고 했다. 그때 조각가인 샹부바르가 늘 그렇듯이 제자들을 줄줄이 거느린 채 다른 쪽 문으로 들어왔다. 그는 주위의 시선을 아랑곳하지 않고 걸걸한 목소리로 봉그랑을 불렀다.

"어이! 이 장난꾸러기. 이제야 잡았군. 칭찬해 주려고 했는데!"

그는 올해 「추수하는 여인」이라는 작품을 출품했는데, 정말 형편없는 것으로서, 뛰어난 솜씨를 가진 그로서는 무모한 도박이라고밖에 여겨지지 않을 만큼 우스꽝스럽게 그르친 작품이었다. 그런데 그런 것을 전혀 개의치 않고 걸작이라고 확신한 그는, 주위의 조소를 듣지 못한 채 일반 사람들 속을 의기양양하게 걷고 있었다.

아무 대답도 할 수 없었던 봉그랑은 타는 듯한 시선으로 그를 쳐다보았다.

"계단 아래에 있는 내 작품을 봤나?" 그는 하던 말을 계속했다. "이젠 정말 애송이들뿐이야! 옛 프랑스는 우리 둘뿐이군!"

이렇게 말하고 나서 어느새 그는 놀라서 쳐다보는 관람자들에게 인사를 한 후 시종들을 거느리고 나가 버렸다.

"무식한 놈!" 봉그랑은 마치 빈소에 와서 큰 소리로 웃는 무뢰한이라도 만난 것처럼 격분하여 중얼거렸다.

그는 클로드를 보고 가까이 다가왔다. 그래 이 방에서 도망가는 것은 비겁하지 않은가? 그래서 그는 용기와 질투를 모르는 고결한 영혼을 보여 주어야 한다고 생각했다.

"정말이지, 우리의 파주롤은 대성공을 거두었군! 별로 마음에 들지 않는 그의 그림을 보고 감동했다고 말을 한다면 거짓말이겠지. 그래도 꽤 친절한 놈이야. 정말로……. 자네도 알고 있겠지만, 자네를 위해 모든 짓을 다했다네."

클로드는 「장례식」에 대한 찬사의 말을 찾아보려고 고심했다.

"배경의 작은 무덤이 정말 훌륭해요! 사람들은 어째서 이것을……."

봉그랑은 거칠게 그의 말을 막았다.

"제발! 위로의 말은 집어치워⋯⋯. 난 이미 확실히 알고 있네."

그때 어떤 사람이 친근한 태도로 인사를 해 왔고, 클로드는 그가 노데인 것을 알았다. 이전보다 훨씬 뚱뚱해지고 몸집이 커진 노데는 현재 손대고 있는 대규모 사업에 성공하여 큰 부자가 되었다. 야심에 사로잡힌 이 남자는 다른 화상들을 침몰시키겠다고 공공연히 떠들어 댔으며, 궁전 같은 대저택을 짓고 자기가 마치 화상들의 왕이나 되는 것처럼 행동하면서 많은 걸작들을 한데 모으고, 현대의 예술 백화점을 열었다. 그가 입구에 들어서는 순간부터 수백만 프랑의 금화 소리가 울려 퍼져 나왔다. 그는 자신의 집에서 전시회를 여는 등, 여러 화랑을 완전히 압도했다. 5월에는 미국의 그림 애호가들이 도착할 예정이었는데, 이들에게 그는 1만 프랑에 구입한 것을 5만 프랑에 팔아넘기곤 했다. 그는 부인과 아이들, 정부와 말과 피카르디 지방의 영지를 비롯한 방대한 사냥터까지 갖추고 왕 같은 생활을 하고 있었다. 그가 처음으로 돈을 벌게 된 것은 쿠르베나 밀레, 루소처럼 살아 있는 동안에 인정받지 못하다가 죽은 후에 대가가 된 이들의 작품 값이 크게 뛴 덕분이었다. 그 결과, 그는 살아 있으면서 아직 투쟁 중인 화가의 서명이 있는 작품은 거들떠보지도 않았다. 그럼에도 불구하고 이미 세상에는 나쁜 소문이 퍼지고 있었다. 유명 작품의 수는 한정되어 있고, 애호가의 수가 늘어나는 것도 아니기 때문에 그림 장사도 어려운 때가 왔다는 것이다. 그래서 일종의 조합을 형성하여 은행 등과 결탁하여 현재의 비싼 가격을 유지하려 한다는 소문이었다. 예를 들면 두루오홀에서는 궁여지책으로 가짜로 사고파는 행위가 벌어지고 있어서 상인 자신이 비싼 값에 다시 사들이고 있었다. 그런가 하면 주식시장의 조작 결과 파산이 필연적이고, 이 엄청난 거짓 투기 행위의 결과는 추락일 수밖에 없다는 소문이 자자했다.

"안녕하세요, 선생님." 노데가 다가와서 말했다. "선생님께서도 다른 사람들처럼 저의 파주롤을 구경하러 오신 거겠죠?"

봉그랑을 대하는 그의 태도에서 이미 이전과 같은 비굴함이나 존경심은 찾아볼 수 없었다. 그리고 그는 파주롤을 자신의 전속 화가로, 게다가 언제라도 자유롭게 부릴 수 있는 고용인 취급을 하며 말했다. 사실 파주롤을 빌리에가에 살게 하고, 카펫이라든가 장식용으로 쓰이는 작은 공예품 살 돈을 꾸어 주는 등 은혜를 베풀어 호화로운 가구가 달린 저택을 가질 수 있도록 만든 장본인은 바로 다름 아닌 노데였다. 그런데 그는 지금 파주롤이 가치 없는 그림을 그리고, 경박하게 자신의 평판을 위태롭게 한다고 불평하고 있었다. 예를 들어 이번에 출품한 그림이 그러했다. 진지한 화가라면 절대 살롱전 같은 곳에 출품 따위는 하지 않을 것이다. 물론 그것은 큰 소동을 불러일으켰고, 입상할 것임이 틀림없다는 소문으로 자자했지만 그림의 가격을 위해서는 이보다 나쁜 짓은 없었다. 미국인을 상대로 하려면 감실 안의 예수 그리스도처럼 자기 집 안에 있을 줄 알아야 한다는 것이었다.

"이보세요, 제 말씀을 믿어 주실지 모르겠습니다만, 저는 저 바보 같은 신문기자들이 금년에 나의 파주롤을 둘러싸고 일으키는 소동을 멈추게 하기 위해서는 2만 프랑의 사재를 털어도 좋겠다는 생각을 하고 있습니다."

괴로운 마음을 억누르고 참을성 있게 그의 이야기를 듣고 있던 봉그랑은 미소 지었다.

"맞아, 사람들의 무분별함은 도를 지나치고 있어. 어제 나는 신문 기사를 읽고 파주롤이 매일 아침 달걀 두 개를 먹는다는 사실을 알았네."

그는 아직 아무도 보지 못한 파주롤의 그림에 대한 기사가 일주일 전부터 실려서 파리 전체가 이 젊은 대가의 이야기로 시끌벅적한 것을 비웃고 있었다. 모든 기자가 파주롤을 발가벗기는 데 온 힘을 다 쏟고 있었다. 그의 유년기, 아버지가 양철 세공을 하는 사람이라는 것, 학벌, 어디에 살고, 어떤 생활을 하고 있는가, 심지어는 양말 색깔에서부터 코끝을 쓰다듬는 버릇에 이르기까지 모두 써 내려갔다. 이리하여 그는 시대의 열정을 상징하는 인물이며, 오늘의 취향에 맞는 젊은 대가로 치켜세워졌다. 로마상에 실패하고 미술학교를 떠났으면서도 학교의 방식을 고수한 것이 행운을 불러온 것이다. 그러나 그의 이러한 행운은 언제 어떤 바람이 불어와 도로 빼앗아갈지 모르는 한때의 행운이었다. 미쳐도 단단히 미친 세상 사람들의 발작적인 변덕, 아침에 박수를 보내다가도 저녁이면 누구 하나 거들떠보지 않는 겉만 번드르르한 성공은 오히려 사고에 가까웠다.

그러나 그때 「시골의 장례식」이 노데의 눈에 들어왔다.

"아니! 저게 당신의 그림입니까? ……그렇다면 당신의 「결혼식」과 쌍을 이루는 그림을 그리시려고 한 것이겠죠? 나로서는 당신이 이런 그림은 그리지 않으셨으면 좋겠어요…… 아! 「결혼식」! 「결혼식」!"

봉그랑은 여전히 미소를 지은 채 그의 이야기를 듣고 있었다. 다만 한 줄의 씁쓸함에 찬 주름이 떨리는 입술을 파고 들었다. 그의 이름을 알리게 된 걸작에 대해서는 까마득하게 잊고, 오로지 그의 팔레트를 뺄 자격도 없는 코흘리개가 별로 힘들이지 않고 일약 유명하게 된 것만을 생각하고 있었다. 10년 동안의 고투 끝에 비로소 이름을 낸 화가를 이 작자가 망각 속으로 밀어 넣고 말았다. 새로운 세대가 우리를 땅에 묻을 때, 그들은 우리가 얼마나 피눈물을 흘리는지 알기나 할까!

봉그랑은 잠자코 있었는데, 자신이 고뇌하는 모습이 다른 사람의 눈에 띄지 않을까 걱정이 되었다. 자신이 이 저속한 질투로 추락하는 것일까? 자신에 대한 분노가 치밀어 오르자, 더 이상 서 있을 수가 없었다. 입으로 튀어나오려는 난폭한 말 대신에 그는 허물없이 말했다.

"맞았어, 노데. 나는 이 그림을 그리겠다고 마음먹은 날에 차라리 잠자는 게 나았네."

"아! 파주롤이 왔네요. 실례하겠습니다!" 화상은 이렇게 소리치 고 멀어져 갔다.

파주롤이 홀 입구에 모습을 나타냈다. 그러나 그는 안으로 들

어오지 않았고, 약삭빠른 사람이 갖는 편안한 태도로 자신의
행운을 맛보면서 미소를 띠고 있었다. 아마 누군가를 찾는 듯
했다. 한 청년을 손짓하며 부르더니 무언가를 전했다. 그 청년
이 감사의 인사를 반복하고 있는 것이 좋은 소식이었음이 틀림
없었다. 다른 두 명이 달려와서 그에게 급히 축하의 말을 했다.
어떤 여자는 순교자 같은 동작으로 방의 어두운 구석에 걸려
있는 자신의 정물화를 그에게 가리키고 있었다. 그런 다음 그
는 자신의 그림 앞에 황홀해서 서 있는 뭇 사람들에게 한 번 흘
끗 시선을 던진 후 돌연 자취를 감추었다.

그 모습을 보고 있던 클로드는 가슴이 슬픔으로 미어지는
듯했다. 혼잡은 점점 심해졌고, 이제 그의 눈앞에는 참기 어려
운 열기 속에서 입을 벌린 채 땀을 흘리고 있는 얼굴들밖에는
보이지 않았다. 한 떼의 어깨들 위로 다른 어깨의 파도가 밀려
왔고, 입구에 있는 사람들은 아무것도 보이지 않는데도 비에
젖어 아직도 물방울을 떨어뜨리고 있는 우산 끝으로 그림을
가리키고 있었다. 그러자 봉그랑은 자기의 패배를 인정하면서
도 병사와도 같은 의연한 늙은 두 다리로 굳건하게 버티고 서
서, 배은망덕한 파리 사람들을 향해 맑은 눈을 던지고 있었다.
그는 도량이 넓은 용사로서 생을 마감하고 싶었다. 클로드가
말을 걸었지만 아무 대답도 들을 수 없었다. 그때 클로드는 그
의 침착하고 맑은 표정 속에서 끔찍한 고통에 피 흘리며 죽음
으로 날아가 버린 영혼을 본 듯했다. 클로드는 존경심에 사로
잡혀서 말없이 그 자리를 떠났는데, 봉그랑의 텅 빈 눈에는 아

무엇도 들어오지 않았다.

다시 군중들을 헤치고 걷다가 클로드는 문득 한 가지 생각이 떠올랐다. 그는 자신의 그림이 보이지 않아 깜짝 놀랐는데, 사실 생각해 보면 간단한 문제였다. 사람들이 웃고 있는 곳이나 조소나 욕설을 하며 사람들이 떼 지어 모여 있는 홀에 있지 않겠는가? 분명히 그 작품이 자기 작품일 것이다. 클로드의 귀에는 낙선전에서의 웃음소리가 생생하게 들려오는 듯했다. 그래서 그는 홀의 입구마다 웃음소리가 들려오지 않는지 귀를 기울이며 들여다보았다.

그렇게 해서 클로드는 다시 동쪽의 큰 홀로 돌아왔다. 거대한 작품이 그 홀 안에서 단말마의 고통을 겪고 있었다. 그 홀은 역사화, 종교화가 빽빽이 차 있는 어둡고 차가운 곳이었다. 그는 충격을 받고 제자리에 서서 눈을 들어 허공을 쳐다보았다. 이미 두 번씩이나 지난 곳이었다. 그때 그는 자신의 그림이 저 높고 높은 곳에 걸려 있는 것을 간신히 알아보았다. 10미터나 되는 거대한 그림의 액자 구석에 앉은 제비와도 같이 너무나 조그맣게 보였기 때문에 처음에는 알아볼 수 없었는데, 틀림없는 그의 그림이었다. 그 아래에 있는 거대한 그림은 노아의 홍수를 그린 것으로서 황색인의 무리가 숯찌끼와도 같은 물속에 곤두박질쳐져 있었다. 왼쪽에는 잿빛의 애처로운 장군의 전신상이 있었고, 오른쪽에는 달빛이 비치는 풍경 속에서 풀밭 위에 방치되어 썩어 가고 있는 학살된 여자의 푸르죽죽한 사체로 보이는 거대한 님프 상이 걸려 있었다. 그리고 주변에는 모두 불그스름하거나 보랏빛이 도는 침통한 그림들뿐이었다. 술에 취한 수도자들을 그린 회화적인 것과 의회의 개회식 풍경을 그린 그림까지 있었다. 의회의 개회식 그림에는 저명한 국회의원들을 선으로 묘사한 초상화들이 그 이름과 함께 금칠을 한 판 위에 전면 가득히 있었다. 이렇게 음울한 작품들에 둘러싸여 저 높은 한 구석에 자리 잡고 있는, 너무도 거칠게 그려진 작은 그림은 괴물의 고통스러운 찌푸린 얼굴을 하고 보기에도 무서운 광채를 발하고 있었다.

아! 「죽은 아이」, 저 애처로운 작은 사체는 너무도 멀리 떨어져 있어 형체를 알 수 없는 고깃덩어리거나 알 수 없는 짐승의 좌초된 해골로밖에 보이지 않았다. 저것은 두개골인가, 배인가, 희게 부어오른 해괴한 머리인가? 게다가 내복 위로 나와 있는 비틀린 작은 손은 추위에 떨다 죽은 작은 새의 오그라든 발이 아니고 무엇인가! 침대 또한 새파랬다. 창백한 아이의 손발 아래 색이 모두 소멸한 침통한 흰색을 띠고 있는 저 시트의 색이야말로 종말의 죽음 그 자체였다! 그 후 뜬 채로 고정된 맑은 두 눈과 뇌의 심각하고 무서운 질병으로 죽은 아이의 머리를 식별할 수 있었다.

클로드는 그림 가까이 다가갔다가, 더 잘 보기 위해 뒤로 물러섰다. 빛의 상태가 너무 나빠 화면 전체에 빛이 반사되고 있었다. 자신의 아이, 쟈크를 이런 데에 걸어 놓다니! 틀림없이 경멸해서, 아니면 차라리 이 비통하고 추악한 작품을 한쪽으로 치워 버리고 싶은 수치심 때문이었을 것이다. 그런 생각을 하며 그는 쟈크의 이런저런 모습을 떠올렸다. 전원에 살 때 쟈크는 풀밭을 뒹굴며 명랑하고 생기가 있었다. 그 후 두에가로 옮긴 후부터 점점 안색이 나빠지고 멍해지다가 투를라크가에 살기 시작하면서부터는 머리를 들 수도 없게 된 일, 그리고 크리스틴이 잠든 한밤중에 홀로 죽고만 일 등이 차례차례 떠올랐다. 그리고 불쌍한 아내, 아이 엄마의 모습도 떠올랐다. 요즘 그녀는 매일 울고 있었는데, 그날도 집에 혼자 남아 울고 있을 것이었다. 그래도 그녀가 이곳에 오지 않은 것은 잘한 일이었다. 이미 침대에서 싸늘하게 죽은 쟈크가 여기에서 천민처럼 버림받고 광선에 희롱당해 마치 그 얼굴이 추하게 웃고 있는 것같이 보이는 이 광경은 너무도 슬펐다.

클로드는 이렇게 자기 작품이 버림받고 있는 사실에 더할 나위 없는 고통을 느꼈다. 놀람과 실망 가운데 그의 눈은 사람들의 반응을 살피고 있었다. 그는 사람들이 서로 밀치는 소동을 예상했다. 왜 사람들은 그림을 욕하지 않는가? 아! 예전의 욕설, 조소, 분개, 이런 것들은 그의 마음을 찢어 놓긴 했지만, 한편 활력을 주지 않았던가! 이제는 그 어느 것도 없었고, 지나가면서 침을 뱉는 사람도 하나 없었다. 그야말로 죽음이었다. 거대한 홀 안에서 사람들은 음울한 분위기에 몸을 떨며 빠른 걸음으로 지나가 버렸다. 사람들이 모이는 곳은 겨우 의회의 개회식을 그린 그림 앞 정도였는데, 그것도 끊임없이 그룹이 바뀌면서 설명문을 읽고 의원들의 얼굴을 서로 가르쳐 주는 것이 고작이었다. 등 뒤에서 웃음소리가 들려와 클로드는 뒤를 돌아보았다. 그러나 그들은 그의 그림을 비웃는 것이 아니라 올해 살롱전의 회화화 중 성공작이라고 할 수 있는 얼근히 취한 수도자들을 보고 즐거워했다. 남자들은 동반한 여자에게 그 그림을 기지에 찬 걸작이라고 칭찬하고 있었다. 이들 모두는 어린 샤크의 그림 아래를 지나갔지만, 누구 하나 고개를 들어 쳐다보지 않았고, 또 그런 것이 위에 걸려 있다는 사실조차 눈치채지 못했다.

그럼에도 클로드는 희망을 품고 있었다. 한 사람은 뚱뚱하고 한 사람은 마른 두 명의 훈장을 단 남자가 중앙의 쿠션 의자에 앉아 벨벳 등받이에 등을 기대어 앉아 정면의 그림을 똑바로 쳐다보면서 담소하고 있었다. 클로드는 가까이 가서 두 사람의 말을 엿들었다.

"그래서 나는 그놈들의 뒤를 쫓아갔지요." 뚱뚱한 남자가 말했다. "놈들은 생 토노레가에서 생 로크가, 쇼세 당 탱가, 라 파예트가로 걸어갑디다……."

"결국 말을 걸었습니까?" 마른 남자가 진지하고 흥미 있는 태도로 물었다.

"아니오, 울화통이 치밀어 그만두었어요."

클로드는 어쩌다 아주 드물게 걸음을 멈추고 천장을 천천히 바라보는 방문객이 보일 때마다 가슴을 두근거리며 그 곁으로 갔다가 돌아오기를 여러 번 반복했다. 한마디라도 좋으니 사람들의 말을 듣고 싶다는 병적인 욕구에 몸을 떨었다. 무엇을 위한 전시인가? 사람들의 생각을 어떻게 알 수 있는가? 이런 침묵의 고문보다 더한 것은 아무것도 없었다! 그래서 그는 젊은 부부가 가까이 다가오는 것을 보자 숨이 막히는 듯했다. 황금빛의 작은 콧수염을 기른 점잖아 보이는 남자와 작센 지방의 양치기 아가씨 같이 호리호리하고 우아한 태도를 지닌 매혹적인 여자였다. 그녀는 그림을 알아보고 무엇을 그린 것인지 몰라 주제를 물었다. 그러자 남편은 카탈로그를 뒤져 「죽은 아이」라는 제목을 발견했다. 그녀는 몸을 떨며 놀란 소리로 외치며 남편을 끌고 나가 버렸다.

"아! 끔찍해라! 경찰은 이렇게 무서운 그림을 전시하는 걸 막지 않고 무얼 하나요!"

클로드는 그에게만 보이는 성스러운 존재에 눈길 한 번 주지 않은 채 무관심하게 빠른 걸음으로 지나가는 무리들 가운데서, 무엇에 사로잡힌 의식불명의 사람처럼 허공을 응시하고 서 있었다. 그런데 그때 사람들에게 떠밀리던 상도즈가 클로드를 알아보았다.

상도즈 역시 아내가 몸이 아픈 어머니를 돌보기 위해 집에 남아 있었기 때문에 혼자 있었다. 그리고 우연히 발견한 작은 그림 아래에서 죄는 가슴을 안고 멈추어 서 있었던 것이다. 아! 인생은 어째서 이렇게까지 비참하고 추악한 것일까! 그의 마음속에 돌연 클로드와 함께 학교를 다니던 플라상에서의 젊은 시절이 되살아났다. 학교를 빼먹고 비 오는 강가에서 놀던 일, 작열하는 태양 아래를 자유롭게 뛰어다니던 일, 모두 야심에 불타오르던 일들이었다. 그리고 후에 두 사람이 함께 영광을 확신하면서 노력을 기울였던 일도 생각났다. 그들은 만족할 줄 모르는 식욕에 비길 만한 갈망으로 단숨에 파리를 집어삼키겠다고 장담했다. 그 시절, 그는 클로드에게서 다른 어느 누구도 따라갈 수 없는 걸출한 천재의 재능을 얼마나 여러 번 발견했던가! 처음엔 브르도네가의 막다른 아틀리에에서, 그 후엔 부르봉 부두의 아틀리에에서 함께 꿈꾸던 대작들과 루브르를 놀라게 하겠다던 계획들이 차례로 생각났다. 그것은 존재 전체를 건 기나긴 싸움의 연속으로서, 하루에 열 시간씩의 작업을 마다하지 않은 것이었다. 그런데 도대체 이게 무언가? 그 열정을 불태운 20년의 세월이 도달한 끝이 이 불길하고 애처로운 물체, 흑사병 환자처럼 버림받고, 비통한 우수에 젖어 있는, 눈에 띄지 않은 작은 물체라니! 수많은 희망과 고뇌, 창조의 고된 작업에 닳아 없어진 생명, 그 결말이 이것이라니, 맙소사!

상도즈는 클로드가 옆에 있는 것을 알았다. 형제의 정이 치솟아 그의 목소리가 떨렸다.

"아! 와 있었어? ……왜 같이 가자고 하니까 싫다고 했어?"

화가는 변명도 하지 않았다. 그는 매우 지친 모습으로 아무런 반응도 보이지 않은 채 잠을 자고 있는 듯이 멍한 태도로 서 있었다.

"가자, 이곳에서 그만 나가자. 열두 시가 넘었으니 같이 식사하러 가……. 르두아양에서 나를 기다리는 사람들이 있지만, 내버려 둘게. 이 아래 식당으로 내려가자. 힘을 내야 하잖아? 자, 어서!"

상도즈는 그를 어두운 침묵으로부터 끌어내려고 자신의 팔로 클로드의 팔을 힘껏 잡아끌고 갔다.

"제기랄! 자네를 이런 식으로 밀어 떨어뜨리다니. 그들이 아무리 나쁜 장소에 걸어도 자네 그림은 멋있어, 걸작이야! 응, 자네가 다른 그림을 출품하길 원했던 건 잘 알아. 그럼 어때! 그거야 다음에 내면 되지……. 그런데 봐! 자네는 뽐낼 만해. 왜냐하면 올해 살롱전의 진정한 승리자는 자네니까. 자네를 약탈한 사람은 비단 파주롤만이 아니야. 이제는 모두가 자네를 흉내 내고 있어. 저들은 자네의 「야외」를 보고 그토록 비웃더니만, 자네가 그들을 혁신시켰어. 자 봐, 봐! 여기에도, 저기에도, 온통 「야외」뿐이잖아!"

각 방을 지나며 그는 손으로 그림을 가리켰다. 과연 현대 회화에 서서히 빛이 도입되면서 마침내 밝게 빛나고 있었다. 예전의 타르로 조리를 한 것과 같은 검은색 살롱전은 경쾌한 봄의 밝은 빛에 빛나는 살롱전으로 변했다. 이 밝아오는 새벽, 새로운 날은 다름 아닌 이전의 낙선전에서 시작되었고, 이때부터 작품들은 점점 밝아져서 무한한 뉘앙스를 지닌 섬세한 빛으로 젊음을 되찾게 되었다. 이제는 도처에 푸르스름한 수법이 눈에 띄었고, 그것은 초상화나 큰 규모의 심각한 역사를 다루고 있는 장면에까지 미치고 있었다. 마치 단죄받은 교리가 어둠의 무리와 함께 사라지듯이 종래의 관습적인 주제가 전통적인 어두운 색채와 함께 사라지고 말았다. 공상적인 작품은 매우 드물었다. 즉, 신화나 가톨릭 풍의 시체와 같은 누드화라든가, 신앙과는 관계없는 전설화, 생명이 없는 일화를 그린 그림들, 여러 세기에 걸쳐 사악하거나 우매한 사람들에 의해 소모되어 마멸된 미술학교의 골동품 같은 작품들은 거의 자취를 감추었다. 종래의 수법을 버리지 못한 노(老)대가들의 작품에까지 「야외」가 미친 영향으로 현저하게 빛이 스며들어 있었다. 저 멀리에서부터 점차 다가옴에 따라 그림이 벽에 구멍을 뚫어 밖으로 창을 낸 것 같았다. 곧 벽이 허물어지고 대자연이 들어올 것이 확실했다. 그만큼 균열은 컸고, 이 혈기와 젊음이 넘치는 전장에서 낡은 관습은 빛의 공습을 받아 사라져 갔기 때문이다.

"아! 이보게, 자네의 역할은 정말 대단하네!" 상도즈는 계속했다. "내일의 예술은 자네의 것이야. 자네가 이 모든 것을 만들었어."

클로드는 악물고 있던 이를 겨우 풀더니, 어둡고 거칠게 중얼거렸다.

"자기 자신도 만들 수 없는 주제에 다른 것을 만들다니, 나와 무슨 상관이 있어? 자네도 알겠지만, 나에겐 너무 무거워. 그것이 내 숨통을 죄어 와."

이 한마디로 그는 스스로 도입한 수법을 실현할 재능이 없는 무력감, 사상의 씨를 뿌려도 영광을 수확할 수 없는 선구자와 고뇌, 그나 다른 누군가가 나타나 이 세기의 종말을 고할 수 있는 걸작을 완성할 수 있기 전에 유행을 좇아 날림으로 그림을 그려치우는 자들이나 손재주가 있는 자들이 자기의 재능을 훔쳐가고, 자기를 뜯어먹은 후 새로운 예술의 품위를 떨어뜨리는 것을 볼 수밖에 없는 안타까움 등 그의 생각을 모두 드러냈다.

상도즈는 아직 미래가 남아 있다고 반박했다. 그리고 영광의 방을 지나갈 때 그의 기분을 풀어 주기 위해 멈추어 세웠다.

"오! 저 초상화 앞에 있는 푸른 옷을 입은 부인을 봐! 살아 있는 사람이 그림에게 한 방 먹이는 게 아니고 뭐겠어! 예전에 우리가 흔히 보곤 하던 관중의 옷차림이나 회장 내의 분위기를 자네도 기억하지. 그때는 어떤 그림도 그런 비교를 견딜 만한 것이 하나도 없었잖아. 그런데 이제는 자연에 필적하는 것들뿐이야. 나는 방금 저쪽의 노란 색조의 풍경화가 그 앞에 다가오는 여자들을 완전히 압도하는 광경까지 보았어."

그러나 클로드는 말로 표현할 수 없는 고뇌에 몸을 떨었다.

"제발, 나가자. 나를 데리고 나가 줘……. 더 이상 못 견디겠어."

식당에서는 빈자리를 찾기가 여간 힘든 게 아니었다. 높은 천장의 쇠로 된 대들보 아래에 갈색 서지 천을 두른 어둡고 거대한 동굴과도 같은 식당은 숨 막히는 혼잡을 보이고 있었다. 거의 어둠에 잠겨 있는 구석의 세 개의 식기대에는 설탕에 절인 과일 단지가 질서정연하게 늘어서 있었다. 한편, 앞쪽 카운터 좌우에는 각각 금발과 갈색 머리의 여자가 앉아서 군인과 같은 눈으로 혼잡한 사람들을 감시하고 있었다. 이 어둡고 깊은 동굴에 대리석으로 된 작은 테이블이 죽 늘어서고 거기에 촘촘히 붙어 있는 의자의 물결이 뒤엉켜, 양의 무리처럼 부풀어 올라 유리 천장에서 희미한 빛이 쏟아지고 있는 정원에까지 넘치고 있었다. 드디어 상도즈가 몇 사람이 일어나는 것을 보고 무리를 헤치고 돌진하여 힘들게 자리를 확보했다.

"아! 이런! 겨우 자리를 잡았군…… 뭘 먹을래?"

클로드는 아무것이라도 좋다는 몸짓을 했다. 그런데 식사는 물러터진 송어 수프, 오븐에 태워 바싹 마른 고기, 젖은 행주 냄새가 나는 아스파라거스 등 정말 형편없었다. 게다가 음식을 나르기 위해서는 법석을 피워야 했다. 이리 밀리고 저리 밀려서 정신이 없는 웨이터들은 죽 늘어선 의자가 만들어 내는 좁은 통로에 갇혀 어쩔 줄 모르고 있었다. 왼쪽의 커튼 뒤로 그릇 부딪치는 시끄러운 소리가 들려왔다. 그곳에는 수호성인 축제 때 야외에 설치하는 화덕처럼 모래 위에 임시 취사장이 만들어져 있었다.

상도즈와 클로드는 옆 사람들의 팔꿈치가 차츰 접시에 들어올 정도로 빽빽이 들어찬 공간 속에서 몸을 비스듬히 기울여 음식을 먹어야 했다. 게다가 웨이터가 지나갈 때마다 격렬하게 허리로 치고 가는 바람에 의자가 흔들거렸다. 그러나 이런 불편함도, 형편없는 음식도 오히려 사람들을 들뜨게 했다. 누구나 음식 맛을 흉보았고, 공동의 불운을 즐거워하면서 테이블에서 테이블로 친밀감이 퍼져 나갔다. 서로 모르는 사이에 공감대가 형성되었고, 아는 사람들은 석 줄이나 떨어져 있어도 고개를 돌리고 옆 사람들의 어깨 위로 손짓을 하며 이야기를 계속하고 있었다. 특히 여자들이 신이 나 있었다. 처음에는 혼잡함에 얼굴을 찡그리다가, 이어 장갑을 벗고 얼굴의 베일을 벗은 후 조금 맛본 포도주 몇 방울에 기분이 좋아져서 웃음을 터뜨리고 있었다. 베르니사주의 날에나 봄직한 유쾌한 풍경으로, 그곳에서는 거리의 여자에서부터 부르주아의 부인들, 대예술가들, 단순한 바보들에 이르기까지 모든 사람이 어깨를 부딪치며 뒤섞여, 서로 운 좋게 만나기도 하고, 예기치 않았던 석연치 않은 교차에 매우 성실한 사람들까지도 눈을 반짝이면서 아우성들이었다.

상도즈는 고기를 다 먹기를 단념하고, 말소리와 식기 부딪치는 소리가 시끌벅적한 가운데 목청을 높였다.

"치즈 한 조각 할까, 어때? 그럼 커피를 주문하자."

멍한 눈을 하고 있는 클로드의 귀에는 아무 소리도 들리지 않았다. 그는 정원을 바라보고 있었다. 그의 자리에서는 정원 중앙의 화단이 보였다. 키 큰 종려나무들이 사방에 둘러친 갈색 휘장을 배경으로 뚜렷이 부각되었다. 화단 주변으로 조각상들이 빙 둘려 놓여 있었다. 터질 듯한 엉덩이를 한 여자 목신의 뒷모습, 동그스름한 뺨에 아직 작고 딱딱한 가슴을 내밀고 있는 소녀의 예쁜 옆얼굴, 조야한 애국심과 거대한 감상 덩어리인 옛 프랑스인의 청동상 얼굴, 또 손목을 묶여 매달린 피갈구의 안드로메다라는 여성의 우윳빛 배, 그 외에도 구부러진 길을 따라 푸른 나무 사이로 멀어져 가는 흰색의 대열처럼 무수한 조각상의 어깨나 허리가 줄줄이 이어져 있어 멀리서 보면 머리와 목, 다리, 팔이 모두 한데 섞여 있었다. 왼쪽에는 흉상이 늘어서 있어서 마치 코의 행렬을 보는 것처럼 특이한 즐거움을 주었다. 사제의 커다랗고 뾰족한 코, 하녀의 작고 들어 올려진 코, 15세기 이탈리아 여자의 고전적인 아름다운 코, 수부의 환상적인 기발한 코, 사법관의 코, 기업가의 코, 훈장을 받은 사람의 코 등 모든 종류의 코들이 부동자세로 끝없이 늘어서 있었다.

그러나 클로드의 눈에는 아무것도 보이지 않았고, 그것들은 어렴풋한 녹색 가운데에 있는 회색의 반점에 불과했다. 하지만 멍하게 앉아 있던 클로드에게도 사람들의 호화로운 옷차림만은 느껴졌다. 혼잡한 홀 안에서는 잘 분간이 되지 않던 옷차림이 마치 성의 온실과도 같은 넓은 화단 위에서 자유롭게 전시되고 있다. 파리의 모든 우아함이 그곳에 펼쳐지고 있었다. 여자들은 자신의 모습을 과시하기 위해 그곳에 모여 들었는데, 의상은 이튿날 신문에 날 것을 고려하여 고른 것이었다. 제후 남편과 같이 거드름을 피우는 남자의 팔을 끼고 왕비와 같은 걸음걸이로 걷고 있는 여자 배우가 사람들의 주목을 받고 있었다. 사교계 부인들은 창녀와 같은 태도로 서로의 의상을 쳐다보면서 비단 값을 셈하고, 레이스 길이를 재면서 반장화의 끝에서부터 모자의 깃털 장식에 이르기까지 빠짐없이 살피고 있었다. 마치 모든 사람이 몰려드는 살롱전과 비슷한 분위기로, 튈르리 공원에서와 같이 의자를 가져와서 앉은 몇몇 부인들은 오로지 지나가는 여자들의 품평에만 열중하고 있었다. 웃으면서 급히 지나가는 두 친구가 있는가 하면, 혼자서 외롭게 우울한 눈초리로 말없이 왔다 갔다 하는 여자도 있었고, 서로 헤어졌다가 다시 만나게 된 행운에 탄성을 올리고 있는 여자도 둘 있었다. 또 움직이는 남자들의 검은 집단은 대리석상 앞에 멈추었다가 청동상 쪽으로 몰려가는 등 정체와 이동을 반복하고 있었다. 한편, 부르주아들의 모습도 드문드문 눈에 띄었는데, 그중에 파리의 저명인이라고 알려진 사람이 있으면 그 이름이 입에서 입으로 전해졌다. 촌스러운 복장을 한 뚱뚱한 남자가 지나갈 때 눈부신 영광으로 빛나는 이름이 교환되었고, 문지기 같은 밋밋한 얼굴의 창백한 남자가 다가오자 어느 유명 시인의 이름이 떠돌았다. 흐릿하고 평평한 빛 안에 있던 사람들의 무리에서 활기찬 소동이 일었다. 마지막 빗방울을 떨어뜨린 구름 뒤에서 한 줄기 태양빛이 천장의 유리를 밝게 비추고, 서쪽의 스테인드글라스를 반짝이며 정지되어 있는 대기를 뚫고 황금의 빛살을 퍼부었다. 그러자 모든 것이 소생했다. 밝게 빛나는 녹색 가운데 서 있는 새하얀 눈빛의 조각상, 노란색의 모래로 된 오솔길과 뚜렷이 구별되는 부드러운 잔디, 새틴 천과 진주로 번쩍이는 화려한 의상, 게다가 사람들의 목소리조차도 활력이 넘치는 웃음소리의 거대한 웅얼거림으로 변하면서 마치 포도나무 가지가 불타오르면서 타닥타닥 튀는 듯한 소리를 냈다. 화단에 나무 심기를 마친 정원사들이 수돗물을 틀고 호수를 이리저리 돌려서 젖은 잔디에서 증기와도 같은 물방울이 흩어지고 있었다. 참새 한 마리가 대담하게도 철 대들보에서 내려와 사람들이 있는 것도 아랑곳하지 않은 채 식당 앞의 모래를 쪼며 젊은 여자가 재미로 던져 주는 빵 부스러기를 받아먹고 있었다.

그때 클로드의 귀에는 이 시끌벅적한 소동 가운데 먼 바다의 울림과도 같이 전시회장을 걷는 관중들의 발소리밖에 들려오지 않았다. 그리고 문득 하나의 추억이 떠올랐고, 자기 그림 앞에서 폭풍우처럼 몰아치던 소리가 생각났다. 그러나 지금은 누구 하나 웃는 사람조차 없었다. 반면, 계단 위의 파주롤이 거대한 파리 전체의 갈채를 받고 있었다.

바로 그때 뒤를 돌아보던 상도즈가 클로드에게 말했다.

"어! 파주롤이 왔군!"

그가 말한 대로 파주롤이 조리와 함께 아무것도 모른 채 옆 테이블에 앉아 있었다. 조리는 걸걸한 목소리로 이야기를 계속하고 있었다.

"나도 그의 뒈진 아이를 보았어. 아! 불쌍한 녀석, 그렇게 죽다니!"

파주롤이 팔꿈치로 그를 툭 쳤다. 그러자 조리는 얼른 두 친구가 있는 것을 알아채고 말했다.

"아! 클로드! ……잘 지내? ……아직 자네 그림을 못 봤어. 그렇지만 훌륭하다는 소문이더군."

"훌륭하지!" 파주롤이 힘주어 말했다.

그런 다음 그는 깜짝 놀라며 말했다.

"자네들 여기서 식사를 하다니 무슨 짓이야! 이렇게 맛이 없는 곳에서! ……우린 르두아양에서 오는 참이야. 원! 사람이 이렇게 많다니, 혼잡하긴 하지만 유쾌하군! ……자, 잠깐이라도 이야기를 나눌 수 있게 테이블을 이리 붙이게."

그들은 테이블을 붙였다. 그러나 이미 아첨꾼들이나 청탁하는 사람의 무리가 이 인기 절정의 젊은 대가를 성가시게 하고 있었다. 세 명의 친구는 멀리에서 일어나 큰 소리로 인사를 했다. 어떤 부인은 남편이 귀에다 대고 말해 주는 그의 이름을 듣고는 황홀한 미소를 띠며 그를 바라보았다. 그리고 자기 그림의 위치가 나쁜 것에 화가 나 아침부터 그를 따라다니던 바짝 마른 화가는 구석의 자리에서 달려와 전시 위치를 바꿔 달라고 간청하며 불평했다.

"제발 그만해요!" 파주롤이 고함을 쳤다. "나도 친절을 베풀려고 노력했지만, 더 이상은 참을 수 없어요."

그가 우물거리며 가 버리자 파주롤이 말했다.

"아무리 호의를 베풀어도 소용없어. 모두가 좋은 장소를 원하면 어떻게 하란 말이야! 이 사람도 좋은 장소, 저 사람도 좋은 장소! 아! 심사위원이란 정말 못해먹을 직업이야! 다리가 부러질 정도로 돌아다녀도 욕밖에는 먹는 게 없으니!"

클로드는 고통스러운 듯이 그를 쳐다보았다. 그는 퍼뜩 정신이 들어 무거운 말투로 중얼중얼했다.

"자네한테 편지를 썼어. 고맙다는 말을 하려고 했어……. 봉그랑이 자네가 아주 애를 썼다고 하더군. 다시 한번 고맙다고 말을 해야겠지?"

그러나 파주롤은 거세게 클로드의 말을 막았다.

"무슨 소릴! 친구로서 당연히 해야 할 일을 했을 뿐인데……. 자네를 기쁘게 했다면 고마운 쪽은 오히려 나인걸."

그리고 그는 내심 당황했다. 그것은 젊은 시절 자신의 스승이라고 속으로 생각해 오던 클로드 앞에서 어쩔 수 없이 항상 느껴지는 열등감이었다. 그래서 지금도 클로드의 침묵을 경멸이라고 생각해서 자기가 쟁취한 승리의 기쁨도 사라지고 말았다.

"자네 그림, 매우 좋아." 클로드는 자신이 질투를 하거나 절망하지 않았다는 것을 보여 주기 위해 천천히 말했다.

이 단순한 찬사의 말이 파주롤을 어디에서 끓어오르는지 모를 넘치는 격동에 사로잡히게 했다. 그러자 농담으로 던진 말에 감격하는, 아무 신념도 없는 이 사나이는 떨리는 목소리로 대답했다.

"아! 여보게, 자네가 그렇게 말해 주다니 정말 고맙군!"

그때 상도즈가 주문한 커피 두 잔이 왔다. 그런데 웨이터가 설탕을 가져오는 것을 잊었기 때문에 옆자리의 가족이 남기고 간 설탕 몇 조각으로 만족해야 했다. 빈 테이블이 생겼지만 사람들은 더욱 자유분방해졌다. 어떤 여자가 너무 큰 소리로 웃는 바람에 모두 뒤돌아보았다. 사람들은 담배를 피웠고, 포도주로 얼룩지고 기름 낀 접시가 쌓인 식탁보들의 긴 행렬 위로 푸른색 연기가 천천히 올라왔다. 파주롤도 샤르트뢰주 두 잔을 가져오게 하는 데 성공하자 상도즈와 이야기를 나누기 시작했다. 그는 상도즈가 거물이 될 것이라 짐작해서 그와 친분을 유지하고 있었다. 조리는 다시 우울하고 말이 없어진 클로드에게 말을 걸었다.

"참, 자네에게 결혼 청첩장을 보내지 않았어……. 자네도 알

다시피 우리 처지가 그러니까, 아무에게도 알리지 않고 우리끼리 일을 마쳤네. 하지만, 자네에게는 왠지 알려야 할 것 같았어. 용서해 주겠지?"

조리는 이 불쌍한 패배자 앞에서 이기적인 승자의 우쭐한 기분이 되어서 사는 게 더없이 즐겁다는 식으로 자신의 일을 꼬치꼬치 길게 말하기 시작했다. 그는 만사가 순조롭게 풀렸다고 이야기했다. 생활을 안정시킬 필요를 직감한 그는 시평을 그만두고 어떤 큰 미술 잡지의 편집장으로까지 출세했다. 미술품의 수상쩍은 거래에서 생기는 돈벌이는 포함시키지 않더라도 연 수입 3만 프랑은 확실했다. 아버지에게서 물려받은 탐욕스러운 부르주아 기질을 가진 그였기 때문에 약간의 돈만 쌓여도 재빨리 투기에 손을 댔다. 이제는 거물이 되어 그의 수중에 잡힌 예술가들이나 애호가들은 재산을 쥐어 뺏기지 않을 도리가 없을 정도로 수완을 발휘했다.

그런데 그 행운의 한가운데에서 저 막강한 마틸드가 그로 하여금 결혼하고 싶다는 생각을 하게 만든 것이었다. 그는 여섯 달 동안이나 거절당했지만 눈물로써 자기의 아내가 되어 달라고 마틸드에게 애원했다고 했다.

"함께 살려면 무엇보다 상황을 정리하는 편이 최고야." 그는 계속했다. "그렇지 않아? 자네야 이미 경험을 했으니까 잘 알테지…… 언젠가 말한 적이 있지만, 그녀는 결혼 따위는 바라지도 않았어! 세상이 이러쿵저러쿵 나쁘게 말해서 나에게 피해를 줄까 봐 걱정하고 있었거든. 오! 그녀는 정말로 마음이 넓고 섬세하다네! 아니, 이 여자가 어떤 성격을 지녔는지 아무도 몰라. 헌신적이고, 작은 일에까지 매사에 신경을 쓰고, 알뜰하고, 빈틈없고, 좋은 상담역이 되어 주지. 아! 그녀와 만난 건 정말로 기막힌 행운이야! 그녀 없이 난 이제 아무것도 할 수가 없네. 그녀 마음대로 하게 내버려 두고, 그녀에게 모든 것을 맡겼어. 정말이야!"

사실인즉, 마틸드는 조리에게 잼을 주지 않겠다고 협박하는 것만으로도 얌전하게 말 잘 듣고 겁 많은 어린아이로 길들이는 데 성공할 수 있었다. 예전의 음란한 여자 흡혈귀가 존경에 굶주려 내심으로 야심과 금전욕에 타오르는 독재적인 마누라로 변신하였던 것이다. 그녀는 요조숙녀의 엄격한 덕성을 발휘하여 그에게 정절을 지켰으며, 몸에 밴 그녀의 재주는 그를 위해서만 사용함으로써 결혼생활에 있어서 주도권을 잡게 되었다. 소문에 의하면 두 사람이 노트르담 드 로레트 성당에서 성체를 받아먹는 모습을 누군가 보았다고 했다. 그들은 사람들 앞에서 입맞춤을 하고, 부드러운 애칭으로 서로를 부르고 있었다. 다만, 밤에 그는 낮에 있었던 일을 빠짐없이 보고해야 했다. 만약 단 한 시간이라도 수상쩍은 시간이 있거나 버는 돈의 몇 상팀이라도 부족하게 가지고 들어오면 그녀는 그를 위협하고 몹시 혼을 냈으며, 독실한 신자처럼 그의 구애를 거부하면서 그를 차가운 침대에서 밤을 지내게 버려두었다. 그래서 그는 그때마다 비싼 값을 치르고 그녀에게 용서를 구해야 했다.

"그런데……." 조리는 자기 이야기에 신이 나서 이야기를 계속했다. "우리는 아버지가 돌아가실 때를 기다려서 결혼했지."

그때까지 멍하니 아무것도 듣지 않은 채 고개를 끄덕이고 있던 클로드는 이 마지막 말에 퍼뜩 정신이 들었다.

"뭐, 자네가 결혼을 했어? 마틸드와!"

그 외침에는 생각지도 않았던 일에 대한 놀라움이 들어 있었다. 그는 마우도의 가게에서 있었던 모든 일이 생각났다. 조리가 그녀를 아주 끔찍한 말로 욕하던 소리가 아직도 그의 귀에 생생했다. 또 어느 날 아침 길거리에서 그가 털어놓았던 이야기, 약초 냄새가 코를 찌를 약방 한쪽 구석에서 펼쳐진 엽기적인 난잡한 소동도 떠올랐다. 친구들 모두가 그녀의 약방에 들렀지만 다른 누구보다도 그녀를 심하게 욕하던 조리가 바로 그녀와 결혼을 하다니! 언젠가 결혼하게 될 줄 모르고, 자기의 정부를 최하의 여자로까지 욕하고 다니다니, 정말로 어리석기 짝이 없었다.

"그래! 맞아, 마틸드와." 상대방은 웃으며 대답했다. "봐, 오랜 애인이야말로 최선의 아내가 되는 법인가 봐."

그는 예전의 기억 따위는 새까맣게 잊은 듯, 친구들 앞에서 말을 돌리지도 않았고 당황하지도 않은 채, 매우 차분하게 말했다. 마치 다른 곳에서 데리고 온 여자를 이야기하듯이, 그는 친구들에게 그들이 잘 모르는 여자를 소개하는 듯한 태도였다.

흥미진진하게 이 이야기를 한쪽 귀로 듣던 상도즈는 그들이 아무 말도 하지 않은 틈을 타서 큰 소리로 말했다.

"어때? 가자, 다리가 저려 오는데."

그러나 그때 이르마 베코가 나타나서 식당 앞에 멈추었다. 그녀의 모습은 아름다웠다. 머리카락은 새롭게 금빛으로 빛나고, 마치 르네상스 시대의 오래된 액자에서 빠져나온 요염한 화류계의 여자처럼 치장을 하고 있었다. 알랑송 레이스를 두른 새틴 스커트에 엷은 푸른색의 화려한 비단 코트를 입은 그녀의 뒤를 남자들의 행렬이 줄줄 따르고 있었다. 순간 그녀는 여러 사람 가운데 클로드가 있는 것을 알아보았지만, 그의 단정치 못한 의상과 추하고 초라한 모습에 부끄러운 생각이 들어 주저했다. 그러다 예전의 변덕스러운 마음이 되살아나 잘 차려입은 신사들이 깜짝 놀라 눈을 휘둥그레 뜨고 있는 가운데 클로드에게 처음으로 악수를 청했다. 그리고 친밀한 미소를 지으면서 입술의 한 끝을 오므리고 장난조로 빈정거리는 표정을 지었다.

"우리 지난 일은 잊도록 해요." 그녀는 그에게 밝게 말했다.

그녀와 그만이 아는 이 이야기를 한 후에 그녀는 더욱 소리를 높여 웃었다. 그것은 두 사람만의 이야기였다. 그녀가 겁탈한 것과 다름없는 이 불쌍한 남자는 전혀 즐길 생각이 없었으니까!

샤르트뢰주 두 잔의 계산을 이미 마친 파주롤은 이르마와 함께 사라졌다. 조리도 두 사람의 뒤를 따라갔다. 클로드는 세 사람이 멀어져 가는 것을 바라보았다. 그녀는 두 남자 사이에 끼여서 찬사와 인사를 보내는 군중 속을 마치 여왕처럼 걷고 있었다.

"마틸드는 오지 않았나 보군." 상도즈가 간결하게 말했다.

"아! 그 친구 집에 돌아가면 뺨이 두 대야!"

그는 계산서를 달라고 했다. 어떤 자리에도 사람의 모습은 찾아볼 수 없었고, 테이블 위에는 뼈나 빵 부스러기가 흩어져 있었다. 두 명의 웨이터가 스펀지로 대리석 테이블을 닦기 시작했다. 또 다른 한 명은 쇠스랑을 이용하여 침에 젖고 쓰레기로 더럽혀진 모래를 고르고 있었다. 갈색의 서지 커튼 뒤에서는 종업원들의 식사가 한창이었고, 음식을 씹는 소리와 시끄러운 웃음소리가 들려왔다. 마치 집시의 야영장에서의 시끄러운 식사와도 같이 냄비에 남은 음식을 먹어치우는 중이었다.

클로드와 상도즈는 정원을 한 바퀴 돌았다. 그리고 동쪽 현관 가까이 있는 위치가 좋지 않은 구석에 마우도의 조각상이 있는 것을 발견했다. 결국 「해수욕하는 여자」의 입상을 출품하긴 했지만, 열 살 소녀 정도의 크기로 축소되어 있었다. 그것은 가느다란 넓적다리, 아주 조그만 가슴, 갓 피어나는 봉오리와도 같은 그윽한 수줍음을 보이고 있어 매력이 가득한 우아함을 갖추고 있었다. 일종의 향기와도 같은 것이 거기에서 배어나오고 있었다. 일부러 만들려고 해도 만들 수 없는 향기, 즉 스스로 꽃피우는 우아함의 향기였다. 우아함 같은 것은 알지도 못했고 일부러 무시해 온 노동자의 손끝에서 무의식중에 생겨난 강인하고 활기에 찬 우아함이었다.

상도즈는 미소 짓지 않을 수 없었다.

"이 친구, 자기의 재능을 망치는 짓은 골고루 모두 하더니만! 이게 좋은 자리에 놓였다면 대성공을 거두었을 텐데!"

"응, 대성공을 거두었을 거야." 클로드도 연거푸 말했다. "정말 훌륭해."

바로 그때 마우도가 현관에서 들어와 계단 쪽으로 가고 있는 것이 두 사람의 눈에 들어왔다. 서둘러 그를 불러 세우고 달려가서 세 사람은 잠시 선 채로 이야기를 나누었다. 1층 갤러리는 사람들이 나감에 따라 점점 넓어져 모래땅으로 변하고, 큰 원형 창문을 통해 어슴푸레한 빛이 비추고 있었다. 마치 철교 밑에 서 있는 것 같았다. 튼튼한 기둥들이 철물 골조를 지탱하고, 얼음과 같은 냉기가 높은 곳에서부터 불어 내려와 지면을 습하게 하여서 두 발이 쑥 들어갔다. 멀리 찢어진 커튼 뒤로 조각상들이 죽 늘어서 있는 것이 보였다. 조각 부분에서 낙선한 작품들로 가난한 조각가들이 반환받을 수도 없었기 때문에 그대로 방치해 둔 것들이었다. 이 석고상들이 애처롭게 버려진 모습이 마치 창백한 사체의 보관소 같았다. 그러나 더욱 놀라 고개를 들어 쳐다보지 않을 수 없게 만드는 것은 한 층 위의 홀들을 끊임없이 걸어 다니는 관람객들의 진동하는 듯한 발소리였다. 그것은 마치 열차가 줄지어 전속력으로 달려 계속 철들보를 흔들어 놓는 소리와도 같은 귀를 찢는 듯한 대단한 소음이었다.

두 사람이 마우도에게 칭찬의 말을 하자, 마우도는 클로드에게 그의 작품을 찾아보았지만 찾을 수 없었다고 했다. 도대체 어떤 구석에 처박아 둔 거야? 그리고 그는 옛정을 생각해서 가니에르와 뒤뷔슈의 소식을 물었다. 친구들과 떼거지로 몰려와서, 적진을 돌아다니듯 이 방에서 저 방으로 미친 듯이 돌아다니고, 거칠게 욕설을 하며 나와서는 혀가 꼬이고 머리가 빌 때까지 격론을 벌이던 예전의 살롱전은 어디에 갔는가! 이제 누구도 뒤뷔슈를 만날 수 없었다. 가니에르는 한 달에 두세 번 믈룅에서 오긴 했지만 바쁘게 음악회를 위해서 들를 뿐이었고, 그림에는 관심이 없는지 살롱전에는 들르지도 않았다. 그래도 그는 15년 동안 살롱전에 출품만은 계속 하고 있었다. 변함없이 회색으로 정성 들여 그린 센강 풍경은 너무 조심스럽게 그려졌기 때문에 어느 누구도 주목하지 않았다.

"나는 올라가 보려고 하는데…….." 마우도가 말했다. "자네들도 나와 함께 가 볼래?"

클로드는 창백한 얼굴을 찌푸리고 줄곧 위를 쳐다보고 있었다. 아! 저 끔찍한 울림, 괴물의 집어삼킬 듯한 발소리, 그는 그 진동을 온몸으로 느끼고 있었다.

클로드는 아무 말 없이 손을 내밀었다.

"가려고?" 상도즈가 놀라서 물었다. "우리와 함께 한 바퀴 더 돌아보고 나서 같이 나가자."

그러나 클로드의 지칠 대로 지친 얼굴을 보자 가슴이 연민으로 오그라들었다. 그는 절망한 나머지 고독을 바라고, 자기가 받은 상처를 감추기 위해 혼자 도망치고 싶어 하는 것 같았다.

"그럼, 잘 가 친구……, 내일 자네 집으로 갈게."

클로드는 위층의 폭풍우에 쫓기듯이 정원의 화단 뒤로 모습을 감추었다.

그로부터 두 시간이 지난 후, 상도즈가 잠시 놓쳤던 마우도를 파주롤과 조리와 함께 동쪽의 홀에서 다시 발견했을 때 그는 자기 그림 앞에 서 있는 클로드의 모습을 보았다. 처음 만났을 때와 같은 장소였다. 불쌍한 이 친구는 돌아가려고 하다가 자기도 모르게 집요한 힘에 이끌려서 다시 올라온 것이었다.

오후 다섯 시가 되자, 혼잡은 절정에 달해 있었다. 방방을 돌아다니다 지친 사람들의 무리가 우리 안의 양떼들처럼 아찔해져서 출구를 찾지 못한 채 이리 밀고 저리 당기는 대소동이 벌어지고 있었다. 오전 중의 서늘함은 온데간데없었고, 사람들의 체온과 내쉬는 숨으로 공기가 다갈색의 습기를 지닌 채 무겁게 떠돌고 있었다. 그리고 나무 바닥에서 떠오른 먼지가 이 인간 축사에서 발산하는 냄새와 섞여 가느다란 안개와 같이 떠돌고 있었다. 사람들은 대중의 인기를 끄는 주제의 그림을 찾아다니며, 끝없이 서성이고 있었다. 특히 여자들이 열심히 쫓아다녔고, 여섯 시가 울리자 문지기가 쫓아낼 때까지 있겠다고 작정하고 서 있었다. 뚱뚱한 부인 몇 명이 털썩 주저앉아 있었고, 앉을 공간을 발견할 수 없는 사람들은 양산에 기대어 몸을 지탱할 수 있도록 애쓰고 있었다. 모든 사람이 찌푸리고 애원하는 듯한 눈으로 사람들로 꽉 찬 의자들을 살피고 있었다. 피로에 지친 수많은 사람이 다리를 후들거리며 두통을 호소하듯이 찡그린 얼굴을 하고 있었다. 계속해서 고개를 쳐든 채 눈을 멀게 하는 듯한 현란한 색채를 쳐다보는 바람에 생긴 두통이었다.

단, 팔걸이 없는 쿠션 의자에 앉아서 정오부터 이야기에 열중하고 있던 두 명의 훈장을 단 신사는 주변의 소동에도 아랑곳하지 않고 광범위한 대화를 계속 나누고 있었다. 일어났다가 다시 그 자리로 돌아온 건지, 아니면 움직이지 않고 계속 그 자리에 앉아 있는 건지 알 수 없었다.

"그래서." 뚱뚱한 남자가 말했다. "당신은 아무것도 모르는 체하고 들어갔습니까?"

"물론이죠." 마른 남자가 대답했다. "그들을 똑바로 쳐다보며 모자를 벗었습니다……. 아시겠요? 너무나 명백한 일이었어요."

"멋있습니다! 당신은 너무나 멋져요!"

그러나 클로드의 귀에는 오직 자신의 느리게 뛰는 심장의 고동소리만이 들려올 뿐이었다. 그는 천장 가까이 허공에 걸린 「죽은 아이」에 시선을 고정하고 있었다. 줄곧 눈을 떼지 않고, 자기의 바람과는 상관없는 마력에 몸을 맡기고 있었다. 사람들은 토할 듯한 나른함으로 그의 주변을 빙빙 돌고 있었다. 그들의 발이 클로드의 발을 밟고 지나갔다. 그는 사람들과 부딪치고 떠밀리며 무기력한 물건처럼 이리저리 채이고 관중 속에 휩쓸리면서도 언제나 다시 제자리에 돌아와 있었다. 여전히 고개를 들고, 아래에서 무슨 일이 벌어지고 있는지 아랑곳하지 않은 채, 저 위에 있는 자신의 작품, 죽어서 부풀어 오른 자신의 아이 쟈크를 쳐다보고 있었다. 두 개의 굵은 눈물방울이 눈꺼풀 사이에 맺혀 그림이 잘 보이지 않았다. 이제 다시는 그를 실컷 볼 수 없을 것 같았다.

그 모습을 보고 깊은 연민에 사로잡힌 상도즈는 친구를 못 본 체했다. 실패한 인생의 무덤 앞에 서 있는 친구를 홀로 있게 내버려 두고 싶은 심경에서였다. 다시 한번 친구들이 떼를 지어 지나갔다. 파주롤과 조리가 맨 앞에 서 있었다. 그때 마우도가 상도즈에게 클로드의 그림이 어디에 있는지 물었다. 상도즈는 자기도 모르겠다고 거짓말을 하고 그를 방에서 데리고 나왔다. 일동은 헤어졌다.

저녁에 크리스틴은 클로드에게서 몇 마디밖에 들을 수 없었다. 모든 게 잘되었고, 사람들은 화내지 않았으며, 그림은 약간 높이 걸리긴 했지만 좋은 효과를 내고 있더라는 말뿐이었다. 그런데 이렇게 담담한 평온함에도 불구하고 그의 태도가 너무도 이상했기 때문에 그녀는 무서운 생각이 들었다.

저녁을 먹고 난 후, 크리스틴이 그릇을 치우고 돌아오자 클로드는 식탁에 앉아 있지 않았다. 그는 넓은 공터를 마주하고 있는 창문을 활짝 열고 그 앞에 서 있었다. 몸을 너무 기울이고 있었기 때문에 크리스틴의 눈에 그가 보이지 않았다. 그러자 겁에 질린 그녀는 뛰어가 그의 윗도리를 세차게 잡아끌었다.

"클로드! 클로드! 뭐 해요?"

그는 새하얀 시트와도 같이 창백한 얼굴에 광기 어린 눈을 번득이며 돌아보았다.

"보고 있어."

그러나 그녀는 떨리는 두 손으로 창문을 닫아 버렸다. 이 일이 영 머릿속에서 사라지지 않아 괴로웠던 그녀는 밤에 한잠도 이룰 수가 없었다.

11장

다음날부터 클로드는 일을 시작했다. 그리고 세월이 흘러갔다. 여름은 더위 속에서 평온하게 지나갔고, 우연히 발견한 영국에 수출하는 작은 꽃 그림을 그리는 일거리로 생활해 나갔다. 자유롭게 쓸 수 있는 시간은 모두 대작에 바쳤다. 그러나 이전처럼 성을 내는 일은 없었다. 그는 마치 노역에 영원히 몸을 바치겠다고 체념한 듯 평온한 얼굴을 하고 있었다. 집요한 노력으로 일에 매달렸지만, 그렇다고 성공을 기대하는 것 같지도 않았다. 그러나 눈만은 광기가 어려 있었다. 그가 자신의 생명을 불어넣을 수 없는 작품을 똑바로 응시하고 있을 때의 그의 눈을 보면 흡사 빛이 사라지고 없어진 듯했다.

그 즈음에 상도즈 역시 큰 슬픔을 겪었다. 어머니를 여의고, 간혹 몇몇 친구들이 찾아오는 것 외에는 세 사람이 극도로 밀착되어 지내던 그의 생활 전체가 뒤바뀐 것이다. 그는 놀레가의 작은 집에 정이 떨어졌다. 마침 그때까지 별로 팔리지 않았던 그의 책이 갑자기 평판이 좋아져 잘 팔리기 시작하던 터라, 경제적으로 아쉬울 게 없던 그들 부부는 최근에 롱드르가의 넓은 아파트에 세를 들었고, 그 집을 꾸미는 데 몇 달을 몰두했다. 어머니를 잃은 슬픔 때문에 매사에 의욕을 잃은 상도즈는 클로드의 처지를 누구보다 더 잘 이해할 수 있었다. 상도즈는 살롱전에서 엄청난 타격을 받고 난 이후 클로드의 마음속에 눈에 보이지는 않지만 치유될 수 없는 균열과 치명적인 상처가 있다는 걸 눈치채고 옛 친구의 일을 염려했다. 그런데 그가 아주 차분하고 얌전하게 있는 것을 보고, 조금은 안도가 되었다.

상도즈는 자주 투를라크가로 올라왔고, 크리스틴이 혼자 집을 지키고 있을 때는 그녀에게 이것저것 묻곤 했다. 내색하지 않았지만 그녀 역시 불행의 공포 속에 살고 있는 것을 잘 알고 있었기 때문이다. 크리스틴은 불안한 표정을 하고 있었으며, 마치 병든 아이를 밤새 돌보며 조그만 소리에도 죽음의 기색을 느끼고 몸을 떠는 어머니와도 같이 신경을 곤두세우고 있었다.

7월의 어느 날 아침, 상도즈는 그녀에게 물었다.

"어때요! 좀 안심이 되시죠? 클로드가 안정을 되찾고 일을 열심히 하고 있으니까요."

그녀는 그림을 향해 예의 공포와 미움에 찬 시선을 곁눈질로 흘끗 던졌다.

"네, 네, 일이야 하고 있죠……. 여자에게 손을 대기 전에 다른 부분을 완성하고 싶어 해요……."

그러고는 마음속에서 줄곧 떠나지 않는 두려움을 이야기하지는 않고, 아주 작은 소리로 덧붙였다.

"그런데 그의 눈 말이에요. 그의 눈을 보셨어요? 항상 좋지 않은 눈빛을 하고 있어요. 나는 그이가 화를 내지 않아도 거짓말하고 있다는 걸 잘 알아요. 가끔 오셔서 그를 데리고 나가 기분을 풀어 주세요. 부탁드려요. 이제 그이에게는 당신밖에 없어요. 도와주세요. 도와주세요."

그때부터 상도즈는 산책하자는 핑계로 아침부터 클로드의 집에 와 억지로라도 그가 일을 못하게 했다. 대개의 경우, 그는 클로드를 사다리에서 끌어내려야 했다. 그림을 그리고 있지 않을 때에도 클로드는 사다리 위에 앉아 있었다. 그는 너무 지쳐 일을 멈춘 채로, 붓 하나 들 수 없는 무기력한 마비 상태에서 오래도록 앉아 있었다. 이렇게 말없이 응시하고 있을 때의 그의 눈은 아직 손대지 않은 여인상을 향하여 다시 한번 종교적 열정으로 불타올랐다. 그것은 마치 죽음으로 몰고 갈 쾌락 앞에서 주저하는 욕망이나 목숨을 바치겠다고 작정한 금지된 사랑에 대한 끝없는 애착과 경건한 공포와도 비슷한 것이었다. 잠시 응시한 후에 그는 다른 인물들과 배경을 그리기 시작했지만, 그러면서도 그는 그녀의 존재를 항상 의식하고 있었다. 비록 그녀의 육체에 손을 댄 적이 없고 그녀 역시 자기를 두 팔로 안은 적이 없지만, 흔들리는 눈빛이 그녀에게 가서 닿기만 해도 그는 그만 아찔해지곤 했다.

이제 상도즈 집의 고정 손님이 되어 목요일 연회만은 빠뜨리지 않고 참석하던 크리스틴은 어느 날 저녁 집주인을 구석으로 불러내, 이튿날 자기 집에 와 달라고 부탁했다. 자신의 큰아들이나 다름없는 병든 화가를 조금이라도 즐겁게 해 주고 싶은 마음에서였다. 그래서 다음 날 소설의 자료를 수집하기 위해 몽마르트르 언덕의 반대편에 갈 일이 있었던 상도즈는 클로드의 집에 들러 그를 억지로 끌어내 밤늦게까지 함께 밖에서 시간을 보냈다.

그날 그들이 회전목마와 사격장, 술집 등 상설 축제가 열리고 있는 클리냥쿠르의 문으로 내려갔을 때, 그들은 크고 호화로운 천막 한가운데에 생각지도 않게 센이 앉아 있는 것을 보고 소스라치게 놀랐다. 그곳은 마치 잘 꾸며진 교회의 내부 같았다. 네 대의 회전대가 늘어서 있었고, 그 원반 위에는 도자기나 유리그릇, 니스 칠과 금박으로 번쩍번쩍하는 자질구레한 실내 장식물들이 놓여 있었다. 놀이하는 사람이 손으로 판을 돌리면 하모니카 소리가 울리면서 새의 깃털이 상품을 지시하도록 되어 있었다. 특상으로는 살아 있는 토끼까지 마련되어 있었는데, 분홍색 리본에 묶여 있는 토끼는 두려움에 새파랗게 질려 빙빙 돌며 언제 끝날지 모르는 왈츠를 추고 있었다. 그런데 이 모든 상품은 붉은 현수막에 둘러싸여 있었고, 가게 안쪽으로 드리워진 커튼 사이로, 마치 제단 위에 놓인 성자 중에 성자처럼 센의 걸작 석 점이 걸려 있는 것이 보였다. 이것들은 파리의 이 끝에서 저 끝으로 장이 서는 곳을 따라 주인을 쫓아다니고 있었다. 간음한 여자의 그림이 중앙에 있었고, 만테냐의 복제품이 왼쪽에, 마우도의 집 난로 그림이 오른쪽에 있었다.

저녁이 되어 석유등잔에 불이 밝혀지고, 회전대가 찍찍 소리를 내며 돌면서 별처럼 반짝일 때, 피를 흘리는 듯이 진한 붉은색 커튼 안쪽에 보이는 이 그림들은 그 무엇과 비길 수 없이 아름답게 보였다. 주변의 사람들이 입을 벌린 채 몰려들었다.

이 광경에 클로드는 탄성을 질렀다.

"아! 맙소사! ……저 그림들 꽤 훌륭한걸! 여기에 아주 적격이야."

특히 만테냐의 복제품은 너무도 단순하고 무미건조하게 그려져 있었기 때문에 색이 바랜 에피날 판화처럼 보여 순진한 사람들을 사로잡고 기쁘게 해 주고 있었다. 한편, 정밀하게 그려진 비스듬한 난로는 향신료가 들어간 보리빵처럼 생긴 만테냐의 그리스도상과 나란히 걸려 있어 생각지 않았던 즐거움을 더하고 있었다.

셴은 두 친구를 보자 마치 어제 헤어졌다가 다시 만난 것처럼 손을 내밀었다. 그는 자신의 가게가 자랑스럽진 않지만 그렇다고 부끄럽지도 않다는 듯이 침착했다. 게다가 그는 조금도 늙지 않았다. 변함없이 무표정한 얼굴에 코는 두 뺨 사이에 완전히 묻혀서 보이지 않았고, 침묵으로 착 달라붙은 입은 수염 속에 가려 있었다.

"이게 웬일인가? 이렇게 만나다니!" 상도즈가 반가워하며 말했다. "그런데 자네 그림은 정말 효과가 만점이군 그래."

"이 장난꾸러기!" 클로드가 덧붙였다. "혼자서 자기만의 작은 살롱전을 열었잖아. 정말 대단해!"

셴의 얼굴이 밝아지며 입을 열었다.

"물론이지!"

이 말을 꺼낸 후 예술가의 자존심이 살아난 듯이, 보통 때는 알아들을 수 없이 중얼거리기만 하던 그가 그답지 않게 말을 했다.

"아! 물론 나도 자네들만큼 돈을 갖고 있었다면, 자네들과 마찬가지로 출세했을 것이네."

그것은 그의 확신이었다. 지금까지 한 번도 그는 자신의 재능을 의심해 본 적이 없었다. 다만, 그림으로는 사내대장부로서 먹고 살아갈 수 없었기 때문에 승부를 포기했을 뿐이다. 루브르에 가서 여러 걸작들 앞에 서서도, 그는 시간만 있다면 자기도 그 정도는 할 수 있다고 확신했다.

"잘해 봐." 다시 우울해진 클로드가 말했다. "후회할 것 없어. 성공한 것은 자네뿐이니까……. 장사는 잘되어 가나?"

그러나 셴은 괴로운 말을 내뱉었다. 아니, 아니, 되는 일이 없다. 회전대도 마찬가지고, 사람들은 이제 이런 놀이를 하지 않는다. 돈은 몽땅 술집에 가서 쓰고 있다. 아무리 회전대를 돌려 봐야 특상은 나오지 않고, 쓰레기 같은 것들을 상으로 타 봐야 소용이 없기 때문이다. 겨우 마실 물이나 있을까 말까 할 정도다. 그러다가 사람들이 모여들기 시작하자 그는 하던 말을 멈추고 이제까지 들어본 적이 없는 큰 소리로 고함을 질렀기 때문에 두 사람은 깜짝 놀랐다.

"자, 여러분, 돈을 거세요! ……꽝은 없습니다!"

큰 눈을 휘둥그레 뜬 허약해 보이는 딸을 안은 노동자 한 명이 딸에게 놀이를 두 번 시켜 주었다. 회전대가 삐걱거리기 시작하자, 상품들이 놀란 듯 춤을 추기 시작했다. 살아 있는 토끼는 귀를 축 내려뜨린 채, 점점 회전 속도가 오르자 토끼의 모습은 온데간데없고 빙빙 도는 흰 바퀴가 되고 말았다. 격한 흥분이 지나가고, 결국 여자아이는 토끼를 갖지 못했다.

그러자 클로드는 아직도 떨고 있는 셴의 손을 잡고 악수를 나눈 뒤, 상도즈와 함께 그 자리를 떠났다.

50분 정도를 말없이 걸은 후 클로드가 말했다. "녀석은 행복하군."

"자식!" 상도즈가 고함을 질렀다. "자기가 학사원에라도 들어갔어야 한다고 생각하나 보군. 평생 그렇게 살다 죽겠지!"

그로부터 얼마 후 8월 중순경, 상도즈는 클로드와 함께 하루 종일 다녀올 진짜 여행을 생각해 냈다. 사실 그는 최근 기운이 없고 침울한 뒤뷔슈를 만난 적이 있었다. 뒤뷔슈는 옛 시절을 그리워하며 애처롭게 탄식하면서, 두 주일 정도를 아이들과 함께 혼자 지낼 것 같으니 그동안 리쇼디에르에 점심을 먹으러 오라고 옛 친구 두 명을 초대했다. 그가 이토록 화해하고 싶어 하는데, 한번 가서 놀래 주는 것이 어떻겠는가? 상도즈가 클로드에게 둘이 함께 가겠다고 약속했다고 거듭 말해도 소용이 없었다. 클로드는 완강히 거절했다. 그는 마치 벤느쿠르나 센강, 그리고 작은 섬들 등 이미 사라지고 묻혀 버린 행복한 시절을 떠올리는 시골과 재회하는 것을 두려워하는 듯이 보였다. 그렇지만 크리스틴도 합세해 설득했고, 결국 그는 마지못해 승낙했다. 그런데 출발하기 바로 전날, 클로드는 갑자기 열을 내어 밤 늦도록 그림을 그렸고, 따라서 다음날 아침은 일요일이었음에도 불구하고 계속 그림을 그리고 싶어 했다. 그는 자신의 열망을 억제하고 고통스럽게 몸을 떼어내듯이 간신히 집을 나섰다. 이제 그곳에 다시 가 봐야 무슨 소용이 있는가? 이미 죽고 만 곳이며, 없는 것이나 마찬가지인 장소였다. 이제 그에게는 파리 밖에 존재하지 않았다. 파리에서도 오직 하나의 지평, 즉 시테섬의 한쪽 끝밖에는 존재하지 않았다. 그 환영이 언제 어디서나 그에게 들러붙어 있어서 그의 영혼은 오직 그곳에만 머물러 있었다.

열차 속에서 클로드가 초조한 얼굴을 하고 창문 쪽으로 시선을 향한 채, 안개 속으로 점점 멀어져 가는 파리를 마치 이제부터 몇 년 동안 보지 못할 것처럼 바라보고 있는 모습을 보고, 상도즈는 그의 기분을 풀어 주기 위해 최근에 알게 된 뒤뷔슈의 소식을 전해 주었다. 처음에 상을 탄 사위를 얻어 으쓱해진 마르가양 영감은 사위를 여기저기 끌고 다니며 자신의 동업자이며, 후계자라고 만나는 사람마다 소개했다. 그 사위야말로 학식을 쌓은 사람이었으므로, 보다 싸고 보다 나은 건축물을 지어 일을 효과적으로 처리해 나갈 것이었다. 그러나 뒤뷔슈의 첫 구상은 참담하게 끝났다. 그는 벽돌 굽는 화덕을 고안해서 장인이 소유하고 있는 부르고뉴 지방의 땅에 설치했는데, 장소의 조건도 나쁘고 설계도 엉성했기 때문에 그 시도는 20만 프랑의 손실을 입혔다. 그래서 다음에는 건축에 도전하기로 마음을 먹고, 자신의 개인적인 견해를 능란하게 종합하여 건축 기술을 혁신하려는 야심을 품었다. 그것은 젊은 시절 혁신적인 친구들에게서 감화를 받아 수립한 지론으로, 언제고 자유의 몸이 되면 꼭 한 번 실현하겠다고 마음먹고 있던 것이었다. 그러나 그 이론은 자기가 소화하지 못한 것으로서, 창조력을 지니지 못한 학생이 생각하는 엉성하기 그지없는 것이었다. 구운 벽돌과 도기에 의한 장식, 유리를 두른 넓은 공간, 특히 대량의 철의 사용, 예를 들면 철 기둥, 철 계단, 철 지붕 등, 재료의 비용이 많이 들었을 뿐만 아니라 그가 미숙한 감독자였기 때문에 그의 사업은 다시 한번 파탄을 맞았다. 특히 그는 돈을 갖게 되자 그 돈 때문에 머리가 둔해져 일하는 능력이 감퇴되는 바람에 길을 잘못 잡고 실패를 거듭했다. 이번에는 마르가양 영감도 화가 났다. 30년 동안 땅을 사고 집을 지어 그것을 되파는 일을 해 오면서 사업에 관련된 집을 한 번만 쳐다봐도 이런 구조라면 집은 몇 채 지을 수 있고, 집세는 얼마나 받을 수 있는지 대번에 견적을 떠올릴 수 있는 그였다. 석회, 벽돌, 규석도 제대로 구별하지 못하고, 소나무로 족한 장소에 떡갈나무를 쓰고, 계단의 바닥을 분할하는 일도 마치 영성체를 쓰는 빵을 썰 듯이 주춤주춤하는 이런 무능한 놈을 떠맡게 되었다니! 글렀다, 다 글러먹은 일이었다! 그는 처음에 사위의 학식을 자신의 경력에 보태어 무학에 대한 열등감을 메워 보겠다는 야무진 꿈을 가졌지만, 이제 그것이 허사가 되자 학문에 대한 분노로 몸을 떨었다. 그때부터 사태는 악화만 될 뿐, 사위와 장인의 관계는 형편없이 험악해졌다. 사위는 오만하게 학문을 내세워 장신을 무시했고, 장인은 장인대로 직공 나부랭이라도 건축기사보다는 건축 일을 더 잘 안다고 떠들어 댔다. 수백만 프랑의 상속도 아슬아슬하게 되었다. 어느 날 마르가양은 인부가 네 명뿐인 현장도 감독하지 못하는 놈이라면 이제 그곳에 출입할 수 없다면서 뒤뷔슈를 사무실에서 쫓아내고 말았다. 그것이야말로 대실패요, 한심한 파탄이며, 한 명의 직공 앞에서 무너진 학교의 완패라고 아니할 수 없었다.

이야기에 귀를 기울이기 시작한 클로드가 물었다.

"그래, 이제 그는 뭘 하고 있나?"

"몰라, 아마 아무것도 하지 않을걸." 상도즈가 대답했다. "아이들이 허약해서 그 애들을 돌본다고 한 것 같아."

칼날같이 야위어서 혈색이 나빴던 마르가양 부인은 이미 폐결핵으로 죽었다. 그것은 점점 퇴화를 일으키는 나쁜 유전병으로 딸 레진도 결혼 초부터 기침을 하고 있었다. 현재 그녀는 몽도르 온천에서 요양 중인데, 아이들을 데리고 가지 못했다. 지난해 아이들을 데리고 갔다가 아이들의 쇠약한 몸에 산의 공기가 너무 독하여 그만 심하게 병이 났기 때문이었다. 이것이 한 가족이 헤어지게 된 이유였다. 즉 아내는 몸종 한 명과 몽 도르에 있고, 장인은 파리에서 400명의 인부를 부리면서 그들에게 게으른 놈이라든가 무능한 놈이라는 욕설을 해 가며 큰 사업을 시작했고, 뒤뷔슈는 리쇼디에르에 틀어박혀 딸과 아들을 돌보고 있었다. 장인과의 첫 충돌 이래 그는 인생의 낙오자처럼 그곳에 감금되어 있었다. 어쩌다가 그가 고백한 바에 의하면, 그의 아내는 두 번째 출산 때 거의 생명을 잃을 뻔해서, 그 후로는 조금만 격렬한 접촉을 해도 정신을 잃기 때문에 당연히 그녀와의 부부관계는 일체 중단되고 말았다는 것이다. 그에게는 그런 즐거움마저도 없었다.

"참 멋진 결혼이지." 이 간단한 한마디로 상도즈는 이야기를 마쳤다.

두 친구가 리쇼디에르의 철책 앞에서 벨을 누른 것은 열 시였다. 그들은 한 번도 방문한 적이 없는 이 대저택의 모습에 경탄했다. 훌륭한 큰 나무들의 숲, 궁궐과도 같이 멋진 돌계단과 난간을 갖춘 프랑스식 정원, 세 개의 커다란 온실, 특히 그들의 눈길을 끈 것은 거대한 폭포였다. 기상천외하게 바위를 쌓아 올리고 그 틈을 시멘트로 메운 다음 수도관을 배치하는 등, 예전에 석고 반죽을 이기던 인부였던 주인이 허영심에 재산을 쏟아부은 것이 확실했다. 그리고 무엇보다도 충격적이었던 것은 집 주변에 흐르는 우수에 찬 정적이었다. 깨끗하게 갈퀴로 긁어 청소한 길에는 사람 발자국 하나 없었고, 멀리 공터를 지나가는 정원사들의 모습만 보일 뿐이었다. 저택은 두 개의 창문이 반쯤 열려 있는 것을 제외하고는 모든 창문이 굳게 닫혀 있어서 마치 죽음의 집처럼 보였다.

거드름을 피우고 나타난 하인 한 명이 그들에게 용건을 물었다. 주인을 만나러 왔다고 하자 그는 무례한 말투로 주인은 집

뒤의 체조장에 있다고 대답한 다음 자취를 감추었다.

상도즈와 클로드는 작은 길을 거쳐 앞에 잔디밭이 보이는 곳으로 나왔는데, 순간 눈에 들어온 광경에 그만 걸음을 멈추었다. 뒤뷔슈가 그네 앞에 서서 두 팔을 들어 아들 가스통의 몸을 받쳐 주고 있었던 것이다. 그 불쌍한 아이는 열 살이라는데 갓난아기처럼 연약하고, 조그만 손발을 가진 허약한 아이였다. 한편 딸 알리스는 유모차에 앉아 자기 차례를 기다리고 있었다. 엄마 배 속에서 일찍 나온 그 아이는 발육이 나빠 여섯 살이 된 지금까지도 아직 걷지를 못하고 있었다. 뒤뷔슈는 아이들의 약한 손발을 운동시키려고 열심이었다. 그네를 흔들어 주면서 아이가 스스로 잡는 힘으로 높이 올라갈 수 있도록 노력했지만, 소용이 없었다. 그 정도의 작은 동작만으로도 아이가 땀에 흠뻑 젖었기 때문에 그는 아이를 안아 내려 이불로 잘 감싸 주었다. 이 모든 일이 드넓은 하늘 아래에서 묵묵히 일어나고 있었으며, 아름다운 정원 안에서 그의 얼굴엔 슬픈 연민의 정이 넘쳐흐르고 있었다. 그는 몸을 일으키다 말고 두 친구의 모습을 보았다.

"아! 자네들! ……일요일에, 게다가 아무 연락도 없이 오다니!"

그는 미안하여 어쩔 줄을 몰랐다. 유일하게 아이를 맡길 수 있는 보모가 일요일에는 파리에 가고 없기 때문에 한순간도 가스통과 알리스 곁을 떠날 수 없다고 말했다.

"자네들, 아직 점심 안 했지?"

클로드의 애원하는 듯한 눈을 보고 상도즈는 서둘러 말했다.

"아니, 아니네. 그냥 자네 얼굴이나 보려고⋯⋯. 클로드가 이쪽에 올 일이 생겨서 그 김에 들른 거야. 자네도 알다시피 클로드는 벤느쿠르에 살았잖나. 마침 내가 따라온 김에 여기까지 올 생각을 한 것뿐이네. 우린 가 봐야 하니까 일어나지 마."

그 말을 듣고 마음을 놓은 뒤뷔슈는 그들을 붙잡는 시늉을 했다. 아무리 그래도 한 시간은 있을 수 있지 않은가! 그래서 세 사람은 이야기를 시작했다. 클로드는 너무도 늙어 버린 그의 모습에 깜짝 놀랐다. 부은 듯한 얼굴에는 온통 주름이 잡혀 있었고, 흡사 피부에 담즙을 끼얹은 듯이 얼굴을 불그스름한 정맥이 비치는 가운데 누런색을 띠고 있었다. 한편, 머리와 콧수염은 벌써 희끗희끗했다. 게다가 허리마저 구부정해져서, 그가 몸을 움직일 때마다 혹독한 피곤의 무게가 느껴졌다. 사업의 실패도 예술의 실패만큼이나 견디기 어려운 것인가? 목소리나 시선 등, 낙오자의 이 모든 것에서는 남에게 기대어 생활해야 하는 굴욕의 냄새가 풍기고 있었다. 사람들은 그를 면전에서 장래가 없는 사람으로 멸시했고, 먹는 음식이라든가 입는 옷, 또 써야 하는 몇 푼의 용돈까지도 집안의 돈을 축내는 사람으로 여겨서, 처치 곤란한 저질 사기꾼에게 적선하듯이 그에게 돈을 대주고 있었다.

"잠깐만 기다려 주게." 뒤뷔슈가 말했다. "5분만 아이와 놀아주고 올 테니."

그는 마치 어머니처럼 섬세하고 부드럽게 어린 알리스를 유모차에서 안아 올려 그네에 태웠다. 얼굴에는 미소를 띠고 들기 좋은 소리로 어르면서 2분 동안 딸아이를 그네에 매달리게 하여 팔 근육을 튼튼하게 해 주고 있었다. 그러나 그는 행여 딸이 피곤해져서 약하기 짝이 없는 손을 줄에서 놓게 되면 넘어질 것을 염려하여 그네 줄이 움직일 때마다 두 팔을 벌리고 따라다녔다. 아이는 운동하는 것이 무서웠지만 크고 겁먹은 눈을 하고는 말없이 순종했다. 보기에도 가련할 정도로 야위었기 때문에 그녀를 앉혀도 그네 줄이 팽팽해지지 않았다. 그런 알리스의 모습은 마치 가지를 휘게 하지도 않은 채, 그 위에 사뿐히 앉아 있다가 떨어지는 초라한 한 마리 새 같았다.

이때 뒤뷔슈는 가스통을 쳐다보다가, 아이가 이불을 차내 다리가 밖으로 나온 것을 보고는 질겁하여 말했다.

"원, 세상에! 풀밭에서 저러다 감기 들면 어쩌려고! 나는 꼼짝할 수 없는데! 가스통! 저 아인 맨날 저런단 말이야. 내가 동생 때문에 꼼짝 못할 때를 기다려서 일을 저지르거든……. 상도즈, 저 애의 이불 좀 덮어 주게. 아! 고맙네, 겁먹지 말고 이불을 잘 잡고 있어!"

이것이 바로 그의 멋진 결혼이 만든, 자신의 혈육으로 만든 또 하나의 혈육의 모습이었다. 즉, 발육이 부진한 두 자녀는 잠깐 불어오는 바람에도 파리처럼 가물거리는 생명을 위태롭게 유지하고 있었다. 그는 재산을 보고 결혼했지만, 그에게 이제 남은 것은 한심할 정도로 연약한 두 아이에게 물려준 자신의 피가 부패되고 병약해져서 가계의 미래에 대한 희망이 무너져 결국은 선병질이나 폐결핵의 마지막 단계로까지 몰락하는 것을 바라보아야 하는 슬픔뿐이었다. 그래서 이기적인 아이 같은 그에게서도 신기하게도 부성애가 흘러나와 그의 마음은 오직 하나의 열정에 불타고 있었다. 즉, 매순간 아이를 살려야 한다는 하나의 집념과 싸워 나갔고, 매일 밤 그들을 잃으면 어쩌나 하는 근심에 떨다가 아침이면 그들이 살아 있다는 사실에 안도하는 것이었다. 그래서 그는 장인의 신랄하고 모욕적인 잔소리를 버텨 가며, 또 가련한 아내와 함께 매일 침울한 낮 시간과 싸늘한 밤 시간을 보내면서도, 자식들을 실패한 인생의 유일한 보람으로 삼았다. 그래서 그는 아이들에게 집착했고, 기적과 같은 애정 어린 보살핌으로 하루하루의 생명을 연장하고 있었다.

"자, 아가야, 이제 많이 했지? 이제 얼마나 크고 예뻐졌는지 가서 보자!"

알리스를 유모차에 다시 눕힌 그는 이번에는 이불로 둘둘 싼 가스통을 한쪽 팔로 안았다. 친구들이 도와주려고 하자 만류하고 나머지 한쪽 팔로 딸의 유모차를 밀기 시작했다.

"고마워, 이제 익숙해졌어. 아! 불쌍한 것들, 무겁지도 않아……. 하인들은 믿을 수가 없거든."

집 안에 들어서자 상도즈와 클로드는 무례해 보이던 그 하인과 다시 마주쳤다. 뒤뷔슈가 그 하인 앞에서 어쩔 줄 몰라 하는 모습이 보였다. 집 안 사무실이나 대기실 하인들도 자기네에게 임금을 지불하는 장인이 사위를 멸시하는 것을 보고, 주인마님의 남편임에도 불구하고 적선을 베푸는 거지 정도로 취급했다. 그에게 속옷을 세탁해 줄 때라든가, 행여 그가 빵이라도 더 달라고 하면 그들은 무례하게 적선을 베풀 듯이 그것을 가져다주었다.

"자! 잘 있어. 우린 가야겠네." 보다 못한 상도즈가 말했다.

"아니, 아니, 잠깐만 기다려⋯⋯. 아이들이 곧 식사를 할 텐데, 그럼 데리고 나가야 하네. 산보를 시켜야 하거든."

나날의 생활이 이렇게 매시간 규칙적으로 흘러갔다. 아침에는 샤워와 목욕, 그러고는 운동을 한 후에 점심을 먹었다. 그런데 이 식사가 또 큰일이었다. 아이들에게는 미리 심사숙고하여 무게를 달아 만든 특별한 영양식을 주어야 했기 때문이다. 심지어 찬물을 한 방울이라도 마시게 되면 행여 감기라도 걸릴까 하여 포도주를 살짝 섞은 물을 일일이 데워서 주었다. 그날의 메뉴는 수프 국물에 묽게 이긴 달걀노른자와 쇠고기 등심살이었는데, 뒤뷔슈가 고기를 아주 잘게 썰어 주었다. 그 후에 산보를 하고 낮잠을 잤다.

상도즈와 클로드는 밖으로 나와, 다시 알리스의 유모차를 끌기 시작한 뒤뷔슈와 함께 넓은 길을 따라 걸었다. 이번에는 아들 가스통을 안지 않고 곁에서 걷게 했다. 그들은 철책을 두른 문 쪽으로 걸어가며 땅에 대한 이야기를 나누게 되었다. 집주인은 드넓은 부지를 향해 마치 자기 집이 아닌 듯이 불안하고 흐릿한 시선을 던졌다. 그는 아무것도 모르고, 아무것에도 관심이 없다는 듯한 태도였다. 아무것도 모른다는 비난을 늘 받으며 백수 생활을 하다 보니, 빗나가고 위축되어 자신이 건축가라는 사실조차도 잊은 듯했다.

"그런데 자네 부모님은 안녕하신가?" 상도즈가 물었다.

광채를 잃고 있던 뒤뷔슈의 눈이 순간 밝아졌다.

"오! 부모님이야 행복하시지. 내가 집을 한 채 사드렸거든. 그 집에서 내가 마련해 놓은 연금으로 생활하시니까⋯⋯. 그렇지 않은가? 나를 교육시키느라고 어머니는 미리 돈을 많이 썼으니 약속대로 갚아야지. 이것만은 분명히 말할 수 있는데, 부모님은 내게 원망할 게 없어."

문 앞에 당도하여 그들은 잠시 더 주춤했다. 이윽고 그가 낙심한 태도로 옛 친구의 손을 잡았다. 그 후 그는 클로드의 손을 한동안 쥐고 있다가 아무런 원한도 섞이지 않은 단순한 확인으로 결론을 내렸다.

"잘 가, 자네는 잘해 봐. 나야 인생을 망쳤지만⋯⋯."

그러고 나서 뒤뷔슈는 돌아서서 한 손으로 알리스의 유모차를 끌며, 다른 한 손으로 비틀거리기 시작한 가스통을 부축하며 걸어갔다. 그의 등은 이미 휘어 있었고, 걸음걸이는 노인처럼 육중했다.

한 시가 울렸고, 두 사람은 슬픔에 쌓여 고픈 배를 움켜쥔 채 서둘러 벤느쿠르로 내려갔다. 그러나 그곳에서도 또 다른 슬픈 일이 그들을 기다리고 있었다. 한바탕 살인적인 폭풍이 휩쓸고 가는 바람에 포쇠 일가, 즉 남편과 아내, 또 푸아레트 영감이 모두 죽고 만 일이었다. 여관은 이제 추악하게 뚱뚱해진 멜리의 손에 넘어가 있었다. 그들은 그곳에서 형편없기 짝이 없는 점심을 먹어야 했다. 오믈렛 속에서는 머리카락이 나왔고, 갈비

고기에는 기름 냄새가 배어 있었으며, 게다가 식당의 창은 악취를 풍기는 퇴비 구덩이를 향해 활짝 열려 있었기 때문에 테이블 위가 새까맣게 될 정도로 파리들이 몰려들었다. 8월 한낮의 뜨거운 공기가 역한 냄새를 풍기며 들어와 그들은 커피를 주문할 엄두가 나지 않아 뛰쳐나오고 말았다.

"자네가 포쇠 부인의 오믈렛을 그렇게 칭찬하더니!" 상도즈가 말했다. "이젠 이 집도 끝났군…… 한 바퀴 돌아보면 어때?"

클로드는 거절하려고 했다. 아침부터 그는 걸음을 빨리하며 서두르고 있었다. 마치 그렇게 하면 한 걸음이라도 빨리 이 고역에서 벗어날 수 있고, 빨리 파리로 돌아갈 수 있다는 듯이. 그의 마음과 머리, 즉 그의 전부를 여전히 파리에 남겨 두고 온 듯이 행동했다. 그는 좌우도 살펴보려고 하지 않았고, 어디에 들이 있고, 어디에 나무들이 있는지 도통 관심이 없다는 듯, 오직 똑바로 걸어갈 뿐이었다. 그의 머릿속에는 오직 한 가지 생각밖에 없었다. 추수를 하고 남은 광활한 밭의 그루터기를 보아도 그 사이로 돌연 시테섬의 끝이 솟아올라서 그를 부르고 있는 듯한 환각에 빠졌다. 그러나 상도즈의 제안으로 그의 마음속에서도 여러 가지 추억이 떠올랐기 때문에 한결 누그러진 마음으로 대답했다.

"응, 그래, 가 보세."

그러나 강둑을 따라 걸어가며 그들은 분노로 몸을 떨었다. 그 고장은 거의 알아볼 수 없을 정도로 변해 있었다. 보니에르와 벤느쿠르 사이에 다리가 놓여 있었다. 맙소사, 다리라니! 사슬에 묶인 낡은 보트가 흐르는 강물 가운데 검은 반점으로 보이는 정경이 그토록 매력적이던 장소에! 뿐만 아니라 포르 비예에 둑을 쌓아 수면이 높아지는 바람에 섬들의 태반이 물속에 가라앉았고, 그 강에 합류하는 가느다란 지류들이 넓어져 있었다. 이제는 아름다운 외딴 구석도, 몸을 숨기기에 안성맞춤인 꼬불꼬불한 수로도 모두 사라지고 말았다. 치수공사 기사들을 모두 목 졸라 죽여도 시원치 않을 정도로 끔찍한 참변이었다!

"저걸 봐! 버드나무 숲이 아직 물 위에 떠 있잖아. 저 왼쪽이 우리들이 언젠가 가서 풀숲에서 이야기한 적이 있는 바로 그 섬이네. 기억하지? ……아! 참혹해라!"

나무꾼이 나무를 베는 것만 보아도 화를 내던 상도즈는 클로드와 마찬가지로 분노에 사로잡혀 얼굴이 창백해져서 사람들이 이렇게까지 자연을 훼손할 수 있다는 사실에 분개했다.

그리고 자기가 살던 옛집에 가까워 오자 클로드는 입을 꼭 다물고 일체 아무 말도 하지 않았다. 집은 부르주아에게 팔려서 지금은 철책이 둘러쳐 있었다. 그들은 철책에 얼굴을 대고 집 안을 살펴보았다. 장미나무도 죽었고, 살구나무도 죽고 없었다. 정원은 깨끗하게 정돈되어 있었고, 작은 길까지 만들어져 있었으며, 회양목을 두른 사각형 화단에 꽃과 채소가 심어져 있었다. 그리고 정원 한가운데 바닥에 놓인 주석 도금을 한 큰 유리 항아리에 정원의 풍경이 아름답게 비치고 있었다. 집의 외벽도 새로 칠했고, 모서리나 창틀에도 가짜 돌을 두른 것처럼 또 칠을 해 놓아, 화가는 이런 벼락부자 시골뜨기의 한껏 멋을 낸 방식에 분노를 참을 수 없었다. 아니, 아니, 그곳엔 그의 자취도, 크리스틴의 자취도, 젊을 적 그들의 사랑의 자취도 남아 있지 않았다! 그는 좀 더 살펴보려고 집 뒤로 올라가 두 사람이 생명의 전율을 느끼며 최초로 포옹하던 녹색 공터가 있는 작은 떡갈나무 숲을 찾아보았다. 그 숲 역시 다른 곳과 마찬가지로 사라지고 없었다. 나무들은 모두 베어져 땔감으로 팔려 나갔다. 그러자 그는 저주의 말을 퍼부으며, 그렇지 않아도 울적한 마음을 지난날 삶의 자취라고는 찾아볼 수도 없을 정도로 변해 버린 시골을 향해 분풀이했다. 자신이 그림을 그렸고, 또 기쁨과 슬픔을 맛보았던 장소를 흔적도 없이 없애 버리는 데 겨우 몇 년의 세월로 충분하단 말인가? 바람이 불어와 걸어가고 있는 인간의 발자취를 바로 그 뒤에서 지워 버리고 없애 버린다면 안절부절못하며 애를 태우고 살 이유가 무엇이 있겠는가? 과거란 인간이 간직하는 환상의 무덤일 뿐이며 결국 인간은 그 무덤에 발부리를 채고 말 것이다. 그는 그곳에 돌아오지 말아야 했다고 절실히 깨달았다.

"그만 가세!" 클로드는 소리쳤다. "빨리 돌아가세! 여기서 이렇게 마음 아파하는 것은 바보짓이야!"

새로 만들어진 다리 위에서 상도즈는 다리를 세울 수밖에 없었던, 예전에 없던 경치를 보여 주어서 그의 마음을 진정시켜 보려고 했다. 센강의 폭이 넓어져 둑이 넘칠 듯이 풍성하게 물이 흐르고 있었다. 그러나 이 물도 클로드의 흥미를 끌지 못했다. 그는 오직 하나의 생각, 즉 이 강물이 파리를 관통하여 시테섬의 오랜 부두들을 통과한 물이라는 생각에 잠겨 있었다. 그런 생각이 들자 그는 마음이 설레는지, 잠시 몸을 기울여 수면을 바라보았다. 강물이 바다로 싣고 떠내려가는 노트르담의 두 탑과 생트 샤펠의 첨탑의 영광스러운 모습이 어른거리는 듯했다.

두 사람은 세 시 열차를 놓쳤다. 그 때문에 어깨를 무겁게 짓누르는 이 고장에서 두 시간을 더 지내야 하는 고역을 치렀다. 다행히 그들은 뒤뷔슈가 더 있다가 가라고 붙잡으면 밤기차로 돌아오겠다고 집에다 말을 해 둔 터였다. 그래서 그들은 르 아르브 광장의 식당에서 소년 시절로 돌아가 예전처럼 디저트를 먹으며 실컷 떠들기로 마음먹었다. 그들이 테이블에 앉은 것은 여덟 시가 울리기 직전이었다.

클로드는 역을 빠져나와 파리의 거리에 발을 딛자마자, 그동안 안절부절못하던 태도를 버리고 자기 집에 당도한 것 같은 안도의 표정을 지었다. 그리고 그를 즐겁게 해 주기 위해 상도즈가 애써 던지는 우스갯소리에도 차갑고 무엇인가를 골똘히 생각하고 있는 듯한 태도로 듣고 있었다. 상도즈는 흡사 맛있는 음식과 향기로운 술을 먹여 연인을 얼떨떨하게 하려는 듯이 클로드를 재미있게 해 주려고 노력했지만, 그럼에도 그가 별로 기분이 유쾌해지지 않자, 결국 상도즈 자신도 시들해지고 말았다. 이 배은망덕한 시골, 그렇게 사랑받았음에도 불구하고 언제 그랬냐는 식으로 입을 싹 씻고만 벤느쿠르에 가서 그들을 기억하는 돌멩이 하나 만나지 못했다는 사실이, 이제까지 그가 지니고 있던 불멸에 대한 생각을 뒤흔들어 놓았다. 영원히 존재하는 사물마저도 이렇게 빨리 잊는다면, 시간이 흐른 후 인간의 기억력을 믿을 수 있을까?

"여보게, 난 말이야, 가끔 진땀이 나…… . 자네, 혹시 이런 생각해 본 적 있나? 어쩌면 우리의 다음 세대는 우리가 생각하듯이 그렇게 공정한 심판관이 아닐지도 모른다는 생각 말이네. 인간이란 현재 모욕받고 인정받지 못해도, 다가올 공정한 미래를 믿기 때문에 위로받는 법인데, 마치 신앙심 깊은 사람이 모든 사람이 공정한 보상을 받는 내세를 굳게 믿음으로써 현재의 추악함을 견디듯이 말일세. 만약 가톨릭 신자와 마찬가지로 예술가에게 천국이 존재하지 않는다면, 그리고 미래의 세계도 현재와 마찬가지로 계속 속임수와 오해가 난무해서 우수한 작품보다 겉만 번지르르한 형편없는 작품을 더 좋아한다면! ……
아! 이게 무슨 기만인가! 그야말로 망상을 위해 일에 쫓기는 죄수 꼴이잖아! 하지만 충분히 가능해. 우리가 조금의 가치도 주지 않는 것에 세상은 찬사를 보내고 있어. 예를 들어 고전적인 교육은 전혀 왜곡된 사고방식을 우리에게 가르쳐 주어서, 그것에 적합한 쉬운 작품을 만드는 사람들을 천재로 보도록 해 주고 있잖아. 그런 사람들보다 몇몇 교양 있는 사람에게만 이해되는 자유로운 기질을 지니고 규격에 맞지 않는 그림을 그리는 사람을 더 좋아할 수 있는데도 말이네. 어쩌면 불멸이란 평범한 부르주아들에게만 있는 것일지도 모르지. 우리가 아직 우리 자신을 방어할 수 있는 힘을 갖추고 있지 못하는 동안, 우리 머리에 억지로 틀어박힌 그런 작품들에만 불멸이 해당될지도 모른단 말일세. 아니, 아니, 그렇게 말해선 안 되겠지. 난 그런 생각을 하면 소름이 끼쳐! 과연 언젠가는 내가 인정받을 것이라는 환상이 없어도 계속 일에 대한 열정을 가질 수 있고, 세상의 욕설에도 두 발을 꿋꿋이 버티고 서 있을 수 있을까!"

클로드는 괴로운 듯이 그의 말을 듣고 있었다. 그리고 별 관심이 없다는 듯이 씁쓸한 태도로 말을 던졌다.

"쳇! 미래가 무슨 상관이야! 그건 아무것도 아니야……. 우린 여자 때문에 자살하는 얼간이들보다도 더 어리석은 사람들이야. 만약 지구가 마른 호두열매처럼 공중에서 깨진다고 해도, 우리의 작품은 먼지 하나도 보태지 못할걸."

"맞아, 그건 그래." 상도즈가 새하얗게 되어서 말했다. "허무를 채우려고 해 봤자 무슨 소용이 있겠나? ……그래서 가령 허무를 알았다고 해 보자. 그래도 우리의 자존심을 그걸 인정하지 않으려고 할걸!"

그들은 식당에서 나와 거리를 배회하다가 다시 어떤 카페 안에 들어갔다. 토론을 계속하며, 결국 소년 시절의 추억담을 나누며 감상에 젖어 있다가 새벽 한 시가 울리고서야 집으로 가기로 마음먹었다.

그러나 상도즈는 투를라크가의 집까지 클로드와 함께 가겠다고 말했다. 별들이 쏟아지는 덥고 멋진 8월의 밤이었다. 그들은 빙 둘러 돌아가는 길을 택했기 때문에 유럽구로 올라가서 바티뇰가에 있는 옛 카페 보드캥 앞을 지나가게 되었다. 이 카폐는 그동안 주인이 세 번 바뀌었다. 홀은 예전의 모습을 찾아 보기 어려웠고, 칠을 다시 했으며, 오른쪽에 두 대의 당구대를 놓아 배치를 새롭게 했다. 그에 따라 그곳을 찾는 소비자의 층 도 바뀌어 단골손님이 새로운 손님으로 교체되면서 예전의 손 님들은 땅속에 매몰되듯이 사라져 버렸다. 그러나 그들은 호기 심에서, 또 이미 죽은 사물이 그들에게 일으키는 감동 때문에 길을 건너가 활짝 열려 있는 문으로 카페 안을 흘끗 쳐다보았 다. 그들은 예전에 자기들이 앉아 있던 왼쪽 자리를 다시 보려 고 했다.

"오! 저길 봐!" 상도즈가 놀라 말했다.

"가니에르잖아." 클로드가 작은 소리로 말했다.

말 그대로 가니에르가 텅 빈 홀 안쪽에 혼자 앉아 있었다. 필 경 일요일에 열리는 음악회 때문에 플뢰에서 온 것이 틀림없었 다. 그는 일요일의 음악회에는 빠지지 않고 참석하고 있었다. 그래서 오후 시간을 파리에서 지내며 오래된 습관으로 카페 보 드캥에 올라오고 있었다. 이제는 친구 한 명도 찾아오지 않는 그곳을 구세대의 증인으로서 홀로 고집스레 자리를 지키고 있 었다. 그는 골똘히 생각에 잠겨 맥주잔에는 손도 대지 않은 채 바라만 보고 있었기 때문에 웨이터들은 그를 그대로 둔 채 마 감 청소를 위해 테이블 위에 의자를 얹고 있었다.

두 친구는 그의 멍한 모습에 마치 유령을 보고 무서워진 아이 들처럼 불안해져서 걸음을 빨리했다. 투를라크가에 당도하여 그들은 작별했다.

"아! 한심한 뒤뷔슈!" 클로드와 악수하며 상도즈가 말했다. "그 자식이 우리의 하루를 망쳤군."

11월이 되어 옛 친구들이 다시 파리로 돌아왔을 때, 상도즈는 계속하고 있던 목요일 모임에 친구들 전부를 모이게 할 생각을 했다. 그 모임은 여전히 그의 가장 큰 기쁨이었다. 그는 책이 점점 더 잘 팔려 이제 부자가 되었다. 전에 살던 바티뇰가의 중산층 작은 집에 비하면 롱드르가의 아파트는 매우 호화로웠다. 하지만 그의 모습은 변함이 없었다. 게다가 이번에 그는 따뜻한 마음에서 클로드의 기분을 확실히 전환시켜 주기 위한 방법으로 젊은 날의 소중했던 모임을 재현해 보려고 했다. 그래서 이번 초대를 특히 세심하게 신경 썼다. 클로드와 크리스틴은 물론이고, 조리와 그의 결혼 이후로 받아 주어야 했던 그의 아내, 그리고 언제나 혼자 오곤 하던 뒤뷔슈 그리고 파주롤, 마우도, 가니에르까지 모두 열 사람이 되었다. 모두 옛 친구들뿐이었고, 마음을 터놓고 마음껏 즐기는 데 방해할 사람은 한 명도 없었다.

좀 더 세심한 앙리에트는 초대 손님들의 명단을 보고 주저했다.

"오! 파주롤도요? 파주롤을 다른 친구들하고 같이 초대하려고요? 친구들이 좋아하지 않을 텐데……. 특히 클로드는 더 그렇겠지요. 클로드가 파주롤을 어색해하는 것 같았어요……."

그러나 상도즈는 아내의 말을 도중에 막으며 동의하지 않았다.

"뭐? 어, 어색해한다고? 말도 안 돼. 여자들은 농담하는 걸 이

해하지 못한다니까. 겉으로는 싸워도 속으로는 우정을 지키고
있어."

앙리에트는 그날 목요일 모임의 메뉴에 신경을 썼다. 이제 그
녀는 요리사와 하녀를 고용할 수 있는 신분이 되었다. 그런데
스스로 음식을 만들지는 않더라도 식도락이 유일한 단점이라
고 할 수 있는 남편에 대한 애정으로 가사에 끊임없이 세심한
주의를 기울이며, 요리사와 함께 시장에 나가 단골 가게를 돌
아다니곤 했다. 그들 부부는 모두 미식가로, 세계 방방곡곡의
진기한 음식에 호기심이 많았다. 이번에 그녀는 쇠꼬리 수프와
석쇠에 구운 생선 루제 드 로슈, 버섯을 곁들인 안심 스테이크,
이탈리아식 라비올리, 러시아식 들꿩 요리, 그리고 송로 버섯
샐러드를 준비했다. 물론 전채로 캐비아와 작은 생선 킬키스를
잊지 않았고, 프랄린을 곁들인 아이스크림과 에메랄드빛이 나
는 헝가리산 치즈, 과일과 과자 종류를 준비했다. 술은 유리 주
전자 속에 보르도산 포도주를 넣어 식탁 위에 두었고, 고기 먹
을 때에는 샹베르탱, 디저트로는 흔한 샴페인 대신 모젤의 발
포주를 내놓았다.

일곱 시부터 상도즈와 앙리에트는 손님을 기다렸다. 상도즈
는 간단히 윗도리만 입고 있었고, 앙리에트는 검은색 새틴 드
레스에 맞추어 모두 검은색으로 매우 우아하게 치장했다. 친구
들은 자유롭게 평상복 차림으로 오기로 되어 있었다. 꾸민 지
얼마 되지 않은 거실은 옛 가구와 양탄자, 세계 방방곡곡에서
모은 모든 세기의 골동품으로 가득 차 있었다. 그들이 바티뇰

가에 살 때 남편의 생일 선물로 앙리에트가 루앙의 오래된 항 아리를 선물한 것이 계기가 되어 모으기 시작한 골동품이 이제 는 점점 늘어나 넘칠 지경이었다. 그들 부부는 함께 골동품 가 게를 돌아다니며 열성적으로 사 모았다. 그러면서 상도즈는 일 찍이 책을 읽을 때부터 싹터서 젊은 시절 내내 간직하고 있던 열망과 낭만적인 야심을 만족시켰다. 그래서 이 지독히 근대적 인 작가는 열다섯 살 때부터 꿈꿔 온 케케묵은 중세적 분위기 속에 묻혀 살고 있었다. 그는 웃으면서 현대의 아름다운 가구 는 값이 너무 비싼 데 비해 옛날 물건은 모양이나 색깔이 마음 에 드는 것을 바로 손에 넣을 수 있다고 변명처럼 말했다. 그는 결코 수집가는 아니었고, 단지 장식용으로 모으고 있을 뿐인데 도 전체적으로 큰 효과를 내고 있었다. 사실 그의 거실에는 오 래된 두 개의 델프트 램프가 불을 밝히고 있었고, 부드럽고 따 뜻함을 지닌 은은한 밝기를 방 전체에 던지고 있었다. 가톨릭 사제가 입는 광택 없는 황금색 제의로 천갈이한 의자, 이탈리 아제 장식장의 노란 상감들과 네덜란드제 유리 제품들, 색깔이 거무스름해진 동양풍 휘장, 수백 개의 작은 상아 세공품들, 도 자기, 칠보 등 세월에 빛이 바랜 많은 물건이 어두운 붉은 벽지 를 두른 방의 중간색을 배경으로 두드러져 보였다.

클로드와 크리스틴이 맨 먼저 도착했다. 크리스틴은 한 벌밖 에 없는 검은 실크 드레스를 입고 있었다. 그녀는 이런 기회를 위해 낡고 너덜너덜해진 검은 드레스를 세심한 주의를 기울여 손을 봐두었다. 앙리에트는 곧 그녀의 두 손을 잡고 소파로 안

내했다. 앙리에트는 크리스틴을 매우 좋아했다. 그녀는 크리스틴의 몰라볼 정도로 창백해진 얼굴과 수심에 가득 찬 눈을 보고 이상한 생각이 들어 이것저것 물었다. 무슨 일이 있는가? 무슨 언짢은 일이라도? 그녀는 아니라고 대답하며 초대해 주어 고맙고 기쁘다고 했다. 그리고 자주 클로드 쪽을 바라보면서 그를 관찰한 후에 다시 눈을 돌렸다. 클로드는 기분이 좋은 듯 열정적인 몸짓으로 대화를 나누고 있었는데, 그런 모습은 몇 달 이래 처음 보는 것이었다. 다만, 본능적으로 그는 가끔 몸을 움직이지 않고 말없이 있었다. 그럴 때마다 그는 저 멀리 허공을 바라본 채 눈을 크게 뜨고 멍하니 있었는데, 마치 무엇인가가 그를 부르는 듯한 표정이었다.

"아! 친구." 그는 상도즈에게 말했다. "어젯밤에 자네 책을 다 읽었어. 엄청 잘 썼더군. 이번만큼은 비평가들도 아무 할 말이 없을걸."

두 친구는 장작이 타고 있는 벽난로 앞에서 이야기를 나누고 있었다. 작가는 최근에 새로운 소설을 출판했다. 비평은 여전히 칼을 갈고 있었지만, 드디어 이 작가를 둘러싸고 적들의 끈질긴 공격에도 불구하고 성공한 작가라는 소문이 퍼지게 되었다. 하지만 그는 환상 따위는 품지 않고 있었다. 이번 싸움에서는 이겼지만 언제고 그의 책이 다시 나올 때마다 또 싸움이 시작되리라는 걸 알고 있었기 때문이다. 그의 일생을 건 역작들은 차곡차곡 진행돼 가고 있었다. 꾸준하고 규칙적인 작업으로 총서의 작품이 한 개씩 세상에 빛을 보고 있었다. 그는 세상의 그 어떤 장애물이나 모욕, 피곤에 굴하지 않고 일찍이 자신이 세운 목표를 향해 다가가고 있었다.

"그건 맞네." 그가 유쾌하게 말했다. "이번에 그들은 힘이 빠졌어. 내가 정직하다고 인정하고 굴욕적으로 양보한 자도 있지. 자, 이렇게 모든 것이 변해 가긴 하는군! 그렇다고 방심할 수는 없어! 곧 역습해 올 테니까. 그들의 사고방식은 나와 전혀 다르기 때문에 그 사람들이 나의 표현 방식이나 대담한 용어, 환경의 영향 아래 변하는 생리학적인 등장인물들을 인정하기가 어렵다는 점을 잘 알고 있어. 난 지금 작가라고 이름 붙일 수 있는 동업자들을 말하는 거네. 바보들이나 건달패들은 포함시키지 않고…… 용감하게 일을 해 나갈 수 있는 최선의 길은 선의나 정의를 기대하지 않는 걸세. 우리가 옳다는 것을 증명하기 위해선 먼저 죽어야 할 거야."

그때 갑자기 클로드는 거실 한 구석의 벽을 뚫어지게 쳐다보았다. 마치 누군가가 자기를 부르는 듯이 바깥을 살피는 것 같았다. 그러다 잠시 그의 시선이 흐려지더니, 다시 제자리로 돌아와 이렇게 말했다.

"쳇! 그건 자네의 경우이겠지. 만약 내가 죽더라도, 나는 여전히 틀린 채로 남아 있을걸. 상관없어. 하지만 자네의 책을 보니까 이상하게 마음이 끓어오르더라. 그림을 그리고 싶었지만, 하루 종일 그릴 수가 없었네! 아! 자네에게 질투를 느끼지 않을 수 있어서 다행이야. 그렇지 않았다면 나는 무척 불행했을 걸세."

그때 문이 열리더니 마틸드가 조리를 대동한 채 들어왔다. 그녀는 비싼 장식으로 치장을 하고 있었다. 황토색 새틴 스커트 위에 한련꽃 빛깔의 벨벳 튜닉을 걸치고 있었으며, 귀에는 다이아몬드 귀걸이를 하고, 블라우스에는 커다란 장미꽃 가지를 달고 있었다. 클로드는 그녀의 몰라보게 달라진 모습에 놀랐다. 예전 그녀의 바짝 마르고 그을린 모습은 통통하고 동그스름한 얼굴과 금발로 변해 있었다. 소녀의 멈칫멈칫하고 추하던 얼굴은 온 데간데없이 사라지고 부르주아 부인의 표정으로 변해 있었다. 검은 구멍 같아 보이던 입도 이제는 그녀가 거만한 표정으로 입술을 치켜 올리며 미소를 지을 때마다 흰 이를 드러내 보이고 있었다. 좀 과장하여 말한다면 그녀에게서 위엄 같은 것이 흘러나오고 있었다. 마흔다섯이라는 나이가 그녀에게 무게를 실어 주어 그 옆에 서 있는 연하의 남편은 조카쯤 되어 보였다. 유독 독한 향기만은 예나 지금이나 변함이 없었다. 그녀는 자신의 피부에 깊이 침투되어 있는 약방의 약초 향을 지워 버리려는 듯 아주 진한 향수를 뿌리고 있었다. 그럼에도 쓰디쓴 대황 냄새와 딱총나무의 떨떠름한 냄새, 그리고 박하의 톡 쏘는 듯한 강한 향은 여전히 남아 있었다. 그녀가 한 번 지나가자 거실은 소량의 독한 사향과 섞인 약초의 알 수 없는 냄새로 진동했다.

앙리에트는 일어서서 그녀를 크리스틴의 앞자리로 안내했다.

"서로 구면이죠? 우리 집에서 전에 만났으니까."

마틸드는 옷차림이 초라한 크리스틴을 차가운 눈으로 쳐다보았다. 이 여자는 소위 결혼 전에 오랫동안 남자와 동거까지 한 여자가 아닌가. 그녀는 어느 관대한 문학 및 예술 살롱에서 자신의 입회를 허용해 주자, 그 후에 이 점에 대해 극도로 엄격해졌다. 반면, 마틸드를 매우 싫어하는 앙리에트는 그녀에게 깍듯이 예의를 갖춘 관례적인 인사를 한 후 크리스틴과 하던 이야기를 계속했다.

조리는 클로드, 상도즈와 악수를 나누었다. 그리고 그들과 함께 벽난로 앞에 서서 상도즈에게 오늘 아침 자기가 간행하고 있는 잡지에서 상도즈에 대한 악평을 실은 것에 대해 변명했다.

"여보게, 자네도 이해하겠지만, 세상에 마음대로 되는 일이 없더군…… 모든 걸 살펴보아야 했는데, 그럴 틈이 있어야 말이지! 내가 그 기사를 읽어 보지도 못했다면 믿을 수 있겠나? 사람들이 내게 해 주는 말만 믿고 있었지 뭐야. 방금 전에 한 번 죽 훑어보고는 내가 얼마나 화가 났는지 알겠나…… 미안해, 미안하네……"

"괜찮아, 원래 그런 법이야." 상도즈가 담담하게 말했다. "이제 적들이 나를 치켜세우기 시작하니까 친구가 공격하는 거지 뭐."

다시 문이 반쯤 열리더니 가니에르가 희미한 연기처럼 몽롱한 태도로 조용히 미끄러져 들어왔다. 그는 플롱에서 곧장 오는 길이었고, 혼자였다. 그는 어느 누구에게도 아내를 소개시킨 적이 없었다. 이렇게 저녁을 먹으러 오는 날이면 그는 구두에 시골의 먼지를 묻히고 왔다가 그날 밤 기차 편으로 다시 그 먼지를 가지고 돌아갔다. 그런데 그는 전혀 변하지 않았다. 나이를 거꾸로 먹는 듯, 나이를 먹더니 금발이 되어 있었다.

"어이! 가니에르가 왔군!" 상도즈가 외쳤다.

가니에르가 부인들에게 인사하려고 하는데, 마우도가 들어왔다. 이미 백발이 된 그의 얼굴은 주름이 잡히고 추했지만 눈만은 어린아이처럼 두리번거리고 있었다. 그는 요즘 돈벌이가 괜찮은데도, 보기 흉할 정도로 짧은 바지에 등이 구깃구깃한 플록 코트를 입고 있었다. 그는 동업자인 청동 상인이 그의 조각을 파는 사업을 시작하여 짭짤한 재미를 보고 있었다. 이제 사람들은 거실의 벽난로 위나 콘솔 위를 그의 귀여운 조각품으로 장식하기 시작했다.

상도즈와 클로드는 마우도와 마틸드와 조리가 어떤 모습으로 만나는지 궁금하여 몸을 돌렸다. 그러나 그들은 아무렇지도 않게 인사를 했다. 조리가 청순한 무지를 가장하며 그녀를 마우도에게 소개시켜야 한다고 생각해서 소개를 한 것이, 지금까지 아마 스무 번도 넘었을 것이다. 조각가는 마틸드에게 정중하게 고개를 숙였다.

"아! 친구, 우리 집사람이야! 인사 나누게!"

그래서 마틸드와 마우도는 신속하게 친근감을 표시해야 하는 사교계 사람들처럼 매우 엄숙하게 악수를 나누었다. 다만, 마우도는 이 고역에서 벗어나자마자 구석에 서 있는 가니에르를 발견하고 그와 함께 예전에 그녀가 얼마나 못생겼는지 떠올리며 심한 말로 빈정거리기 시작했다. 봤지? 이젠 이도 있더군. 전에는 다행히 물어뜯진 못했는데!

뒤뷔슈가 꼭 오겠다고 약속했기 때문에 일동은 뒤뷔슈가 오기를 기다렸다.

"참," 앙리에트가 큰 소리로 설명했다. "오늘은 아홉 명만 모이게 될 거예요. 파주롤이 아침에 못 오겠다는 전갈을 보내왔어요. 꼭 가 봐야 하는 공식적인 만찬이 있대요……."

그런데 이때 전보가 도착했다. 뒤뷔슈가 보낸 것이었다. '꼼짝할 수 없음. 알리스가 기침을 심하게 함.'

"좋아요! 여덟 명이 되겠군요." 초대한 손님들이 한두 명 빠지게 되자 풀이 죽은 앙리에트가 다시 말했다.

하인이 식당의 문을 열고 식사가 준비되었다고 알리자, 그녀는 덧붙여 말했다.

"그럼 다 모인 거네요……. 클로드, 나와 함께 식당으로 가세요."

상도즈는 마틸드의 팔을 끼었고, 조리는 크리스틴을 맡았다. 한편, 마우도와 가니에르도 소위 아름다운 약방 여주인의 진면목을 쉬지 않고 노골적으로 씹으면서 그들의 뒤를 따랐다.

그들이 들어간 식당은 매우 넓었고, 거실의 은은한 불빛과는 달리 휘황찬란하게 불이 밝혀져 있어 재미있는 모습을 연출하고 있었다. 사면의 벽은 옛 도자기들로 장식되어 있었는데, 마치 에피날 판화와 같은 재미있는 효과를 내고 있었다. 두 개의 식기대 중 하나는 유리로 되어 있었고, 나머지 한 개는 은으로 되어 있어서 보석상의 진열대처럼 반짝거렸다. 밝게 불을 밝힌 교회 안에서와 같이 촛불을 켠 샹들리에 아래 새하얀 테이블보 위에는 식기가 질서정연하게 늘어서 있었다. 무늬가 그려진 접시, 조각된 유리 제품, 흰 포도주와 붉은 포도주를 담아 둔 유리

주전자, 가운데 놓은 새빨간 꽃바구니 주위와 좌우 대칭으로 놓은 식전요리 등 모든 것이 아름답게 빛나고 있었다.

모두가 자리에 앉았다. 앙리에트는 클로드와 마우도 사이에 앉았고, 상도즈는 마틸드와 크리스틴 옆에 앉았다. 조리와 가니에르는 각각 양 끝에 앉았다. 하인이 수프를 테이블에 막 놓은 참인데, 조리 부인이 불쑥 말실수를 했다. 자기 딴에는 상냥한 말을 한다고 한 것이, 미처 남편이 하는 변명을 듣지 못하고 집 주인에게 이렇게 말하고 말았다.

"아, 참! 오늘 아침 기사를 읽고 마음에 드셨는지요. 에두아르가 손수 얼마나 꼼꼼히 교정을 보았는데요."

갑자기 조리가 당황하더니 중얼거렸다.

"아니야! 그게 아니라니까! 그 기사는 아주 악평이야. 왜 당신도 알잖아. 그게 어젯밤 나 없는 사이에 인쇄된 것을."

어색한 침묵이 감돌자 그녀는 자신의 실수를 깨달았다. 그러나 그녀는 남편에게 눈을 흘기며 조리가 한 말을 인정하지 않고, 그를 짓누르게 위하여 큰 소리로 반박함으로써 사태를 악화시켰다.

"또 거짓말! 난 당신이 내게 해 준 말을 반복했을 뿐인데……. 당신이 나를 우스운 여자로 만들면 내가 가만있을 줄 알아요!"

이 때문에 만찬은 시작부터 분위기가 경직되었다. 앙리에트가 킬키스를 권해 보아도 소용이 없었다. 오직 크리스틴만이 킬키스가 맛있다고 생각했다. 상도즈는 조리가 당황하는 모습이 재미있어, 언젠가 전에 석쇠에 구운 루제를 맛볼 수 있는 철에 둘이 함께 마르세유에 가서 먹었던 점심 이야기를 했다. 아!
마르세유, 음식을 먹을 줄 아는 유일한 곳!

아까부터 무엇인가 골똘히 생각하고 있던 클로드가 마치 잠을
자다가 일어난 사람처럼 느닷없이 단도직입적으로 물었다.

"시청을 장식할 예술가들은 정해졌나?"

"아니." 마우도가 대답했다. "곧 결정될 건가 봐…… 난 아무
일도 못 맡을걸. 아는 사람이 있어야지…… 파주롤도 매우 불
안해하고 있더라. 그가 오늘밤 여기 안 온 걸 보면, 일이 잘 풀리
지 않는가 보군. 아! 자식, 그동안 잘 먹고 잘 살았지. 이제 그것
도 끝이야. 몇 백만 프랑씩 하는 그림 값도 다 끝난 이야기야!"

그는 처음에 원망스럽게 그러나 나중에는 만족스러운 듯이
웃었다. 그러자 테이블 맞은편에서 이번에는 조리가 냉소로 응
대했다. 이 악담을 계기로 그들은 기분이 누그러졌고, 모두 젊
은 대가들을 놀라 나자빠지게 만든 그림 시장의 와해를 고소해
했다. 그것은 필연적인 일이었고, 예견되었던 시기가 도래한 것
이다. 거품같이 치솟던 그림 값이 이제 파국을 맞기 일보직전
이었다. 그래서 그림 애호가들 사이에서는 폭락하는 증권시장
의 광란과도 흡사한 공황이 일어나고 있었다. 그림 값은 나날
이 무너져 내렸고, 아무도 그림을 사려고 하지 않았다. 파산한
무리 가운데 그 유명한 노데의 꼴이라니! 그는 미국인과 거래
를 트는 요행을 얻어 처음에는 잘 버텼다. 이 그림을 살 만한 부
자가 없다는 확신에 그림 값도 이야기하지 않은 채, 화랑 깊숙
이 신처럼 모셔 둔 이 세상에 하나밖에 없는 진귀한 작품을 급

기야 뉴욕의 돼지고기 상인에게 20만 프랑인지 30만 프랑인지에 팔아넘긴 것이다. 그 미국 상인은 자기가 올해 가장 비싼 그림을 샀다는 사실에 우쭐하여 그림을 가지고 돌아갔다. 그러나 이런 요행은 두 번 다시 돌아오지 않았고, 점차로 이익보다 지출이 많아진 노데는 자기 스스로 값을 올리는 바보 같은 짓에 걸려들어, 호화로운 저택도 붕괴 직전이 되었고, 집행관들에게 쫓기는 신세가 되었다.

"마우도, 버섯을 들지 않으시네요." 앙리에트가 의무를 다하려는 주부로서 참견을 했다.

하인이 안심을 내오자 모두가 고기를 먹었고 술병의 술을 비웠다. 그러나 포도주가 너무 시었기 때문에 맛을 보지 않고 그냥 넘기는 수밖에 없었다. 집주인 부부는 이 점을 안타까워했다.

"네? 버섯이오?" 조각가는 그제야 그 말을 알아들은 듯이 재차 말했다. "아니, 괜찮습니다."

그리고 그는 말을 계속했다.

"웃기는 일은 노데가 파주롤을 물고 늘어지는 거야. 어때, 볼 만하지? 그는 파주롤의 재산을 압류하고 있는 중이라네. 아! 내 원, 얼마나 웃기는지! 우리들은 이제 빌리에가에서 좋은 집을 사서 살고 있는 젊은 화가들의 대청소를 구경하게 될 걸세. 내년 봄이면 집값이 형편없이 폭락할걸……. 그런데 노데는 자기가 파주롤에게 그 집을 짓게 하고, 유곽처럼 그 집을 꾸며 놓고 서는 이제 와서 그 골동품들과 벽걸이들을 회수하려 한다는군. 한데 파주롤에겐 다른 빚이 더 있는 것 같아. 이제 이야기가 어떻게 돌아가는지 알겠지? 상인은 파주롤이 얼빠진 허영심에서 살롱전에 출품해 자기의 사업을 망쳐 놓았다고 길길이 뛰고, 화가는 화가대로 다시는 더 이용당하지 않겠다고 맞선다는군. 그래서 둘은 꼴좋게도 이제 서로 잡아먹으려고 으르렁거리는 사이가 되었다고 해!"

그때 가니에르의 목소리가 크게 들렸다. 그는 꿈을 꾸다 깨어난 사람처럼 준엄하고 가라앉은 소리로 말했다.

"파주롤 이야기라면 집어쳐! ……그가 언제 성공하기라도 했단 말이야?"

모두가 가니에르의 말에 수긍하지 않았다. 그럼, 그가 그림을 팔아 버는 연 10만 프랑과 메달들, 또 훈장은 뭐란 말이야? 그러나 가니에르는 이런 모든 사실이 자신이 직감으로 느끼는 확신을 전혀 바꾸어 놓지 못한다는 듯이 확고한 태도로 신비스러운 미소를 지었다. 그는 경멸하듯이 고개를 꼿꼿이 세우고 말했다.

"그만해! 그놈은 명암법이 무엇인지도 모르는 놈이야."

파주롤을 자기가 만든 작품이라고 여기고 있는 조리는 파주롤의 재능을 옹호했다. 그때 앙리에트가 라비올리의 맛을 보기 위해 잠시 이야기를 중단할 것을 간청했다. 그래서 유리잔이 부딪치는 소리와 포크가 달각거리는 소리가 요란한 가운데 잠깐의 휴식이 있었다. 보기 좋은 대칭 구조를 이루던 테이블이 흩어진 지 이미 오래됐고, 신랄한 언쟁의 열기 속에서 불빛이 더욱 강렬하게 타올랐다. 그러자 걱정되기 시작한 상도즈는 놀랄 뿐이었다. 왜 저토록 파주롤을 심하게 공격하는 것일까? 모두가 같이 시작했는데, 다 같이 승리를 쟁취할 수도 있지 않은가? 그는 처음으로 영원한 우정에 대한 꿈이 흔들리는 것을 느꼈다. 자신의 집에서 여는 목요일 모임의 기쁨이 언제나 똑같이 즐겁게 먼 훗날까지 지속되리라고 믿고 있던 그였다. 그러나 잠시 살갗을 스치는 전율처럼 그런 걱정이 지나갔을 뿐, 상도즈는 웃으며 말했다.

"클로드, 꿩고기를 위해 배를 남겨 둬야지……. 응! 클로드, 자네 지금 내 말 듣고 있어?"

주위가 잠잠해지자 클로드는 다시 몽상에 잠겼다. 멍한 눈을 하고 자기가 지금 무엇을 하고 있는지 모르는 태도로, 라비올리를 다시 먹고 있었다. 크리스틴은 말없이 슬프고 아름다운 표정으로 그에게서 눈을 떼지 않고 있었다. 그는 흠칫 놀라더니 자기에게 권하는 꿩고기 중에서 넓적다리 고기를 집어 들었다. 송진의 강한 향이 방 안을 가득 채웠다.

"아! 이 송진 향이 어때?" 상도즈가 들뜬 소리로 말했다. "러시아의 산림을 모두 태우는 줄 알 거야."

그러나 클로드는 다시 그의 관심 분야로 돌아왔다.

"그럼, 자네들은 파주롤이 시의회의 방을 맡게 될 거라는 말이야?"

이 한마디로 충분했다. 마우도와 가니에르는 실마리를 잡았다는 듯이 다시 파주롤을 씹기 시작했다. "아! 그에게 이 방을 맡긴다면 맑은 물에 진흙탕을 끼얹는 격이지. 게다가 그는 그것을 손에 넣기 위해 비열하기 짝이 없는 짓도 서슴지 않을걸. 전에는 애호가들에게 둘러싸여 위대한 예술가인 체하면서 주문 그림에는 눈길도 주지 않던 자식이, 이제 그림이 팔리지 않으니까 저속한 근성을 발휘해서 관공서를 집중 공격하고 있는 걸세. 화가가 공무원에게 굽실거리며 비굴하게 알랑거리는 모습만큼 맥 빠지는 광경을 본 적이 있나? 장관의 바보 같은 뜻에 무조건 순종하는 예술이야말로 창피한 일이고, 어용 아닌가. 맞아, 파주롤 그 자식, 공식 만찬이라는 데서 지푸라기 인형같이 저능한 어느 국장의 구두를 핥고 있음이 틀림없어!"

"저런!" 조리가 말했다. "그는 자기 일을 하고 있군. 그가 옳아……. 자네들이 빚을 갚아 줄 것도 아니잖나."

"배고파 죽는 한이 있어도 내가 언제 빚을 진 적이 있어?" 마우도가 거만한 어조로 말했다. "내가 놈처럼 궁궐 같은 집을 짓길 했어, 아니면 이르마 같은 정부를 두길 했어? 이르마가 그를 망친 걸세."

다시 가니에르가 끼어들었다. 그는 저 멀리에서 신탁을 전하는 무녀와도 같이 몽롱한 목소리로 말했다.

"하지만, 이르마는 그에게 돈을 대주고 있다네."

모두가 분개하며 빈정거렸다. 이르마의 이름이 테이블 위에 둥둥 떠다녔다. 그러자 그때까지 침묵을 지키며 고상한 체하던 마틸드가 질겁하며 모욕받은 정숙한 여자의 어조로 격하게 화를 냈다.

"오! 신사 분들, 오! 신사 분들……, 우리 숙녀들 앞에서……

제발 그 여자 얘기는 꺼내지 말아 주세요!"

그때부터 앙리에트와 상도즈는 깜짝 놀란 채로 그들이 정한 메뉴가 무참히 무너지는 현장을 목격해야 했다. 송로 버섯 샐러드와 아이스크림, 디저트, 이 모든 것이 격론의 열기 속에서 음미되지도 않은 채 한입에 먹어치워졌고, 샹베르탱과 모젤 발포주는 그냥 꿀떡꿀떡 물처럼 삼켜졌다. 앙리에트는 애써 미소를 지어 보이려 했지만 그럴 수 없었고, 사람 좋은 상도즈는 인간의 나약함을 인정하며 그들을 진정시켜 보려고 노력했다. 어느 한 사람도 양보하려 하지 않았고, 말꼬리를 잡고서 끈덕지게 물고 늘어졌다. 나른한 권태와 몽롱한 포만감에 젖어 다소 가라앉아 있던 예전의 모임 분위기는 찾아볼 수 없었고, 이제 그곳은 격렬한 싸움과 파괴의 장소가 되어 있었다. 천장에 늘어진 촛불은 높이 치솟아 타올랐으며, 벽에 장식된 도자기들 위에 그려진 꽃들이 활짝 피어났다. 테이블은 흐트러진 식기들과 난폭한 대화, 두 시간 전부터 그들이 몰두하고 있는 광란으로 인하여 마치 불이 붙는 듯했다.

앙리에트가 참지 못하고 일어서서 그들을 조용히 시키려고 할 때, 소음의 소용돌이 가운데서 클로드가 마침내 입을 열었다.

"아! 시청 일을 내가 맡는다면, 내가 그릴 수만 있다면! ⋯⋯ 파리의 벽에 그림을 그리는 것이야말로 내 꿈이었는데!"

그들은 거실로 돌아왔다. 작은 샹들리에와 벽의 등에 불이 켜져 있었다. 그곳은 그들이 방금 나온 한증막에 비하면 다소 쌀쌀했다. 그리고 커피가 손님들을 잠시 진정시켜 주었다. 파주롤 외에 더 올 사람은 아무도 없었다. 왜냐하면 그 방은 매우 폐쇄적이어서 부부는 그곳에 문학계 손님을 들이지 않았고, 초청 공세로 언론계 사람들의 입을 틀어막지도 않았다. 부인은 사교계를 혐오했다. 남편은 아내가 한 사람을 좋아하는 데 10년이 걸리지만, 일단 좋아하기 시작하면 영원히 변치 않는다고 농담을 하곤 했다. 이것이 행복 아니겠는가? 사람들은 행복을 얻을 수 없다고 하지만, 그것은 몇몇 친구들과의 견고한 우정, 가족 간의 사랑이 아니고 무엇이겠는가? 그래서 상도즈의 응접실에서는 어떤 음악 연주회도 독서회도 열린 적이 없었다.

그날의 목요일은 유난히 시간이 천천히 흐르는 것 같았다. 모두가 겉으로 드러내진 않았지만 여전히 노기를 마음속에 간직하고 있는 듯했다. 부인들은 꺼져 가는 불 앞에서 이야기를 나누기 시작했다. 하인이 테이블을 치운 뒤 거실로 난 식당의 문을 열었다. 남자들은 맥주를 마시며 담배를 피우러 식당으로 들어가고, 여자들만 거실에 남았다.

상도즈와 클로드는 담배를 피우지 않았기 때문에 곧 거실로 돌아와 문 가까이 놓인 소파 위에 나란히 앉았다. 상도즈는 그의 오랜 친구가 기분이 좋아 말을 많이 하는 것을 보고 기뻐서, 플라상에서의 추억을 떠올리며 그 전날 받은 소식을 들려주었다. 맞아, 기숙사의 익살꾼이었던 푸요 말이야, 이젠 엄숙하기 그지없는 소송 대리인이 되었는데, 글쎄 열두 살짜리 어린 여자아이 일로 체포가 되었다네. 아! 푸요, 그 자식! 그러나 클로드는 대답이 없었고, 거실에서 자기 이름이 흘러나오는 것을 들고, 무슨 이야기인지 들으려고 귀를 쫑긋하고 있었다.

조리와 마우도와 가니에르가 입이 근질근질하여 이를 뾰족하게 갈고는 친구들을 다시 씹기 시작했다. 그들의 목소리는 처음에는 소곤소곤하다가 점차 커져서 나중에는 고함을 지르는 지경이 되었다.

"오! 인간적으로 자네들이 섭섭해하는 건 알 만해." 파주롤에 관해 조리가 말하고 있었다. "그는 몹쓸 인간이야……. 그가 자네들을 속인 거야 사실이지. 아! 자네들을 발판으로 타고 올라간 후 등을 돌렸으니까. 자네들이 너무 순진했어."

마우도가 격노하여 대답했다.

"제기랄! 클로드와 동지라는 것만으로도 곳곳에서 따돌림 당하기 일쑤인걸."

"클로드가 우리를 죽인 거네." 가니에르가 단정적으로 말했다.

그리고 그들은 계속했다. 신문기자에게 굽실거리고 원수와 손을 잡고 60대 남작 부인들에게 달콤한 말을 속삭이는 파주롤을 싸잡아 욕한 후에 이제는 클로드에게 공격의 화살을 옮겨, 누구보다도 클로드의 죄가 크다고 화풀이를 하고 있었다. 맙소사! 파주롤 따위야 기껏해야 길거리의 대중에게 알랑거리고, 친구들을 배신하고 중상해서 자기 집에 부르주아를 불러들이는 창녀 같은 예술가 중의 한 명에 불과했다. 그러나 클로드는 오만한 주제에 입상도 한 번 하지 못할 정도로 능력이 없는 좌절한 대가일 뿐인데, 자기들을 걸고 넘어져 자기들의 신세를 망쳐 놓았다. 아! 이제 성공하기는 글렀어! 이제 다시 시작할 수만 있다면, 절대로 그런 불가능한 이론에 끌리는 멍청한 짓은 하지 않을 텐데! 그들은 클로드가 자기네들을 농락하고 이용했다고 심하게 비난하고 있었다. 그렇다. 그는 철저히 이용했다. 그럼에도 불구하고 워낙 솜씨 없고 서툰 손재주 때문에 그는 아무것도 건질 수 없었던 것이다.

"결국," 마우도가 다시 말했다. "그가 날 바보로 만들어 버린 것 아니겠어? 그 생각을 하면서 난 스스로 되씹어 보는데, 내가 도대체 왜 그와 친구가 되었는지 지금도 알 수가 없어. 내가 그와 닮길 했어? 우리가 뭐 비슷하기라도 하단 말이야? 그걸 너무 늦게 깨달았으니 화가 날 뿐이야!"

"난 어떻고?" 이번에는 가니에르가 말을 이었다. "그는 내 독창성을 빼앗아 가 버렸네! 지난 15년 동안 내가 그린 그림을 보고 한결같이 클로드 것이라는 이야기를 듣는 내 기분이 어떻겠나! ……아! 아니야, 이젠 지쳤어. 더는 그리고 싶지 않아……. 어쨌든, 내가 진작 알았더라면, 그와 만나지 않았을 텐데."

그것은 아찔한 절규였고, 그들을 이어 주던 마지막 끈이 끊어져 나가는 소리였다. 그렇게 오랫동안 젊은 날을 한 형제처럼 지낸 친구들이 갑자기 낯설고 적이 되는 놀라운 순간이었다. 인생이 그들을 길 위에서 뿔뿔이 흩어지게 만들었고, 숨어 있던 그들의 깊은 차이점을 점차 겉으로 드러내기 시작했다. 이제 그들에게 남은 것이라고는 젊은 날에 열광적인 꿈에 대한 목까지 차오른 울분이었다. 싸움터에 나가 모두 함께 싸워서 승리할 것이라는 희망은 이제 그들에게 회한만을 더해 줄 뿐이었다.

"자네들이 알아 두어야 할 엄연한 사실은……." 조리가 빈정거렸다. "파주롤은 그렇게 호락호락하게 자기 간을 빼 주는 바보가 아니었다는 점이야."

그러나 이 말에 흥분한 마우도가 화를 냈다.

"자네마저 우리를 비웃으면 안 돼. 자네도 못지않은 배신자잖아……. 그래, 자넨 언제나 입버릇처럼 말했지. 언젠가 자네 신문을 갖게 되면 우리에게 힘을 실어 주겠다고……."

"아! 천만에, 천만에……."

가니에르가 마우도에게 합세했다.

"뭐, 사실이잖아! 이젠 자네가 주인이니 누군가 기사를 삭제했다는 둥의 말은 못하겠지. 그런데 한마디도 하지 않다니, 자네는 자네가 쓴 지난 살롱전 기사에서 우리의 이름을 한 번도 인용한 적이 없잖아."

"에! 그거야 클로드 때문이지! 나는 자네들을 기쁘게 해 주기 위해 내 신문의 구독자를 잃고 싶진 않네. 자네들은 이제 가망이 없어. 잘 들어! 마우도, 자넨 무난한 소품이나 만들라고. 그리고 가니에르, 자네가 아무것도 그리지 않는다고 해도 소용이 없어. 자네 등 뒤에 붙은 꼬리표를 없애려면 아마 10년은 지나야 할 걸세. 그래도 남아 있을걸. 자네도 알다시피, 세상 사람들이 다 배를 잡고 웃고 있어! 저 웃기는 미친 천재를 두둔하는 사람은 너희들뿐이라고 말일세. 머지않아 저 미친놈도 정신병원에 들어가게 되겠지."

그런 다음 세 명이 일제히 성을 내면서 차마 들을 수 없는 악담을 퍼부어 대는 모습은 그야말로 무시무시했다. 턱이 맞부딪치는 소리는 마치 서로를 씹는 소리같이 들렸다.

소파에 앉아서 즐거운 추억에 감격해 있던 상도즈도 열어 놓은 문으로 이런 소란스러운 소리에 귀를 기울이게 되었다.

"자네도 들었지." 클로드가 괴로운 미소를 지으며 작은 소리로 말했다. "나를 아주 혼내고 있군! 아니, 아니야, 그냥 둬. 말을 막지 말게. 성공하지 못했으니, 저런 소리를 들어도 싸."

상도즈는 생존 경쟁의 포로가 된 인간들이 내뿜는 울분의 소리를 계속하여 들으면서 얼굴이 창백해졌다. 영원한 우정의 망상은 이제 사라지고 말았다.

다행히 앙리에트가 큰 소리가 나는 것을 듣고 웬일인가 싶어 담배를 피우는 손님들에게 달려가, 여자들만 버려두고 이야기에만 열중하는 비신사적인 태도를 비난했다. 그래서 모두가 다시 거실로 모이게 되었다. 그들은 아직도 분이 덜 풀렸는지 땀을 뻘뻘 흘리며 숨을 시근덕거리고 있었다. 앙리에트가 시계를 바라보며 아무래도 파주롤은 오지 않을 것 같다고 하자, 그들은 다시 눈짓을 주고받으며 빈정거리기 시작했다. 아! 그는 이미 이곳 냄새를 맡았을 텐데! 이제 거추장스럽고 지겨워진 옛 친구들을 일부러 만나러 올 리가 있겠어!

과연 파주롤은 오지 않았다. 모임은 괴롭게 끝났다. 일동은 식당에 들어가 붉은색으로 사슴 사냥 모습을 수놓은 러시아산 테이블보 위에서 차를 대접받았다. 그리고 다시 켜진 촛불 아래에는 브리오슈, 사탕과 과자가 담긴 접시, 위스키, 진, 퀴멜

주, 키오스산 라키주 등 호화로운 여러 종류의 술이 마련되어 있었다. 하인이 펀치를 더 가져와서 테이블을 돌며 접대를 하고 있는 동안, 안주인은 부글부글 끓고 있는 사모바르 찻주전자에 차를 넣었다. 그러나 이런 안락함과 시각적인 즐거움, 그윽한 차 향기도 사람들의 마음을 느긋하게 해 주지는 못했다. 화제는 다시 성공한 자와 실패한 자로 돌아왔다. 예를 들어 메달이나 훈장이 공정하지 못하게 배분되고 있다면, 그것은 예술을 모독하는 것이고 받아서 부끄러워해야 하는 것 아닌가? 언제까지나 교실의 어린 학생들로 남아 있어야 하는가? 좋은 점수를 받기 위하여 자습 감독 앞에서 얌전하고 비굴하게 굴던 태도에서부터 이런 모든 비굴함이 생기게 되는 것이 아닐까!

다시 거실로 돌아온 상도즈는 낙심하여 차라리 친구들이 가는 게 낫겠다고 진심으로 생각하고 있는데 마틸드와 가니에르가 나란히 소파에 앉아 있는 모습이 눈에 띄었다. 입속이 바짝 마르고 턱을 움직일 힘도 없는 사람들 가운데서, 그들은 나른하게 음악 이야기를 주고받고 있었다. 황홀해진 가니에르는 마치 자신이 철학자나 시인이 된 듯한 기분을 내고 있었고, 살이 통통 찐 늙은 창녀 마틸드는 솜털같이 가벼운 날개 같은 것이 자기를 애무해 주자 정신을 잃고 눈의 흰자위를 드러낸 채약초의 더운 숨을 내뿜고 있었다. 지난 일요일에 그들은 시르크의 음악회에서 만난 적이 있었기 때문에 그때의 감동을 황홀한 듯이 번갈아 주고받고 있었다.

"아! 선생님, 마이어비어의 「스트루엔제 서곡」 말이에요, 그

장송곡조, 그리고 거기에 이어지는 저 시끌벅적하고 다채로운 농민의 춤, 그리고 다시 첼로의 이중주에 의한 죽음의 곡조……, 아! 선생님, 그 첼로 소리, 첼로 소리……."

"그리고 부인, 베를리오즈의 「로메오 축제의 정경」은 어떤가요. 오! 하프의 반주에 맞추어 들리는 귀여운 여인들과도 같은 클라리넷들의 독주! 황홀하고 순결한 느낌이 고조되고…… 갑자기 등장한 축제 장면, 베로네즈의 「가나의 결혼식」 같은 거대한 축제. 그리고 다시 사랑의 주제가 반복됩니다. 오! 얼마나 감미롭습니까! 오! 더 크게, 더 크게……."

"선생님, 베토벤의 A장조 교향곡에서 몇 번이고 반복되는 저 조종 소리를 들으셨는지요? 심장의 고동 소리처럼 들리지 않으세요? ……네, 잘 알고 있어요, 선생님도 나처럼 느끼신다는 걸, 음악은 영혼의 교감 같은 것이니까요. 아, 아, 베토벤! 둘이 함께 그를 느끼고 정신을 잃을 수 있다는 것은 얼마나 비장하고 멋진 일인가요……."

"아, 부인, 슈만은 어떻습니까? 또 바그너는……. 현악기로만 연주된 슈만의 환상곡은 가랑비에 젖은 아카시아 잎사귀들이 햇빛을 받아, 있는 듯 없는 듯한 눈물방울로 남는 듯합니다. 그리고 바그너, 오! 바그너의 「유령선의 서곡」은 어떠세요? 제발 좋아한다고 말씀해 주세요! 나는 완전히 압도당했습니다. 그 외에는 아무것도 없어요. 아무것도, 죽을 것 같습니다……."

둘의 대화가 끊겨 가고 있었다. 그들은 이제 서로 바라보지도 않고, 바싹 몸을 붙여서 얼굴을 허공에 향한 채 황홀감 속에 빠져 있었다. 상도즈는 깜짝 놀라 도대체 마틸드가 어디서 저런 유식한 말들을 주워들었는지 궁금했다. 아마도 남편의 기사에서 읽었을 것이다. 그리고 그는 여자란 음악 부호 하나 모르면서도 음악에 대해 멋지게 말할 수 있다는 사실을 깨달았다. 상도즈는 다른 사람들의 거친 마음에 실제로 상처를 받고 있던 터라 마틸드의 이런 슬픔을 호소하는 듯한 태도에 화가 치밀었다. 아니, 이젠 됐다. 이것으로 충분하다. 처음엔 서로 물어뜯더니, 이젠 한술 더 떠서 꼴좋게 끝나는구나! 베토벤이나 슈만을 들먹이며 달콤한 목소리로 속삭이며 쓰다듬는 촌극까지 나오다니!

다행히 가니에르가 벌떡 일어섰다. 그는 황홀해하면서도 시간만은 정확히 알고 있었다. 겨우 밤기차를 탈 시간밖에 남아 있지 않았다. 가니에르는 아무 말 없이 일동과 맥 빠진 악수를 나누고, 블뢩의 잠자리로 돌아갔다.

"자식도 틀렸어!" 마우도가 작은 소리로 말했다. "음악이 그림을 죽이고 만 거네. 이제 놈은 아무것도 그리지 못할걸."

마우도도 돌아갈 시간이었다. 그가 문 밖으로 모습을 감추자마자, 이번에는 조리가 큰 소리로 말했다.

"자네들, 저놈이 최근에 만든 문진을 보았지? 놈도 결국 커프스 버튼을 새기는 것으로 끝을 맺게 되겠지. 힘을 다 써 버린 거라고!"

그러는데 이미 마틸드가 일어서 있었다. 그녀는 크리스틴에게 쌀쌀맞게 인사를 하고, 앙리에트에게는 아주 사교적인 친밀함을 보이며 인사를 한 후에, 남편을 대기실로 끌고 갔다. 조리는 점수를 매기는 감독관처럼 무섭게 쏘아보는 아내 앞에서 쩔쩔매며 겁먹은 듯이 아내의 외투를 입혀 주었다.

그들이 가 버리자 자기도 모르게 상도즈는 고함을 질렀다.

"이젠 끝이야. 결국 저 신문기자 놈이 친구들을 낙오자 취급하고, 속된 대중에게 알랑대기 위해 아무 기사나 막 써 댈 줄 알았어! 아, 그래도 마틸드가 원수를 갚아 주다니!"

이제는 크리스틴과 클로드밖에 남지 않았다. 클로드는 거실에 아무도 남지 않게 되자, 안락의자에 푹 파묻혀 말없이 자력처럼 빨려 들어가는 최면 상태 속에서 몸을 꼿꼿이 하고 저 멀리 벽 너머로 시선을 고정하고 있었다. 그는 경련이 일어날 정도로 긴장하여 찡그린 얼굴을 앞으로 내밀고 있었다. 분명히 그는 보이지 않는 세계를 보고 있었고, 침묵 속에서 그를 부르는 소리를 듣고 있었다.

이번에는 크리스틴이 일어나 제일 늦게까지 앉아 있게 된 것을 사과했다. 앙리에트는 크리스틴의 두 손을 잡고, 자기가 얼마나 그녀를 좋아하고 있는지 모른다는 말을 했다. 그리고 자기를 자매처럼 생각하여 자주 놀러오라고 청했다. 그 말을 들으며 이 검은 옷의 가여운 여인은 슬픔에 찬 예쁜 얼굴로 보일 듯 말 듯한 미소를 지으며 고개를 끄덕였다.

"저……." 클로드를 한 번 쳐다본 후에 상도즈가 크리스틴의 귀에다 대고 말했다. "너무 걱정하지 마세요. 오늘밤에는 말도 많이 했고, 명랑했어요. 많이 좋아진 것 같아요."

그러나 그녀는 두려움에 떠는 목소리로 말했다.

"아니에요, 그게 아니에요. 저이의 눈 좀 보세요……. 저이가 저런 눈을 하고 있는 것을 보면 겁이 나요. 우리에게 하실 만큼 해 주셨어요. 뭐라고 감사의 말씀을 드려야 할지 모르겠어요. 친구분도 어쩌지 못하는 일을 누가 할 수 있겠어요? 아! 저도 어떻게 해야 좋을지 모르겠고, 답답해 죽겠어요! 제가 해 줄 수 있는 게 아무것도 없는 걸요!"

그리고 큰 소리로 클로드를 불렀다.

"클로드, 안 가요?"

그녀는 똑같은 말을 두 번씩 해야 했다. 그는 그녀의 소리를 듣지 못한 듯했다. 다만, 저 멀리 지평선 아래에서 자기를 부르는 소리에 대답하듯이 몸을 부르르 떨더니 벌떡 일어섰다.

"응, 갈게, 갈게."

타오르는 램프의 불빛 때문에 한결 더워지고, 시끌벅적한 싸움 뒤의 우울한 정적에 눌려 더욱 갑갑해진 거실에 둘만 남게 되자, 숨이 막혀오는 상도즈와 앙리에트는 서로를 쳐다보며 불행하게 끝을 맺은 모임에 대한 비통한 생각으로 팔을 축 늘어뜨렸다. 그렇지만 그녀는 애써 웃으며 조그만 소리로 말했다.

"내가 미리 말했잖아요, 이럴 줄 알았어요……."

그러나 그는 괴롭다는 듯이 그녀의 말을 막았다. 뭐라고! 그렇다면 오랫동안 그가 믿어 온 환상은 이제 끝났단 말인가? 어릴 때 만난 친구들과 늙어 죽을 때까지 우정을 지키며 행복할 수 있으리라는 꿈이 깨어졌단 말인가? 아! 한심한 동지들, 끝내는 뿔뿔이 흩어지고 말았구나. 그는 일생 동안 지켜 온 모임의 종합 결산을 바라보며 갈기갈기 찢기는 심정으로 통곡하고 싶었다! 그리고 그는 인생의 긴 여정을 거쳐 오며 결국 멀어지고 만 친구들과 도중에서 잃고 만 애정, 자신은 하나도 변하지 않은 것 같은데 주변 사람들이 변한 것을 보고 그만 문득 놀라고 말았다. 상도즈는 지금까지 자신이 열어 온 목요일 모임을 생각하며 애처로워 눈물을 글썽였다. 그 많은 추억을 제사 지내고, 자기가 사랑하는 것이 서서히 죽어 가는 모습을 지켜보아야 하다니! 이제 아내와 자신은 이 세상의 증오에 갇혀서 외롭게 살아갈 수밖에 없는 것일까? 아니면 자신이 알지 못하는 무식한 사람들의 무리에게 대문을 활짝 열어 놓아야 하는 것일까? 그의 슬픈 마음속에서 점차 확신 같은 것이 생겨났다. 이제 모든 것은 끝났다. 인생에 반복이란 없다. 그는 명백한 사실을 인정하듯이 한숨을 푹 쉬며 말했다.

"당신 말이 옳아……. 이제 더는 친구들을 초대하지 말자. 그들은 서로를 잡아먹으려고 할 거야."

밖으로 나온 클로드와 크리스틴이 트리니테 광장에 다다르자마자, 클로드는 잡고 있던 크리스틴의 팔을 놓았다. 그러고는 잠시 걷다 올 테니 먼저 집으로 돌아가라고 낮은 소리로 중얼거렸다. 그녀는 그가 부들부들 떠는 것을 느끼고는 놀라고 두려워 어떻게 해야 할지 몰랐다. 자정도 지난 이 시각에 산책이라니! 어디로, 또 무엇을 하러 간단 말인가? 클로드는 등을 돌리고 벌써 저만큼 가고 있었다. 그녀는 뛰어가서 그를 붙잡고 이런 밤중에 몽마르트르에 혼자 돌아가기가 무서우니까 함께 가자고 애원했다. 그런 이유만이 그를 집으로 데려갈 수 있을 것 같았다. 그는 크리스틴의 팔을 다시 잡고, 함께 블랑슈가와 르피크가를 올라가 마침내 투를라크가에 다다랐다. 그리고 자기 집 대문 앞에서 벨을 울린 후 그는 다시 그녀의 곁을 떠났다.

"자, 우리 집에 왔어. 나는 잠깐 나갔다 올게."

그는 이미 미친 사람과 같은 몸짓으로 성큼성큼 황급히 달아나고 있었다. 문은 열려 있었다. 그녀는 문을 다시 닫을 생각도 못 하고 쏜살같이 그의 뒤를 쫓아갔다. 르피크가에서 그녀는 그를 따라잡을 수 있었다. 그러나 그를 더 이상 자극하는 것이 두려워 그때부터 그녀는 그가 자신의 시선에서 벗어나지 않도록 하는 데만 신경을 썼다. 그래서 30미터 간격을 유지하면서 자신이 뒤를 밟는 것을 그가 눈치채지 못하도록 했다. 르피크가를 지나 블랑슈가로 다시 내려간 후, 쇼세 당탱가와 캬트르 셉탕브르가를 거쳐 리슐리외가에 당도했다. 그가 그곳에 들어서는 모습을 보았을 때에 거의 죽을 정도의 오한이 그녀를 덮쳤다. 그는 센강으로 가려고 하고 있었다. 센강이야말로 그녀를 소름 끼치는 공포에 시달리게 하고, 고민에 차서 뜬눈으로 밤을 새우게 만든 바로 그 장본인이었던 것이다. 아아! 어떻게 하는 것이 좋을까? 그를 따라가서 그의 목을 잡고 애원해 볼까? 그녀는 앞으로 나아가려 했지만 몸이 말을 듣지 않고 비틀거릴 뿐이었다. 강에 가까이 가면 갈수록 그녀는 자신의 팔다리에서 생명이 빠져나가는 것 같았다. 그렇다! 그들은 테아트르 프랑세 광장과 카루셀 광장을 거쳐 마침내 생 페르교로 곧장 갔다. 그는 잠시 다리 위를 걷다가, 수면 위에 있는 난간으로 다가갔다. 순간 그녀는 그가 다리 아래로 몸을 던지는 줄 알고 비명을 질렀다. 그러나 막힌 그녀의 목에서는 조그만 소리조차 나오지 않았다.

그러나 그것이 아니었다. 그는 꼼짝 않고 그대로 서 있었다. 그렇다면 그의 마음에 끈질기게 달라붙어 있던 것은 다름 아닌 정면의 저 시테섬, 파리의 심장이었던가? 그것이 그가 어디에 가더라도 그의 마음을 놓아주지 않고, 벽 저쪽에 모습을 나타내어서는 그의 시선을 빼앗으며, 어느 곳에서나 그에게만 들리는 소리로 끊임없이 그를 부르고 있었던 것일까? 아직도 그녀는 그의 상태에 안심할 수가 없었다. 언제라도 그가 몸을 던지는 무서운 장면을 볼 것만 같은 두려움에 정신을 잃을 것 같으면서도 뒤에 서서 지켜볼 수밖에 없었다. 달려가고 싶은 생각이 굴뚝같았지만, 자신이 모습을 보이면 오히려 재앙을 재촉할 것 같은 생각이 들어 참고 있었다. 아! 미칠 것 같은 정열과 끓어오르는 모성애를 지니고 있으면서도 그를 멈추게 할 수 있는 어떤 행동도 못하고 무능하게 모든 걸 지켜볼 수밖에 없다니!

그는 꼼짝 않고 서서 매우 의연하게 어둠을 응시하고 있었다.

하늘은 연기처럼 검게 그을리고, 서쪽에서 살을 에는 듯한 삭풍이 휘몰아치는 겨울밤이었다. 파리는 가스등만이 켜진 채로 잠들어 있었다. 가스등의 어른거리는 둥근 불빛이 멀어져 감에 따라 점점 작아져서 마치 밤하늘에 빛나는 작은 별들 같았다.

우선, 바로 앞의 부두들을 따라 늘어선 가스등의 행렬은 마치 휘황한 진주가 늘어서 있는 것 같았다. 그 덕분에 전경에 보이는 건물들의 정면과 왼쪽의 루브르 부두에 늘어선 집들, 오른쪽의 학사원의 두 날개가 밝게 빛났다. 그 뒤에 이어지는 기념건조물들과 건물들의 뒤얽힌 거대한 덩이는 아주 먼 곳의 빛을 받아 더욱 깜깜해 보이는 암흑 속으로 점차 모습을 감추고 있었다. 그리고 저 멀리까지 아득하게 이어지는 강의 두 연안 사이로 다리들이 빛의 막대들처럼 나타났는데, 멀어져 가면서 간격이 좁아져 나중에는 가늘고 긴 반짝이는 띠들이 모여 공중에 둥둥 떠 있는 것 같았다. 그리고 저 멀리 보이는 센강 위로 도시의 화려한 야경이 펼쳐져 물이 생동하는 듯이 반짝거렸다. 부두에 늘어선 가스등 하나하나가 핵이 되어 길게 뻗친 혜성의 꼬리처럼 수면에 그 빛을 반사하고 있었다. 가장 가까운 것들은 규칙적으로 좌우 대칭인 불의 부채 모양으로 넓게 펼쳐지면서 물 위에 불을 지르고 있었다. 저 먼 곳의 것들은 다리 아래에서 움직이지 않고 있는 불의 작은 점들로만 보였다. 그러나 타오르는 혜성의 거대한 꼬리들은 아직도 살아 있어서 그것들이 펼쳐짐에 따라 검은빛과 금빛의 비늘로 끊임없이 넘실거리며 움직여 물이 영원히 움직이고 있는 듯한 느낌을 주었다. 센강 전체가 그것으로 불이 붙었다. 마치 수면 아래에서 축제가 열리고 있는 듯이, 불그스름한 유리와도 같은 물결 뒤로 신비하고 그윽한 마술이 벌어져 왈츠를 추고 있는 듯했다. 이렇게 불길이 번지고 있는 위로, 별처럼 반짝이는 부두 위의 별 하나 없는 하늘에는 한 개의 붉은 먹구름이 떠 있었는데, 그것은 밤마다 잠자는 이 도시 꼭대기에 서서 도시를 덮는 화산 연기와도 같이 뜨거우면서도 빛을 발하는 구름이었다.

바람이 휘몰아쳤다. 크리스틴은 몸이 덜덜 떨려 왔고, 눈에는 눈물이 괴었다. 한순간 발밑의 다리가 빙글빙글 돌면서 눈앞의 지평선이 무너져 내리는 듯한 생각이 들었다. 그동안 클로드가 움직인 것은 아닐까? 난간에 다리를 걸친 것은 아닐까? 하지만 아니었다. 아무것도 움직인 것은 없었다. 그녀는 똑같은 장소에 여전히 꼿꼿이 서서 어두워 보이지 않는 시테섬의 끝을 끈질기게 응시하고 있는 클로드의 모습을 다시 한번 보았다.

그를 이 장소로 불러낸 것은 시테섬이었다. 그러나 그것은 어둠의 밑바닥에 가려 보이지 않았다. 보이는 것은 눈앞의 두 개의 다리로, 밝게 빛나는 수면 위로 거무스름한 앙상한 골조를 드러내고 있었다. 그리고 다리 저쪽은 모든 것이 어둠에 잠겨 있었다. 섬도 온데간데없었고, 만약 때때로 퐁 네프 위를 늦은 시각까지 달리는 마차의 꺼진 석탄과도 같은 침침한 불길마저 없었더라면 섬의 위치조차 알 수 없었을 것이다. 조폐국의 철책 부근에 켜져 있는 붉은 경계등이 수면에 피처럼 붉고 가는 줄을 만들고 있었다. 무언가 거대하고 음침한 것이 물 위에 떠 있었는데, 아마도 항해 중인 수송선인 듯했다. 그것은 불쑥 모습을 드러내서는 반짝이는 흐름 속을 천천히 내려가다가 다시 어둠 속에 모습을 감추곤 했다. 도대체 영광의 섬은 어디에 빠졌는가? 이 불타는 파도 속으로 가라앉고 말았는가? 그는 계속하여 정면을 바라보며, 어둠 속에서 도도히 흘러가는 강에 차차 넋을 빼앗기게 되었다. 그는 몸을 기울여 광활한 수면을 들여다보았다. 거기에는 심연과 같은 냉기가 서려 있었고, 신비한 빛의 난무가 있었다. 그리고 물이 흘러가는 무겁고 슬픈 소리가 그를 부르고 있었다. 그는 죽을 정도의 절망감에 사로잡혀 자기를 부르는 소리에 귀를 기울이고 있었다.

이때 크리스틴은 클로드가 무서운 생각을 품고 있는 것을 돌연 느끼고 가슴이 철렁했다. 휘청거리며 팔을 뻗어 보았지만, 휘몰아치는 삭풍에 손이 흔들릴 뿐이었다. 그러나 클로드는 죽음의 감미로운 유혹과 싸우면서 똑바로 서 있었다. 그 후 다시 한 시간 동안, 그는 시간이 얼마나 흘러가는지도 모르고 꼼짝 않고 서 있었다. 마치 어떤 기적적인 힘에 의하여 그의 눈이 빛을 발하게 되어 섬을 다시 볼 수 있기를 기대하는 사람처럼, 그는 여전히 시테섬을 바라보고 있었다.

마침내 클로드가 비틀거리며 다리를 떠나려고 하자, 크리스틴은 쏜살같이 달려 그보다 먼저 투를라크가로 돌아와 있어야 했다.

12장

11월의 살을 에는 듯한 바람이 그들의 침실과 아틀리에에 휘몰아친 날, 그들은 새벽 세 시에 잠자리에 들었다. 크리스틴은 뛰어오느라 숨이 찼지만, 자신이 미행한 사실을 숨기기 위해 재빨리 이불 속으로 들어갔다. 이어 집에 돌아온 클로드는 괴로운 몸짓으로 아무 말 없이 옷을 하나씩 벗었다. 벌써 오래전부터 그들의 잠자리는 냉랭했다. 서로 남남처럼 나란히 누워 있을 뿐, 육체의 결합을 하지 않은 지 오래였다. 화가는 정력을 모두 그림에만 바치겠다는 결심으로 자발적으로 절제 생활을 해 오며 철저하게 정절을 지켰고, 크리스틴은 자신의 끓어오르는 정열에도 불구하고 자부심에서 말없이 고통을 감내하고 있었다. 크리스틴은 한 번도 둘 사이에 그날과 같은 장애물과 싸늘함을 느껴 본 적이 없었다. 앞으로 두 사람은 어떤 일이 있어도 다시 뜨거워질 수 없을 것 같았고, 다시는 남편의 품에 안길 수 없을 것 같았다.

약 15분 동안 그녀는 쏟아지는 잠과 싸웠다. 지칠대로 지친 그녀는 마치 몸이 마비되는 듯했다. 그러나 그녀는 클로드가 혼자 깨어 있는 것이 두려워 잠을 자지 않고 버텼다. 매일 밤 그녀는 자신이 편안한 잠을 자기 위해 남편이 먼저 잠들기를 기다리고 있었다. 그러나 그는 촛불을 끄지 않은 채, 눈을 크게 뜨고 불꽃을 응시하고 있었다. 무엇을 생각하고 있는 걸까? 부두의 축축한 숨결을 느끼면서, 겨울 밤하늘의 별처럼 빛나는 파리를 앞에 두고 아직도 그곳의 칠흑 같은 어둠 속에 서 있는 걸까? 무슨 고민을 하고 무슨 결심을 하기에 저토록 얼굴이 떨리는 걸까? 그런 생각을 하면서 너무도 피곤한 나머지 그녀는 자기도 모르게 쓰러져 잠이 들었다.

한 시간쯤 지났을까, 그녀는 무언가 허전하고 불편하여 퍼뜩 잠이 깼었다. 곧 그녀는 옆자리를 손으로 더듬어 보았다. 이미 싸늘하게 식어 있었다. 그녀는 잠을 자면서 그의 존재를 느낄 수 있었는데, 이제 그는 그곳에 있지 않았다. 그녀는 깜짝 놀라 일어났다. 잠이 덜 깨어 머리가 무겁고, 빙빙 도는 듯했다. 그때 반쯤 열린 방문을 통해 아틀리에로부터 한줄기 빛이 새어 들어오고 있었다. 그녀는 안심을 하고, 아마 그가 잠이 오지 않으니까 책을 찾으러 나갔다 보다 하고 생각했다. 그러나 아무리 기다려도 남편이 들어오지 않자, 그녀는 마침내 조용히 일어나 그가 무엇을 하는지 보러 나갔다. 그리고 그녀는 자신이 목격한 광경에 정신이 아찔했다. 너무 놀란 나머지, 바닥에 서 있던 맨발이 그대로 얼어붙어 꼼짝도 할 수 없었다.

침대에 누워 있던 클로드는 서둘러 바지를 꿰어 입은 후 슬리퍼를 신고는, 혹독하게 추운 날씨에도 불구하고 윗도리를 입지 않은 채 내복 바람으로 사다리 위에 올라가 자신의 대작 앞에 서 있었다. 팔레트를 발밑에 두고, 한 손에는 초를 들고 다른 한 손으로 그림을 그리고 있었다. 몽유병자처럼 멍한 눈을 하고, 매우 정확하고 경직된 몸짓으로 자주 몸을 숙여 물감을 붓에 묻힌 후 몸을 일으켰는데, 그때마다 벽에 마치 꼭두각시의 끊어지는 동작 같은 긴 그림자가 환영처럼 비치곤 했다. 어두컴컴한 거대한 방 안에서는 숨소리조차 들리지 않았고, 소름끼치는 정적만이 감돌고 있었다.

크리스틴은 자기 두 눈으로 본 모습에 소름이 끼쳤다. 그는 생 페르교 위에 있다가 집에 돌아온 후 머리를 어지럽히는 망상 때문에 잠을 못 이루고, 이렇게 밤이 깊었음에도 불구하고 그것을 다시 한번 보고 싶은 미칠 듯한 그리움에 자신의 그림 앞에 다시 선 것이었다. 그리고 그것을 조금 더 가까이서 바라보기 위해 사다리 위에 올라갔다. 그러자 몇 군데 잘못된 곳이 눈에 띄었고, 이 점이 마음에 걸려 아침까지 기다리질 못하고 붓을 잡아 든 것이었다. 처음에는 몇 곳만 손을 보려고 했다. 그러나 점점 더 그 일에 정신을 빼앗기게 되어 수정에 수정을 가하다 보니 결국, 이렇게 미친 사람처럼 한 손에 촛불을 들고 그가 움직일 때마다 무섭게 펄럭이는 희미한 빛을 받으며 그림을 그리게 된 것이었다. 그는 다시 한번 난산의 진통 속에 휩싸였고, 몇 시인지도, 자기가 어디에 있는지도 모른 채 기운을 다 쏟아내고 있었다. 그는 당장 그의 작품에 생명을 불어넣고 싶었다.

아! 그를 바라보는 크리스틴의 마음이 얼마나 아팠으며, 또 얼마나 눈물을 흘려야 했던가! 처음에 그녀는 편집광적인 사람에게 자기가 좋아하는 짓을 하게 내버려 두듯이 그가 이런 미친 짓을 하게 그냥 내버려 둔 채로 가만히 바라보았다. 그는 이 그림을 절대로 완성할 수 없을 것이다. 이제 그것은 거의 확실했다. 그가 집착하면 할수록 그림은 점점 더 조화를 잃어 갔다. 무거운 색조를 자꾸만 두텁게 칠하여 노력을 몇 배로 들였지만 그럴수록 그림은 데생과 더욱 멀어져 갔다. 특히 짐 나르는 인부들의 모습을 비롯해 배경마저도 이전의 견고함을 잃고 엉망이 되어 버렸다. 그는 중앙의 벌거벗은 여자에게 붓을 대기 전에 배경을 모두 끝내기 위하여 배경에 매달려 씨름하고 있었다. 그러나 그 벌거벗은 여자는 그가 일하는 내내 끈질기게 달라붙어 있는 공포와 욕망의 대상이었다. 언젠가 그가 그녀에게 생명을 불어넣으려고 손을 대는 날이면, 그 아찔한 육체가 그의 목숨을 빼앗을지도 모를 일이었다. 몇 달 전부터 그는 그 여자에게 일체 붓을 대지 않고 있었다. 그렇기 때문에 크리스틴은 마음이 평온할 수 있었고, 그녀에 대해 가진 질투 어린 원한에도 불구하고 관대하고 측은한 마음을 가질 수 있었다. 남편이 두려워하면서도 갈망하는 이 정부 옆으로 돌아가지 않는 한, 그녀의 배신감은 한결 덜했다.

바닥에 서 있던 두 발이 꽁꽁 얼어 다시 침실로 돌아가려다 말고, 그녀는 깜짝 놀라 발걸음을 멈추었다. 그녀는 처음에 그가 무엇을 하는지 몰랐다. 그러나 그녀는 마침내 보고야 말았다. 그는 붓에 물감을 빨아들인 후, 그것을 가지고 통통한 여자의 육체를 황홀하게 애무하듯이 커다란 곡선을 그리고 있었다. 연방 입가에 미소를 지으며, 녹아떨어지는 촛농이 손가락 사이로 흐르는 줄도 모르는 채 그림에 열중해 있었다. 아무 소리도 들리지 않는 가운데 두 팔의 열정적인 움직임만이 벽에 어른거렸다. 형체를 알 수 없는 거대한 검은 그림자는 격렬하게 결합하고 있는 남녀의 얽힌 팔다리 같았다. 그는 벌거벗은 몸의 여인을 그리고 있었던 것이다.

크리스틴은 문을 열고 앞으로 나갔다. 자기도 어쩔 수 없이 저 마음속 깊은 곳에서부터 끓어오르고 있던 반발심과 모욕당한 배우자의 분노가 한꺼번에 폭발했다. 그 배신도 다름 아닌 바로 자신의 집에서, 자신이 잠들고 있는 사이에, 옆방에서 이루어지고 있지 않은가. 그렇다. 그는 다른 여자와 함께 있었다. 그리고 그 여자의 배와 넓적다리를 신들린 사람처럼 그리고 있었다. 진실을 그리려는 고통에 시달리던 그는 이제 비현실적인 그림을 그리는 데 열을 내고 있었다. 두 다리는 마치 제단을 받치고 있는 원주와도 같이 황금빛으로 칠해져 있었고, 복부는 실제 여인의 배와는 영 다른 모습으로 화려하기 그지없었고, 순수한 빨강과 노랑으로 빛나는 천체가 되어 있었다. 마치 어떤 종교적 숭배를 표현하기 위하여 성체현시대 위에 박아 놓은 보석처럼 반짝이는 기상천외한 여인의 누드상을 보자 크리스틴은 결국 분노가 폭발하고 말았다. 너무나 오랫동안 참아 온 그녀는 이번 배신만큼은 참을 수가 없었다.

하지만 처음에 그녀는 단지 절망한 여자로서 애원하는 정도였다. 장성한 미친 예술가 자식을 둔 어미로서 훈계를 할 뿐이었다.

"클로드, 거기서 뭐 해요? 이런 생각을 하다니 제정신이에요? 제발, 내려와서 자요. 그 사다리 위에 있지 말아요. 병이라도 들면 어쩌려고 그래요."

그는 아무 대답도 하지 않고, 붓을 적시더니 두 줄의 주홍색 선으로 여자의 하복부를 불타오르는 듯이 선명하게 그렸다.

"클로드, 내 말 들어요. 자, 나하고 같이 가요. 제발…… 내가 당신을 사랑하고 있는 걸 알면서, 지금 당신이 나를 얼마나 걱정시키고 있는지 아나요……. 자 이리 와요, 오! 이리 와요. 설마 내가 이대로 죽기를 바라지는 않겠지요. 당신을 기다리다가 내가 추워서 죽겠어요."

그는 험상궂은 눈을 하고 아내에게는 눈길도 주지 않은 채, 여자의 배꼽을 진홍빛의 꽃으로 장식하면서 목이 눌리는 듯한 목소리로 말했다.

"그냥 좀 내버려 둬! 일하고 있잖아."

잠시 크리스틴은 잠자코 있다가 다시 공격을 시작했다. 그녀의 눈에 검은 불꽃이 반짝 빛났다. 유순하고 귀여웠던 그녀도 궁지에 몰린 노예가 불만을 터뜨리듯이, 분노를 폭발시키고 말았다.

"천만에! 싫어요, 당신을 그냥 내버려 두지 않겠어요! 나도 참을 만큼 참았어요. 당신을 알게 된 후 내 목을 조르고 나를 죽이려 하던 정체에 대해서 말해야겠어요. 아! 바로 저 그림이에요. 맞아요! 당신의 그림이 나를 죽이고, 내 인생을 망쳐 놓았어요. 전 첫날부터 알아봤죠. 그 그림들이 마치 괴물처럼 무섭고 흉측하다고 생각했어요. 그래도 마음이 약한 나는 당신을 사랑하면서 당신의 그림을 좋아하지 않을 수 없었고, 저 살인자에게도 익숙해지고 말았어요. 그렇지만 나중에 그것이 나를 얼마나 고문하고, 괴롭혔는지 알아요! 10년 동안 단 하루도 눈물을 흘리지 않은 적이 없었어요. 아니에요, 이대로 말하게 내버려 두세요. 기분이 좀 가라앉는 것 같아요. 내친 김에 더 말을 해야겠어요. 10년 동안 당신은 나를 내팽개쳤고, 숨도 못 쉬게 했어요. 나는 당신에게 아무것도 아니고, 점점 당신에게 버림받아 결국은 하녀 신세로까지 전락하고 말았다는 느낌이었어요. 그리고 다른 여자가 도둑같이 당신과 나 사이에 끼어들어 와 당신을 빼앗고 의기양양하게 나를 모욕하는 걸 보아야 했어요. 당신도 그 여자가 당신의 팔다리는 물론이고, 머리나 마음, 몸을 송두리째 빼앗았다는 걸 부정하진 못하겠죠! 그 여자는 사악한 마녀처럼 당신에게 착 들러붙어서 당신을 잡아먹고 있어요. 마침내 그 여자가 당신의 아내가 된 거예요. 그렇지 않아요? 당신과 잠자리를 하는 건 내가 아니고, 그 여자니까. 아, 갈보 년!"

그제야 클로드는 창조자의 깊은 몽상에서 덜 깨어난 채로 놀라서 악에 받친 이 외침을 들었다. 하지만 아직까지도 왜 그녀가 자기에게 그런 말을 하는지 알지 못하고 있었다. 그런데 갑자기 바람을 피우다 들켜 놀라서 떨고 있는 그의 이런 멍한 모습을 보자, 그녀는 더욱 화가 치밀어 올라, 사다리를 타고 올라가 그의 손에 있던 촛불을 빼앗아 이번에는 그녀가 그것을 그림 앞에 디밀었다.

"자, 봐요! 당신이 어떤 그림을 그렸는지 똑똑히 보란 말이에요! 이 그림은 흉측해요. 한심할 정도로 기괴하다고요. 당신도 결국은 사실을 알아야 해요! 어때요? 흉하죠? 바보 같죠? 당신이 진 것이 뻔한데 왜 고집을 부려요? 그건 어리석은 짓이고, 그래서 전 화가 나요. 설령 당신이 위대한 화가가 될 수 없다고 해도, 우리에겐 인생이 남아 있잖아요. 아! 우리가 앞으로 살아갈 날이……."

그녀는 촛대를 사다리 위에 놓았다. 그가 비틀거리며 사다리를 내려가자, 그녀는 서둘러 그를 따라갔다. 두 사람 모두 바닥까지 내려왔을 때, 그는 사다리의 마지막 단에 걸터앉았다. 그녀는 웅크리고 앉아 축 늘어진 남편의 양손을 힘주어 잡았다.

"여보, 우리에겐 인생이 남아 있어요……. 망상을 쫓아 버리고, 우리 함께 살아 봐요……. 이미 나이를 먹은 우리 둘밖에 남지 않았는데, 서로 괴롭히기만 하고 행복할 수 없다면 너무 어리석지 않아요? 머지않아 우리 역시 죽을 테고, 땅에 묻힐 텐데! 우리 좀 더 삶에 애착을 지니고 서로 사랑해 봐요. 벤느쿠르에서는 그랬잖아요! 내 꿈을 들어 보세요. 나는 내일 당신을 데리고 떠날 거예요. 우리 이 저주받은 파리를 떠나 아주 멀리가요. 어디에선가 평화로운 보금자리를 찾을 수 있을 거예요.

그곳에서 당신은 나와 함께 사는 생활이 얼마나 감미로운지 알게 될 거예요. 오직 두 사람의 사랑 외에는 모든 것을 잊고 사는 삶이 얼마나 좋은 것인지……. 아침에는 널찍한 침대에서 늦게까지 잠자고, 화창한 날에는 산보를 해요. 맛있는 점심 식사의 냄새가 풍겨 오겠죠. 한가하게 오후를 지낸 후에 저녁엔 등불 아래에서 함께 보내는 거예요. 이제 더 이상 망상에 시달리지 말고 오직 삶의 기쁨만을 생각해요! 내가 당신을 사랑하고, 당신을 흠모하고, 흔쾌히 당신의 종이 되고, 오직 당신의 즐거움을 위해 존재하는 것으로 충분하잖아요. 내 말 듣고 있어요? 당신을 사랑해요, 당신을 사랑해요. 그 이상 뭐가 필요해요? 내가 당신을 사랑하는 것으로 충분하잖아요!"

그는 손을 빼며 그렇지 않다는 몸짓을 하며 우울한 목소리로 말했다.

"아니, 그것으로 충분하지 않아……. 나는 당신과 떠나지 않을 거야. 행복하고 싶지 않아, 그림을 그리고 싶어."

"그럼 내가 죽기를 원해요? 당신도 죽을 거예요. 우리 둘 모두의 피와 눈물을 전부 거기에 바치게 될 거예요! 그렇게 되면 우리에겐 예술밖에 남지 않아요. 당신이 숭배하는 난폭하고 전지전능한 신이 우리를 없애고, 죽일 거예요. 그가 우리의 주인이니까요. 당신은 고맙다고 하겠죠."

"응, 나는 그에게 속해 있어. 그는 나를 가지고 뭐든지 뜻대로할 수 있어……. 그림을 못 그리게 되면 아마 나는 죽을 거야. 차라리 그림을 그리다 죽을래. 그리고 아무리 내가 다른 걸 원해 보아도 소용이 없어. 나에게는 예술이 전부이고 다른 것은 아무것도 존재하지 않아. 세상 같은 것은 없어도 좋아!"

그녀는 다시 화가 치밀어 역공을 시작했다. 그녀의 목소리는 다시 커졌고, 노기가 서려 있었다.

"하지만 나는 살아 있어요! 당신이 좋아하는 그 여자들은 다 죽어 있는 여자들이에요. 오! 아니라고 말하지 마세요. 당신이 그리는 모든 여자가 전부 당신의 정부라는 걸 알고 있으니까요. 이미 난 당신의 여자가 되기 전부터 알고 있었어요. 당신이 누드를 그릴 때 손으로 그것들을 얼마나 부드럽게 애무하며, 그 후 몇 시간씩 그것들을 얼마나 그윽한 눈으로 바라보는지 보면 알 수 있어요. 안 그래요? 남자가 그런 욕망을 품다니 병적이고 어리석은 일 아닌가요? 그림 속의 여자에게 정욕을 불태우고, 존재하지도 않는 허상을 품에 안다니요! 게다가 당신은 스스로 그런 걸 잘 알면서도 무슨 비밀스러운 일이라도 되는 듯이 감추고 있었죠. 물론 당신은 한순간 나를 사랑하는 듯했어요. 그때 당신이 나에게 그 어리석은 이야기를 해 주었지요. 당신은 그림 속의 여자들과의 사랑 이야기를 농담하듯 들려주었죠. 기억해요? 당신은 나를 안고 있는 동안, 그 유령들을 불쌍하게 생각하고 있었던 거예요……. 그리고 그게 오래 가지도 않았어요. 곧 그 여자들에게 돌아갔으니까. 오! 쏜살같이 돌아갔죠! 마치 편집증 환자가 자신의 미친 짓거리로 돌아가듯이. 그래서 이제 당신의 삶 속에서 실제로 존재하는 나는 없어졌고, 영상에 지나지 않는 그 여자들만이 다시 유일한 현실이 되었어요……. 그때 내가 얼마나 괴로웠는지, 당신은 알지 못해요. 왜냐하면 당신은 우리들 살아 있는 실제의 여자들에 대해서 전혀 모르니까요. 그동안 당신과 같이 살아왔지만, 당신은 나를 이해하지 못해요. 그래요, 난 그 여자들을 질투해요. 저기에서 벌거벗고 포즈를 설 때에도 오직 한 가지 생각만이 나에게 그 일을 할 용기를 주었어요. 나에겐 그 여자들과 싸워서 당신을 도로 뺏어 오겠다는 생각밖에 없었어요. 그런데 당신은 내가 옷을 다시 입기 전에 나에게 아무것도 해 주지 않았어요. 어깨 위에 키스조차 해 주지 않았죠! 기가 막혀서! 그럴 때마다 내가 얼마나 수치스러웠는지 알아요! 얼마나 슬펐고, 모욕감과 배반감을 느꼈는지 알아요! 그때부터 당신은 점점 더 나를 무시할 뿐이었어요. 지금 우리가 어떤 상태인지 당신도 잘 알잖아요. 우린 서로의 손가락 하나 건드리지 않은 채 나란히 누워 잘 뿐이에요. 그런 지가 벌써 여덟 달하고 이레란 말이에요. 내가 다 세어 보았죠! 여덟 달하고 이레 동안 우린 아무것도 하지 않았어요."

그녀는 대담하게 거침없는 말들을 계속했다. 그녀는 관능적이긴 했지만 정숙한 여자였고, 실제로 사랑을 나눌 때에는 부풀어 오른 입술로 탄성을 지르며 정열적이다가도 그 후에는 곧 얌전해지며 그 일에 대해 다시는 입에 담지 않았다. 그런 그녀이기에, 그녀는 더 이상 말하고 싶지 않다는 듯이 애매한 미소를 띠우면서 고개를 옆으로 돌려 버렸다. 그러나 그녀는 자신이 지닌 욕망을 주체하지 못했고, 클로드의 금욕적인 태도에 모욕감을 느꼈다. 그녀는 남편에게 질투의 감정을 숨기지 않으며 더욱 비난을 퍼부어 댔다. 그는 아내에게 주지 않는 정력을 애지중지하는 애첩에게 쏟기 위해 아끼고 있었기 때문이다. 이튿날 중요한 일이 있는데 아내가 잠자리에서 그에게 와 안기기라도 하면, 종종 그는 너무 피곤해서 안 된다는 말을 되풀이하였다. 또 그는 팔을 빼면서 부부 생활을 하면 머리가 어지러워 원상을 회복하는 데 사흘이 걸리기 때문에 좋은 그림을 그릴 수 없다고 강경하게 말했다. 그래서 두 사람 사이의 틈은 점점 벌어지게 되었다. 그녀는 처음 한 주 동안은 남편이 그림을 완성하기를 기다렸고, 그 후 한 달 동안을 새로운 그림을 시작하는 데 방해가 되지 않도록 기다리면서 많은 날들을 보내야 했다. 그러다 보니 둘 사이는 점점 멀어져 급기야는 서로의 존재를 잊고 말았다. 그녀는 천재는 자신의 작품하고만 동침할 뿐 금욕적인 생활을 해야 한다는, 전에 수없이 반복하여 들은 교훈을 마음속으로 되뇌고 있었다.

"당신은 나를 밀어내고 있어요." 그녀는 격한 어조로 말했다. "밤이면 밤마다 마치 혐오스러운 것이라도 피하듯, 당신은 나를 피해 다른 데로 가요. 그런데 당신이 좋아하는 그게 뭔지 알아요? 아무것도 아닌 허깨비예요. 캔버스 위의 하찮은 물감 부스러기에 지나지 않아요! 자, 봐요. 저 위의 당신이 그린 여자를 한번 봐요! 당신이 광기에 사로잡혀 어떤 괴물을 그려 놓았는지 똑똑히 보라고요! 저런 모습을 한 여자가 이 세상에 있단 말이에요? 어떤 여자의 허벅지가 금빛으로 빛나고, 하체에 꽃이 피어 있어요? ……정신 차려요, 눈을 떠요, 현실로 돌아와요."

그의 그림을 가리키는 크리스틴의 당당한 동작에 클로드는 자기도 모르게 기가 죽어, 자동적으로 몸을 일으켜 그림을 바라보았다. 사다리 위에 놓인 촛불이 허공에 펄럭이면서 그림 속 여자를 제단 위에 놓인 여인처럼 비추었다. 반면, 그림을 뺀 드넓은 아틀리에는 온통 어둠 속에 잠겨 있었다. 마침내 그는 정신이 들었다. 이렇게 그림에서 좀 떨어진 곳에 서서, 아래에서 위를 향해 여자를 쳐다본 그는 어리둥절해졌다. 도대체 누가 저런 알 수 없는 종교적 우상을 그렸을까? 금속과 대리석, 보석을 써서 도대체 누가 이런 여자를 만들어 냈을까? 황금색 원주와도 같은 두 허벅지 사이에, 하복부의 성스러운 궁륭 아래에 도대체 누가 저토록 신비스러운 여성의 상징인 장미꽃을 피웠단 말인가? 바로 다름 아닌 자기 자신이 무의식중에 만족할 수 없는 욕망의 상징을 만들어 내고 말았는가? 그토록 작품에 생명을 불어넣으려고 헛되이 애를 쓰다가, 결국 자신의 두 손으로 금과 다이아몬드의 육체를 지닌 너무도 인간답지 않은 형상을 그리고 말았단 말인가? 그는 비현실의 저편에 자신이 불쑥 뛰어들고 만 사실에 몸을 떨며, 너무도 깜짝 놀란 나머지 자신의 작품을 두려운 눈으로 바라보았다. 현실을 정복하고 자신의 손으로 보다 현실적인 것을 재현하기 위하여 그토록 오랜 세월을 투쟁한 끝에 비로소 그는 현실을 표현하는 일이 불가능한 일임을 깨달았다.

"자, 봐요! 보란 말이에요!"

크리스틴이 의기양양하게 다시 말했다. 그러자 그는 들릴 듯 말 듯한 소리로 중얼거렸다.

"오! 내가 무슨 짓을 한 거야? 창조란 불가능한 일일까? 우리 인간은 생명을 창조할 수 없단 말인가?"

그의 약해지는 모습을 본 그녀는 얼른 두 팔로 그를 안았다.

"왜 그런 어리석은 일을 하려고 해요? 당신을 사랑하는 내가 있는데, 왜 다른 것을 찾죠? 당신은 나를 모델로 써서 내 몸을 베끼려고 했어요. 왜죠? 그 복제품들이 나보다 더 낫단 말이에요? 그것들은 흉측하고, 시체처럼 뻣뻣하고 차가워요……. 난 당신을 사랑하고, 당신을 원해요. 그런 걸 꼭 말해 줘야 알아요? 내가 당신 곁을 서성이고, 당신을 위해 포즈를 서고, 당신의 숨결을 느끼면서 스쳐 지나갈 때, 그렇게 내 마음을 몰라요? 나는 당신을 사랑해요, 알겠어요? 그리고 나는 살아 있는 여자란 말이에요! 당신을 원하고 있어요……."

그녀는 미친 듯이 그의 팔과 다리를 자신의 벌거벗은 팔다리로 껴안았다. 반쯤 흘러내린 잠옷 위로 드러난 젖가슴을 그에게 밀착시키며, 그의 몸속으로 파고들어 가기 위해 몸부림을 치면서 자신의 타오르는 정열과 마지막 전투를 벌이고 있었다. 이미 그녀에게서 예전의 정숙함과 조심스러움을 찾아보긴 어려웠다. 그녀는 닥치는 대로 무엇이든지 태워 버리는 고삐 풀린 정열 그 자체였고, 그를 차지하기 위해 말이나 행동을 거침없이 했다. 그녀의 얼굴은 부풀어 있었고, 온순하던 눈과 순수한 이마는 흐트러진 머리카락에 가려 보이지 않은 채, 튀어나온 턱뼈 때문에 강렬해 보이는 턱과 빨간 입술만이 두드러져 보였다.

"오! 그만해!" 클로드가 나지막하게 말했다. "오! 난 지금 너무 참담해!"

열에 들뜬 목소리로 그녀는 계속했다.

"당신은 내가 너무 늙었다고 생각할 거예요. 네, 그래요, 언젠가 그렇게 말한 적이 있어요. 난 그 말만 믿고 포즈를 취하는 동안 내 몸을 뜯어보며 주름을 찾아보았어요. 하지만 그건 사실이 아니에요! 난 스스로 느낄 수 있어요. 내가 늙다니요! 이렇게 여전히 젊고 힘이 있는데……."

그가 여전히 몸부림치자 그녀는 말했다.

"자, 보세요!"

그녀는 뒤로 세 걸음 물러나 대범한 동작으로 잠옷을 벗어 던지고 실오라기 하나 걸치지 않은 알몸으로 꼼짝 않고 서서 그토록 오랫동안 서 온 포즈를 취했다. 다만 턱만은 치켜들고 그림 속의 여자를 가리켰다.

"봐요, 직접 비교해 보세요. 내가 저 여자보다 젊어요……. 아무리 당신이 보석으로 살을 가려도 저 여자는 마른 잎처럼 시들어 있어요. 그런데 자, 나를 보세요. 전 항상 열여덟 살인 채로, 그대로 있어요. 왜냐하면 당신을 사랑하니까요."

흐린 조명 아래 서 있는 그녀의 모습은 과연 젊음으로 빛났다. 사랑을 향해 타오르는 욕정 때문에 두 다리는 매력적으로 날씬하게 쭉 뻗어 있었고, 엉덩이는 비단결같이 부드러운 완만함을 더하였으며, 욕망의 더운 피가 흐르는 젖가슴은 단단하고 빳빳하게 부풀어 올랐다.

이미 그녀는 거추장스러운 잠옷을 벗어던진 채, 그에게 달라붙어 다시 한번 그를 점령하려 하고 있었다. 손을 이리저리 움직이며 허리와 어깨 등 온몸을 더듬었다. 마치 그의 심장이라도 찾아내겠다는 듯이 그의 몸을 더듬고 애무하면서, 그 사람의 전부를 자기 것으로 하려고 했다. 한편 채워지지 않는 갈증에 목마른 입으로는 그의 살과 수염, 셔츠의 소매에 이르기까지 어디든 격렬한 키스를 퍼부어 댔다. 그녀는 숨을 거칠게 몰아쉬며 말했다. 이미 그녀의 목소리는 헉헉거리는 한숨에 가까웠다.

"오! 내게 돌아와요, 오! 어서 사랑을 나눠요……. 당신은 피가 끓지 않아요? 저 그림자들로 충분해요? 어서 와요, 산다는 게 얼마나 좋은 건지 알려 줄게요……. 여보, 내 말 듣고 있어요? 우리 서로의 목에 꼭 매달려 살아요. 그렇게 서로 껴안고 뒤엉켜 밤을 보내고 난 뒤, 그 이튿날도, 또 그 이튿날도 다시 시작해요……."

그는 저 위에 서 있는 우상과도 같은 다른 여자에 대한 두려움으로 몸을 떨며 점점 아내를 꼭 껴안기 시작했다. 그러자 크리스틴은 유혹에 더욱 박차를 가하며, 그의 마음을 누그러뜨리고 정복했다.

"내 말 들어봐요. 나는 당신이 무서운 생각을 하고 있다는 걸 알아요! 자칫 잘못하여 불행을 자초할까 봐 차마 그 말을 밖으로 내뱉지 못하고 있었을 뿐이에요. 하지만 당신을 걱정하느라 난 오늘밤 한숨도 못 잤어요. 오늘 저녁에 당신의 뒤를 밟았어요. 저 망할 놈의 다리 위에까지. 그곳에서 얼마나 무서웠는지 알아요. 아! 정말로 모든 게 끝나는 줄 알았어요. 당신을 이제 다시는 못 보는 줄 알았다고요……. 세상에! 그럼 난 뭐가 돼요? 내겐 당신이 필요해요. 설마 날 죽일 작정은 아니겠지요! 우리 서로 사랑을 나누어요. 사랑을 나누어요……."

마침내 그는 그녀의 그칠 줄 모르는 정열적인 공세에 항복하고 말았다. 그는 마치 이 세상 전체가 소멸하는 가운데로 자신의 존재가 녹아 들어가는 듯한 커다란 슬픔을 맛보았다. 그는 미친 듯이 그녀를 껴안으며 울먹이면서 중얼거렸다.

"맞아, 난 무서운 생각을 했어……. 진짜로 그렇게 하려고 했는데, 완성하지 못한 저 그림 생각이 나서……. 그런데 이제 더 이상 그림이 내 것이 아닌데, 그래도 내가 더 살 수 있을까? 그림을 저렇게 해놓고, 저 지경으로 만들어 놓고, 조금 전에 저렇게 다 망쳐 놓고서, 어떻게 더 살 수 있단 말이야?"

"내가 당신을 사랑하는데, 왜 못 살아요?"

"아! 당신은 절대로 내가 원하는 만큼 충분한 사랑을 줄 수 없어……. 나는 스스로를 잘 알아. 내겐 이 세상에 존재하지 않는 것, 나로 하여금 이 세상 모든 것을 잊게 할 수 있을 만큼 강렬한 무엇인가가 필요해……. 당신은 벌써 힘을 잃었는걸. 당신은 아무것도 할 수 없어."

"아니에요, 아니에요, 보면 알 거예요. 자! 나는 당신을 이렇게 안고 눈과 입 그리고 당신의 몸 어디에든 입을 맞추겠어요. 내 가슴으로 당신의 몸을 뜨겁게 하고, 내 다리를 당신의 다리에 걸치고, 두 팔로 당신의 허리를 감겠어요. 난 당신의 숨결이 되겠어요. 당신의 피가 되고 살이 되겠어요…….”

이 말에 그는 완전히 정복되어, 그녀와 함께 타올랐다. 머리를 그녀의 두 가슴 사이에 파묻고 이번에는 그가 그녀의 온몸에 입을 맞추며 그녀의 몸속으로 들어가 숨었다.

“좋아! 나를 구해 줘, 제발! 내가 스스로 목숨을 끊기를 원치 않는다면, 나를 당신이 가져……. 당신이 나를 행복하게 만들어 줘. 그 무엇으로라도 나를 붙잡아 줘……. 내가 당신의 것이 될 수 있도록, 당신의 노예가 될 수 있도록, 당신의 발아래 꿇어 엎드려 살면서 나를 슬리퍼 바닥으로 밟아 으깰 수 있도록, 나를 잠재워 줘. 나를 전부 없애 줘……. 당신의 향기에 취해 살고, 충실한 개처럼 당신에게 복종하고, 먹고, 당신을 갖고, 잠들고, 그 정도로 타락할 수 있다면, 그렇게 할 수만 있다면!”

그녀는 승리의 고함을 질렀다.

“이제 됐어요! 당신은 내 거예요. 이젠 당신에겐 나밖에 없어요. 다른 것은 모두 죽었어요!”

그리고 그녀는 흉측한 작품으로부터 그를 떼어내, 자신의 침실로 끌고 가서는, 의기양양하게 으르렁거리고 있는 침대 위에 눕혔다. 사다리 위에 홀로 남아 꺼져 가는 마지막 불꽃을 태우던 촛불은 그들 뒤에서 잠시 깜박거리더니 어둠 속으로 사라지고 말았다. 뻐꾸기시계가 다섯 시를 알렸지만, 11월의 안개 낀 하늘에는 아직 흐린 새벽빛조차 나타나지 않은 채였다. 그리고 모든 것이 깜깜한 차가움 속에 다시 잠겼다.

크리스틴과 클로드는 어둠 속을 더듬어 겨우 침대에까지 온 후, 침대 전체를 누비며 엎치락뒤치락했다. 그것은 그야말로 맹렬한 결합으로서, 그들은 이와 유사한 격정을 예전에 한 번도 느껴 보지 못했다. 첫날밤조차도 이번만 못했었다. 그들의 마음속에서 과거의 모든 일이 살아났다. 그러나 그 느낌이 너무나 새롭고 강렬했기 때문에 그들은 환희의 열광에 취했다. 그들은 혀를 날름거리며 타오르는 불꽃과도 같은 어둠의 날개를 타고 저 높이, 이 세상 밖으로, 규칙적으로 계속되는 몸의 반동에 의하여 더욱 높이 올라갈 뿐이었다. 클로드 자신은 어느새 슬픔 따위는 까맣게 잊어버린 채, 슬픔과는 아득히 먼 곳에서 삶의 기쁨에 취해 탄성을 질렀다. 그녀는 입가에 관능적인 승리의 미소를 흘리며, 도전적이고 지배적이 되어서 그에게 신성 모독적인 발언을 하게 했다. "그림은 어리석다고 말해요." "그림은 어리석어." "이제 그림을 그리지 않겠다고, 그것을 경멸한다고, 나를 즐겁게 해 주기 위해 당신의 그림을 불태우겠다고 말해요." "모든 그림을 불태우겠어. 이제 그림을 그리지 않겠어." "그리고 이제 나밖에 없다고 말해요. 지금 나를 안고 있듯이 나를 안고 있는 것이 유일한 행복이라고 말해요. 당신이 그려 놓은 저 창녀에게 침을 뱉는다고 말해요. 침을 뱉어요. 내가 들을 수 있도록 침을 뱉어요!" "자! 침을 뱉겠어, 내겐 당신뿐이야." 그러자 그녀는 그를 숨이 막히도록 꽉 껴안았다. 그를 소유하고 있는 것은 그녀뿐이었다. 두 사람은 현기증을 느끼며 반짝이는 별 사이로 하늘을 나는 마차에 다시 한번 몸을 실었다. 그들은 다시 절정에 달했고, 그 후 세 번이나 지상을 떠나 하늘의 끝을 향해 날아오르는 기분을 맛보았다. 얼마나 행복한가! 왜 그는 전에 이렇게 확실한 행복 속에서 괴로움을 치료할 생각을 하지 못했을까? 그녀는 여전히 헌신적이었다. 그가 이토록 황홀해질 수 있는 것을 보면 그는 이제부터 행복해질 수 있지 않은가? 구원받을 수 있지 않은가?

날이 밝아 오고 있었다. 행복감에 젖은 크리스틴은 클로드의 팔에 기대자 잠이 쏟아졌다. 그녀는 자신의 허벅지와 다리를 그가 다시는 도망가지 못하도록 꼼짝 못하게 그의 허벅지와 다리에 걸쳤다. 그리고 따뜻한 베개 노릇을 해 주는 남편의 가슴에 머리를 얹고서, 입가에 미소를 띤 채로 새근새근 잠이 들었다. 그는 눈을 감았다. 그러나 몸이 으스러질 듯한 피곤에도 불구하고 그는 눈을 다시 떴다. 그의 눈앞에 어둠이 나타났다. 잠이 오지 않았다. 근육은 아직 경련하고 있었지만, 점차 쾌락의 도취가 사라지고 몸이 차가워지자 여러 가지 어지러운 생각들이 다시 조용히 그의 머릿속으로 들어왔다. 새벽이 밝아 오면서 유리창 위로 비에 젖어 지저분해진 노란색 얼룩이 보이자, 그는 몸을 부르르 떨었다. 아틀리에 안에서 그를 부르는 높은 목소리를 들은 것 같았다. 다시 모든 상념이 돌아와 머릿속을 채웠고, 그를 괴롭혔다. 그의 얼굴은 움푹 패었고, 턱은 인간에 대한 혐오로 일그러졌으며, 안면에 뚜렷하게 새겨진 두 줄의 주름은 여위어 초라해진 노인처럼 보이게 했다. 이제 그는 몸에 휘감겨 있는 아내의 허벅지가 납처럼 무겁게 여겨졌다. 그는 그것이 마치 속죄할 수 없는 죗값으로 받는 무릎을 부수는 석고형같이 괴롭게 느껴졌다. 그리고 그의 가슴에 얹어 놓은 그녀의 머리가 자신을 짓눌러 숨을 쉬기가 어렵고 심장이 멎는 듯했다. 전신의 분노가 서서히 고조되어, 전체적인 반발과 함께 참을 수 없는 혐오와 증오가 그의 몸에서 일고 있었지만, 그는 아내를 깨워서는 안 된다는 생각에 한동안 가만히 있었다. 특히 그녀의 풀어헤친 머리카락에서 나는 역한 냄새가 그의 화를 돋우었다. 갑자기 아틀리에 안에서 명령하는 듯이 그를 부르는 두 번째 높은 목소리가 들려왔다. 그는 드디어 결심을 굳혔다. 이제 다 끝났다. 그는 너무도 괴로웠다. 모든 것이 거짓이었고, 어떤 즐거움도 그에게 남아 있지 않았으므로, 그는 더 살 수 없었다. 먼저 그는 살며시 미소를 짓고 있는 크리스틴의 머리를 천천히 내려놓았다. 그다음에 세심한 주의를 기울여 그녀의 허벅지에 감겨 있는 자신의 다리를 마치 그녀 편에서 다리를 구부리는 것처럼 풀었다. 드디어 사슬이 풀리고, 그는 자유의 몸이 되었다. 그때 세 번째로 그를 부르는 소리가 들렸다. 그는 이렇게 말하며 서둘러 옆방으로 들어갔다.

"알았어, 알았어, 곧 갈게!"

지저분하고 우울한 안개가 낀, 음울한 겨울의 어느 이른 새벽이었다. 한 시간쯤 지난 후에 크리스틴은 얼어붙는 듯한 추위에 문득 잠을 깨었다. 그녀는 아무것도 몰랐다. 왜 내가 혼자 자고 있을까? 그제야 그녀는 자신이 남편의 가슴에 얼굴을 파묻고 손발을 그의 몸에 감고 잠이 든 사실이 기억났다. 그럼 그는 어떻게 빠져나갔을까? 그는 어디에 있단 말인가? 아직 잠이 덜깨어 멍한 상태인 그녀였지만, 그 생각이 들자 대번에 침대에서 뛰어내려 와 아틀리에로 달려갔다. 맙소사! 그사이에 다른 여자에게로 돌아갔단 말인가? 남편을 영원히 자기 것으로 만들었다고 믿은 순간, 그 여자가 다시 남편을 채갔단 말인가?

처음에 그녀의 눈에는 아무것도 보이지 않았다. 이른 새벽의 지저분하고 싸늘한 빛을 받고 있는 아틀리에 안은 텅 비어 있었다. 그러나 아무도 없는 것을 보고 안도한 그녀가 그림을 향해 고개를 들어 올린 순간, 그녀의 크게 벌어진 목구멍으로부터 섬뜩한 외침이 흘러나왔다.

"클로드, 오! 클로드……."

클로드는 실패한 자신의 그림 바로 앞에서 커다란 사다리에 목을 건 채로 매달려 있었다. 그는 액자를 벽에 거는 데 사용하는 밧줄을 한 줄 들고 사다리 위로 올라가, 그 밧줄의 끝을 사다리 위에서의 안전을 위하여 못 박아 둔 떡갈나무 받침대에 붙들어 매고, 그 위에서 뛰어내린 것이었다. 셔츠 바람에 맨발로, 검게 된 혀를 길게 늘어뜨리고, 튀어나온 두 눈에 핏줄이 서 있는 끔찍한 모습이었다. 몸은 무섭게 길게 뻗어 뻣뻣하게 굳어 있었고, 얼굴은 그림 쪽을 향하고 있었다. 마치 자신의 마지막 숨으로 그림 속의 여자에게 혼을 불어넣으려는 듯이, 그리고 아직까지도 그 여자를 똑바로 쳐다보고 있는 듯이, 신비한 장미꽃을 음부에 피운 여자 바로 가까이에 매달려 있었다.

크리스틴은 끓어오르는 번뇌와 놀라움과 분노에 간신히 몸을 지탱하고 서 있었다. 몸을 가눌 수도 없을 지경으로 목에서는 단지 신음소리만이 끊임없이 새어 나올 뿐이었다.

"오! 클로드, 오! 클로드……, 저년이 결국 당신을 빼앗고 죽이고 말았군요. 저 갈보 년이!"

크리스틴은 두 다리가 휘청거리면서 몸이 한 번 도는 듯하더니, 그대로 바닥에 쓰러지고 말았다. 심한 고통이 그녀의 심장으로부터 피를 모두 빼앗아 가는 바람에, 그녀는 기절하여 땅에 죽은 듯이 쓰러지고 말았다. 그런 그녀의 모습은 예술의 잔인한 절대 권력에 눌려 으깨어져, 다 쓰고 버린 넝마 조각과도 같았다. 한줌의 가루가 된 그녀 위에서 그림 속의 여자가 우상처럼 상징적인 빛을 찬연하게 내고 있었다. 광기 어린 그림만이 홀로 불사신처럼 우뚝 서서 승리감에 취해 있었다.

자살이라는 이유로 여러 수속이 늦어져서 겨우 월요일이 되어서야 장례가 행해졌다. 상도즈가 오전 아홉 시에 도착했을 때 투를라크가의 보도에는 겨우 스무 명 남짓의 사람들이 모여 있었다. 이 사흘 동안 그는 자신의 슬픔은 접어 두고 모든 필요한 일을 처리하느라고 분주했다. 먼저 그는 목숨만 겨우 건진 크리스틴을 라리부아제 병원으로 옮겨야 했다. 이어서 시청에서 장의사로, 또 교회로 다니면서 어디에서나 비용을 규정대로 지급했다. 사제가 목에 검은 둘레가 쳐진 이 사체의 장례를 치러 주겠다고 했기 때문에 더욱더 그는 비용을 깎지 않았다. 그런데 상도즈가 보기에 길에서 기다리고 있는 사람들이라고 해야 모두 이웃 사람들과 호기심에 이끌려서 온 몇몇 구경꾼들뿐이었다. 한편, 옆집 창가에는 이 참극에 흥분한 이웃 사람들이 모여 서로 수군거리고 있었다. 아마 친구들은 이제 오기 시작할 것이다. 친척들은 주소를 알지 못하므로 연락할 수 없었다. 그런데 클로드의 친척으로 보이는 두 사람이 온 것을 보고 그는 뒤로 물러섰다. 분명 클로드 자신은 멀리하고 있던 사람들이었을 텐데, 신문에 난 간단한 사망 기사를 보고 왔을 것이었다. 한 명은 고물상을 하고 있는, 별로 풍채가 좋지 않은 나이가 꽤 들어 보이는 친척 누이였고, 다른 한 사람은 파리에서 백화점을 소유하고 있는 큰 부자로 훈장을 받은 적이 있는 키 작은 종형이었다. 그는 자신이 예술에 취미가 깊은 것을 과시하려는 듯이 고상한 태도를 취하고 있는 귀공자였다. 친척누이는 곧바로 집에 들어가서 아틀리에를 한 바퀴 돌더니 비참하기 짝이 없는 가난의 냄새를 맡자 쓸데없이 온 것에 화가 나서 입을 굳게 다물고 내려와 버렸다. 반면 키 작은 종형은 꼿꼿하게 영구차 바로 뒤에 서서, 우아하고 당당한 단정한 태도로 장례 행렬의 선두를 맡았다.

행렬이 움직이기 시작할 때 봉그랑이 뛰어와 상도즈와 악수를 나눈 후, 나란히 걸었다. 봉그랑은 뒤에 따라오는 열다섯 내지 스무 명 남짓의 사람들을 흘끗 보더니, 표정이 어두워지면서 중얼거렸다.

"아! 불쌍한 녀석! ……말도 안 돼! 우리 둘뿐이라니!"

뒤뷔슈는 아이들과 함께 칸느에 가 있었다. 조리와 파주롤은 오지 않았다. 조리는 죽음을 아주 싫어했고, 파주롤은 너무 바쁘다는 이유에서였다. 단지, 마우도가 장례 행렬이 르피크가를 올라가고 있을 때 뒤쫓아 와서 가니에르가 열차를 놓쳤음이 틀림없다고 말했다.

영구차는 천천히 구불구불한 몽마르트르 언덕의 경사가 가파른 비탈길을 올라갔다. 때때로 내리막길이 교차하는 부근에서 돌연 시야가 넓어지며 망망한 깊은 바다와도 같은 거대한 파리가 내려다보였다. 생 피에르 교회 앞에 도착하여 관을 높이 들어 옮길 때 관은 잠시 대도시를 굽어보는 모습이 되었다. 커다란 구름의 무리가 살을 에는 듯한 바람에 휩쓸려서 날아다니는, 회색의 겨울 하늘 아래에서였다. 그리고 지평선 끝까지 마치 성난 파도에 차 있듯이 짙은 안개에 둘러싸인 파리는 점점 더 크게 보였다. 이 파리를 정복하기를 원하고, 그 때문에 목을 매 죽은 불쌍한 남자가 이제 떡갈나무 관에 못 박혀 이 대도시 앞을 지나, 대도시를 흐르는 진흙탕 물처럼 다시 대지로 돌아가려 하고 있었다.

교회를 나올 때, 친척누이는 모습을 감추었다. 마우도도 마찬가지였다. 키 작은 종형은 다시 영구차 뒤의 자기 자리로 돌아왔다. 그 뒤로 일곱 명의 모르는 사람들이 따라가기로 했다. 그래서 다시 일행은 사람들이 카옌이라는 무섭고 음산한 이름으로 부르고 있는 생 투앙의 신묘지를 향해 출발했다. 모두 열 명이었다.

"이젠 정말로 우리 둘뿐이군요."

봉그랑이 상도즈와 나란히 걸으면서 다시 한번 말했다.

사제와 복사 소년을 태운 영구차를 선두로 한 장례 행렬은 이 번에는 언덕 반대편 비탈의 산길과도 같이 구불구불하고 가파 른 길을 따라 내려왔다. 영구차를 끄는 말들이 진흙탕 길에 미 끄러지는 바람에 마차 바퀴가 말없이 요동을 쳤다. 뒤를 따르 는 열 명의 사람들은 물이 괸 곳을 피하고 급한 내리막길에 정 신을 쏟느라 대화를 나눌 여유도 없이 걷는 데 여념이 없었다. 그러나 뤼소가에 와서 클리냥쿠르의 문에 당도하여 활같이 휜 둥근 거리나 순환 철도, 외곽의 경사지와 도랑이 보이는 광장 에 들어서자 일행은 안도의 한숨을 내쉬고 서로 이야기를 나누 는 바람에 대열이 흩어지기 시작했다.

상도즈와 봉그랑은 사람들로부터 멀어지려는 듯이 점점 더 행렬의 끝으로 밀려났다. 영구차가 시의 경계를 넘을 때 봉그 랑이 몸을 기울여 말했다.

"그런데 부인은 좀 어때요?"

"아! 불쌍하기 짝이 없어요!" 상도즈가 거듭 말했다. "어제 병원으로 가 보았는데, 고열로 머리가 이상해졌더군요. 인턴 말로는 생명에는 지장이 없다는데, 아마 10년은 더 늙을 테고 아무 일도 못 할 거라고 하네요. 자기의 이름 철자까지도 잊을 정도가 되었으니까요. 완전한 전락이고 분쇄가 아니고 무엇이 겠어요. 하녀의 비천한 신분으로까지 전락했으니까요! 그래요, 장애자로 보호받지 않는 한, 어디에선가 접시 닦는 여자가 될 수밖에 없을 겁니다."

"물론 한 푼도 없겠죠?"

"동전 한 푼 없어요. 저는 그가 큰 작품을 그리려고 사생한 습작이 몇 개 남아 있을 거라고 생각했어요. 큰 작품에는 그걸 썩잘 사용했다고 할 수 없지만, 훌륭한 습작이었어요. 그런데 아무리 애를 써도 찾을 수 없더군요. 전부 다른 사람들에게 주어버렸든지, 다른 사람들이 훔쳐 갔든지 했을 거예요. 네, 팔릴 만한 건 하나도 없더군요. 돈이 될 만한 그림은 한 장도 없었고, 남은 거라곤 저 거대한 캔버스뿐이었어요. 저는 그놈을 찢어서 불태웠어요. 아! 그렇게 하지 않고는 도저히 견딜 수가 없었어요. 복수를 한 겁니다!"

두 사람은 잠시 침묵했다. 넓은 생 투앙가가 똑바로 끝없이 펼쳐지고 있었다. 평평한 밭 사이로 진흙탕 물이 흐르고 있는 개천에 붙어 있는 길을 따라 초라한 장례 행렬이 구슬프게 지나갔다. 길 양쪽에 울타리가 쳐져 있었고, 좌우에는 드넓은 들판이 펼쳐져 있었다. 저 멀리 보이는 것은 공장의 굴뚝과 경사면에 세워진 흰색의 높은 집들뿐이었다. 클리냥쿠르에서는 시장이 열리고 있는 곳을 지나갔다. 길 양쪽에 늘어서 있는 임시 건물들과 서커스용 천막, 목마 등은 겨울 하늘 아래에 버려진 채, 추위에 떨고 있었다. 텅 빈 노상 술집과 녹이 슨 그네, 그리고 '피카르디 극장'이라는 간판이 붙어 있는 희가극을 공연하는 가설극장은 주위에 철망이 흩어져 있어 보기에도 을씨년스러웠다.

"아! 그가 전에 그린 그림들……." 봉그랑이 다시 말하기 시작했다. "부르봉 부두에 살 때 그리던 그림들을 기억하시오? 기막힌 작품들이었지요! 그렇지 않습니까? 프랑스 남부에서 가져온 풍경화라든가, 부탱의 아틀리에에서 그린 누드들, 소녀의 다리, 여인의 배 등등. 아, 그 복부 데생! 아마 말그라 영감이 채갔을 텐데, 실로 훌륭한 작품이었소. 요즘 소위 젊은 대가라는 사람들 중에 그 만한 그림을 그릴 수 있는 사람은 한 사람도 없어요. 네, 그래요, 그는 절대 바보가 아니었어요. 그는 진짜 위대한 화가였소!"

"저도," 상도즈가 말했다. "미술학교나 언론의 어리석은 사람들이 입을 모아 클로드에게 연구심이 부족하다고 계속 헐뜯으면서 게으르고 무식하다고 욕하는 소리를 들을 때마다 생각하곤 합니다. 그가 게으르다고요, 기가 막혀서! 저는 그가 하루에 열 시간 넘게 앉아서 작업을 하다가 지쳐서 정신을 잃는 걸 본적도 있습니다. 그리고 자신의 생명 전부를 걸고 작품에 열중하다가 거기에 미쳐 스스로 목숨까지 끊은 남자를 어떻게 게으르다고 할 수 있습니까! 게다가 무식하다니, 그런 바보 같은 말이 어디 있어요! 저들은 어떤 새로운 것을 제시하는 사람을 결코 이해하지 못할 겁니다. 뭔가 새로운 것을 제시하는 영광을 가지려면 그전에 이미 수용된 지식으로부터 반드시 벗어나야 한다는 사실을 그들은 절대로 이해할 수 없거든요. 들라크루아도 정확한 선을 그리지 못했으므로, 예술을 모르는 사람이 되는 겁니다. 아! 정확하지 않으면 아무것도 받아들일 수 없는 빈

혈증의 모범생 바보들!"

그는 잠시 입을 다물고 걷다가 덧붙여 말했다.

"그는 영웅적으로 일을 했고, 머릿속이 과학으로 가득 차 열정적으로 관찰했고, 대가로서의 기질을 훌륭하게 겸비하고 있었습니다. 그런데 아무것도 남기지 못했죠."

"전혀 아무것도, 그림 한 장도 남기지 않았지요." 봉그랑도 강력하게 말했다. "내가 알고 있는 건 몇 점의 휘갈겨 그린 밑그림하고 크로키들뿐이오. 말하자면 공개할 수 없는 화가의 개인 소유물들이죠. 맞아요. 우리는 이미 죽은 사람을, 그것도 완전히 죽은 사람을 땅속에 묻으려고 하고 있는 거요!"

말하고 있는 동안 두 사람은 행렬에서 뒤처졌기 때문에 발걸음을 빨리해야 했다. 저 앞의 영구차는 술집이나 장의 용품을 파는 가게들 사이를 빠져나간 다음, 오른쪽으로 돌아서 묘지로 통하는 길의 끝에 도달하고 있었다. 두 사람은 쫓아가서 일동과 같이 조그만 행렬을 이루어 문을 지나갔다. 제의 차림의 사제와 성수반을 든 복사가 영구차에서 내려 선두에 걷고 있었다.

그곳은 교외의 넓은 공터에 아직도 줄이 매어져 있는, 이제 막 만들어진 평탄하고 넓은 묘지인데, 좌우 대칭의 넓은 도로에 의해 바둑판 모양으로 나뉘어 있었다. 주요 도로변에 묘석을 덮은 제대로 된 묘는 드물고, 대개는 흙을 그냥 쌓아올린 평평한 묘들이 대부분으로 이미 가득 차 넘치고 있었다. 땅을 5년밖에 사용할 수 없기 때문에, 유족들이 많은 비용을 들이는 것을 주저하여 간단하게 임시로 묘를 만들었기 때문이었다. 기초

공사를 하지 않아 땅속에 묻힌 묘석, 심은 지 얼마 되지 않은 어린 상록수들, 이 모든 조잡한 임시 묘지가 마치 군인의 막사나 병원의 적막함과도 비슷한, 특유의 헐벗고 살벌한 분위기를 넓은 묘지 전체에 흐르게 하고 있었다. 낭만적인 발라드를 생각나게 하는 것, 예를 들면 바람에 신비롭게 흔들리는 잎이 무성한 굽은 길이라든가, 당당하게 영원을 새긴 커다란 묘비 하나 찾아볼 수 없었다. 그것은 번호가 매겨져 일렬로 늘어서 있는 새로운 형태의 묘지로서, 바로 민주주의에 걸맞은 묘지였다. 죽은 사람들은 마치 관청의 서류 정리함 안에서 잠자고 있다가 매일 아침 밀려오는 사자의 물결에 밀려나 교체되기 직전의 물결 같았다. 모두가 제삿날의 혼잡을 방지하려는 경찰의 감시하에 얌전하게 일렬로 늘어서 있는 듯이 보였다.

"쳇!" 봉그랑이 중얼거렸다. "묘지가 영 멋이 없군요."

"뭐, 어떻습니까?" 상도즈가 말했다. "편리해서 좋은데요. 공기도 통하고……, 해가 비치지 않는데도 색이 저렇게 예쁘네요."

과연 11월의 흐린 하늘 아래, 뼛속에 스미는 추운 바람이 부는 가운데에서도 꽃이나 묵주로 장식된 낮은 묘들은 아름답기 그지없는 매력적인 섬세한 색조를 보이고 있었다. 묵주는 아주 희거나 아주 검은 것들로, 이 검은색과 흰색의 대비가 어린 묘목들의 여린 녹색 가운데서 밝게 빛나고 있었다. 묘지의 사용이 보장되는 5년 동안에 유족은 성묘에 열성이었다. 마침 묘지는 위령의 날이 막 지나간 때여서 유족이 새로 놓고 간 기념물들로 산을 이루고 있었다. 다만 생화들만은 종이의 주름 장식가운데에서 이미 말라 있었고, 몇몇 노랑 국화의 화환은 새로 금박을 입힌 것처럼 반짝이고 있었다. 그러나 뭐니 뭐니 해도 가장 반짝이는 것은 묵주였다. 묵주는 묘비명을 보이지 않게 하고, 묘석이나 주위 장식들도 모두 덮어 버리고 말 정도의 반짝임으로 빛나고 있었다. 그 모양도 하트형, 꽃줄형, 타원형 등 가지가지였는데, 이 각각의 묵주들은 유리를 끼운 상자의 테두리를 두르고 있었고, 유리 상자 안에는 삼색제비꽃 다발, 서로 다정하게 잡은 두 개의 손, 장식용 새틴 리본, 심지어는 누렇게 된 여자의 사진 등 실로 여러 가지 물건이 들어 있었다. 여자의 사진은 대개 변두리에 살고 있는 가난하고 못생긴 애처로운 얼굴로 어색한 미소를 띠고 있었다.

영구차가 원형 광장으로 통하는 넓은 길을 가고 있을 때, 상도즈는 자신이 화가의 눈으로 묘지를 관찰하고 있는 것을 깨닫고는 클로드를 회상하며 말하기 시작했다.

"이 묘지에 대해서는 그가 잘 알고 있을 겁니다. 그는 근대적인 것이라면 뭐든지 열중하고 있었으니까요……. 물론 그는 자신의 타고난 재능 때문에 상처받고, 또 그 점 때문에 지치고 육체적으로 괴로웠겠지요. 왜 자기같이 이상한 인간을 낳았는가 하고 자신의 부모를 비난하며, 입버릇처럼 자기는 남보다 3그램이 많거나 적은 사람이라고도 했거든요. 그러나 생각해 보면 그의 병은 한 사람만의 것은 아니었던 것 같습니다. 말하자면 그는 시대의 희생자였어요……. 그래요, 우리 세대는 뱃속까지 낭만주의에 젖어 있어서 아직도 그것에서 헤어나지 못하고 있습니다. 우리들이 아무리 우리의 몸을 씻어 보아도, 강렬한 현실 속에 몸을 담아 보아도 그 얼룩은 끈질기게 남아 있고, 세상의 모든 세척제를 다 써 보아도 그 냄새는 없어지지 않겠지요."

봉그랑은 미소 지었다.

"오! 나야말로 그것을 머리 위에 뒤집어쓰고 있는 셈이죠. 나의 예술은 낭만주의의 젖을 먹고 자랐는데, 나는 지금도 그 점을 고치려 하지 않고 있소. 나의 최근의 무기력이 그것이 원인이라 해도 어쩌겠어요! 내가 예술가로서 전 생애를 다 바친 종교를 이제 부인할 수는 없습니다. 하지만 당신의 지적은 옳소. 당신들은 혁명아들이에요. 그러니까 클로드, 그가 부두 한가운데에 그 커다란 여자를, 그 말도 안 되는 상징을……."

"아! 그 여자." 상도즈가 끼어들었다. "그 여자가 그를 목 졸라 죽인 겁니다. 그가 얼마나 그녀에게 집착했는지 모르시죠! 나로선 도저히 그 여자를 그에게서 쫓아낼 수 없었어요. 머릿속이 그런 환영들로 가득 차 있을 때, 명석한 눈이라든가 평정하고 착실한 두뇌를 어떻게 기대할 수 있겠습니까? 선생님의 세대뿐만 아니라 우리들의 세대 역시 건전한 작품을 남기기에는 너무나 서정성의 때에 절어 있어요. 진실을 보다 고차원의 순수한 단순성과 논리적으로 그리거나 쓸 수 있으려면 적어도 한 세대 내지는 두 세대가 지나가야 할 것 같습니다. 저는 오직 진리와 자연만이 가능한 기반이고 필요한 규범이라고 생각합니다. 그것을 넘어서면 광기가 시작되겠죠. 작품이 밋밋하게 된다고 두려워할 필요는 없는 것 같아요. 사람에게는 개개인의 기질이라는 것이 있고, 그것이 창조의 행위를 통해 발산되게 마련이니까요. 누가 개성을 부정할 수 있겠습니까? 우리의 명예를 실추시키는 것 같은 별것 아닌 무의식적인 터치에도 그 빈곤한 작품을 우리의 것으로 만드는 기질이 존재하는데요!"

그는 재빨리 고개를 돌리며 말했다.

"아니! 무엇을 태우고 있는 거죠? 이런 데서 축포를 터뜨릴 일도 없잖아요?"

장례 행렬은 납골당이 있는 원형 광장에 도착해 방향을 돌리고 있었다. 공동으로 사용하는 지하실은 무덤에서 파낸 유해들이 점차 늘어나 가득 찬 상태였다. 원형의 잔디밭 가운데에 있는 공동 묘비는 이미 묘가 없어진 고인의 가족들이 동정심에서 아무데나 놓고 간 꽃다발들이 산더미같이 쌓인 아래에 파묻혀 있었다. 영구차가 천천히 왼쪽으로 돌아 제2호 도로로 접어들었을 때 탁탁, 하며 불꽃 튀는 소리가 들리며 짙은 연기가 보도 옆의 키 작은 플라타너스 위로 올라오고 있었다. 행렬이 천천히 그쪽을 향해 다가가자, 저 멀리 거대하게 쌓인 흙색의 물체가 타오르는 것이 보였다. 드디어 그들은 그것의 정체를 알게 되었다. 태우고 있는 장소는 넓은 사각형 장지의 끝으로, 사람들이 그곳에 평행한 몇 개의 구덩이를 깊고 넓게 파내려 가고 있었다. 농민이 새로 파종을 하기 위하여 땅속에 박힌 나무의 그루터기를 뽑아내듯이, 새 시체에 할애하기 위한 땅을 확보하려고 전에 묻은 예전의 관을 파내기 위한 구덩이였다. 길게 펼쳐 있는 빈 구덩이는 입을 크게 열고 하품을 하고 있었으며, 번

지르르하게 기름기가 도는 흙의 작은 산은 하늘 아래에서 자체의 불순물을 제거하고 있었다. 그리고 이 들판의 한 구석에서 불타고 있는 것은 땅에서 파낸 관의 썩은 판자들이었다. 이미 불그스름한 부식토로 변한 흙에 먹혀 쪼개지고 부서진 판자들은 거대한 장작더미처럼 쌓여 있었다. 시체가 썩어 흘러나온 물로 젖어 있는 이들 땔감은 불꽃을 피우지 못하고, 연방 무거운 폭발음을 내면서 연기를 짙게 피워 올릴 뿐이었다. 그리고 희끄무레한 하늘로 올라간 연기는 11월의 찬바람에 밀려 갈색의 가는 띠로 찢어져 공동묘지의 반을 차지하는 나지막한 무덤들 사이를 날아다니고 있었다.

상도즈와 봉그랑은 한마디 말 없이 그 광경을 바라보았다. 그들이 불타고 있는 곳을 지나갈 때 상도즈가 다시 입을 열었다.

"네, 그는 자기가 갖고 있는 예술의 신조를 실현하지 못했습니다. 그러니까 저는 클로드가 결정적인 한 작품에 자신의 신조를 확고하게 심고 또 부여하는 데 충분한 재능을 갖고 있지 못했던 것이 아닐까 하는 의구심이 듭니다. 게다가 그의 주위 친구들이나 그의 뒤를 잇고 있는 사람들이 기울이는 노력을 보면 그야말로 산만하기 짝이 없잖습니까! 모두가 밑그림에 그치든가, 허둥지둥 인상만을 그릴 뿐이어서, 우리가 기대하는 대가의 역량을 갖춘 사람은 아직 한 사람도 나타나지 않고 있습니다. 빛에 대한 새로운 견해, 과학적인 분석으로까지 밀고 나간 진실을 향한 열정, 그토록 독창적으로 시작된 혁신운동이 우물쭈물하다가 손재주 좋은 사람들의 손에 들어가게 되어 목표를 달성할 가능성을 잃고 만 것에 선생님은 화가 나지 않으세요? 이 모두가 목표 달성에 필요한 인간이 태어나지 않았기 때문입니다. 어떻게 그럴 수가 있어요! 그 인간은 꼭 태어날 겁니다. 어떤 일도 무로 돌아간 일은 없으니까요. 빛은 항상 존재해 왔으니까요."

"그럴까요? 빛이 항상 있다고 할 수는 없을 거요!" 봉그랑이 말했다. "인생도 마찬가지로, 그것은 미처 피기도 전에 떨어지고 말죠. 당신의 말뜻은 잘 알겠지만, 나 역시 절망적이오. 나는 슬퍼하며 죽을 거예요. 다른 모든 것도 그렇게 사라질 테고……. 아! 그래요, 시대의 공기가 나쁘오. 붕괴의 기운이 넘치는 세기말(世紀末)이죠. 건물들이 무너지고, 대지는 여기저기 파헤쳐지고, 도처에 죽음의 냄새가 충만해요! 그 속에서 사람들이 건재할 수 있을까요? 신경이 이상해지고, 심한 노이로제 상태가 되어 예술은 혼란에 빠질 수밖에 없어요. 이것이야말로 대혼란이고 무질서이며, 궁지에 몰린 인간의 광란이 아니고 무엇이겠소……. 인간이 모든 것을 안다고 주장한 이래, 이렇게 서로가 잘났다고 떠들면서 혼란스러웠던 적은 일찍이 없었소."

상도즈는 얼굴이 창백해져서 저 멀리 적갈색의 연기가 바람에 밀려가는 것을 바라보고 있었다.

"결국 오고야 말 숙명이겠지요." 그는 혼잣말을 하듯이 중얼거렸다. "우리의 모든 활동, 우리의 지식에 대한 자만심이 다시 우리를 의혹에 빠뜨리고 만 겁니다. 이미 그토록 많은 것을 해명해 온 현세기도 새로운 암흑의 물결에 위협받을 운명이었습니다. 맞아요, 우리의 불안은 바로 이것 때문에 생기는 것 같아요. 우리들은 너무 많은 것을 약속했고, 너무 많은 것을 바라왔습니다. 또 모든 것을 정복하고 해명하기를 기대했어요. 그런데 그렇게 되지 않으니까 안달이 나서 이렇게 투덜거리는 겁니다. 이게 뭐야! 더 빨리 갈 수는 없어? 한 세기가 흘러갔는데도 과학은 아직 절대적인 신뢰와 완전한 행복을 주지 않고 있잖습니까? 모든 것을 아는 것이 영원히 불가능하고, 여전히 빵을 먹기가 이렇게 힘들다면 이런 상태를 더 지속해서 무슨 소용이 있겠어요? 이게 한 세기의 파산이 아니고 무엇이겠습니까? 염세주의가 사람들의 몸속에 꿈틀거리기 시작하면서 신비주의가 머릿속을 어지럽히고 있어요. 우리가 아무리 분석의 강렬한 빛을 비추어 대도 유령들을 쫓아낼 수 없기 때문에, 초자연이 다시 적의를 드러내고 우리의 모든 전설이 반역을 꾀하면서 피로와 고뇌에 허덕이는 우리를 다시 정복하려고 기회를 노리고 있습니다. 아! 모르겠어요! 아무런 확신도 없고, 저 자신도 갈가리 찢겨져 있으니까요. 다만, 저는 이 케케묵은 종교적 공포에 대한 지난날의 경련을 다시 보는 느낌입니다. 우리는 종말에 도달한 것이 아니라, 말하자면 과도기 비슷한 것, 그러니까 다른 것의 시작에 서 있다고 보아야겠지요. 우리가 이성과 과학의 견실성을 향해 나아가고 있다고 생각하면, 안도가 되고 조금은 기분이 풀리는 것도 같고요……."

그의 목소리는 깊은 감동의 어조로 변해 있었다. 그는 덧붙여 말했다.

"우리가 사면이 판자로 둘러싸인 관 속에 잠들어 있는 저 옛 친구처럼 광기에 사로잡혀 어둠 속으로 전락하고, 이상에 의해 교살되지만 않는다면 말이죠."

영구차는 폭이 넓은 제2호 도로를 떠나 오른쪽으로 돌아 그 옆의 샛길인 제3호 도로로 들어서고 있었다. 그때 화가는 작가에게 말없는 눈짓으로 행렬이 지나가고 있는 묘지의 어느 한 구석을 가리켰다.

그것은 아이들의 묘지였다. 오직 아이들의 무덤만이 끝도 없이 질서정연하게 늘어서 있었고, 그 사이로 좁은 길들이 깔끔하게 나 있어서 마치 죽은 아이들이 사는 도시처럼 생각되었다. 흰색의 조그만 십자가들과 흰색의 작은 울타리들이 평평한 지면에 놓인 흰색과 푸른색의 꽃다발에 파묻혀 모습을 감추고 있었다. 푸른색이 도는 유백색의 온화한 색조를 지닌 이 평화로운 들판은 마치 땅속에서 잠자는 아이들로부터 피어난 꽃밭 같았다. 십자가 위에는 죽은 아이들의 나이가 두 살, 16개월, 5개월이라고 적혀 있었다. 울타리도 없이 열에서 벗어나 길 쪽으로 기울어져 있는 어떤 가련한 십자가에는 단지 '으제니, 3일'이라고만 적혀 있었다. 이 세상에 나오자마자 벌써 저곳에 외따로 묻힌 아이는 축제날 저녁에 가족들과 떨어져 작은 테이블에 앉아 외롭게 저녁을 먹는 아이들 같았다.

그러나 영구차는 그 길 가운데에서 멈추었다. 상도즈는 아이들의 묘지와 마주 보고 있는 옆 묘지의 한 구석에 구덩이 한 개가 준비되어 있는 것을 보고 부드럽게 중얼거렸다.

"아! 클로드, 자네는 어린아이 같은 마음을 지니고 있었지. 아이들 옆에서 잠들어서 기쁠 거야."

장의사들이 관을 내렸다. 사제는 추운 바람 속에서 침울하게 기다리고 있었고, 삽을 쥔 묘지 인부들은 이미 그곳에 서 있었다. 세 명의 이웃사람들은 도중에 돌아가고, 열 명 중 이제 남아 있는 사람은 일곱 명뿐이었다. 궂은 날씨에도 불구하고 교회에서부터 줄곧 모자를 손에 들고 걸어온 클로드의 종형이 관 옆으로 갔다. 일동은 모두 모자를 벗었다. 막 기도가 시작되려고 할 때 갑자기 기적이 울려, 모두가 고개를 들었다.

그것은 샛길인 제3호 도로가 끝나는 지점에서, 묘지를 내려다보는 높은 경사지 위에 놓인 순환 철로를 통과하는 기차의 기적 소리였다. 잔디를 입힌 경사지 위로 회색빛 하늘에 몇 개의 기하학적인 선이 검게 나타났다. 이어 전선이 달려 있는 전신주들과 건널목지기의 초소, 붉은 등 하나만이 깜빡거릴 뿐인 신호표지판 등이 보였다. 열차가 우레와 같은 굉음을 내며 달릴 때, 마치 그림자놀이의 투명화처럼 열차의 모습과 밝은 창가에 앉아 있는 사람들의 모습까지 그대로 눈에 들어왔다. 그리고 다시 철로의 모습이 뚜렷해지면서 잉크로 칠한 듯한 검은 선이 지평선을 가로지르고 있었다. 한편 저 멀리에서는 기적이 쉬지 않고 울리고 있었는데, 분노에 찢기고 고통에 허덕이는, 비탄에 목 졸린 비통한 울림이었다. 그리고 또 하나의 호출 나팔이 음울하게 울려 퍼졌다.

"너희들은 너희가 온 흙으로 돌아가리니……."

성경을 펼치고 서둘러 의식을 거행하던 사제가 기도문을 낭송했다.

그러나 그 후에 아무도 그의 소리를 들을 수가 없었다. 기관차 한 대가 경적을 울리며 다가오더니, 식이 거행되고 있는 바로 위에서 방향을 조종하기 시작했다. 그것은 크고 걸쭉한 소리를 내면서 우울한 거인처럼 헐떡거리는 숨소리를 내었다. 기관차는 육중한 괴물의 몸체로 숨을 헐떡이며 왔다 갔다 하다가, 돌연 폭풍우와도 같이 엄청난 숨을 몰아쉬며 증기를 내뿜었다.

"편안히 잠들거라." 사제가 말했다. "아멘." 복사가 대답했다.

모든 것이 격렬한 포격이 이루어지고 있는 전쟁터에서처럼 귀를 먹먹하게 하는 굉장한 폭음 속에서 진행되었다.

봉그랑은 화가 나 기관차 쪽으로 몸을 돌렸는데, 갑자기 소리가 뚝 그쳤다. 일동은 안도했다. 상도즈는 전에 열심히 함께 이야기를 나누던 버릇대로 옛 친구의 주검 뒤에서 자기도 모르게 말이 튀어나왔기 때문에 가슴이 먹먹해지고 눈물이 솟구쳤다. 그리고 자신의 청춘을 매장하는 듯한 느낌이 들었다. 묘지 인부들이 구덩이 속에 내리려고 들어서 올리고 있는 저 관은 바로 자기 자신의 일부, 환상과 열광에 차 있던 가장 아름다운 부분이었다. 그러나 이 엄숙한 순간에 돌발적인 사태가 일어나 그의 슬픔은 더욱 커졌다. 며칠 사이에 비가 너무 와서 지반이 물러졌기 때문에 돌연 흙이 무너져 내린 것이다. 인부 한 명이 구덩이로 내려가서 리듬에 맞추어 천천히 삽질을 해서 흙을 퍼 올려

야 했다. 사제와 이유가 무엇인지 알 수는 없지만 끝까지 따라
온 네 명의 이웃 사람들이 애를 태우며 바라보고 있는 가운데,
그 일은 언제 끝날지 알 수 없을 정도로 마냥 계속되었다. 게다
가 언덕 위의 기관차는 다시 조종을 시작으로 바퀴가 한 바퀴
돌 때마다 울부짖으며 뒷걸음쳤고, 불을 때는 화실을 열어 놓
아 음울한 하늘에 이글거리는 불의 비를 쏟아 내고 있었다.

마침내 구덩이의 구멍이 뚫렸다. 관이 내려졌고, 성수 살포기
가 일동의 손을 돌았다. 이것으로 끝이었다. 키 작은 종형이 예
의 단정하고 우아한 자세로 똑바로 서서 인사말을 했다. 그 전
날까지 이름도 생각나지 않았던 친척을 회상하면서, 이제까지
본 적도 없고 알지도 못하는 참가자 전원과 악수를 나누었다.

"저 양품점 아저씨, 꽤 괜찮군요."

봉그랑이 눈물을 삼키며 말했다.

상도즈도 울먹이며 대답했다.

"매우 훌륭하네요."

일동은 흩어졌다. 사제와 복사의 제의가 초록빛 나무들 사이
로 사라졌다. 이웃 사람들은 제각기 흩어져서 걸으면서 묘비를
읽곤 했다.

구덩이가 반쯤 메워졌을 때 상도즈는 돌아가기로 결심을 하
고 말했다.

"그를 기억하고 있는 것은 우리뿐입니다……. 아무것도 남아
있지 않군요. 이름조차도!"

"그는 행복한 사람이에요." 봉그랑이 말했다. "흙속에서 잠

들고 있는 지금은 그림을 그리지 않아도 되잖아요……. 우리들 처럼 머리나 다리, 항상 어딘가에 결함이 있어 살지도 못할 불구인 아이를 만들어 내느라 애쓰는 것보다는 차라리 가는 편이 나은지도 몰라요."

"그렇습니다. 살아가려면 자존심을 버리고 어느 정도 타협해서 속임수를 쓰지 않으면 안 되는 것 같아요. 저도 억지로 떠밀려서 소설들을 차례로 끝까지 내고는 있지만, 아무리 제가 애를 써도 그 작품들이 불완전한 것 같고 가짜 같아, 제 스스로가 싫어질 때가 많습니다."

이제 전성기를 맞아 명성을 획득하고 있는 소설가와 한때 영광으로 가득 차 있었지만 쇠퇴기를 맞고 있는 화가가 창백한 얼굴로 어깨를 나란히 하고 흰색의 아이들의 묘지를 따라 천천히 걷고 있었다.

"적어도 논리적이고 용감한 남자가 한 명 있었다는 것만은 확실합니다." 상도즈는 하던 말을 계속했다. "그는 자신의 무능을 고백하고 스스로 목숨을 끊었으니까요."

"맞소." 봉그랑이 말했다. "만약 우리도 생명에 그렇게 집착하지 않는다면, 우리 모두가 그처럼 행동할지도 모르지요……. 그렇지 않겠소?"

"그렇고말고요. 아무것도 창조할 수 없고, 바보같이 흉내만 낼 뿐이라면, 지금이라도 당장 머리를 깨고 죽는 편이 훨씬 낫 겠죠."

두 사람은 오래되어 썩은 관 더미를 태우는 앞까지 왔다. 이제 그것은 탁탁거리고 삐거덕거리며 한창 타고 있는 중이었다. 그러나 여전히 불꽃은 올라오지 않고 있었고, 연기만 올라와 불어오는 바람에 거대한 검은 연기의 회오리가 되어 묘지 전체를 애도의 구름으로 덮고 있었다.

"저런! 열한 시군요!" 봉그랑이 시계를 보며 말했다. "돌아가야겠는데요."

"아니, 벌써 열한 시나 됐다고요?"

상도즈도 놀라 소리쳤다.

그는 여전히 눈물이 앞을 가려 보이지 않는 눈을 들어 절망적인 시선으로 나지막한 묘지 전체를, 그토록 규칙적이며 차가운 광채를 내고 있는 묵주들이 꽃피어 있는 넓은 들판을 한동안 바라보았다. 그리고 덧붙여 말했다.

"자, 일하러 갑시다."

주

8 **팜므 상 테트가** Rue de la Femme sans tête. 현재의 Rue le Regrattier이다.

48 **8학년** 졸라 시대의 구 학제는 다음과 같다.

Ecole maternelle (3,4,5 살)

11학년 Onzième – (6살)

10학년 Dixième – (7살)

9학년 Neuvième – (8살)

8학년 Huitième – (9살)

7학년 Septième – (10살)

6학년 Sixième – (11살)

5학년 Cinquième – (12살)

4학년 Quatrième – (13살)

3학년 Troisième – (14살)

2학년 Seconde – (15살)

1학년 Première –(16살)

Terminal – (17살)

Examen du baccalauréat

졸라 시대에는 'petites classes'(11ème-7ème) 와 'grandes classes'(6ème-Terminale) 간의 구분이 없었다.

즉 현재 프랑스 학제처럼 5년간의 초등교육과 7년간의 중고등 교육(중학교 Collège와 고등학교 Lycée)과의 구분이 없었다.

또한 당시에는 Collège와 Lycée가 지금처럼 중학교, 고등학교의 개념이 아니라, Collège는 시립학교, Lycée는 국립학교 개념이었다.

졸라가 세잔과 학창시절을 같이 보낸 Aix에는 당시 Collège 밖에 없었다. 당시의 Collège Bourbon은 현재 Lycée Mignet로 바뀌어 Aix 중심가에 있다.

48 **하지만 게으름뱅이였던 ~ 사람 좋은 노동자와 재혼했다** 루공 마카르의 가계도에 의하면 클로드 랑티에의 어머니 제르베즈는 정부인 오귀스트 랑티에와의 사이에서 클로드 랑티에를 포함한 세 자녀를 낳았고, 이어 쿠포와 결혼하여 나나를 낳았다. 이 글에서 사람 좋은 노동자는 쿠포를 뜻한다.

50 **수** 1수는 5상팀에 해당하고, 1/20프랑이다. 따라서 100수는 5프랑에 해당된다.

51 **수사학급** 프랑스 구학제에서 최고 학년을 Rhétorique라고도 일컬었다.

52 **라다만티스** 그리스 신화에 나오는 인물로 사후 세계에서 죽은 자를 재판하는 신.

60 **르 자 드 부팡** 엑상프로방스에서 1.5킬로미터 떨어진 로크파부르에 있는 18세기 건물로, 예전에 엑상프로방스의 행정관인 드 빌라르의 옛 별장이었는데, 엑상프로방스의 은행가이던 폴 세잔의 부친 루이 오귀스트 세잔이 1859년 이 집을 별장으로 사용하기 위해 구입했다.

62 **부르도네** 부르도네는 파리 제1구로 리볼리가와 중앙시장 사이에 위치해 있다.

마음이 아파 왔다 졸라, 「목로주점」 제9장을 보면 이 내용을 상세히 알 수 있다.

63 **벨로크 씨는 ~ 아름다운 명암법을 가르치고 있었다** 여기에서 졸라는 엑상프로방스의 미술관 책임자였던 조제프 지베르를 떠올린 듯하다. 그도 역시 소설 중의 인물 벨로크 선생과 같이 그 도시 학교의 미술 교사를 맡고 있었는데, 수업은 바로 그 미술관에서 열렸다. 조제프 지베르는 1808년 엑상프로방스 출생으로, 매우 엄격한 아카데미의 전통을 따르고 있었는데, 폴 세잔은 학교에서 그의 수업을 들었다.

더구나 클로드가 ~ 후회가 될 뿐이었다 이 이야기는 유명한 마네의 일화를 변형시킨 것이다. 마네는 1850년에 토마 쿠튀르의 화실에 다닌 적이 있다. 토마 쿠튀르는 1847년 살롱에서 「퇴폐기의 로마 사람들」로 명성을 얻은 화가였는데, 마네는 곧 그의 스승과 마찰을 빚었다. 소설에서 「원형 경기장의 네로」는 실제로 「퇴폐기의 로마 사람들」의 소설적 변형으로 보인다.

66 **모두가 싸구려 초상화나 ~ 이제는, 아! 이제는** 이 긴 독백은 1884년 졸라가 에두아르 마네의 작품전 팸플릿에 썼던 서문 중에서 따온 것이다.

69 **처음에 그는 ~ 미래의 이야기였다** 졸라는 위고의 「세기의 전설」에 자극을 받아서, 서사시를 집필할 꿈을 가졌다. 졸라는 1860년 6월 15일에 바이유에게 보낸 편지에서 〈과거, 현재, 미래〉의 3부작으로 된 「존재의 사슬」이라는 연시를 쓸 작정임을 밝히고 있다. 그러나 이 방대한 계획은 8행의 시구만을 남기고 좌절되었다. 1862년에 졸라는 또다시 「창세기」라는 시를 구상했다. 「창세기」는 「세계의 탄생」「인류」「미래의 인간」이라는 3부로 이루어질 예정이었으나, 이 역시 실현되지 않았다.

77 **양식을 혼합한 건축물이었다** 이것은 빅토르 발타르드(Victor Baltarde, 1805~1874)가 건축한 생 오귀스탱 교회를 생각나게 한

다. 이 전체의 문장은 건축가 프란츠 주르댕(Frantz Jourdin)이 졸라에게 제공한 자료에 의거한 것이다.

80   **그림을 찢으려 했다**   폴 세잔은 여러 번 이런 식으로 자기 그림을 찢었다고 한다. 졸라가 바이유에게 1861년 8월경에 쓴 것으로 추정되는 편지를 보면, 졸라의 초상화를 그리고 있던 세잔이 그 그림을 찢어 버린 일화가 나와 있다.

83   **거짓말하는 데 명수였다**   화상 말그라 영감의 모습과 행동은 실제로 기유메가 졸라에게 묘사해 준 대로 화상 오부르 영감과 마르탱을 결합한 것이다.

92   **로마상**   Prix de Rome. 재능 있는 예술 학생들을 위한 장학제도다. 1663년 루이 14세 치하의 프랑스에서 창설되었다. 당시 선발된 장학생은 프랑스 국왕이 제공하는 비용으로 이탈리아 아카데미가 자리 잡고 있는 로마의 만치니(Mancini) 궁전에 체류하며 공부를 하고 견문을 넓힐 수 있기 때문에 '로마상'이라는 명칭이 붙었다. 분야는 미술, 조각, 건축이었으나 창설된 지 거의 140여년이 지난 1803년에 음악 분야가 추가되었으며, 1804년에는 판화가 추가되었다.

102   **서부역**   현재 몽파르나스역.

105   **장학금을 받는 조건으로 파리에 왔다**   졸라의 작업 노트에 의하면 1856년 당시, 엑상프로방스 지방에서는 예술가에게 지급되는 장학금에 두 종류가 있었다. 그중 하나가 이 소설 속의 조각가 마우도에게 지급되는 장학금과 같은 것으로, 화가 · 조각가 · 건축가 등 젊은 예술가를 위해 태생에 관계없이 학교에서 선발된 학생에게 시에서 매년 800프랑씩 4년 동안 지급하는 것이었다.

      기숙학교에서 알던 사이였다   이것은 졸라가 일곱 살부터 열두 살까지 5년 동안 지낸 '노트르담 기숙사'를 회상한 것이다.

107   **녹슨 난로를 모사하고 있었는데**   셴이 모사하는 그림의 제재는 세잔의 「아틀리에의 난로」에서 얻은 것이다. 이 그림은 세잔이

1865에서 1866년 사이에 그린 것으로 졸라가 소장하고 있다가 졸라 사후인 1903년에 팔렸다.

리외　1리외는 약 4킬로미터에 해당한다.

118　**췰 파브르**　공화파 의원 1809~1880.

루에　제2제정 때의 국무대신 1814~1884.

121　**카페 보드캥**　이것은 실제 카페 게르부아의 소설적 변용으로 보인다. 카페 게르부아는 오귀스트 게르부아가 운영하던 카페로, 바티뇰가 11번지에 있었던 카페다(이 카페는 1957년에 클라쉬 9번지의 뮐러 맥주홀로 바뀐다). 졸라는 1866년 봄부터 이곳에서 뒤랑티, 필립 뷔르티, 테오도르 뒤레, 아르망 실베스트르, 마네, 기유메와 그 외의 모든 바티뇰 그룹의 화가들을 만났다. 주로 이들이 모이던 날은 금요일과 일요일이었다.

125　**맥주홀 브레다**　브레다가는 파리 19구역의 거리 이름인데 19세기에 그곳은 유명한 창녀촌으로 알려져 있다.

126　**가니에르**　졸라의 습작 원고를 보면, 가니에르는 화가 벨리아르와 무척 닮아 있다. 졸라는 그를 카페 게르부아에서 만났고, 12년 동안 우정을 나누었으며, 당시 벨리아르는 피사로 · 기유메 · 기요맹 · 뒤랑티 · 세잔 · 팡탱 라투르 · 시슬리 · 르누아르 등과 친하게 지내는 사이였다. 한편 가니에르의 음악에 대한 열정을 볼 때, 이 인물의 모델로 졸라가 1867년에 마네를 통해 알게 된 테오도르 뒤레와 젊은 시절의 에른스트 에베르를 상정할 수도 있다.

128　**물룅**　파리의 동남 약 50킬로미터에 있는 마을.

131　**포토프**　고기와 야채를 넣어 끓인 스튜의 일종.

132　**마젤**　마젤의 모델은 화가 알렉상드르 카바넬이다. 카바넬은 미술학교에서 피코의 제자로 로마상을 수상하였고, 관학풍의 화가로서 화려한 생애를 보냈다. 졸라는 그의 미술평에서 카바넬에 대하여 다음과 같이 평하고 있다.

"그는 육체를 달걀을 뒤범벅해 놓은 것 같은 파리한 색깔에 진홍 빛을 약간 섞어 그린다. 그것은 여자가 아니다. 그것은 성적 특성이 없어진, 접근할 수 없고 침범할 수 없는 자연의 그림자 같은 것이다."

141 **시골의 결혼식** 봉그랑의 「시골의 결혼식」은 쿠르베의 두 작품, 「오르낭의 결혼식」과 「오르낭의 장례식」을 연상시킨다.

167 **생 루이교** le pont Saint louis. 생 루이섬과 시테섬을 잇는 다리.

169 **아르콜교** le pont d'Arcole. 시청과 시테섬을 잇는 다리.

169 **퐁 토 샹주** le pont au Change. 시테섬과 법원을 잇는 다리.

170 **플로르 궁** le pavillon de Flore. 당시 튈르리 궁의 부속 건물인데, 현재는 루브르에 속해 있다.

194 **전시될 예정이었다** 낙선전과 관련하여 1863년 4월 24일, 『모니퇴르 위니베르셀』은 다음과 같은 기사를 내보내고 있다.

"전시회 심사위원들이 탈락시킨 작품들에 관한 여러 요구들이 있다는 사실이 황제에게 전달되었다. 황제는 대중이 직접 이 요구의 정상성을 판단할 수 있도록, 낙선 작품들을 팔레 드 렝뒤스트리(만국박람회장 내의 산업관)의 다른 방에 전시하라는 결정을 내렸다. 이 전시회는 임의적이며, 거기에 참가하고 싶지 않은 예술가는 행정당국에 그 사실을 통보하기만 하면 되고, 그들의 작품을 돌려받을 수 있다. 이 전시회는 5월 15일에 개막될 예정이다. 원하지 않는 예술가는 5월 7일까지 그들의 작품을 가져가야 한다. 이 기한을 넘기면 회수하지 않는 작품으로 간주하여 회랑에 자리를 차지하게 될 것이다."

낙선된 화가들의 명단에는 생트뢰이 · 아르피니 · 아망 고티에 · 팡탱 라투르 · 종킨드 · 로랑 · 마네 · 피사로 · 휘슬러 등이 있었고, 판화 부분에 다시 마네와 함께 아망 고티에와 브라크몽이 있었다.

203 **그는 사람들이 ~ 놀래키고 있었다** 낙선전 카탈로그를 보면, 이 그림은 57번째 실려 있는 것으로, 브리베(뱅상)의 「말들에 관한 연구: 10가지 유형」이라는 것을 알 수 있다.

208 **흡사 진흙을 발라 놓은 것 같았다** 낙선전에 '간음한 여인을 용서하는 예수'의 주제는 여러 번에 걸쳐 나타난다. 그중 가장 대표적인 것은 아망 고티에의 작품이다.

210 **흰옷을 입은 부인** 『흰 옷을 입은 부인(*La Dame en blanc*)』은 아일랜드 출신의 미국 화가, 제임스 휘슬러(James Whistler, 1834~1903)를 연상시킨다. 그는 1855년에 파리에 왔다. 1859년에 살롱전에 낙방하고 1863년 낙선전에 「흰 옷을 입은 처녀(La Jeune Fille en blanc)」를 출품했다. 그는 인상파 화가들과 말라르메의 친구가 되었다.

234 **생 페르교** le pont des Saint-Pères. 현재의 le pont du Carrousel이다.

240 **그곳에 가 본 적이 있었다** 1866년에 졸라와 세잔은 벤느쿠르에 몇 번 가서 머문 적이 있었다. 졸라는 그곳에 있는 어떤 집을 칭찬했고, 1871년까지 해마다 그곳을 방문했다.

287 **클라쉬 대로 근처의 ~ 바로 집을 나왔다** 두에가는 19세기 후반에 특히 작가와 화가들이 선호하여 많이 모여 살던 곳으로, 마네와 벨리아르의 아틀리에도 그곳에 있었다.

299 **1루이** 20프랑.

307 **작은 그림이 놓여 있었다** 이 그림은 1859년에 그려진 팡탱 라투르(Fanfin-Latour)의 「바느질하는 두 여자」를 연상시킨다.

325 **빨간색 깃발은 ~ 빨간색에 합쳐지기 때문이지** 이 보색이론은 프랑스 물리학자 슈브뢸(Cheveul, 1786~1889)이 발견한 것이다. 졸라는 1885년 화가 레오 고송(Léo Gausson)으로부터 이 보색이론을 설명하는 장문의 편지를 받은 적이 있다.

341 **레시타티브** Récitatif. 보통의 화법, 내지는 연설이나 낭창을 모방

하기도 하고 강조하기도 하도록 만들어진 노래, 서창(敍唱)이라고
도 한다.

350 **배경으로 커다란 ～ 여자아이를 바라보고 있었다** 이 그림은 마네의
「튈르리 공원의 음악회」로 짐작된다.

425 **사람들은 무지갯빛이 ～ 여기기에까지 이르렀다** 이것은 1874년 4월
15일에 열린 인상파 화가들의 최초 전시회에 대한 짤막한 암시다.
이 전시회는 당시 모든 신문으로부터 조소의 대상이 되었다.

458 **팔레 드 렝뒤스트리** 만국박람회장 내의 산업관.

460 **키메라** 그리스 신화에 나오는 머리는 사자고 몸은 산양이며 꼬리
가 용이면서 불을 토하는 괴물.

468 **케르메스 축제** 네덜란드, 벨기에, 프랑스 북부지방의 수호성인
축제.

482 **베르니사주의 날** 살롱전 개회 전날.

예술 – 인간이 늘 지고 마는 천사와의 싸움

권유현(문학박사)

1.『작품』의 전체적 성격 ─ 자전적 예술 분야 소설

졸라의『작품(*L'Oeuvre*)』은 1886년에 '루공 마카르 총서'의
20권 중 열네 번째 책으로 발간되었다. 졸라는 제1제정시대
(1830~1848)의 프랑스 사회를 그린 발자크의 '인간 희극' 시리
즈를 본떠서 자신이 살고 있는 나폴레옹 3세의 제2제정시대
(1852~1870)의 모든 것을 그릴 야심으로 이 총서를 기획했다.
1871년에 시작하여 1893년에 끝을 맺은 '루공 마카르 총서'에는
'제2제정시대 한 가정의 자연적 사회적 역사'라는 부제가 붙어
있다. 따라서 '루공 마카르 총서' 안에는 이 시대를 사는 다양한
직업군, 예를 들면 정치가(『외젠 루공 각하』), 노동자(『목로주
점』,『제르미날』), 종교인(『무레 신부의 과실』), 농민(『대지』),
금융가(『돈』), 화류계 여성(『나나』), 의사(『의사 파스칼』) 등 다
양한 인물들이 등장하는데, 그중에서『작품』은 화가와 기타 예

술가들의 세계를 그린 드문 소설 중의 하나다.

졸라는 실제로 그 시대를 살았던 일단의 화가들과 절친한 관계를 맺고 있었다. 이 소설의 발간을 계기로 우정에 금이 갔다는 유명한 일화를 남긴 세잔과는 엑상프로방스의 학창 시절부터 가까운 친구였을 뿐 아니라, 그는 1863년부터 화가들의 아틀리에를 출입하기 시작하면서 회화에 관심을 가졌다. 1865년 신문에 논설을 기고하면서 인상파 화가들에 대한 관심이 짙어졌고, 그들을 위한 논설을 썼다. 특히 1866년 4월부터 5월에 걸친 신문, 레벤느망('L'Evènement') 논설에서 졸라는 마네에 대하여 적극적인 옹호를 펼쳤다. 따라서『작품』은 그 어느 다른 소설보다 작가 자신의 체험이 담긴 자전적인 소설이라고 말할 수 있다. 이는『작품』을 쓰기 시작한 다음 해에 졸라가 반 산텐 콜프(J. Van Santen Kolff)에게 쓴 다음과 같은 편지를 보아도 잘 알 수 있다.

"지금 일하고 있는 것은 문학계, 미술계의 소설입니다. 거기에서 말하는 것은 나의 청춘의 전부입니다. 모든 친구, 그리고 나 자신을 거기에 던져 넣습니다."(1885년 7월 6일 자)

『작품』의 이러한 자전적인 성격 때문에, 이 소설에 대한 많은 연구는 소설에 등장하는 인물과 에피소드 등을 실제의 것에 대응시키거나 그 작품 안에 담겨 있는 졸라의 추상적인 예술론을 해명하는 데 바치고 있다. 또한 자전적인 소설로서『작품』에 대한 평가는 극단적으로 양분되어 있다. 이것을 긍정적으로 평가하는 비평가들은 소설에 나타난 성실한 관찰과 정확하고 풍부한 세부 묘사를 칭찬한다. 그러나 이 소설을 부정적으로 보는 비평가들은, 이 소설에 새로운 것이란 아무것도 없으며 정확한 관찰도 찾아볼 수 없다는 반대의 평가를 한다. 『작품』은 3인칭 소설로서, 모든 등장인물을 실제의 이름이 아닌 지어낸 이름으로 등장시키고 있는 순수한 졸라의 허구의 산물임에도 불구하고, 많은 비평가는 여전히 이 소설을 허구로서 바라보는 데 인색하다. 졸라와 함께 자연주의 운동을 일으키고 '메당 그룹'을 결성한 친구인 폴 알렉시스도 『작품』을 읽고 다음과 같이 술회한다.

"졸라가 참고 자료를 모으는 데 힘이 덜 들었을 소설은 예술에 관한 소설이다. 여기서 그는 우리 그룹에서 본 것을 기억하기만 하면 될 것이다. … 화가, 조각가, 음악가, 작가, 파리를 정복하려는 야심에 찬 젊은이들의 그룹 … 졸라는 이 소설에서 가장 전형적인 성격을 모으기 위해 당연히 그의 친구들을 집합시키지 않을 수 없었을 것이다."

『작품』을 읽어 보면 특히 주인공 클로드와 상도즈의 어린 시절의 우정은 세잔과 졸라의 목가적인 소년기와 일치하고, 클로드의 첫 살롱전 출품작인 「야외」가 낙선전에서 대중에게 조소를 받는 광경과 그 그림의 구도는 마네의 「풀밭 위의 점심」과 놀랍도록 닮았다. 어쩌면 졸라는 자신의 총서에 예술에 관한 소설을 포함시키는 바로 그 순간부터 『작품』의 주인공 역시 '루공 마카르 총서'의 모든 주인공처럼 비극적인 결말을 맞이해야 할 것임을 숙명처럼 느끼고, 자신이 그토록 아끼고 가깝게 지내던 친구들의 비난을 피할 수 없다는 사실도 직감하고 있었는지도 모르겠다. 『작품』은 마네가 세상을 떠난 후 3년 후에 출간되었지만, 모네는 이 책을 증정받은 후 마네를 떠올리며 이와 같은 답장을 썼다.

"솔직히 말해서 나는 당황하고 불안해졌습니다. 당신은 등장인물을 우리들의 누구와도 닮지 않도록 주의를 기울였습니다만, 적들이 신문이나 대중들 사이에서 마네나 우리들의 이름을 낙오자로 말하고 퍼뜨리지 않을까 걱정하고 있습니다."(1886년 4월 5일 자)

세잔 역시 책을 헌정받은 후 졸라에게 다음과 같이 사무적이고 짤막한 답장을 보낸 후, 30년 동안 우정을 지켜 온 친구와 서신은 물론 만남을 아예 끊어 버렸다.

"친애하는 에밀. 자네가 보내 준 『작품』은 잘 받았네. 우리들의 추억의 훌륭한 증명에 대하여 나는 '루공 마카르'의 저자에게 감사함과 동시에 옛날을 그리워하며 악수를 보내고자 하네. 흘러간 나날들의 뜨거운 추억을 담아서"(1886년 4월 4일 자)

그 후로 졸라의 장례식에도 참석하지 않았다는 세잔과 졸라의 이별 일화는 2016년에 다니엘 톰슨(Daniele Thompson) 감독의 영화 〈나의 위대한 친구, 세잔(Cézanne et moi)〉으로도 만들어진 바 있다.

2.『작품』의 줄거리

클로드 랑티에는 당시의 미술학교에서 가르치는 화법에 반기를 들고, 빛이 없는 어두운 그림을 그리기를 거부하는, 시대에 앞선 혁명적 화가다. 그는 오직 야외의 살아 있는 빛 아래에서 보이는 자연만이 실제라고 믿고, 그 자연의 정직하고 생생한 모습을 화폭에 담으려고 노력한다. 어느 누구도 능가할 수 없는 그의 뛰어난 재능과 시대를 앞선 예언자적 이론은 그를 따르는 친구들 사이에서는 존경받지만 일반인에게는 미처 이해받지 못하여 힘들고 가난한 생활을 한다. 천둥이 치고 비가 세차게 내리는 어느 날 밤, 클로드는 여느 때처럼 밤의 파리를 쏘다니다가 대문에 쪼그리고 앉아 비를 피하고 있는 시골 처녀 크리스틴을 만나 자신의 방에서 하룻밤을 재워 주게 된다. 이를 기회로 클로드는 파리로 올라와 귀족 부인에게 책을 읽어 주는 일을 하기로 되어 있던 크리스틴과 가까운 사이가 되고, 그녀를 모델로 완성한 그림 「야외(Plein air)」를 살롱전에 출품했으나 낙선한다. 이 그림은 낙선전에 전시되었는데, 시커멓고 어두침침한 아틀리에의 나체들과 고전주의적인 역사화 풍속화에 익숙한 관중들의 심기를 건드려서 맹렬한 조소를 받을 뿐이다. 결국 세월이 흐른 후에야 모든 화가가 클로드의 혁신적인 화법을 모방하고 그 화법은 살롱전의 분위기를 밝게 변화시키지만, 「야외」가 출품될 당시의 관중은 빛이 도입된 클로드의 그림이 보여 주는 밝은 색조와 대담한 소재를 도무지 이해하지 못한다.

실망한 그는 크리스틴과 파리를 떠나 시골로 도피해 오직 사랑에 탐닉한다. 크리스틴과의 사이에 아들 쟈크가 태어나고, 클로드는 벤느쿠르에서 네 번의 여름과 세 번의 겨울을 지내면서 오랜 휴식을 취한 덕분에 자연을 바라보는 독특하고 신선한 시각을 지니게 된다. 벤느쿠르에서 훌륭한 몇 점의 그림을 그리긴 하지만, 아무래도 클로드의 야망은 '파리의 모든 것'을 그리는 것이다. 파리를 정복하고 파리의 넋을 화폭에 담고 싶은 꿈을 이루고 싶은 억누를 수 없는 욕망에 클로드는 크리스틴과 아들을 데리고 파리로 돌아온다. 이때부터 클로드의 관심은 오직 그림뿐이다. 그는 그의 꿈의 대상인 파리를 화폭에 담고자 맹렬하게 작업에 몰두한다. 매번 새로운 기법으로 소재를 바꾸어 살롱전에 출품해 보지만, 이미 너무 앞선 화가, 미술학교의 전통 화법에 반기를 든 화가로 낙인 찍힌 클로드는 살롱전에서 낙방을 세 번 거듭하고, 클로드와 가족의 생활은 극도로 비참해진다. 게다가 클로드가 오래전에 그렸던 「야외」의 소재와 기법을 교묘하게 표절하여 대중의 기호에 야합한 화가 파주롤은 점차 기업화되고 있는 화상과 결탁하여 출세가도를 달린다.

이러한 고난에 굴복하지 않고 클로드는 화가로서의 자존심을 지켜 줄, 일생을 걸어 완성할 대작의 모티브를 찾아 파리 시내를 방황한다. 클로드와 크리스틴의 가정생활은 그야말로 파탄 직전이다. 돌파구를 마련하기 위해 결혼식을 올려 보지만, 아무것도 달라지지 않고 크리스틴의 육체는 클로드의 그림을 위한 하나의 도구일 뿐인 모델로 전락한다. 클로드는 센강에 떠 있는 시테섬에서 마침내 대작의 주제를 발견하고 그 그림에 모든 것을 걸고 매달리지만, 완성되려는 순간에 알 수 없는 신경증의 발작과 불안으로 그림은 번번이 완성되지 못한다. 그때 아들 쟈크가 죽고, 그는 이 죽은 아들의 모습을 그려 「죽은 아이」라는 제목으로 살롱전에 출품한다. 심사위원이 된 파주롤의 도움으로 클로드의 「죽은 아이」는 겨우 살롱전에 입선하지만, 친구의 치욕스러운 노력 덕분에 입선했다는 사실이 클로드의 마음을 더욱 피폐하게 만들 뿐이다. 그때부터 점차 나타나기 시작한 그의 광기는 대작의 가운데 나체 여인을 그려 넣게 하고, 그림 속 여인을 조금씩 이상한 모습으로 변화시킨다. 클로드가 꿈꾸어 온 필생의 대작에 손을 대면 댈수록, 그는 아이러니컬하게도 평생을 걸려 추구하던 '사실(리얼리티)'과는 거리가 먼 '상징'을 그리게 된다. 절망한 그는 어느 날 밤 그 그림 앞에서 목을 매 죽는다.

3. 『작품』에 나타나는 인물과 그림의 분석

이 절에서는 『작품』을 보다 심도 있게 이해하기 위해 필요한

한도에서 이 소설에 등장하는 주요 인물과 주인공 클로드의 그림 중 두드러지는 것에 대하여 그 배경이라고 추정되는 것을 적어 보기로 한다.

(1) 야외파 예술가들

클로드는 『작품』의 주인공으로 '야외파'라고 불리는 혁신적인 화가 그룹의 수장이다. 이 그룹의 이름은 클로드가 낙선전에 「야외」를 출품하고 얻은 것이다. 이 소설에서 연도가 명시되어 있지 않지만(이는 졸라의 의도이기도 하다), 마네의 「풀밭 위의 점심」이 낙선전에 출품된 것이 1863년임을 감안할 때, 이 소설에서 다루어진 시기는 1863년부터 약 15년간으로 추정된다.

졸라는 클로드를 가리켜 "극적으로 각색된 마네 또는 세잔, 굳이 말하면 세잔에 가까운 인물"이라고 비망록에 적고 있다. 세잔에게서 빌린 부분은 용모와 격한 성격, 엑상프로방스에서의 졸라와의 우정, 들라크루아와 쿠르베를 향한 찬양, 살롱전에서의 연속적인 낙선 등이다. 또한 소설에서 클로드의 그림 「죽은 아이」가 파주롤의 호의로 살롱전에 입선하는 일화도 세잔에게서 따온 것이다. 세잔 역시 클로드와 마찬가지로 일생에 단 한 번 살롱전에 입선했는데, 이는 기유메의 호의에 의한 것으로 알려져 있기 때문이다. 반면 클로드의 마네적 측면은 작품 전반의 절정을 이루는 살롱 낙선전(5장)에서 명확하게 나타난다. 숲 한가운데에 나체의 여인과 남자를 배치한 구도는 마네의 「풀밭 위의 점심」그대로이며, 전시회장에서 클로드의 그림을 향한 대중의 조소와 욕설은 1863년 마네 스캔들을 재현한 것이다. 클로드가 마네를 모델로 하여 창출된 인물이라는 점에 대해서는 이밖에도 많은 일화가 이를 뒷받침해 준다.

상도즈는 클로드의 절친한 친구이며 소설가로 등장하는 인물인데 그가 졸라 자신이라는 데에는 이견이 있을 수 없다. 작가의 비망록에서도 상도즈를 가리켜 공공연히 "나"라고 적고 있다.

"내가 소설에 등장하는 것은 클로드를 보충하기 위해서, 또한 그에게 대조되기 위해서다. … 그러나 나와 클로드는 동격이 아니다. 가장 좋은 방법은 내 작품에 관한 구체적인 세부 사항은 알리지 않은 채 나를 이상가로서 배경에 넣는 일이다."

상도즈는 소설에 대한 포부뿐 아니라 작업 태도에 있어서도 졸라와 비슷하다. 즉 상도즈가 계획하는 소설은 인간을 형이상학적인 꼭두각시로서가 아니라 환경에 의해 지배되고 신체기관으로 움직이는 생리적인 존재로 그리는 것인데, 이는 졸라의 '루공 마카르 총서'의 포부와 일치되는 점이다. 이외에도 상도즈가 노모를 모시고 사는 점, 매주 목요일 밤에 친구들을 모아 집에서 만찬을 하는 점 역시 졸라 자신과 닮았다.

파주롤은 야외파 구성원 중에서 클로드와 대립되는 위치에 서 있는 인물이다. 그는 클로드의 영향으로 새로운 회화의 이론을 펴는 화가들의 모임에 어울리지만, 이러한 새로움이 관객에게 받아들여지기 위해서는 일종의 속임수가 필요하다는 사실을 간파하고 약삭빠르게 실행한다. 파주롤은 미술학교 출신으로 파리의 미술계를 장악하고 있는 심사위원들에게 아부하고 대중의 속된 취미에 영합하여 출세를 도모한다. 예를 들면 파주롤은 살롱전에서 「점심(Déjeuner)」로 굉장한 성공을 거두는데, 이는 낙선전에서 대중의 조소를 받았던 클로드의 「야외」의 소재를 그대로 훔쳐 와 색깔을 조정하고 나체의 여인에게 엷은 옷을 입혀 새로 그린 그림이다. 또한 파주롤은 사기적인 상술로 그림 값을 상상할 수 없을 정도로 올리는 노데라는 화상과 결탁하여 파리에서 가장 인기 있는 화가가 되지만, 결국 그도 노데의 희생양이 되어 경제적 파국을 맞이한다. 파주롤의 실제 모델은 화가 제르벡스(Gervex)로 추정된다. 졸라는 1879년 살롱전에서 제르벡스를 가리켜 "꺄바넬의 아틀리에에서 배운 기술을 사용하여 인상파 화가들이 표현하려고 한 것을 실현시킨 화가"라고 평하였다. 또한 졸라는 자연주의 소설가답게 소설의 인물을 묘사하면서 그들이 자라난 환경에 대한 묘사를 잊지 않는데, 파주롤이 태어나 자란 곳을 도랑의 진흙탕이 튀어 얼룩진 파리의 길 위로, 또 그의 집은 아연세공기술자인 아버지가 견본을 파는 가게로 설정하고 있다. 졸라의 묘사에 의하면 파주롤은 "진정한 파리 거리의 아들로, 마차 바퀴에 닳은 길거리에서 춘화 가게와 내장 가게, 이발소 앞에서 지저분한 도랑물에 몸을 적시며" 성장했다. 클로드와 상도즈가 어린 시절 플라상의 전원에서 대자연이 주는 양분을 섭취하고 성장한 것과는 매우 대조된다.

야외파의 일원은 아니지만, 소설에서 매우 중요하고 비중 있게 다뤄지는 화가는 봉그랑이다. 그는 상도즈와 함께 클로드의 마지막 가는 길을 배웅하는 화가이기도 하다. 봉그랑은 클로드가 존경하는 선배 화가로서 대가로서의 명성을 이미 얻고 있지만, 끊임없이 노력하며 창작의 고투에 시달리는 예술가다. 또한 클로드의 재능을 인정하고 클로드가 설파하는 새로운 이론에 귀를 기울이는 대가이기도 하다. 졸라는 그의 비망록에서 봉그랑을 가리켜 "마네나 플로베르와 같은 인물"이라고 밝히고 있다. 그러나 봉그랑의 작품, 「시골의 결혼식」은 실제로 쿠르베의 「오르낭에서의 장례식」을 연상시킨다.

반면 『작품』에는 봉그랑 외에 또 한 명의 대가인 샹부바르가 등장하는데, 그는 자신이 과거에 얻은 명성에 이미 신이 되어 버린 인물로서, 그에게서 자성의 태도라곤 찾아볼 수 없다. 졸라는 비망록에서 그를 가리켜 "요지부동한 천재 예술가, 자만에 차 있고, 비평을 용납하지 않고, 개성으로 부풀어 오른 괴물"이라고 표현하고 있다.

(2) 클로드의 그림들

클로드의 그림 중에서 처음으로 소개되는 것은 플라상에서 그린 풍경화다. 그러나 세부적인 정확한 소개 없이 크리스틴이 그 그림을 처음 보고 느낀 감성으로 그림은 묘사된다.

"마치 여관 문 앞에서나 들을 법한 마부들의 욕설과도 같이 난폭한 색조였다."

클로드가 그린 크리스틴의 첫 스케치에 대한 묘사 역시 명확하지 않다.

"그가 자신을 모델로 하여 그리는 그림이 멀리 종이 뒤편으로 비쳤는데, 그녀는 강렬한 색조와 그림자를 과감히 삭제한 파스텔의 굵은 선에 놀라 그림을 가까이에서 보여 달라는 말을 할 엄두를 내지 못했다."

클로드의 초기 그림들에 대해서 졸라는 많은 정보를 주지 않는다. 다만 그가 혁명적이고 괴팍하고 충격적인 효과를 주기 위해 관례적인 스타일을 벗어난 그림을 그렸다는 것만은 확실하다. 소설에서 처음으로 클로드의 그림이 구체적으로 묘사되는 것은 낙선전에서의 「야외」다.

"유월의 초목들 사이로 펼쳐진 풀밭 위에, 벌거벗은 한 여인이 한쪽 팔을 베고 가슴을 부풀리며 누워 있었다. … 그림 뒤편에는 갈색과 금발 머리의 키 작은 두 여인이 역시 벗은 채로 웃으면서 장난을 치고 있었다. 초록빛 나뭇잎들 가운데서 두 여인의 살결이 아름답게 두드러졌다. … 전경에 … 벨벳 윗도리를 입은 신사를 그려 넣었다.

이미 지적한 바와 같이 클로드의 이 그림은 마네의 「풀밭 위의 점심」을 닮았다. 하지만 이 그림을 보고 어떤 관객이 "온통 파랗다"라고 비아냥거리는 말은 모네가 받은 평과도 같다고 할 수 있을 것이다.

벤느쿠르에서 클로드가 그리는 그림은 본격적인 자연광을 받고 있는 풍경과 풍경 속 인물들이다. 거기에는 야외에서 정장을 한 아내의 모습이라든가, 푸른 들판 위에 여러 색깔의 옷으로 갈아 입은 모습들과 다양한 자세가 제시되어 있다. 뿐만 아니라 아들 쟈크도 종종 모델이 된다. 또한 물가의 모습과 눈의 효과를 그린 설경도 벤느쿠르 체류에서 얻은 수확이다. 이는 베퇴이유에서 지낸 모네의 그림들을 연상시킨다. 그러나 클로드가 이 시절에 그린 정물화들, 특히 사과와 물병의 그림은 오베르에서 지낸 세잔과 일치되는 부분이다.

파리로 돌아온 첫해의 작품은 12월의 눈 내리는 몽마르트르 언덕에 서서 그린 가난한 사람들의 밑바닥 생활, 공장 굴뚝에 억눌린 누옥의 풍경이다. 전경에는 누더기를 걸친 소년 소녀들이 눈을 맞으며 훔쳐 온 사과를 먹고 있다. 마네의 습작의 하나인 「몽스니에 거리」를 연상시키는 이 그림은 끝까지 야외에서 완성한 까닭에 실내에 들어와서 보면 화가 자신에게도 색채가 난폭하게 느껴질 정도인데, 살롱전에서 낙방한다. 이듬해에 그리는 그림은 5월의 바티뇰 광장의 모습으로 마네의 「튈르리 정원의 음악회」로 짐작되는 이 그림은 스케치만 야외에서 하고 아틀리에에서 완성시켰기 때문에 덜 야성적으로 보임에도 불구하고 살롱전에서 다시 낙방한다.

파리로 돌아온 후 3년째 되는 해에 클로드는 새로운 빛의 연구와 분해를 목표로 한 혁명적인 작품을 구상한다. 그 작품의 소재는 해가 중천에서 내리비치는 카루셀 광장이다.

"덜거덕거리는 마차 위에서 마부는 졸고 있고, 말은 땀에 젖어 더위의 아른거리는 파도 속에서 고개를 숙이고 있었다. 마치 술에 취한 듯이 보이는 보행인 중 오직 한 젊은 여인만이 양산을 쓰고, 마치 자기가 당연히 살아가야 할 빛 속을 걷는 듯이 느긋하게 여왕처럼 걷고 있었다."

모네의 「튈르리 공원」을 상기시키는 이 그림을 무시무시하게 만드는 것은 눈의 모든 습관에 거역하는 정확한 관찰에 의한 새로운 빛의 연구로, 빨강 파랑 노랑의 원색들이다. 그림에서 사람들의 모습은 너무 강한 빛 아래서 검은 점으로만 표현된다. 그러나 이 그림 역시 살롱전에서 낙방한다.

세 번의 낙방 끝에 낙심한 클로드는 마침내 대작의 주제를 발견한다. 그림의 전경(前景)은 생 니콜라 항구이다. 기중기와 수송선이 있고 짐을 나르는 인부들이 있다. 즉 일하는 파리의 풍경이다. 그 옆에는 해수욕장이 있어 즐거운 파리의 모습을 보여 준다. 중경(中景)에 센강과 시테섬이 있다. 이러한 모티브는 모네의 「석탄을 나르는 인부들」과 기유메의 「튈르리 부두에서 바라 본 센강」을 연상시킨다. 그러나 클로드는 이러한 거대한 파리의 파노라마적인 광경의 한가운데 나체의 여인을 등장시킨다. 뱃사공에 의하여 끌리던 배 대신에, 그림의 구성 한가운데에 커다란 배가 자리 잡게 되는데 그 위에 나체의 여인이 등장하는 것이다. 한데 그 여인은 벌거벗은 몸 때문에 태양처럼 빛이 나고 있다.

클로드가 그의 대작을 완성하지 못하고 나체의 여인에 매달려 있을 때 아들 쟈크가 죽고 클로드는 죽은 아들을 그려 살롱전에 입선된다.

"저 높은 한 구석에 자리 잡고 있는, 너무도 거칠게 그려진 작은 그림은 괴물의 고통스러운 찌푸린 얼굴을 하고 보기에도 무서운 광채를 발하고 있었다. … 창백한 아이의 손발 아래 색이 모두 소멸한 침통한 흰색을 띠고 있는 저 시트의 색이야말로 종말의 죽음 그 자체였다!"

「죽은 아이」 이후 클로드는 아무런 그림도 완성하지 못한다. 그는 광기에 시달리게 되고, 그림 속 여인은 이제 태양처럼 밝은 빛을 띤 여자가 아니라 빨강 노랑 황금의 색을 마구 칠해 놓아서 종교적인 우상의 흉측스러움을 지닌 여자가 된다. 클로드는 "허벅지의 정교한 원주들 사이에 복부의 성스러운 궁륭 아래에 있는" 여인의 음부에 신비로운 장미꽃들을 흩뿌려 놓는다.

4.『작품』의 결론

이처럼 졸라는『작품』안에 제2제정기를 살았던 여러 예술가를 등장시킴으로써 자신이 관여하고 몸담았던 파리의 예술계를 그리는 한편, 예술 창작의 여러 문제들을 심각하고 밀도 있게 부각시키려고 했다. 특히 주인공 클로드 랑티에를 통하여 졸라는 자신이 옹호한 인상파 화가들의 삶과 작품의 탄생 과정을 대변하고자 했다. 하지만 클로드가 그린 그림을 순서에 따라 살펴보면 클로드를 인상파 화가 중의 한 명으로 고정시켜 이해하기엔 무리가 있고, 클로드의 그림이 일종의 전환의 과정을 겪는 것을 알 수 있다.

처음에 클로드가 플라상에서 그린 그림은 어느 유파에도 속해 있지 않은 것으로 보인다. 다만 클로드가 그린 풍경화들에서 우리가 쉽게 연상할 수 있는 미술의 흐름은 바르비종을 중심으로 모인 최초의 자연주의 화가들의 작업이다. 클로드의 강하고 독창적인 면은 그가 인상파로 향할 수 있는 눈과 마음을 가진 화가라는 점을 알려 준다. 「야외」도 아직 완전한 인상파라고 할 수는 없다. 새로운 빛의 연구가 도입되기는 했지만 아직은 아틀리에 안에서 그린 그림이며 어두운 부분이 남아 있다. 클로드에게서 진정한 인상파의 면모를 볼 수 있는 시기는 그의 인생의 절정기이기도 한 벤느쿠르의 시기와 벤느쿠르에서 파리로 돌아온 3년간이다. 이 시기에는 그의 그림에 인상파라고 규정지을 수 있는 모든 특징이 다 들어가 있다. 즉 야외에서 그렸다는 점, 빛의 효과를 강조한다는 점, 형태에 별 중요성을 두지 않는다는 점, 사실적인 주제를 다룬다는 점 등이다. 그러나 그 후, 클로드는 자신의 그림 한가운데 전혀 사실에 입각하지 않은 기괴한 나체의 여인을 그려 넣음으로써 상징적인 요소를 그림에 끌어들인다.

졸라는 소설의 전반부에서 클로드를 1860년대의 청년 졸라가 교우한 마네와 세잔의 요소를 섞어 창조함으로써『작품』을 자기 자신의 청춘을 투입한 회상 이야기로 시작했지만, 8장 이후 화가가 파리를 상징하는 시테섬과 나체의 여인을 그리기 시작하는 시점부터의 클로드는 졸라의 자유로운 창작물이 되어 가고 있다. 사실『작품』에는 구체적인 연도가 전혀 언급되어 있지 않으므로 이 마지막 미완의 작품이 어느 연도에 그려진 것인지 가늠하기란 쉽지 않다. 졸라는 애초에 제2제정기의 파리를 그리겠다고 공언했지만『작품』의 후반부의 배경이 되는 시점은 이미 제2제정기를 지나 제3공화국 초로 추정된다. 소설의 끝부분에서 상도즈와 봉그랑이 나누는 대화를 들어 보면 1880년대의 반자연주의 기운이 드높은 문학계와 미술계의 현상을 비판하는 것을 알 수 있다. 또한 클로드가 그린 마지막 그림의 환상성과 상징성을 참고해 볼 때, 소설의 시점은 1870년대의 인상파의 전성기를 지나쳐서 오히려 1880년대 미술계의 상징적, 신비적 경향의 대두를 반영하고 있는 듯하다.

그렇다면 졸라는 클로드의 이러한 전향을 통하여 자연주의와 인상파의 실패를 암시한 것일까? 우리는 졸라가 왜 이 소설의 주인공인 클로드를 자살이라는 비극적 최후로 이끌었는지 다음의 세 가지로 추정해 볼 수 있을 것이다.

첫째, 클로드 랑티에가 생리적으로 지니는 유전적 요인이다. 우선 클로드의 태생을 살펴보면 그는 루공 마카르의 가계 중에서 『목로주점』의 여주인공인 제르베즈 마카르와 애인 오귀스트 랑티에 사이에 장남으로 태어났다. 그러니까 클로드는 『나나』의 주인공인 안나 쿠포와는 이복형제 지간이 된다. 그러나 『작품』은 '루공 마카르 총서'에 포함되어 있지만 그 자체로 매우 독립적인 예술계 소설이며, 『작품』의 어디에서도 『목로주점』이나 『나나』와의 관련성을 찾아볼 수 없다. 다만 한 가지 공통점을 찾는다면 '루공 마카르 총서'의 주인공이 모두 비극적인 죽음을 맞이한다는 사실 정도다. 하지만 졸라도 분명 유전적 요인을 의식해서 『작품』의 몇 군데에서 클로드에 관한 신경증 증세를 언급하고 있다. 예를 들면 주인공인 화가의 작업 태도를 보면, 처음에 의욕과 자신감에 넘치다가도 뜻대로 되지 않을 때 급격히 빠지곤 하는 우울과 수줍음이 그것이다. 그러나 이러한 유전적 결함이 졸라가 고대했던 그 시대를 대표할 만한 위대한 화가의 출현을 가로막는 결정적 요인이 되지는 못한다. 또 그 점을 작가가 이 소설에서 강조하지도 않는다. 오히려 졸라는 그 원인을 좀 더 시대적인 요인에서 찾고 있는 듯하다.

둘째, 졸라가 스스로 자각하는 낭만주의의 깊은 영향과 상징주의의 대두다. 졸라는 작중인물인 상도즈의 입을 빌려 클로드를 오랜 낭만주의의 때가 아직 벗겨지지 않은 시대의 희생물이라고 말함으로써 클로드의 좌절을 시대의 흐름에 부응하는 필연적인 것으로 보고 있기 때문이다.

"그는 시대의 희생자였어요……. 그래요, 우리 세대는 뱃속까지 낭만주의에 젖어 있어서 아직도 그것에서 헤어나지 못하고 있습니다."

사실 상도즈의 이러한 지적과도 같이 졸라 역시 클로드처럼 자연과 과학에 의해 엄격하게 현실을 재창조하려는 의지를 갖고 있었음에도 불구하고, 그의 모든 소설은 종종 그 자신도 모르는 새에 어느덧 현실을 넘어서서 풍부한 시적인 상상의 세계를 우리에게 보여 주고 있다. 이 점은 클로드가 그리려는 마지막 대작에서 특히 잘 나타난다. 클로드는 파리에서 일어나는 모든 삶의 현장을 화폭에 담고 싶은 불타는 의지로 파리의 모습을 그려 나가지만, 결국 그는 뛰어넘을 수 없는 장벽에 부딪히게 되고, 상징적인 요소를 그림 안에 유입하면서 대상의 총체를 은유적으로 해석하려고 했다. 이는 1870년대 초에 자연주의의 반작용으로 등장한 상징주의, 특히 구스타브 모로와 같은 작가의 출현과 무관하지 않을 것이다. 졸라는 1876년의 살롱전에서 본 모로의 그림을 보고 "사실주의에 대한 증오로 인해 독창성을 추구하려는 화가가 도달할 수 있는 경지가 가장 놀랍게 나타난 예"라고 언급하면서 불쾌감을 감추지 않았지만, 2년 후 살롱전에서 모로의 그림을 다시 보고는 자신이 받은 충격을 다음과 같이 고백한다.

"맨 처음에 나는 비위가 상해 있었다. 한 화가가 제정신을 갖고 이런 식으로 자연을 해석하려 들 수 있단 말인가? 현대의 사실주의에 대해 강하게 반발하고 싶은 욕구라고밖에 달리 이해할 도리가 없다. 인간의 정신은 이율배반적인 요소들로 가득 차 있으니까. … 잠시 후에 나는 다시 와 보았다. … 구스타브 모로의 그림들을 들여다보고 나면, 끝내 거기에 관심을 갖게 되고, 거의 홀리는 지경에까지 이른다."

졸라가 모로의 그림에 영향을 받아서인지는 모르겠지만, 클로드가 마지막 대작의 나체의 여인을 표현하기 위해 투쟁하다가 실의에 빠지면서 광기에 들려 내갈겼던 붓 자국은 어딘지 모르게 구스타브 모로의 「살로메」에 나타난 표현 양식을 떠올리게 한다. 또한 클로드가 마지막으로 그린 그림, 그 미완의 그림 앞에서 목매달아 자살한 클로드의 묘사는 그 자체로 모로의 「출현」과 놀랍도록 닮아 있다. 졸라가 연출한 클로드의 환상적인 죽음, 즉 클로드가 아닌 졸라 자신이 그린 소설의 '마지막 그림(묘사)'을 모로 풍으로 장식하면서 졸라는 어쩌면 자연주의의 패배의 당위성으로 구스타브 모로가 중심이 된 상징주의의 도래를 예견한 것인지도 모르겠다.

셋째, 인간을 파괴시키고 마는 예술이 지닌 마성(魔性)이다. 졸라는 『작품』을 쓰려고 구상한 처음부터 이 점을 의도적으로 부각하고 있다.

"클로드 랑티에를 가지고 나는 자연에 대항하는 예술가들의 싸움과 예술 작품의 창조에 드는 노력, 즉 자기의 살과 뼈를 깎아 만드는 피눈물 나는 노력을 그린다. 그것은 진실과의 투쟁의 연속이며, 늘 지고 마는 천사와의 싸움이다. 즉 나는 이 작품을 통해 나 자신의 내밀한 창조 행위 및 끊임없는 출산에 대해 이야기하게 될 것이다. 나는 그 주제를 클로드의 비참한 형태로 확대 과장하여 묘사할 것이다. 클로드는 결코 만족하지 못하며, 스스로의 천부적인 재능을 실현하지 못하는 데에 격앙하고, 마침내는 실현되지 못한 작품 앞에서 자살하게 될 것이다."

　작가의 비망록에서도 나타나듯이 졸라의 진정한 의도는 이 소설을 통해 모든 예술가들이 창작 과정에서 겪는 처참한 고통을 증언하고자 한 것으로 이해된다. 졸라는 『작품』 안에 자신이 잘 알고 교류하던 화가들의 세계를 그리기도 했지만, 정작 가장 하고 싶었던 이야기는 자신의 소설 쓰기에 대한 순수한 고백이었을 것이다. 수세기를 거쳐 예술가들이 여러 방식으로 자연을 표현하고자 했고, 또 그렇게 해 왔지만, 그 어느 것도 완전할 수 없었다. 소설의 주인공인 클로드와 상도즈가 세례를 받고 자란 낭만주의의 거장들도, 그 후 그들처럼 자연과 과학의 정확한 관찰에 의한 실증적인 예술을 주창하려고 한 자연주의 예술가들도, 또 다시 그것의 반작용으로 나타난 상징주의 주창자들도 그들 모두는 소설에 등장하는 봉그랑의 말처럼 "저주받은" 사람들이며 비극적인 숙명을 지닌 사람들이다. 또한 졸라가 생각하는 예술가들이란 인간으로서 신의 영역에 도전하는 창조행위에 몸담은 사람들이므로 필연적으로 패배할 수밖에 없다. 졸라는 소설이 전개되어 나가는 내내 클로드가 그리는 그림과 크리스틴을 연적(戀敵)의 대립적인 관계로 설정시키고 있는데, 남편의 시신 아래 쓰러져 처참하게 절규하는 크리스틴의 비참한 몰락은 그림 앞에서 목매달아 죽은 클로드 못지않게 인간 위에 군림하는 예술의 위력을 공포하는 것이다.

"오! 클로드, 오! 클로드……, 저년이 결국 당신을 빼앗고 죽이고 말았군요. 저 갈보 년이! … 그녀는 기절하여 땅에 죽은 듯이 쓰러지고 말았다. 그런 그녀의 모습은 예술의 잔인한 절대 권력에 눌려 으깨어져, 다 쓰고 버린 넝마 조각과도 같았다. 한줌의 가루가 된 그녀 위에서 그림 속의 여자가 우상처럼 상징적인 빛을 찬연하게 내고 있었다. 광기 어린 그림만이 홀로 불사신처럼 우뚝 서서 승리감에 취해 있었다."

반면 소설의 마지막에 등장하는 인물은 상도즈와 봉그랑이다. 그 둘은 클로드의 장례식장에 서서 자신의 뜻을 펼치지 못한 채 좌절하고 세상을 뜬 젊은 화가의 죽음을 안타까워하며 슬픔을 삼킨다. 또한 그들은 클로드가 앞장서서 주도한 변화가 만들어 놓은 미술계의 현 흐름에 대해서도 딜레마에 찬 심정을 고백하고 있다. 장례식이 끝난 후 상도즈는 봉그랑에게 "자, 일하러 갑시다"라고 말하는 것으로 이 소설은 끝을 맺는다. 이 말은 졸라가 예술 창작이라는 행위에 대해서 끊임없이 회의하고 동요하면서도, 그래도 그 일에 매달리는 것만이 유일한 구원임을 믿을 수밖에 없음을 스스로에게, 또 어쩌면 그의 친구들에게 다짐하는 격려와 분발의 외침으로 들린다. 비록 졸라가 그의 친구 세잔과 인상파 화가인 동료들을 실패한 화가로 그렸다는 오해를 받을지언정, 정작 자신이 이 소설을 통해 하고 싶었던 이야기는 결국 오고야 말 숙명이더라도 "사면이 판자로 둘러싸인 관 속에 잠들어 있는 옛 친구처럼 광기에 사로잡혀 어둠 속으로 전락하고, 이상(理想)에 의해 교살되지만 않는다면" 그 실패와 좌절을 딛고 또 다시 "일"로 묵묵히 돌아가야 한다는 메시지가 아닐까.

해설을 마치며 한마디 덧붙이기로 하자. 졸라는 『작품』을 회화 및 예술에 관한 소설로 썼지만, 이 소설은 그 소재나 내용뿐 아니라 소설의 기법 역시 회화적으로 기술된 특이한 소설이다. 클로드와 그의 친구들이 바라보는 파리와 시골의 풍경이나 클로드가 그린 그림들의 묘사를 읽으면 이 소설이 그 자체로 졸라가 그린 여러 편의 그림이라는 인상을 지우기 힘들다. 따라서 이 소설에 종종 나타나는 지루할 정도의 긴 여러 묘사들은 사건의 진행에 종속적인 관계를 보이기보다는 오히려 그 자체로 역동적인 힘을 지니고 있다고 볼 수 있다. 이제 우리는 여기에 소개하는 졸라의 『작품』이라는 소설을 읽으며, 19세기 말 제2제정기와 제3공화국 초기의 파리의 예술 세계로 시공을 옮겨 보자. 그 시대를 읽는 재미에 덧붙여, 졸라의 회화적인 묘사는 우리에게 졸라가 그린 그림들을 감상하는 또 하나의 즐거움을 선사해 줄 것이다.

판본 소개

1) 연재

『작품(*L'Oeuvre*)』은 일간신문「질 블라(Gil Blas)」에 1885년 12월 23일자부터 1886년 3월 27일자까지 모두 80회에 걸쳐 연재되었다. 이 연재물 외에 한 페이지에 두 단으로 짠 8절판의 비판매용 인쇄본(파리의「뒤비송 출판사(Imprimerie Dubuisson)」, 1886년)이 원본 준비판(édition pré-originale)으로 제작되었다.

2) 완본판

『루공 마카르가: 작품(*Les Rougon-Macquart : L'Oeuvre*)』은 1886년 위 연재가 끝난 직후에 파리의 샤르팡티에 출판사에서 18절판(56cm×72cm의 대형지를 18장으로 접은 것)의 491면으로 처음으로 간행되었다. 다른 '루공 마카르가'의 작품과 마찬가지로 '샤르팡티에 총서(Bibliothèque Charpentier)'의 한 권이었다. 인쇄는 파리의 조르주 샤므로 사(Typograghie Georges Chamerot)에서 하였다. 그중 10부는 '일본지', 175부는 '화란지'로 불리는 고급 종이에 인쇄되었고, 이들로 만든 책에는 모두 일련번호가 매겨져 있다.

참고로 1893년까지 『작품』은 5만 5천 부가 팔려서 '루공 마카르 총서' 중에서 13번째였다. 또 졸라가 사망한 1902년까지 6만 부이고, 나아가 1928년까지는 8만 5천 부로서 '루공 마카르 총서' 중 판매고가 10만 부에 못 미친 것은 『삶의 기쁨(La Joie de Vivre)』 외에는 이 책뿐이었다고 한다.

3) 그 후의 판본

그 후 『작품』의 새로운 판본은 기본적으로 '루공 마카르가' 연작의 새로운 편집·출판을 통하여 이루어졌다.

우선 1928년 모리스 르 블롱(Maurice Le Blond)의 작품 해설 및 주석과 함께 파리의 베르누아르 출판사(F. Bernouard)에서 '루공 마카르가' 제15권으로 발간되었다. 한참 후인 1961년에 앙리 기유맹(Henri Guillemin)의 서문을 붙여 스위스 로잔의 랑콩트르 출판사(Rencontre)에서 '루공 마카르가: 24권의 소설' 총서의 제4권으로 출판되었다.

아마도 현재 전문가들 사이에서 가장 많이 이용되는 『작품』은 갈리마르 출판사에서 『플레야드 총서(Bibliothèque de la Pléiade)』

로 발간하는 '루공 마카르가'의 제4권(1966년)에 앙리 미트랑 (Henri Mitterand)의 연구 및 주석 등과 함께 수록된 판본일 것이다. 앙리 미트랑은 이 연구 등에 기초하여 1983년에 그 편집 아래『작품』만을 '폴리오 고전총서(folio classique)'의 제1437권으로 별도로 발간하였는데(브뤼노 푸카르(Bruno Foucart)의 서문이 있다), 이는 '확정판(Edition établie)'이라고 병기되어 있다. 이 번역은 위 플레야드 총서판을 바탕으로 하였다.

그 외에도 근자에 '졸라 전집'이나 '루공 마카르 총서'가 새로 출판되었으나, 그 상세에 대하여는 여기서 언급하지 않기로 한다.

에밀 졸라 연보

1840 **4월 2일**　파리 생 조제프가의 자택에서 이탈리아 사람인 아버지 프
　　　랑수아 졸라(François Zola)와 프랑스 사람인 어머니 에밀리 오베
　　　르(Emilie Aubert) 사이에서 외아들로 태어남.

1843　토목기사인 아버지가 운하 건설 공사를 맡게 되어 엑상프로방스로
　　　이사.

1847　아버지가 폐렴으로 사망.

1852　엑상프로방스의 콜레주 부르봉(Collège Bourbon)에서 공부하면
　　　서 낭만파 시인들의 작품을 많이 읽고 엑상프로방스의 자연과 교감.

1853　같은 학교의 학우인 폴 세잔, 장 바티스트 바이유와의 우정이 시
　　　작됨.

1858　파리로 다시 이사, 파리의 리세 생 루이(Lycée Saint-Louis)에 전학.

1859　에콜 드 폴리테크니크 입학 자격시험에서 실패한 것을 계기로 문학
　　　의 길로 나갈 것을 결심. 위고와 뮈세를 동경. 미발표작인 「사랑의
　　　희극(L'Amoureuse Comédie)」과 「페레트(Perette)」를 씀.

1860　「존재의 사슬(Les Chaînes des Etres)」이라는 제목의 서사시의 집
　　　필을 계획.

1862　아셰트 출판사에 직원으로 입사하여 일함(1866년까지). 이 일을 통

해서 당시 리얼리즘을 주류로 하는 문단에 주목하고, 플로베르, 콩쿠르 형제, 스탕달, 발자크를 발견. 프랑스 국적 취득.

1863 신문에 처음으로 콩트와 기사를 발표함으로써 저널리스트로서의 활동을 시작함.

1864 발자크와 테느에게 깊이 영향을 받음. 처녀작 『니농에게 주는 이야기(*Contes à Ninon*)』 발표.

1865 파리 태생의 그림 모델이었던 한 살 연상의 가브리엘 알렉상드린(Gabriel Alexandrine)을 만남(1870년에 이르러 결혼). 자전적 중편소설 『클로드의 고백(*La Confession de Claude*)』 발표. 신문에 논설을 기고하기 시작. 인상파 화가에 대한 관심이 높아 가고 그들을 위한 논설을 쓰기 시작.

1866 아셰트 출판사를 그만두고 신문기자가 되면서 전업의 작가가 되기로 결심. 신문('L'Evènement') 논설(4월부터 5월까지)을 통하여 마네를 적극적으로 옹호. 소설 『죽은 여인의 소원(*La Voeu d'une Morte*)』, 평론집 『나의 증오(*Mes Haines*)』, 예술평론집 『나의 살롱(*Mon Salon*)』 발표.

1867 마네, 세잔, 피사로, 기유메 등 인상파 화가들과 교우. 소설 『마르세유의 비밀(*Les Mystères de Marseille*)』과 『테레즈 라캥(*Thérèse Raquin*)』 발표.

1868 낭만주의에 대한 공격과 사실주의, 자연주의에 대한 주장이 격렬하게 됨. 『마들렌느 페라(*Madelaine Férat*)』를 발표. 마네가 졸라의 초상화를 그림.

1869 '루공 마카르 총서(Les Rougon-Macquart)'의 구상 및 계획을 완료하고, 출판사와 계약.

1870 가브리엘 알렉상드린과 결혼. 보불전쟁에서 프랑스가 패배하여 제2제정이 무너지고 제3공화국이 선포됨. 신문 창간 및 행정 참여의 뜻을 품고 지방으로 떠남.

1871 파리로 돌아와서 여러 신문에 파리 코뮌(3월 18일–5월 28일)에 관

한 글을 기고함. 소설 '루공 마카르 총서'(이하 *R-M*)의 제1권『루공 집안의 행운(*La Fortune des Rougon*)』출간.

1872 플로베르, 투르게네프, 에드몽 드 콩쿠르와 교우. *R-M* 제2권『쟁탈 (*La Curée*)』출간.

1873 *R-M* 제3권『파리의 배(*Le Ventre de Paris*)』출간.

1874 *R-M* 제4권『플라상의 정복(*La Conquête de Plassans*)』출간.

1875 모파상, 말라르메와의 우정. *R-M* 제5권『무레 신부의 과실(*La Faute de l'abbé Mouret*)』출간.

1876 *R-M* 제6권『외젠 루공 각하(*Son Excellence Eugène Rougon*)』 출간.

1877 *R-M* 제7권『목로주점(*L'Assommoir*)』을 출간하여 대성공을 거둠. 알렉시스, 위스망스, 모파상, 세아르, 에니크 등과 함께 자연주의 운동 형성.

1878 *R-M* 제8권『사랑의 한 페이지(*Une page d'amour*)』 출간. 메당 (Médan)에 별장을 사서 위의 동지들과 함께 '메당 그룹'을 결성하고 매주 목요일 모임을 가짐. 자연주의를 공공연히 선언. 베르나르 (C. Bernard)의『실험의학 연구 서설(*Introduction à l'étude de la médecine expérimentale*)』에서 큰 영향을 받음.

1880 어머니의 죽음. *R-M* 제9권『나나(*Nana*)』, 그리고 졸라, 모파상, 위스망스, 세아르, 에니크, 알렉시스의 합동 작품집인『메당의 저녁(*Les Soirées de Médan*)』, 평론집『실험소설론(*Le Roman expérimental*)』출간.

1881 신문 논설을 더 이상 쓰지 않기로 선언.『자연주의 소설가(Les Romanciers naturalistes)』발표.

1882 *R-M* 제10권『살림(*Pot-Bouille*)』출간.
R-M 제11권『여인들의 행복 백화점(*Au Bonheur des Dames*)』 출간.

1884 *R-M* 제12권『삶의 기쁨(*La joie de Vivre*)』출간.

1885   *R-M* 제13권『제르미날(*Germinal*)』출간.

1886   *R-M* 제14권『작품(*L'Oeuvre*)』출간. 이를 계기로 세잔과의 우정에 금이 감.

1887   *R-M* 제15권『대지(*La Terre*)』출간. 이 소설이 출간되자 자연주의 문학에 대한 비판이 고조되고, 졸라의 제자를 자처하던 다섯 명의 젊은 작가들(본느탱, 로니, 데카브, 마르그리트, 기슈)은『대지』의 부도덕성을 공격하는『5인 선언서(*Manifeste des Cinq*)』를 발표.

1888   *R-M* 제16권『꿈(*Le Rêve*)』출간. 가정부이던 30세 연하의 잔느 로 즈로(Jeanne Rozerot)와 사랑. 사진에 관심을 갖기 시작함. 레지옹 도뇌르 훈장을 수여받음.

1889   로즈로와의 사이에 딸 드니즈(Denise) 탄생.

1890   *R-M* 제17권『인간짐승(*La Bête humaine*)』출간. 아카데미프랑세 즈의 회원에 입후보했으나 낙선(1892년까지 3차에 걸쳐 계속 낙 선됨).

1891   *R-M* 제18권『돈(*L'Argent*)』출간. 로즈로와의 사이에 아들 쟈크 (Jacques) 탄생. 아내 알렉상드린과 가정불화가 심각해짐(그러 나 결국 부인이 아이를 친자식으로 인정하고, 결혼 생활은 끝까 지 유지).

1892   *R-M* 제19권『패주(*Le Débâcle*)』출간. 프랑스문인협회의 회장으로 피선.

1893   *R-M* 제20권『의사 파스칼(*Le Docteur Pascal*)』출간. 3부작『세 도 시(Trois Villes)』준비.

1894   『세 도시 제1권: 루르드(*Trois Villes 1: Lourdes*)』발표. 드레퓌스가 간첩 누명을 쓰고 종신형을 선고받음으로써 드레퓌스 사건의 단초 가 마련됨.

1896   『세 도시 제2권: 로마(*Trois Villes 2: Rome*)』출간.

1897   드레퓌스의 재심을 위한 논설을 쓰기 시작.

1898   『세 도시 제3권: 파리(*Trois Villes 3: Paris*)』출간. 드레퓌스 재판의

허위성을 폭로하는 신문 논설 『나는 고발한다(*J'accuse*)』 발표. 드레퓌스 사건에 연루되어 영국으로 피신(7월). 『네 복음서(*Quatre Evangiles*)』의 준비.

1899 『네 복음서 제1권: 풍요(*Quatre Evangiles 1: Fécondité*)』 출간. 영국에서 돌아옴(6월) 드레퓌스는 재심에서 유죄 선고를 받지만 사면됨.

1900 사회주의로 기울어짐.

1901 드레퓌스 사건과 관련된 논설문 13편을 모은 책 『드레퓌스 사건: 전진하는 진실(*L'Affaire Dreyfus, La Verité en marche*)』 발표. 『네 복음서 제2권: 노동(*Quatre Evangiles 2: Travail*)』을 출간하여 사회당의 장 조레스를 비롯하여 평단의 열렬한 찬사를 받음.

1902 9월 29일 파리의 브뤼셀가의 자택에서 가스 중독에 의한 죽음. 아내 알렉산드린은 생명을 건짐. 10월 5일에 거행된 장례식에서 아나톨 프랑스는 아카데미 프랑세즈의 대표로 조사를 읽음.

1903 『네 복음서 제3권: 진실(*Quatre Evangiles 3: Verité*)』 발간 (『네 복음서 제4권: 정의(*Quatre Evangiles 4: Justice*)』는 결국 출간되지 못함).

1908 6월 4일 졸라의 유해가 팡테옹으로 이장됨.

새롭게 을유세계문학전집을 펴내며

을유문화사는 이미 지난 1959년부터 국내 최초로 세계문학전집을 출간한 바 있습니다. 이번에 을유세계문학전집을 완전히 새롭게 마련하게 된 것은 우리가 직면한 문화적 상황에 적극적으로 대응하기 위해서입니다. 새로운 을유세계문학전집은 세계문학의 역할이 그 어느 때보다 중요해졌다는 인식에서 출발했습니다. 오늘날 세계에서 타자에 대한 이해는 우리의 안전과 행복에 직결되고 있습니다. 세계문학은 지구상의 다양한 문화들이 평등하게 소통하고, 이질적인 구성원들이 평화롭게 공존할 수 있는 문화적인 힘을 길러 줍니다.

을유세계문학전집은 세계문학을 통해 우리가 이런 힘을 길러 나가야 한다는 믿음으로 만들어졌습니다. 지난 5년간 이를 준비하기 위해 많은 노력을 기울였습니다. 세계 각국의 다양한 삶의 방식과 문화적 성취가 살아 있는 작품들, 새로운 번역이 필요한 고전들과 새롭게 소개해야 할 우리 시대의 작품들을 선정했습니다. 우리나라 최고의 역자들이 이들 작품 속 한 문장 한 문장의 숨결을 생생히 전하기 위해 심혈을 기울였습니다. 또한 역자들은 단순히 번역만 한 것이 아니라 다른 작품의 번역을 꼼꼼히 검토해 주었습니다. 을유세계문학전집은 번역된 작품 하나하나가 정본(定本)으로 인정받고 대우받을 수 있도록 최선을 다했습니다. 세계문학이 여러 경계를 넘어 우리 사회 안에서 주어진 소임을 하게 되기를 바라며 을유세계문학전집을 내놓습니다.

을유세계문학전집 편집위원단(가나다 순)
김월회(서울대 중문과 교수)
박종소(서울대 노문과 교수)
손영주(서울대 영문과 교수)
신정환(한국외대 스페인어통번역학과 교수)
정지용(성균관대 프랑스어문학과 교수)
최윤영(서울대 독문과 교수)

을유세계문학전집

을유세계문학전집은 계속 출간됩니다.

을유세계문학전집 연표